Peter Henning

Ein deutscher Sommer

aufbau

Peter Henning

Ein deutscher Sommer

Roman

aufbau

ISBN 978-3-351-03542-6

Aufbau ist eine Marke der Aufbau Verlag GmbH & Co. KG

1. Auflage 2013

Einbandgestaltung hißmann, heilmann, Hamburg
Satz: Greiner & Reichel, Köln
Druck und Bindung: CPI – Clausen & Bosse, Leck
Printed in Germany

www.aufbau-verlag.de

Dies ist ein Roman, der ohne die Wirklichkeit nicht hätte geschrieben werden können. Aber es ist ein Roman.

In Erinnerung an Joachim Rauch
(1937–2011)

»Vielleicht waren alle Fotos von der Wirklichkeit nicht in Ordnung, falsch, alle Sätze über die Wirklichkeit falsch, mit dem falschen Auge, das die Bilder aufnahm, mit den bösen verdrehten Beschreibungswörtern, die etwas herstellten und nebenbei andeuteten, ob und wie noch Geschäfte damit zu machen seien.«

Nicolas Born

1

dpa – Basisdienst, Hamburg
Kriminalität/Geiselnahme
Bankräuber nahmen zwei Angestellte als Geiseln

Gladbeck (dpa) – Bei einem Überfall auf eine Filiale der Deutschen Bank in Gladbeck haben am Dienstagmorgen zwei maskierte und bewaffnete Räuber zwei Bankangestellte als Geiseln genommen und sich im Gebäude verschanzt.
Rund zwei Stunden nach dem Überfall konkretisierten sie ihre Forderung und verlangten die Bereitstellung eines schnellen Wagens und 300 000 Mark Bargeld.

I

Dienstag, 16. August 1988

»Halt dich fest!«, rief Rösner, legte den ersten Gang ein, gab Gas und ließ die Kupplung kommen. Der Motor heulte auf, und die Maschine, eine hellblaue Honda CX 500, deren Lenkradschloss er mit einem kräftigen Ruck problemlos geknackt hatte, schoss über den Bordstein. Im selben Moment spürte er den Druck von Degowskis Händen an seinem Bauch.

Der Fahrtwind blies ihm ins Gesicht und wirbelte seine strähnigen braunen Haare hinauf in die hohe Stirn. Er spürte den Widerstand der Luft an seiner Brust. Ähnlich wie damals, wenn er sich als Junge im Hallenbad an der Bottroper Straße ins Wasser gestürzt hatte und das Element gegen seinen beherzt nach vorn drängenden Körper geprallt war.

»Jaaaaaahh!«, brüllte er in den Fahrtwind und steigerte die Geschwindigkeit, berauscht von der Kraft der Maschine, die ihn wie auf einer reißenden Welle dahintrug. Er nahm die langgezogene Kurve der Sandstraße und lehnte sich hinein. Plötzlich ging ein unerklärlicher Ruck durch das Hinterrad, weil Degowski, statt sich hineinzulegen, sich aus der Kurve gestemmt hatte und die Maschine nach rechts ausbrach. Es war, als würde ihnen der Boden unter den Rädern weggezogen: ein Aufprall, ein jäher Schlag gegen die Schulter und das hässliche Geräusch von über Stein kratzendem Metall.

»Scheiße!«, schrie Rösner. Die Honda blieb liegen und ging aus. Degowski brach in schallendes Gelächter aus.

»Du Arsch!«, rief Rösner, am Boden liegend. »Zu blöd, um Moped zu fahren, was?«

Degowski erhob sich langsam, sah zu Rösner und stammelte: »Ich dachte, also ich … äh, ich wollte …«

»Arsch!«, rief Rösner noch einmal und sah, dass er sich beim Sturz auf den Asphalt am Ellbogen verletzt hatte. »Wenn du schon mal denkst!« Durch den Riss im dünnen Stoff schimmerte blutiges Fleisch.

»Los komm, weiter!«, rief Degowski und grinste. Dann zog er den mattschwarzen Trommelrevolver aus seiner Lederjacke, reckte ihn triumphierend in die Höhe und grölte: »Money, Money, Money!«

Als sie am Einkaufszentrum in der Schwechater Straße ankamen und mit gezückten Waffen das Bankgebäude betraten, lief in dem kleinen Transistorradio, das Reinhard Allbeck jeden Morgen als Erstes andrehte, der Werbeblock auf WDR 2. Es war 7 Uhr 56. Andrea Branske hatte eben die Eingangstür aufgeschlossen.

Die umstehenden Bäume mit ihrem dichten Blattwerk filterten das Licht, das grünlich in den Schalterraum fiel. »Überfall, Hände hoch!«, rief Rösner und ging auf die holzverkleideten Schalter zu. Während er seine Waffe auf den Mann hinter dem Schalter gerichtet hielt, der ihn erstaunt ansah, musste er daran denken, was sein Vater gebrüllt hatte, als er ihn mal wieder mit dem Gummischlauch verprügelte, weil er wie so oft beim Klauen erwischt worden war. »Verfluchter Verbrecher, wärste mal lieber verreckt bei der Geburt!« Ein Grinsen zog über Rösners bärtiges Gesicht.

»Du da, da rüber!«, rief Degowski der Frau zu, die reglos neben ihrem Kollegen stand. Zu diesem Zeitpunkt, kurz vor acht, befanden sich nur die zwei Angestellten in der Bank.

Was sie wollten, war Geld. Schnelles Geld. Rein, raus und weg. Und keine langen Geschichten.

»Das Geld her, na los! Mach schon! Oder biste total bestusst?«, rief Degowski, dem alles nicht schnell genug ging. Mit dem Revolver in der ausgestreckten, leicht zitternden Hand trat er auf die noch immer reglose Andrea Branske zu. Er war nervös und sah, dass sie sah, dass er zitterte.

»Mach, was mein Kumpel hier sagt!«, rief Rösner und sah sich nach allen Seiten um. »Der ist nämlich brandgefährlich und schießt, wenn's ihm zu bunt wird!«

»Tun Sie, was er sagt!« Reinhard Allbeck bekräftigte seine Worte mit einem Nicken. Andrea Branske setzte sich in Bewegung.

»Und du kommst hier rüber!«, rief Rösner, der ihre Angst förmlich zu riechen glaubte. Dabei fuchtelte er mit dem Revolver. Ohne zu zögern, ging Allbeck um den Schalter herum.

»Auf den Boden da, na los!«

Während Reinhard Allbeck sich mit dem Gesicht nach unten vor ihm auf den Boden legte, blickte Rösner sich wieder nach allen Seiten um. Und da sah er ihn: einen Streifenwagen, der draußen im Schritttempo vorbeifuhr. (Der Arzt, der über der Bank seine Praxis hatte, hatte die beiden dabei beobachtet, wie sie mit vorgehaltenen Waffen in die Bank liefen, und die Notrufnummer gewählt.)

»Scheiße, die Bullen!«, rief er. Der Druck in seinen Schläfen schien das Fleisch von innen gegen die Haut zu pressen.

Rösner trat an die Panoramascheibe und zog den Sichtschutz einen Spaltbreit beiseite. Langsam rollte der Streifenwagen aus dem Bild. Das Adrenalin, das der Anblick des grün-weiß lackierten Fahrzeugs in ihm freigesetzt hatte, raste in Millisekunden durch die labyrinthischen Windungen seines Innern und krachte wie eine abgeschossene Flipperkugel, die über Rollovers und durch In- und Out-Lanes jagte, so lange ruhelos und mit einer solchen Heftigkeit wieder und wieder gegen seine körpereigenen Bumper und Zielscheiben, dass er, der in Tausenden von Spielstunden gestählte Flipperkönig von Gladbeck-Ellinghorst, einen Moment lang glaubte, einen Tilt verursachen und aufstecken zu müssen, um nicht komplett zu überdrehen.

Im selben Moment sprang Degowski mit einem Satz über den Schalter und stieß Andrea Branske, die das Kassenhäuschen aufschloss, den Revolver an den Kopf. »Alles nur wegen dir, du bestusste Kuh!«, schrie er. Und da hatte Rösner sich auch schon wieder gefangen.

Mit schnellen Schritten war er bei dem reglos auf dem Boden verharrenden Reinhard Allbeck und hielt ihm seine Waffe an den Kopf: »Los, aufstehen, aber schnell! Und dann da rüber zu meinem Kumpel!«

Er spürte die Müdigkeit kommen. In dünnen, schweren Schleiern legte sie sich über ihn. Er hatte in der Nacht kaum ein Auge zugemacht.

Sie würden hier rauskommen, mit oder ohne Gewalt. Und mit der Kohle. Dessen war er sich ganz sicher. Notfalls mit Hilfe von Geiseln.

***

Wie immer war er der Erste.

Er machte im Newsroom, wie sie das Großraumbüro nannten, das Licht an. Flackernd rissen die Neonleuchten die Schreibtische aus dem Halbdunkel. Dann schaltete er die an der Wand hängenden Bildschirme ein und ging in sein Büro am Ende des Raums, einen acht Quadratmeter großen Glaskasten. Er knipste die Schreibtischlampe an und warf seine Aktentasche auf den lederbezogenen Zweisitzer, auf dem er schlief, wenn es spät wurde und er keine Lust mehr verspürte, nach Hause zu gehen. Er stellte die mitgebrachte Thermoskanne (die amerikanische Art) auf seinen Tisch, schaltete den Fernseher an und schaute kurz bei CNN und BBC rein. Nach der ersten Tasse Kaffee würde er die Telexe, die in der Nacht eingegangen waren, durchsehen. Wo blieb eigentlich die Botin mit den Tageszeitungen?

Maibach spülte seinen Kaffeebecher in der kleinen Redaktionsküche aus und ging zurück in sein Büro. Er hatte sich gerade hingesetzt, da tauchte Kathrin Jürgens, seine Assistentin, auf.

»Ruhig heute«, sagte sie. »Bis auf die Sache da in Gladbeck. Wollen hoffen, dass noch was passiert!«

Kathrin lag ihm seit Tagen in den Ohren, er solle mal Pause machen, den Flieger nehmen und einfach mal für ein paar Tage abhauen, doch nicht, weil sie sich Sorgen um seine Gesundheit machte, sondern weil sie ihn loswerden und eine ruhige Kugel schieben wollte.

Er wusste, wie sie hinter seinem Rücken über ihn redeten. Aber das war ihm egal. Er würde aus dieser Nachrichtenredaktion die Nummer eins in Deutschland machen. Wie und mit welchen Methoden, das hatte er zwei Jahre in New York bei der Fox Broadcasting Company studiert. Drama, Emotionen, das wollten die Leute sehen. Am liebsten durchs Schlüsselloch. Ethische Bedenken konnten sie sich auf dem Weg nach oben nicht erlauben. Sex and Crime, das waren die Säulen, auf denen er sein Imperium aufbauen würde. Es ging um Quote. Und Quote hieß – das hatte er in den USA gelernt –, die Messlatte so tief zu hängen, dass man gerade noch drunter durchrutschen konnte. Ihr Publikum waren der Pöbel und das Millionenheer der Ahnungslosen, und nicht eine Handvoll intellektueller Bedenkenträger. Sie würden es den arroganten Schlaffis von ARD und ZDF zeigen, die jetzt noch mitleidig lächelten, wenn er und seine Leute mit ihrem RTL-Equipment in Pressekonferenzen auftauchten. Und wer auf diesem Weg nicht mitkam, der musste am Wegrand liegenbleiben. So einfach war das!

»Was für eine Sache ist das?«, sagte Maibach.

»Zwei Männer haben eine Bank überfallen und sich in dem Gebäude verschanzt. Kam vor ein paar Minuten über den Ticker. Mehr weiß ich auch nicht.« Kathrin Jürgens rieb sich entschuldigend die Hände.

»Was stehst du dann noch hier rum? Beweg deinen Hintern, und mach dich schlau. In zwanzig Minuten will ich wissen, was da los ist. Und zwar alles.«

»Mach ich!«, sagte sie und drehte sich um.

Maibach goss sich Kaffee ein und ließ lässig ein Stück Würfelzucker hineinfallen. »Und wenn ich sage zwanzig Minuten, meine ich auch zwanzig Minuten, okay?!«

»Ja, Frank! Ja!«, erwiderte sie genervt und lief aus dem Büro.

Wenn die Spätausgabe von RTL Aktuell über den Sender war, gingen alle nach Hause. Er nicht. Er genoss es, den Newsroom wieder für sich alleine zu haben und die Highlights noch einmal an seinem geistigen Auge vorüberziehen zu lassen. Auch am Vorabend hatte er das so gehalten und war im Halbdunkel zwischen den verwaisten Schreibtischen herumgegangen. Die DDR nahm diplomatische Beziehungen mit der Europäischen Gemeinschaft auf. Und mit der Beschlagnahme von 29000 Kälbern bei Großmästern in Nordrhein-Westfalen ging der bisher größte Hormonskandal bei der Fleischproduktion in der Bundesrepublik einher. Nachrichtentechnisch betrachtet, war es ein Supertag gewesen. Mal sehen, vielleicht war ja aus der Geschichte in Gladbeck etwas rauszuholen. Er verspürte so ein komisches Kribbeln im Nacken. Jagdfieber.

***

Sie saß in der abgedunkelten Küche ihres Hauses in der Südstadt an dem großen schweren Holztisch, den Martin noch kurz vor seinem Tod auf ihren Wunsch hin taubenblau angestrichen hatte, und versuchte zu arbeiten. Wie lange schon? Eine Stunde? Zwei? Sie hatte jedes Zeitgefühl verloren.

Vor ihr lag ein Stapel Manuskriptseiten, getrocknete bräunliche Flecken zierten die Blätter. Im randvollen Aschenbecher erinnerten zerdrückte Kippen an verendete Engerlinge. Von einer brennenden John Player Special stieg ein Rauchfaden kerzengerade zur Decke. Neben dem Aschenbecher stand ein Teller mit einem angebissenen gelblich glänzenden Toast und einem bis zum Griff verschmierten Messer, einer verschrumpelten Gewürzgurke und einem steinharten Stück Blutwurst. Am Rand war ein angetrockneter Klecks Senf. Auf dem kalten, dunkel gewordenen

Tee in ihrer Tasse schimmerten regenbogenfarbene Schlieren wie Ölspuren auf einer Pfütze. Angestrengt versuchte sie sich auf das Geschriebene zu konzentrieren. Wieder und wieder unterzog sie den Text einer genauen Überprüfung, wie eine Gerichtsmedizinerin, die eine Leiche untersucht. Doch ihre Gedanken schweiften immer wieder ab.

Brigitte wischte sich mit der bloßen Hand den Schweiß aus dem Nacken. Ihr Haaransatz war klatschnass. »Verdammte Hitze«, murmelte sie, legte den Kugelschreiber neben den Teller, drückte die Zigarette in den Senf und erhob sich.

Im Bad streifte sie ihr Nachthemd ab und ging unter die Dusche. Hinter der Milchglasscheibe verschwamm leuchtend grün der Garten. Unter das Prasseln des Wassers gegen die Duschkabinenwand mischte sich das Schreien eines Kindes, das von draußen hereindrang. Brigitte drehte den Duschkopf in ihre Richtung, legte den Kopf in den Nacken und genoss mit geschlossenen Augen das scharfe Prickeln der Wasserstrahlen auf ihrem Gesicht. Sie fragte sich, wie lange es wohl noch dauern würde, bis in ihrem Kopf eine Sicherung heraussprang oder ein Schalter umgelegt wurde und sie endlich wieder etwas anderes fühlte als Leere.

Draußen, hinter den mit Läden, Rollos und Vorhängen abgedunkelten Fenstern war Sommer, war August, der heißeste in Deutschland seit Beginn der Wetteraufzeichnung, und sie dachte: Ich verstecke mich im Halbdunkel meiner Wohnung wie ein Skorpion unter einem Stein, der darauf wartet, dass endlich Nacht wird und er im Schutz der Dunkelheit sein wahres Leben beginnen kann. Sie versuchte sich vorzustellen, wie es wäre, unter ihrem Stein hervorzukriechen und sich schutzlos dem grellen Licht des Tages auszusetzen.

»Nein!«, sagte sie laut, und Wasser lief ihr in den Mund. »Ich bin noch nicht so weit. Noch lange nicht.«

***

»Da ist jemand von Radio Nürnberg dran und will einen der Bankräuber sprechen!«, sagte Andrea Branske und hielt Degowski den Telefonhörer hin. Degowski sah Hans-Jürgen Rösner fragend an. Mit seinem Colt hielt er Reinhard Allbeck in Schach.

»Gib her!«, rief Rösner und entriss der Bankangestellten den Hörer.

»Radio 97,1 aus Nürnberg!«, sagte eine Männerstimme. »Spreche ich mit dem Geiselnehmer?«

»Was denkst du denn?«, sagte Rösner genervt und kratzte sich mit der Spitze des Revolverlaufs am Kinn.

Der Reporter fragte: »Was genau sind Ihre Forderungen?«

Rösner antwortete: »300 000 Mark in kleinen Scheinen. Und einen BMW 735 i, einen dunklen. Zwei Paar Handschellen. Und freien Abzug. Wir nehmen die Geiseln nämlich mit.«

»Wie geht's den beiden Geiseln denn?«

»Der Angestellte hier hatte vorhin so 'n Herzflattern, nä.«

»Sehen Sie denn eine Möglichkeit, dass Ihre Forderungen erfüllt werden?«

»Ja, sonst sterben hier alle!«, antwortete Rösner, nahm den Hörer vom Ohr und streckte ihn Andrea Branske hin.

Reinhard Allbeck saß zusammengesunken auf einem Stuhl, beide Arme hingen schwer nach unten. Unter den Achseln hatten sich dunkle Schweißflecken gebildet.

»Wer is 'n hier der Chef von der Bank?« Rösner sah Reinhard Allbeck an, zog die Marlboro-Schachtel aus seiner Jackentasche, öffnete die Verschlussklappe, drückte die Packung gegen seinen Mund und zog mit den Lippen eine Zigarette heraus.

»Der Bankdirektor heißt Schönwald«, sagte Andrea Branske und warf einen Blick auf Reinhard Allbeck.

»Anrufen, los!«, sagte Rösner und richtete seinen Revolver auf die junge Frau.

Andrea Branske nahm den Hörer von der Gabel und wählte eine Nummer. Wortlos lauschten sie auf das Surren und Klacken der Wählscheibe. Es dauerte einen Moment, dann sagte sie: »Guten Morgen, Herr Schönwald, Branske hier, einen Moment bitte ...«, und hielt Rösner den Hörer hin.

Degowski trat vor die große Fensterscheibe und spähte am Sichtschutz vorbei nach draußen. Rösner nahm den Hörer.

»Wenn unsere Forderungen nicht erfüllt werden, knallt et!«, sagte er und nahm einen tiefen Zug von der Zigarette. »Und die Bullen sollen verschwinden. Sonst riskieren die das Leben der Geiseln! ... 300 000 Mark in kleinen Scheinen, zwei Paar Handschellen, ein Fahrzeug und freien Abzug! ... Ja, wir nehmen die Andrea und den Reinhard mit!« Er sah Degowski an, der nickte.

***

Er saß in der Espressobar in der Venloer Straße vor seiner dritten Cola, verzehrte ohne Hunger ein Schinkenbrötchen und blätterte gelangweilt im Stadt-Anzeiger.

Ein uralter Deckenventilator verquirlte träge und vollkommen sinnlos die stickige Raumluft. Thomas Bertram fühlte sich trotz des Koffeins, das in seinen Adern zirkulierte, lustlos und müde. In seinen Schläfen meldete sich in unregelmäßigen Abständen ein Stechen. Der große Zeiger der Uhr über der Bar rückte auf die Zwei vor. Für 16 Uhr hatte Frank Maibach eine Redaktionskonferenz angesetzt.

Bertram hatte seine Wohnung, die sich rasch wieder aufgeheizt hatte, am späten Vormittag fluchtartig verlassen. Außerdem war jeden Moment mit einem Anruf von Kathrin Jürgens zu rechnen gewesen und der Frage, was zum Teufel er eigentlich so trieb, während alle anderen nach Maibachs Pfeife tanzten.

Nach dem Aufwachen hatte er mit Amina telefoniert und sich eine Zeitlang wieder ihre nicht enden wollenden Klagen über geschwollene Beine, Wassereinlagerungen und Kreislaufprobleme angehört.

»Schuld an allem ist die Hitze!«, sagte sie.

Selbst schuld, wer zum Sommer hin aus Dummheit schwanger wird, dachte Bertram.

Sie verabredeten sich fürs Kino. Im Rex am Ring lief als Abendvorstellung »Eine verhängnisvolle Affäre« mit Glenn Close und Michael Douglas. Den wollte Amina unbedingt sehen. Seit den »Straßen von San Francisco« schwärmte sie für Michael Douglas.

In knapp vier Monaten würden sie Eltern sein. Dann konnten sie gemeinsame Kinobesuche vergessen. Bertram malte sich aus, was stattdessen auf dem Programm stand: erschöpfte Tage, schlaflose Nächte, Geschrei und stinkende Windeln. Und Aminas Brüste gehörten ihm dann auch nicht mehr. Dabei stand er auf große Brüste und glaubte sehen zu können, wie sie jeden Tag ein bisschen voller und runder wurden.

Er blätterte weiter und stieß unter Vermischtes auf eine Meldung, in der es hieß, in den Rheinauen bei Düsseldorf liefere sich eine Baufirma einen erbitterten Kleinkrieg mit aufgebrachten Entomologen. Gegenstand der Auseinandersetzungen war eine seltene, in den Auen ansässige Schmetterlingspopulation, gegen deren Vertreibung durch die Bagger die Naturschützer Widerstand leisteten. Den Insektenfreunden, hieß es in dem kurzen Artikel, sei es gelungen, diverse Bagger durch gezielte Sabotage lahmzulegen. Die Staatsanwaltschaft Düsseldorf ermittelte bereits gegen den Entomologischen Verein Krefeld.

Bertram sah die kleinen Falter (es musste sich dabei um eine Nausithous-Art handeln, die sich artbedingt nicht umsiedeln ließen) vor seinem geistigen Auge: Von heulenden Maschinen bedrohte, blau schillernde Winzlinge, denen er am liebsten ebenfalls auf der Stelle zu Hilfe geeilt wäre. Stattdessen saß er hier fest: erledigt von der Hitze, unfähig, klar zu denken.

Verdrossen schob er den Anzeiger zur Seite und sah hinaus auf die Straße, wo ein Obdachloser einen mit Krempel vollgepackten Einkaufswagen durchs grelle Sonnenlicht schob.

Arme Sau, dachte Bertram, leerte sein Glas, legte einen Zehner auf den Tisch, erhob sich und trat hinaus in den Sommertag.

***

Der Anruf aus Recklinghausen erreichte ihn kurz nach halb zehn. Es war sein freier Tag. Er stand im Bad und rasierte sich. Der Polizeidirektor war höchstpersönlich in der Leitung gewesen.

Wie eine verliebte Pennälerin hatte Barbara einige Wochen zuvor mit ihrem Lippenstift ein riesiges rotes Herz auf den Spiegel gemalt, das ihrer beider, durch ein dickes Pluszeichen miteinander verbundene Initialen umschloss. Kirchner erfreute sich jedes Mal neu an dem Anblick, wenn er im Bad am Waschbecken stand und sein Gesicht mit Rasierschaum bedeckte. Barbara schien ihn wirklich zu lieben und ließ ihn morgens kaum aus dem Bett. Bevor sie ging, verabredeten sie, dass er sie gegen eins im Sportstudio abholte und sie anschließend gemeinsam zu Mittag essen würden. Doch daraus wurde nichts.

Kirchner fuhr umgehend in die Markgrafenstraße, rief seine Leute zusammen und improvisierte eine schnelle Lagebesprechung. Anschließend fuhren sie los, mit Ziel Gladbeck. Vier Fahrzeuge mit jeweils vier Mann, unterstützt durch weitere Beamte vor Ort. Das SEK Dortmund kam ins Rollen.

Als sie in Rentfort-Nord ankamen, versperrten ihnen mitten auf der Straße geparkte Übertragungswagen von WDR und RTL den Zugang zum Deutsche-Bank-Gebäude. Zwischen parkenden PKW rangelte eine Meute von Journalisten und Kameramännern um die besten Plätze. Reporter, Mikrophone in der Hand, redeten in auf sie gerichtete TV-Kameras, während rund um die Bank uniformierte Beamte erfolglos versuchten, neugierige Passanten und Journalisten auf Distanz zum Eingang zu halten. Die umliegenden Geschäfte des kleinen Einkaufsparks waren alle geschlossen. In einem weitgeöffneten Fenster über einer Metzgerei stand ein vielleicht zehnjähriger Junge und grinste. Auf den Balkonen der umliegenden Blocks versammelten sich die Bewohner und starrten gebannt herüber. Vorsichtig ausgedrückt, war die Lage aus Kirchners Sicht unübersichtlich.

»Um fünf sind wir beim Tennis!«, hatte Jens Berischa im Wagen vollmundig getönt. Nun legte er, wie die anderen, wortlos seine schusssichere Weste an. Die Vorbereitungen für einen »Kleinen Notzugriff« liefen. Sie würden Körperschallmikrophone und, trotz des ausdrücklichen Verbots »von oben«, zur präzisen Täterbestimmung ein Sichtokular einsetzen. Noch war unklar, mit wem sie es zu tun hatten.

»Wir machen es wie besprochen.« Kirchner stimmte letzte Details ab. »Wenn wir um fünf beim Tennis sein wollen, bleiben uns noch gut zwei Stunden!«

Berischa grinste, warf seine Kippe auf den Boden und trat sie aus.

Kirchner sah noch einmal auf seine Uhr, blickte in die Runde und setzte mit einem Nicken die Aktion in Gang.

***

Inzwischen saßen sie seit über zehn Stunden in der Bank fest. Draußen war es bereits Nacht, doch das harte Licht der TV-Scheinwerfer, umschwirrt von Insekten, erhellte den Platz vor dem Bankgebäude und schlug durch die Sichtblenden bis in die Bank hinein. Seit Stunden dröhnten die Aggregate für den Strom. Es war zum Verrücktwerden.

»Ich garantiere Ihnen freien Abzug«, hatte Schönwald ihm in ihrem letzten Telefonat versprochen. Das sei mit der Polizei so ausgehandelt. Und, nein, man würde sie nicht verfolgen.

»Wenn die Bullen sich nicht dran halten, knallt et, und ich hämmer der Andrea eins rein!«, antwortete Rösner und legte auf.

Er konnte nicht sagen, wie oft er seit dem Morgen mit Schönwald gesprochen hatte. Der Mann machte einen vernünftigen

Eindruck auf ihn. Nun warteten sie auf den geforderten Fluchtwagen, einen dunklen PS-starken BMW.

Auf dem Schreibtisch lag das Paket mit den 300000 Mark. Der Reinhard hatte es auf dem Boden liegend durch die spaltbreit geöffnete Tür reingeholt. Der Dieter hatte ihm einfach seinen Gürtel um den Hals gebunden und ihn damit wie einen Hund an der Leine gehabt. Gar nicht so blöd, der Dieter, hatte Rösner gedacht und sich zufrieden eine Marlboro angesteckt.

Die Presse spielte schon den ganzen Tag verrückt. Dauernd läutete das Telefon. Am Ende verbot er der Andrea abzuheben. Er hatte echt keinen Bock mehr auf die blöden Fragen der Journalisten. Außerdem war er mude. Und hungrig. Er wollte bloß noch weg, raus aus der Bank und ab durch die Mitte.

Um kurz vor halb zehn kam endlich Bewegung in die Sache. Ein weißer Audi 100 fuhr vor die Bank. »Diese verdammten Schweine!«, rief Rösner, trat vor die verglaste Eingangstür und bedeutete dem Fahrer per Handzeichen, wie der Wagen stehen solle. In der anderen hielt er den Colt.

Eine halbe Stunde später verließen sie im gleißenden Licht der Scheinwerfer und aufzuckenden Blitzlichter die Bank und zwangen ihre beiden Geiseln mit vorgehaltenen Waffen in den Wagen. Degowski nahm hinten neben Reinhard Allbeck Platz. Rösner setzte sich ans Steuer, Andrea Branske auf den Beifahrersitz.

Sie waren raus. Sie hatten es geschafft. Es ging los.

***

Die von blaugrün schillernden Spiegelungen flirrende Wasseroberfläche teilte sich, und ein Kopf glitt an die Oberfläche, das nasse Haar vom Wasser wie von einer hauchdünnen Folie an den Schädel gepresst, die Augen wie im Schlaf geschlossen. Und schlagartig waren die Geräusche wieder da: die durcheinandergehenden Stimmen, die Schreie der Kinder.

Rolf Kirchner öffnete die Augen, hielt sich mit beiden Händen am blau gekachelten Beckenrand fest und atmete ein paarmal kräftig ein und aus. Dann stemmte er sich aus dem Wasser, zog die Beine an, drückte kurz die Knie gegen den bräunlichen Untergrund und schnellte in die Vertikale hoch.

Er liebte dieses Dahingleiten und Getragenwerden, wenn man alle Schwere verlor, untertauchte und der Lärm der Welt unter Wasser plötzlich nur noch ein dumpfes Rumoren war.

Als Teenager hatte er von einer Karriere als Schwimmer geträumt und seine Nachmittage am liebsten im Volksbad zugebracht, unweit des Stadions Rote Erde an der Strobelallee. Von Hombruch aus, wo er seine Jugend zuerst bei seiner Mutter und später bei deren Mutter zugebracht hatte, war es dorthin nicht weit. Wann immer es ging, stahl er sich ins Volksbad, das in den fünfziger Jahren die erste wettkampftaugliche Schwimmanlage mit 50-Meter-Bahnen in Deutschland besaß. Manchmal sah er sich in seiner Phantasie, wenn er sprungbereit auf einem Startblock stand, für Dortmund um die Deutsche Meisterschaft im Kraulen schwimmen. Doch den Mut, einem Schwimmverein beizutreten, hatte er nicht. Außerdem hätte seine ängstliche Mutter, die ihn nicht einmal Rollschuh laufen ließ, das sowieso nicht erlaubt.

Kirchner lief zu den Duschen, drehte den Hahn auf und spülte sich das Chlor vom Körper. Dabei schloss er die Augen und sah im Geiste die Ereignisse des vergangenen Tages wie auf einer Mattscheibe wieder vor sich: das weiträumig abgesperrte und von den Kollegen umstellte Bankgebäude in Gladbeck-Rentfort. Die beiden Scharfschützen, den Kollegen in der orangefarbenen Badehose mit den in Plastikfolie eingewickelten 300000 Mark. Die sich vordrängenden Gaffer. Und all die wenige Meter vor dem Gebäude ungehindert hin und her laufenden Journalisten und Fotografen mit ihren pausenlos surrenden Kameras und krächzenden Walkie-Talkies. So, als sei das Ganze alleine für sie inszeniert: ein fröhliches Stelldichein unter Berufskollegen anlässlich einer deutschen Geiselnahme. Jeder Schuss mit der Canon F-1 ein Treffer! Wer hat noch nicht, wer will noch mal? So etwas hatte er noch nie erlebt.

Wäre es nach ihm und seinen Leuten vom SEK Dortmund gegangen, wären sie schon kurz nach ihrem Eintreffen in Rentfort-Nord mit einem Mercedes G-3 durch die Fensterfront in die Bank eingedrungen und hätten Rösner und Degowski, die sich in dem mit Panzerglas ausgestatteten Kassenhäuschen verschanzt hatten, während sich die Geiseln unbeobachtet im Sozialraum aufhielten, so lange in ihrem kugelsicheren Gefängnis schmoren lassen, bis Hunger oder Durst sie irgendwann zur Aufgabe gezwungen hätten.

Ein Kinderspiel! »Um fünf sind wir beim Tennis«, hatte sein Kollege Berischa, ein erfahrener SEK-Mann, noch am Morgen zuversichtlich zu ihm gesagt, nachdem sie eine Tatortanalyse vorgenommen und die Gefährdungslage überblickt hatten. Kirchner, der bereits in den siebziger Jahren in der Terrorfahndung aktiv gewesen war, hatte zusätzlich Richt- und Körperschallmikrophone sowie ein im Heizungsschacht der Bank zu installierendes Sichtokular zur genaueren Täterbestimmung einsetzen wollen, was die Einsatzleitung ihm jedoch strengstens untersagte. Die Vorbereitungen für den »kleinen Notzugriff« liefen, weitere 35 SEK-Beamte hatten sich in Dortmund auf den Weg nach Gladbeck gemacht. Doch der Polizeidirektor in Recklinghausen, der das SEK Dortmund am Morgen um Mithilfe gebeten hatte und als Hauptverantwortlicher der örtlichen Polizei den Einsatz leitete, hatte Kirchner, der die aus 16 Mann bestehende Sondereinsatzgruppe als ranghöchster Offizier koordinierte, jeden Zugriffsversuch strengstens untersagt. Angeblich aus Rücksicht auf die Geiseln. Inzwischen hatte die Fotoanalyse ergeben, dass es sich bei einem der Geiselnehmer um den seit zwei Jahren flüchtigen Hans-Jürgen Rösner handelte.

Als Rolf Kirchner gegen 18 Uhr, durchgeschwitzt, müde und

verärgert über die Abläufe, Gladbeck in seinem Dienstwagen Richtung Dortmund verließ (zuvor hatte er noch, auf Befehl der Einsatzleitung, mit seinen Leuten den zahllosen Fotografen und Journalisten den Weg zu dem bereitgestellten Fluchtfahrzeug freigemacht), glich das Gelände rund um die Bank einem Rummelplatz. Weitere Übertragungswagen von RTL und WDR versperrten die Ab- und Zufahrtswege, Reporter berichteten, auf der Straße stehend, live vor laufenden Kameras, Gladbeck-Rentfort auf allen Kanälen. Am Nachmittag hatte Rösner einem Nürnberger Privatradio bereits das erste Telefoninterview gegeben. Weitere mit anderen Sendern sollten folgen.

Ich werde noch ein paar Bahnen schwimmen, hatte Kirchner sich gesagt, als er – inzwischen hatte das Mobile Einsatzkommando die Leitung übernommen – in seinen Wagen gestiegen war. Um Abstand zu bekommen von dem ganzen Durcheinander. Hinterher war er noch in seine Stammkneipe gegangen, hatte sich beim Skatspiel abzulenken versucht, ein paar Gläser Bier getrunken und ein Schnitzel gegessen.

Als er gegen 22 Uhr seine Dortmunder Wohnung betrat und den Fernseher einschaltete, sah er, dass man den Gangstern, die noch immer Geiseln in ihrer Gewalt hatten, entgegen der bis dahin geltenden SEK-Regel, wonach Geiselnehmer den Tatort nicht verlassen dürfen, tatsächlich freien Abzug gewährt hatte.

***

Sie mussten raus aus der Stadt. Hinter jeder Kreuzung konnte eine Zivilstreife stehen. Hans-Jürgen Rösner lenkte den Wagen über die Enfielder Straße in östliche Richtung, wechselte auf die Berliner und weiter auf die Josefstraße. Er wollte auf die A2 in Richtung Hannover.

Immer wieder sah er in Rück- und Außenspiegel. Seit über zwanzig Stunden war er jetzt auf den Beinen. Hatte nichts gegessen. Nur Kaffee getrunken, schwarz. »Mach Kaffee!«, hatte er in der Bank immer wieder zu der Branske gesagt, aus Angst, müde zu werden. Jetzt brannte in seinem Magen das Koffein. Er trieb den Audi über die Josefstraße.

Zwischen dunklen Fassaden tauchte auf der Kampstraße rechter Hand hell erleuchtet Hellas Grillwagen auf.

»Ich brauch wat zwischen die Zähne!«, sagte Rösner, zog den Audi, der ihnen statt des geforderten BMW bereitgestellt worden war, abrupt an den Bordsteinrand und schaltete den Motor aus.

»Wat is?«, rief Degowski überrascht, sah dann aber, weshalb sie anhielten. »Für mich 'ne Currywurst! Und 'n Bier!« Unmissverständlich drückte er Reinhard Allbeck seinen Colt in die Seite.

Rösner nahm die Pistole aus der Mittelkonsole, entsicherte sie und stieß die Wagentür auf. In schnellen Schritten lief er zu dem Imbisswagen und richtete die Waffe auf die verdutzte Bedienung. »Sechsmal Pommes, sechs Curry, acht Bier! Aber dalli!«

Die Frau starrte ihn verängstigt an, sah die auf sie gerichtete Pistole und wischte sich die Hände an ihrer fleckigen Schürze ab.

»Wat is, Mensch, schläfste oder wat, blöde Kuh! Ich hab's eilig, mach voran!«, sagte Rösner ungeduldig.

»Ja, ja«, sagte die Frau und setzte sich in Bewegung. Erst jetzt bemerkte Rösner, dass an der Seite ein Mann stand, der eine Bierdose in der Hand hielt und zu ihm herüberblickte.

»Wat is, du Arsch?« Rösner richtete den Colt auf den Mann, sah kurz rüber zum Wagen und dann in die Richtung, aus der sie gekommen waren. »Hau ab, sonst knallt et!« In der Luft schwamm der Geruch von heißem Fett.

»Nein, nicht schießen, bitte! Ich geh ja schon, stelle nur noch die Dose hier ab.« Ohne den Blick von Rösner abzuwenden, wollte er die Bierdose auf eine Ablage stellen, verfehlte aber das Brett. Mit einem Knall landete die halbvolle Dose auf dem Boden. Schaumiges Bier rann aus der Öffnung wie Schleim aus einer zertretenen Schnecke.

Der Mann stand immer noch gebückt da. Ein dicker Schweißtropfen rann ihm von der Stirn am Auge vorbei die Wange hinunter. Rösner sah es wie unter einer Lupe, hob die Waffe und zeigte mit dem Lauf auf das Gesicht des Mannes.

»Scheiß dir nicht gleich in die Hose, Kumpel. Und sieh zu, dass de Land gewinnst. Hier gibt's nix zu sehen, kapiert?«

»Nein, nix zu sehen, verstehe!«, wiederholte der Mann drehte sich um und verschwand die Straße hinunter.

Rösner legte den Kopf in den verspannten Nacken, wiegte ihn kurz und dachte: Mann, wie gut dat hier riecht! Kurz fühlte er die Müdigkeit kommen, spürte, wie sie ihn anflog.

»Mach hinne, Mensch!«, rief er wütend. »Oder meinste vielleicht, ich hab ewig Zeit!«

»Ja, ich beeil mich ja. Is gleich so weit!«, sagte die Frau, wickelte die Schälchen mit den Pommes frites in Alufolie ein und schob sie zu den Würsten in die Papiertüte.

»Allet einpacken!«, befahl Rösner. »Inne richtige Tüte mit Henkel, verstehste? Und nicht so 'n Scheißding aus Plastik, wo der Henkel gleich reißt!«

»Ja, mach ich ja gerade!«, sagte die Frau. »Ich pack's in eine aus Papier!«

Endlich stellte die Frau die Tüte vor ihn hin, daneben die Flaschen. »Die Flaschen auch inne Tüte, schnell!«, sagte er.

Die Frau befolgte seine Anweisung. Rösner sicherte die Waffe, schob sie sich unter den Hosenbund, holte seinen Schein hervor, packte die beiden Tüten und ging zum Wagen.

***

Thomas Bertram fuhr aus wirren Träumen hoch und wurde wach. Das rhythmische Quietschen der Gesundheitsschuhe der Nachtschwester auf dem Linoleumboden des Flurs hatte ihn geweckt. Sein müder, unscharfer Blick glitt hinüber zu dem hellen, sich unterhalb der Tür waagerecht abzeichnenden Strich, den die Flurbeleuchtung erzeugte, und verharrte dort ein, zwei Sekunden. Dann bekam er, genau wie die Male zuvor, mit einem gezielten Griff seiner rechten Hand den kantigen Lichtschalter zu fassen, der die kleine Neonwandleuchte flackernd aufflammen ließ, und legte ihn um, woraufhin der mit einem Tuch verhüllte Inkubator ruckartig aus der Schwärze des Zimmers auftauchte.

Leicht vorgebeugt, schob er den Kopf langsam und mit einer Behutsamkeit nach vorn, als balanciere er ein rohes Ei auf der Stirn, bis er sich der dünnen Glaswand auf wenige Zentimeter genähert hatte. Wieder stellte sich das irritierende Gefühl ein, in ein Puppenbett oder einen Guckkasten zu blicken, in eine Art View-Master, auf dessen rotierender Pappscheibe sich wechselnde Bilder des immer gleichen Motivs befanden. Dann stellte sich sein Blick langsam scharf, das Bild fror ein, stand still und blieb an dem feinen Draht hängen, an dessen Ende die Elektrode an der linken Wange seines Sohnes mit einem Stück Klebestreifen befestigt war.

»Mein Gott, wie klein du bist!«, murmelte Bertram, zog das Tuch ein wenig beiseite und blickte auf den weißen, von innen gegen die Glaswand gelehnten und nur wenige Zentimeter kleineren Stoffteddybären, dessen schwarze, stecknadelkopfgroße Knopfaugen ins Leere blickten. Er sah auf seine Uhr, die Citizen-Automatik mit dem silbernen Stahlarmband, dem olivgrünen Zifferblatt und den türkisfarben fluoreszierenden Zahlen, die sein Vater ihm zu seinem achtzehnten Geburtstag geschenkt hatte. Er hatte gerade mal 25 Minuten geschlafen.

Früher, dachte er mit Blick auf den Inkubator, in dem sein Sohn seit inzwischen gut elfeinhalb Stunden um sein Leben kämpfte, habe ich in solchen Glaskästen Raupen gezüchtet und mir ein Leben als Schmetterlingsforscher erträumt. Und was ist stattdessen aus mir geworden? Ein kleiner Journalistenanwärter, den es aus Hirschhorn im Odenwald nach Köln zu RTL verschlagen hat und der, statt in den Tropen zu leben und der Wissenschaft zu dienen, tags zuvor hinter Leuten her gewesen war, die bereit waren, vor laufender Kamera etwas zu der Babyleiche in der ALDI-Plastiktüte zu sagen, die man unweit von Auweiler in einer Wiese gefunden hatte.

Und nun das! Ein Kind, sein eigenes, das mehr als vier Monate zu früh und per Kaiserschnitt auf die Welt gekommen war. Ein Junge, Paul (Amina hatte sich diesen Namen gewünscht). 652 Gramm schwer, knapp 36 Zentimeter lang und gefangen zwischen Leben und Tod.

Er warf einen letzten Blick auf seinen von einer federleichten blauen Thermodecke verhüllten Sohn, der ruhig und gleichmäßig zu atmen schien und ihn wegen seiner wie mit UHU zugeklebten Lider an die Blindfische erinnerte, die scheinbar orientierungslos zwischen all den Guppys, Black Mollys und Schwertträgerfischen durch das in der Hirschhorner Kanzlei seines Adoptivvaters stehende Aquarium getaucht waren – bizarre, pigment- und schuppenlose Höhlenbewohner, die, in tiefsten Meerestiefen an die Dunkelheit angepasst, ihr lichtloses Dasein führten und Bertram, wenn er als Kind vor dem von weißem Neonlicht erhellten Aquarium saß und ihre Zickzackbewegungen verfolgte, wegen der fehlenden Augen an fremdartige Urtiere erinnerten.

Thomas Bertram schaltete das Licht wieder aus und versuchte, auf dem Stuhl, den die Nachtschwester ihm mit einem aufmunternden Nicken hereingestellt hatte, wieder einzuschlafen.

***

»Jaaaa?«, sagte sie atemlos, nachdem sie mit klopfendem Herzen das oben in der Diele stehende Telefon nach dem achten bösartigen Klingeln endlich erreicht hatte und zitternd den Hörer ans Ohr drückte.

»Kannst offenbar auch nicht schlafen, wie?«, erklang die aus Hunderten geführter Telefonate vertraute Stimme ihrer Lektorin und Freundin Helga Abraham.

Die beiden verband eine bald fünfzehnjährige Freundschaft.

Helga hatte Brigitte Fischers 1974 erschienenen Debütroman »Mireille – Vagabundin der Liebe« aus der Vielzahl unverlangt an den Verlag eingesandter Manuskripte herausgefischt und lektoriert und war seither Brigittes erster Ansprechpartner im Verlag. Mehr noch: Helga war zu einem unverzichtbaren Bestandteil ihres seither ganz im Zeichen ihrer Mireille-Romane stehenden Lebens geworden, nachdem Martin, Brigittes langjähriger Lebensgefährte, 1982 in Ausübung seines Berufs als Kriegsberichterstatter für ein großes Hamburger Magazin im Libanon getötet worden war.

Helga war Brigittes beste Freundin, ihr erster Ratgeber und Retter in letzter Not, wenn ihr, was häufiger vorkam, in drohen dem Behördenton abgefasste Mahnschreiben des Finanzamtes ins Haus flatterten, ihr sechzehn Jahre alter VW Golf sie mal wieder im Stich ließ und Brigitte, die gerne einsame Landausflüge in die Eifel oder ins Oberbergische Land unternahm, sie spätabends verzweifelt aus Käffern mit Namen wie Griesensiepen, Seifen oder Hardt anrief und in theatralischem Tonfall flehte: »Du musst mich retten, Helga!« Oder wenn Brigitte, was noch häufiger vorkam, wieder einmal ultimativ davon überzeugt war, nicht mehr weiterschreiben zu können, an einer unauflöslichen Schreibblockade zu leiden, als Schriftstellerin gescheitert zu sein.

Brigitte konnte sich ihr Leben nicht mehr ohne Helga vorstellen. Der Gedanke, während des Schreibens, und naturlich auch sonst, ohne Helga als Begleiterin durch den Alltag und ständig ansprechbereite Diskussionspartnerin auskommen zu müssen, war für Brigitte unerträglich. Dass sie ihr darüber hinaus des Öfteren, was sie inzwischen für selbstverständlich hielt, als geduldige Amateurpsychologin und nicht selten auch als Sündenbock zu dienen hatte, wenn sie mal wieder die Nerven verlor und sie von Weinkrämpfen geschüttelt anrief, das hätte Brigitte so natürlich nie zugegeben.

Ihr Debüt, für das sie sich auf Helgas Anraten hin das geheimnisvoll klingende Pseudonym Marie Collier zugelegt hatte, war auf Anhieb ein Bestseller geworden. »Vanilleträume«, »Sie wollte zu viel« und »Gib nicht auf, Mireille!« waren gefolgt und allesamt fürs Fernsehen verfilmt worden. Sie hatten Brigitte Fischer zu einer der erfolgreichsten Romance-Autorinnen Deutschlands gemacht und ihr ein erkleckliches Vermögen beschert, das unangetastet auf irgendwelchen Bankkonten lag.

»Schlafen?«, rief Brigitte, die aus dem kühleren Gästezimmer im Souterrain, wohin sie am frühen Abend ihre Matratze samt Bettzeug geschleppt hatte, hinaufgehetzt war, nachdem sie dort unten stundenlang an den ersten einhundertfünfzig Seiten ihres neuen Romanmanuskripts gearbeitet hatte, »gar nicht dran zu denken bei der Hitze!« Die über der Küchenzeile angebrachte Uhr zeigte achtzehn Minuten vor drei.

Ihr neues Manuskript trug den vorläufigen Titel »Mireilles Entschluss« und schrieb die auf insgesamt zehn Bände angelegte Mireille-Serie um die junge französischen Adlige Mireille Latour fort, die von ihren Eltern gegen ihren Willen in ein abgelegenes Pensionat in den Schweizer Bergen geschickt worden war, um dort, fernab von Paris, ihren Geliebten Frédéric, den Sohn eines Politikers, zu vergessen.

Schon vor Martins Tod im Beiruter Stadtteil Aschrafija, wo er sechs Jahre zuvor gemeinsam mit dem designierten libanesischen Staatspräsidenten Bachir Gemayel und mehr als zwanzig seiner Gefolgsleute einem Bombenanschlag des syrischen Geheimdiensts auf das Hauptquartier der Kataib-Partei zum Opfer fiel, war Brigitte, die damals gerade ihren dritten Mireille-Roman »Sie wollte zu viel« veröffentlicht hatte, mehr und mehr aus der Wirklichkeit hinausgedriftet. Jedenfalls hatte Martin das behauptet. Immer öfter hatte es zwischen Martin und ihr Streit darüber gegeben, wie weit man sich als Schriftstellerin oder Reporter von der Wirklichkeit entfernen durfte. Bis Martin von der Recherche zu einer geplanten Reportage über Kaing Guek Eav, alias Duch, der zwischen 1975 und 79 quasi im Alleingang den Völkermord in Kambodscha, bei dem Tausende Männer, Frauen und Kinder Opfer des Pol-Pot-Regimes wurden, durchgeführt hatte, ausgezehrt und stark verändert aus Südostasien zurückgekehrt war und ihr das erste Mal Weltfremdheit und Unredlichkeit vorwarf, als sie ihm stolz das erste druckfrische Exemplar ihres neues Buches zeigte.

»Du lebst in einem Paralleluniversum, Brigitte«, hatte er müde gesagt und sie dabei mit leeren Augen angesehen, »und bemerkst es nicht einmal mehr. Für jede banale, nichtssagende Regung deiner beschissenen Romanfigur bist du sensibler als für das, was tagtäglich um dich herum geschieht! Vor deinen Augen könnte jemand sterben, und du würdest es nicht mal bemerken, geschweige denn fühlen. Weil du selbst tot bist. So tot wie deine Figuren.«

Hinterher, als sie im Bett lagen und sich ruppig liebten, war ihr die Auseinandersetzung seltsam unwirklich erschienen, wie eine Sequenz aus einem Film, bei dem sich das Gesprochene im Nachhinein nicht mehr mit den Schauspielern in Einklang bringen ließ. Und doch war etwas angestoßen und auf ungute Weise in Gang gesetzt worden, das sich nicht mehr aufhalten ließ. Der Samen des Zweifels und des Misstrauens war ausgesät.

Im August 1982 fuhr Martin, nachdem sie sich weiter als je zuvor voneinander entfernt hatten, gemeinsam mit dem Fotografen Jay Ullal in den Libanon. Auf sich und ihr Schreiben zurückgeworfen, hatte sie eines Tages das Gefühl, außer Mireille niemanden mehr zu kennen.

Manchmal blieb sie tagelang in ihrer Wohnung, ohne einen Fuß vor die Tür zu setzen. Die meiste Zeit saß oder lag sie im Bett und las in den Tagebüchern von Cornelia Goethe oder Selma Lagerlöf und hörte dabei Mahler oder Mussorgsky. Wenn sie zu arbeiten versuchte, kam sie schnell an eine Grenze, die es vor ihrer großen Auseinandersetzung nicht gegeben hatte.

»Hier ist es so schön, liebste Brigitte, ich wünschte, du wärest hier und könntest das sehen!«, schrieb Martin ihr in einem seiner Briefe aus Beirut. »All die Zypressen mit ihrem saftigen, strotzenden Grün. Dazu das flirrende Licht. Wenn man sich an die Sonne hält, die hier den ganzen Tag scheint und so oft schon gute Miene zum bösen Spiel gemacht hat, möchte man glauben, dass alles auf einen großen strahlenden Frieden hinauslaufen muss. Zwischen den Kriegsparteien hier und denen in Köln.«

Ein paarmal hatte er spätnachts angerufen und sie gebeten, seine Attacken gegen sie als Attacken gegen sich selbst zu sehen, und ihr anschließend auf seine sie jedes Mal verwandelnde Weise zu sagen versucht, wie sehr er sich auf seine Rückkehr nach Deutschland und damit auf sie freue.

Dann, am Abend des 14. September, war in den Nachrichten die Ermordung Bachir Gemayels durch den syrischen Geheimdienst vermeldet worden, und Brigitte war erschrocken vor dem auf der Anrichte in der Küche stehenden Radiogerät zurückgewichen.

Sie wusste, dass Martin in Beirut auf die Genehmigung wartete, Zutritt zum Hauptquartier der Falangisten in Aschrafija zu erhalten, um ganz in der Nähe Gemayels zu sein. Als sie am Morgen des 15. September ein Anruf aus Hamburg erreichte, in welchem Rolf Gillhausen, damals Leiter des Ressorts Reportage, erklärte, der Kontakt zu Martin sei abgerissen und mit der Ermordung Gemayels sei leider auch für Martin das Schlimmste zu befürchten, hatte sie sich für das Telefongespräch bedankt und zitternd aufgelegt. Anschließend war sie wie benommen in die Küche gegangen, um dem Gelben Frauenschuh, den Martin ihr zuletzt von einer Japanreise mitgebracht hatte, Wasser zu geben.

Wenige Tage später erhielt sie von einem Beauftragten des Auswärtigen Amtes in Bonn telefonisch die Nachricht, Martin sei zweifelsfrei als eines der Opfer des Bombenanschlags von Aschrafija identifiziert worden. Daraufhin setzte sie sich wie in

Trance an ihre Schreibmaschine, nahm die graue Staubhülle ab und schrieb: »Mireille zögerte, diesem fremden Gefühl, dessen Schmerz sie bedrückte, seinen Namen zu geben: Traurigkeit. Denn es war ein so ausschließliches, so egoistisches Gefühl, dass sie sich seiner schämte – und Traurigkeit war ihr immer als ein verachtenswertes Gefühl erschienen. Sie hatte Kummer empfunden, Bedauern und manchmal Reue. Doch jetzt hüllte sie etwas ein, schwer und ermattend, das sie von den anderen trennte. Womöglich ja sogar für immer.«

Unmittelbar nach seiner Rückkehr aus Beirut übergab Jay, der das Attentat wie durch ein Wunder unverletzt überlebt hatte, ihr das, was von Martins Sachen im Hotel Concorde geblieben war, darunter seinen Koffer, diverse getragene Hemden, einen Anzug sowie das Futteral seines Fahrtenmessers, das er auf all seinen Reisen bei sich gehabt hatte. Dazu an sie gerichtete, nicht zu Ende geschriebene oder an sie adressierte und nicht abgeschickte Briefe sowie ein schwarzes DIN-A4-Schulheft, in dem er neben ersten Entwürfen für spätere Artikel ganz private Eindrücke festgehalten hatte. An einer Stelle hieß es: »Ich sollte nicht glauben, dass alles so einfach wieder zwischen B. und mir in Ordnung kommt! Auch darf ich mich durch ihre Enttäuschung nicht dazu herausgefordert fühlen, mich ihr zuzuwenden.« In den ersten drei Monaten nach Martins Tod mied sie das Schlafzimmer und war hinunter in das Souterrain gezogen. An ihrem Leiden änderte das nichts.

»Wie kommst du mit dem Buch voran?«, fragte Helga.

»Bestens. Ja, wirklich gut«, antwortete Brigitte in einer Mischung aus Ungeduld und völliger Übermüdung.

»Klingt nach Problemen«, sagte die andere, die sich nicht täuschen ließ. »Na, dann schieß mal los.«

2

dpa – Basisdienst, Hamburg

Bankräuber Gladbeck – Geiselnehmer drohen mit Erschießung

Gladbeck (dpa) Die beiden Geiselnehmer haben damit gedroht, die Geiseln und anschließend sich selbst zu erschießen, wenn ihren Forderungen nicht nachgekommen werde, teilte die Polizei mit. Den Angaben zufolge übermittelten die Täter diese Drohung telefonisch der »Bild«-Zeitung.

Eine auf ihn herabstrahlende Wärmelampe. Fünf Elektroden auf Brust und Bauch zur Kontrolle von Herztätigkeit, Atmung, Körperwärme, Sauerstoffgehalt und Blut. Eine durch das linke Nasenloch eingeführte Magensonde zur Verabreichung von Muttermilch oder Ersatzpräparaten sowie der ins rechte Bein in die Beinvene eingelassene Schlauch zur Gabe von Vitamin-, Zucker-, Eiweiß- oder Fettlösungen. Dazu der Wärmeschild, das Heizaggregat und das Gebläse im Brutkasten, die für die anhaltend »richtige« Temperatur sorgen. Im Moment: 34–36 Grad Celsius.

Den sogenannten Apgar-Test, unmittelbar nach der Geburt, hatte er nur halbwegs erfolgreich bestanden:

1. Hautfarbe: rosig. Blau an Händen und Füßen. 1 Punkt
2. Atmung: kräftig und schreiend. 2 Punkte
3. Herzschlag: unter 100/min. 1 Punkt
4. Muskeltonus/Muskelspannung: träge Bewegung der Arme und Beine. 1 Punkt
5. »Antwort« auf das Absaugen der Nase: Das Baby macht Grimassen. 1 Punkt

Das Gesamturteil lautete: Mäßige Depression. Er musste behandelt werden, hatte eine blaue Asphyxie. Sein Herzschlag lag bei 60–100 Schläge pro Minute, seine Atmung war unregelmäßig.

***

»Wie geht es ihm?«

Thomas Bertram, der sich im Traum mit pochenden Schläfen

in einem Hinterhof vor einer unüberwindlichen Mauer hatte stehen sehen, schreckte hoch, schlug die Augen auf und wandte sich zur offenen Tür um.

»Was ist?«, rief er geblendet und rieb sich mit beiden Handrücken kurz die Augen. »Amina?«, fragte er in die Stille des nächtlichen Flurs. »Bist du das?«

»Ja«, antwortete sie, die, das konnte er nun, da er aufgestanden und einen Schritt auf sie zugegangen war, sehen, in einem Rollstuhl saß.

»Was machst du hier?«

»Ich will mein Kind sehen«, antwortete sie ungeduldig. »Unser Kind.«

»Ja, natürlich!«, sagte er und trat zur Seite, so dass sie an ihm vorbeifahren konnte und vor dem auf einem Tisch mit Rollen befestigten Glaskasten anhielt.

»Wo hast du denn den Rollstuhl her?«

»Von der Nachtschwester, sie war so freundlich, ihn mir …« Hier brach Aminas Stimme mitten im Satz ab, denn im selben Moment kam die Nachtschwester zur offenstehenden Tür herein, schaltete ohne Vorwarnung das Deckenlicht an und sagte: »Entschuldigung.«

Bertram sah auf seine Armbanduhr, es war 3 Uhr 35.

»Schon gut«, seufzte er und suchte Aminas Blick, die nur noch Augen für den Inkubator und die Handgriffe der Schwester hatte.

»Was tun Sie da?«, fragte sie und hob sich ein Stück aus dem Rollstuhl, um besser sehen zu können.

»Die Vitalparameter prüfen!«, antwortete die Frau, »Herz, Atmung, Sättigung.«

»Und? Wie geht es ihm?«, sagte Amina.

»Er muss kämpfen«, antwortete die Schwester, »aber das wissen Sie ja. Bei einem solchen Gewicht können wir nur unterstützend wirken. Er muss es selber schaffen. Aber wenn er erst mal ohne größere Probleme die 1000 Gramm erreicht hat, hat er gute Chancen, zu überleben. Im Moment scheint es ihm gutzugehen.«

»Zu überleben«, wiederholte Amina mechanisch, wandte sich um und streckte Bertram ihre Hand hin, der sofort danach griff.

»Sein Kreislauf ist stabil und die Atmung ziemlich gleichmäßig«, sagte die Schwester.

Bertram, der stumm die routinierten Handgriffe der Schwester verfolgte, blickte abwärts, über die Rückenlehne des Rollstuhls, hinunter zu den profillosen Gummirädern und dachte: Wie es wohl wäre, wenn sie für immer in dem Ding säße?

Er hob den Kopf und verfolgte, wie die Schwester ihre Hände aus den dafür vorgesehenen kreisrunden Löchern des Inkubators zog, die Öffnungen sorgfältig wieder verschloss, ihre Gummihandschuhe abstreifte und zur Verdunklung wieder das Tuch über den Kasten breitete.

Bertram starrte hinauf zu den jetzt ausgeschalteten UV-Leuchten über dem Inkubator, die am Tag ihr blaues Speziallicht auf seinen Sohn hinabgeschickt hatten, um den Bilirubinwert in seinem Blut zu senken, den die Frühgeborenengelbsucht in unnatürliche Höhen getrieben hatte. Er nahm seine Brille ab, schloss die Augen, legte Daumen und Zeigefinger seiner rechten Hand an die Nasenwurzel und massierte sie.

Dabei flirrten die Bilder der letzten zwölf Stunden wie im Zeitraffer durch das an den Rändern orangefarbene Dunkel vor seinen Augen, tauchten auf, nahmen kurz Gestalt an und verschwanden: die wechselnden Gesichter der Schwestern und Ärzte, die matt verglaste Tür des Operationssaals, vor der er hilflos zurückgeblieben war. Und die schiefergrauen Linoleumquadrate des Flurs, die er so lange abgeschritten war, bis man ihn endlich zu ihr ließ, und Amina, wie um Jahre gealtert von der Operation, ihn ansah, wie sie ihn noch nie angesehen hatte.

»Ich komme in einer Stunde wieder«, sagte die Nachtschwester, lächelte und war auf dem Weg aus dem Zimmer, wandte sich aber noch einmal um. »Am besten versuchen Sie beide, ein bisschen zu schlafen. Damit helfen Sie Ihrem Kind am meisten. Mehr können Sie sowieso nicht tun.«

»Ja, ist gut«, sagte Bertram und setzte die Brille wieder auf. Amina saß immer noch reglos vor dem Inkubator.

Sie kannten einander inzwischen seit fast zehn Jahren. Amina, die wie Bertram aus Hirschhorn kam und ihm bereits dort ein paarmal über den Weg gelaufen war, hatte nach zwei Semestern Geographie in Bonn das Studienfach gewechselt und sich genau wie er ein Jahr zuvor in Köln für Medienwissenschaft eingeschrieben. Eines Tages waren sie sich in der Mensa begegnet, und Bertram hatte ihr spontan ein Treffen abgerungen. Denn aus dem versponnenen Mädchen von einst, das sich die Haare schwarz gefärbt, die Augen dunkel geschminkt, an schweren Ketten befestigte Silberkreuze um den Hals getragen hatte und in wallenden, ebenfalls schwarzen Gewändern durch Hirschhorns Fußgängerzone spukte, war eine attraktive Frau mit schulterlangen brünetten Haaren geworden, die einen knallbunten Lackblouson und kniehohe Stiefel zu einem aufregend knappen Rock trug und eine unsichtbare Wolke fein austarierter Lockstoffe hinter sich herzog.

Auf das erste Treffen waren rasch ein zweites und drittes gefolgt, und wenn sie gemeinsam durch die Breite Straße flanierten und Amina im Sommer wie fast überall außerhalb der Uni barfuß lief und ihre Haare schwungvoll in den Nacken warf, so dass ihre aus Kronkorken selbstgefertigten Ohrhänger schaukelten, kam Bertram sich wie ein Löwenbändiger vor, welcher der staunenden Öffentlichkeit sein schönstes Kätzchen präsentiert. Bertram wäre am liebsten bereits nach dem ersten Treffen zur Sache gekommen, doch zu mehr als einem flüchtigen Kuss ließ sie sich nicht verführen. Und so beschränkte sich ihre Beziehung – Bertram scheute sich lange, ihr undurchschaubares Treiben als eine solche zu bezeichnen – auf mehr oder weniger regelmäßige, mehr oder weniger frustrierend endende Treffen, die zu nichts führten. Was blieb, waren stundenlange nächtliche Telefonate, in denen Amina begehrlich in den Hörer stöhnte und damit sein limbisches System in Aufruhr versetzte, so dass er am Ende doch nur wieder wie so oft, nachdem sie aufgelegt hatten, mit heruntergelassenen Hosen und einem Schweißfilm auf der Stirn dabei zusah, wie sein eben noch von den wildesten Phantasien und heftigen Bewegungen seiner rechten Hand aus ihm herausgelocktes Sperma unterm laufenden Wasser gurgelnd im Spülwasser der Toilette verschwand. Umso überraschter war Bertram, als Amina eines Tages nach einem gemeinsamen Kinobesuch vorschlug, noch ein Glas Wein bei ihm zu trinken. Und als dann, nach mehreren Gläsern Aldi-Rotwein und einem Joint, den sie feierlich gedreht und in Brand gesetzt hatte, endlich geschah, was er sich monatelang in den glühendsten Farben erträumt und ausgemalt hatte, war es gerade mal ein ernüchternd kurzes Ineinanderstürzen.

Hinterher lag Amina auf dem Boden neben der Stereoanlage und schlief, und Bertram stand in der Küche und sah zu, wie zwei Aspirintabletten sich auf und ab tanzend in einem Wasserglas auflösten. Von Jubel oder Glück keine Spur. Was er fühlte, war vor allem Enttäuschung.

Anschließend hörte er wochenlang nichts mehr von Amina. Verunsichert rief er ein paarmal erfolglos bei ihr an und besuchte lustlos die Vorlesungen. Bis Amina eines Tages vor seiner Tür stand und ihm erklärte, schwanger zu sein.

»Ein Kind? Aber wieso denn? Nimmst du denn nicht die Pille?«

»Nein, tue ich nicht«, hatte sie patzig geantwortet und sich eine Strähne aus der schönen hohen Stirn gepustet.

»Aber wieso denn nicht, verdammt! Heutzutage nimmt doch jede Sechzehnjährige die Pille! Nur du! Du ... ach vergiss es!«

Hier war sein Zorn bereits erlahmt. Denn so unvorstellbar

es für ihn war, Vater zu werden und sich um Strampler, Babynahrung, Windeln oder einen Kinderwagen und dergleichen zu kümmern, statt seine Karriere als investigativer Journalist voranzutreiben, so undenkbar erschien es ihm, Amina mit dem Kind sitzenzulassen. Außerdem war er ein entschiedener Abtreibungsgegner. Er konnte es drehen und wenden, wie er wollte: Er hatte ein Problem, und zwar ein ziemlich großes!

Bertram, der sich trotz seiner 24 Jahre in manchen Momenten selbst noch wie ein Kind fühlte, hatte vor dem Hintergrund seiner Geschichte als albanisches Adoptivkind entschieden, sich nicht fortzupflanzen. Seine mit ihm schwangere Mutter, der in ihrer südosteuropäischen Heimat die Steinigung drohte, war nach Deutschland, nach Mannheim geflohen, wo sie ihr Kind zur Welt brachte und es unmittelbar nach der Geburt zur Adoption an einen Juristen und seine Frau freigab. Bertram konnte der Idee, seine Gene irgendwann mit denen eines anderen Menschen zu mischen, wenig abgewinnen. Umso größer war sein Entsetzen, als Amina ihn damit konfrontierte, dass er den Kompass seiner Lebensplanung komplett neu ausrichten musste.

»Wir beide Eltern?«, hatte er ihr geantwortet und dabei hilflos gegrinst. »Wie soll das gehen? Ich meine, wie wollen wir ein Kind ernähren? Ich studiere. Du studierst. Und wegen der paar Sachen, die ich journalistisch gemacht habe, werden sich die Sender weiß Gott nicht um mich reißen!«

Dabei hatten seine Beiträge, die er fürs Landesstudio des Süddeutschen Rundfunks geschrieben und selbst gesprochen hatte, mehr als nur ernstzunehmende Ansätze erkennen lassen, darunter kleinere Reportagen über Ausländer und ihre Integrationsprobleme im Badischen sowie vor allem seine beiden längeren Stücke über die sogenannte »Wagner-Bürckel-Aktion«, bei der im Oktober 1940 über 6000 badische Juden, darunter 280 aus Heidelberg, in das französische Internierungslager Cap du Cour im Südwesten deportiert worden waren, von denen nur ganz wenige überlebt hatten. Bertram hatte zwei Überlebende dieses Genozids ausfindig gemacht und dazu gebracht, sich vor seinem Mikrophon zu äußern. Das Resultat waren ebenso beklemmende wie berührende Kurzfeatures, die ihm für seine »sachliche, vorurteilslose und zugleich einfühlsame Berichterstattung«, so die kurze Begründung der Jury, den in der Region angesehenen Publizistikpreis der Stadt Heidelberg eintrugen und ihn in seinem Glauben bestätigten, ein geborener Journalist zu sein.

Doch Amina hatte, wie es schon damals ihre Art war, nur lässig die Arme vor der Brust verschränkt, ihn mit leicht vorgestrecktem Kinn angesehen und entschlossen geantwortet: »Dann müssen uns eben meine Eltern helfen.«

Aminas Vater – er war im Vorstand der international tätigen Heidelberg Cement, eines altehrwürdigen, börsennotierten Baustoffkonzerns – fuhr einen schneeweißen 3,8 Liter turbogetriebenen Buick Riviera mit Weißwandreifen und roten Ledersitzen, spielte leidenschaftlich Tennis, seinen Killerinstinkt am Netz verglich er gerne breit grinsend mit dem des jungen Boris Becker bei dessen erstem Wimbledonsieg 1985, und er liebte seine Tochter über alles. Es wäre sicher ein Leichtes gewesen, sich als angehender Vater des Kindes seiner Tochter den Geldströmen des betuchten Cement-Mannes zu überlassen, doch für Bertram, der sich schon als Junge als einsamen Überlebenskämpfer gesehen hatte, widersprach die von Amina ins Spiel gebrachte Lösung ihrer finanziellen Probleme sämtlichen seiner moralischen Grundsätze, und er antwortete entschieden: »Nur über meine Leiche!«

»Es wird alles gut«, sagte Bertram, beugte sich zu Amina hinunter und legte ihr beide Arme um den Hals. Dabei drückte er sein Gesicht in ihr Haar, schloss die Augen und sog den Geruch, den es verströmte, tief ein.

***

»Wir holen die Marion!«, sagte Rösner und bog plötzlich in die Kirchhellener Straße ab. Ganz spontan war ihm die Idee gekommen.

»Bisste bestusst? Was willst ’n mit der jetzt?«, rief Degowski von hinten. Er mochte die Marion nicht. In ihrer Gegenwart war der Hanusch anders als sonst. Für ihn war er dann Luft.

»Ich hol se, kapiert!«, sagte Rösner in einem Ton, der keinen Widerspruch zuließ, hielt in der Horster Straße vor dem Block 4a und sprang aus dem Wagen. In den Fenstern des achtstöckigen Blocks brannten da und dort noch Lichter. Er drückte viermal den Klingelknopf.

»Ja?«, ertönte ihre Stimme.

»Los komm, Kleines!«, sagte er.

»Ich weiß nich«, sagte sie. »Und wenn die Bullen uns schnappen?«

»Mensch, mach hinne!«, sagte er ungeduldig.

Eine Weile war nur das Knistern der Sprechanlage zu hören, weil sie oben den Knopf gedrückt hielt, ohne etwas zu sagen. »Was hast ’n vor?«, sagte sie endlich und warf einen Blick auf den abgewohnten Teppich, der im Wohnzimmer lag.

»Mensch, komm schon!«, rief er und spähte rüber zum Wagen. »Ich will, dasste mitkommst!«

»Also gut«, sagte sie schließlich, und er konnte hören, wie sie den Knopf der Sprechanlage mit einem Klicken losließ. Die Lichter in den Fenstern wirkten wie Löcher in einer schwarz tapezierten Hauswand, durch die einzelne Strahlen drangen. Der schwache Wind schien die Lichter herumzuwehen.

Es gab hier keine Morgenröte und abends keinen Sonnenuntergang. Nur Beton. Manchmal, wenn er in seinem Bett lag und an die Wohnblocks dachte, stellte er sich eine gewaltige Klinge vor, die aus dem Himmel runterfuhr und alles mit einem Ratsch einebnete. Damit wieder Licht durchkam. Verdammter Beton!

Er lief zurück zum Wagen. Im Treppenhaus ging das Licht an, und kurz darauf stieg die Marion zu ihnen in den Wagen, zwängte sich mit ihrer Handtasche hinten neben Degowski. Sie trug Jeans und eine helle Bluse und roch wie ein Blumenstrauß. Rösner startete den Wagen, sah in den Rückspiegel und gab Gas.

Im Spiegel betrachtete er ihre stark geschminkten Augen. »Wo is die Ramona?«, fragte er.

»Bei meiner Mutter«, sagte sie. Das war gut. Da konnte ihr nichts passieren.

Er war froh, die Marion dabeizuhaben. Auch wenn sein letzter Abgang ziemlich scheiße gewesen war und es so aussah, als wäre es aus mit ihnen. Aber das war es nicht. So was fühlte man doch.

***

Marc Steiner hatte den Fernseher eine Stunde nach Mitternacht ausgemacht und war, nachdem er sich im Bad die Zähne geputzt hatte, in sein Zimmer gegangen, hatte die Stereoanlage eingeschaltet, »Eyes of the Universe« von Barclay James Harvest aufgelegt und sich der Länge nach auf seinem zerwühlten Bett ausgestreckt. Wenn er »Play to the World« hörte, war sofort alles wieder da: der milde Sommer 84, das Open-Air-Konzert auf der Feste Marienburg in Würzburg mit Barclay James Harvest, den Dire Straits und Georg Danzer und die langen, scheinbar nie zu Ende gehenden Abende mit Rachael unten am Main, wo sie am Ufer, am Fuß der großen Trauerweide rauchten, billigen Wein aus der Flasche tranken und Friedhofskerzen anzündeten, die sie auf Rindenstücke stellten und wie winzige Boote aufs pechschwarze Wasser setzten, um ihnen eng umschlungen zuzusehen, wie sie langsam hinaustrieben in die Nacht.

Vier Jahre war das her. Trotzdem war ihm, wenn er »Play to the World« hörte, das sie damals, auf dem Bett liegend, wieder und wieder gehört hatten, als sei nichts vergangen: weder seine Liebe für Rachael und seine ständige Sehnsucht nach ihr noch der Schmerz, der ihn quälte. Rachael war das erste Mädchen, mit dem er geschlafen hatte. Am schlimmsten waren die Abende und Nächte, wenn er nach Sendeschluss Zuflucht bei den Go Betweens, Tears For Fears, The Smiths oder Büchern suchte. Denn obwohl ihm Lesen nie etwas bedeutet hatte, verspürte er, nachdem Rachael mit ihm Schluss gemacht hatte, das starke Verlangen, in andere Welten abzutauchen.

Ein Freund hatte ihm einen kleinen Roman eines Algeriers namens Albert Camus mit dem Titel »Der Fremde« geschenkt, und nachdem Marc ein paar Seiten gelesen hatte, fühlte er sich seltsam verzaubert. Als spreche daraus eine Stimme zu ihm, auf die er offenbar unbewusst gewartete hatte. Anschließend war er in die Buchhandlung gelaufen und hatte alles gekauft, was von Camus zu bekommen war.

Er hatte sich am Nachmittag vor den Fernseher gesetzt, um die Englischklausur, die er am Morgen geschrieben und wohl verpatzt hatte, zu vergessen, und zunächst ziellos durch die Programme geschaltet. Bis er in der Nachmittagsausgabe der Tagesschau hängengeblieben war und erste Bilder aus Gladbeck gesehen hatte. Zwei Gangster hatten eine Bank überfallen und Geiseln genommen. Neugierig schaltete er sich durch andere Sender in der Hoffnung auf weitere Informationen.

Zwei Stunden später hatte er gemeinsam mit seinem Vater zuerst die Heute-Sendung gesehen, anschließend um acht die Tagesschau, um Viertel vor zehn das Heute-Journal und gleich im Anschluss daran um halb elf in der ARD die Tagesthemen angeschaut und erfahren, dass die Gangster die Bank um 21 Uhr 37, gemeinsam mit den beiden Geiseln, in einem von der Polizei bereitgestellten Fluchtauto mit unbekanntem Ziel verlassen hatten.

Noch lange nachdem sein Vater ins Bett gegangen war, schaltete Marc zwischen den Dritten Programmen hin und her. Doch sowohl der WDR als auch der Hessische Rundfunk hatten nichts Neues mehr aus Gladbeck gebracht. Die Gangster waren inzwischen, verfolgt von einem Tross von Journalisten, auf der A 43 in Richtung Münster unterwegs, nachdem die Polizei am Nachmittag ihre Geldforderungen erfüllt hatte.

Ein nur mit einer Badehose bekleideter Polizeibeamte hatte die Summe mittags vor dem Eingang der Bank deponiert und mit einem Besenstil vor die sich später kurz einen Spaltbreit öffnende Tür geschoben. Der Kassierer der Bank und eine 23 Jahre alte Angestellte befanden sich weiterhin in der Hand der offenbar schwerbewaffneten Gangster. Im Verlauf des Vormittags hatten diese mehrfach Warnschüsse abgegeben. Sowohl die über der Bank gelegenen Wohnungen als auch zwei nahe Kindergärten waren von der Polizei geräumt worden.

Als Marc, nachdem er mehr als 100 Seiten Camus gelesen hatte, das Licht ausschaltete, zeigte sein auf dem Nachttisch stehender Wecker kurz vor vier.

Die Geiseln befanden sich seit nunmehr über 20 Stunden in der Gewalt der Verbrecher.

***

Die Milchspritze hing, oben geöffnet, etwa 20 Zentimeter über seinem Kopf an der Decke des Brutkastens. Die gut sichtbaren Wellenbewegungen seines Magens und der Speiseröhre saugten die Nährstofflösung an. Darin: Elektrolyte wie Natrium, Kalium, Chlor, Kalzium und Phosphor in Verbindung mit den Vitaminen A, B, C, D, E und K. Für ein Gramm Gewichtzunahme benötigte er täglich drei Kilokalorien.

Die ihm verabreichten Nährstoffe wurden regelmäßig auf ihren Gehalt im Blut kontrolliert, da selbst kleinste Verschiebungen zu schweren Erkrankungen führen konnten. Befand sich zu wenig oder zu viel Kalium im Blut, konnte es leicht zu Herzrhythmusstörungen kommen. Bei zu wenig Kalzium würde er zittrig werden und einen Krampfanfall erleiden.

Paul war kein lebhaftes Frühchen. Die Gefahr, dass er sich

den Ernährungsschlauch griff und teilweise aus der Speiseröhre zog, bestand im Moment nicht. Anderenfalls (dann nämlich, wenn die Nährstofflösung statt in den Magen in die Lunge lief) konnte es gefährlich für ihn werden und zu einer sogenannten Aspirationspneumonie kommen.

***

»Wir müssen die Karre loswerden!«, sagte Rösner. »Is 'ne Bullenkarre, vielleicht hamse 'n Peilsender eingebaut.«

Er folgte der Uhlandstraße, wechselte nach zweihundert Metern auf die Goethestraße und hielt Ausschau nach einem passenden Wagen, gegen den sie den Audi eintauschen konnten. Er drosselte die Geschwindigkeit, dunkle Fassaden glitten vorüber. Vor einer Gaststätte, neben einem VW Käfer, parkte ein 7er BMW.

»Der da isses!«, sagte Rösner, trat auf die Bremse, zog den Audi an die Bordsteinkante und stellte den Motor ab.

Er nahm den Revolver aus der Konsole und stieg aus. Im milchig-hellen Schein der Laterne wirkte der große BMW wie für sie gemacht: dunkel, geräumig, schnell.

Rösner sah sich kurz um und betrat die Gaststätte. Links an der Wand saßen drei Männer an einem Tisch und spielten Karten. Am Tresen hockten zwei junge Männer vor halbvollen Biergläsern und unterhielten sich. Hinter dem Tresen stand der Wirt, beide Arme steckten bis zu den Ellbogen im Spülbecken. In der Musikbox lief »One Moment in Time« von Whitney Houston.

»Wem is 'n der dunkle BMW da vor der Tür?«, sagte Rösner. Der Wirt hob den Kopf. Hinter ihm an der vom Nikotin gebräunten Wand hingen bunte Vereinswimpel. Die beiden jungen Männer unterbrachen ihr Gespräch und drehten sich zu ihm um.

»Wem der BMW is, will ich wissen?«, wiederholte Rösner lauter, hob die Waffe und richtete sie auf die Kartenspieler. »Fährt von euch einer den 7er da draußen? Na los, wat is?«

Die Männer unterbrachen ihr Spiel und starrten auf die Waffe.

Rösner trat an den Tisch und stieß einem der Männer den Lauf des Colts gegen die Schulter. »Na los, du Arschloch! Du tote Drecksau! Wem is der BMW? Oder biste taub?«

Der Angesprochene sah ihn an, öffnete die Lippen, blieb aber stumm. Seine Hand gab die Spielkarten frei, sie fielen zu Boden.

So gefiel ihm das. Der hatte die Hosen voll. Rösner beugte sich vor, griff an dem Mann vorbei nach dessen auf dem Tisch liegenden Camel Filters, schob sich eine zwischen die Lippen und steckte das Päckchen ein. Niemand sagte etwas, niemand bewegte sich.

»Ihr verdammten Penner!«, rief Rösner, drehte sich um und ging hinaus.

Er ließ seinen Blick sehnsüchtig über die dunkle Flanke des BMW gleiten, auf welcher sich leicht verzerrt als dünner, weißer Strich der Lichtkegel der Laterne spiegelte. Dann hob er die Pistole, trat einen Schritt zurück und feuerte auf eines der Seitenfenster. Krachend fiel die Scheibe in sich zusammen.

»Dreckskarre!«, schrie er, taub vom Lärm der Detonation, und feuerte noch einmal voller Inbrunst auf die Heckscheibe, bevor er mit schnellen Schritten zurück zum Wagen lief.

II

Mittwoch, 17. August 1988

Noch weit nach Mitternacht zeigte das Außenthermometer auf ihrem kleinen, teils überdachten Balkon unglaubliche 28 Grad. Es war zum Verrücktwerden. Überreizt lag sie in der Dunkelheit ihres Schlafzimmers wach und wälzte sich bis in die frühen Morgenstunden ruhelos hin und her.

Früher wäre Chris in einer solchen Situation aufgestanden, ins Badezimmer getappt und hätte eine Noctamid genommen, sich wieder hingelegt und geduldig auf deren betäubende Wirkung gewartet. Doch irgendwann war Klaus dahintergekommen, dass sie öfter, als es ihrer Gesundheit guttat, zu den chemischen Schlafspendern griff.

»Wieso nimmst du so was? Das ist Mistzeug, hörst du? Davon kann man abhängig werden!«

»Einfach so!«, hatte sie trotzig geantwortet und sich wieder wie die 15-Jährige gefühlt, die von ihrer Mutter dabei ertappt wurde, wie sie in deren Schlafzimmer vor dem Spiegel, mit einem hautengen Minirock der Mutter bekleidet, selbstverliebt posierte.

Klaus hatte die auf dem Waschbeckenrand liegende Packung genommen und war damit hinüber in die dunkle Küche gelaufen, wo der Mülleimer unter der Spüle stand. Als sie wieder im Bett lagen, musste sie ihm versprechen, sie nicht wieder daraus hervorzuholen. Widerwillig hatte sie damals seinem Wunsch entsprochen, denn eigentlich liebte Chris es, im Dunkeln dazuliegen und zu spüren, wie sich die muskelentspannende Wirkung der Tablette einstellte und die sie eben noch quälende Anspannung einem Leichtwerden ihrer Gedanken wich.

Seit Klaus sie im Juni mit der Begründung, ihr Selbstmitleid und ihre Panikattacken nicht länger ertragen zu können, verlassen hatte, galt das Versprechen nicht mehr. Trotzdem hatte sie in der Nacht nicht mehr die Kraft aufgebracht, aufzustehen, sich anzuziehen und die Notapotheke aufzusuchen, um sich eine Packung Noctamid zu besorgen. Außerdem hatte sie, seit sie einmal pro Woche zu Dr. Brunner ging und mit ihr über das sprach, was vor nicht ganz vier Monaten vorgefallen war, das Gefühl, auf dem Weg der Besserung zu sein. Was zählte da schon eine weitere Nacht ohne Schlaf?

So war der Abend vergangen wie zuletzt so viele. Sie hatte sich eine Folge von »Liebling Kreuzberg« angesehen, anschließend noch eine Weile von dem einen Programm ins andere geschaltet und den Fernseher schließlich ausgemacht. In Gladbeck hatten zwei Männer eine Filiale der Deutschen Bank überfallen und Geiseln genommen. Nach stundenlangen Verhandlungen mit der Polizei hatten die beiden Männer die Bank in einem bereitgestellten Fluchtfahrzeug gemeinsam mit den Geiseln verlassen.

Als Chris Stunden später, erschöpft vom erfolglosen Warten auf den Schlaf, auf die Uhr gesehen hatte, war es halb vier gewesen.

Jetzt zeigte das weinrote Display des Sony-Weckers 8 Uhr 46, und zwischen den Lamellen des heruntergelassenen Rollos drang das grelle Sonnenlicht herein. Chris versuchte ruhig und gleichmäßig zu atmen. Sie wollte gewappnet sein, falls die Angst wiederkäme, was sie besonders gerne morgens gleich nach dem Aufwachen tat. Sie hatte dann das beklemmende Gefühl, wieder am Steuer ihres Taxis zu sitzen, das ihr von hinten an die Kehle gedrückte Messer zu spüren und mitanhören zu müssen, wie der Fremde sich hinter ihr selbst befriedigte und irgendwann stöhnend gegen die Rückseite ihres Sitzes ergoss. Vorher hatte er mit dem Messer ihre Bluse samt BH vorn zwischen den Körbchen brutal aufgeschlitzt und ihr seine kalte Hand auf die nackte Brust gedrückt.

Kurz glaubte sie, wie sie so dalag und angespannt auf ihren in den Ohren trommelnden Pulsschlag lauschte, eine Angstwelle sei im Anzug. Doch es gelang ihr, sie abzufangen, indem sie sich vorstellte, eine vom Wind durch die sonnigen Straßen einer hitzeflirrenden amerikanischen Kleinstadt getriebene Vogelfeder zu sein, die irgendwann kreiselnd und wie einem sie nach oben ziehenden Sog folgend in den azurblauen Himmel aufsteigt, kleiner wird und sich schließlich darin auflöst.

Erschöpft erhob sie sich und besah sich den dunklen, kreisrunden Schweißfleck auf ihrem Kopfkissen. Dann lief sie ins Bad und drehte den Wasserhahn auf, kühlte sich das schweißnasse Gesicht und ließ anschließend minutenlang das kalte Wasser über die erhitzten Unterarme und die von der Wärme leicht geschwollenen Hände laufen. Dabei studierte sie ihr Gesicht in der kleinen, dreigeteilten Spiegelfläche des Alibertschranks. Die müden, von Schatten unterlegten Augen. Die um die Nasenlöcher leicht gerötete Nase. Die blassrosafarbenen, aufgesprungenen Lippen. Und auch das kastanienbraune, ihr in dichten Strähnen ins Gesicht hängendes schulterlanges Haar, hinter dem sie, durch eine kurze ruckartige Bewegung aus dem Nacken hervorgeschüttelt, gern ihr Gesicht verbarg, wenn sie in Bedrängnis geriet. Nun umfasste sie es zu einem Zopf, zwirbelte es zweimal und fixierte es mit einer Haarnadel zu einem Dutt.

Dr. Brunner hatte ihr kleine Hinweise gegeben, mit denen sie die in ihr aufkommende Angst in Schach halten oder sogar abfangen konnte. Dazu zählte so etwas Simples wie kaltes Wasser, das sie in kleinen Schlucken trank und sich so lange über die pochenden Handgelenke sprudeln ließ, bis ihr Puls sich wieder verlangsamte und sie das beglückende, von Entspannung begleitete Gefühl durchrieselte, davongekommen und wieder sie selbst zu sein: Chris Mahler, eine 32 Jahre alte, kürzlich von ihrem Freund verlassene Frau, die entschlossen war, den Kampf gegen die Angst zu gewinnen.

Ja, ich werde einen Neuanfang machen, sagte Chris mit Blick in den Spiegel entschlossen ihr Mantra auf, drehte den Wasserhahn zu, legte mit dem Ellbogen den Lichtschalter um und lief mit nassen Händen zurück ins Bett. Auch ohne Klaus. Und heute werde ich nach mehr als vier Monaten das erste Mal wieder ein Taxi lenken.

***

Peter Ahrens schlug die Augen auf. Er hatte wegen der Hitze schlecht geschlafen, war immer wieder aufgewacht und fühlte sich zerschlagen.

Als er in den frühen Morgenstunden endlich wieder eingeschlafen war, hatten ihn kurz darauf der vor dem Haus im Leerlauf arbeitende Motor und das Quietschen der Hubmechanik des Wagens der Müllabfuhr geweckt. Auf dem giftgrünen, leicht flimmernden Display des Radioweckers war es neun Minuten nach neun.

Zwischen den nicht ganz geschlossenen Rollläden brach das Sonnenlicht herein und malte ein interessantes graphisches Muster aus grellen Linien an die Fototapete der gegenüberliegenden Wand: die New Yorker Skyline im hellen Bremer Morgenlicht.

Ahrens hatte das Foto bei seinem ersten New-York-Besuch 1979 gemacht. Er hatte sich dafür extra einen Leihwagen genommen und war aus der Stadt hinausgefahren, um über den Hudson hinweg die Südspitze Manhattans mit dem Empire State Building im Zentrum zu fotografieren. Berauscht von der kühlen Schönheit der im Sonnenlicht glitzernden Türme hatte er damals Dutzende von Filmen verschossen und nach seiner Rückkehr selbst entwickelt. Seitdem lagen sie in irgendwelchen Schachteln in seinem Archiv im Keller.

Anette, die ihre gemeinsame siebenjährige Tochter Jasmin mit dem Fahrrad zur Schule brachte, musste jeden Moment wieder nach Hause kommen. Ahrens zog seinen Bademantel über, ging hinunter in die Küche und stellte die Kaffeemaschine an. Anschließend drehte er das Radio an, Radio Bremen Eins.

Am Vorabend hatte er, nachdem er sich übers Fernsehen einen Überblick über die Ereignisse in Gladbeck verschafft hatte, Robert Franzke, einen befreundeten Dortmunder Kollegen, angerufen, der für die Ruhr Nachrichten arbeitete und in Gladbeck vor Ort gewesen war.

»Das war absolut irre, Peter«, hatte Franzke hörbar erregt gesagt, »du glaubst es nicht! Wir hatten völlig freien Zugang bis zur Bank. Von Behinderung durch die Polizei keine Spur. Wir machten unsere Bilder, und die Grünen guckten zu.«

Ahrens, der als Fotograf für AP arbeitete, aber im Begriff war, gemeinsam mit einem Freund eine eigene kleine Bildagentur aufzubauen, war Franzkes Schilderungen am Ende nur noch halbherzig gefolgt, abgelenkt von der Vorstellung, seine Ausrüstung zusammenzupacken, sich ins Auto zu setzen und sich an die Geschichte dranzuhängen. Wäre da nicht diese Auftragsarbeit für die Meyer-Werft in Papenburg gewesen, deren Termin schon seit Monaten feststand und die sich unmöglich verschieben ließ. Für deren PR-Abteilung sollte er die »Horizon« fotografieren, ein Hochseeschiff, das von einer griechischen Reederei in Auftrag gegeben worden war und kurz vor der Fertigstellung stand.

Ahrens trat ans offene Fenster und blickte nachdenklich hinaus auf die im Morgenlicht bereits unwirklich unter einem stahlblauen Himmel leuchtenden Wümmewiesen. Anette und er hatten zuletzt zaghaft überlegt, aus Borgfeld weg- und näher an die Innenstadt zu ziehen. Sie arbeitete in einer Apotheke in der Bremer Altstadt und beklagte sich neuerdings öfter über die neun Kilometer, die sie zweimal täglich mit ihrem Polo zurücklegen musste. Doch wenn er wie in diesem Moment seinen Blick über die ihr Grundstück streifenden Ausläufer des riesigen Naturschutzgebiets schweifen ließ, kam ihm dieser Gedanke geradezu absurd vor. Was waren schon 18 Kilometer Bundesstraße gegen eine solche Aussicht?

Wenn er mit Jasmin durch die von breiten Wasseradern durchzogenen und von Sumpfdotterblumen oder Polstern der karminrot leuchtenden Kuckuckslichtnelke gesäumten Wiesen Richtung Timmersloh oder Lilienthal lief, war es keine Seltenheit, dass plötzlich Reiher aus dem Röhricht vor ihnen aufstiegen, ein blau schillernder Eisvogel pfeilschnell durchs Bild flog oder ein Fischotter kurz aus dem dichten Ufergras hervortauchte und wieder darin verschwand. Gerade an heißen Tagen wie diesen war es eine wahre Freude, sich dort mit einer Decke unter einen der zahlreichen schattenspendenden Bäume zu legen und ein in der Kühltasche mitgebrachtes eiskaltes Beck's zu trinken, während sich in der Innenstadt der Teer unter den lautlosen Schlägen der Hitze in eine formlose Masse verwandelte und es grässlich nach Benzin und Urin stank.

Das Geräusch der aufspringenden Haustür riss ihn aus seinen Gedanken.

»Hi!«, rief Anette aus der Diele. »Auf dem Thermometer draußen sind es schon wieder 26 Grad!« Sie kam in die Küche und legte ihm die Bildzeitung auf den Tisch. Auf der Titelseite prangte in riesigen schwarzen Lettern: »Die Geisel-Bank«.

Ahrens betrachtete das große grobkörnige Schwarzweißfoto, das die Bank in Gladbeck-Rentfort und den nur mit einer Badehose bekleideten Polizisten zeigte. Was für ein idiotisches Bild, dachte er.

Seine erste Kamera, eine Contaflex Super B von Zeiss Ikon, hatte ihm sein Vater, der 30 Jahre im Schiffsbau gearbeitet und kurz nach dem Konkurs der AG Weser 1983 an einem Herzinfarkt gestorben war, geschenkt.

Ahrens hatte von einer eigenen Kamera geträumt, seit er im Stern die von Perry Kretz während des Vietnamkriegs gemachten Fotos entdeckt hatte. Und als er wenig später per Zufall auf René

Burris Aufnahme aus dem Jahr 1963 stieß, die den jungen, damals verdammt gutaussehenden Che Guevera Zigarre rauchend zeigte, stand sein Berufswunsch fest: Fotograf.

1979 hatte er bereits für Zeitungen und überregional erscheinende Magazine wie Die Bunte fotografiert, insgeheim aber immer davon geträumt, richtig große Fotoreportagen zu machen, so wie es sein Idol Perry Kretz einst getan hatte. Im November 1981 bekam er überraschend seine große Chance: Der Stern schickte ihn gemeinsam mit einem Reporter nach Frankfurt an die Startbahn-West, wo er die gewaltsamen Auseinandersetzungen zwischen militanten Baugegnern und der Polizei fotografieren sollte.

Ahrens fuhr mit dem Zug nach Frankfurt und anschließend mit dem Taxi Richtung Flughafen. Aggression lag spürbar in der Luft, und Ahrens hatte zum ersten Mal in seinem Fotografenleben das sichere Gefühl, zur richtigen Zeit am richtigen Ort zu sein. Er arbeitete sich bis zu den Barrikaden vor und verschoss Dutzende von Filmen, welche die Gefechte zwischen den Demonstranten und den Bundesgrenzschutzbeamten aus nächster Nähe dokumentierten. Er hatte das berauschende Gefühl, Zeuge eines ganz für ihn allein inszenierten Krieges zu sein.

Als der Stern in der letzten Novemberausgabe 1981 seine Fotos druckte, konnte er sein Glück kaum fassen. Das lag sieben Jahre zurück, und Peter Ahrens war seitdem gut im Geschäft. Der Stern gehörte längst ebenso zu seinen festen Kunden wie der Spiegel oder Die Zeit.

Er schlug die Zeitung auf, während Anette den Tisch zu decken begann. Bild Dortmund hatte fünf Leute nach Gladbeck geschickt, das große Aufgebot sozusagen.

Auf Seite drei waren unter der Überschrift »Geisel-Gangster kauften Buletten und Beruhigungsmittel« drei Fotos zu einem montiert, auf dem jeweils »Der Polizist«, »Die Geisel« und der »Gangster« abgebildet waren.

Ahrens verachtete diese Art von Fotojournalismus. Das alles hatte nicht das Geringste mit dem zu tun, was ihm als Fotograf am Herzen lag. Seine Vorbilder waren der Schweizer René Burri, der deutsch-amerikanische Kriegsfotograf Perry Kretz und Robert Lebeck. Darauf angesprochen, was er für großen Fotojournalismus hielt, verwies er gern auf Robert Lebecks berühmte Reportage »Afrika im Jahre null« von 1960. Eines der Fotos zeigte einen jungen Afrikaner, der während der Feierlichkeiten zur Unabhängigkeit des Kongo König Baudouins Degen stahl. Das Foto war um die Welt gegangen und hatte Lebecks legendären Ruf begründet.

Einmal war Ahrens Lebeck bei einer Ausstellungseröffnung der Neuen Nationalgalerie in Berlin begegnet, die Werke von ihm zeigte. Er hatte aber nicht den Mut besessen, ihn anzusprechen.

Einem plötzlichen Impuls folgend, legte Ahrens die Zeitung auf den Tisch, stand auf und lief in die Diele, wo das Telefon war, und nahm den Hörer und wählte die AP-Nummer in Frankfurt. Nach dem dritten Läuten nahm jemand ab.

»Peter Ahrens! Ist Jens Freiwald da?«

»Ja, Moment bitte!«, antwortete die Frauenstimme, dann wurde er verbunden, und eine Männerstimme sagte: »Freiwald?«

»Ich bin es, Ahrens.«

»Guten Morgen«, sagte Freiwald. »Hat dich die Hitze so früh aus dem Bett getrieben?«

»Nein, die Bildzeitung«, sagte Ahrens und zog vorsichtig die Tür zur Küche zu.

»Gladbeck, verstehe«, sagte Freiwald ungerührt, »die sind gerade auf dem Weg nach Bremen.«

»Was?«, sagte Ahrens. »Wieso das denn?«

»Das musst du den Rösner fragen!«

»Habt ihr schon jemanden, der das ...?«

»Die Scharlow wird das machen, ich habe vor einer halben Stunde mit ihr gesprochen!«, sagte Freiwald.

»Die Scharlow? Die ist doch erst ein halbes Jahr dabei. Sollte das nicht lieber einer von den älteren Kollegen übernehmen, ich meine, nichts gegen Dagmar Scharlow, aber ...«

»Die packt das schon«, sagte Freiwald, »ihre Mülheimer Flugzeugabsturzgeschichte im Februar war doch ziemlich gut.«

»Ja, okay«, sagte Ahrens. »Die Bilder waren nicht schlecht.«

Damals war eine vollbesetzte Turbo-Prop-Maschine des Nürnberger Flugdienstes, die sich auf einem Linienflug von Hannover nach Düsseldorf befunden hatte, in den Morgenstunden in der Nähe von Mülheim/Ruhr im Landeanflug von einem Blitz getroffen worden und abgestürzt. Alle 21 Insassen waren dabei ums Leben gekommen. Dagmar Scharlows Bilder hatten tatsächlich Eindruck auf ihn gemacht. Sie hatte die Sache erstaunlich routiniert fotografiert.

»Lass die mal machen«, sagte Freiwald. »Ein anderes Mal wieder, okay, Peter?«

»Wie du meinst«, sagte Ahrens und legte auf.

Anette saß am Tisch und bestrich eine Scheibe Brot mit Butter.

»Stell dir vor, die kommen nach Bremen«, sagte er und nahm ihr gegenüber, wie er das seit sieben Jahren jeden Morgen tat, Platz.

»Wer?«

Ahrens deutete auf die zusammengefaltet neben dem Brotkorb liegende Zeitung. »Die Geiselgangster!«

»Hast du deswegen telefoniert?«, sagte Anette und tropfte mit dem Löffel einen dunkelroten Klecks Himbeermarmelade auf ihr Butterbrot.

»Ja«, sagte er und nahm eine Scheibe Brot aus dem Korb.

»Hast du nicht heute die Sache in Papenburg?«

»Ja«, sagte er, »wäre sowieso nicht gegangen.«

3

dpa – Basisdienst, Hamburg
Geiselgangster fordern 300 000 Mark –
Kein Kontakt zur Polizei

Gladbeck (dpa) – Bis zum Nachmittag hatte die Polizei nach eigenen Angaben noch keinen direkten Kontakt zu den beiden vermummten Männern, die 300 000 Mark sowie ein schnelles Fluchtauto forderten. Sie drohten damit, eine ihrer beiden Geiseln anzuschießen.

Am Morgen telefonierten verschiedene Journalisten mit den Geiselnehmern in der Bank. In einem Interview in den Mittagsnachrichten eines Berliner Privatsenders bekräftigte einer der Gangster, der mit einem stark rheinischen Akzent sprach, seine Forderung nach Geld und Fluchtauto. Als Motiv gab er an, dringend Geld zu benötigen.

Seit er mit seinem Bruder Karoly in Berlin telefoniert hatte, hatte Adam das Gefühl, langsam wieder klarer denken zu können. Stundenlang hatte er sich wie betäubt gefühlt. Karoly war seit dem Tod des Vaters, der sich ein halbes Jahr vor ihrem gemeinsamen Weggang aus Sosnowitz vor einen aus Kattowitz kommenden Nahverkehrszug geworfen hatte, seine Familie. Karoly war zweieinhalb Jahre älter als Adam, hatte als Automechaniker in einer Garage in Zagorze gearbeitet und ihm alles, was man über Motoren wissen musste, beigebracht.

Die polnische Eisenbahn Polskie Koleje Państwowe S.A., die ihm sein halbes Leben lang Brot und Arbeit gegeben hatte, brachte ihren Vater am Ende um. Weshalb er sich vor den Zug geworfen hatte, wurde nie geklärt. Gründe dafür, dachte Adam später, gab es viele.

In einer Winternacht des Jahres 1985 hatten Karoly und er mit dem alten dunkelgrünen Polski Fiat 125p ihres Vaters das tiefverschneite Sosnowitz Richtung Berlin verlassen. Als sie aus Srodula, dem Ortsteil, in dem sie groß geworden waren, hinausfuhren und die Scheinwerfer ihr gelbes Licht über die weiß verhüllten Straßen sprühten, wusste Adam, dass etwas in seinem Leben für immer zu Ende ging.

In der ersten Zeit im kalten, vom eisigen Ostwind durchfegten Berlin waren sie bei Jurka, Karolys ehemaligem Klassenkameraden, untergekommen, und für Adam waren die Tage in Spandau, die ersten auf deutschem Boden, aufregend. Die Zukunft hatte ihnen damals, anders als zu Hause (wo seit dem Krebstod der Mutter alles wie unter einer täglich dickeren Staubschicht liegen geblieben war), plötzlich wieder offengestanden. Und dann hatte er bei Wackernagel Martha kennengelernt, eine kleine brünette Schönheit aus dem Wedding, die sich beim Reden häufig das dichte, schulterlange und stets in der Mitte gescheitelte Haar mit den Ringfingern hinter die wunderschönen Ohren strich – kleine, wie aus Nudelteig geformte Muscheln.

Aus ihrer Affäre, die auf einer Geburtstagsfeier begann, wurde auf Marthas Betreiben schnell mehr, und Adam brachte die wenigen Sachen, die er aus Polen mitgenommen hatte, in ihre Wohnung.

An einem Montag fand er sich mit Karoly und 40 Männern aus der Slowakei, der Ukraine und Lettland im Morgengrauen in einer zugigen Lagerhalle in Neukölln ein, dem sogenannten »Polenstrich«, um Arbeit für den Tag zu bekommen. Als Anstreicher, Dachdecker, Tischler, Automechaniker oder Möbelpacker, ganz egal. Hauptsache: Arbeit. Für sieben Mark die Stunde. Als Adam hörte, dass Ukrainer nur vier bekamen, war er sekundenlang froh, Pole zu sein.

Irgendwann wurde er von einem Mann angesprochen, der einen S-Klasse-Mercedes draußen vor der Halle parkte. »Mit dem stimmt was nicht, kannst du ihn reparieren?« Adam sah kurz Karoly an und nickte.

»Wenn du den wieder hinkriegst, besorg ich dir was Richtiges, okay?«, sagte der Mann und öffnete den Kofferraum, in dem ein blauer Werkzeugkasten und eine Taschenlampe lagen. Dann stieg er in einen zweiten Wagen, an dessen Steuer ein Unbekannter saß, und verschwand in der Dunkelheit.

Als es hell wurde, lief der Mercedes einwandfrei. Der Mann drückte Adam eine Visitenkarte in die Hand, sagte: »Ruf mich heute Abend an«, stieg in seinen Wagen und fuhr, gefolgt von dem Unbekannten, davon.

Adam blickte ihm nach, wischte sich die ölverschmierten Hände an der Hose ab und besah sich das bräunliche Stück Karton, auf dem gedruckt stand: Wackernagel, Transporte In- und Ausland. Darunter eine Adresse in Zehlendorf mit Telefonnummer. Als Jurka am Abend für ihn anrief, bekam er zur Antwort, Adam solle am nächsten Morgen zu der auf der Karte stehenden Zehlendorfer Adresse kommen.

Wackernagel hielt Wort. Er bot Adam an, ihm seinen LKW-Führerschein zu bezahlen und ihn nach bestandener Prüfung in sein Fahrerteam aufzunehmen.

Über ein Jahr lang pendelte Adam anschließend für Wackernagel zwischen Berlin und Zagreb, Barcelona und Ankara. Bis Martha, die für Wackernagel die Buchführung machte, zurück nach Bremen wollte. »Berlin ist einfach zu groß und zu kalt für mich, Adam.«

Adam hatte damals alles versucht, um sie von ihrem Entschluss abzubringen, und ihr eine großartige gemeinsame Berliner Zukunft ausgemalt. Auch, weil er in Karolys Nähe bleiben wollte, der sich inzwischen erfolgreich als Schrotthändler betätigte. Martha war stur geblieben und Adam ihr schließlich widerwillig nach Bremen gefolgt. In eine Dreizimmerwohnung mit Dachschräge in Blumenthal, im Norden der Stadt. Mit einem LKW-Führerschein und dem Versprechen ihrer Liebe in der Tasche, aber ohne Aussicht auf Arbeit.

Das lag inzwischen knapp zwei Jahre zurück, und Adam war seit Juni 1986, wo er mit Leichtigkeit die Fahrprüfung bestanden hatte, als Busfahrer im Fahrdienst der Bremer Straßenverkehrsbetriebe angestellt.

Adam sah auf seine, auf dem Nachttisch liegende Armbanduhr. Es war fünf Minuten vor zehn, und bis seine Halbspätschicht, wie sie das intern nannten, begann, blieben ihm noch zwei Stunden. Er hatte miserabel geschlafen, war auch wegen der Wärme immer wieder aufgewacht und hatte jedes Mal, wenn ihn im Halbschlaf das Verlangen nach Marthas Körper überkam, ins Leere gegriffen. Nicht ganz 24 Stunden zuvor hatte sie ihn nach einer letzten Auseinandersetzung verlassen und war mit einem gepackten Koffer zu ihrer Freundin Sabine nach Vegesack gefahren.

Das Gespräch mit Karoly hatte ihn beruhigt. Doch schon in dem Moment, als er auflegte, waren die schmerzhaft brennende Sehnsucht nach Martha und der Hass auf sich selbst wieder da.

Adam wuchtete sich aus dem Bett und ging hinüber ins Bad. Auf der Metallablage unterhalb des Spiegels über dem Waschbecken standen einige von Martha zurückgelassene Cremes, Tiegel und Tuben aufgereiht. Sie erweckten den Eindruck, als sei alles in bester Ordnung, so, als müsse sie jeden Augenblick den Raum betreten, nach der ebenfalls auf der Ablage liegenden Holzbürste greifen und mit Blick in den Spiegel und leicht schiefgelegtem Kopf beginnen, die vom Schlaf zerwühlten Haare zu bürsten.

Adam ließ seinen Blick lange auf den Tuben und Tiegeln ruhen und wünschte sich eine Arbeit bis zum Umfallen, die ihn taub und müde machte, damit die Gedanken aufhörten. Und mit ihnen der Schmerz der Wehrlosigkeit, in die sie ihn hineingezwungen hatte wie Polizeibeamte einen Verbrecher in seine Zelle.

Ohne Martha empfand er das Badezimmer, in dem sie sich mehr als einmal unter den kräftigen Strahlen des warm und weich aus dem Duschkopf herausströmenden Wassers in der engen Kabine geliebt hatten, als nutzlos gewordenen Teil einer abgeschlossenen Geschichte.

Adam sah in den Spiegel und kämpfte mit den Tränen, streifte seine Unterhose ab und betrat die Duschkabine.

Am Ende hatte er Martha regelrecht angefleht, bei ihm zu bleiben. Er könne sich operieren lassen, hatte er gesagt, auch wenn sie beide wussten, dass die Chancen auf Wiederherstellung seiner Fruchtbarkeit bei weniger als einem Prozent lagen. Sie hatte ihn mit katzenhaft verengten Augen angesehen. »Mein Entschluss, dich zu verlassen, hat nichts mit meinen Gefühlen für dich zu tun. Ich liebe dich genau wie am Anfang. Doch das, was ich mir so sehr wie nichts anderes auf der Welt wünsche, nämlich ein Kind, kannst du mir nicht geben. Also muss ich es mir woanders holen.«

Sie waren bei einem halben Dutzend Ärzten und sogar zweimal in einer Spezialklinik in Belgien gewesen. Lange hatten sie geglaubt, es läge an Martha. Bis ihnen die Idee kam, es könne an ihm liegen.

Adam drehte entschlossen den Warmwasserhahn bis zum Anschlag auf. Dann löste er den an der Aluminiumstange befestigten Duschkopf aus seiner Justierung und richtete die gebündelten und inzwischen dampfend heiß herausschießenden Wasserstrahlen so lange auf sein schlaff herabhängendes Glied, bis der Schmerz den in seinem Innern überdeckte und er mit letzter Kraft den Kaltwasserhahn aufriss und mit schmerzverzerrtem Gesicht, den Duschkopf in der Hand, auf die Knie sank.

⋆⋆⋆

Bereits dreimal hatte Chris in der letzten halben Stunde bei ihrem Vater angerufen, und jedes Mal hatte sich Wanda, seine venezolanische Putzfrau, die zweimal in der Woche halbtags seine Wohnung saubermachte, gemeldet und gesagt, er sitze im Keller über seinen Fotos, alten schwarzweißen Kriegsfotografien, die er bei seinen Gängen über die Flohmärkte der Stadt fand und in eigens dafür gekauften Klarsichthüllen in Ordnern sammelte, und sei für niemanden zu sprechen. Auch nicht für seine Tochter.

Seit der Trennung von Chris' Mutter Undine hauste Leo Mahler allein in der für ihn viel zu großen Oldenburger Wohnung, in der sie früher zu dritt gelebt hatten. Wegen ihm, der über dreißig Jahre lang der Chauffeur eines Nachkommens Augusts von Oldenburg gewesen war, hatte Chris sich, auch wenn sie das erst viel später begriff, nach einer abgebrochenen Gärtnerlehre und diversen Aushilfsjobs in Kneipen und Boutiquen, irgendwann entschlossen, Taxi zu fahren.

Als Zehnjährige war sie manchmal, wenn der Graf im Ausland war, mit ihrem Vater in dessen himmelblauem Jaguar XJ der Serie I aus dem Jahr 1968 ziellos durch die Gegend gefahren. Dann saß sie hinten auf dem Platz des Grafen, und ihr Vater, der von jeher ein Faible für Uniformen hatte, trug seine schwarze Schildmütze, sein mausgraues Jackett mit der durchgehenden Knopfleiste und die dazu passende Hose, und Chris kam sich vor wie eine Prinzessin. Aus dem Radio im Armaturenbrett drang Musik, und hinter den leicht bläulich getönten Scheiben zog wie im Flug die niedersächsische Landschaft mit ihren Watten und Marschen vorbei.

Das war lange her, und seit dem Weggang ihrer Mutter beschränkte sich ihr Verhältnis zu ihrem Vater auf kurze, alle paar Wochen geführte Telefonate und zwei, drei widerwillig angetretene Kurzbesuche im Jahr, auf denen sie sich seine immer gleichen Schmähreden gegen ihre Mutter anhören musste, bis sie irgendwann traurig und erschöpft wieder in den Zug nach Bremen stieg und sich im Speisewagen betrank.

»Du findest, so kann man miteinander reden?«, hatte er bei ihrem letzten, im Streit endenden Besuch gerufen. Chris hatte ihm erstmals offen die Schuld am Scheitern seiner Ehe gegeben. Daraufhin war aus seinem Gesicht alle Überlegenheit gewichen und von blanker Wut abgelöst worden. Einen Moment lang schien es, als würde er sie anbrüllen und aus der Wohnung werfen. Doch diesen Gefallen tat er ihr nicht. Stattdessen sagte er kühl: »Die fünfzig Kilometer, die du hierhergefahren bist, kannst du dir in Zukunft sparen.«

Anschließend hatte er das Zuckerstück, das er noch in seiner leicht zitternden Hand hielt, in die auf dem Tisch stehende Dose zurückgelegt, war aufgestanden und hinausgegangen.

Chris spielte kurz mit dem Gedanken, es ein viertes Mal bei ihrem Vater zu versuchen. Doch die Vorstellung, abermals Wandas leiernde Stimme zu hören, hielt sie davon ab. Stattdessen griff sie nach ihrer in der Diele unter der Garderobe auf dem Boden stehenden Lederhandtasche, deren Riemen sie sich über die Schulter warf. Dann nahm sie den Schlüsselbund von der kleinen, bei Ikea gekauften Kiefernholzanrichte und verließ ihre Wohnung, die sich unweit des Marktplatzes in der Böttcherstraße befand.

Chris mochte es, sich unter den Arkaden in den sich dort bis spätabends träge vorbeiwälzenden Passantenstrom zu stürzen und sich so lange willenlos an den zahllosen Geschäften und Boutiquen vorbeitragen zu lassen, bis sie irgendwann auf Höhe der Bredenstraße wieder daraus hervortauchte und ihr Lieblingscafé, Lenny's Café-Corner, betreten konnte.

Früher war sie ein paarmal mit Klaus dort gewesen, der Lenny, einen gutaussehenden Norweger mit breiten Schultern und Dreitagebart, von Anfang an nicht gemocht hatte. Einmal hatte es sogar Streit zwischen ihnen gegeben, weil Klaus gesehen zu haben glaubte, wie Chris mit Lenny Heimlichkeiten austauschte. Von da an war sie öfter alleine ins Café-Corner gegangen.

Als sie nun, die große Uhr über der Eingangstür der Christ-City-Filiale an der gegenüberliegenden Ecke zeigte 23 Minuten nach zehn, dort ankam, saß Lenny mit einer Sonnenbrille auf der Nase an einem der Tische und las Zeitung.

Chris war bei all ihren früheren Besuchen nicht entgangen, dass Lenny ihr keineswegs zufällig die Hand auf die Schulter legte, wenn sie vor ihm stand und er sie aus seinen blaugrauen Augen ansah. Und tatsächlich hatte sie sich einmal in einem ihrer Träume mit ihm im Bett erlebt. Doch auf den Gedanken, Klaus mit Lenny zu betrügen oder gar wegen ihm zu verlassen, war sie nie gekommen, auch wenn sie, als sie damals neben Klaus aus ihrer erotischen Phantasie erwachte, enttäuscht war, dass er und nicht Lenny neben ihr lag.

»Heute ist es so weit«, sagte Chris und setzte sich auf den Platz ihm gegenüber. Lenny nahm die Zeitung herunter, senkte den Kopf, schob die Sonnenbrille ein Stück auf die Nasenspitze und sah sie über die Ränder hinweg prüfend an.

»Was?«

»Heute steige ich das erste Mal seit vier Monaten wieder in mein Taxi.«

»Aha«, sagte Lenny und nahm die Brille ab. »Magst 'n Kaffee?«

Er faltete die Zeitung, schob sie beiseite, erhob sich und trat neben sie. Dann legte er ihr seine große, kräftige Hand auf die Schulter und sagte: »Schön, dich zu sehen, Chris. Wirklich!«

Noch immer lag seine Hand auf ihrer Schulter. Und weil sie nicht wusste, was sie tun sollte, griff sie sich aus Verlegenheit ins Haar. »Einen Milchkaffee!«

»Kommt sofort!« Lenny setzte die Sonnenbrille wieder auf und verschwand im Innern des Cafés.

Sie hatte mit Gabriele, ihrer Chefin, verabredet, am 17. erstmals wieder die Spätschicht zu fahren und sich den Wagen gegen 14 Uhr in der Zentrale abzuholen. Bis dahin blieben ihr noch über drei Stunden. Vorher wollte sie noch bei ihrer Freundin Ulrike vorbeischauen, die ebenfalls Taxi fuhr, aber wegen ihres wenige Monate zuvor auf die Welt gekommenen Kindes pausierte.

Chris griff nach dem Weser Kurier und überflog die Schlagzeile: »Geiseldrama: Die Polizei muss handeln.« Im Text darunter hieß es, die Gangster seien am Vorabend in einem von der Polizei bereitgestellten Fluchtwagen gemeinsam mit den beiden Geiseln, einer Frau und einem Mann, in Richtung Norden losgefahren. Dabei hätten sie insgesamt 420 000 DM erbeutet.

»Unangenehme Geschichte, was?« Lenny stellte den Milchkaffee, den ein mit Schokopulver bestreutes welliges Milchschaumkissen zierte, vor Chris auf den Tisch. Auf den Rand des Untertellers hatte er eine knapp unterhalb der Blüte abgeschnittene dunkelrote Rose gelegt. »Und jetzt kommen die Typen auch noch hierher, hab's gerade im Radio gehört«, sagte er.

Chris tauchte ihre Nasenspitze in die herb duftende Blüte und schloss für ein paar Sekunden die Augen. Dann legte sie den Kopf in den Nacken, blinzelte Lenny an und sagte, angestrengt lächelnd: »An was denkst du?«

»An dich!«, antwortete er und legte wieder seine Hand auf ihre Schulter.

»Ach komm, du kennst mich doch gar nicht«, sagte Chris, »ich meine, so richtig.«

»Dann wird es ja höchste Zeit!«, sagte Lenny, lachte sein breites, verschwenderisches Lachen und verschwand im Innern seines Cafés.

»Ja«, sagte sie leise, »ja, vielleicht.«

Dann legte sie, von einer plötzlichen inneren Unruhe gepackt, hastig drei Markstücke neben ihren unberührten Kaffee und lief mit der Blüte in der einen und ihrer Tasche in der anderen Hand über den Marktplatz hinüber zum nahen Dom. Dort eilte sie die Steinstufen hinauf, stieß die linke der beiden dunklen Türen auf und setzte sich auf eine der kühlen Bänke.

In der Stille des weitläufigen Korridors fühlte sie sich wie ein Fisch, der, an Land geworfen und zum Ersticken verurteilt, zurück in der rettenden Tiefe wieder Luft bekam.

***

Thomas Bertram stand vor dem Badezimmerspiegel seines Kölner Zweizimmerapartments in der Brabanter Straße im Belgischen Viertel und kratzte sich mit einem gelben Plastik-Einmalrasierer die vom weißen Schaum bedeckten Stoppeln aus den Mundwinkeln.

Kurz nach neun hatte er völlig übermüdet die Neonatologie des Kinderkrankenhauses an der Amsterdamer Straße verlassen und war mit der Straßenbahn nach Hause gefahren, um sich zu duschen, die Kleider zu wechseln und sich in der Redaktion zu melden. Außerdem musste er seine Eltern in Hirschhorn anrufen und ihnen mitteilen, dass sie Großeltern eines Jungen geworden waren. Vor Aufregung hatte er das bisher völlig vergessen.

Kurz bevor er das Krankenhaus verließ, hatte er in der Cafeteria hastig eine Tasse Kaffee getrunken und war für ein paar Sekunden in die Wirklichkeit zurückgeholt worden, als er mit anhörte, wie sich zwei in Bademänteln vor ihm in der Warteschlange stehende Männer darüber unterhielten, dass irgendwo eine Geiselnahme im Gange war.

»Abknallen sollte man Typen, die so was machen«, hatte der eine getönt, sich geräuspert und hinzugefügt: »Na, ist doch wahr. Oder was meinen Sie?« Doch der andere, der offenbar bemerkt hatte, dass Bertram ihren kleinen Dialog belauschte, hatte nur verlegen und mit gesenktem Haupt in seinem Portemonnaie gewühlt, das er in der Hand hielt. Dann hatte sich die Glocke seiner Sorgen wieder über ihn gestülpt, und Bertram war verwirrt aus der Cafeteria zur Straßenbahnhaltestelle gelaufen.

Aus dem Schlafzimmer, wo seine Stereoanlage neben dem Bett stand, schallte Miles Davis' »Kind of Blue« herüber. Bertram hörte Jazz, seit er zwölf Jahre alt war. Modalen Jazz. Bebop. Hardbop, das ganze Programm. Bis hin zu Sachen von Bert Kaempfert, Billy Strayhorn oder Tommy Dorsey. Doch seine Helden waren Jimmy Smith, Oscar Peterson und Charles Mingus. Smiths Hammondorgelspiel war der Grund gewesen, weshalb er eines Tages den Wunsch in sich verspürt hatte, Klavier zu spielen.

Sein Vater, der allen voran John Coltrane mochte, hatte ihm den Jazz nähergebracht, damals. Er hatte ihm Oscar Petersons Album »Exclusively for my Friends« geschenkt, und seither zog Bertram sich regelmäßig in Petersons Klangwelt zurück, wenn er Ruhe vor dem Terror der Schule oder später Inspiration für das Schreiben seiner ersten Radiobeiträge gesucht hatte.

Als Neunjähriger hatte er Elvis und Jerry Lee Lewis gehört. Doch verglichen mit Petersons »Like Someone in Love« oder

»Love Is Here to Stay« erschien ihm ein Stück wie »Suspicious Minds« von Elvis inzwischen ziemlich blass. Obgleich es lange die Hymne seiner Gefangenschaft in Hirschhorn gewesen war.

Den Berechnungen der Frauenärztin vertrauend, waren sie davon ausgegangen, erst Mitte Dezember Eltern zu werden. Und noch an besagtem Abend – sie waren gemeinsam im Kino gewesen und hatten sich »Eine verhängnisvolle Affäre« mit Glenn Close und Michael Douglas angesehen – hatte nichts darauf hingedeutet, dass sie in Kürze Eltern eines Frühchens sein würden.

Sie waren aus dem Kino gekommen und auf dem Weg in eine Kneipe in der Venloer Straße gewesen, als Amina plötzlich stehen blieb, sich an den Bauch fasste und rief: »O Gott, Thomas! Was ist das?«

Und da hatte er auch schon sehen können, wie stoßartig eine im Schein der Laternen dunkel schimmernde Flüssigkeit zwischen ihren nackten Beinen hervorschoss und unter ihr eine Lache auf dem Bordstein bildete.

»Die Fruchtblase!«, rief er und starrte sie ungläubig an. »Ich glaube, gerade ist deine Fruchtblase geplatzt!«

»Oh, mein Gott!« Amina blickte mit vor den Bauch gepressten Händen erschrocken an sich herunter, während Bertram bereits zu dem Taxistand an der Ecke lief, wo eine Handvoll Wagen mit eingeschalteten Leuchtschriften standen.

Als sie im Taxi saßen, erklärte Thomas dem Fahrer, was passiert war, und bat ihn, so schnell wie möglich das nächstgelegene Kinderkrankenhaus anzusteuern und über ihr Kommen zu informieren. Bis zu ihrem Eintreffen in der Amsterdamer Straße hielt er Aminas Hand. Leise stöhnend und mit nach hinten gegen die Kopfstütze gelegtem Kopf hielt sie die Augen geschlossen.

Im Krankenhaus wurde Amina von zwei Schwestern in Empfang genommen, auf eine Trage gelegt und weggebracht. Bertram blieb allein in dem hell erleuchteten Vorraum zurück. Bis man ihn – er hatte irgendwann aufgehört, auf seine Uhr zu sehen, und war immerzu den kleinen Gang auf und ab gelaufen – zu ihr ließ. In ihrem Bett liegend, sah sie ihn ermattet an und hauchte, mehr als dass sie es sagte: »Wir haben einen Sohn, Thomas! Ich will, dass er Paul heißt!«

Er hatte ein paar Sekunden lang mit den Tränen gekämpft, dann ein schiefes Lächeln aufgesetzt und sie lange wortlos umarmt. Bis sie ihn wieder wegschickte, weil sie müde war und versuchen wollte, ein bisschen zu schlafen nach all der Aufregung. Er ging zu seinem Sohn, einem 36 Zentimeter langen und gerade mal 652 Gramm schweren Wesen, mehrfach verkabelt und in einen aquariumähnlichen Glaskasten verbannt.

Bertram ließ seinen Blick lange auf dem reglosen, von dem blauen Tuch bedeckten kleinen Körper ruhen. Bis dieser sich, von einem Nervenimpuls dazu veranlasst, plötzlich bewegte und er fasziniert dachte: »Er lebt. Mein Sohn lebt.«

Das lag über zehn Stunden zurück. Thomas Bertram legte den Rasierer auf den Beckenrand und wusch sich unter laufendem Wasser die letzten Schaumreste aus dem Gesicht. Nachdem er sich geduscht und frische Kleider angezogen hatte, setzte er in der Küche die Espressokanne auf und nahm die letzte saubere Tasse aus dem Schrank.

Ja, seit ein paar Stunden war er Vater, und hoffentlich auch noch in ein paar Jahren, sofern der Kleine durchhielt. Doch er hatte deswegen nicht aufgehört, Journalist zu sein. Und so griff er, untermalt vom Zischen der Espressokanne, zum Telefonhörer und rief in der Redaktion an.

»Schön, dass Sie sich melden«, sagte die Redaktionssekretärin Susanne, die, statt zu arbeiten, die meiste Zeit »Summer Games«, »Pacman« oder »Giana Sisters« an ihrem PC spielte. Nachdem er ihr von Pauls vorzeitiger Geburt erzählt hatte, gratulierte sie ihm überschwänglich zu seiner Vaterschaft. Und dann sagte sie:

»Gut, dass Sie anrufen, Herr Bertram, Maibach hat schon nach Ihnen gefragt.«

Anfangs hatte Maibach Bertram konsequent aus redaktionellen Abläufen herausgehalten und ihn stattdessen tagelang die redaktionseigene Küche aufräumen und massenweise die leeren Mumm-Flaschen entsorgen lassen. Bis Maibach eines Tages infolge einer Grippewelle die Mitstreiter ausgegangen waren und er Bertram auf seinen ersten Dreh nach Essen schickte, wo in der Grugahalle die »Teddybärbörse« stattfand, eine aberwitzige Sammlerbörse, auf der sich, das war damals Bertrams Eindruck gewesen, hauptsächlich Freaks herumtrieben. Anschließend durfte er einen Bericht über einen jungen Türken drehen, der seinen Sohn Saddam Hussein hatte taufen lassen. Und zuletzt war er in ein Heim für Schwererziehbare in der Nähe von Dormagen geschickt worden, wo ein Junge seine Freundin mit einem Messer erstochen hatte.

»Ach, ja?«, sagte Bertram, nahm die brodelnde, einen herrlich würzigen Kaffeeduft verströmende Espressokanne vom Herd und goss die ölige Soße in die Tasse.

»Ja, er ist zwar jetzt in einer Sitzung. Aber so gegen halb zwölf müsste er wieder da sein. Wenn Sie bis dahin hier sein könnten, wäre das großartig.«

»Okay«, sagte Thomas Bertram und warf einen Blick auf seine Citizen, sie zeigte 10 Uhr 49. »Ich bin um halb zwölf da!«

Nachdem er seinen Kaffee getrunken und wegen der neuerlich zu erwartenden Hitze vor sämtlichen Fenstern die Rollos heruntergelassen hatte, nahm er seine Aktentasche und verließ die Wohnung in Richtung Friesenplatz.

***

Pauls Körpertemperatur schwankte auffällig zwischen Untertemperatur (Hypothermie) und Fieber (Hyperthermie). Ein Zeichen für eine Infektion, denn seine Hautfarbe wechselte innerhalb von

Minuten von Grau zu Blau marmoriert bis hin zu Graugelb. Zudem legte er immer wieder unnatürliche Atempausen ein, spuckte und erbrach sich.

***

In ihren Schläfen rumorte ein dumpfer Schmerz, und Brigitte überlegte angestrengt, wo sie das Aspirin hingetan hatte. Als sie es zwei Tage zuvor in der Schublade ihres Badezimmerschränkchens suchte, in der es sich eigentlich befinden sollte, hatte sie jedenfalls kein Glück gehabt. Und auch nicht beim Durchstöbern der Küchenschublade, neben dem Besteckkasten, wo sie schon mal etwas deponierte, wenn sie gerade nicht wusste, wohin damit. Was sie stattdessen zu ihrem großen Erstaunen darin fand, war ein ungeöffneter Brief von Martin.

Martin war seit sechs Jahren tot, und nachdem sie wieder halbwegs klar denken konnte, hatte sie eines Morgens all seine Sachen (auch die Briefe, die er ihr in den elf Jahren, die sie sich kannten, aus den unterschiedlichsten Krisenregionen geschrieben hatte) in Kisten verpackt, in den Keller gebracht und in eines der Regale gestellt.

Sie hatte barfuß in der Küche gestanden, ein Messer aus dem Besteckkasten genommen und den Brief vorsichtig geöffnet. Dabei war ein Schwarzweißfoto herausgerutscht und auf den Boden gefallen, das Bild eines dunkelhäutigen Jungen, der ein Palästinensertuch, eine Kufiya, um den Kopf geschlungen, ein Sturmgewehr im Anschlag hatte und entschlossen in die Kamera zielte. Im Hintergrund waren zwei weitere Jungen zu sehen, die, auf dem steinigen Boden sitzend, ebenfalls Gewehre im Anschlag hielten. Als sie das Bild nach längerem ungläubigem Betrachten umdrehte, stand auf der Rückseite in Martins nachlässiger, sich leicht nach rechts neigenden Handschrift: »Sharif, elf Jahre alt / Ein el-Hilweh.«

In dem in Beirut aufgegebenen Umschlag steckte ein einmal in der Mitte gefaltetes kariertes Blatt Papier, dessen Kopf die Anschrift des Hotels Concorde zierte. Sie zögerte kurz, klappte den Zettel auf und begann zu lesen. Es war, als sei nichts vorbei, als hätte die Zeit einen Sprung zurück gemacht und als hätte es die sechs Jahre ohne Martin nie gegeben.

Liebste Brigitte,
die Schönheit hier hat etwas Schmerzhaftes, sie legt einen goldenen Schleier über den Irrsinn, der einen verrückt werden lässt.
Wir sind vorgestern mit dem Wagen nach Ein el-Hilweh gefahren, in eines der größten Flüchtlingslager im Libanon, 50 Kilometer südlich von Beirut, am Rand von Saida. Eine halbe Million Palästinenser leben in dem Lager. Später haben wir ein Trainingscamp gesehen, in dem Palästinenserkinder für den »Sieg der palästinensischen Befreiungsbewegung« ausgebildet werden. Der Junge auf dem Foto sagte: »Für Palästina gebe ich alles!« Aus seinen Worten klang unbeirrbarer Stolz. Sie wollen für eine Zukunft kämpfen und wissen zugleich, dass sie keine haben.
Nach der Rückkehr aus Ein el-Hilweh bekam ich Fieber. Die Hitze versetzte mich in einen Zustand, der mich glauben ließ, dass noch alles gut werden könnte. Ja, auch mit uns!
Draußen fegt der heiße Wind den Sand durch die leeren Straßen. Manchmal klingt es, als heule ein verletzter Wolf von den nahen Bergen herunter. Dann dauert es Stunden, bis ich das Geräusch wieder aus dem Ohr kriege.
Heute Morgen habe ich mit Hamburg telefoniert, Gillhausen sagt, Kindergeschichten verkaufen sich immer! Ich frage Dich, liebe Brigitte: Was ist bloß mit uns passiert, dass wir so fühllos geworden sind? Ich wäre so gerne bei Dir!
Martin

Mit dem Brief in der Hand war sie wie betäubt hinunter in den Keller gegangen, hatte Licht gemacht und eine der beschrifteten Kisten, in denen sich Martins Sachen befanden, geöffnet und den Brief in den engen Schlitz zwischen Karton und Deckel geschoben wie in einen stillgelegten Briefkasten. Dann hatte sie die Kiste wieder verschlossen, das fahle Deckenlicht ausgeschaltet und war ins Bad gelaufen, wo sie sich unterm laufenden Wasser so lange die Hände wusch, bis sie zu bluten begannen. Später hatte sie ihre malträtierten Hände dick mit Toilettenpapier umwickelt und war erschöpft von dem Blizzard, den das freigewordene Cortisol in ihrem Innern verursacht hatte, zur Apotheke geschlichen, um sich Aspirin und neues Sedacalman zu besorgen, auf dessen beruhigende Wirkung sie seit längerem vertraute.

In einer mehr als sieben Jahre dauernden Verhaltenstherapie hatte sie gelernt, diesen Zwang, der sie noch manchmal überfiel, wenn zu großer Stress ihren Sympathicus in Aufruhr versetzte, ihre Nebennierenrinde daraufhin förmlich zu explodieren schien und sie wenig später glaubte, im Cortisol zu ertrinken, wieder halbwegs in den Griff zu bekommen.

Das erste Mal hatte sie den unwiderstehlichen Drang, sich die Hände seifen zu müssen und dann nicht damit aufhören zu können, als Elfjährige verspürt, nachdem sie ungewollt Zeuge geworden war, wie ihr Vater den verletzten Mischlingshund, der ihnen wenige Wochen zuvor zugelaufen war und den sie gegen seinen ausdrücklichen Willen aufgenommen hatte, kaltblütig im Keller erstach.

Er, der später erbärmlich einem hepatozellulären Karzinom erliegen sollte, erfuhr nie, dass sie ihn dabei beobachtet hatte. Er hatte behauptet, den Hund tot vor dem Haus gefunden zu haben.

Noch Jahre später klebte in ihren Träumen das Blut, das den kalten Kellerboden bedeckt und in das sie ungläubig ihre Finger getaucht hatte, an ihren Händen. Fortan reagierte sie auf Maßregelungen in der Schule, oder wenn sie in Bedrängnis geriet, mit

Händewaschen. Hinterher versteckte sie ihre aufgesprungenen, stark geröteten Hände vor den Blicken der anderen unter dünnen Wollhandschuhen und gab vor, an einer hartnäckig wiederkehrenden Allergie zu leiden.

Sie hob die verstreut vor dem Bett liegenden und mit zahlreichen Anmerkungen und Streichungen versehenen Manuskriptseiten auf, ordnete sie zu einem Packen und ging damit hinauf in ihr Büro, ein kleines, hell gestrichenes, nach kaltem Rauch riechendes und mit einem nicht sehr großen, von außen vergitterten Fenster versehenes Zimmer, in dem ein Bürostuhl und ihr Schreibtisch standen, eine von zwei Holzböcken gestützte, schwarz beschichtete und speziell für sie zugeschnittene Tischplatte. Darauf befanden sich eine alte, ebenfalls schwarze Lampe sowie zahllose Stifte und in hellblaue Klarsichtfolien verstaute Manuskripte.

Sie legte den Stoß Blätter auf den Schreibtisch und hielt beim Blick auf das einzige Bild, das sie aufgehängt hatte, kurz inne. Es zeigte ihr großes Vorbild, Vicki Baum, auch wenn sie natürlich wusste, dass sich das, was sie selbst schrieb, nicht einmal ansatzweise mit »Hotel Shanghai« und »Menschen im Hotel« vergleichen ließ.

Als junge Frau hatte sie Vicki Baums Romane verschlungen und dabei eine große, unbestimmte Sehnsucht gefühlt. Später waren Françoise Sagan, Irmtraud Morgner und Anne Sexton hinzugekommen. Doch Vicki Baum war ihr immer die Liebste geblieben. Auch wenn Martin, der die Baum nicht mochte und für zweitklassig hielt, ihr immer mal wieder Bücher von Céline oder Faulkner und zuletzt einem Amerikaner namens Nelson Algren hingelegt hatte. Doch Algrens Roman, an dessen Titel sie sich nicht einmal mehr erinnerte, hatte sie, ähnlich wie all die anderen, die er ihr empfahl, nur kurz angelesen, den Klappentext überflogen, zugeschlagen und ihm zurück auf seinen Schreibtisch gelegt. Was kümmerte sie ein amerikanischer Berufskartenspieler, der im betrunkenen Zustand einen Autounfall verursacht und dabei seine Frau zum Krüppel gefahren hatte?

Was sie von der Literatur erwartete, waren Trost und Ausblick. Erbauung, etwas Positives! Und nicht die Beschreibung eines wie auch immer gearteten Chaos, das sie selbst jeden Tag aufs Neue mit kleinen Tricks auf Distanz zu halten suchte. Wenn sie Chaos wollte, brauchte sie bloß in den nächsten Supermarkt zu laufen und sich das Getümmel an der Kasse anzusehen. Da konnte man aus nächster Nähe erleben, wie Menschen plötzlich zu Bestien wurden, bloß weil sich ein anderer vordrängelte.

Brigitte hatte nie verstanden, weshalb Martin es immer neu darauf anlegte, in irgendein fernes Krisengebiet geschickt zu werden, um über Kämpfe und Gräueltaten zu berichten, die irgendwelchen pseudopolitischen Zielen geschuldet waren und doch zu nichts anderem führten als zu weiteren Kämpfen und neuen Gräueltaten. Was, bitte schön, war daran heldenhaft, wenn man unter Einsatz seines Lebens einem Diktator das Mikrophon hinstreckte, um seine Lügen aufzunehmen und anschließend in gedruckter Form der Welt zu offenbaren? Oder wenn man zwischen einschlagenden Granaten herumirrte und Fotos schoss, auf denen sterbende Kinder im Moment ihres Todes zu sehen waren? Was war es nur, was ihn immer wieder dorthin trieb?

Sie wollte das alles nicht mehr hören und sehen. Nicht auf der Straße oder in der Apotheke, in der sie ihr Aspirin kaufte. Nicht in der Zeitung und auch nicht im Fernsehen. Am Ende las sie nicht einmal mehr seine Artikel, die in ihren Augen doch nur das Schlimme abbildeten, das Unabänderliche, statt etwas aufzuzeigen, an das zu glauben und für das zu hoffen sich lohnte. Dagegen empfand sie die Welt, in die sie eintrat, wenn sie über Mireille schrieb, als einen Raum, in dem sie noch die Fäden in der Hand hielt und in der die »Frontverläufe«, anders als in Martins Reportagen, so nannte er das, Frontverläufe, noch klar erkennbar waren.

Irgendwann hatte sie Martins offenbar unstillbare Sucht nach Adrenalin und dem, was er »die Wahrheit« nannte, nicht mehr ausgehalten und sich geschworen, Gesprächen über seine Arbeit, die regelmäßig im Streit endeten, konsequent aus dem Weg zu gehen.

Wenn Martin von einer Reise zurückkehrte, schmal geworden, mit eingefallenen Wangen und von der Sonne verbrannter Haut, dauerte es Tage, bis sie meinte, ihn wiederzuerkennen.

Unmittelbar nach seinem Tod hatte sie ein paarmal das Gefühl gehabt, den Verstand zu verlieren. Einmal stand sie im Supermarkt vor dem geöffneten Tiefkühlfach und versuchte eine Pizza herauszunehmen. Doch aus irgendeinem Grund ließ sich die Schachtel nicht herausnehmen, wahrscheinlich war sie an einer anderen Packung festgefroren oder hatte sich in dem engen Fach einfach nur verkantet. Den eisigen Lufthauch im Gesicht, zog und zerrte sie immer heftiger, bis ihre Finger an der vereisten Packung abglitten und sie das Gleichgewicht verlor und schreiend rückwärts gegen eine mit Ferrero-Küsschen- und Mon-Chérie-Packungen beladene Palette stürzte. Als der Marktleiter herbeigelaufen kam und ihr aufhalf, hatte sie ihn verwirrt angesehen und auf die Frage, ob mit ihr alles in Ordnung sei, geantwortet: »Kümmern Sie sich um Ihre eigenen Angelegenheiten.« Sie hatte sich aufgerappelt und war kopflos aus dem Markt geflohen.

Ein andermal hatte sie sich bei dem Versuch, eine Disk aus dem aus irgendeinem Grund blockierten Fach ihres CD-Spielers herauszunehmen, so lange erfolglos daran zu schaffen gemacht, bis sie die Geduld verlor und den mit anderen Geräten verkabelten Player in ihrer Wut dermaßen unkontrolliert aus dem Fach des Hi-Fi-Turms herausriss, dass er mit einem Knall auf den Boden fiel und ein zweimarkstückgroßes Loch in das Fischgrätparkett sprengte und sie heulend neben dem Gerät auf den Boden sank.

Brigitte schloss die Tür ihres Arbeitszimmers, lief ins Badezimmer, drückte den schwarzen Gummistöpsel in den Abfluss der Badewanne und ließ (obwohl die Quecksilbersäule des kleinen Außenthermometers bereits wieder auf 29 Grad Celsius geklettert war) heißes Wasser einlaufen.

Sie liebte es, von knisternden Schaumbergen bedeckt, ausgestreckt im warmen Wasser zu liegen und sich mit Blick an die Decke, dabei ein halbvolles Glas Prosecco in der aus dem Schaum aufragenden Hand und eine qualmende John Player Special im Mundwinkel, sich in Mireilles Welt hineinzuträumen. In der Badewanne konnte sie grundsätzlich am besten nachdenken, und viele der Einfälle, für die ihre Leserinnen sie liebten, waren ihr dort gekommen.

Bevor das Wasser zu kalt wurde, gönnte sie sich manchmal gegen Ende noch einen kurzen Sinnenrausch, indem sie ihren »kleinen Hügel« so lange mit dem Badeschwamm verwöhnte, bis ihr mit geschlossenen Augen im Moment der Erlösung stoßweise jenes Gurren entfuhr, das ihr bei Martin gleich zu Beginn ihrer Beziehung den Kosenamen »Täubchen« eingebracht hatte.

Brigitte drehte den Wasserhahn zu, ließ ihr dünnes Nachthemd auf den Boden gleiten und steckte sich eine John Player an. Früher hatte sie Stuyvesant geraucht und noch früher Lord, doch inzwischen kam für sie – wohl auch ein bisschen wegen der schicken schwarz-goldenen Verpackung – nichts anderes mehr als Players in Frage. Auf das eigentlich obligatorische Glas Prosecco verzichtete sie ausnahmsweise. Dafür drehte sie – sie hatte plötzlich Lust auf Musik – das kleine, auf dem Fensterbrett stehende Transistorradio an und stieg in die nach Maiglöckchen duftenden Schaumberge.

Auf der Küchenuhr rückte der lange schwarze Zeiger entschlossen auf die 12 vor, und der Sprecher sagte: »Elf Uhr, Sie hören Nachrichten!«

Brigitte, die nichts mehr hören wollte von Hormonskandalen, politischen Untersuchungsausschüssen und Massenhinrichtungen von Gefangenen wie zuletzt im Iran, wäre normalerweise auf der Stelle zum Radio geeilt und hätte es abgeschaltet. Doch nun, da sie schon in der Wanne lag, entschied sie sich dafür, in der wohligen Wärme liegen zu bleiben und das Gerede des Nachrichtensprechers heldenhaft zu ertragen oder, so gut es eben ging, zu ignorieren.

»Gladbeck: Die beiden Schwerverbrecher, die am gestrigen Dienstag gegen 8 Uhr bei einem Überfall auf die Filiale der Deutschen Bank in Gladbeck-Rentfort 420000 Mark erbeutet und anschließend zwei Geiseln in ihre Gewalt gebracht haben, sind am Vorabend nach dreizehnstündigen Verhandlungen mit der Polizei in einem Fluchtfahrzeug in Richtung Norden abgefahren. Polizeiangaben zufolge sind die schwerbewaffneten Männer in einem weißen Audi am Morgen in Bremen eingetroffen. Wie es weiter heißt, hätte einer der Bankräuber zuvor auf einer Raststätte einem Polizisten seine Dienstwaffe und ein Funkgerät entwendet …«

Angewidert kniff Brigitte die Augen zu und zog, um weiteren Unheilsbotschaften zu entkommen, den Kopf unter Wasser.

***

Sie waren den Schildern Bremen-Vegesack/Burglesum/Autofähre gefolgt, hatten eine halbe Stunde später mit der kleinen Fähre von Lemwerder aus nach Vegesack übergesetzt und fuhren nun auf der Hermann-Fortmann-Straße, die sich an engstehenden, rußgeschwärzt wirkenden Häusern und kleineren Geschäften vorbei durch Vegesack wand.

»Ich hab in Bremen Verwandte!«, hatte Marion am frühen Morgen gesagt, als Rösner den BMW, den sie sich am Ortsausgang von Gladbeck besorgt hatten, bei Münster volltankte und sie kurz darüber sprachen, wie es weitergehen sollte.

Inzwischen waren sie über zwölf Stunden im Auto. Reinhard Allbeck klagte über Übelkeit, und Andrea Branske hatte schon seit Stunden kein Wort mehr gesprochen. Teilnahmslos saß sie neben Degowski und hielt seit ein paar Minuten die Augen geschlossen. Auf ihrem müden, wächsernen Gesicht schimmerte eine dünne Schweißschicht.

Rösner folgte weiter der langgezogenen Hermann-Fortmann-Straße und hielt Ausschau nach einer Telefonzelle, die einerseits abgelegen war, ihm andererseits eine gute Sicht auf den vorbeifließenden Verkehr bot. Er musste Schönwald wieder anrufen. Schönwald musste mit der Polizei reden und ihr seine neuen Forderungen durchgeben. Er wollte, verdammt noch mal, endlich verhandeln.

Seit ein paar Minuten waren die Journalistenfahrzeuge wieder an ihnen dran, hingen wie Magneten an seiner Stoßstange. Am liebsten hätte er auf offener Strecke angehalten und ein paar Schüsse auf sie abgefeuert, damit die ihn endlich in Ruhe ließen.

Rösner schob sich eine von den Coffeinum-N-Kapseln in den Mund, die er sich am Vorabend in Gladbeck in der Apotheke besorgt hatte, und zerbiss sie. Das Zeug hielt ihn zwar wach, verursachte in seinem Magen aber auf die Dauer ein schmerzhaftes Brennen.

Er hielt vor einem türkischen Gemüseladen. Die gegenüberliegende Straßenseite war zugeparkt, ein Auto hinter dem anderen. Er stieg aus, nahm die Pistole und zog Andrea Branske aus dem Wagen. »Los, raus!«, sagte er und wedelte mit der Waffe. Er konnte sehen, wie schwer ihr jede Bewegung fiel.

Sie waren ihm alle was schuldig. Alle. Und jetzt war der Zeitpunkt gekommen, an dem sie ihre Schuld begleichen mussten. Der Reinhard stieg aus dem Wagen, und sie betraten den Laden. Die Marion sicherte den Ausgang. Als sie wie selbstverständlich nach der Pistole griff, die er ihr hinhielt, hätte er sie knutschen können.

Im Laden stank es nach Zwiebeln, Knoblauch und fremdartigen Gewürzen, auch nach Pfefferminz. Im Knast hatte er mal einen Türken gekannt, der sich die Arme und Beine so lange mit Knoblauch eingerieben hatte, um die Wanzen, die in den Matratzen und im Bettzeug steckten, damit abzuschrecken, bis er ihm angedroht hatte, ihm den Schädel einzuschlagen, wenn er nicht damit aufhörte.

»Wo ist das Telefon?«, sagte Rösner und richtete die Pistole auf den dunkelhaarigen jungen Mann, der ihm entgegenkam.

»Da hinten!«, antwortete der junge Türke unerschrocken. Alle Kunden liefen nach draußen.

Er wählte Schönwalds Gladbecker Nummer.

»Ich will verhandeln, sag denen das! Wenn die nicht bald verhandeln, stirbt die Andrea!«, rief Rösner erregt in den Hörer und beobachtete, wie der Dieter einen Apfel aus dem Regal nahm und reinbiss. Er gab Schönwald die Nummer durch, unter der sie im Laden zu erreichen waren. Schönwald versprach, sich in einer Viertelstunde wieder zu melden.

Auf der gegenüberliegenden Straßenseite brachten sich die Journalisten mit ihren Kameras in Stellung, feige verschanzt hinter den parkenden Autos. Andrea Branske lachte plötzlich hysterisch auf, fing aber im nächsten Moment an zu weinen.

Degowski sah Rösner an, legte, wie es seine Art war, wenn er glaubte, sich stark zu fühlen, den Kopf leicht schräg und sagte, fast ohne die Lippen zu bewegen: »Jetzt is die aber total bestusst!«

4

Westdeutsche Allgemeine Zeitung

Geiselnehmer drohte am Telefon:
»Geht's schief, sterben wir alle vier.«

»Die Stimme von Reinhold A. am Telefon klingt ruhig – zu ruhig für die Situation, in der der Kassierer der Deutschen-Bank-Filiale in Gladbeck-Rentfort steckt. Seit Stunden ist der 34-jährige Gladbecker zusammen mit seiner Kollegin Andrea B. (24) in der Hand zweier Bankräuber. ›Mir geht es nicht gut‹, sagt A. ›Sie sind unberechenbar und sehr nervös. Ich weiß nicht, ob ich hier lebend rauskomme.‹ Einer der Männer, die das Leben der jungen Bankangestellten in ihren Händen halten, lässt keinen Zweifel an seiner Entschlossenheit. ›Wir haben nichts mehr zu verlieren‹, macht er der WAZ am Telefon klar. ›Wenn etwas schiefgeht, sterben alle vier.‹«

Er verstaute seine Ausrüstung im Kofferraum, zog sein cremefarbenes Sakko aus, legte es auf den Beifahrersitz und stieg in den vor dem Haus in der Sonne stehenden Wagen, einen nachtblauen Mercedes 230. Er drehte die Fensterscheiben herunter, steckte sich eine Zigarette an und fuhr los. Vor ihm lagen knapp zwei Stunden Fahrzeit. Zunächst über die A31 in Richtung Cuxhaven und später weiter über die A28 Richtung Groningen/Emden würde er, wenn alles gut lief, Papenburg gegen 13 Uhr erreichen.

Er drückte die Eject-Taste, und das Gerät warf die Tom-Petty-Kassette aus. Ahrens mochte die Heartbreakers, seit er sie 1985 in der Messehalle gesehen hatte, wo sie ihr neues Album »Southern Accent« vorgestellt hatten, und schaltete auf Radiobetrieb um.

Auf der Höhe von Ganderkesee steuerte er die Raststätte Hasbruch an, um Anette in der Apotheke anzurufen. Er musste ihr sagen, dass er am Abend nicht, wie beim Frühstück besprochen, nach Hause kommen, sondern auf dem Rückweg von Papenburg einen Freund in Delmenhorst besuchen und höchstwahrscheinlich bei ihm übernachten würde.

Er stellte den Mercedes in Sichtweite ab und nahm sicherheitshalber seine beiden Babys, zwei nagelneue Canon F-1 Highspeed, aus dem Kofferraum und betrat die Raststätte. Er hätte natürlich von seinem Autotelefon aus anrufen können, hatte aber Lust auf eine eiskalte Cola.

Auf dem Kassenbon, den die Angestellte ihm gemeinsam mit dem Wechselgeld hinlegte, war als Zeitpunkt des Ausdrucks 11 Uhr 39 vermerkt. Ahrens trank ein paar Schlucke aus der Flasche und lief zu den Telefonen, die sich neben den Toiletten befanden.

Er stellte die Ein-Liter-Cola-Flasche neben sich auf den Boden, nahm den Hörer ab, warf drei Groschen in den Automaten und wählte.

»Altstadt-Apotheke«, erklang Anettes Stimme.

»Ich bin's«, sagte er.

»Gut, dass du dich meldest, Freiwald hat hier angerufen.«

»Freiwald? Bei dir? Wieso ruft er mich nicht direkt an?«

»Keine Ahnung. Vielleicht hat er's versucht und dich nicht erreicht. Du sollst ihn anrufen, und zwar so schnell wie möglich. Keine Ahnung, was er will, aber es klang ziemlich dringend.«

»Okay, mach ich«, sagte Ahrens und wollte bereits auflegen, als seine Frau fragte: »Aber was wolltest du eigentlich?«

Ahrens überlegte kurz, dann sagte er: »Deine Stimme hören!« Er lachte.

»Schwindler«, sagte Anette und lachte ebenfalls. Dann legten sie auf, und Ahrens wählte Freiwalds Nummer in Frankfurt.

»Freiwald?«

»Ich bin's, Ahrens«, sagte er, stieß mit der rechten Schuhspitze spielerisch gegen die auf dem Boden stehende Flasche.

»Gut, dass Sie anrufen«, sagte Freiwald. »Es gibt ein Problem: Dagmar Scharlow hatte einen Unfall und ist mit leichten Verletzungen ins Krankenhaus gebracht worden. Wenn Sie noch wollen, können Sie die Gladbeck-Sache übernehmen!«

Ahrens überlegte nicht lange, und antwortete, obwohl er keine Ahnung hatte, wie er den Leuten in Papenburg sein Nichterscheinen erklären sollte: »Und ob ich will!«

***

Marc Steiner klappte das Visier seines orangefarbenen Sturzhelms herunter, legte den ersten Gang ein und ließ die Kupplung kommen. Surrend preschte die KTM über das holprige Kopfsteinpflaster die enge Ankergasse hinunter.

Sein Vater, der als junger Mann eine 200er-Lambretta besaß,

hatte ihm das Moped zwei Jahre zuvor gebraucht gekauft, was ihn ziemlich überrascht und auch ein bisschen enttäuscht hatte. Denn eigentlich hatte Marc immer von einer Kreidler Florett geträumt.

Er war auf dem Weg zu seinem Großvater, Gustav Steiner, der seit knapp einem Jahr im Martin-Luther-Stift auf der Aue ein kleines Zimmer mit Bad und Kochnische bewohnte. Anschließend wollte er weiter zu seinem Freund Louis, der während der Ferien in Dörnigheim beim Massa Markt an der Kasse arbeitete, um sich das Geld zu verdienen, das ihm noch für den Kauf einer Florett fehlte.

Gustav Steiner, der bis zu seinem Ausscheiden aus dem Berufsleben bei der Filiale der Deutschen Bank am Roßmarkt in Frankfurt über dreißig Jahre die dortige Devisenabteilung geleitet hatte, war dement und nicht mehr in der Lage, alleine zu leben. Nach mehreren kleineren Katastrophen hatte ihn Marcs Vater im Martin-Luther-Stift angemeldet, weil er es nicht länger verantworten konnte, den alten Mann sich selbst zu überlassen. »Irgendwann steckt uns der Kerl noch das Haus an!«

Marc liebte seinen Großvater, einen hageren, nicht sehr großen Mann mit dichten, nach hinten frisierten schlohweißen Haaren, freundlichen wasserblauen Augen und schlanken Händen, deren kleine Finger jeweils auffallend lange, spitz gefeilte Nägel zierten, mit denen er Briefe öffnete, sich da und dort lockernde Schräubchen festdrehte oder ihn quälende Apfelkerne aus seiner Prothese löste.

Meist saß Marc ihm gegenüber und erzählte aus der Schule, von Freunden oder von Rachael, die er nicht vergessen konnte, während der Alte aufmerksam zuhörte, manchmal scheinbar verständnisvoll nickte, dabei aber wirkte, als lausche er anderen, inneren Stimmen, oder wie ein Vogel den Kopf, an dessen durchsichtig gewordenen Schläfen blaue Adern schwollen, leicht schräg legte und dabei langsam den schmallippigen Mund aufmachte, so dass er die ebenmäßigen Zähne seines neuen Gebisses entblößte. Das alte hatte er herausgenommen und anschließend irgendwo liegenlassen, ohne sich daran erinnern zu können, wo das gewesen war.

Einmal war Marc, als er unbemerkt das Zimmer seines Großvaters betrat, Zeuge eines Gesprächs geworden, das dieser mit seiner vor langem verstorbenen Frau führte. Zunächst hatte Marc geglaubt, der Großvater habe Besuch. Doch dann sah er, dass der Alte alleine war, in seinem Sessel saß und in die Stille des Zimmers hineinredete. Sie sprachen über Bücher, die sie einmal gelesen hatten, über seine zunehmende Einsamkeit und wie sehr er das Heimleben verabscheute.

Zuerst hatte ihm sein Kurzzeitgedächtnis immer häufiger den Dienst versagt. Dann wurde sein Gang schlurfend und seltsam breitbeinig, wie der eines zwischen Mondkratern hin und her schwankenden Astronauten. Bis er irgendwann anfing zu halluzinieren und mit Personen zu reden begann, die offenbar nur er sehen konnte.

Trotz allem erschien Marc ihr Verhältnis seltsamerweise tiefer, inniger, auch wenn er sich oft nicht sicher sein konnte, dass der Alte ihn erkannte. Doch wenn er auf einmal verständig lächelte, mit aufgerissenen Augen nickte und die Hände aufgekratzt gegeneinanderrieb, dann war ihm, als springe in einem seit Jahren abgedunkelten Haus plötzlich und ebenso unerwartet das Licht an, das als fadendünner Strahl zwischen den geschlossenen Fensterläden zu ihm herausdrang, und er sprach beglückt weiter, fest davon überzeugt, dass der Alte ihn auf seine Weise verstand.

Gustav Steiner war zu einem Menschen geworden, der mit dem Bankangestellten, der er einmal gewesen war, nichts mehr zu tun hatte. Trotz der Alzheimermedikamente und atypischen Antipsychotika, die man ihm dreimal täglich verabreichte, um die Trugbilder und Wahnvorstellungen, die von seinen Stirnlappen produziert wurden, so gut es ging, in Schach zu halten. Irgendwann hatte er aufgehört, Gustav Steiner zu sein. Die Krankheit hatte einen vollkommen anderen Menschen aus ihm gemacht.

Marc fand seinen Großvater vollständig bekleidet auf dem Bett liegend vor, die Augen wie beim intensiven Nachdenken geschlossen. Diesmal hatte sein Kommen einen besonderen Grund. Marc wollte ihm unbedingt von dem Banküberfall und der anschließenden Geiselnahme erzählen. Vor allem aber von den Gefühlen, die beim Betrachten der Fernsehbilder in ihm ausgelöst worden waren. Er musste einfach mit jemandem darüber reden.

Kurz vor seiner Pensionierung war Gustav Steiner selbst unmittelbar Zeuge eines Banküberfalls geworden. Ein Mann war mit vorgehaltener Waffe und dem Ruf »Überfall!« in die Filiale am Roßmarkt gestürmt. Anschließend hatte er den verdutzten Bankangestellten eine Sporttasche entgegengeschleudert und gerufen: »Vollmachen!«

Ein Passant, der an der Bank vorbeikam und die Szene beobachtete, verständigte geistesgegenwärtig von einer nahen Telefonzelle aus die Polizei. Wenige Minuten später kam es in der Schalterhalle zwischen dem Bankräuber und der Polizei zu einem Schusswechsel, bei dem der Räuber, in Hüfte und Schulter getroffen, vor den Augen der verängstigten Kunden und Bankangestellten, zu denen auch Gustav Steiner gehörte, zusammenbrach, so dass er von der Polizei überwältigt werden konnte.

Die betroffenen Bankangestellten hatte man bei voller Bezahlung für vierzehn Tage vom Dienst freigestellt. Gustav Steiner war fortan bis zu seiner Pensionierung wenige Wochen später nur noch widerwillig und von Angstgefühlen begleitet zur Arbeit gegangen.

Marcs Vater Valentin wollte später sogar einen ursächlichen Zusammenhang zwischen den damaligen Ereignissen und der plötzlichen geistigen Veränderung seines Vaters erkannt haben und bestand seither aus der gewagten These, der Bankräuber habe seinen Vater auf dem Gewissen.

Der Alte verharrte regungslos. Trotzdem konnte Marc nicht anders, als seine Hand auf die kantige Schulter seines ruhig atmenden und wie im Schlaf gefangenen Großvaters zu legen und ihn sanft zu rütteln und mit gedämpfter Stimme zu sagen: »Großvater? Schläfst du?«

Daraufhin schlug der Alte schreckhaft die Augen auf, starrte Marc überrascht an und murmelte: »Ich habe Durst!«

»Warte, ich hole dir etwas«, sagte Marc und lief zur Spüle, wo er eines der beiden abgewaschenen und verkehrt herum auf der Abtropfe stehenden Gläser nahm, es mit Leitungswasser füllte und dem Alten, der sich unterdessen aufgerichtet hatte, hinhielt.

Interessiert verfolgte er, wie beim Schlucken der Adamsapfel unter der faltig gewordenen Haut am Hals seines Großvaters auf und ab tanzte. Dann streckte der Alte ihm das leere Glas hin und sagte mit leicht zitternder Oberlippe: »Bald kommen sie und holen uns!«

Wochen zuvor hatte der Alte ihm eines Tages zwei gelbe, erbsengroße Tabletten mit den Worten überreicht, er fühle sich seit einiger Zeit merkwürdig müde und warum er neuerdings diese gelben Tabletten nehmen müsse. Die habe er doch bisher nie genommen.

Daraufhin versuchte Marcs Vater herauszufinden, ob die wachsende Müdigkeit seines Vaters etwas mit den gelben Pillen zu tun habe. Als ihm die Stationsleitung eine entsprechende Auskunft verweigerte, war Valentin Steiner mit den Tabletten zu seinem Apotheker gegangen, um sie auf ihren Wirkstoff prüfen zu lassen. Als er zwei Wochen später vor dem Stiftleiter in dessen Büro saß und ihm die Ergebnisse des Apothekers vorlegte, redete der Mann sich gewunden heraus, sprach vom Fehlverhalten einer einzelnen Angestellten, das er ausdrücklich zu entschuldigen bitte, und versprach, die betreffende Person zu verwarnen und notfalls sogar vor die Tür zu setzen.

Marc nahm seinem Großvater das Glas ab, spülte es kurz

unterm laufenden Wasser ab und stellte es auf die Abtropfe zurück. Dabei fiel sein Blick zufällig auf den hellen, neben dem alten Nordmende-Kofferradio stehenden Portionierer, worin in kleinen quadratischen Fächern die Tabletten lagen, die der Alte täglich einzunehmen hatte. Neben den unterschiedlich geformten weißen waren auch wieder zwei gelbe.

Marc war versucht, das Schälchen zu packen und damit auf der Stelle zur Stationsschwester zu laufen, entschied sich aber dagegen, dachte kurz nach, trat an das Bett des Alten, der noch immer keine Anstalten gemacht hatte, sich zu erheben, und sagte: »Ich muss schon wieder weg, Großvater! Aber ich komme am Nachmittag noch mal vorbei, denn ich muss dir unbedingt noch was erzählen, okay?«

Wie in Zeitlupe hob der Alte den Kopf, sah ihn leicht verwirrt an und sagte, wie eben aus einem Traum erwacht: »Marc, mein Junge!«

***

Er hatte Martha geliebt und liebte sie noch immer, intensiver sogar und verzweifelter denn je. Doch sein Verständnis von Liebe besagte auch, dass diese Liebe sich nicht in einem spontanen Gefühl erschöpfen durfte, sondern sich darüber hinaus in einem gut austarierten Verhältnis von Geben und Nehmen ausdrückte. Aber Martha, dieser Gedanke kam Adam plötzlich, während er im Bademantel und mit nassen, flüchtig nach hinten gekämmten Haaren zusah, wie die dunkelbraune Flüssigkeit, durch die Krupps Druckbrühtechnik gnadenlos dort hineingepresst, in den Glaskrug tropfte und der Kaffeespiegel sich langsam der Zweitassenmarke näherte, verlangte nicht nur mehr, als er offenbar zu geben imstande war, sondern bestrafte ihn obendrein dafür, dass er ihre Forderung nicht erfüllen konnte. Ihr Verhalten widersprach nicht nur seiner Vorstellung von echter Liebe, sondern gab ihm obendrein das unerträgliche Gefühl, als Mann ein

Totalversager zu sein, eine biologische Null. Eine Maschine, die im entscheidenden Moment nicht funktionierte und damit wertlos war.

Karoly hatte ihn am Telefon zu trösten versucht und versprochen, in Kürze nach Bremen zu kommen. Früher hatte er ihm, wenn Adam traurig war, eines seiner Funky-Koval-Magazine geschenkt, die der so liebte, oder ein Kapitan-Zbik-Heftchen für ihn gekauft. Doch das war ewig her.

Manchmal hatte er sich, wenn Martha arbeitete und er die Spätschicht fuhr, vorher mit Landsleuten bei Dana, einem polnischen Restaurant in der Innenstadt, getroffen und Bigos gegessen, einen aus Sauerkraut, Weißkohl und Fleisch bestehenden Eintopf, der genau wie damals zu Hause bei seiner Mutter in Polen mit verschiedenen, mit Rotwein, Kümmel, Majoran, Waldpilzen, Pflaumen und Tomatenmark verfeinerten Wurstsorten serviert wurde. Und wenn er dann, nachdem er lange mit den anderen Polen über ihr Leben in Bremen geredet hatte, das Verlangen nach wirklicher Geborgenheit und jener besonderen, feierlichen Art von Ruhe verspürte, wie er sie damals als Junge in Sosnowitz in der Serca Pana Jezusa an der Seite der Eltern und des Bruders beim sonntäglichen Kirchgang erfahren hatte, dann fuhr Adam ins Zentrum und ging in den Dom, bekreuzigte sich, ganz der gläubige Sohn seiner Mutter Kachna, und setzte sich auf eine der hinteren Bänke, wo er sofort ins Gebet verfiel und später, gestärkt durch die kurze Zwiesprache mit seinem Schöpfer, aus dem Halbdunkel heraus den Gläubigen dabei zusah, wie sie beteten.

Auch in diesen Minuten, da ihm aus der Glaskanne der belebende Kaffeeduft in die Nase stieg, verspürte Adam das Verlangen nach jener besonderen Ruhe, wie er sie von jeher nur in der Nähe Gottes fand und diesmal stärker denn je brauchte, um klar denken zu können. Und so beschloss er, in den Dom, in dem er so gern mit Martha gewesen war, zu gehen, sobald er sich angezogen und den Brief an Martha, den er in der Nacht begonnen und dann, mutlos geworden, nicht zu Ende geschrieben hatte, beendet und, an die Postanschrift ihrer Freundin Sabine in Vegesack adressiert, auf seine kurze Reise geschickt hatte.

Adam nippte vorsichtig und mit gespitzten Lippen an dem heißen Kaffee und ging mit dem Becher in der Hand ins Schlafzimmer, setzte sich aufs Bett und schielte argwöhnisch hinüber zu dem Block und dem Kugelschreiber, die noch immer auf Marthas Seite lagen. Entschlossen griff er danach und begann das in der Nacht Geschriebene zu lesen.

Sein Deutsch war trotz der drei Jahre, die er inzwischen aus Polen weg war, noch immer bruchstückhaft und unbeholfen. Und das, was er der Davongelaufenen in seinem zwar wortreichen, im Kern aber eher simplen Schreiben hinterherrief, war nichts anderes als ein umständlich formuliertes »Ich liebe dich, Martha! Komm zu mir zurück!«.

Beherzt formulierte er drei letzte Sätze, riss das Blatt aus dem Block heraus, faltete es zweimal und lief damit zurück in die Küche, wo in einer Schublade Umschläge lagen. Bevor er das Papier in den Umschlag steckte, presste er es gegen seine Lippen und schloss die Augen, begleitet von einem langen, kummervollen Seufzer. Dann klebte er den Umschlag zu, schrieb Sabines Adresse darauf und darunter »Für Martha Goldstein« und verließ, nachdem er sich angezogen, seine Tasche gepackt und wegen der Hitze die Rollläden bis auf einen winzigen Spalt heruntergelassen hatte, die Wohnung in Blumenthal.

Adam überlegte, ob er mit dem 71er oder dem 74er Bus ins nahe Vegesack fahren und seinen Brief eigenhändig in Sabines Briefkasten werfen sollte, entschied sich aber aus Angst, dabei womöglich Martha zu begegnen, dagegen und nahm den Bus in die City, wo er eine halbe Stunde später am Postamt in der Domsheide am Automaten eine Briefmarke zog und den Brief einwarf. Dann ging er zwischen all den ausgelassenen Passanten, Sonnenanbetern und Touristen hindurch auf direktem Weg zu St. Petri, stieß entschlossen die linke der beiden schweren Eingangstüren auf und tauchte in das Halbdunkel des Doms.

Martha, die evangelisch war, hatte ihm St. Petri gezeigt, und Adam hatte es von Anfang an dort gefallen, auch wenn er natürlich wusste, dass er in einem evangelischen Gotteshaus seinem Herrn nahezukommen versuchte. Später war er einmal allein in der katholischen St. Thomas-Kirche am Grenzwehr gewesen, hatte sie jedoch bereits nach ein paar Minuten, enttäuscht von der kühlen, sachlichen Atmosphäre, die dort herrschte, wieder verlassen.

Adam bekreuzigte sich flüchtig, beugte kurz das Knie und nahm in einer der hinteren Reihen Platz. Er stellte seine Aktentasche vor sich auf den Boden, senkte den Kopf und schloss die Augen. Und sofort waren die Erinnerungen wieder da, Bilder aus den zweieinhalb Jahren, die er mit Martha verbracht hatte: Martha und er beim Sex, Arm in Arm gemeinsam mit Karoly unterm Brandenburger Tor, beim Baden im Wannsee, im Q-Dorf, einer der angesagtesten Discos von Berlin (wo sie manchmal gemeinsam mit Karoly und dessen italienischer Freundin Francesca bis in die Morgenstunden gefeiert hatten). Zuletzt sah er das schmerzhaft helle Sprechzimmer des Urologen in Bremen vor sich, in welchem das Ende ihrer Beziehung seinen Anfang nahm.

Adam öffnete die Augen und sah plötzlich alles durch den Schleier seiner Tränen. Mit dem Handrücken wischte er sie weg und bemerkte eine Gestalt am äußersten Ende seiner Bank. Keine drei Meter von ihm entfernt lag eine Frau, die zu schlafen schien.

Wie ein Kind lag sie da, beide Hände, zu einem kleinen Kissen geformt, unter den Kopf gelegt. Als sei sie einfach irgendwann, vor vielen Jahren, an ihrem Platz eingeschlafen und bisher niemandem aufgefallen.

Während Adam sie betrachtete, begann sich die Frau sanft zu

regen, richtete sich auf und blickte verwundert um sich. Als sie seiner gewahr wurde, legte sie ungläubig ihren Kopf schräg und sagte mit einem hörbaren Flackern in der Stimme: »Klaus? Bist du das?«

»Nein«, sagte Adam, »nein.«

»Oh, entschuldigen Sie«, antwortete die Frau und angelte nach ihrer Tasche, die zwischen den Bänken auf den Boden gefallen war. »Ich habe Sie, ich weiß auch nicht, warum, für einen Bekannten gehalten.«

»Tut mir leid«, sagte Adam und rutschte ein wenig zu ihr hinüber.

»Unsinn. Das braucht Ihnen doch nicht leidzutun«, sagte sie und strich sich eine Strähne aus der Stirn.

»Sie haben geschlafen«, sagte Adam. »Wie ein Baby.«

»Ich muss eingeschlafen sein«, sagte die Frau. »Wissen Sie zufällig, wie spät es ist?«

Adam hielt prüfend seine Armbanduhr ins schräg einfallende Licht.

»Zwanzig Minuten nach zwölf.«

Sie erhob sich, warf den Riemen ihrer Handtasche über die Schulter und sagte: »Ich muss gehen.«

»Schade«, sagte Adam. »Aber vielleicht kommen Sie ja morgen wieder. Ich werde da sein.«

»Vielleicht«, sagte die Frau, trat aus der Bank und ging in Richtung Ausgang.

Kurz bevor sie die große Tür erreichte, blieb sie stehen, drehte sich um und hob kurz den rechten Arm, um Adams Winken zu erwidern. Dann trat sie hinaus ins gleißende Mittagslicht.

Als Adam den Dom mit seiner Aktentasche unter dem Arm verließ, saß die Frau zu seiner Überraschung auf der Treppe davor. Zum Schutz vor der Sonne beschirmte sie mit der Hand die Augen. Ohne zu überlegen, setzte Adam sich neben sie. »Haben Sie auf mich gewartet?«

»Vielleicht«, sagte die Frau und schob sich mit der freien Hand wieder das Haar aus dem Gesicht. »Woher kommen Sie, aus welchem Land?«

»Aus Polen«, sagte Adam blinzelnd und legte nun ebenfalls die Hand über die Augen.

»Das hört man«, sagte die Frau, »an der Art, wie Sie sprechen, meine ich.«

»Ja, mein Deutsch ist schlecht«, sagte Adam. »Dabei bin ich schon drei Jahre in Deutschland.«

»Und? Vermissen Sie Polen?«

»Manchmal«, antwortete er und suchte ihren Blick.

»Gehen Sie deshalb in den Dom?«

»Auch«, sagte er. »Dabei bin ich katholisch.« Und dann sagte er: »Wer ist dieser Klaus? Ihr Freund?«

»Er war mein Freund, aber jetzt nicht mehr«, antwortete sie.

»Ich habe Durst. Sie auch?«, sagte Adam und erhob sich.

»Ja, eigentlich schon«, sagte die Frau, und dann liefen sie über den ringsum von Cafés und geöffneten Lokalen gesäumten Platz und setzten sich an einen der freien, von rot-weißen Sonnenschirmen beschatteten Tische.

»Für mich keinen Alkohol«, sagte die Frau, als Adam die kleine Getränkekarte studierte, »ich muss nachher noch fahren«.

»Ich auch«, sagte Adam und sah sie lachend an. »Ich bin Busfahrer. Und Sie?«

»Taxifahrerin«, sagte die Frau und musste ebenfalls grinsen. »Ein Busfahrer und eine Taxifahrerin. Wenn das kein Zufall ist.«

»Warum waren Sie im Dom?«, fragte Adam und legte die Karte zur Seite.

»Angst. Ich bekomme plötzlich Angst. Ohne Grund. Und manchmal werde ich traurig, auch wenn gar nichts passiert ist. Dann gehe ich in den Dom und warte, dass es vorübergeht.«

»Und, hilft es?«

»Meistens. Es ist wie Fieber. Mir wird heiß und kalt, und ich fange an zu zittern. Doch es ist eigentlich gar nicht so schlimm. Ich weiß ja, dass es jedes Mal wieder vorbeigeht.«

Adam hörte ihr aufmerksam zu. Und ihr gefiel, dass er nicht sofort etwas sagte, irgendwas Abgedroschenes. Dann bestellte er bei der Bedienung zweimal Zitronenlimonade mit Eis und wandte sich ihr wieder zu. »Seit wann fahren Sie Taxi?«

»Schon ziemlich lange. Seit wann sind Sie Busfahrer?«

»Zwei Jahre«, antwortete Adam. »Vorher bin ich LKW gefahren. In Berlin.«

»Ich fahre heute nach vier Monaten das erste Mal wieder. Ich brauchte eine Pause«, sagte Chris stolz, zog den Strohhalm aus ihrem Glas und machte spielerisch einen Knoten hinein. »Um zwei geht's los!«

Beide nippten an ihren Gläsern, während Hans-Jürgen Rösner sich in einer Vegesacker Boutique ein helles T-Shirt mit dem Aufdruck »Commander« kaufte.

***

Rolf Kirchner stand am Fenster seines Büros im fünften Stock der Polizeiwache Mitte in der Markgrafenstraße. Spätestens in ein, zwei Stunden würde die Hitze, die gegen die heruntergelassenen Jalousien drückte, sein Büro in eine Sauna verwandelt haben.

In den amerikanischen Krimiserien, die er sich manchmal ansah, »Remington Steele«, »Die Profis« oder »Vegas«, saßen die Ermittler im Hochsommer in staubtrockenen Anzügen in klimatisierten Räumen, während draußen die Sonne den New Yorker Asphalt langsam zu Brei kochte. Beim Dortmunder SEK konnten sie von solchen Zuständen nur träumen.

Er hatte sich in den siebziger Jahren, im sogenannten »Deutschen Herbst«, am Kampf gegen die RAF beteiligt, hatte die Ermordung Hanns Martin Schleyers ebenso miterlebt wie die Entführung der »Landshut« und die sogenannte »Offensive 77«, die Schlussattacke der Roten Armee Fraktion, die den blutigen Höhepunkt und zugleich das vorläufige Ende des deutschen Terrorismus markierte. Er hatte diverse Geiselnahmen erfolgreich begleitet und später als Ausbilder den jungen SEK-Beamten sein angesammeltes Wissen weiterzugeben versucht. Doch was keine 24 Stunden zuvor in Gladbeck-Rentfort passiert war und immer noch lief, widersprach allem, was er in seiner bisherigen Zeit bei der Polizei gelernt hatte.

Kirchner empfand Wut und Empörung über das Verhalten der Einsatzleitung, die all seine Versuche, die Geiselnahme an Ort und Stelle und auf seine Weise, nämlich schnell und effektiv, zu beenden, selbstherrlich unterbunden hatte. Und seine Kollegen, die am Vortag mit im Einsatz gewesen waren, teilten seine Wut. Am schlimmsten war es, dazu verurteilt zu sein, tatenlos mitansehen zu müssen, wie die Polizei sich von zwei unterdurchschnittlich intelligenten Schwerverbrechern das Heft des Handelns aus der Hand hatte nehmen lassen. Statt entschlossen Schadensbegrenzung zu betreiben, hatte sich die Einsatzleitung erst zum Handlanger und schließlich zum Zuschauer einer Medienmeute gemacht, die einen verbrecherischen Akt sensationslüstern in ein Medienspektakel verwandelte.

Als er am Ende aus Recklinghausen den Befehl erhalten hatte, seine Uniform anzuziehen, um gemeinsam mit seinen inzwischen ebenfalls uniformierten Kollegen den zahllosen Presseleuten ungehinderten Zugang zum bereitgestellten Fluchtwagen zu verschaffen, damit diese ungestört ihre Bilder machen und ihre Interviews führen konnten, da wäre er am liebsten auf der Stelle zum Befehlsverweigerer geworden. Doch jeder Versuch, ohne ausdrückliche Anweisung aus Recklinghausen zu handeln, hätte unweigerlich ein Disziplinarverfahren für ihn zur Folge gehabt. Daran hatte der Einsatzleiter keinen Zweifel gelassen. Als Kirchner ihm am Morgen vorschlug, die Bank mit einem gepanzerten Mercedes zu stürmen, um das Ganze zu beenden, hatte dieser geantwortet: »Sie und Ihre Cowboy-Methoden, Kirchner. Kommt nicht in Frage. Wenn Sie das tun, sind Sie dran!«

Kirchner beobachtete durch die Lamellen, wie ein roter Luftballon zwischen den Schornsteinen ruckelnd über die Dächer hinweg in den honigfarbenen Himmel aufstieg, rasch an Höhe gewann und kleiner wurde. Bei dessen Anblick kam ihm der Gedanke, Claudia, seine geschiedene Frau, in ihrem Büro in Münster anzurufen, um sich zu erkundigen, wie es ihrem gemeinsamen, inzwischen 16 Jahre alten Sohn Robert ging. Der Junge hatte als Achtjähriger Luftballons geliebt, und Kirchner sah im Geiste vor sich, wie er damals immerzu welche für ihn hatte aufblasen müssen, die der kleine Robert anschließend unermüdlich jauchzend durch die Zimmer gekickt hatte.

Kirchner hatte den Jungen seit mehr als zwei Monaten nicht mehr gesehen. Und seit er eine Freundin hatte, die gerade mal 13 Jahre älter war als Robert, war das Verhältnis zwischen ihnen zusätzlich gespannt. Offenbar witterte der Junge darin eine Art zweiten Verrat an seiner Mutter. Zudem glaubte er sich wohl um Gefühle betrogen, die eigentlich ihm zustanden. Jedenfalls interpretierte Kirchner so die schroffe Ablehnung seines Sohnes.

Robert hatte nie aufgehört, ihm die Schuld am Scheitern der elterlichen Ehe zu geben. Vor die Wahl gestellt, zu welchem Elternteil er ziehen wolle, entschied Robert sich, ohne zu zögern, für seine Mutter. Jahrelang hatte Kirchner versucht, die Zuneigung des Jungen zurückzugewinnen, indem er ihm ein Hercules-Mofa und später eine teure Pioneer-Stereoanlage kaufte, damit er seine AC/DC-Platten, die er damals so mochte, in bestmöglicher Qualität hören konnte. Bis er begriff, dass er die Liebe seines Sohnes nicht kaufen konnte, und er ihn stattdessen ins Kino und zum Fußball einlud. Doch der Junge war auch damit nicht zu gewinnen, blieb wortkarg und unzugänglich. Irgendwann gab er es auf, um die Liebe seines Sohnes zu buhlen. Fortan wurden die Abstände, in denen sie sich trafen, immer größer. Manchmal verstrichen Monate, ohne dass sie sich sahen oder auch nur ein Wort am Telefon miteinander sprachen.

Kirchner griff zum Hörer und wählte die Nummer seiner Exfrau. Als auf der anderen Seite abgenommen wurde, sagte er angespannt: »Ich bin's.« Auch sein anschließendes »Hallo, Claudia, wie geht es dir?« klang angestrengt.

Seine Exfrau hatte als Englischlehrerin an einem Gymnasium in Münster gearbeitet, sich aber kürzlich in die Verwaltung der Schule versetzen lassen. Nachdem sie eine Zeitlang die üblichen Eingangsfloskeln ausgetauscht hatten, sagte seine Frau: »Wann war Robert eigentlich das letzte Mal bei dir?«

»Warum?« Er wusste genau, was nun folgen würde.

»Kannst dich nicht mal mehr daran erinnern, wie?«

Kirchner hasste es, wenn der zunächst lässige Plauderton seiner Exfrau unversehens ins Vorwurfsvolle umschlug und er sich ihr gegenüber wieder in jener Rolle fand, die schließlich zu ihrer Trennung geführt hatte: in der des Angeklagten.

»Claudia, was soll das?«

Doch sie ließ nicht locker, sagte: »Ich habe dir eine einfache Frage gestellt, Rolf! Beantworte sie einfach.«

»Du weißt genauso gut wie ich, weshalb Robert im Moment keinen großen Wert auf meine Anwesenheit legt. Er ist immer noch sauer auf mich. Was übrigens ziemlich ungerecht ist. Mir alleine die Schuld an allem zu geben trifft die Sache ja wohl nicht ganz. Der Junge braucht einfach Zeit.«

»Robert hat doch recht! Schließlich bist du es gewesen, der ...«

»Claudia, hör auf!«, unterbrach Kirchner sie lautstark. »Das hatten wir doch wohl schon, oder?! Robert ist sechzehn und in einer schwierigen Phase, und dass er an allem zu kauen hat, das weiß ich auch. Erspar mir also deine Vorwürfe, und sag mir lieber, wie es ihm geht.«

»Mit Robert ist alles in Ordnung! Sonst noch was?« Sie klang, als würde sie jeden Moment auflegen. Doch dann sagte sie:

»Denk dran, dass er nächste Woche Geburtstag hat! Ich glaube, er würde sich trotz allem freuen, wenn du dich bei uns sehen lassen würdest.«

»Keine Sorge«, sagte Kirchner mit aufgesetzter Lässigkeit und sah aus dem Fenster. »Du glaubst doch nicht, dass ich den Geburtstag meines Sohnes vergesse!« Er hatte ihn vergessen und war froh, von ihr daran erinnert worden zu sein.

»Was wolltest du eigentlich?«

»Hören, wie es Robert geht«, sagte er.

»Na, dann war's das ja wohl.«

»Offenbar, ja«, sagte er, und sie legten auf.

Leicht benommen starrte Kirchner nach draußen, wo am Himmel in großer Höhe ein silberfarben schimmerndes Flugzeug auf die Sonne zuhielt. Er stellte sich vor, wie die Maschine jeden Moment in dem 5000 Grad heißen Feuerball verglühte, auch wenn er natürlich wusste, dass das nicht passieren würde. Die Vorstellung, Zeuge eines solchen Spektakels zu werden, ohne etwas dagegen tun zu können, berührte ihn trotzdem unangenehm.

Rolf Kirchner hasste Tage wie diese, an denen Bereitschaftsdienst auf dem Plan stand, was nichts anderes bedeutete, als dazusitzen und darauf zu warten, dass sich irgendwo eine Gefährdungssituation ergab, ein Szenario, das ein schnelles Eingreifen erforderlich machte. Auf so etwas waren er und seine Kollegen in zahlreichen Einsätzen trainiert worden. Auf rasches, zielgerichtetes Handeln. Und nicht auf tatenloses Herumsitzen.

Mit der Abfahrt der Geiselnehmer aus Gladbeck am Vorabend hatte automatisch das MEK übernommen. Sie hatten ihre Chance gehabt, und sie hatten sie, gegen seinen Willen, kläglich vertan.

Er griff erneut zum Telefonhörer, um Frank Peters, den Leiter des Mobilen Einsatzkommandos, anzurufen, mit dem er seit Jahren befreundet war. Peters würde ihn auf den neuesten Stand bringen.

238 Kilometer von Dortmund entfernt, verließ ein 15-jähriger italienischer Junge in Bremen-Blumenthal die Stadtteilschule in der Herbartstraße, um seine achtjährige Schwester, deren Unterricht an diesem Tag früher geendet hatte, bei einer Freundin abzuholen.

Er liebte seine Schwester, liebte ihren verschleierten, verträumten Blick und ihr pechschwarzes Haar, in das sie sich manchmal einen hellen Reif drückte, damit es ihr nicht ins Gesicht glitt und sich als Vorhang vor ihre melancholischen Augen schob. Er liebte ihren schön geschwungenen kleinen Mund mit der vollen Unterlippe, auf die sie sich manchmal unbewusst biss, wenn sie nachdachte oder sich auf etwas konzentrierte.

Er war ihr großer Bruder, doch er war auch ihr Beschützer, wenn auf dem Schulhof oder sonst wo es irgendjemand wagte, sie anzufassen oder ihr zu nah zu kommen. Denn das durfte keiner. Wer es dennoch versuchte, bekam es mit ihm zu tun.

***

Nachdem sie drei Tassen Filterkaffee getrunken, eine hauchdünn mit Butter und Waldblütenhonig bestrichene Scheibe Toast sowie ein weichgekochtes Ei gegessen und erneut die bislang vorliegenden Seiten ihres neuen Romans durchgesehen hatte (Brigitte liebte es, im Bademantel hinter heruntergelassenen Rollläden am Küchentisch zu sitzen und zu rauchen und, während sie in ihren Manuskripten las und da und dort am Rand Anmerkungen machte, klassische Musik zu hören, am liebsten Zemlinsky, Bartók oder Monteverdi), lief sie in die Diele, griff sich das Telefon und kehrte damit in die wegen der nicht ganz geschlossenen Rollläden in ein diffuses Leuchten versetzte Küche zurück. Dort stellte sie das Telefon neben dem halbvollen Ascher auf den Tisch, nahm eine weitere John Player aus der schwarzglänzenden Schachtel und klemmte sie sich, ehe sie den Hörer abnahm und wählte, zwischen die Lippen.

Das Telefon war ihre letztverbliebene Verbindung zur Außenwelt. Seit sie aufgehört hatte, Zeitung zu lesen, Radio zu hören und fernzusehen, drang das, was sich jenseits ihrer vier Wände ereignete, inzwischen mehr oder weniger ausschließlich per Telefon an ihr Ohr.

Brigitte war das, was man einen Telefonjunkie nennen würde. Stundenlang konnte sie mit ihrer amerikanischen Freundin Marilyn, einer ehemaligen PANAM-Stewardess, nach Florida telefonieren. Oder sie sprach, noch im Schlafanzug auf dem vollgeaschten Bett hockend und umgeben von wahllos verteilten Manuskriptseiten, mit Helga, blies Rauchwolken in die Luft und notierte Anmerkungen, während sie den Hörer zwischen Schulter und Hals eingeklemmt hielt.

Und dann war da noch Valentin, ihr in Hanau lebender Stiefbruder, den sie nicht, wie so viele andere, nach Martins Ableben von ihrer Liste gestrichen hatte. Das letzte Telefonat mit ihm lag allerdings auch schon wieder ein halbes Jahr zurück.

Nach der Trennung ihrer Eltern vor mehr als 20 Jahren hatten sie bald den engeren Kontakt zueinander verloren. Trotzdem empfand sie für ihn eine gewisse Dankbarkeit und griff gelegentlich zum Hörer, um sich nach seinem und dem Befinden ihres Stiefvaters zu erkundigen. Anders als sie, die nach der Schule – sie hatte sich damals strikt geweigert, das Abitur zu machen, und sich stattdessen mit ihrem fast 20 Jahre älteren Freund nach St. Tropez abgesetzt – sofort aus Hanau weggegangen war, hatte Valentin nie einen Gedanken an einen Weggang verschwendet und vor allem später, als ihr Stiefvater Hilfe brauchte, Verantwortung übernommen.

Brigitte mochte ihren Stiefvater – ganz im Gegensatz zu ihrem leiblichen und bald verstorbenen Vater. Zu Valentin, der zwei Jahre älter war als sie, hatte sie stets ein gutes Verhältnis gehabt. Auch wenn sie nie ganz zu Valentin durchgedrungen war, der ganz in seiner nach Schmieröl riechenden Welt der Motoren,

Kreissägen und Lötkolben lebte, seit er nicht mehr in Offenbach als Modellbauingenieur Plexiglasminiaturen von Hochöfen und Hebekränen konstruierte.

Einmal nach einer Lesung in einer Hanauer Buchhandlung hatte Valentins Sohn Marc plötzlich überraschend vor ihr gestanden und sie hinterher beim gemeinsamen Gang mit dem Buchhändler und einigen ihrer Fans in ein Lokal begleitet. Ein junger Mann mit goldblonden Haaren, weichen Gesichtszügen und wachsamen grünbraunen Augen, der wie eine Kopie seines Vaters in jüngeren Jahren auf sie gewirkt und sie damals mit dem Bekenntnis verblüfft hatte, noch nie ein Buch gelesen zu haben.

Als sie ihm spontan das Exemplar ihres Romans, aus dem sie noch kurz zuvor Hunderten von Zuhörern vorgelesen hatte, hinstreckte und sagte: »Dann fang hiermit an«, da hatte Marc ihr Geschenk freundlich lächelnd zurückgewiesen und geantwortet: »Danke, aber das ist nichts für mich.«

Im ersten Moment war sie gekränkt, doch der Zuspruch der ins Restaurant gefolgten Zuhörer war während des anschließenden Essens derart einhellig, dass sie nicht bemerkte, wie Marc ihre kleine Runde irgendwann, ohne sich von ihr zu verabschieden, verlassen hatte.

Anfangs verunsicherten Brigitte, die sich jahrelang mit durchschnittlichen Eigenkreationen als Goldschmiedin durchschlug, die herablassenden Kommentare, die ihre Bücher bei der Kritik provozierten, und stürzten sie – insbesondere nach einem herben Verriss des zweiten Mireille-Romans »Vanilleträume« in einer großen Frankfurter Tageszeitung – in eine Schreibkrise.

Erst Helgas Nachricht, »Vanilleträume« werde in Kürze die Bestsellerliste des »Spiegel« erobern, brachte Brigitte an den Schreibtisch zurück.

Sie setzte ihre Zigarette in Brand, nahm einen kräftigen Zug, hob den Telefonhörer ab und wählte die Nummer in Hanau.

»Steiner?«, erklang nach dem dritten Läuten Valentins Stimme.

»Wie geht es euch?«, sagte Brigitte und blies den Rauch ihrer Zigarette an der Muschel vorbei, was im Ohr ihres Bruders als trockenes Schnarren ankam.

»Marc ist bei Vater«, sagte er, »dabei hat er wegen dieser Geiselsache die halbe Nacht vor dem Fernseher verbracht. Ich verstehe gar nicht, was ihn daran so fasziniert.«

»Wahrscheinlich das Morbide«, sagte Brigitte. »Die jungen Leute haben ein viel ungebrocheneres Verhältnis zur Gewalt als wir damals. Sie fühlen sich vom Unglück angezogen. Es ist wie eine Fäulnis, die ihre Gedanken befällt. Wie geht es Vater?«

»Was soll ich sagen, Brigitte«, antwortete Valentin und atmete schwer ein und wieder aus. »Er verschwindet. Manchmal kommt er mir vor wie ein Besucher von einem anderen Stern, der unsere Sprache nicht versteht und wie ein Kleinkind alles bestaunt.«

»Das klingt unschön«, sagte Brigitte, zog kräftig an ihrer John Player und blies, indem sie ihre Lippen zu einem O formte und stoßartig ausatmete, kleine graue Rauchringe in die Luft, die sekundenlang wie Satelliten um die tiefhängende Deckenlampe kreisten, ehe sie sich aufzulösen begannen. In den schmalen Lichtfächern, zu denen das Sonnenlicht von den Holzrippen des Rollladens zerteilt wurde, tanzten winzigste Staubpartikel.

»Und wie geht es dir?«, sagte sie.

»Komm uns doch mal wieder besuchen, Brigitte. Mit dem Zug bist du in zwei Stunden hier. Marc kann dich vom Bahnhof abholen.«

»Ich sitze an einem neuen Buch, Valentin, aber ich überleg's mir«, sagte sie und beobachtete fasziniert, wie der letzte Rauchring sich auflöste.

»Wie du meinst, Brigitte!«, antwortete er. »Ich kann dich schließlich nicht zwingen.«

»Nein«, sagte sie und zog wieder an der Zigarette. »Niemand kann das!«

***

Bis zu ihrem Dienstantritt blieb ihr nicht einmal mehr eine Stunde. Nachdem sie sich auf dem Marktplatz getrennt hatten (sie hatten noch ihre Nummern ausgetauscht, und Adam hatte versprochen, sich in Kürze zu melden), rief Chris ihre Freundin Ulrike von einer Telefonzelle aus an und verschob ihren Besuch auf einen der nächsten Tage. Anschließend lief sie in eine Apotheke und verlangte ein Beruhigungsmittel. Denn trotz der schönen und völlig unerwarteten Begegnung mit dem polnischen Busfahrer wuchs die Unruhe in ihr.

»Irgendetwas gegen so ein blödes Unruhegefühl!«, sagte sie und nestelte verlegen an ihrer Handtasche, als müsse sie sich für ihre Gefühle schämen. Die Apothekerin fixierte sie einen Moment lang intensiv, drehte sich um und entnahm einem der alphabetisch gekennzeichneten Rollfächer des nussbaumfarbenen Apothekerschranks eine weiße, rechteckige Packung. »Baldrian, das ist pflanzlich, hilft aber ganz gut. Für alles andere bräuchten wir leider ein Rezept. Macht sechs neunzig.«

Chris konnte von ihrem Platz aus sehen, wie die Schublade im Zeitlupentempo in das Schrankfach zurückglitt, und bekam eine Gänsehaut. In den Krimis, die sie sich manchmal spätnachts ansah, glitten auf ähnliche Weise die herausgezogenen Metallbahren, auf denen unter hellen Tüchern die nackten Toten lagen, in die Kühlfächer zurück. (Sekundenlang sah sie sich selbst auf einer solchen Bahre liegen und in einem solchen Fach für immer verschwinden.)

»Okay!«, sagte sie leicht verwirrt, legte einen Zehnmarkschein auf den Tresen und wartete ungeduldig auf die Rückgabe des Wechselgeldes.

»Wenn Sie so etwas öfter haben, sollten Sie es vielleicht mal mit Entspannungsübungen versuchen. Autogenes Training zum Beispiel. Das hilft«, sagte die Apothekerin in ruhigem, freundlichem Ton und reichte Chris die Münzen samt Kassenbon. Auf dem kleinen pastellfarbenen Namensschild über ihrer linken

Brust stand in dunklen Druckbuchstaben: »Anette Ahrens. Altstadt-Apotheke.«

»Ja, mal sehen«, antwortete Chris, bedankte sich und schob fahrig die Packung in ihre Handtasche. Dann wandte sie sich ruckartig um, lief mit einer flüchtig gemurmelten Verabschiedung hinaus in das gleißende Mittagslicht und dachte: Was gäbe ich jetzt für eine Valium.

Ihre Mutter, die inzwischen mit einem Bauunternehmer in München zusammenlebte und einen Großteil des Jahres in dessen Finka auf Mallorca zubrachte, hätte sich einmal (Chris war damals fünfzehn Jahre alt gewesen) beinahe mit einer Handvoll Valium das Leben genommen. Chris hatte sie eines Nachts auf dem Fußboden des Badezimmers gefunden, im Ausguss des Waschbeckens hatten von der Feuchtigkeit zu körnigen Klumpen geblähte Pillen gelegen, auf dem Beckenrand daneben das offene gelbe Röhrchen.

Der reglose Körper (beide Arme in sich verdreht und das kräftige Becken seitlich weggestreckt) wirkte in dem dämmrigen Licht, das die kleine Wandleuchte erzeugte, wie eine zu Boden gegangene Schaufensterpuppe. Wäre nicht plötzlich, nachdem Chris sie heftig gerüttelt und mit einem entschlossenen Griff unter beide Achseln angehoben hatte, ein jäher Impuls durch den Leib gegangen und ein weißlicher Schwall aus ihrem halbgeöffneten Mund herausgeschossen. Wie ein Gletscher in einen Fjord hatte sich die milchige Flüssigkeit auf dem blau gefliesten Boden ausgebreitet. Dann hatte sie zu husten und zu würgen begonnen, sich langsam aufgerichtet und zitternd, auf Knien und über deren Rand gebeugt, sich mehrmals in die Badewanne erbrochen. Nachdem Chris das blasse, feuchtglänzende Gesicht ihrer Mutter mit einem Papiertuch gesäubert hatte, hatte sie, ohne dass Chris sie danach gefragt hatte, mit belegter Stimme gesagt: »Ich wollte nur ein wenig Ruhe haben, das ist alles. Okay?«

An der nächsten Straßenecke blieb sie stehen und drückte hastig drei der blauen Dragees aus dem Blister und schob sie sich in den Mund. Dann schob sie die Packung in ihre Handtasche zurück, griff nach dem Pfefferspray und lief in Richtung Bredenstraße.

»Sie müssen auf die Angst zugehen! Jedes Ausweichen oder Zurückschrecken macht sie nur größer in Ihrem Kopf«, hatte Dr. Brunner zu ihr gesagt, und Chris hatte ihre Worte auf sich wirken lassen, demütig und bereit, sie in die Tat umzusetzen.

Sie bog in eine Seitenstraße ab und nahm die Schachtel mit den Baldriandragees wieder heraus, weil sie noch immer keinerlei Wirkung verspürte.

Noch einmal drückte sie drei Dragees aus dem Blister und schob sie sich auf einmal in den Mund. Dabei schloss sie kurz die Augen.

Mit dem sie entfernt an Feldsalat erinnernden Geschmack der Tabletten auf der Zunge musste Chris plötzlich an Klaus denken. Wie ein Deserteur hatte er sich ihr gegenüber aus seiner Verantwortung gestohlen, er, der immer wieder versprochen hatte, sie niemals im Stich zu lassen.

In der nächsten Sekunde verwarf sie die Gedanken an ihn auch schon wieder, gefangen im Orbit ihrer Angst, in dem sie kreiste und kreiste, als sei sie von irgendwelchen Göttern oder höheren Mächten dazu verurteilt worden, ihn nie mehr zu verlassen. Auch wenn sie ganz genau wusste, dass niemand anders als sie selbst immer neu das Ticket für ihre Geisterbahnfahrten löste.

5

dpa – Basisdienst, Hamburg

Kriminalität/Geiselnahme
Polizei will Forderungen der Gangster erfüllen

Gladbeck (dpa) – Die Polizei will die Forderungen der beiden Geiselnehmer in der Filiale der Deutschen Bank in Gladbeck-Rentfort nach 300 000 Mark in bar sowie einem Fluchtwagen und drei Paar Handschellen erfüllen, »um das Leben der Geiseln nicht zu gefährden«.

Die beiden mit Maschinenpistolen bewaffneten Männer haben einen 34-jährigen Kassierer und eine 23-jährige Kundenberaterin seit dem Morgen in ihrer Gewalt.
Einer der beiden Gangster ist inzwischen von der Polizei identifiziert worden. Es handelt sich um einen 31 Jahre alten »Schwerstkriminellen« aus Gladbeck, der vor 18 Monaten aus seinem Hafturlaub nicht wieder in die JVA Essen zurückgekehrt war. Der Mann hatte wegen »verschiedener schwerer krimineller Delikte quer durch das Strafgesetzbuch«, so die Polizei, schon elf Jahre seiner insgesamt 13-jährigen Haftstrafe verbüßt. Sein Komplize ist noch nicht identifiziert.

Der Alte hatte ziemlich Schlagseite, als er sich umdrehte und Marc schlurfend und breit grinsend entgegenkam. Die Skoliose, an welcher er seit Jahren zusätzlich zu seiner Alzheimererkrankung litt, hatte seine Wirbelsäule mit der Zeit in eine Art spiegelverkehrtes, großes »S« verformt, so dass Gustav Steiner wirkte, als ziehe (vom Oberarm abwärts) ein imaginärer, bis zum Rand mit Sand gefüllter Eimer seine rechte Schulter permanent nach unten.

»Hallo!«, rief der Alte und reckte seine große fleischige Hand in die Höhe. Dabei verharrte er in einer Stellung, als lausche er dem Gesang eines Vogels oder als hätte er soeben das unheilverkündende Zerbrechen eines Zweiges im nahen Wäldchen an der hinterm Haus vorbeifließenden Kinzig vernommen, wie der Tod es manchmal verursacht, wenn er aus dem Dickicht hervortritt und nach den Lebenden greift. Dann lief er weiter auf Marc zu, baute sich vor ihm auf und rief: »Die dürfen mich nicht mitnehmen!«

Von der Sonne wie von einem Scheinwerfer angestrahlt, traten die zahlreichen Leberflecke auf seiner glänzenden Stirn noch deutlicher als sonst hervor. Und das in der Regel starre, dabei stets leicht vorspringende Kinn, das ihm in gewissen Momenten etwas Eigensinniges und Verbissenes verlieh, schien nun lautlos zu beben. So, als sammle sich darin der Schmerz über den Verlust, den er kürzlich hatte hinnehmen müssen.

Eine Woche zuvor war sein Freund, ein gewisser Wandrey, eines Morgens auf die vielbefahrene Philippsruher Allee gelaufen und von einem herannahenden Tanklastwagen erfasst und, weil sich seine Gürtelschnalle an dem Nummernschild des Wagens verheddert hatte, fast hundert Meter mitgeschleift worden, ehe der entsetzte Fahrer seinen Laster auf Höhe des Westbahnhofs endlich zum Stehen brachte. Wandrey war so entsetzlich entstellt gewesen, dass der LKW-Fahrer ohnmächtig geworden war.

Wandrey war 86 und für einen Menschen, der vom Morbus Alzheimer von allen Erinnerungen befreit worden war, erstaunlich rege gewesen. Marc war ihm bei einem seiner letzten Besuche kurz begegnet, als er seinen Großvater zu einem Spaziergang abholte. Der schmächtige Mann hatte ihn durch die Gläser eines schwarzen Fünfziger-Jahre-Gestells hindurch skeptisch angesehen wie jemanden, der sich unerlaubt Zutritt zu ihrer erinnerungsfreien Welt verschaffte.

Auf dem Rückweg vom MASSA MARKT – Louis war am Morgen nicht zur Arbeit erschienen – hatte Marc in der Hoffnung, dort vielleicht ein paar alte Klassenkameraden zu treffen, die KTM durchgestartet und einen Abstecher in die Milchbar am Freiheitsplatz gemacht.

An der Bar saß wieder der dunkel gekleidete, unrasierte und schätzungsweise fünfzig Jahre alte Mann, der regelmäßig schwarzen Kaffee trank, Gauloises rauchte und dabei Zeitung las oder mit hübschen jungen Frauen über weltpolitische Themen diskutierte. Marc hatte ein paar ihrer früheren Gespräche belauscht und den Mann um sein scheinbar schwereloses Dasein beneidet. In seiner Vorstellung war der Typ Schriftsteller oder Schauspieler oder so etwas, ein Künstler jedenfalls.

Marc gefiel es, in der Milchbar herumzusitzen, mit Waldmeister-, Walnuss- oder Himbeergeschmack aromatisierte Milchshakes zu trinken und sich seine Zukunft auszumalen. Außer dem Künstler und ihm waren nur noch ein junger Asiat und eine Zeitung lesende ältere Frau in der Bar.

Ein paarmal hatte Marc mit dem Gedanken gespielt, den Mann, von dem eine seltsame Faszination ausging, anzusprechen, dann aber jedes Mal nicht den Mut besessen und sein Vorhaben verschoben.

Seit er Camus las, hatte Marc das Gefühl, den Geheimnissen der Welt ein kleines Stückchen näher gekommen zu sein. Mit einem Freund suchte er beim gemeinsamen Anhören der Platten von Klaus Schulze, Tangerine Dream und Eberhard Schöner nach Antworten auf Fragen, die sie quälten, wenn sie nachts im Dunkeln wach lagen. Warum bin ich? Was kommt nach dem Tod? Kann man, ohne zu lügen, überleben? Gibt es ein Schicksal? Und was ist meines? Doch zu mehr als irgendwann ins Phantastische abgleitenden Spekulationen führten ihre Überlegungen nie.

Marc verfolgte die in Richtung Hertie vorbeiziehenden Passanten und musste an die Geiseln denken, die sich noch immer, das hatte er am Morgen im Radio gehört, in der Gewalt der Gladbecker Bankräuber befanden, als plötzlich eine Stimme sagte: »Du bist doch der Enkel vom alten Steiner?«

»Ja«, antworte Marc überrascht, »wieso?«

»Ich habe dich vor ein paar Tagen bei deinem Großvater gesehen. Hat mir gefallen, wie du mit ihm geredet hast. Mein Vater Klaus und dein Großvater waren am Ende fast so was wie Freunde.«

»Ja«, sagte Marc, »das waren sie. Tut mir leid, was mit Ihrem Vater passiert ist. Einfach schrecklich.«

»War wohl nicht zu verhindern.«

Marc konnte sich nur wundern über die Nüchternheit, mit der sein Gegenüber vom grausamen Tod des Vaters sprach.

»Eine teuflische Krankheit, dieses Alzheimer«, sagte Marc.

»Zuletzt hat er mich für seinen Zahnarzt gehalten.«

»Das kenne ich«, sagte Marc, »mein Großvater hat mich schon für alle möglichen Leute gehalten. Meistens hält er mich für einen Pfleger. Ich muss dauernd an diese Geiselsache im Fernsehen denken.«

»Hab's auch gesehen«, sagte der Mann, faltete die Zeitung, in der er eben noch geblättert hatte, zusammen und legte sie vor sich auf den Tresen. »Mediale Inszenierung von Gewalt! Berichterstattung aus der Teilnehmerperspektive!«

»Sie scheinen sich ja ziemlich gut auszukennen«, sagte Marc beeindruckt.

»Ich war mal Fotoreporter, ist aber lange her«, sagte der Mann, steckte sich eine Zigarette an und ließ den Rauch nachdenklich zwischen den Zähnen hervorwabern.

»Ach ja?«, sagte Marc interessiert.

»1967. Bei der BZ angefangen und so ziemlich alles gemacht, was kam. Unfälle, Politiker, Demonstrationen, Fußball, Prominenz, das ganze Programm. Ich hatte 'ne Menge Spaß. Bis zum Schah-Besuch. Ich war zufällig in der Nähe, als es passierte. Mit Benno Ohnesorg. Ich hab einfach draufgehalten mit meiner Kamera und immer wieder abgedrückt.«

Marc sah, dass die Hand, in welcher der Mann die Zigarette hielt, ganz leicht zitterte.

»Als ich hinterher meine Fotos in allen Zeitungen sah, hatte ich das Gefühl, ihn mit umgebracht zu haben.«

»Was war denn mit diesem Ohnesorg damals? Weshalb hat man ihn umgebracht?«, fragte Marc.

»Weshalb? Weil er gegen das korrupte Schah-Regime demonstriert hat, wie all die anderen auch, und dabei zufällig zum falschen Zeitpunkt am falschen Ort war! Der Kurras, dieses Schwein, hat ihn abgeknallt. Einfach so, und die anderen Bullen haben zugesehen. Hinterher hieß es, der Kurras hätte in Notwehr gehandelt.« Er hielt kurz inne. »Die Stimmung war schon im Vorfeld des Schah-Besuchs ziemlich vergiftet. Flugblätter kursierten, auf denen die Sprengung von Kasernen und Fußballstadien angedroht wurde. An Häuserwänden klebten Steckbriefe mit dem Konterfei des Schahs. Überall liefen Studenten herum und demonstrierten. Da ist dieser Polizeityp einfach durchgedreht und hat auf den Erstbesten geschossen, der ihm in die Quere kam, und das war Benno Ohnesorg.«

»Und was ist anschließend mit dem Polizisten geschehen?«

»Mit dem Kurras? Nichts, wurde freigesprochen. Was dann folgte, weißt du ja.«

Marc hatte keine Ahnung, deutete aber ein zögerliches Kopfnicken an. »Ja, schon. Aber, nicht so genau, um ehrlich zu sein.«

»Die Studentenbewegung. Das, was man später die Achtundsechziger nannte. Und dann die RAF.«

Marc war froh, mit Erwähnung der RAF auf dem Stand seines Wissens angelangt zu sein. »Und was haben Sie gemacht, ich meine, nachdem Ihre Fotos in allen Zeitungen waren?«

»Was ich gemacht habe? Ich fing an zu saufen.«

»Aber Sie haben doch nur Ihre Arbeit gemacht!«, sagte Marc.

»Das werden die, die du gestern mit ihren Kameras im Fernsehen gesehen hast, hinterher auch sagen. Wir haben doch nur unseren Job gemacht. Ich muss jetzt los.«

Er legte einen Zehnmarkschein auf den Tresen, schob die Schachtel Gauloises, die er die ganze Zeit in der Hand gehalten hatte, in die Innentasche seines Sakkos und erhob sich vom Barhocker. Dann nickte er dem Mann hinter dem Tresen zu und sagte zu Marc: »Ich bin morgen gegen eins wieder hier. Komm vorbei, dann reden wir weiter.«

Nachdem er verschwunden war, nahm der Barmann, der ihr Gespräch die ganze Zeit mit angehört hatte, den Zehnmarkschein und sagte: »Der Wandrey war mal so 'ne Art Künstler. Ein richtig toller Fotograf. Ein Jammer, dass der nicht weitergemacht hat.«

Er zeigte auf das große, gerahmte, über dem Ledersofa hängende Schwarzweißfoto und sagte mit hörbarer Bewunderung in der Stimme: »Das hat der Jürgen gemacht. Berlin, neunzehnsiebenundsechzig.«

Auf dem Bild war eine dem Betrachter entgegenkommende Menschenmenge zu sehen. Demonstranten, deren unerschrockenes gemeinsames Vorangehen eine derartige Kraft und Entschlossenheit ausdrückte, dass Marc das Gefühl hatte, die Fotografierten müssten jeden Moment den Rahmen des Bildes sprengen und ihm entgegenkommen.

»Stark, was?«, sagte der Barmann. »Der Jürgen hatte es drauf damals.«

»Und warum hat er nicht weiter fotografiert?«, sagte Marc.

»Das haste doch gerade gehört, der Suff!« Der Barmann ließ die Registrierkasse aufspringen und legte den Geldschein hinein.

Als Marc eine Viertelstunde später mit seiner KTM auf den Besucherparkplatz der Martin Luther Stiftung rollte, schlug die Turmuhr der nahen Friedenskirche halb zwei. Die Quecksilbersäule des kleinen Außenthermometers neben dem Eingang war auf 31 Grad geklettert. Er stellte das Moped im Schatten der Platanen ab und zog den Helm vom Kopf.

Der Großvater stand wie eine plötzlich zum Leben erwachte, schräg in die Erde gerammte Vogelscheuche mit weit ausgebreiteten Armen auf dem kopfsteingepflasterten Hof, und als wollte er jeden Moment in den stahlblauen Himmel abheben, begann er heftig mit den Armen zu rudern. Als er Marc sah, jauchzte er und humpelte ihm wie ein angeschossener Soldat entgegen.

Marcs Vater hatte sich, als der Alte erste Anzeichen von Demenz erkennen ließ, zu informieren versucht, was diese Krankheit für seinen Vater bedeutete, welchen Verlauf sie nehmen und worauf er und Marc sich einzustellen hatten. Er war in die Stadtbibliothek am Schlossplatz gelaufen und von dort mit ebenso zahlreichen wie verwirrenden Informationen nach Hause gekommen. Da war von ins Gehirn zu implantierenden Pumpen die Rede gewesen, welche das Nervenwachstum anregen sollten, von Plaque lösenden Antikörpern und der Immunisierung gegen Beta-Amyloid-Bildung. Valentin Steiner hatte, während er das Ganze irritiert auf seinem mitgebrachten Notizblick notierte, nicht die leiseste Ahnung gehabt, was das alles zu bedeuten hatte und was sich hinter Worten wie »Amyloid«, »Reminyl« oder

»Exelon« verbarg. Musste man inzwischen Freizeitmediziner sein, um überhaupt noch zu kapieren, worum es bei allem ging?

In einem anderen Artikel, den er sich aus einer amerikanischen Ärztezeitschrift herauskopiert hatte, wurde von Tests berichtet, in denen der Frage nachgegangen wurde, ob Fisch, Nüsse und Öldressing, die mehrfach ungesättigte Fettsäuren enthielten, das menschliche Gehirn vor den verheerenden Auswirkungen der Alzheimerkrankheit zu schützen vermochten.

Darüber hinaus gab es Abhandlungen über chemische Wirkstoffe mit Namen wie Motrin, Aleve, Aricept, Memantin, was immer das bedeuten mochte, und ein Hormon namens Ginkgo biloba, dessen Einnahme – so einer der Verfasser – »möglicherweise kraft seiner antioxidierenden Eigenschaften das Risiko von altersbedingtem Gedächtnisschwund vermindern könne«.

Marc bockte die Maschine hoch, zog den Zündschlüssel heraus und nahm den Helm ab. Breit grinsend stand der Großvater in einer Entfernung von vielleicht zehn Metern, die Arme sinnlos ausgebreitet und den Leib seitlich weggebogen, als sei das eine Bein deutlich kürzer als das andere.

»Da bin ich wieder!«, rief er, ging, den leuchtend orangefarbenen Helm in der Hand, auf den Alten zu und legte ihm den Arm um die Schulter. »Komm, wir gehen rein. Es ist so heiß, ich brauche dringend was zu trinken.«

Der Alte ließ sich willig mitziehen. Als sie einander in seinem dämmrig-kühlen Zimmer gegenübersaßen und Marc in kleinen Schlucken das kalte Mineralwasser trank, klatschte Gustav Steiner kindlich in die Hände, so wie er das jedes Mal tat, wenn ihn etwas freudig erregte. »Mein Junge«, rief er. »Oh, mein Junge. Wir werden gewinnen.«

Der Großvater trug ein verschossenes kurzärmliges Hemd, das einmal blau gewesen sein musste, dazu eine fleckige graue Hose, die auf Höhe des Bauchnabels, weit über der Hüfte, von einem speckigen braunen Kalbsledergürtel gehalten wurde und den irritierenden Eindruck erzeugte, als sei sein Oberkörper im Vergleich zum Rest des Körpers zu kurz geraten. An seinem linken Handgelenk glänzte im schräg einfallenden Licht das goldfarbene Stretchband seiner Uhr. »Tee?«, fragte er unvermittelt, »möchtest du eine Tasse Tee, Junge?«

»Nein danke, Großvater«, erwiderte Marc. »Wasser ist gut.« Dabei ertastete er plötzlich den knochenharten Popel an der Unterseite der Sessellehne, auf der eben noch entspannt sein Arm gelegen hatte, und zog seine Hand ruckartig zurück.

Der Alte hatte irgendwann angefangen, überall schamlos seinen getrockneten Nasenschleim hinzukleben: unter die Ränder der Tischplatte, auf die Tastatur seiner TV-Fernbedienung, an Gläser und Tassen. Oder er schmierte die schmierigen Klümpchen einfach, wo er gerade saß oder stand, an die Wand, wo sie – an totgeschlagene Mücken erinnernd – so lange haften blieben, bis sie irgendwann herunterfielen, an den Sohlen seiner Hausschuhe haften blieben und er, angesichts der rasch anwachsenden Menge, bald das irritierende Gefühl hatte, in seinem Zimmer über kleine Kieselsteinchen zu laufen.

Anfangs hatte Marc sich geärgert, wenn er auf eines der da oder dort dreist deponierten Schleimkügelchen stieß und es womöglich unfreiwillig berührte, und seiner Abscheu mit Gemecker Luft gemacht. Doch inzwischen nahm er die kleinen Sauereien, die der Alte veranstaltete, nur noch wortlos zur Kenntnis.

Sein Vater und er hatten die Informationen, die sie über die Erkrankung des Großvaters fanden, durchgesprochen, doch die Krankheit war ihnen immer einen Schritt voraus. Denn als sie endlich begriffen, was Demenz bedeutete, nämlich dass sich das Leben, und mit ihm seine Erinnerungen daran, immer ein bisschen mehr aus dem Alten zurückziehen würde, da behandelte er sie bereits wie Eindringlinge, die sich unerlaubt Zugang zu seinen Räumen verschafften. Obgleich er ihnen nur wenige Minuten zuvor eigenhändig die Wohnungstür geöffnet hatte. Dann wieder erinnerte er sich an die Dinge, die sie beide längst vergessen hatten, und versetzte sie in Erstaunen.

»Er wird uns verlassen«, hatte sein Vater tröstend zu Marc gesagt, der sehr an seinem Großvater hing. »So wie ein Schiff, das langsam am Horizont verschwindet. Wir werden ihn weiter deutlich sehen, aber für ihn werden wir immer mehr zu Gestalten im Nebel. Alles wird immer undeutlicher, unklarer für ihn und am Ende ganz verschwinden. Am schlimmsten ist, dass er ein ganz anderer Mensch werden kann.«

Es hatte damit angefangen, dass Gustav Steiner Termine vergaß, Telefonnummern nicht behalten konnte oder durcheinanderbrachte und begann, Ereignisse und Namen von Leuten, die er kannte, zu verwechseln. Und irgendwann kam er schließlich auch mit der Rechtschreibung durcheinander. Er merkte, wenn ein Wort falsch aussah, konnte sich aber an die korrekte Reihenfolge der einzelnen Buchstaben nicht mehr erinnern.

»Die Psychiatrie kann mich mal und die Mediziner erst recht«, hatte er geblafft, als Valentin ihn eines Tages, weil sie seine Aussetzer nicht länger ignorieren konnten, gebeten hatte, sich untersuchen zu lassen. »Die können mir mit ihren Wundermittelchen gestohlen bleiben, und ich werde mir auch nicht den Schwachsinn von irgendwelchen jungen Leuten anhören, die höchstens halb so alt sind wie ich. Ich habe im Zweiten Weltkrieg in Russland gekämpft, habe zwei Blutvergiftungen, einen Motorradunfall und einen Hornissenstich überlebt. Also, wieso zum Teufel sollte ich jetzt kapitulieren, bloß weil ich manchmal etwas nicht mehr behalte? Ich bin schließlich nicht mehr der Jüngste.«

Damit war das Thema für ihn erledigt gewesen. Als die Diagnose, nachdem er sich schließlich zu einer Untersuchung hatte überreden lassen, feststand und sein Sohn über Monate hinweg einmal in der Woche mit ihm zur Gedächtnistherapie ging, konnte er sich an seinen anfänglichen Widerstand schon nicht mehr erinnern.

Früher hatte Marc einmal gedacht, das Leben älterer Menschen vergehe langsamer, der Monotonie ihres ereignislos gewordenen Alltags ausgeliefert, dessen einzige Sensationen das Auftreten irgendwelcher unbedeutender Wehwehchen in diesem oder jenem Körperteil waren. Doch nun sah er bei jedem seiner regelmäßigen Besuche mit wachsender Bestürzung, mit welchem Tempo sein Großvater in Wahrheit dem Verlöschen entgegenraste.

»Zwei Typen haben gestern in Gladbeck eine Bank überfallen und Geiseln genommen«, sagte Marc.

»Was ist?«, erwiderte der Alte und legte seinen Schädel schräg, wie um dadurch besser zu hören.

»Bankräuber, Großvater!«, rief Marc nun lauter. »Zwei Männer haben gestern bei einem Banküberfall Geiseln genommen und sind gemeinsam mit denen in dem Wagen, den die Polizei ihnen zur Verfügung gestellt hat, abgehauen!«

»So was«, entfuhr es dem Alten, anschließend holte er tief Luft, als wolle er zu einer längeren Erklärung ansetzen. Doch dann sagte er nur: »Ich kannte mal einen, der bei einer Bank gearbeitet hat. Den haben sie auch mal überfallen.«

»Das bist doch du selbst gewesen, Großvater!«, rief Marc. Daraufhin sah der Alte ihn ungläubig an, biss sich kurz auf die Unterlippe und sagte: »Ach so?«

»Hast du das etwa vergessen?«

»Nein, nein«, erwiderte der Alte scheinbar ungerührt. Marc konnte sehen, wie er seinen Irrtum zu überspielen versuchte. Und plötzlich lief dem Alten ein Schwall Blut übers Kinn.

»Aber du blutest ja!«, rief Marc und deutete auf das lautlos bebende Kinn des Alten. »Da, am Kinn!«

»Was ist?«, erwiderte der Großvater und sah ihn überrascht an. Inzwischen tropfte das Blut auf seine Brust und verursachte kleine, kreisförmige Flecken auf dem blauen Stoff.

»Du blutest am Kinn, Großvater!«, wiederholte Marc nun

lauter, sprang auf und riss ein Blatt von der neben der Spüle liegenden Papierrolle. »Deine Lippe ist aufgeplatzt! Schnell! Hier, nimm!«

So bedächtig wie ein Roboter, der zielgerichtet seinen über langsam schwächer werdende Batterien gesteuerten Arm ausführt, ergriff der Alte das Papier, packte es und presste es mechanisch gegen seine Lippe.

»Du musst fester dagegendrücken«, sagte Marc, der glaubte sehen zu können, wie es in dem Alten arbeitete.

Doch der nahm das Papier plötzlich herunter, öffnete den Mund zu einem breiten blutigen Grinsen und sagte: »Ich habe ... also, ich habe ...«, setzte von neuem an und sagte schließlich: »Ich habe Lust auf ein Stück Kirschkuchen. Du auch, Valentin?«

Marc überlegte kurz, dann antwortete er: »Ja, warum eigentlich nicht. Ich hol uns welchen im Café Schien! Bin gleich wieder da.« Er nahm seinen Helm und verließ die kleine dämmrige Etagenwohnung.

Als er auf den Hof kam, stand seine KTM in Flammen wie ein tibetanischer Mönch. Grellrote Feuerzungen schlugen meterhoch aus dem Motor hervor und arbeiteten sich über den glühenden Vergaser hinweg langsam in Richtung Sitzbank vor, deren erhitztes Gummi sich teilweise verflüssigt hatte und in dünnen schwarzglänzenden Schnüren auf den Boden troff. Dann knallte es, und die Verglasung der Armaturen explodierte. Anschließend zerbarst der rechte Außenspiegel, dessen Glassplitter wie in die Luft geworfene Edelsteine auf den Boden rieselten, und zuletzt auch der linke.

Im nächsten Moment registrierte Marc, der sich nicht vom Fleck rührte, obwohl der Tank jeden Moment hochzugehen drohte, dass ein Mann mit einem Feuerlöscher an ihm vorbeirannte, einen Meter vor dem brennenden Moped stehen blieb und begann, es mit einem dicken weißen Strahl einzuschäumen. Nachdem er den Brand unter Kontrolle und kurz darauf gelöscht hatte, sah er Marc fragend an und sagte: »Was, glauben Sie, ist passiert?«

In den offenen Fenstern standen die Angestellten und Patienten und spähten neugierig heraus.

Es dauerte eine Weile, ehe Marc etwas sagen konnte. Doch mit Blick auf das dampfende, von den Flammen und der herabtropfenden hellen Löschmasse schrecklich verunstaltete Gefährt und dem Geruch von verschmortem Gummi in der Nase antwortete er schließlich: »Ich weiß es nicht genau, aber ich kann es mir denken!«

***

In Momenten grenzenloser Selbstüberschätzung wünschte er sich, das Schicksal möge ihn in den Mittelpunkt eines Dramas rücken, eines Unfalls, einer Krankheit oder eines sonst wie gearteten Unglücks, das ihn zum Adressaten menschlicher Anteilnahme und nicht nachlassenden Trostes machte und natürlich zuletzt als Triumphator daraus hervorgehen ließ.

Als Thomas Bertram an diesem Tag, dem 17. August 1988, gegen 14 Uhr 10, in der RTL-Redaktion an der Aachener Straße 1036 an seinem Schreibtisch saß und sein Telefon klingelte, hatte das Schicksal ihn in Form der aufgeregten Stimme seiner Freundin Amina endlich erhört.

Schon wenige Minuten spater hätte Bertram Gott weiß was dafür gegeben, wenn es noch einmal einen Bogen um ihn und die Seinen gemacht hätte. Doch der Knopf seiner Stoppuhr war von Aminas Stimme unwiderruflich gedrückt worden, und die ersten Sekunden der ihm in diesem ganz persönlichen Drama noch verbleibenden knapp 23 Stunden tickten bereits unbarmherzig herunter.

»Du musst sofort kommen, Thomas. Paul geht es schlecht!«, erklang ihre Stimme, und Bertram konnte hören, welche Qualen sie litt.

»O Gott!«, entfuhr es ihm, während die Praktikantin Sylvia langsam an ihm vorbei zum Faxgerät stöckelte und seine Blicke auf sich zog. Sie trug ein schulterfreies zitronenfaltergelbes Top, dazu einen verwirrend knappen verwaschenen Minirock aus Jeansstoff und glänzende knallrote Pumps, die seine Phantasie zusätzlich anstachelten.

Während ihrer ersten gemeinsamen und für sie beide alles andere als vielversprechend verlaufenden Tage bei RTL hatte er Sylvia, von der kugelrunden Amina zu diesem Zeitpunkt bereits als Sexualpartner komplett ignoriert, immer wieder hinterhergeschielt. Was ihn, sexuell unterernährt, dabei um den Verstand zu bringen schien, war die tiefe, gut sichtbare Falte, welche ihre beiden kugelrunden Brüste scheitelgenau voneinander trennte. Bis Sylvia sich irgendwann einmal während einer Mittagspause lässig eine Strähne ihres erdbeerblonden lockigen Haars hinters Ohr strich, stolz an sich herunterblickte und grinsend sagte: »Nur gucken. Aber nicht anfassen.«

Bertram war wie auf Knopfdruck rot geworden und versuchte sein Erröten mit einem gekünstelten Lachen zu überspielen. Da tippte sie ihm mit der Spitze ihres Zeigefingers flüchtig an die Nasenspitze, lächelte und sagte: »Du bist ja wirklich süß.«

Mit den Worten »Was ist denn mit ihm?«, riss Bertram sich von Sylvia los und presste den Hörer ans Ohr, so, als könne er Amina dadurch ein Stückchen näher kommen.

»Er hat eine Infektion, außerdem leichte Probleme mit dem Bauch. Thomas, komm bitte. Ich hab solche Angst.«

Im selben Moment betrat Frank Maibach den Raum, sah sich kurz um und blieb vor Bertrams Schreibtisch stehen. Als sei der Telefonhörer, den Bertram ans Ohr gedrückt hielt, unsichtbar, sagte er: »Schön, Sie zu sehen, Bertram. Diese Geiselsache? Haben Sie die auf dem Schirm?«

»Ja, irgendwie schon«, log Bertram.

»Na prima«, sagte Maibach, »dann kommen Sie mal mit in mein Büro.«

»Aber ich …« Wie eine Figur in einem Comicfilm deutete Bertram mit einer übertriebenen Geste seiner linken Hand auf den Hörer an seinem Ohr.

»Kommen Sie?«, sagte Maibach in einem Ton, der keinen Widerspruch zuließ, und entfernte sich.

»Äh, ja«, sagte Bertram leicht gestresst und wandte sich nun wieder Amina zu. »Es ist sicher alles halb so schlimm, glaub mir.«

»Komm bitte schnell, ja?«, erwiderte Amina.

Bertram beobachtete, wie Maibach die Glastür zu seinem Büro aufstieß. Sekundenlang fühlte er sich wie eine Lunte, die an beiden Enden zu brennen begann.

»Ja, ja, ich beeil mich«, hauchte er in den Hörer und schickte ein gehetztes »Ich liebe dich« hinterher, legte auf, lief zu Sylvia und sagte mit wie zum Beten vor der Brust gefalteten Händen: »Du musst mir helfen! Was weißt du über diese Geiselsache? Nur das Allerwichtigste. Komm schon, na los.«

Nachdem Sylvia ihn im Schnelldurchlauf auf den Stand der Dinge gebracht hatte, Überfall zweier vielfach Vorbestrafter auf eine Deutsche-Bank-Filiale in Gladbeck-Rentfort, anschließende Flucht mit zwei Geiseln in Richtung Norden in einem von der Polizei zur Verfügung gestellten weißen Audi, Telefoninterview der Geiselnehmer mit einem Nürnberger Lokalradio, ungewöhnlich hohes Journalistenaufkommen vor Ort, Ankunft des Wagens am Morgen in Bremen, betrat Bertram Maibachs Büro.

»Ich will, dass Sie sich an die Sache dranhängen«, sagte Maibach, »und wenn ich sage dranhängen, dann meine ich das auch so, klar? Wer weiß, womöglich kommen diese Irren ja wieder hierher zurück. Sollte das der Fall sein, krallen Sie sich Montano und hängen sich dran!«

»Ist gut«, antwortete Bertram, »mach ich!«

»Noch Fragen?«, sagte Maibach, der ihn bereits von seinem inneren Schirm gelöscht zu haben schien.

»Nein«, antwortete Bertram, »nein.« Dann verließ er das Büro.

Bertram schlich zum Fernschreiber, der sich am östlichen Ende des Großraumbüros in einer eigens dafür eingerichteten verglasten Kabine befand, und riss sich die neuesten Agenturmeldungen ab. Warum nur musste er jedes Mal an bedrucktes Toilettenpapier denken, wenn er die sich manchmal in langen Papierschlangen vor dem Fernschreiber auf dem Boden windenden Tickermeldungen sah? Eine Welle aus Schmerz und Furcht um seinen kleinen Sohn überfiel ihn.

Das Telefon auf seinem Schreibtisch klingelte. Bertram, der noch immer am Fernschreiber stand und die Papierbahn in der Hand hielt, hob erschreckt den Kopf. Mit wütender Dringlichkeit wehten die Klingeltöne zu ihm herüber.

»Jaaaa, was ist denn?«, rief Bertram, der die meterlange Papierbahn auf dem Weg zu seinem Schreibtisch wie eine Schleppe hinter sich hergezogen und sich beinahe darin verheddert hatte, genervt in den Hörer.

»Sie müssen ihn operieren!« Amina war noch aufgeregter als bei ihrem ersten Anruf. »Sie sagen, der Darminhalt staut sich in seinem Bauch. Ein Eingriff ist offenbar unumgänglich. O mein Gott, Thomas. Ich hab solche Angst.«

Von einer plötzlichen Schwäche erfasst, als hätten seine Nebennieren schlagartig ihre Tätigkeit eingestellt, sank er auf seinen Stuhl: »Das kann doch nicht sein.« Dabei trat er so lange ungestüm nach der sich vor ihm auf dem Boden bauschenden Papierbahn, bis im Umkreis von einem Meter weiße Fetzen herumlagen.

»Außerdem ist da ja auch noch die Infektion«, sagte Amina. »Warum kommst du denn nicht endlich?«

»Wann wollen sie operieren?« Bertram beobachtete, wie Sylvia ihr Haar zurückwarf und den Raum verließ.

»Bald. Ich weiß nicht. Vielleicht sofort«, antwortete Amina nun in dem ruhigen kontrollierten Tonfall, in dem sie ihm früher regelmäßig Verabredungen abgesagt hatte. »Die Ärztin hörte sich besorgt an.« Auf einmal wirkte Amina erstaunlich gefasst, als formierten sich bereits übermenschliche Kräfte in ihr, die das Sterben ihres Kindes nicht zulassen würden.

»Ich mach mich sofort auf den Weg«, sagte Bertram, legte den Hörer auf die Gabel und sank auf die Knie, um die Papierfetzen einzusammeln. Was für eine beschissene Perspektive, dachte er, unter dem Tisch hervorschielend. Er nahm seinen Walkman aus der Schreibtischschublade, klebte Sylvia, die von seiner Vaterschaft und den damit verbundenen Problemen nichts wusste, ein Post-it (»Bin in der Geiselsache unterwegs und in zwei bis drei Stunden wieder da«) auf den Schreibtisch und verließ das Büro.

***

Lokale Durchblutungsstörungen hatten zu einer nekrotisierenden Enterokolitis geführt. Die Darmwand war porös geworden, ließ Keime und Giftstoffe von Krankheitserregern in die Blutbahn durch. Es bestand die Gefahr einer Sepsis, einer Blutvergiftung, und eines Darmdurchbruchs. Der kleine Bauch war vorgewölbt. Die infolge eines Nahrungsstaus geblähten Darmschlingen waren durch die dünne Bauchdecke sichtbar. Die Körpertemperatur war schwankend. Paul war sehr unruhig. Eine Operation war unumgänglich.

***

Nachdem er das Telefonat mit der wegen seiner Absage ziemlich aufgebrachten PR-Chefin der Meyer Werft GmbH beendet hatte, kehrte Peter Ahrens zurück ins angenehm kühle Kellerbüro seiner Borgfelder Wohnung und stellte, während er Radio Bremen Eins hörte, seine Fotoausrüstung zusammen.

Bewundernd hob er die nagelneue F-1, die er sich kürzlich

zugelegt hatte, in die Höhe und balancierte sie (wie damals als Zehnjähriger sein neues Matchbox-Auto und später als junger Vater seine neugeborene Tochter) auf dem Handteller.

Wer ihn nicht kannte, konnte Peter Ahrens für einen theatralisch veranlagten Menschen halten. Und vielleicht war er das ja auch bis zu einem gewissen Grad. Doch wenn er in seinen Wagen stieg, um einen Auftrag auszuführen, dann wich alles Theatralische innerhalb von Sekunden der kühlen Präzision eines Jägers, der effektiv und zielgerichtet vorging. Man wurde schließlich kein Perry Kretz, wenn man an der Front Gefühle zeigte.

Ahrens gefiel die Vorstellung, an der Front zu sein, wenn er unterwegs war, fotografierte und sich Schuss für Schuss der Wahrheit des Augenblicks näherte.

Er packte seine Kameras in die Tasche, kontrollierte den Vorrat an Filmen, zählte die Objektive und machte die Tasche zu. Dann nahm er das kleine Transistorradio aus der Schreibtischschublade, stopfte die dazugehörigen Ohrstöpsel in die Hosentasche und schob die Lade wieder zu.

Die kleine Standuhr auf dem Schreibtisch zeigte 14 Uhr 22, und laut Radio Bremen Eins waren die Geiselgangster irgendwo in der Innenstadt unterwegs. In der Diele rief er Reinhard Pander vom Weser-Kurier an, als der Anrufbeantworter ansprang, legte er auf und wählte Jens Lasskis Nummer bei Radio Eins. Von Lasski hörte er, dass die Geiselnehmer zuletzt in Lemwerder gesehen worden waren.

»Die Kollegen vom Fernsehen haben sich an sie drangehängt«, sagte Lasski. »Häng dich an die dran, dann hast du sie. Aber sei vorsichtig. In Gladbeck haben die Typen einfach wahllos in der Gegend rumgeballert.«

»Ich bin doch nicht lebensmüde«, sagte Ahrens.

»Hoffentlich«, erwiderte Lasski. Beide lachten.

Immer wieder hatten ihm die über Jahre aufgebauten Kontakte zu den Reportern weitergeholfen. In diesem speziellen Fall brauchte er einen Draht zur Polizei. Am besten zur Einsatzleitung.

Er versuchte sich vorzustellen, was Anette dazu sagen würde, wenn sie wüsste, dass er für Freiwald hinter den Geiselgangstern her war. Wahrscheinlich glaubte sie immer noch, er sei nach Papenburg gefahren.

Als er in seinem aufgeheizten Wagen saß, schaltete er, nachdem er die Scheibe heruntergekurbelt hatte, das Radio ein und wechselte von Sender zu Sender. In nahezu sämtlichen Programmen war inzwischen von den Geiselgangstern die Rede, und die Journalisten waren erstaunlich gut informiert. Wahrscheinlich hören die den Polizeifunk ab, dachte er, schaltete den Motor an und legte den ersten Gang ein. Doch Peter Ahrens fuhr nicht los.

Unter der Kühlerhaube rasselten die Ventile. Die hochstehende Sonne drückte auf das Wagendach, und Ahrens glaubte sehen zu können, wie sich das Polster des mit grauem Kunstleder überzogenen Beifahrersitzes wegen der Hitze langsam spannte.

Er musste an seine Tochter Jasmin denken und wie sie am Vorabend mit nach dem Baden feuchten, nach Granatapfelshampoo riechenden Haaren in seinem Arm gelegen hatte, mit ihrem geblümten weißen Bademantel bekleidet, während er ihr aus der »Kleinen Hexe« vorlas. Und wie der bloße Klang seiner Stimme sie schläfrig machte und ihr schon nach ein paar Sätzen die Augen zufielen.

Mit einem kurzen Rucken des Kopfes machte er sich von den inneren Bildern los, gab Gas und ließ die Kupplung kommen. Mit quietschendem Keilriemen rollte der Wagen los. Er würde Jasmin bald weiter aus der »Kleinen Hexe« vorlesen. Sobald das hier vorbei war.

***

Er hatte nicht die leiseste Ahnung gehabt, wie er seinem Vater die Sache mit dem Moped beibringen sollte.

Mit Hilfe seines Freundes Lenny, der auf die Schnelle den Hecklader seines Vaters organisiert hatte, hatten sie die KTM oder besser das, was nach dem Feuer noch von ihr übrig war, weggeschafft. Zwischen Wilhelmsbad und Mittelbuchen hatten sie das Wrack tief im Wald abgeladen, das verkohlte Nummernschild abgeschraubt und die Fahrgestellnummer mit dem Messer weggekratzt, anschließend mit Tannenzweigen, die Lenny mit seinem dicken Schweizermesser abschnitt, alles zugedeckt. Danach fuhr Lenny Marc zurück in die Stadt zum Polizeirevier 1 an der Stadthalle.

»Sag, sie hätten die Mühle bei dir aus dem Hof rausgeklaut. Aber halt bloß den Mund, wenn sie dich fragen, ob du jemanden im Verdacht hast«, beschwor ihn Lenny mit aufgerissenen Augen.

Marc nickte. Nicht mal im Traum wäre ihm eingefallen, im Zusammenhang mit dem Verschwinden seiner KTM dem Beamten gegenüber den stadtbekannten Namen Coskun fallenzulassen. Er war ja nicht lebensmüde. Der Beamte interessierte sich nur für seinen Führerschein und die grüne Versicherungskarte.

Mit einem Schriftstück der Polizei in der Tasche, das Marc den Diebstahl bescheinigte, fuhren sie weiter zum Centro Español Democrático an der Eugen-Kaiser-Straße, wo sie einige Partien Billard spielten und frittierte Tintenfischringe aßen, eiskaltes Colabier tranken und wortlos auf den an der Wand über den Billardtisch hängenden Fernseher starrten.

Beide Sender, das Erste ebenso wie das ZDF, hatten ihr Programm geändert und berichteten mit ständigen Live-Schaltungen zu wechselnden Reportern pausenlos von dem Geiseldrama. Inzwischen waren die Geiselgangster offenbar in Bremen angekommen, verfolgt von zahllosen Journalisten.

Carlos, der Wirt, stand mit umgebundener Schürze und Fernbedienung neben dem Billardtisch und schaltete immer wieder zwischen den Kanälen hin und her.

»Meine Herren, die Typen sind ja echt klasse«, sagte Lenny bewundernd und zog mit den Lippen eine Zigarette aus der aufgeklappten Marlboro-Schachtel. Im Hintergrund lief gedämpft Flamenco-Musik.

»Das sind gewissenlose Arschlöcher«, sagte Marc und wischte sich den Mund mit der Papierserviette ab.

Früher hatten sie sich manchmal an den Wochenenden in aller Frühe getroffen, um in den Mainauen oder in Wilhelmsbad Vögel aufzuspüren und mit dem Fernglas zu beobachten, seltene Heckenbraunellen, aus Skandinavien eingewanderte Seidenschwänze oder auf Wildkräutersämlinge spezialisierte Bluthänflinge.

Besonders angetan hatten es Marc Vögel, die sich durch ihr trickreiches oder ungewöhnliches Verhalten von ihren Artgenossen unterschieden. So zum Beispiel der sogenannte Neuntöter, der erbeutete größere Insekten oder Mäuse schon mal auf den Dornen von Weiß- oder Schwarzdornhecken aufspießte, um sie später, in nahrungsarmen Zeiten, »luftgetrocknet« zu verspeisen.

Angefangen hatte alles mit den Vogelstimmenplatten, die ihm sein Großvater geschenkt und die Marc über Jahre hinweg immer wieder auf seinem alten Dual-Plattenspieler gehört hatte, bis er problemlos die leise, sich aus verschiedenen gepressten Tönen zusammensetzende Stimme eines Kernbeißers vom klirrend quietschenden Gesang eines Girlitz unterscheiden konnte. Dann waren die ersten Bestimmungsbücher hinzugekommen, und schließlich hatte er an Wochenendexkursionen der Deutschen Ornithologischen Gesellschaft teilgenommen.

»Jau, Mann. Wie die die Polizei an der Nase rumführen, das ist doch echt stark.«

»Und die beiden Geiseln? Was ist mit denen?«

»Ach komm«, sagte Lenny und blies den Rauch in die Luft. »Die tun denen schon nichts.«

»Also ich möchte nicht in deren Haut stecken!«, erwiderte Marc. »Außerdem sind all diese Journalisten vollkommen rücksichtslos! Die interessiert doch bloß ihre Story! Was mit den Geiseln passiert, ist denen völlig egal! So was nennt man mediale Inszenierung von Gewalt!«

»Wo haste denn das her?«, sagte Lenny und sah ihn überrascht an.

»Von so 'nem Typen halt«, sagte Marc. Und dann erzählte er Lenny von seiner Begegnung mit dem ehemaligen Fotografen in der Milchbar. »Der hat damals den sterbenden Benno Ohnesorg fotografiert.«

»Super, Mann«, sagte Lenny. »Wenn du den morgen triffst, komm ich mit.«

»Also, ich weiß nicht«, sagte Marc, und dachte: Als ob du wüsstest, wer Benno Ohnesorg gewesen ist! Doch Lenny beharrte auf seinem Vorhaben.

Nachdem sie bezahlt hatten, stiegen sie in den vor der Tür stehenden Hecklader. Lenny steckte sich erneut eine Marlboro an und legte krachend den ersten Gang ein. Mit aufheulendem Motor fuhren sie Richtung Kesselstadt.

Lenny ließ ihn auf der Philippsruher Allee raus, und Marc ging kurz bei seinem Vater in der Werkstatt vorbei, ohne aber ein Wort über die zerstörte KTM zu verlieren. Danach nahm er sich eine Cola aus dem Kühlschrank, ging in sein abgedunkeltes Zimmer, schaltete seinen Technics-Receiver ein und legte sich aufs Bett. Auf HR 3 lief zunächst Musik, doch dann wurde »Boat on the River« von Styx abrupt ausgeblendet, und eine Moderatorenstimme sagte: »Wie eben aus Bremen gemeldet wird, hat die Polizei die Spur der Geiselgangster verloren. Wir halten Sie über den weiteren Verlauf des Dramas mit Direktschaltungen zu unseren Kollegen vor Ort weiter auf dem Laufenden.«

Marc schloss die Augen, und sofort sah er wieder die brennende KTM vor sich. Bis sich die Silhouette seines Großvaters davorschob, der ihn, im Hof stehend, nach einem Blick auf das in Flammen stehende Moped verwirrt angesehen und mit ausgestrecktem Arm gerufen hatte: »Valentin, bring mich nach Hause!«

6

Westdeutsche Allgemeine Zeitung

Qualvolle Stunden der Todesangst – Gangster und Geiseln flüchteten am Abend im Schutz der Dunkelheit

GLADBECK. »Wie wollen die denn da rauskommen, das ist doch eine Mausefalle.« Die mehreren hundert Schaulustigen, die den Verlauf des Geiseldramas in einer Filiale der Deutschen Bank in Gladbeck stundenlang aus sicherer Entfernung mitverfolgten, vertrieben sich die Wartezeit mit Fachsimpeln. Doch alle irrten. Gegen 21.40 stiegen die beiden Gangster mit ihren Geiseln in einen vor der Tür bereitgestellten weißen Audi und rasten davon.

Zuletzt waren ihr die Geräusche in der Nacht wieder aufgefallen, und sie hatte sich vorgenommen, ihnen gleich am nächsten Morgen auf den Grund zu gehen. Einem Rumoren und gedämpften, unregelmäßigen Pochen, das sich angehört hatte, als klopfe in den Wänden ein fiebriger, wegen der anhaltenden Hitze aus dem Takt geratener Puls. Und hatte sie nicht auch ein paarmal geglaubt, ein Husten zu vernehmen?

Zunächst hatte sie an die in die Jahre gekommenen Wasserleitungen und die Heizungsrohre gedacht und ihr Ohr an die Zimmerwand gelegt, doch bis auf ein fernes Glucksen oder Blubbern nichts Verdächtiges gehört. Dann hatte sie irgendwelche tektonischen Vorgänge dafür verantwortlich zu machen versucht, die womöglich ihr Haus erfassten und ihm ein wiederkehrendes Ächzen entlockten. Denn die Kölner Bucht war bekanntlich Erdbebengebiet.

Nachdem sie das Telefonat mit ihrem Stiefbruder beendet hatte, machte sich Brigitte also auf die Suche nach der Ursache für die unerklärlichen Geräusche. Sie steckte sich eine John Player an, stieg hinab in den Keller, schaltete das Licht ein und inspizierte die unverputzten, von Spinnweben bedeckten und mit Regalen zugestellten Wände. Darin lagerten in mehreren Koffern ihre Wintersachen, altes Goldschmiedewerkzeug sowie Kleider, Mäntel und Schuhe ihrer Mutter, die sie ihr hinterlassen hatte.

Vorsichtig schob sie ihr altes Peugeot-Fahrrad beiseite und stieß dabei auf eine aus einem der Regale auf den Boden gefallene Agfa-Fotopapierschachtel. Sie hatte eine Zeitlang ein kleines Fotolabor besessen und ihre Filme selbst entwickelt. In der Schachtel bewahrte sie alte Filme und Fotos von sich und Martin auf. Bilder, die auf gemeinsamen Reisen nach Jugoslawien, in die USA und auf einer mehrwöchigen Englandtour entstanden waren. Mit dem Kasten unter dem Arm lief sie wieder hinauf in die Küche und begann die Fotos vor sich auf dem Tisch auszubreiten.

Die Bilder ihrer ersten Amerikareise zeigten Martin im kurzärmeligen Hemd auf Cape Cod und am Strand von Coney Island. Andere im Pullover in den Häuserschluchten von Manhattan, wo der Wind ihm die Haare zerwühlte.

In New York war Frühling gewesen, damals im April 1979. Im Central Park blühten die Kirschbäume und erzeugten ein rosarotes Schäumen, und in Brooklyn, wo sie auf Vermittlung einer Schulfreundin von Brigitte in einer ehemaligen Schreinerei über einer alten Fleischfabrik untergekommen waren, standen vor den Restaurants bereits die Tische auf der Straße. Brigitte sah die Momente, in denen sie damals abwechselnd auf den Auslöser ihrer Kamera gedrückt hatten, mit schmerzhafter Klarheit wieder vor sich.

Aus der New York Times, die Martin damals jeden Tag gekauft hatte und immerzu wie eine Kostbarkeit mit sich herumtrug, hatten sie von dem Reaktorunfall auf Three Mile Island in Harrisburg erfahren, der sich wenige Tage vor ihrem Eintreffen in New York in Pennsylvania ereignet hatte.

Das alles hatte auf ihn, nachdem sie zufällig zwei Wochen zuvor in einem Kino in Massachusetts »Das China-Syndrom« mit Jane Fonda, Jack Lemmon und Michael Douglas gesehen hatten, in dem ein fiktiver Störfall in einem US-Kraftwerk und die anschließend einsetzenden Mechanismen staatlicher Vertuschung bis hin zum Mord beschrieben wurden, plötzlich ziemlich befremdlich gewirkt und schlagartig die Fluchtinstinkte des Kriegsreporters in ihm geweckt.

Martin drängte sie damals nach der ausführlichen Lektüre der Artikel zur raschen Abreise, denn er traute den Dementis, wonach eine Explosion und ein damit unkontrollierbares Entweichen von radioaktivem Dampf in die Umwelt in letzter Minute verhindert worden sei, nicht.

»Von Harrisburg bis nach New York sind es höchstens 250 Kilometer!«, sagte er damals immer wieder beschwörend zu ihr. »Wir sollten von hier verschwinden. Denn wenn wirklich Dampf freigesetzt wurde, und davon muss man bei dem, was ich zwischen den Zeilen lesen kann, ausgehen, hat ihn der Wind längt hierhergeweht! Oder willst du vergiftet werden und Krebs kriegen? Was amerikanische Dementis wert sind, wissen wir spätestens seit der Ermordung Kennedys!«

Martin wirkte dünnhäutig und reizbar, als hätte das, was er in der Zeitung gelesen hatte, kleine Explosionen in seinem Innern ausgelöst und seine bis dahin unterdrückten »amerikanischen Bedenken«, so nannte er das, schlagartig ungebremst freigesetzt. Die Journalistenkrankheit holte ihn Tausende Kilometer von zu Hause entfernt wieder ein, jene grundsätzliche und gegen alles und jedes gerichtete Skepsis, die bis zuletzt den Grundbass all seiner Reportagen und Berichte aus dem Libanon oder von sonst woher bildete.

Brigitte verharrte länger bei einem Bild, das Martin sonnengebräunt in einer ärmellosen olivgrünen Daunenweste zeigte, wie er, mehrere Kameras umgehängt, in die tiefstehende südamerikanische Sonne blinzelte. In den diversen kleineren oder größeren Brusttaschen waren die Agfa-Filmrollen zu erahnen. So, in der Pose des furchtlosen und zu allem entschlossenen Einzelkämpfers, hatte er sich selbst am liebsten gesehen: ein Mann auf der Suche nach der Wahrheit im Dickicht aus Lüge, Verschleierung, Vertuschung und politischer Willkür.

Brigitte steckte sich eine neue John Player an, inhalierte tief und blies den Rauch gegen das Foto. Das Schöne an der Erinnerung ist, dass sie das Erlebte verändert, manches verklärt und uns milde stimmt, dachte sie, als in ihre Gedanken hinein das Telefon in der Diele läutete. Das Schlimme aber ist, dass manche Erinnerung nie verblasst und uns auch nach Jahren weiter quält.

»Dummer Junge!«, murmelte sie und schob das Foto gemeinsam mit den anderen in die Agfa-Schachtel zurück, drückte den Deckel darauf und lief in die Diele.

»Ich weiß, ich darf dir mit solchen Sachen eigentlich nicht kommen, liebe Brigitte«, sagte Helga Abraham mit einer Dringlichkeit, wie Brigitte sie lange nicht mehr gehört hatte. »Aber das solltest du dir ansehen. Da haben zwei Männer eine Bank überfallen und Geiseln genommen, und nun spielen sie mit der Polizei Katz und Maus. Und das Fernsehen ist live dabei. Du denkst, du siehst 'n Krimi, dabei passiert das gerade jetzt tatsächlich irgendwo in Bremen. Einfach unglaublich! Und irgendwie schrecklich.«

»Ich habe ein Problem mit den Wasserleitungen oder den Heizungsrohren, dauernd höre ich so ein komisches Klopfen«, erwiderte Brigitte so ungerührt, als hätte sie Helga Abrahams Worte überhaupt nicht gehört (denn das, was sie in der Wanne liegend über diese Geiselsache gehört hatte, war bereits mehr als genug gewesen).

Nach Martins plötzlichem Tod hatte Brigitte sich auf ihren eigenen kleinen Planeten zurückgezogen, hatte sich von allem und jedem wegdriften lassen, Freundschaften einseitig beendet, familiäre Kontakte auf ein Minimum heruntergefahren, die Verbindung zur Außenwelt mehr oder weniger gekappt und ihre Wunden länger geleckt, als ihr, wie sie irgendwann feststellen musste, guttat. Ihr einst grenzenlos erscheinender Vorrat an Jahren war bestürzend geschrumpft, und manchmal, wenn sie in der Badewanne lag, rauchte und durch die offene Badezimmertür Klänge von Josef Suks »Trauermarsch« in c-Moll für Streichorchester aus dem Wohnzimmer herüberwehten, machte ihr diese Tatsache Angst.

Brigitte hatte seit Martins Tod keine wirkliche Beziehung mehr zu einem anderen Mann gehabt (und so kochte ihre Libido trotz der kleinen Genüsse, die sie sich eigenhändig verschaffte, auf Sparflamme), und das Kind, das Martin sich immer von ihr gewünscht hatte, hatten sie nie bekommen. Was blieb, waren die kleinen, wiederkehrenden Glückszustände, die sie mit der Intensität eines leichten Stromschlags durchfuhren, wenn sie sich durch Mireilles Welt bewegte.

So hauste sie inzwischen seit geraumer Zeit auf ihrem Ein-Mensch-Planeten, freiwillig abgekoppelt vom Rest der Welt. Bis zu jenem heißen Mittwochmittag im August, als gegen 14 Uhr 43 (das zeigte die Herduhr in der Küche) wieder jenes rätselhafte Rumoren ihr Ohr erreichte und die Wirklichkeit nach ihr zu greifen begann. Gewillt, dem Spuk nun ein Ende zu machen, erhob sich Brigitte vom Tisch ihrer dämmrigen Küche und folgte dem Geräusch, das, vage geortet, aus südwestlicher Richtung zu kommen schien.

Sie ergriff die beiden Enden des Gürtels ihres seidenen Morgenmantels und band sie vor dem Bauch zu einer Schleife zusammen. Dann nahm sie ihre Sonnenbrille vom Kühlschrank und setzte sie auf, lief zur Haustür, drehte den Schlüssel im Schloss und steuerte entschlossen auf die Garage zu.

***

Der stabile Antizyklon, der Wochen zuvor, vom Atlantik herkommend, nach Europa vorgedrungen war, hatte es sich über Westdeutschland bequem gemacht und leitete seither beharrlich sämtliche schlechtes Wetter mit sich führenden Zyklone nach Norden um.

Die Windstärke lag konstant bei null, und seit Tagen herrschten von der Kölner Bucht bis in den Bayerischen Wald tropische Temperaturen bis zu 38 Grad Celsius.

In den niedrigen Breiten war eine bemerkenswert starke Ozonzunahme festzustellen gewesen. Die Stickoxide, die durch Verbrennung fossiler Brennstoffe und auch durch Biomasseverbrennung freigesetzt wurden, wirkten als Katalysator der Ozonbildung, was bodennah die Luftqualität so spürbar verringerte, dass Hans-Jürgen Rösner ein ständiges Kratzen im Hals verspürte, während er mit gesicherter Pistole im Hosenbund durch die kleine Geschäftsstraße in Bremen-Vegesack lief, an seiner Seite seine Freundin Marion. Seit über 20 Stunden hatte er das erste Mal das sichere Gefühl, die Polizei abgeschüttelt zu haben. Und von den Journalisten war im Moment auch keiner zu sehen.

Sie hatten Degowski mit den beiden Geiseln im Auto zurückgelassen und versprochen, spätestens in einer Stunde wieder zuruck zu sein. Er hatte einfach mal rausgemusst aus der ganzen Situation, und was lag da näher, als einen kurzen Einkaufsbummel einzulegen und frische Klamotten zu besorgen. Die alten stanken bereits.

Zur gleichen Zeit saß in Köln Thomas Bertram in der fast menschenleeren und völlig überhitzten Straßenbahn der Linie 1 in Richtung Heumarkt, wo er, ausgelaugt und durchgeschwitzt, in die Linie 16 in Richtung Amsterdamer Straße umsteigen würde.

Bertram blinzelte in das auf Höhe des Stadions immer wieder zwischen den Bäumen hindurchbrechende Sonnenlicht und musste an den Danaus plexippus denken, der jedes Jahr Ende Oktober in riesigen Schwärmen von den USA aus zur Überwinterung in die mexikanische Sierra Nevada flog und dessen Ankunft in Michoacán mit dem Dia de los Muertos, dem Tag der Toten, zusammenfiel, an dem traditionell in Mexiko der Verstorbenen gedacht wurde. Schon vor der Ankunft der Europäer in Amerika symbolisierten die in Massen auftretenden Falter für die dort lebenden Ureinwohner die Rückkehr der Seelen ihrer Vorfahren.

Bertram, der eine Dokumentation über den Monarchfalter gesehen hatte, fragte sich, welchen Falter Pauls Seele sich wohl, sofern sie in dem Kampf unterlag, den sie in diesen Minuten auszufechten hatte, aussuchen würde, um später am Tag ihres Todes regelmäßig zu ihnen zurückzukehren und sie an ihren Verlust und ihre Schuld zu erinnern. Acherontia atropos vielleicht, der seinen dämonischen Namen der unverwechselbaren Totenkopfzeichnung verdankte, die seinen bulligen Rücken zierte? Oder doch eher Zygaena filipendulae, dessen blutrote Flecken auf blauschwarzem Grund bis an sein Lebensende durch seine Falterträume spuken und ihn an seinen frühen Tod gemahnen würden?

Bertram, der all die kleinen und großen und in ihrer Eigenart und Erscheinungsform so unglaublich vielfältigen Schmetterlinge bereits im Alter von neun Jahren unverbrüchlich in sein Herz geschlossen hatte, hätte in diesen von Hitze, Ungewissheit und Angst bestimmten Sekunden, in denen es in seinen erhitzten Schläfen lautlos pochte wie im Innern eines Alarmglases, das jeden Moment loszuschrillen drohte, manches dafür gegeben, ein Abkömmling vom Stamme der Nausithous zu sein, um sich auf der Stelle lautlos erheben und in sowohl klimatisch als auch psychisch förderlichere Breiten entschwinden zu können. Die kreischend über die glühend heißen Schienenstränge in Richtung Innenstadt dahinschlingernde Straßenbahn trieb ihn unaufhaltsam dorthin, wo solche Gedanken keine Rolle spielten.

Hans-Jürgen Rösner schob seine Freundin in den H&M-Laden und manövrierte sie zielsicher in die Männerabteilung, denn der Laden hier sah dem in Gladbecks Fußgängerzone, in dem er mit Vorliebe Klamotten geklaut hatte, zum Verwechseln ähnlich. Bei H&M war es jedes Mal ein Kinderspiel gewesen, an neue Sachen ranzukommen. In der Umkleidekabine hatte er einfach mehrere T-Shirts übereinander angezogen, die Sicherungsklipps abgerissen und in den Papierkorb geworfen, um anschließend ungeniert an den Verkäuferinnen vorbei nach draußen zu spazieren.

Bevor sie losgegangen waren, hatte er sich ein paar Hunderter aus einem der Notenbündel herausgezogen und in die Tasche gestopft. Das Gefühl, mal eben locker und ohne mit der Wimper zu zucken einen Hunderter für ein paar Klamotten hinblättern zu können, fachte seine Kauflust nun erst richtig an.

Entschlossen wie ein Goldsucher, der ruhelos nach der einzig in Frage kommenden Stelle Ausschau hält, an der er seinen Spaten in die Erde rammen soll, streifte er, gefolgt von Marion, die, eingehüllt in eine Wolke aus Achselschweiß und Estée Lauder, hinter ihm herlief, zwischen den Regalen und Drehständern umher, blieb stehen, warf einen Blick auf die Preisschilder der Hosen und Hemden und dachte grinsend: Wenn das hier vorbei ist, können die mich hier alle mal! Dann können sie all die Fetzen hier verbrennen! Denn dann trägt der Hansi nämlich nur noch Boss!

Er steuerte auf die Drehständer mit den T-Shirts zu, griff sich einen Schwung seiner Größe, ein ockerfarbenes trug den Aufdruck »Commander«, was ihn schmunzeln ließ, und lief damit zu den Kabinen. Als er in der engen, von einer Neonleuchte erhellten Kabine das verschwitzte T-Shirt auszog und auf den Boden warf, glitzerte der Schweiß auf seiner tätowierten Brust, auf der in schwarzblauen Lettern unter der verklebten Behaarung geschrieben stand: ICH HASSE EUCH ALLE.

Nachdem er an der Kasse bezahlt und sich, während die Kassiererin die Sicherheitsclips von den ausgewählten T-Shirts entfernte, in dem hoch oben an der Wand hängenden Überwachungsbildschirm erblickt und stolz studiert hatte, liefen sie hinaus in den stockend heißen Bremer Mittag. Immer wieder sah er sich prüfend um, doch er sah keine Polizei. Wie lange ließ man sie noch unbehelligt?

In Marions vollem, leicht glänzendem Gesicht suchte er nach der Antwort auf die Frage, wie es weitergehen sollte. In ihrem Haaransatz glänzte eine Schweißperle. Es war, als laufe nach den langen Stunden des Gejagtwerdens alles um sie her mit halber Geschwindigkeit ab, die Passanten bewegten sich wie hinter Milchglas, verschwommen und fern. Als gingen sie durch ein anderes Leben.

Thomas Bertram, der nie ein ängstlicher Typ gewesen war, spürte auf einmal, wie die Angst um seinen Sohn Buchstabe für Buchstabe vor seinem inneren Auge das Wort TOD zusammenzusetzen begann.

Es war das zweite Mal, dass der Tod in seine Nähe kam. Ein Tod, der sein Gesicht noch nicht zeigte. Beim ersten Mal war ein Klassenkamerad eines Wintermorgens auf dem Schulweg von einem Schneeräumfahrzeug erfasst und getötet worden. Bertram realisierte seinen Tod erst, als die brennende rote Kerze, die man zur Andacht auf das verwaiste Pult gestellt und angezündet hatte, von der kühlen, durchs gekippte Fenster hereindringenden Winterluft ausgeblasen wurde und aus mehreren Mündern ein erschrockenes »Oh!« zu hören gewesen war.

Bertram hatte damals eine Zeitlang versucht, an Gott zu glauben, indem er die Augen schloss und sich, wie auch sonst in Momenten innerer Not, einen gütigen alten Mann mit langem wallendem Umhang und einem schneeweißen Bart vorstellte, der die Geschicke der Welt von dort oben aus lenkte und ihn erhören möge. Doch sooft er ihn in Gedanken anrief, so regelmäßig musste er feststellen, dass der Anschluss besetzt war und alles so weiterlief wie bisher. Bis er schließlich aufhörte, an den Mann mit dem weißen Bart zu glauben und sein Heil anderenorts zu suchen begann.

Auch später gab es nie mehr einen Gott in seinem Leben. Nur die Hoffnung, die sich manchmal erfüllte – und manchmal nicht.

Für Hans-Jürgen Rösner war Gott jemand, der dafür sorgen sollte, dass die sechs Zahlen, die er auf seinem Lottoschein angekreuzt hatte, gezogen wurden. Bisher hatte er ihm diesen

Wunsch noch nicht erfüllt. Doch eigentlich war der einzige Gott, an den er von klein auf glaubte, der Typ, der auf dem Tausendmarkschein abgebildet war. Der Alte mit dem Bart. Und wenn der nicht von selbst zu ihm kam, dann musste er ihn eben holen. In seiner Phantasie hatte Rösner sich, während sie mit den beiden Geiseln im Wagen durch die Nacht gefahren waren, mit einem Tausender eine dicke Zigarre anstecken sehen und dabei am Arm eine derartige Gänsehaut bekommen, dass die Tätowierung spannte.

Er blieb stehen, steckte sich eine Zigarette an und ließ den Rauch geräuschvoll zwischen den Zähnen entweichen. Dann sah er sich einmal nach rechts, dann nach links um und sagte: »Los komm, wir holen uns 'n Kaffee!«

Trotz der Vesparax, die er in großen Mengen geschluckt hatte, um wach zu bleiben, und die in seinem Innern immer noch ein leichtes stimulierendes Brennen verursachten, verspürte er das starke Verlangen nach Kaffee. Nach viel Kaffee. Er war inzwischen seit über vierzig Stunden auf den Beinen, und kein Mensch wusste, wie lange das hier noch weitergehen sollte.

Er hatte elf von dreizehn Jahren Haftstrafe hinter sich und genug von Gefängnismauern. Lieber würde er sich eine Kugel in den Kopf jagen, als noch einmal dorthin zurückzugehen. Nein! Er hatte nur eine einzige Chance, diese hier! Die allerletzte! Die Chance seines Lebens! Das ganz große Ding. Und die würde er nutzen.

***

Früher, wenn er von der Jagd nach Drogendealern, Zuhältern und Kleinkriminellen nach Hause kam, ging er jedes Mal als Erstes unter die Dusche. Auf die Frage seiner Frau, weshalb er das tue, hatte er ihr einmal ganz zu Beginn ihrer Ehe geantwortet, er schwimme den ganzen Tag im Dreck, und den müsse er abwaschen, damit er nicht ihr Leben beschmutze.

Der Gruppenleiter SEK Dortmund Rolf Kirchner verließ die Kantine und lief zum Aufzug. Er hatte nur eine kalte Gurkensuppe und eine Nachspeise gegessen, sämiges Aprikosenkompott mit einer Kugel Vanilleeis. Auf den Kaffee hatte er verzichtet. Kaffee hatte er den Vormittag über bereits mehr getrunken, als seinem Nervensystem guttat.

Er hatte bis zum Essen vor dem Fernseher im Besprechungsraum gesessen und sich auf dem Laufenden gehalten. Hatte herumtelefoniert und sich bei Presseleuten umgehört, wie man die Entwicklung beurteilte. Anschließend hatte er, obwohl sie im Moment bloß Zuschauer waren wie alle anderen, mit den Kollegen darüber diskutiert, was zu tun wäre, um das Drama schnellstmöglich zu beenden, ohne dabei das Leben der Geiseln zu gefährden.

Rösner und Degowski waren seit dem Morgen mit den beiden Geiseln in Bremen unterwegs, und Rolf Kirchners Empörung darüber, dass man den Wagen am Vorabend hatte in die Nacht abfahren lassen, hatte sich immer noch nicht gelegt. Recklinghausen hatte versagt! Sie hatten versagt! Der neue Einsatzleiter hatte sich bis zuletzt beratungsresistent gezeigt.

Unterdessen fertigten die Kollegen im Besprechungsraum eine Grafik an, auf der die bisherigen Stationen der Geiselnehmer auf ihrer Flucht nachgezeichnet waren. Kirchner stand lange davor und fragte sich, wohin das Ganze noch führen solle.

Den entscheidenden Zugriff hatten sie trotz zahlreicher guter Möglichkeiten verpasst und sahen sich nun, da die Presse jede Bewegung der Geiselgangster auf Schritt und Tritt verfolgte, in die Beobachterrolle gedrängt. Sie hatten versagt. Doch Rolf Kirchner glaubte weiter an seine Chance. Sie würde kommen, dessen war er sich ganz sicher.

Als Junge hatte er unter der geradezu krankhaften Fürsorge seiner Großmutter gelitten, bei der er nach Schulschluss untergebracht war, während die Mutter arbeitete. Aus Angst, er könnte sich draußen beim Spielen mit den anderen Kindern verletzen, hielt sie ihn in ihrer kleinen Wohnung fest wie einen Gefangenen. Zug um Zug machte sie ihre Ängste zu seinen. Bis er selbst glaubte, zerbrechlicher und gefährdeter als andere Kinder zu sein, und er sich in ihrer kleinen Speisekammer eine Ecke einrichtete, die er »Rolfis Gefängnis« nannte: eine Lücke, in die er ein Kissen stopfte, auf das er sich setzte. Eingeklemmt zwischen Wasserkasten, Vorratsgestell und Bügelbrett wartete er darauf, dass die Tür aufging und ein Wärter kam, um ihm Wasser und Brot zu bringen, was natürlich nie geschah, bis er die aufgeregte, laute Stimme seiner Großmutter vernahm und freiwillig sein kleines Gefängnis verließ.

Manchmal konnte er trotz der Tag und Nacht geschlossenen kleinen Luke hoch oben an der Speisekammerwand, in der dann und wann ein Wolkenfetzen vorbeisegelte oder ein stahlblaues, schuhkartongroßes Himmelsquadrat leuchtete, gedämpft das ausgelassene Schreien der unten vor dem Haus auf der Straße Rollschuh laufenden Kinder hören. Dann schloss sich in seinem Magen schmerzhaft eine kleine Faust, und der damals Achtjährige ließ seinen Tränen freien Lauf.

Später war er einmal trotz des ausdrücklichen Verbots der Großmutter in einem unbeobachteten Moment hinunter in den dunklen, modrig riechenden Keller gegangen, hatte sich auf die Zehenspitzen gestellt und mit zitternden Fingern den schwergängigen uralten Drehlichtschalter betätigt.

Alte Schränke, rostige Sprungrahmen, Kisten und ein Haufen schwarzschimmernder, vor ihm auf dem Boden liegender Briketts waren im milchigen Schein der schwach leuchtenden Deckenlampe aus der Schwärze aufgetaucht. In den Regalen standen zahllose verstaubte Gläser mit eingemachtem Obst. Ängstlich hatte er seinen Blick da- und dorthin springen lassen. Bis er plötzlich im Glas eines an der Wand lehnenden alten Fensterrahmens die Umrisse eines anderen gespiegelt zu sehen meinte und erschrak.

Doch als er mutig näher an die Glasscheibe herantrat, mit dem Ärmel den Staub und die dicken Spinnweben wegwischte und begriff, dass er selbst es war, den er dort sah, fiel er erleichtert auf die Knie und flüsterte: »Von jetzt an kann mir nichts und niemand mehr Angst einjagen.«

Wenn er später mit entsicherter Dienstwaffe in einen Nachtclub eindrang oder gemeinsam mit Kollegen ein observiertes Haus stürmte, musste er manchmal an die Augenblicke im Keller der Großmutter denken. Sie hatten damals sein Leben verändert und ihm, das begriff er erst später, die entscheidende Richtung gegeben.

Rolf Kirchner stand wieder im Besprechungsraum und studierte die von den Kollegen erstellte Grafik.

Mit einem schwarzen Filzstift war auf dem hellen, an einer Tafel angebrachten Papierbogen als dunkle Hauptader die A1 eingezeichnet, daneben waren in Form roter nummerierter Kreise die Stationen Gladbeck (1), Dortmund, Schwerte, Münster, Hagen (2), die Raststätte Dammer Berge (3) und als vorläufig letzter roter Punkt Bremen (4) markiert. Doch was kam dann? Holland? Hamburg? Oder zog es Rösner, der das Kommando führte, womöglich dorthin zurück, wo alles begann? Nach Gladbeck? Nein, so dumm konnte der Mann bei aller Beschränktheit nicht sein.

Robert hatte ihn einmal gefragt, ob er Angst habe, eines Tages jemanden mit seiner Dienstpistole erschießen zu müssen? Er hatte damals nicht lange überlegt, dem Jungen eine Hand auf die Schulter gelegt und geantwortet: »Ja, das habe ich. Und ich hoffe, dass es nie so weit kommt.«

Mit Blick auf die Grafik, die ihn an eine ansteigende Fieberkurve erinnerte, dachte er: Angst habe ich immer noch. Natürlich. Doch wenn ich das Leben der Geiseln retten könnte …

***

Sie drehte auf beiden Seiten die Fensterscheiben herunter. Dann legte sie den Sicherheitsgurt an, schob den Schlüssel ins Zündschloss, ohne ihn umzudrehen, und ließ den Kopf gegen die Nackenstütze zurücksinken. Dabei schloss sie die Augen.

Sie war zurück, endlich, nach über vier Monaten, und fast so aufgeregt wie an dem Tag, als sie im Verkehrsamt die Führerscheinprüfung zur Fahrgastbeförderung abgelegt hatte. Sie sog den leicht salzigen Geruch des Leders ein. Alles war so vertraut. Das leise, kaum vernehmbare Ticken der Uhr im Armaturenbrett, das kurze Schnarren, das erklang, wenn der Minutenzeiger weitersprang. Und auch das aufgeraute Leder des Schaltknüppels, um den sie ihre Hand gelegt hatte. Alles.

Chris Mahler machte die Augen wieder auf, schaltete die Funkanlage ein, knipste die Hungerleuchte an, die ihre Fahrbereitschaft signalisierte, und griff nach dem hinter die Sonnenblende geklemmten Quittungsblock. Ein Kugelschreiber steckte zwischen den Lamellen des kleinen Belüftungsschachts oberhalb des Radios. Der Tourenblock und der Stadtplan lagen im Handschuhfach.

Und nachdem sie, wie um sich ihrer Anwesenheit noch ein letztes Mal zu versichern, das Pfefferspray, die schwarze speckige Geldbörse und ihre in der Mittelkonsole liegenden Fahrzeugpapiere berührt hatte, ließ sie den Motor an, legte den ersten Gang ein und lenkte den Wagen entschlossen vom Hof.

Sie fädelte sich in den um diese Uhrzeit nicht sehr dichten Verkehr ein, klappte die Sonnenblende herunter, wobei ihr der Quittungsblock in den Schoß fiel, und steuerte den Wagen in Richtung Bahnhof.

Zum Fenster wirbelte die warme Luft herein und fuhr ihr in die Haare. Sie war wieder dabei, zurück in der Familie. Denn in gewisser Weise bildeten die anderen Kollegen und Kolleginnen, die ebenfalls für Benioff fuhren, eine Art Familie für sie. Einige hatten sie, im Gegensatz zu ihrem Vater, angerufen, nachdem sich herumgesprochen hatte, was ihr zugestoßen war, und ihr Mut zugesprochen und sie beschworen, nicht aufzugeben.

»Du sollst zurückkommen«, hatte ein jüngerer indischer Kollege namens Umesch in gebrochenem Deutsch am Telefon zu ihr gesagt und sie mit seinen Worten tatsächlich aufgemuntert.

Die Fahrer und Fahrerinnen trafen sich regelmäßig vor und nach ihren Schichten im Kroneneck, doch zuletzt hatte Klaus ihr immer häufiger vorgeworfen, sie interessiere sich nur noch für ihre Fahrerei. Anfangs versuchte sie ihm zu erklären, weshalb ihr das Zusammensein mit ihren Kollegen so wichtig war, gab es aber irgendwann frustriert auf.

Chris folgte dem Breitenweg. Als sie am Bahnhof ankam, sah sie, dass dort bereits mehr als ein Dutzend Kollegen auf Kundschaft warteten, zog den Wagen kurzentschlossen auf die linke Spur und gab Gas.

Sie drückte den Knopf der Funksprechanlage, pustete kurz prüfend ins Mikrophon und sagte: »Zwodoppelvier an Zentrale. Bin auf der Daniel-von-Büren-Straße und fahre in Richtung Bahnhof-Nordstadt.«

»Verstanden, Zwodoppelvier«, erwiderte der Kollege in der Zentrale.

Chris liebte das ruhelose Hin und Her der Funksprüche zwischen der Zentrale und den einzelnen Wagen, dieses unablässige Gebrabbel und Krächzen und Knacken. Manche Kollegen schalteten die Anlage stumm oder wechselten auf einen anderen Kanal, um eine Zeitlang ungestört zu sein. Ihr dagegen vermittelte das Stimmengewirr das Gefühl, dabei zu sein, teil an dem zu haben, was auf Bremens Straßen passierte. Dazuzugehören. Ein Gefühl, das ihr Vater ihr nie hatte geben können.

Leo Mahler war immer ein Eigenbrötler gewesen, abweisend und unzugänglich, einer, der die Gefühle anderer erst wahrzunehmen begann, wenn sie ihm zu nah kamen und er sie abwehren musste. So hatte er auch die Zuneigung seiner Tochter so lange konsequent abgewehrt, bis sie irgendwann aufhörte, ihn zu lieben. Inzwischen war er ihr egal.

Er schien sich nur für seine alten Kriegsfotos und Postkarten zu interessieren. Im Keller auf der alten JOOLA-Tischtennisplatte, die einmal besseren Spielen gedient hatte, türmten sich, neben zahllosen Konserven, deren Haltbarkeitsdatum zum größten Teil abgelaufen war, sowie den verstaubten, in zwanzig Jahrgängen vollständig erhaltenen Monatsschriften des Oldenburger Angelvereins »Reetkiekers«, dessen erster Vorsitzender er über mehr als zwei Jahrzehnte hin gewesen war, die Alben und Ordner mit den von ihm zusammengetragenen Bildern und Karten.

Chris hatte keine Erklärung für die Begeisterung ihres Vaters für Feldpostkarten aus dem Ersten und Zweiten Weltkrieg und verstand nicht, was ihn dazu brachte, sich auf der Suche danach bei Schnee und Regen auf zugigen Flohmärkten herumzutreiben.

Was wollte ihr Vater mit diesen Postkarten? Was bezweckte er mit seiner Sammelei? Bei ihrem letzten Besuch in Oldenburg war ihr bei der Suche nach ihren alten Schallplatten im Keller eine Kriegspostkarte in die Hände gefallen. Sie musste sich aus einem der auf der Tischtennisplatte liegenden Alben gelöst haben oder war dem Alten entglitten und unbemerkt zu Boden gefallen. Die Karte war aus dem Jahr 1915 und zeigte einen sterbenden deutschen Soldaten, an dessen Seite ein Kriegskamerad wachte. Im Hintergrund war eine kleine, einsame Ortschaft in Frankreich zu sehen.

Chris hatte die Karte lange irritiert angesehen und schließlich in eines der Alben zurückgelegt. Später, als sie im Zug zurück nach Bremen saß, musste sie wieder an den Verwundeten denken, einen von seinem Kameraden gestützten Soldaten, der seine Hände wie zum Beten gefaltet hielt. Der vom nahen Tod verklärte Blick des Verletzten hatte sie gerührt, aber gleichzeitig auch geärgert. Denn während es den toten und verwundeten Soldaten auf all den Fotos und Postkarten offensichtlich gelang, ihrem Vater Mitgefühl und Bewunderung abzuringen, glich ihr Umgang miteinander dagegen längst dem zweier Opfer, die einander für die eigene Verbitterung verantwortlich machten.

Chris sah in den Rückspiegel, setzte den Blinker und hielt am Bahnhof Nordstadt. Vor ihr standen zwei Kollegen bei ihren Wagen und unterhielten sich. Beide hatten wegen der Hitze die Türen weit aufgemacht. Chris stieß ebenfalls die Fahrertür auf, zog ihre Sonnenbrille aus der Seitentasche ihrer Jacke, setzte sie auf und stieg aus.

Auf dem Bahnhofsvorplatz hockte ein junger Mann in der prallen Sonne auf dem Boden und spielte »Heart of Gold« von Neil Young auf der Gitarre. Auf dem Kopf hatte er ein Papierschiffchen, wie sie Anstreicher manchmal bei der Arbeit trugen. Neben ihm kauerte ein hechelnder schwarzweißer Hund. In dem weißen Plastikbecher, der vor ihnen auf dem Boden stand, blitzten einige Münzen.

Plötzlich schossen, von der Sonne gebündelt, eine Handvoll Strahlen herab und sprengten den Hund in Fetzen. Erschrocken wandte sich Chris von der Halluzination ab und schloss die Augen. Als sie sie nach ein paar Sekunden wieder öffnete, waren der Mann und der Hund verschwunden.

Als sie ein paar Minuten später die Schachtel mit den Baldriantabletten öffnete, fiel ihr auf, dass sie bereits sieben Stück geschluckt hatte.

Immer schon war Chris auf der Suche nach einem eigenen Leben gewesen. Auf ihrem Weg dorthin war sie in die Leben anderer geraten und hatte sich früher oder später darin verirrt. Wenn sie sich auf ihre Gefühle verließ, kam sie schnell in neue Schwierigkeiten. Darum hatte sie eines Tages beschlossen, niemanden mehr an sich heranzulassen. Dann war sie Klaus begegnet, der sie mit Einfühlsamkeit und Geduld geöffnet hatte wie eine widerspenstige Auster. Das war zweieinhalb Jahre her, und Klaus war am Ende ebenso plötzlich aus ihrem Leben verschwunden, wie er es betreten hatte. Er hatte Nähe eingefordert und sich nach dem Überfall über ihre Verschlossenheit beklagt. Doch als sie dann endlich bereit war, sich ihm mit all ihren Ängsten und Dämonen zu öffnen, da hatte er so viel Nähe nicht ausgehalten und war gegangen.

Die beiden Wagen, eben noch vor ihr in der Reihe, hatten Kundschaft geladen und waren verschwunden. Die nächste Tour gehörte ihr.

***

Er steuerte den Wagen in Richtung Lemwerder über die Lilienthaler Heerstraße zur A27, fuhr aber, als er am Straßenrand eine Telefonzelle sah, bereits nach wenigen Minuten rechts ran und stieg aus. Er wollte sein eigenes Telefon für Anrufe freihalten.

In der aufgeheizten Zelle stank es, wie nicht anders zu erwarten, nach Urin. Über dem Telefonautomaten hatte jemand ein Hakenkreuz in die Metallverschalung geritzt und daneben geschrieben: »Mein Kampf ist noch nicht zu Ende.« Sämtliche Telefonbücher waren aus den Halterungen gerissen und lagen zerstoßen und verdreckt auf dem Boden.

Peter Ahrens hielt mit dem Fuß die Tür auf, um frische Luft hereinzulassen, drückte den klobigen schwarzen Hörer ans Ohr, schob die Münzen in den Schlitz und wählte die Nummer der Altstadt-Apotheke.

»Ich bin's«, sagte er, als am anderen Ende die Stimme seiner Frau erklang. »Ich hab Freiwald angerufen. Ich soll die Geiselsache übernehmen. Hier in Bremen.«

»Und was ist mit der Sache in Papenburg?«, erwiderte seine Frau. »Die erwarten dich doch.«

»Mit denen hab ich gesprochen, das muss jetzt einfach warten«, sagte Ahrens und beobachtete, wie ein Hund neben seinem Wagen stehen blieb, das Bein hob und gegen die Radkappe pinkelte.

»Mach bloß kein dummes Zeug, Peter. Hörst du?«

»Du kennst mich doch, keine Sorge«, antwortete Ahrens und blickte dem Hund hinterher, der gemächlich davonlief. Dann legte er auf, warf einen Blick auf die vollgepinkelte Radkappe, stieg in seinen Wagen und nahm den Zubringer zur A27. Doch bevor er nach Vegesack fuhr, wo sich die Geiselgangster – das hatte er im Radio gehört – im Moment aufhielten, wollte er noch bei seinem alten Schulfreund Heiner Werkler, der einen Fotobuch- und Postkartenverlag besaß, in der östlichen Vorstadt vorbei, um mit ihm letzte Details einer geplanten Postkartenserie zu besprechen.

Ahrens musste an den Satz denken, den er Perry Kretz vor Jahren einmal in einem Interview hatte sagen hören und den er seither jedes Mal zitierte, wenn er danach gefragt wurde, weshalb er lieber aufgebrachte Demonstranten fotografiere statt Stars oder Politiker: »Weil es mich immer dahin gezogen hat, wo das Leben aus den Fugen geraten war. Abseits geordneter bürgerlicher Verhältnisse.«

Peter Ahrens lenkte den Wagen über die Autobahn in Richtung Cuxhaven und steckte sich eine Zigarette an. In der Ferne kam es zu Luftspiegelungen über dem flirrenden Asphalt. Im Radio lief auf RB 1 Al Stewarts »Time Passages« und Ahrens trommelte übermütig den Takt mit dem rechten Daumen auf dem Lenkrad mit. Es war kurz vor halb vier.

24 Kilometer weiter nordöstlich lenkte Adam Jalowy den mit einer Handvoll Fahrgästen besetzten BSAG-Bus der Linie 53 vom zentralen Omnibusplatz Huckelriede, wo er die Fahrt kurz nach 14 Uhr angetreten und seine sogenannte, bis 20 Uhr 30 dauernde Halbspätschicht begonnen hatte, in Richtung Kattenturm Mitte. Er hatte wegen der grellen Sonne die dunkelgrüne Plastikblende bis auf Augenhöhe heruntergezogen und das Seitenfenster geöffnet und fuhr die Haltestelle Krimpelweg an.

Von der kaum befahrenen Straße steuerte er den Bus in die

Haltebucht, an der eine Frau und ein Kind warteten. Das Kind hielt eine Eistüte in der Hand.

Hunderte Male war er in den vergangenen Monaten den immer gleichen Rundkurs der Linie 51 im Wechsel mit dem der 21 gefahren. Huckelriede, Krimpelweg, Wolfskuhlenweg, Soesterstraße, Kattenescher, Morsumer Straße, Alfred-Faust-Straße, Kattenturm-Mitte – er konnte die Stationen im Schlaf aufsagen. Doch in diesen Minuten musste Adam an die überraschende Begegnung mit der Taxifahrerin im Dom denken.

Er hätte um Martha trauern wollen, mit der er sich eine gemeinsame Zukunft ausgemalt hatte. Eine Zeitlang hatte er sogar davon getraumt, gemeinsam mit ihr nach Polen zurückzukehren. Doch die Wut und der Kummer, dass sie ihn verlassen hatte, weil er nicht in der Lage gewesen war, ihr das Kind zu schenken, das sie sich so sehr wünschte, erschienen ihm plötzlich unwirklich wie ein Traum. Er liebte Martha noch immer. Er verstand nicht, was in ihm vor sich ging, spürte aber, dass er vor allem Chris, die Taxifahrerin, wiedersehen wollte.

Mechanisch blickte er in den rechten Außenspiegel und drückte die beiden roten Knöpfe, worauf sich die Türen schnarrend öffneten. Die Frau legte drei Markstücke auf die Bezahlsäule und sagte: »Zweimal Kattenturm Mitte, ein Erwachsener, ein Kind.«

Dem Jungen, der immer noch draußen stand und sein Eis in der Hand hielt, rief sie zu: »Schnell, Tim, wirf das Eis weg! Das ist hier drin verboten.« Dabei deutete sie auf den Papierkorb neben der Bank, auf der sie eben noch gesessen hatten. Ihr rundes, von einer verspiegelten Sonnenbrille dominiertes Gesicht war von einem dünnen Schweißfilm überzogen und gerötet. Unter den Achseln zeigten sich dunkle, sichelförmige Flecken. Sie lächelte unsicher.

»Nein, nein, ist schon gut«, entgegnete Adam und sah den Jungen freundlich an. »Bei der Hitze machen wir natürlich eine Ausnahme. Komm rein, Kleiner.« Mit einem triumphierenden

Grinsen sprang der Junge die beiden Stufen hinauf und huschte mit seinem Eis an ihnen vorbei.

Adam streckte der Frau die beiden Fahrscheine hin, schloss per Knopfdruck die Türen und fädelte den Bus nach einem Blick in den linken Seitenspiegel in den Verkehr ein.

Bevor sie am Mittag vor dem Dom auseinandergegangen waren, hatte die Taxifahrerin ihm ihre Telefonnummer auf die zerknitterte Rückseite des Terminmerkzettels einer gewissen Dr. Brunner in Seehausen geschrieben. Adam nahm sich vor, sie gleich nach Feierabend anzurufen, um sie zu fragen, wie ihr erster Arbeitstag verlaufen war. Denn wenn er an sie dachte, war es wie bei der ersten Zigarette am Morgen: Ihm wurde kurz schwindelig und eng in der Brust, doch sobald der Schwindel nachließ, war er glücklich.

Im selben Moment stand Brigitte Fischer vor dem Garagentor ihres Grundstücks in der Kölner Südstadt, und legte ihre Hand auf dessen verwitterten Metallgriff. Sie zog das Tor mit einem kräftigen Ruck hoch, so dass es über die Rollschiene nach oben glitt, trat einen Schritt zurück, schob die Sonnenbrille hinauf ins Haar und spähte erwartungsvoll in die Schwärze. Langsam grub das Sonnenlicht ein sich schnell vergrößerndes Loch Helligkeit in das Zwielicht, und im nächsten Moment tauchte ein Gesicht darin auf.

Blitzschnell fasste sie die Gegenstände ins Auge, die sich aus dem Grau herauszubilden begannen: die nachlässig mit einer Plastikplane bedeckten Winterreifen ihres Wagens, die rostige Harke und der Spaten, die an der Wand lehnten, und schließlich die reglos auf ihrer alten Campingliege sitzende bärtige Gestalt.

Irgendwo schrie ein Kind, die Hitze summte in ihrem Kopf, und Brigitte hätte sich am liebsten auf dem Absatz umgedreht, um ins Haus zurückzulaufen. Denn alles in ihr sträubte sich dagegen, ihren Hausfrieden gegenüber einem Wildfremden wortreich durchsetzen zu müssen, um ihn anschließend zum Teufel zu jagen. Doch ihr Bein tat einen Schritt nach vorn, und sie rief in das Halbdunkel der Garage: »Kommen Sie da raus!«

***

Er musste an seinen Vater denken, das Schwein, sah den Alten vor sich, wie er im weiß gekachelten Keller mit dem grünen Gummischlauch, den er eines Tages von der Arbeit mit nach Hause gebracht hatte, auf ihn einschlug, wieder und wieder, weil er etwas angestellt hatte. Bis das Keuchen des Alten sein eigenes Winseln übertönte und er Angst bekam, der alte Drecksack könne jeden Moment umkippen und für immer liegen bleiben. Doch wer würde ihm dann am Abend die Berichte aus der Bildzeitung vorlesen? Wer ihm die Spiegeleier machen, deren Augen er regelmäßig lustvoll mit dem Messer einstach, indem er sich die blutenden Augäpfel seiner Sonderschullehrerin Frau Sobottka vorstellte? Die Mutter lag wegen ihrer geschwollenen Beine um diese Zeit schon im Bett, und ihr Stöhnen war bis weit nach Mitternacht zu hören. Und wer würde ihn verdreschen, wenn er mal wieder dabei erwischt worden war, wie er einen Zigarettenautomaten aufbrach oder ein Moped klaute? Die Mutter bestimmt nicht. Die schaffte es mit ihren kranken Beinen und ihrem kaputten Kreuz ja kaum noch, ihre halbvolle Einkaufstasche nach Hause zu tragen. Oder sein älterer Cousin Hermann, der Schwachkopf, der bloß seinen Scheißfußball im Kopf hatte? Der sollte bloß kommen und so was auch nur versuchen.

Einmal hatte der Vater ihm, nachdem er ihn verdroschen hatte, mit vor Anstrengung zitternder Hand ungeschickt das verklebte Haar aus der Stirn gestrichen, dabei atemlos gegrinst, als hätten sie gemeinsam etwas vollbracht, und beinahe kumpelhaft gesagt: »Verfluchter Verbrecher, du.«

Seit der Beerdigung vor vier Jahren war er nicht mehr auf dem Friedhof in Brauck am Grab gewesen. Sollten doch die Köter drauf scheißen. »Verdammter Schläger«, murmelte Rösner und steckte sich eine Zigarette an. »Verdammtes Prügelschwein.«

»Was sachste?«, erwiderte Marion und nippte nervös an ihrem Kaffee.

»Ach, nix«, antwortete Rösner und blies den Zigarettenrauch zwischen den Zähnen hervor, »nur so.«

Seine erste Begegnung mit dem Verbrechen hatte er als Neunjähriger gehabt. In einem Zeitschriftenladen in Gladbeck-Butendorf hatten sie zu zweit Süßigkeiten und Superman-Heftchen und später, an einer nicht weit davon entfernten Bushaltestelle, einer alten Frau ihr Portemonnaie aus der Handtasche geklaut. Die Geldbörse warfen sie weg und von den erbeuteten 38 Mark kauften sie sich Zigaretten, Plastikfeuerzeuge, Chips und zwei Literflaschen Cola. Als er auf dem menschenleeren Hof der Roßheideschule neben der alten Turnhalle mit den Glasbausteinwänden seinen ersten Lungenzug machte, wurde ihm schwindelig, er hustete und hätte fast gekotzt. Doch weil er vor seinem zwei Jahre älteren Freund Harry nicht als Versager dastehen wollte, probierte er es noch mal. Beim dritten oder vierten Zug hustete er nicht mehr, und das Gefühl, kotzen zu müssen, war auch weg.

Als er am Abend nach Hause kam und seine Mutter sagte: »Du stinkst nach Rauch, verdammtes Aas. Wo bist ’n wieder gewesen?«, da hatte er bloß die Augen gerollt und geantwortet: »Wir ham im Roseneck Musikbox gehört. Was dagegen?«

Damals war er neun gewesen, und als er fünf Jahre später seine erste mehrmonatige Haftstrafe in der Jugendarrestanstalt Bottrop in der Gerichtsstraße absaß, hatte er bereits Dutzende von Einbrüchen, zahllose Diebstähle und ebenso viele Schlägereien hinter sich. Auf seinen für sein Alter erstaunlich muskulösen und bereits von Narben gezeichneten Armen prangten erste schlecht gemachte Tätowierungen, und in Gladbeck-Ellinghorst war Hans-Jürgen Rösner inzwischen so bekannt wie ein bunter Hund.

Sein Einbruch ins Bürgerhaus in Gladbeck-Ost, bei dem er von zwei betrunkenen Polizisten in Zivil zufällig auf frischer Tat erwischt wurde, war längst ebenso legendär wie sein nächtlicher Einstieg in die Geschäftsstelle der FDP Gladbeck. Denn frustriert darüber, dass er bis auf ein paar Flaschen Weißwein und eine Handvoll Werbegeschenke, Fähnchen, einen Prozentrechner und eine Tüte blau-gelber Kugelschreiber nichts von Belang erbeutet hatte, war er tags darauf noch an Ort und Stelle gefasst worden, weil er in der Nacht, statt über die Treppe zu verschwinden, den hauseigenen Aufzug nahm, in dem er wegen eines Getriebeschadens stundenlang festsaß.

Es hatte in Hans Jürgen Rösners Leben einmal eine Zeit gegeben, in welcher die Kompassnadel durchaus in eine andere Richtung hätte ausschlagen und ihm womöglich damit den Weg in eine andere Zukunft hätte weisen können. Die Leiterin des Kindergartens in der Tunnelstraße hatte ihn seiner stillen braunen Augen wegen auf Anhieb in ihr Herz geschlossen. Und als er die erste Klasse der Albert-Schweitzer-Schule in Ellinghorst besuchte und sich trotz bald auftretender Schreib- und Rechenschwäche als phantasievoller Junge erwies, der im Zeichenunterricht geheimnisvolle dunkle Bilder malte, deutete nichts auf seine kriminelle Entwicklung hin.

Als Achtjähriger träumte er davon, einmal Autos zu bauen und später den schneeweißen Mercedes 300 SEL zu fahren, den er aus dem Autoquartett seines Freundes Dieter kannte. Hans-Jürgen liebte Autos und konnte selbst aus großer Distanz einen Opel Rekord kinderleicht von einem Ford Taunus unterscheiden, einen Borgward Isabella von einem VW 1600. Sein Vater nahm ihn damals mit in seine Stammkneipe, das Roseneck, wo er den Jungen seinen Saufkumpanen vorführte wie ein dressiertes Äffchen. Als er elf geworden war und erlebte, wie man seinen Vater vor die Tür setzte, weil er ein paarmal zu oft betrunken auf der Baustelle erschienen war, beschäftigte ihn bloß noch die Frage, wie man an Geld herankam, ohne sich dafür, so wie sein Vater, jahrzehntelang kaputtschuften zu müssen.

»Hoffentlich baut der Dieter kein' Scheiß«, sagte Marion mit einem kurzen Flackern in der Stimme und leerte ihren Kaffee.

»Der hat das im Griff«, antwortete Rösner knapp. Dabei versuchte er sich vorzustellen, wie es Reinhold und Andrea ging. Andrea hatte im Wagen einen ziemlich verzweifelten Eindruck gemacht. Aus diesem Grund hatte er sie ein paarmal aufmunternd angelächelt, wenn ihre Blicke sich zufällig im Rückspiegel trafen. Am liebsten hätte er sie und Reinhold schon in Hagen wieder rausgelassen, damit sie nach Hause kamen zu ihren Familien. Später, wenn alles vorbei war, würde er ihnen eine Karte von den Malediven schreiben.

»Scheiße, auch das noch!«, sagte Marion und streckte ihm ihren rechten Zeigefinger hin.

»Was is Scheiße?«, fragte Rösner, ohne sie anzusehen, und schnippte den Stumpen einem Passanten vor die Füße.

»Na hier, der schöne Nagel«, antwortete sie, ganz auf ihren Finger konzentriert. »Total eingerissen.«

»Selbst schuld, blöde Kuh«, erwiderte Rösner, tastete nach der am Rücken im Hosenbund steckenden Pistole und griff die Einkaufstüte von H&M. »Los, zurück zum Wagen.«

7

Neue Rhein Zeitung

Gladbeck: Brutale Gangster flüchten mit zwei Geiseln – Polizei übergab 300 000 Lösegeld und Tresorschlüssel

Bei einem dramatischen Überfall auf eine Filiale der Deutschen Bank in Gladbeck haben zwei Gangster gestern früh zwei Bankangestellte als Geiseln genommen. Nach der dramatischen Aktion flohen die Täter am späten Abend mit zwei Geiseln in einem bereitgestellten schnellen Fahrzeug.

Thomas Bertram sprang aus der Straßenbahn, überquerte die Amsterdamer Straße und lief in schnellen Schritten in Richtung des grauen, sich rechts und links jeweils in kleinere Anbauten fortsetzenden Kinderkrankenhauses. Bei jedem Schritt klapperte der Walkman in seiner Sakkotasche. Warum zog er das Sakko denn nicht endlich aus?

Die Hitze des Tages pochte in seinen Schläfen, und sein Hemd war am Rücken durchnässt und klebte bei jeder Bewegung unangenehm auf der Haut.

Am Pförtner vorbeigehend, der eine aufgeschlagene Bildzeitung vor sich liegen hatte, entzifferte er, trotz der auf dem Kopf stehenden Buchstaben die leuchtend rot und fettgedruckten Worte »Drama« und »Geiselgangster«. Über den Flur eilte er zu Aminas Zimmer.

»Na, endlich«, rief sie, als er im Türrahmen stand, und wischte sich die Tränen aus dem Gesicht. Dunkle Falten hatten sich in die Haut gegraben.

»Wie geht es ihm?«, sagte Bertram und legte seine Aktentasche aufs Bett. Er fühlte sich matt und fuhr sich mit der Zunge über die trockenen Lippen. Wasser, dachte er, ich brauche dringend etwas zu trinken.

»Sie operieren seit ein paar Minuten. Sie wollen verhindern, dass es zu einem Darmdurchbruch kommt. Ich habe solche Angst.«

»Es wird alles gut«, erwiderte er und schloss sie in die Arme. Er sog den leicht säuerlichen Geruch ihrer warmen Haut ein, roch ihr Haar, in das er sein Gesicht vergrub.

In Bertrams Kopf ging alles durcheinander. Er löste sich von ihr, richtete sich auf und blickte auf seine Uhr. Sie zeigte fünf Minuten nach vier. Maibach erwartete, dass er die Geiselsache RTL-mäßig anging, frontal und mit direktem Draht zu den Gangstern. Nur wie und durch wen, zum Teufel, sollte er einen solchen Draht bekommen?

»Er muss es einfach schaffen«, sagte Amina.

»Ja, das muss er«, erwiderte Bertram tonlos, »das wird er auch.«

Amina griff nach seinem Arm. »Thomas? Was ist mit dir?«

»Nichts. Es ist nichts«, sagte er und entwand seinen Arm sanft ihrer Umklammerung. »Es ist nur …«

»Was?« Amina sah ihn fragend an. »Was ist?«

Es war, als richte er sein Ohr in eine tosende Stille. Alles in seinem Kopf ging wild durcheinander, doch er war wie durch Panzerglas davon abgeschnitten. Als gehöre es zum Leben eines anderen, der seinen Namen trug.

»Haben sie gesagt, wann wir Bescheid bekommen?«, lenkte Bertram von ihrer Frage ab.

»Nein, kein Wort«, sagte Amina und suchte seinen Blick. Wegen der zugezogenen Vorhänge herrschte ein grün gefiltertes Licht, dessen Sanftheit im krassen Widerspruch zu seiner Anspannung stand.

»Ich frag mal nach, bin gleich wieder da«, sagte er, und ohne Aminas Reaktion abzuwarten, erhob er sich und lief aus dem Zimmer. Auf dem Flur blieb er nach ein paar Metern stehen, sah sich kurz um und strebte der Herrentoilette zu. Drinnen schloss er sich in einer der beiden Kabinen ein, klappte den Deckel herunter und sank auf dem Klosett nieder.

Von außen waren gedämpft Geräusche zu vernehmen. Minutenlang saß Bertram leicht nach vorn gebeugt und mit geschlossenen Augen da und lauschte dem zischenden Rinnen der Wasserspülung der Pissoirs. Das Gesicht in die Hände vergraben, versuchte er, an nichts zu denken.

Irgendwann schlug er die Augen auf, zog den Walkman aus seiner Sakkotasche, setzte den federleichten Kopfhörer auf und drückte die Play-Taste. Petersons »I Concentrate on You« ertönte, und augenblicklich sah Bertram sein Hirschhorner Zimmer vor sich, in dem er, bei offenem Fenster auf dem Bett liegend, oft stundenlang Petersons legendäre 64er-Sessions »Exclusively For My Friends« gehört und dabei mit glasigem Blick von Amina geträumt hatte.

Petersons entspanntes Klavierspiel war auch jetzt Balsam für seine zerrissene Seele, dazu das vertraute lässig-präzise Schnarren von J.C. Heards Schlagbesen über die Felle. O Mann, die Typen waren einfach großartig.

Bertram hätte am liebsten noch lange so sitzen bleiben, Peterson hören und rhythmisch mit dem Fuß wippen wollen, doch natürlich wartete Amina auf seine Rückkehr und neue Informationen.

Er sah auf die Uhr, die 16 Uhr 18 anzeigte. Er drückte die Stopptaste, nahm den Kopfhörer ab und schob ihn gemeinsam mit dem Walkman in die Tasche. Er fühlte sich besser. Er würde rausgehen und um das Leben seines Sohnes kämpfen und anschließend Maibach zufriedenstellen. Schließlich war er nicht aus Hirschhorn weggegangen, um schon bei den ersten echten Bewährungsproben einzuknicken.

Bertram schloss die Kabinentür auf und betrachtete sich im Spiegel über dem Waschbecken. Er blickte in ein müdes, fahles Gesicht und leicht gerötete Augen, die unter den schwarzen, buschigen Brauen seltsam glanzlos wirkten. Er drehte den Wasserhahn auf, hielt seine zu einer Kuhle geformten Händen unter den herausspringenden kühlen Strahl und trank gierig. Anschließend presste er sein erhitztes Gesicht wieder und wieder in das kalte Wasser.

Er drehte den Wasserhahn zu, strich sich mit einem prüfenden Blick in den Spiegel mit den nassen Händen ein paarmal durchs

Haar und trocknete sich an der Handtuchrolle ab. Dabei fiel sein Blick auf eine zerdrückte Bildzeitung, die in dem darunterstehenden Abfallkorb lag.

Bertram zog die Zeitung heraus, glättete sie und schlug sie auf. Vom Flur erklangen Geräusche: das Schreien eines Kindes und die beschwichtigende Stimme einer Frau, die sagte: »Du brauchst keine Angst zu haben, Lisa. In einer halben Stunde ist alles vorbei.«

Hastig überflog er die Überschriften, die über mehrere Seiten gehenden Berichte. Und mit jeder Zeile begriff er ein bisschen mehr, was da draußen, keine 300 Kilometer entfernt, vor sich ging. Mit einem Schnellzug konnte er in gut zwei Stunden am Ort des Geschehens sein und RTL-mäßig mit seiner Kamera auf die Opfer und Täter draufhalten und Maibach das Maul stopfen mit Bildern, an denen der noch jahrelang zu würgen haben würde.

Er warf die Zeitung in den Abfalleimer zurück, stieß sie mit dem Fuß tiefer hinein und trat so lange auf sie ein, bis er atemlos den Fuß aus dem engen Plastikoval herauszog und sich zitternd abwandte.

Auf dem Gang begegnete ihm die Schwester, die Nachtdienst gehabt hatte, als Paul zur Welt gekommen war.

»Und? Wie geht es Ihrem kleinen Sohn?«, sagte sie und lächelte ihn freundlich an.

»Er wird gerade operiert«, antwortete Bertram fahrig und registrierte, wie sich ein Wassertropfen aus seinem feuchten Haaransatz löste und ihm in die Stirn lief.

»Operiert? Aber wieso denn das?«

»Ich weiß nichts Genaues, aber offenbar bestand die Gefahr eines Darmdurchbruchs.« Bertram wischte sich mit der Hand kurz über die Stirn.

»Das tut mir leid«, sagte sie, »aber bestimmt wird alles gut. Ich drücke Ihnen jedenfalls ganz fest die Daumen.« Dabei ballte sie beide Fäuste, schüttelte sie ein paarmal demonstrativ vor der Brust und lief lächelnd davon.

»Danke«, rief Bertram und blickte ihr nach, »vielen Dank.« Hilfesuchend blickte er den Gang hinunter, bis er kurzentschlossen zurück zur Pförtnerloge lief und zu dem hinter der Telefonanlage sitzenden Mann sagte: »Sie müssen mir helfen!«

Nachdem er, den Anweisungen des Pförtners folgend, über Flure und Treppen hinweg endlich vor der mit signalroten Leuchtstreifen beklebten Milchglastür des OP- und Intensivbereichs stand, strich er sich mit der flachen Hand über das immer noch feuchte Haar.

Zögerlich drückte er den ebenfalls roten Klingelknopf, trat einen Schritt zurück und lauschte. Nach ein paar Sekunden sprang die Tür auf, und eine mit grünem Kittel und einer ebenfalls grünen Hose bekleidete Frau, deren brünette Locken unter einem engmaschigen Haarnetz verstaut waren, sagte: »Ja, bitte?« Um ihren Hals hing an einer hellen Schnur befestigt ein Mundschutz.

»Ich bin der Vater von Paul Wilkins«, sagte Bertram und suchte das starre Gesicht der vielleicht vierzig Jahre alten Frau nach irgendeinem Hinweis ab, der ihn zuversichtlich stimmen würde. Nach irgendeinem noch so winzigen Zeichen, dem Anflug eines Lächelns. Vergeblich.

»Sie müssen sich leider noch ein wenig gedulden, die OP läuft noch«, antwortete die Frau.

»Aber können Sie nicht irgendetwas sagen, das, ich meine … eine Tendenz, wie es aussieht, eine vorläufige Prognose, irgendwas Hoffnungsvolles, das ich meiner Frau sagen kann?«, ließ Bertram nicht locker.

»Sagen Sie ihr, dass wir alles Menschenmögliche tun, um Ihr Kind zu retten.«

»Zu retten?« Bertram blickte die Frau fassungslos an. »Was heißt zu retten? Wie meinen Sie das?«

»So, wie ich es gesagt habe«, antwortete die Frau. »Der Zustand des Jungen hat sich innerhalb der letzten halben Stunde dramatisch verschlechtert, es ist zu einer Sepsis gekommen.«

»Einer Sepsis?«, sagte Bertram tonlos. »Was ist das?«

»Eine Blutvergiftung, in deren Folge es zu einer lebensbedrohlichen Störung der Vitalfunktionen und zum Versagen mehrerer Organe gekommen ist.«

»Heißt das, dass er ...? Aber wieso denn?« Hier versagte ihm die Stimme.

»Gehen Sie zurück zu Ihrer Frau, Herr Wilkins, bitte! Im Moment können Sie sowieso nichts für Ihren Sohn tun.«

Die Frau hatte sich die ganze Zeit gegen den Metallrahmen der geöffneten Tür gelehnt. Doch nun löste sie sich davon und trat einen Schritt auf Bertram zu. Sie hielt die Tür aber gleichzeitig mit der einen Hand fest. Dabei legte sie kurz ihre andere Hand auf seinen Oberarm, sah ihn durchdringend an und sagte: »Wir tun unser Bestes. Sagen Sie das Ihrer Frau.«

Bertram spürte, wie ihn plötzlich aller Mut verließ. Er drehte sich um. Hinter ihm klappte die Glastür zu.

***

Die Lederjacke wärmte ihn an kühleren Tagen wie ein Fell und verlieh seinem Äußeren etwas Entschlossenes. Etwas Cooles. Furchtloses.

Doch wegen der anhaltenden Hitze, die trotz der heruntergedrehten Scheiben im Wagen herrschte, schwitzte er jetzt in dem Ding wie ein Affe. Aber wie zum Teufel zog man seine Jacke aus, wenn man einen geladenen Colt in der Hand hatte, um damit zwei Geiseln in Schach zu halten? Man konnte ja schlecht zu der einen sagen: »Hier, nimm mal!«, und ihr den Colt in die Hand drücken. »Ich muss grad mal meine Jacke ausziehen, wegen der Scheißhitze, verstehste?«

Deshalb kam ihm der Ausflug von Hansi und Marion gerade

recht. In der Zeit konnte er endlich die Jacke ausziehen und in Ruhe pinkeln. Von der Polizei war im Moment sowieso nichts zu sehen.

Degowski stieß die Wagentür auf, schob langsam das rechte Bein hinaus und ließ Andrea dabei nicht aus den Augen: »Ich muss mal kurz raus. Wenn ihr was versucht, knallt's, verstehste? Ich seh alles, kapiert?«

»Ja, ja, keine Angst«, erwiderte die junge Frau kraftlos und suchte Reinholds Blick, der reglos auf dem Beifahrersitz verharrte. Längst war sie viel zu erschöpft, als dass sie auch nur einen Gedanken an eine mögliche Flucht verschwendet hätte.

»Ich seh alles, verstehste?«, wiederholte Degowski, der inzwischen gebeugt an der offenen Wagentür stand und mit dem Colt auf ihren Bauch zielte. »Ich geh nur mal um die Ecke.«

»Keine Sorge, Dieter!«, rief Reinhold beschwichtigend durch das offene Seitenfenster nach hinten. »Alles okay.«

Degowski blickte sich nach allen Seiten um, dann schob er den Colt in seine Jackentasche und lief los, blieb aber schon nach ein paar Metern stehen, drehte sich um und rief erneut in Richtung Wagen: »Ich seh alles! Wenn ihr rauskommt, knallt's!«

Wenn der Charlie mich jetzt bloß hier sehen könnte, o Mann, dachte er und ging weiter. O Mann, Charlie, du wärst vielleicht stolz auf mich.

Alles hatten sie zusammen gemacht, der Charlie und er. Von Anfang an. Sogar die Schultüte hatten sie sich geteilt. Beide hatten sie an ihrem ersten Schultag weiße Hemden und Sakkos getragen, Dieter ein blütenweißes, Charlie ein dunkelblaues, nachtblaue straffe Steghosen und spitze, schwarzglänzende Schuhe, genau wie Elvis in seinen Filmen, o Mann, hatten sie damals gut ausgesehen.

Das Schwarzweißfoto, das am Tag ihrer Einschulung von ihnen gemacht wurde, stand jahrelang gerahmt im Wohnzimmer ihrer Ellinghorster Wohnung auf dem Buffet. Bis es eines Tages einfach verschwunden war. Genau wie seine Mutter, die das dreckige Geschirr so lange in der Badewanne stapelte, bis sie beim Brausen kaum noch Platz zum Stehen hatten.

Charlie war sein ein Jahr älterer Bruder. Sie hörten dieselbe Musik damals, im Roseneck. Immer wieder »Dandy« und »Death of a Clown« von den Kinks, und »Surfin' USA« von den Beach Boys. Und viel später »Waterloo« und »Money, Money, Money« von Abba. Gemeinsam rauchten sie ihre erste Zigarette, und auf dem Sportplatz hinter der Albert-Schweitzer-Schule ließ sich die verrückte Gela in der Dämmerung von ihnen betatschten.

Bis auf ihren Rock entkleidet, hatte sie sich im Gras liegend ihre Hände auf die nackten Brüste gelegt und zufrieden gestöhnt.

Später lauerte sie ihm ein paarmal vor dem Roseneck auf und bot ihm an, mit ihm alleine auf den Sportplatz zu gehen, wenn es dunkel würde. Doch er lachte sie aus Unsicherheit jedes Mal nur aus und ließ sie stehen. Dabei träumte er seit der Sache auf dem Sportplatz mit offenen Augen von ihren Titten und holte sich dabei einen runter. Da war Charlie schon tot, und der Hansi hatte angefangen, für ihn zu denken. Denn der konnte das viel besser. Der war einfach schlauer. Wo blieben die beiden überhaupt, der Hansi und die Marion?

»Cool bleiben, klar?«, sagte er, als er mit gezogener Waffe wieder zu den beiden in den Wagen stieg. Dann stopfte er die Jacke zwischen sich und die erschöpfte junge Frau auf den Sitz und richtete den Colt auf ihren Bauch. Er hatte keine Ahnung, was sie da eigentlich taten und wo das Ganze enden würde. Aber das musste er ja auch nicht. Hauptsache, der Hansi wusste es.

Doch er tat es auch für Charlie, seinen toten großen Bruder, der auf dem Friedhof Brauck im Schatten einer Trauerweide begraben lag, die ihn seit nunmehr zwölf Jahren im Herbst mit ihren sichelförmigen gelben Blättern beschneite.

***

»Geiselgangster auf der Flucht.« »Irrfahrt der Gangster durch die BRD.« »Gefilmt wie Stars der Tour de France.« »Das Geiseldrama geht weiter.«

Marc Steiner gingen die Schlagzeilen der ausliegenden Blätter am Zeitungskiosk an der Kinzigbrücke nicht aus dem Sinn. Allen voran die der Bildzeitung: »Geiselgangster kauften Buletten und drohten: Wir knallen die Geiseln ab.«

Im Deutschunterricht hatten sie einmal als Gegenstand einer Klausurarbeit eine Titelseite der Bildzeitung analysieren müssen, und Marc, der bis dahin als eher uninspirierter Schüler galt, schrieb zur Überraschung aller die zweitbeste Arbeit. Dabei hatte er im Grunde wild drauflos interpretiert, den graphischen Aufbau der Seite analysiert und als ausgeklügeltes Zusammenspiel von Wort und Bild beschrieben, das zudem geschickt mit Seh- und Lesegewohnheiten operiere und seine Suggestionskraft daraus beziehe, dass seine Macher mit einer bewusst einfachen, komplexe Zusammenhänge absichtlich schematisierenden Sprache operierten. Seinen Lehrer hatte das überzeugt und ihm am Ende 13 von 15 möglichen Punkten eingebracht.

Seine älteren festangestellten Kollegen bei Schwab Versand, wo er während der Ferienzeit als Gabelstaplerfahrer gearbeitet und mit verschweißten Katalogen beladene Paletten durch die zugigen Lagerhallen transportiert hatte, um sich das Geld für seine Interrail-Reise durch England und Schottland zu verdienen, lasen allesamt nur die Bildzeitung. Manchmal hatte er an ihnen vorbei auf das Foto der nackten Frau geschielt, das Bildgirl des Tages, das täglich auf der Titelseite abgebildet war. Der Rest hatte ihn nie interessiert.

Marc schlug die Augen auf und starrte in das Halbdunkel seines Zimmers. Er fürchtete sich vor der Begegnung mit seinem Vater, dem er das Verschwinden der KTM zu beichten hatte. Er hasste es, ihn anzulügen. Außerdem war er noch nie ein besonders guter Lügner gewesen.

Lenny hatte ihm geraten, das Ganze wie einen Diebstahl aussehen zu lassen. Er würde dem Vater das Schriftstück der Polizei hinhalten, das den Diebstahl bestätigte, und ein betretenes Gesicht machen. Denn er konnte ihm unter keinen Umständen von der Sache mit den Söhnen von Abdülkadir Coskun erzählen. Die Coskuns waren für ihre Schlägereien und ihre kriminellen Aktivitäten stadtbekannt und würden womöglich auch gegen seinen Vater handgreiflich werden, wenn der vor ihrer Tür stünde, Schadenersatz für das abgefackelte Moped verlangte und mit der Polizei drohte. Außerdem war die Sache mit dem zerstörten Moped keineswegs ausgestanden.

Ein halbes Jahr zuvor hatten die Coskuns den alten Bargfrede, der seit über dreißig Jahren die zwei Zimmer unterm Dach der Hausnummer 10 bewohnte, mitten in der Nacht vor dem Haus zusammengeschlagen. Angeblich bloß, weil sie die ganze Breite des schmalen Bürgersteigs für sich beanspruchten und er nicht Platz gemacht hatte. Wochenlang hockte Bargfrede bewegungsunfähig und mit angeschwollenem Gesicht in seiner Küche mit der Dachschräge und bat Marc, das Nötigste für ihn einzukaufen.

Lenny, der eine Zeitlang mit einem der Söhne von Abdülkadir Coskun in eine Klasse gegangen war, hatte dessen kriminelle Energie, nachdem er sich im Streit von ihm abgewandt hatte, schmerzhaft zu spüren bekommen. Nach einem Schwimmbadbesuch lauerte Dennis Coskun ihm gemeinsam mit seinen Brüdern auf. Sie schlugen ihn zusammen und nahmen ihm seinen Walkman ab.

Ich hätte mich nie mit Ceylan einlassen dürfen, dachte Marc, richtete sich auf und drückte den On-Schalter des Receivers. Es war 17 Uhr. SWF 3 brachte Nachrichten.

Natürlich begannen die Meldungen mit Gladbeck. Und nachdem es hieß, die zwischenzeitlich verlorene Spur der Gangster sei in Bremen von der Polizei wiederaufgenommen worden, war der kurze Mitschnitt eines Telefonats zu hören, das ein RTL-Reporter am Mittag mit einem der Geiselgangster geführt hatte.

Reporter: Hier ist Hans Meiser, deutsches Fernsehen, guten Tag. Kann ich bitte einen der Geiselgangster sprechen?
Geiselgangster: Wer ist da?
Reporter: Wer sind Sie denn bitte?
Geiselgangster: Wer wohl, der Bankräuber.
Reporter: Bitte, was?
Geiselgangster (ärgerlich): Der Bankräuber!
Reporter: Sie sind der Bankräuber? Wo wollen Sie denn hinfahren?
Geiselgangster: Das werd ich Ihnen auch grad sagen.
Reporter: Na gut, man kann Sie ja mit Hubschraubern verfolgen.
Geiselgangster: Das Gespräch ist beendet.

***

Adam stand im Kreis seiner Kollegen am Busbahnhof Huckelriede und verfolgte eher desinteressiert deren aufgeregte Diskussion um die noch immer irgendwo in der Stadt frei herumlaufenden Geiselgangster. Er machte ein interessiertes Gesicht und nickte manchmal zustimmend, war aber mit seinen Gedanken ganz woanders. Was gingen ihn diese Typen an? Bestimmt würde die Polizei sie in Kürze schnappen, und dann konnte er sie in Handschellen in den Nachrichten sehen, und die Sache hatte sich erledigt. So war das immer. Es geschah etwas, und die Aufregung war eine Zeitlang groß, doch dann machte die Polizei ihre Arbeit, und es herrschte wieder Ruhe. Bis die nächste Sache passierte.

Wozu also die ganze Aufregung?, sagte er sich und beobachtete, wie ein alter Mann auf einen abgewetzten Holzstock gestützt in seinen Bus stieg, der wegen der Hitze mit offenen Türen am Halteplatz der Linie 51 stand. Gegenüber stand, ebenfalls mit offenen Türen, der Bus der Linie 53.

In ein paar Minuten ging seine Pause zu Ende, und in nicht mehr ganz zwei Stunden seine Halbspätschicht. Anschließend würde er bei »Dana« vorbeigehen und mit seinen Landsleuten zusammensitzen, eiskaltes Bier trinken und vielleicht, wenn ihn bis dahin der Mut nicht verlassen hatte, Chris, die Taxifahrerin, anrufen.

Adam nahm den zerknitterten Zettel aus seiner Hosentasche, auf den die Taxifahrerin ihre Telefonnummer notiert hatte, strich ihn am Oberschenkel glatt und las die in leicht verzogener Schrift notierte Zahlenfolge: 749 266 ... Die 6 war von jeher seine Glückszahl und kam gleich zweimal vor. Das konnte kein Zufall sein.

Mit sechs hatte er auf dem Trümmergrundstück hinter der Lola-Fischel-Schule in Srodula eine Brieftasche aus Leder mit fast 1000 Złoty gefunden, und mit sechzehn hatte er das erste Mal mit einem Mädchen geschlafen. Anschließend war er ein halbes Jahr mit Berta Gross zusammen gewesen, einer wortkargen, blonden und meist seltsam abwesend wirkenden Schönheit, über deren blauen ellipsenförmigen Augen stets ein hauchdünner weißlicher Schleier lag. Bis zuletzt hatte Adam, wenn sie entkleidet auf dem mit Tannennadeln bedeckten Waldboden nebeneinanderlagen, das irritierende Gefühl gehabt, Berta verfolge die Bewegungen seiner über ihr Fleisch wandernden Hände wie durch ein umgedrehtes Fernglas. Im Grunde schien ihr das alles fremd zu sein, und sie ließ es willenlos geschehen.

Lächelnd beförderte er den Zettel in das schützende Dunkel seiner Tasche zurück und drückte von außen mit der flachen Hand dagegen. Die eben noch beieinanderstehenden Kollegen waren bis auf Brinkmann und Henschke, der süchtig an seiner bereits bis zum Filter runtergebrannten Kippe zog, in Richtung ihrer Busse verschwunden.

Adam blickte ihnen nach und sah, dass sich vor die tiefstehende, eben noch ungehindert strahlende Sonne in der Ferne ein graues Wolkengebilde schob. Mit ein bisschen Glück würden mehr Wolken aufziehen und in der Nacht die sehnlichst erhoffte Abkühlung bringen. Vor den Geschäften standen mit Wasser gefüllte Schalen für die Hunde und schattenspendende Sonnenschirme für die Alten. Unter den städtischen Springbrunnen drängten sich Scharen Abkühlung Suchender, und die Eisverkäufer verzeichneten seit Tagen Rekordumsätze. Jugendliche liefen mit surrenden batteriebetriebenen Miniventilatoren vorm Gesicht durch die Gegend, und immer wieder sah und hörte man Notarztwagen, die Hitzschlagopfer abtransportierten.

Auf dem Weg zur Arbeit hatte Adam gesehen, wie sich zwei alte Männer, die sich ihrer Hemden, Schuhe und Socken entledigt hatten, an einem Steinbrunnen gegenseitig Wasser auf die schweißglänzenden, ausgezehrten Oberkörper gespritzt und dabei vor Freude gejauchzt hatten. Und im Bus hatte sich eine junge, auf der hintersten Bank sitzende Frau, die in Bremen-Mitte als einziger Fahrgast zugestiegen war, plötzlich ungeniert ihre Bluse ausgezogen und mit geschlossenen Augen ihr gerötetes Gesicht und ihre nackten Brüste in dem brausend durchs gekippte Seitenfenster hereindringenden Luftstrom gekühlt. Irritiert und bewundernd zugleich hatte Adam sie so lange im Rückspiegel beobachtet, bis sie sich kurz vor Erreichen der Endhaltestelle Huckelriede die helle Bluse lässig wieder übergezogen hatte und ausgestiegen war.

Adam stieg in den Bus, zog wegen der tiefstehenden Sonne die transparentgrüne Blende noch ein Stück weiter herunter und nahm auf seinem Fahrersitz Platz. Im selben Moment stieg eine Frau zu und half ihrem Mann, einen Kinderwagen in den Wagen zu hieven.

Er war Martha von Berlin nach Bremen gefolgt und hatte sich ganz auf sie eingelassen: auf ihre Vorstellungen von einer gemeinsamen Zukunft, auf ihre Art zu leben, hatte er nie etwas von ihr gefordert und ihr alles geschenkt: seine Aufmerksamkeit, seine Zeit und seine Liebe. Trotzdem hatte sie ihn verlassen, weil er angeblich zeugungsunfähig war. Doch war er deswegen etwa kein Mann? Er war jung und im Vollbesitz seiner Kräfte. Außerdem war er ein Überlebenskünstler. Genau wie sein Vater Wladek, der als junger Mann ein Grubenunglück im Bergwerk »Wujek-Śląsk« in Ruda Śląska bei Katowice zwei Motorradunfälle und eine Stichverletzung überlebt hatte.

Am Morgen hatte er sich wertlos und zerschlagen gefühlt und geglaubt, sein Leben sei zu Ende. Doch das Herz war ein Stehaufmännchen, und Adam spürte, wie es seine geschundenen Glieder reckte, um sich wieder zu erheben.

***

Aus dem Garagendunkel tauchte langsam eine abgerissene Gestalt auf, eine Art hinfälliger Robinson, bärtig und zerlumpt, wie sie ihn aus der Fernsehverfilmung des Defoe-Romans aus den sechziger Jahren in Erinnerung hatte, mit Robert Hoffmann in der Hauptrolle.

Hoffmanns Stimme hatte sie damals als junges, pubertierendes Mädchen halb um den Verstand gebracht, die schönste, erotischste Männerstimme, die sie je gehört hatte. Einfach unwiderstehlich. Doch mit Hoffmanns ohrenschmeichlerischem Timbre hatte das Knurren, das ihr aus der Tiefe ihrer schummrig kühlen Garage entgegenkam, nicht das Geringste zu tun.

Vor ihr stand ein heruntergekommener, nach Alkohol stinkender und mit einem verdreckten Gewand und Jesuslatschen bekleideter Typ und blickte sie unter buschigen Brauen an, als sei sie der lang erwartete Erlöser, der ihn nun aus seinem lichtlosen Gefängnis befreien würde.

»Wer sind Sie? Und was machen Sie in meiner Garage?«, rief Brigitte energisch und trat reflexartig einen Schritt zurück. Wie eine Schlange, die unter ihrem Steinversteck hervorschnellt, tauchte die Gestalt aus dem Halbdunkel hervor, strich sich mit den schmutzigen Fingern der rechten Hand behäbig eine dicke Strähne ihres verfilzten, schulterlangen dunkelbraunen Haars aus der hohen Stirn und sagte: »Tja, also ich hab da bloß mal …« Dabei entblößten seine sich öffnenden rissigen Lippen zwei Reihen verfaulter Zähne.

Brigitte trat wieder einen Schritt vor und sagte, mit in Richtung Straße ausgestrecktem Arm: »Sie verschwinden auf der Stelle aus meiner Garage! Und Ihren Plunder da nehmen Sie gefälligst mit. Anderenfalls rufe ich die Polizei.« Hinter dem Penner meinte sie neben ihrer Liege ein Meer aus Flaschen zu erkennen.

Brigitte spürte die Hitze als leichtes Pochen in den Schläfen, wie ein glühendes Schwert hing sie über der Szenerie, schwer und bedrohlich. Zusätzlich meinte sie ein leichtes Zittern in den Kniekehlen zu verspüren. Sie nahm die Sonnenbrille aus dem Haar und setzte sie auf. Sekundenlang hatte sie das Gefühl, wieder mehr Standfestigkeit erlangt zu haben.

Wie sehr sie es hasste, hier draußen, noch dazu im Bademantel, in der prallen Hitze zu stehen. Inzwischen musste die Quecksilbersäule des Thermometers auf obszöne 36 Grad geklettert sein, und sie verabscheute es, ihren Grundbesitz gegen irgendeinen Obdachlosen verteidigen zu müssen, der sie seit paar Minuten anstarrte, als käme sie vom Mond. Was hätte sie in der letzten Viertelstunde stattdessen nicht alles erledigen können?

»Also, was ist jetzt?«, rief sie und trat von einem Bein aufs andere.

»Aber wo soll ich denn hin?«, schallte es zurück. »Bloß noch ein paar Tage, okay? Danke.« Dabei machte der Bärtige Anstalten, die geöffnete Garagentür wieder zuzuziehen.

»Halt, Freundchen!« Brigitte packte geistesgegenwärtig den Griff und riss die Tür wieder auf. »Raus aus meiner Garage! Sofort!« Mit einer schnellen Bewegung packte sie den seitlich an der Wand lehnenden Spaten und hielt ihn drohend in die Höhe. »Raus, sag ich!«, rief sie noch einmal.

»Ja, ja«, antwortete der Fremde. Dann war das dumpfe Klingeln gegeneinanderschlagender Weinflaschen zu hören, gefolgt von einem undefinierbaren Schnarren, Rasseln und Scheppern.

Brigitte spürte, wie ihr Arm unter der Last des in die Höhe gereckten Spatens schwer zu werden begann. »Wird's bald!«, rief sie, »ich warte!«

»Ja, ja«, kam es einsilbig und genervt von drinnen.

Brigitte blickte sich verwundert um und kam sich plötzlich vor wie jemand, der lange fort gewesen war. Die blendend weißen Fassaden der umliegenden Häuser, die davor in der Sonne parkenden Autos und auch alles andere erschienen ihr altvertraut und doch wie neu.

Nun begann ihr Arm zu zittern, und die Muskulatur in ihrer rechten Schulter, auf der das ganze Gewicht des Spatens ruhte, verhärtete sich. »Zum letzten Mal! Raus jetzt! Hauen Sie ab!«, rief sie und nahm den Spaten widerwillig herunter.

»Ja, verdammt«, schallte es aus der Garage. Und dann stand er, mit einem mit Flaschen, einem Schlafsack, Plastiktüten und wahllos hineingestopften Schuhen und Klamotten gefüllten Einkaufswagen vor ihr. »Und wo soll ich jetzt hin?«, sagte er und sah sie vorwurfsvoll an. »Sie benutzen die Garage überhaupt nicht. In den letzten Wochen sind Sie nicht ein einziges Mal hier drin gewesen.«

»Na und? Ob und wann ich meine Garage benutze, ist allein meine Sache«, antwortete Brigitte barsch und sah sich das Gesicht des Mannes genauer an.

Auf ihrer zweiten, kürzeren Amerikareise 1981, dem Jahr vor seiner Ermordung, hatten Martin und sie in den Großstädten, vor allem in New York, immer wieder solche Typen gesehen, die ihre Habseligkeiten in Einkaufswagen durch die Straßen schoben. Im Central Park waren sie mit einem Mann, der sich Ken nannte, ins Gespräch gekommen, der ebenfalls seit langem auf der Straße lebte.

Ken, dessen Alter wegen seines dichten, bis zu den tiefliegenden Augenhöhlen reichenden Vollbarts und der langen, auf dem Rücken zu einem Zopf zusammengeknoteten Haare schwer zu schätzen gewesen war, erwies sich zu ihrer beider Überraschung als erstaunlich beredt und ungewöhnlich gebildet. Ken Shapiro, wie sein vollständiger Namen lautete, hatte als junger Flugzeugingenieur in den Boeing-Werken in Seattle an der Entwicklung der 737–100er-Baureihe, des sogenannten »City Jet«, der 1968 das erste Mal abhob, mitgearbeitet und war Anfang der achtziger Jahre, nachdem er sich beim Kauf mehrerer Grundstücke verspekuliert hatte, arbeitslos geworden. Seine Frau verließ ihn, und Ken ging nach New York, wo er sich eine Zeitlang damit über Wasser hielt, dass er in einem Elektroladen auf der 117. Straße defekte Radios und Fernsehgeräte reparierte.

Martin hatte Ken sofort zum Essen einladen wollen. Brigitte, der das alles viel zu schnell ging, schlug vor, Ken, der ihnen erzählte, er käme jeden Tag in den Central Park, um die Squirls zu füttern, am nächsten Tag wiederzutreffen und erst einmal näher kennenzulernen. Als sie dann tags darauf im Central Park standen, blieb die Bank, auf der Ken gesessen und sich mit ihnen unterhalten hatte, auch nach längerem Warten leer. Und auch als Martin am darauffolgenden Tag, einem regnerischen Montag, alleine in den Central Park ging und Stunden später völlig durchnässt von dort in ihr Hotel zurückkehrte, traf er Ken nicht mehr an.

Martin machte Brigitte heftige Vorwürfe. Sie habe durch ihr dummes Zaudern eine tiefergehende Beziehung zu einem Menschen vereitelt, in dessen zweifellos interessanter Biographie sich auf das Anschaulichste sämtliche Widersprüche der kapitalistischen, gnadenlos auf Siegen und Verlieren abonnierten amerikanischen Gesellschaft spiegelten. Damit hätte sie ihn nicht nur um die Fortsetzung seines Austauschs mit einem Opfer des von ihm zutiefst verachteten Reaganismus, der für ihn in einen Topf mit dem Hitlerismus und dem Stalinismus gehöre, gebracht, sondern auch seinen journalistischen Ehrgeiz im Keim erstickt. Denn er hätte eine Geschichte über diesen Ken schreiben wollen.

»Über einen obdachlosen Amerikaner, der im Central Park Eichhörnchen füttert?«, hatte sie lachend geantwortet. »Das meinst du doch nicht ernst?«

»Warum denn nicht«, hatte Martin seine Idee damals grimmig verteidigt. Schließlich sei die neue Kohl-Administration Reagan und seinem windigen Stellvertreter Bush, einem ehemaligen CIA-Chef, schon bei der ersten sich bietenden Gelegenheit ungeniert in den Arsch gekrochen.

Es hätte für die deutschen Leser durchaus interessant sein können, Reagans neues Brutalo-System, an dem der bereits kräftig bastelte, mal aus dem Munde eines Betroffenen unverschlüsselt erklärt zu bekommen. Doch sie hätte bloß Angst um ihre Urlaubsplanung gehabt. Zuletzt beschimpfte Martin sie als voreingenommene Egoistin, unfähig, sich auf Fremdes einzulassen. Er hatte die Zimmertür hinter sich zugeworfen und sich an der Hotelbar mit Scotch betrunken.

Am nächsten Tag, beim Auschecken, war Martin total aus der Haut gefahren, als man ihnen die angesichts der defekten Klimaanlage und der streichholzschachtelgroßen Schaben, die nachts regelmäßig über sie hergefallen waren, eine vollkommen unangemessene Schlussrechnung präsentierte. Als der Mann an der Rezeption trotz all seiner lautstarken Proteste nicht bereit gewesen war, ihnen einen Preisnachlass zu gewähren, knallte Martin ihm wutschnaubend einen Travellercheck auf das Desk und rächte sich wenig später auf seine Weise.

Er hatte sich in der Toilette aus dem Putzwagen, den das Reinigungsteam dort regelmäßig stehenließ, einen Arm voll Toilettenpapierrollen gegriffen und damit alle drei WCs mit jeweils zwei Rollen verstopft. Als er die Toiletten wieder verließ, das erzählte er Brigitte freudestrahlend, hätten die Spülungen wie die

Niagarafälle gerauscht. Und bei der Vorstellung, wie die Kloschüsseln sich langsam füllten, der Wasserspiegel dramatisch anschwoll und die Wassermassen rauschend und sprudelnd früher oder später auf den Teppichboden schwappten und sich schließlich in Wellen in die Lobby ergossen und das Empfangsdesk umspülten, hatte er sich vor Genugtuung nicht mehr eingekriegt.

Daran musste Brigitte beim Anblick des mit seinem vollgeladenen Einkaufswagen vor ihr stehenden und von der Statur her dem Mann im Central Park nicht einmal unähnlichen Fremden wieder denken. Und als böte sich ihr nach all den Jahren endlich die Chance, ihr damaliges Fehlverhalten wiedergutzumachen, stellte sie den Spaten zurück an die Wand und sagte: »Kommen Sie mit!«

Sie führte den Fremden am Haus vorbei in den großen, rechts und links von mannshohen immergrünen Ligusterhecken begrenzten Garten, deutete auf den von einer dichten Blutbuche beschatteten Swimmingpool, auf dessen blauschillernder Wasseroberfläche vereinzelt Blätter trieben, und sagte mit Blick auf die Brause: »Da können Sie von mir aus duschen. Ich hole Ihnen ein Handtuch und ein Stück Seife.«

***

»Zwodoppelvier, bitte melden«, quäkte es aus der Funksprechanlage. »Zwodoppelvier an Zentrale.«

Auf der Rückbank stöhnte eine ältere Frau, die gestürzt war und sich wahrscheinlich die rechte Hand gebrochen hatte. Ihre Tochter redete beruhigend auf sie ein.

Chris war auf dem Weg ins Rotes Kreuz Krankenhaus am St.-Pauli-Deich. Sie überquerten, vom Rathaus kommend, die Wilhelm-Kaisen-Brücke in Richtung Flughafendamm.

»Zwodoppelvier an Zentrale, was gibt's?«

»Sie sollen Ihren Vater anrufen. Sofort.«

»Meinen Vater?«, erwiderte Chris überrascht.

»Danke, Zwodoppelvier an Zentrale«, sagte Chris und schaltete sich ab. Von hinten erklang wieder das Stöhnen der Verletzten.

»Wir sind gleich da«, sagte Chris mit Blick in den Rückspiegel. Über den Leibnizplatz hinweg ging es in die Osterstraße, von wo aus zwischen den rostbraun geklinkerten Häuserblocks bereits das weiße Krankenhausgebäude mit dem weithin sichtbaren Schornstein zu sehen war. »Nur noch ein paar Meter, dann haben Sie es geschafft.«

Nachdem sie die beiden Frauen an der Pforte abgesetzt hatte, wählte Chris in einer der offenen Telefonkabinen im Innern der Eingangshalle die neunstellige Nummer ihres Vaters in Oldenburg.

»Dein Vater gefallen Kellertreppe«, sagte Wanda im lässigen Tonfall der Kariben. »Wollte große Kiste Nueces de Macadamia, bei Tengelmann gekauft, in Keller bringen, er hat Gleichgewicht verloren, ist gefallen. Kellerboden voll mit Nueces! Dios, mio! So viele Nueces, uberall!«

»Und wie geht es ihm? Ist er verletzt?«, unterbrach Chris ihre Ausführungen, denn, ja, Herrgott noch mal, sie wusste von der Leidenschaft ihres Vaters für Macadamianüsse, wusste aus zahllosen seiner weitschweifigen Lobpreisungen, dass man sie die »Königin der Nüsse« nannte, dass sie gut fürs Herz und die Gefäße seien und dass die Macadamianuss von allen Nüssen das meiste Eiweiß enthalte.

»Ich habe ihn in Sessel gelegt«, sagte Wanda.

»Du hast was?«, rief Chris.

»Er wollte so!«, verteidigte sich Wanda. »Er sagt, ich soll in Sessel helfen, er will das Haus nicht verlassen, kein Krankenhaus! Okay, Leo esta herida. Aber nicht so schlimm. Er sagt, ich dich anrufen. Du sollst kommen!«

»Ist er verletzt? Hat er sich was gebrochen?«, rief Chris noch einmal.

»Sagt nichts. Liegt in Sessel und guckt an Decke. Aber Kellerboden mit Nueces uberall, Dios mio! Uberall! Viel Arbeit.«

»Ruf einen Arzt, sofort, hörst du, Wanda? Einen Arzt! Ist er bewusstlos?«, rief Chris energisch und beobachtete, wie ein mit einem weinroten Bademantel bekleideter Mann in Hausschuhen an ihr vorbeilief und dabei einen Infusionsständer, an dem ein Beutel mit irgendeiner hellen Flüssigkeit hing, hinter sich herzog. »Vielleicht hat er innere Verletzungen.«

»Wenn du willst. Arzt teuer.«

»Wie konnte das nur passieren?«, sagte Chris und blickte dem Alten mit dem Infusionsständer hinterher.

»Nueces de Macadamia schuld. Leo wollte in Keller bringen«, sagte Wanda.

Blöde Kuh, dachte Chris. »Sag ihm, dass ich morgen komme. Und ich melde mich später noch mal. Aber jetzt rufst du auf der Stelle einen Arzt. Hörst du, Wanda? Einen Arzt, also mach schon!«

»Sí, sí«, antwortete Wanda mit zermürbender Trägheit. Dann legte sie auf.

Leo Mahler hatte seinen Lebensmittelpunkt irgendwann unter die Erde verlegt, hinunter in den von ihm selbst ausgebauten Keller, wo er die meiste Zeit schräg gegenüber der mit seinen Foto- und Kriegspostkartenalben beladenen Tischtennisplatte in seinem altenglischen, mit orangebraunem Longlifeleder bezogenen Clubsessel saß, den er eigenhändig und gegen alle Vernunft aus dem Wohnzimmer dort hinuntergeschafft hatte und in dem er Radio hörte, die Nordwest- oder die Oldenburgische Volkszeitung las oder vor sich hindöste.

Chris stellte sich vor, wie ihr Vater angeschlagen in seinem Sessel lag, während Wanda auf allen vieren auf dem Boden um ihn herumkroch und unter Schränken und Truhen grimmig nach von ihr übersehenen Nueces de Macadamia Ausschau hielt.

Sie überlegte, ob sie ihre Mutter in München-Bogenhausen

anrufen sollte, verwarf die Idee aber sofort wieder. Seit sie an der Seite ihres neuen Lebensgefährten Wiener Opernbälle besuchte und ihre alte Oldenburger Dreizimmerwohnung gegen eine komplett sanierte, alarmgesicherte 300-Quadratmeter-Behnisch-Villa im 13. Münchner Stadtbezirk eingetauscht hatte, war ihr das Befinden ihres zunehmend misanthropischen und neuerdings riesige Mengen hochkalorischer Silberbaumgewächsfrüchte vertilgenden Exmannes zweifellos gleichgültig.

Chris hatte ihre Mutter schon damals, als sie noch gemeinsam unter einem Dach lebten, dafür verachtet, wie schamlos und für alle Welt sichtbar sie nach einem Nachfolger für ihren längst abgeschriebenen Ehemann Ausschau hielt. Sie hatte ihren Vater bedenkenlos dem Spott und der Schadenfreude der Nachbarn ausgesetzt, indem sie sich mehrmals in der Woche von wechselnden Männern abholen ließ. Von da an hatte sich ihr Vater immer häufiger in sein unterirdisches Reich verzogen.

Als Chris an ihrem mit heruntergedrehten Scheiben auf dem Bordstein parkenden Wagen ankam, hörte sie die Stimme der Frau aus der Zentrale, die über die eingeschaltete Funksprechanlage fordernd sagte: »Zwodoppelvier, bitte, Zwodoppelvier an Zentrale!«

***

Rolf Kirchner saß in seiner Dortmunder Wohnung und starrte auf die Mattscheibe seines auf einen futuristischen cremefarbenen Standfuß montierten Palcolor-Fernsehers der Marke Loewe.

Vor ihm auf der nachtschwarz funkelnden Glastischplatte standen eine Schale mit Kartoffelchips und eine eiskalte Flasche Jever, an deren dunkelgrüner Außenhaut stecknadelkopfgroße Kondenswasserperlen klebten, die sich langsam auflösten. Im Raum herrschte eine Atmosphäre wie in einer abgedunkelten Sauna.

»Das kann doch nicht wahr sein!«, murmelte Kirchner, balancierte wie in Zeitlupe einen Chip in den Mund und begann mit den Zähnen zu mahlen.

Das gedämpfte Krachen, das seinen Kopf dabei erfüllte, hatte etwas von einem fernen Grollen, so, als drückten in seinen Gehörgängen die Sinneszellen auf den Grundmembranen wie verrückt mit ihren Härchen auf die Deckplatten in den Schneckengängen. Das Resultat war ein sekundenlanger wohliger akustischer Schauer in der eustachischen Röhre, der allerdings nicht über die vielen, schmerzhaft leeren Stunden hinwegtäuschen konnte, die er und seine Kollegen vom SEK im Planungszimmer vor dem laufenden Fernseher zugebracht hatten.

Jeden Moment würde Barbara eintreffen und ihn hoffentlich eine Zeitlang ablenken. Kirchner hatte die junge attraktive Frau, die er, der von jeher ein Faible für alles Italienische hatte, nur Bella nannte, eines Abends an einer Tankstelle kennengelernt.

Barbara Weigand, die als Trainerin in einem großen Fitnessstudio am Dortmunder Cityring-West arbeitete, wollte ihren schwarzen Mitsubishi Colt auftanken, hatte aber den Deckel ihres Tanks nicht aufbekommen. Kirchner, der an der Tanksäule gegenüber neben seinem elf Jahre alten schwarzweißen Opel Diplomat stand und beobachtete, wie sie sich erfolglos mit dem Deckel abmühte, war ihr zu Hilfe gekommen. Und als ihr kurz darauf beim Bezahlen auch noch das Portemonnaie herunterfiel und das Kleingeld unter die Regale rollte, half er ihr beim Aufheben der Münzen und kaufte anschließend zwei Dosen Beck's, die sie in seinem Wagen sitzend leerten. Von da an trafen sie sich regelmäßig, und seit sieben Monaten waren sie ein Paar. Kirchner angelte nach der Schale mit den Kartoffelchips, als er hörte, wie sich Barbaras Schlüssel im Türschloss drehte.

Ein Reporter von Radio Bremen stand auf einer Straße in Huckelriede, unweit des dortigen Busbahnhofs, und kommentierte, während im Hintergrund immer wieder Journalisten und Fotografen aufgeregt durchs Bild liefen, die Situation mit den Worten:

»Der Traum aller Journalisten ist wahr geworden. Die Gangster befinden sich mit den Geiseln in einer Querstraße, etwa zweihundert Meter von hier entfernt. Ich habe den Eindruck, dass der Polizei alles egal ist. Jeder kann hier tun, was er will.«

Kirchner drückte den Off-Button der Fernbedienung, worauf sich die Mattscheibe des Fernsehers schlagartig verdunkelte. Dann warf er die kleine Plastikkonsole in hohem Bogen auf die Couch. Ein paar Sekunden verharrte er reglos und lauschte auf die Geräusche aus der Diele. Die Standuhr auf dem Sideboard zeigte 18 Uhr 56.

Er hatte es am Ende nicht mehr in seinem Büro in der Polizeiwache in der Markgrafenstraße ausgehalten und war regelrecht von dort geflohen. Er hasste es, herumzusitzen und nichts zu tun. Die Gedanken fuhren Karussell in seinem Kopf, und aus der Untätigkeit wurde früher oder später Aggression. Gegen die Kollegen und irgendwann auch gegen sich selbst.

Inzwischen waren die Geiselnehmer anderthalb Tage mit ihren Geiseln unterwegs, und den Kollegen vom MEK-Münster, die am Vortag übernommen hatten, war bislang nicht mehr eingefallen, als ihnen in sicherem Abstand zu folgen. Dazu all die sensationshungrigen Journalisten, die vor der Story ihres Lebens standen und ihnen das eigene zusätzlich schwermachten.

Bei der Vorstellung, dass irgendwo in Gladbeck Angehörige der Geiseln vor dem Fernseher saßen und fassungslos mitansehen mussten, wie die Polizei versagte und das Ganze sich in ein wildes TV-Spektakel verwandelte, schämte er sich, Polizist zu sein und nicht am Tag zuvor in Gladbeck gegen alle Befehle der Einsatzleitung auf eigene Faust gehandelt zu haben.

»Hallo Liebling«, erklang Barbaras helle, freundliche Stimme aus der Diele, und Kirchner wandte den Kopf in ihre Richtung.

Als junger Sonderermittler des LKA Nordrhein-Westfalen hatte er nach wilden Verfolgungsjagden in ihren gewaltsam gestoppten und völlig demolierten Fluchtfahrzeugen blutüberströmte eingeklemmte Männer gesehen. Oder den gebrochenen Blick eines per Kopfschuss hingerichteten türkischen Drogendealers. Eine halb totgeschlagene, anschließend aus dem fahrenden Auto gestoßene ukrainische Prostituierte bei Gelsenkirchen, die er aus dem Straßengraben gezogen hatte, erschütterte ihn damals ebenso wenig wie der Anblick einer nach Tagen aus der Ruhr gefischten Männerleiche. Denn als er sich als junger Mann nach abgeleistetem Wehrdienst und reiflicher Überlegung dazu entschlossen hatte, zunächst die Polizistenlaufbahn und dann die des Sonderermittlers einzuschlagen, da hatte er gewusst, dass so etwas früher oder später auf ihn zukommen musste. Und auch vor Schwerverletzten und womöglich sogar Toten nach Schüssen aus seiner Dienstwaffe in Ausübung seiner Pflicht hatte er sich nicht wirklich gefürchtet, auch wenn er immer gehofft hatte, dass es nie so weit kommen würde. Bis zuletzt hatte Rolf Kirchner jene besondere, ihn antreibende Kraft gespürt, die in der ihm übertragenen Verantwortung und seinen damit verbundenen, ganz besonderen Möglichkeiten als SEK-Mann lag.

Doch als er tags zuvor nach Stunden nervenaufreibender Auseinandersetzungen in seinen Privatwagen gestiegen und weggefahren war, da hatte er zum ersten Mal die Begrenztheit seiner Möglichkeiten gespürt. Man hatte ihn einfach nach Hause geschickt, gedemütigt und beiseitegeschoben. Und genauso fühlte er sich immer noch, auch wenn seitdem fast 24 Stunden vergangen waren. Denn die Geiseln waren weiterhin in der Gewalt der beiden Gangster, und er allein hätte es in der Hand gehabt, es nicht so weit kommen zu lassen.

Barbara legte ihm von hinten zärtlich ihre Arme um den Hals. Und er schloss die Augen.

8

dpa – Basisdienst, Hamburg

Flucht eins – Gangster auf der Flucht –
Geiseln offenbar im Auto

Gladbeck (dpa) – Die Polizei, die den Tatort weiträumig abgeriegelt hatte, ließ die beiden Verbrecher mit den Geiseln ungehindert in dem bereitgestellten Fluchtwagen abziehen.

Mit dem BMW, den sie sich bei einer Delmenhorster Autovermietung namens »Hansa« besorgt hatten, fuhren sie nach einem Abstecher über die B 6 in Richtung Nienburg wieder nach Bremen Zentrum, wo Marion Verwandte besaß und als Mädchen eine Zeitlang die Grundschule besucht hatte.

Als Jugendliche träumte Marion davon, Diätköchin zu werden, und machte nach der Sonderschule eine Lehre in einer Metzgerei. Aber dann wurde sie mit zwanzig schwanger, und ihr Leben nahm über Nacht eine andere Richtung. Als ihre kleine Tochter Leila geistig behindert zur Welt kam, war für Träume kein Platz mehr in ihrem Leben.

Hanusch, wie sie Rösner seit seiner Jugend nannten, war nervös. Die Enden seiner Nerven schienen wegen der Müdigkeit und der ständigen Anspannung zu glühen und auszufransen. Er war total überreizt. Die Kopfhaut juckte, dazu das ständige Sodbrennen von dem vielen Kaffee, den Zigaretten und Tabletten. Ihm war, als schwappe in seinem Innern Salzsäure hin und her. Ein paar Tage weiter so, dachte er, und mein Magen ist am Arsch.

Er hatte von einem großen Ding geträumt, einer Sache, über die alle reden würden. Und nun steckte er mittendrin. Ständig klebten Journalisten mit Kameras und Fotoapparaten an ihnen dran, und als er am Morgen in der Fußgängerzone an einem Kiosk in Vegesack die Schlagzeile der Bildzeitung sah, wusste er, dass sie berühmt waren.

Eines stand fest: Er würde nie wieder dahin zurückgehen, wo er so lange geschmort hatte, in den Bau. Mit dem Gestank von Scheiße und Schweiß und dem Lärm, der von den nackten Wänden widerhallte, es klang wie Kiesel, die in einer Blechbüchse geschüttelt wurden. Eher würde er sich den Colt in den Mund stecken und abdrücken. Einen Bullen in die Birne schießen und ihn vor die Tür legen, damit sie wissen, dass man es ernst meint! Elf lange Jahre im Gefängnis hatten ihn solche Phantasien begleitet. Er hatte davon geträumt, einen Zug entgleisen zu lassen oder einen Richter zu entführen, um vom Staat Geld zu erpressen und sich zu rächen für das, was die Gesellschaft ihm angetan hatte. Seit die Bullen mittags versucht hatten, ihnen in der Autovermietung einen mit einem Peilsender ausgerüsteten Wagen anzudrehen, war sein Hass auf sie noch größer.

Nachdem sie eine halbe Stunde ziellos durch verschiedene Bremer Stadtteile gefahren waren, bemerkte er im Rückspiegel einen hellen Audi, in dem zwei Männer saßen. Er wusste sofort: Bullen! Zivilstreife! »Die Schweine hängen an uns dran!«, rief er und drosselte die Geschwindigkeit.

»Wegen euch ham wer wieder die Bullen anne Hacken!«, rief Degowski, sah sich nach hinten um und stieß dem neben ihm sitzenden Reinhold seinen schweren schwarzen Colt in die Rippen.

Rösner brüllte: »Na wartet, ihr Dreckschweine! Das könnt ihr haben!« Dann suchte er Degowskis Blick im Rückspiegel, nickte ihm kurz zu und packte seinen in der Mittelkonsole liegenden Colt Government.

Hart trat er auf die Bremse und brachte den BMW zum Stehen. Dann stießen sie die Türen auf, sprangen aus dem Wagen und richteten ihre Waffen auf den keine zehn Meter entfernten Audi. Da gab der Fahrer Vollgas und zog den Wagen mit einem riskanten Manöver an ihnen vorbei. Rösner ließ den Arm mit der Waffe sinken und rief dem davonrasenden Wagen hinterher: »Verdammte Dreckschweine!« Und zu Degowski sagte er: »Die wollen uns doch alle bloß verarschen.«

Dieser Steinwald von der Kripo, mit dem er kurz nach sechs vor laufender Kamera von dem türkischen Gemüseladen aus telefonierte, hatte einen ganz vernünftigen Eindruck auf ihn gemacht. Er hatte ihm sogar den Austausch der Geiseln gegen einen auf dem Rücken mit Handschellen gefesselten Beamten in Aussicht gestellt.

Am liebsten hätte er einfach auf die Kripo-Typen in dem Audi losgeballert, schoss stattdessen aber zweimal in die Luft.

Seine Pupillen weiteten sich wie der Verschluss einer Kamera. Kurz überkam ihn das Gefühl, als versuche einer der auf der gegenüberliegenden Straßenseite hinter den parkenden Autos postierten Journalisten, Kontakt mit ihm aufzunehmen. Der Mann lächelte und nickte kurz. Im selben Moment fuhr ihm ein Adrenalinschub in den Magen, als liefe da eine Energieübertragung zwischen ihm und dem Mann. Die waren jetzt alle ganz scharf auf sie. Das konnte man förmlich riechen.

»Uns geht es nur darum, das Leben der beiden Personen, die Sie an Bord haben, zu schützen«, hatte Steinwald am Telefon zu ihm gesagt. »Klar, dass wir nicht zählen«, hatte Rösner ihm geantwortet, aber trotzdem versprochen, sich später wieder zu melden.

Seitdem war eine Dreiviertelstunde vergangen. Auf der gegenüberliegenden Straßenseite parkte der weiße Audi. Sie standen immer noch vor dem Gemüseladen mit Blick auf den Busbahnhof, und Rösner sah die auf ihn gerichteten Kameras der Fernsehteams. Inzwischen konnten sie keinen Schritt mehr machen, ohne dass sie dabei gefilmt oder fotografiert wurden.

»Komm her, du Schwein!«, rief er über die Straße und zielte mit dem Colt auf den Audi. Der Beifahrer hielt ein Fernglas in der Hand. Das konnte er durch die Windschutzscheibe erkennen. »Kommt her, ihr feigen Schweine!«

Gegenüber am Busbahnhof standen zwei Busse mit offenen Türen, und immer wieder stiegen Leute in den Omnibus mit der Nummer 53 ein. Über dem Platz lag eine unwirkliche Stille.

Zeitgleich fuhren die Freundinnen Ines Voitle und Silke Bischoff mit der Straßenbahn der Linie 1 in Richtung Busbahnhof Huckelriede. Dort würden sie, wie jeden Tag, in den Bus der Linie 53 umsteigen. Von der Geiselnahme, über die seit über dreißig Stunden im Radio berichtet wurde, hatten die beiden nichts mitbekommen.

Rösner verspürte Schmerzen in den Beinen und im Rücken vom langen Sitzen am Steuer. Der von Steinwald zugesagte Fluchtwagen kam nicht. Und so fasste er mit Blick auf den Bus einen Entschluss. Natürlich. Er stand ihm klar vor Augen. Der Plan. Und wie alles ablaufen würde.

Er würde sich ohne Worte bei den Bullen Gehör verschaffen. Er würde sie zwingen zu begreifen. Ihnen die Augen öffnen. Es ihnen allen zeigen.

***

Aufgrund einer partiellen Schädigung der Darmschleimhaut und der daraus resultierenden Sepsis war es zu einem Darmdurchbruch und einer Bauchfellentzündung gekommen. Aus diesem Grund hatten die Ärzte beschlossen, Paul trotz aller damit verbundenen Risiken sofort zu operieren. Im Lauf der Operation wurden ihm Teile des erkrankten Darms entnommen. Zudem wurde ein künstlicher Darmausgang, ein Enterostoma, angelegt. Acht Tag später, so die Hoffnung des operierenden Arztes, würde man damit beginnen können, den zum After führenden Schenkel des künstlichen Darmausgangs mit Traubenzuckerlösung zu spülen. Sofern keine Komplikationen auftraten. Doch noch bestand weiter erhöhte Alarmbereitschaft. Das Wort »lebensbedrohlich« nahm den Eltern gegenüber noch niemand in den Mund.

***

Nachdem er eine Zeitlang durch die Bremer Stadtteile geirrt war, lenkte Peter Ahrens seinen Mercedes zum Huckelrieder Busbahnhof. Auf seinem Weg dorthin begleitete ihn das Gerede des RB-1-Moderators, dem die ganze dreiste Geilheit anzuhören war, mit der er seine »Schalten«, wie er die wiederholten Direktschaltungen zu dem Huckelrieder Gemüseladen, vor dem sich die Geiselgangster aufhielten, selbstherrlich zelebrierte.

Immer wieder wurde der Radioempfang unterbrochen, minutenlang waren nur Knistern und Rauschen zu hören. Als er ausstieg, sah er, dass jemand die Dachantenne abgerissen hatte.

Zwei Stunden hatte er in dem kühlen Büro seines Freundes Heiner Werkler in der Östlichen Vorstadt zugebracht und mit ihm die Bildauswahl besprochen, aus der eine Postkartenserie mit Tiermotiven entstehen sollte. Werkler hatte bereits einen Band mit Stadtansichten von ihm veröffentlicht und ihm das Treffen regelrecht aufgenötigt, weil er noch am selben Abend für sechs Wochen nach Amerika flog und die Serie in der Nacht in Druck gehen sollte.

Bereits von weitem sah Ahrens den BMW. Er drosselte die Geschwindigkeit und fuhr im Schritttempo auf den neben dem Bus der Linie 53 auf dem Gelände der Bremer Straßenbahn AG parkenden Wagen zu, stoppte kurz und manövrierte seinen Mercedes auf den Bordstein der gegenüberliegenden Seite.

Er nahm die Canon F-1 Highspeed, hob sie vors Gesicht und richtete sie auf den BMW. Und dann drückte er ab. Der Power-Winder schnurrte. Er blickte durch den Servosucher, in welchem sich Glück, Schrecken, Erlösung und Wahn drängten. Das Ganze wurde untermalt vom Zischeln des Motors, das ihm das Gefühl gab, er schneide wie ein Metzger, der die Salami gegen das rotierende Vollstahlmesser seiner Schneidemaschine drückte, kleine Scheiben von der Wirklichkeit ab. Er liebte diese Jagd nach Bildern so, wie er früher die Jagd nach persönlichen Bestzeiten geliebt hatte.

Bilder, Bilder, Bilder. Welches Bild würde er wohl als letztes sehen, bevor er eines Tages für immer die Augen schloss? Das Gesicht seiner dann erwachsenen Tochter Jasmin, die sich freundlich lächelnd über ihn und sein Sterbebett beugte? Die Risse in einer Zimmerdecke, die unter seinem Starren zu Flussarmen wurden und in ein Delta mündeten? Oder ähnlich wie das Kaninchen, das im Augenblick seines Todes eine erhobene Axt oder den aufgerissenen Fang eines Fuchses sah, Schlafes Bruder, der ihn herüberzog in seine Welt der Schatten?

»Ich bin nicht der Typ, der Bilder stellt. Ich gehe lieber irgendwohin, gucke, was ich sehe, und mache dann meine Bilder.« Mit diesen Worten hatte er seiner Anette einmal zu erklären versucht, wie er seine Arbeit als Fotograf verstand. Das klang einfach und überzeugend. Doch natürlich ahnte Ahrens, dass eines Tages eine Situation entstehen konnte, in der er sehr wohl eine Grenze überschreiten musste, um das zu bekommen, was er wollte.

Kein Zweifel: Das dort drüben waren die Geiselnehmer. Plötzlich zog der Langhaarige eine Pistole hervor, zielte und schoss auf die Seitenscheibe des BMW, brach anschließend größere Glasstücke aus dem Fensterrahmen und öffnete die Türverriegelung.

Etwa eine halbe Stunde zuvor hatte der 15-jährige Emanuele seine kleine Schwester in der Nähe des Busbahnhofs vom Sprachunterricht abgeholt. Seit einigen Wochen erhielt sie, deren karges Deutsch ihre Weiterversetzung gefährdete, Nachhilfe. Und Emanuele, der glaubte, seine Schwester, die auf andere oft einen ängstlichen, unsicheren Eindruck machte, beschützen zu müssen, hatte es sich angewöhnt, sie nach dem Boxtraining, das er deswegen einige Monate zuvor in einem Fitnessstudio in Huckelriede begonnen hatte, bei ihrer Nachhilfelehrerin abzuholen. Anschließend fuhren sie regelmäßig im 53er Bus nach Hause.

Nun saßen sie, genau wie Ines Voitle und Silke Bischoff, die geplant hatten, sich am Abend gemeinsam einen Horrorfilm, den sie sich ausgeliehen hatten, anzusehen, in diesem Bus und warteten darauf, dass der Fahrer die Türen schloss und das Gefährt sich in Bewegung setzte.

»Non avere paura«, sagte Emanuele zu seiner Schwester und legte schützend seinen Arm um ihre Schultern, »du brauchst keine Angst zu haben, es passiert nichts«, weil er spürte, dass sie wegen der sich verzögernden Abfahrt und der Leute, die draußen vor dem Bus wild gestikulierend auf und ab gingen, unruhig zu werden begann. »C'è niente. Stai zitto. Es ist nichts, sei ganz ruhig.«

Ahrens sah die Kollegen von der Presse, die sich in sicherer Entfernung zu dem BMW postiert hatten. Fotografen, Rundfunkreporter, Fernsehteams. Die ganze Meute, dachte er. Dabei war er selbst einer von der Meute. Einer, der mitmischte im Kampf um die besten Bilder. Doch wo lag die Grenze? Wie weit durfte man gehen? Reichte es, wenn man aus sicherer Entfernung in der Rolle des berichtenden, moralisch einwandfreien Beobachters verharrte?

Das erste Opfer des Krieges ist die Wahrheit, hatte der griechische Tragödiendichter Aischylos schon 500 Jahre vor Christus beklagt. Ahrens war irgendwann in einer von Jay Ullal fotografierten Stern-Reportage des von ihm ebenfalls bewunderten und 1982 im Libanon in Ausübung seiner Arbeit gestorbenen Reporters Martin Andernach auf das Zitat gestoßen und hatte es nie wieder vergessen. Das erste Opfer des Krieges ist die Wahrheit. Das klang gut und gebildet und stimmte ja auch irgendwie. Doch wenn er mit seiner Kamera unterwegs war, um für AP oder sonst wen Bilder zu machen, dann waren Aischylos und sein schöner Satz weit weg. Dann zählte nur der beste Schuss, das exklusive Bild.

Bereits seit einigen Minuten studierte Ahrens die beiden Geiselgangster und ließ seinen Blick nun ganz langsam über Rösners ärmelloses schmutziggelbes T-Shirt, seine tätowierten Hände und Arme und weiter hinauf auf sein von einem struppigen Vollbart umrahmtes Gesicht wandern. Zwischen Rösners Lippen klemmte eine beim Sprechen auf und ab wippende Zigarette, und seine dunklen, unter buschigen Brauen etwas zurückliegenden Augen wirkten trotz der langen Anspannung erstaunlich klar. In der Hand hielt er eine Pistole.

Rösner, der ihn bemerkte, winkte ihn plötzlich zu sich herüber. Lässig wie jemand, der einen nach dem Weg fragen will.

***

»Wir müssen für ihn beten«, sagte Amina und sah Thomas Bertram, der neben ihr auf der Bettkante saß, auffordernd an. Sie faltete die Hände vor der Brust. Ihre Pupillen hatten sich so sehr geweitet, dass das Weiß in ihren Augen fast verschwunden war.

»Beten?«, erwiderte Bertram. »Als ob das helfen würde.«

Seit der Begegnung mit der OP-Schwester fühlte er sich wie ein wildes Tier, auf das man Betäubungsspritzen abgefeuert hatte. Das nasskalte Hemd klebte auf der Haut. An seinen Armen schienen kleine Gewichte zu hängen, und sein Gesicht brannte, als sei es mit Dutzenden unsichtbar züngelnden Flämmchen überzogen. Ein paarmal strich er sich deswegen hektisch über beide Wangen und über die Stirn, doch hinterher brannte es genau wie zuvor.

Wann habe ich das letzte Mal gebetet? Bertram konnte sich nicht erinnern. Das musste in Hirschhorn gewesen sein. Anlässlich seiner Erstkommunion wahrscheinlich. Seine Mutter hatte Tränen der Rührung in den Augen gehabt, als er dem Pfarrer das Vaterunser nachsprach. Er aber hatte die ganze Zeit nur mit dem steifen Kragen seines neuen weißen Hemdes zu kämpfen gehabt, der ihm am Hals die Haut wundscheuerte.

»Was ist denn mit deinem Gesicht?«, fragte Amina genervt.

»Es brennt«, antwortete Bertram so kühl, als beleidige ihn ihre Frage.

»Dann tu doch was dagegen.« Sie tauchte kurz aus ihrer Andacht auf, um sich mit dem Handrücken ihrer rechten Hand über die Stirn zu wischen. Dann faltete sie wieder ihre Hände und schloss die Augen.

Bertram konnte sich leicht ausmalen, um was sie den sogenannten Allmächtigen in ihrer Anrufung bat, und faltete aus Solidarität mit ihr nun ebenfalls die Hände. Dabei hielt er diesen ganzen Glaubenskram, seit er denken konnte, für einen Witz. Und spätestens als er den Hirschhorner Pfarrer, der ihm schon im Kommunionsunterricht mit seinem Getue auf die Nerven gegangen war, zufällig dabei beobachtete, wie er in der Sakristei in großen Schlucken Messwein aus der Flasche trank und anschließend ungeniert rülpste, konnte der ihm mit seinem ganzen Gerede von Zucht und Ordnung und den Augen des Herrn, die unentwegt auf einen gerichtet seien, um einen auf dem steinigen und von sündigen Verlockungen dichtgesäumten Pfad der Tugend zu begleiten, gestohlen bleiben.

Bertram, der sich seinen Sohn lange als eine winzige, ständig alarmierte Raupe vorgestellt hatte, die sich zusammengerollt in Aminas Bauch im Finstern verbarg, und später als eine Art Alien, wie man ihn angeblich 1947 im amerikanischen Roswell geborgen hatte, nachdem über dem dortigen Luftwaffenstützpunkt ein UFO abgestürzt sein sollte, glaubte nicht an diesen ganzen Hokuspokus. Er wollte lieber auf die Fähigkeiten des zuständigen Chirurgen vertrauen und darauf, dass Paul aus dem gleichen Stoff gemacht war wie er selbst: nämlich dem robusten Holz einer Odenwälder Blautanne, die nicht gleich beim erstbesten Windstoß einknickte. Denn daran, dass bereits ein paar demütig zum Himmel hinaufgeschickte Worte genügen sollten, um die höheren Mächte davon zu überzeugen, dass Pauls Weg, anders als es im Moment den Anschein hatte, nicht ins Dunkel des Nichts, sondern vielmehr ins helle Licht führen sollte, daran konnte Thomas Bertram beim besten Willen nicht glauben. Und so löste er entschlossen seine eben noch gefalteten Hände und seufzte, von einer plötzlichen Unruhe gepackt: »Jetzt könnten sie uns aber wirklich langsam mal sagen, was los ist.«

***

In der abgedunkelten Wohnung musste irgendwo ein Fenster offenstehen, denn als sie die Tür ihres kleinen Arbeitszimmers öffnete, wirbelten, vom fauchend hereindringenden Luftzug erfasst, zahllose Manuskriptseiten wie riesige Papierschmetterlinge von der Tischplatte ihres Schreibtischs auf und verteilten sich, noch ehe Brigitte die Tür hinter sich ins Schloss gedrückt hatte, im ganzen Raum.

Normalerweise beschwerte sie die einzelnen Papierstöße, die sie beim Arbeiten griffbereit neben der Schreibmaschine liegen hatte, mit besonders schönen Basalt- oder Tuffsteinen, die sie von ihren Streifzügen ins Bergische Land mit nach Hause brachte. Weshalb dieser Stoß allerdings derart ungesichert dagelegen hatte, war ihr ein Rätsel.

Bei den auf dem Boden verteilten Blättern handelte es sich, wie sie nun erkannte, um die Abschrift des Interviews, das sie kürzlich dem Hamburger Büchermagazin »Romantische Bücherecke« gegeben hatte.

Eine junge Journalistin hatte sich telefonisch angekündigt und ein paar Tage später vor ihrer Tür gestanden. Brigitte hatte sich, nachdem sie das Interview nach über drei Stunden beendet hatten, ausbedungen, eine Abschrift davon zu erhalten, bevor es veröffentlicht wurde. Und keine Woche später hatte ein packpapierbrauner Umschlag des Magazins in ihrem Briefkasten gelegen. Ärgerlich ging sie auf die Knie und klaubte die Blätter zusammen.

Seit ihrer Begegnung mit der jungen Redakteurin der »Romantischen Bücherecke« hatte Brigitte keinen Gedanken mehr an das

Interview verschwendet. Doch wie sie nun so auf dem Boden saß (obwohl sie doch ins Haus gegangen war, um dem Fremden ein Handtuch und ein Stück Seife zu holen), hielt sie den Papierstapel in das spärlich, zum nicht ganz abgedunkelten Fenster hereindringende Licht und begann das Geschriebene zu überfliegen:

Romantische Bücherecke: Könnten Sie uns ein wenig von sich selbst erzählen? Wie sieht Ihr alltägliches Leben aus, Ihr Alltag?

Marie Collier: Mein Alltag ist ziemlich unspektakulär. Ich lebe zurückgezogen in meinem Kölner Haus und schreibe. Manchmal fahre ich mit dem Auto ins Bergische Land, wo ich ausgedehnte Spaziergänge unternehme. Doch die meiste Zeit sitze ich am Schreibtisch.

RB: Sie sind eine der bekanntesten Romance-Schriftstellerinnen in Deutschland. Was hat Sie dazu veranlasst, Liebesromane zu schreiben?

Marie Collier: Ich begann mit dem Schreiben, als ich noch einem sogenannten bürgerlichen Beruf nachging. Doch irgendwann war das Unbehagen an meinem Arbeitsalltag so groß geworden, dass ich anfing, nach einer Alternative Ausschau zu halten. Und dann begegnete mir eines Nachts eine junge französische Adlige namens Mireille im Traum, deren Geschichte mich nach dem Aufwachen nicht mehr losließ. Bis ich beschloss, sie aufzuschreiben. Zu jener Zeit verkauften sich historische Liebesromane bereits sehr gut. Ich hatte noch nie einen Liebesroman gelesen, aber als ich in eine Buchhandlung ging, um herauszufinden, was man unter einem Liebesroman verstand, stachen mir die endlosen Regalreihen voller Liebesromane ins Auge. Ich kaufte mir ein paar, las sie und war fasziniert. Ich dachte mir, das kannst du auch.

So ein Unsinn, dachte Brigitte gelangweilt und hörte auf zu lesen, weil sie glaubte, von draußen die Stimme des Fremden gehört zu haben, der ihre Rückkehr erwartete. Sie schob die Seiten flüchtig ineinander und erhob sich, legte den Stapel auf den unter dem Bücherregal stehenden Eames Lounge Chair von Vitra, den sie sich von ihren ersten Honoraren geleistet hatte, zog ein Buch heraus und beschwerte ihn damit. Die Journalistin hatte ihr für die Überarbeitung des Interviews eine Frist gesetzt, da es in der Oktoberausgabe der »Romantischen Bücherecke« zur Frankfurter Buchmesse erscheinen sollte.

Martin hatte sie auf ihre erste Messe Anfang der siebziger Jahre nach Frankfurt begleitet, aber schon am zweiten Tag bloß noch Verachtung für die gesamte Verlagsbranche übriggehabt. Dabei hatte er selbst eine Zeitlang mit dem Gedanken gespielt, seine Reportagen einem Verlag anzubieten. Als er sich nach langem Zögern dann endlich dazu entschlossen hatte, ausgewählte Arbeiten als Sammelband beim Rowohlt Verlag zu veröffentlichen, machte sein plötzlicher Tod dieses Vorhaben zunichte.

Das Buch hätte trotz allem und mit einem Vorwort von Hans-Dietrich Genscher, den Martin mehrfach auf seinen Auslandsreisen begleitet und mit den ihn am Ende eine Art Freundschaft verbunden hatte, ein Jahr nach seinem Ableben erscheinen sollen. Doch Brigitte, die nun an seiner Stelle eine Textauswahl hätte vornehmen sollen, war einfach nicht dazu fähig gewesen. Seither lagerten Martins Texte gemeinsam mit den Belegheften seiner gedruckten Artikel in einem großen, festverschnürten Karton im Keller.

Sie zog die Tür ihres Arbeitszimmers hinter sich zu und lief hinüber ins Badezimmer, um ein Handtuch und ein Stück Seife zu holen, hielt aber inne, als sie wieder, und nun um einiges deutlicher, die Stimme des Fremden aus dem Garten vernahm: »Hallo? Hallo? Sind Sie da drin?«

***

Marc starrte bereits seit einigen Minuten auf den im Halbdunkel der Wohnzimmerecke auf dem Rollgestell stehenden Fernseher.

Er musste an die Sendung »Das Millionenspiel« denken, die er als Zehnjähriger gesehen hatte. In der Fernsehshow musste sich ein Kandidat eine Woche lang gegen einen ihm nach dem Leben trachtenden Auftragskiller behaupten, um den Hauptpreis in Höhe von einer Million D-Mark zu ergattern. Die Bevölkerung war von dem Moderator dabei ausdrücklich dazu aufgerufen worden, entweder dem Gejagten zu helfen oder ihn seinen Verfolgern in die Hände zu spielen. Noch während der Ausstrahlung der Sendung waren zahllose Anrufe irritierter oder erboster Zuschauer bei den Rundfunkanstalten eingegangen, die glaubten, Zeuge einer realen Menschenjagd zu sein.

Auch Marc hatte damals nicht begriffen, dass es sich bei dem Ganzen um ein Spiel, eine Inszenierung handelte, und sich vor dem Fernseher gefürchtet, wenn die Köhlerbande auf den um sein Leben laufenden Lotz schoss.

Seit einer halben Stunde verfolgte Marc die Berichte und Live-Schaltungen in die Bremer Innenstadt. Das Ganze machte ihm Angst, übte aber zugleich eine unerklärliche Faszination auf ihn aus. Weshalb konnten zwei Schwerverbrecher ungehindert von der Polizei am helllichten Tag durch Bremen laufen und dabei auch noch Fernsehinterviews geben? Wie war das möglich? Und was war mit den beiden Geiseln?

Die Lage schien weiter unklar, und die Geiseln befanden sich unverändert in der Hand der Verbrecher.

Marc sah seinen Vater plötzlich in seinem Ohrensessel sitzen und sagte: »Ich habe dich gar nicht reinkommen hören. Seit wann sitzt du denn schon da?«

»Ich bin gerade gekommen«, antwortete sein Vater und steckte sich eine Reval an. An der Hand, mit der er die Zigarette hielt, klebte Wagenschmiere.

»Das da ist doch unglaublich«, sagte Marc und zeigte auf die Mattscheibe. »Wieso unternimmt die Polizei denn nichts?«

»Die wissen nicht, was sie tun sollen«, antwortete sein Vater und blies den bläulichen Rauch ins Halbdunkel. Zwischen den nicht ganz geschlossenen Fensterläden floss ein breiter Streifen Licht herein und malte einen leuchtend hellen Strich auf die abgewetzten Holzdielen. In sich auflösenden Schleifen schwebte der Zigarettenrauch ganz langsam in die Lichtbahn.

»Wie lange wollen die denn noch tatenlos zusehen? Bis die Geiseln tot sind?«, rief Marc und verfolgte, wie die Gangster die beiden Geiseln mit vorgehaltenen Waffen in einen Bus dirigierten.

»Jetzt kidnappen die einen Bus«, sagte Marc. Er nahm allen Mut zusammen, wandte sich zu seinem Vater um und sagte: »Ich muss dir was sagen.« In seinen Satz hinein läutete das Telefon. Marc ging in die Diele und griff zum Hörer. »Ja, hallo?«, sagte er.

Niemand antwortete. Nur ein leises Klicken oder Rumoren war zu vernehmen.

»Hallo? Wer ist denn da?«, sagte er nun energischer. Nun hörte er jemanden ausatmen. »Hallo? So sagen Sie doch was.« Es folgte ein tiefes, langgezogenes Seufzen, dann wurde aufgelegt.

Marc blickte in den Garderobenspiegel, aus dem ihn sein Ebenbild anstarrte wie eine Maske. Dabei hielt er den Hörer, aus dem das Besetztzeichen erklang, weiter ans Ohr gepresst. Er musste an sein brennendes Moped denken. Und bekam Angst.

***

»Thomas«, sagte Amina und sah ihn irritiert an. »Schläfst du etwa?«

»Nein, nein, natürlich nicht«, schnaufte er und schlug die geröteten Augen auf, »ich hab nur mal kurz die Augen zugemacht.«

Im selben Moment öffnete sich die Zimmertür, und die grün gekleidete OP-Schwester, mit der Bertram gesprochen hatte, trat an Aminas Bett. »Die Operation ist insgesamt gut verlaufen«, sagte sie. »Allerdings hat die Sepsis ihren Sohn stark geschwächt. Es wurden Teile des Darms entfernt und ein künstlicher Ausgang gelegt. Um es klar auszudrücken: Ihr Sohn kämpft weiter um sein Leben. Es tut mir leid, dass ich Ihnen nichts anderes sagen kann.«

Amina griff nach Bertrams Hand, drückte sie ganz fest und sagte: »Können Sie uns sagen, wie seine Chancen stehen? Wird er es schaffen?« Hilfesuchend blickte sie die Frau an. Bertram erwiderte ihren Händedruck.

»Haben Sie bitte Verständnis dafür, dass ich mich nicht zu Prognosen hinreißen lasse«, antwortete die Schwester. »Jeder Organismus reagiert anders auf eine Blutvergiftung, und Ihr Sohn ist inzwischen sehr geschwächt. Hinzu kommt die Belastung durch die Operation. Ich weiß, wie Sie sich jetzt fühlen. Ich kann Ihnen leider nichts anderes sagen. Die nächsten Stunden sind entscheidend. Wenn es Ihrem Sohn gelingt, sich rasch zu erholen, hat er Chancen, zu überleben.«

Amina suchte Bertrams Blick und drückte wieder seine Hand. Und nachdem die Schwester das Zimmer verlassen hatte, packte sie sie noch fester. »Ich habe solche Angst, Thomas«, sagte sie so kraftlos, als beginne auch aus ihr das Leben langsam zu entweichen. »Was machen wir, wenn er stirbt?«

»Ich weiß es nicht«, sagte er und blickte ihr fest in die Augen. »Ich weiß es nicht. Aber so weit wird es nicht kommen. Das verspreche ich dir.« Dann löste er seine Hand vorsichtig aus ihrem Griff, erhob sich und sagte: »Ich bin gleich wieder da.«

»Aber wo willst du denn hin?«, sagte sie und sah ihn überrascht an.

»Mir ist was eingefallen«, antwortete er und lief aus dem Zimmer. Auf der Toilette zog er die zerdrückte Bildzeitung aus dem Abfalleimer, strich sie auf dem Oberschenkel glatt und lief damit zurück in Aminas Zimmer.

»Was soll das denn jetzt werden?«, fragte sie irritiert, als er sich auf dem Besucherstuhl niederließ, seine Aktentasche öffnete und seinen Schreibblock und den Kugelschreiber herausnahm. Die zerknitterte Zeitung lag aufgeschlagen vor ihm auf dem Boden.

»Arbeiten«, sagte Bertram und begann sogleich sich Notizen zu machen.

»Du willst hier arbeiten? Sag mal, spinnst du?« Dann wandte sie sich um, packte das zerdrückte Kopfkissen und boxte wütend hinein, um es in seine alte Form zu bringen.

»Wir können doch sowieso nichts anderes tun als warten. Außerdem erwartet Maibach, dass ich in der Geiselsache aktiv werde.«

»Was für eine Geiselsache? Wovon redest du?«

Bertram hielt ihr die Titelseite der Zeitung hin.

»Ich bin ganz starr vor Angst und weiß überhaupt nicht mehr, was ich denken soll. Und du, du schlägst hier seelenruhig dein Büro auf. Was bist du bloß für ein Mensch?« Sie fuchtelte mit den Händen, als winke sie unsichtbare Helfer herbei, die Bertram in seinem in ihren Augen völlig absurden Ansinnen stoppen sollten. Dann drehte sie sich um und begann zu schluchzen.

»Komm, bitte nicht«, sagte Bertram, legte Block und Stift auf den Tisch, erhob sich und setzte sich auf die Bettkante. Dann legte er ihr seine Hand auf die unter ihrem Schluchzen vibrierende Schulter und sagte: »Meinst du vielleicht, mich lässt das kalt? Ich versuche mich abzulenken, um nicht verrückt zu werden und dauernd daran zu denken, was wäre, wenn. Also arbeite ich. Das hab ich immer so gemacht. Schon als Junge habe ich angefangen, mir komplizierte Rechenaufgaben auszudenken, wenn zu Hause dicke Luft war. Wir sollten versuchen, Ruhe zu bewahren, okay? Auch wenn das verdammt schwer ist, hm?« Er strich ihr zärtlich von der Seite mit der Hand über die Wange.

»Ich weiß nicht, was ich tun soll, wenn er stirbt«, sagte sie. »Wie ich dann weiterleben soll.«

Bertram konnte den Geruch ihrer seit Tagen ungewaschenen Haare riechen und schloss die Augen. Er sog ihn tief in seine

Lungen ein und stellte sich vor, wie im selben Moment der Sauerstoff von den Lungenbläschen an die Kapillaren und im Gegenzug das Kohlenstoffdioxid aus den Kapillaren an die Bläschen abgegeben wurden. Wie ihn dieses ständige Geben und Nehmen am Leben hielt. Ihn. Amina. Und hoffentlich auch ihr Kind.

***

Adam dachte an Martha, dann an Chris, die er so bald wie möglich wiedersehen wollte. Es war ein starker Wunsch, den er beinahe körperlich spürte. Unmittelbar nach Dienstschluss würde er sie von der erstbesten Telefonzelle aus anrufen. Und danach Karoly, um ihm von ihr zu erzählen. Wie sie sich im Dom begegnet waren, wie sie etwas zusammen getrunken hatten und dass sie ihm ihre Telefonnummer gegeben hatte. Mit der Hand für ihn auf die Rückseite einer fremden Visitenkarte geschrieben.

In wenigen Minuten war seine Halbspätschicht zu Ende. Adam unterhielt sich wieder mit Borgward, dem Englischlehrer, der seit ein paar Wochen regelmäßig mittwochs kurz vor sieben in Bremen-Mitte zustieg und bis zur Endstation Huckelriede mitfuhr. Beim letzten Mal hatte der versprochen, ihm ausrangierte Schulbücher in englischer Sprache mitzubringen. Denn Adam hatte ihm aus einer Laune heraus erzählt, dass er Lust hätte, Englisch zu lernen.

Sie waren etwa sechs Wochen zuvor das erste Mal miteinander ins Gespräch gekommen, weil Borgward, der offenbar alleine lebte und noch nicht lange in Bremen war, ihn plötzlich beim Bezahlen seines Fahrscheins danach fragte, in welche Kneipen man wohl in Bremen-Neustadt am besten ging, um eine Frau kennenzulernen.

Wie er so vor ihm stand, schütteres kastanienbraunes Haar, kantiges, vorspringendes Kinn und engstehende, nicht sehr große Augen, hatte er auf Adam einen unglücklichen Eindruck gemacht. Und Adam, der mit Martha meist in ihre Lieblingskneipe, ins »Dandy« in der Sögestraße gegangen war, hatte ihn, ohne weiter zu überlegen, einfach dorthin geschickt.

Alfred Borgward unterrichtete in einer Berufsschule in Bremen-Mitte Englisch und erzählte ihm auf ihrer zweiten gemeinsamen Fahrt, dass er wegen seiner kürzlich verstorbenen, elf Jahre älteren Schwester nach Bremen gekommen sei, deren kleine Wohnung er unerwartet geerbt hätte. Eines Morgens hätte er, damals noch in Frankfurt, überrascht und mit einem unguten Gefühl den Brief eines Bremer Notars aus seinem Briefkasten gezogen. Doch dann erwies sich dessen Inhalt für ihn als unerwartete Chance, denn mit Frankfurt sei er, O-Ton Borgward: »fertig gewesen«. Die Stadt hätte ihn am Ende bloß noch angeödet.

Adam hatte wortlos zugehört und ein paarmal zustimmend genickt. Borgward war ihm auf Anhieb sympathisch gewesen.

»Ich habe heute auch etwas für Sie«, sagte Borgward, der mit der einen Hand eine von der Decke hängende Halteschlaufe umfasst hielt und dabei vielsagend mit der anderen auf seine Aktentasche klopfte, die, an einem Ledergurt befestigt, von seiner Schulter hing.

Nicht ganz sieben Kilometer Luftlinie von Bremen-Mitte entfernt, kehrte Chris Mahler von ihrer Ferntour nach Rotenburg zurück. Am Ende hatte sie 183 Mark auf der Uhr gehabt. Sie war bereits in Obervieland.

Nach ihrer Fuhre mit der gestürzten Rentnerin ins Rote-Kreuz-Krankenhaus an den St.-Pauli-Deich war sie per Funk in die Hamburger Straße geschickt worden. Dort war nach mehrmaligem Läuten der Türglocke der Hausnummer 136 ein schwarzgekleideter Mann zu ihr in den Wagen gestiegen, der einen ebenfalls schwarzen ultraflachen Koffer bei sich trug. Nachdem er sie als Erstes gebeten hatte, an sämtlichen Türen die Verriegelungsknöpfe herunterzudrücken, nannte er ihr als Fahrziel Rotenburg, platzierte den Koffer neben sich flach auf dem Sitz und schwieg. Aus dem Augenwinkel konnte Chris sehen, dass der Koffer mit einer Handschelle und über eine massive Stahlkette am linken Handgelenk des Mannes befestigt war.

»Was soll 'n das hier werden?«, hatte Chris gefragt, als er sie bat, die Türen zu verriegeln. Ohne eine Miene zu verziehen, hatte der Typ geantwortet: »Achten Sie doch einfach auf den Verkehr.« Am liebsten hätte sie auf der Stelle eine Vollbremsung hingelegt und gesagt: »Aussteigen, aber sofort.« Doch die Vorstellung, damit womöglich einen dreistelligen Betrag in den Wind zu schießen, behagte ihr noch weniger, und sie biss kurz auf die Zähne.

Genau wie ihre Kollegen hoffte Chris auf Ferntouren, die auf einen Schlag eine größere Summe in ihre Kasse spülten und den schnellen Wechsel zu- und aussteigender Fahrgäste eine Zeitlang unterbrachen. Und hin und wieder ergaben sich auf solchen Touren ganz nette Unterhaltungen. Die Fahrgäste, die Taxen für Ferntouren bestellten, unterschieden sich in aller Regel deutlich von dem Publikum, das sonst in den Wagen stieg. Ihr stummer Gast aber war ihr nicht geheuer.

Während sie die Dörfer und Landstriche der Geestlandschaft am Westrand der Lüneburger Heide in Richtung Rotenburg durchfuhren, sprach er kein Wort. Einmal, auf der Bundesstraße, bat er sie, langsamer zu fahren. Später beklagte er sich ein paarmal über die Hitze im Wagen, untersagte ihr aber trotzdem ausdrücklich, die Scheiben herunterzukurbeln.

Irgendwann hatte er ihr eine Audiokassette hingestreckt und gesagt: »Schieben Sie die mal rein.« Widerwillig war Chris seiner Bitte gefolgt. Doch als dann zu ihrer Überraschung Andreas Vollenweider erklang, den sie mochte, seine Platte »Caverna Magica« hatte sie vor Jahren dauernd gehört, kamen alte Erinnerungen in ihr hoch, und sie lenkte den Wagen halbwegs beschwingt durch das honigfarbene Spätnachmittagslicht der niedersächsischen Moorlandschaft.

Als sie die Wümme überquerten und von der Bundesstraße kommend in die Stadt hineinfuhren, wurde der Fremde gesprächiger und dirigierte sie mit knappen, aber präzisen Anweisungen in Richtung Flugplatz. »Sie müssen in Richtung Stuckenbostel.« Kurz bevor sie, inzwischen den Schildern folgend, den Flugplatz Rotenburg (Wümme), der sich auf dem ehemaligen Militärflugplatzgelände befand, erreichten, schnippte er einmal kurz mit den Fingern und sagte: »Die Kassette!«

Die ganze Fahrt über hatte Chris immer wieder prüfend zuerst in den Rück- und dann in den Seitenspiegel geschaut, so als müsste jeden Moment ein Motorrad aus dem Windschatten eines LKW neben ihnen auftauchen, auf dem hinter dem Fahrer ein Vermummter mit einer auf sie gerichteten Pistole saß. Deshalb war sie froh, als der Unbekannte nach einer guten Stunde endlich aus dem Wagen stieg und ihr zwei nagelneue Einhundertmarkscheine hinhielt. Sie war missbraucht und zum Opfer gemacht geworden. Und wie alle Opfer rechnete sie damit, früher oder später erneut zum Opfer zu werden.

»Was ist mit Ihrer Quittung?«, rief sie ihm durchs offene Fenster hinterher. Daraufhin drehte er sich um, hob mit der linken freien Hand seine Sonnenbrille, über deren Gläser durch die Bewegung kleine Lichtblitze huschten, kurz an und sagte, ohne auf ihre Frage einzugehen: »Stimmt so. Bis zum nächsten Mal, Zwodoppelvier!«

Alfred Borgward hatte gewartet, bis alle anderen Fahrgäste ausgestiegen waren. Dann verfolgte er, wie Adam seine auf der Ablage unterhalb der Frontscheibe liegende Tasche griff, seine Sachen hineintat und wieder schloss. Bevor er sich von seinem Sitz erhob, schob er die grüne Sonnenblende hoch.

Nun würde er Adam die drei druckfrischen Englischbücher, die er in einem unbeobachteten Moment in der Schulbibliothek kurzentschlossen unerlaubt an sich genommen hatte, überreichen. Doch dazu kam es nicht. Denn plötzlich ging alles sehr schnell. Ein Mann, offenbar ebenfalls Busfahrer, stürmte in den Bus, rief mit aufgeregter Stimme: »Komm schnell!«, und zog Adam an dem verdutzten Borgward vorbei hinaus.

Vor dem in etwa 50 Metern Entfernung stehenden Linienbus mit der Nummer 53, neben dem ein großer BMW mit eingeschlagenen Seitenscheiben stand, hatte sich eine Gruppe versammelt.

Reglos starrte Borgward hinüber, wo sich plötzlich ein Mann mit vorgehaltener Waffe schreiend aus der Gruppe löste. O Gott, dachte Borgward erschrocken, und dabei wanderte seine Hand zu der Aktentasche, die er sich wie ein Schutzschild vor den Bauch schob.

***

Beim Gang vom Gäste-WC, wo sie ein Handtuch und ein Stück CD-Seife aus dem Schränkchen neben dem Waschbecken nahm, zurück zur Haustür, die sie beim Hereinkommen offenbar nicht zugemacht hatte, deshalb also der Durchzug im Arbeitszimmer, fiel Brigittes Blick auf ein schmales Briefbündel, das zusammengepresst oben aus dem engen Schlitz des Briefkastens herausschaute. Dabei dachte sie erstaunt: Dass mir das noch nie aufgefallen ist. Denn obwohl Martin inzwischen sechs Jahre tot war und schon lange keine Post mehr für ihn kam, stand noch immer sein Name mit auf dem Briefkastenschildchen. FISCHER/ANDERNACH.

Sie öffnete den Briefkasten und nahm die Briefe heraus. Sie ging die Adressaten kurz durch und stockte. Denn zwischen der Einladung einer Galerie in der Südstadt, einem Schreiben ihres Kfz-Versicherers, der natürlich Geld wollte, was sonst, der Werbung einer landesweit bekannten Optiker-Kette – Für Ihre neuen Mehrschichtgläser gibt's bei uns das Gestell natürlich umsonst dazu – und dem packpapierbraunen Umschlag eines Theaterverlags in Frankfurt, bei dem sie sich die Kopie eines Stücks der US-Dramatikerin Wendy Wasserstein bestellt hatte, befand sich ein Brief von Martins zwei Jahre älterer und seit Jahren in Spanien, irgendwo zwischen Tarragona und Barcelona lebenden Schwester Marianne.

Ein Brief von Marianne?, dachte Brigitte überrascht. Was will die denn von mir? Sie besah sich die Absenderadresse, Marianne Andernach, Carrer de Pau Casals 16, E-43 880 El Vendrell, España, und sofort hatte sie das Bild der zierlichen, energischen Person vor Augen: das runde, von zwei weit auseinanderstehenden grünbraunen, seltsam verschleiert wirkenden Augen dominierte Gesicht mit dem kurzen Kinn, der sinnlichen fleischigen Unterlippe und der ungewöhnlich hohen Stirn, an die der Ansatz ihres kastanienbraunen, schulterlangen Haars grenzte wie der einschneidende Gummi eines engsitzenden Baretts.

Brigitte war Marianne Andernach höchstens ein Dutzend Mal begegnet, und sie waren nie warm miteinander geworden. Das letzte Mal hatte Marianne sie kurz vor Martins Abflug in den Libanon im Sommer 1982 in Köln besucht. Sie war damals auf der Weiterreise nach Griechenland, auf die Nördlichen Sporaden, gewesen, wohin sie ihre geologischen Ausgrabungen führten, die sie damals noch für das Institut für Geowissenschaften der Universität Frankfurt betrieb. Es war zu einem heftigen Streit zwischen ihnen gekommen, weil Marianne ihren Bruder damals gegen ihren ausdrücklichen Wunsch, dies nicht zu tun, darin bestärkt hatte, seinen ursprünglich auf zehn Tage begrenzten Aufenthalt in Beirut auf mehr als drei Wochen auszuweiten. Vierzehn Tage später war Martin tot.

Brigitte schob den Brief nachdenklich in die Tasche ihres Pyjamas, stopfte den Umschlag des Verlags aus Frankfurt und das Schreiben der VHV zurück in den Briefkasten, schloss wieder ab und bückte sich nach dem Handtuch, auf dem die Seife lag.

»Da sind Sie ja endlich«, schallte es vorwurfsvoll hinter der

Ligusterhecke hervor, und im nächsten Moment stand wieder der Bärtige aus der Garage vor ihr. »Ich dachte schon, Sie wären abgehauen.«

»Und wenn es so wäre«, blaffte Brigitte zurück. »Das ist mein Haus und mein Grundstück. Und wenn Sie weiter so unverschämt daherreden, hole ich die Polizei!« Fast hätte sie »du Penner« hinzugefügt, konnte sich im letzten Moment aber noch beherrschen.

Sie drückte ihm das Handtuch und die Seife in die Hand und lief zurück ins Haus. Im Halbdunkel ihres Arbeitszimmers nahm sie den Brieföffner aus der Schreibtischschublade, schlitzte den Brief vorsichtig auf und zog das zweimal gefaltete Stück Papier aus dem Umschlag. Sie legte den Öffner und den Umschlag auf den Schreibtisch, hielt das mit wenigen Zeilen handgeschriebene Stück Papier ins Licht und begann zu lesen:

Liebe Brigitte,
nun haben wir so lange nichts mehr voneinander gehört. Ich habe gelesen, dass Du inzwischen eine sehr erfolgreiche Autorin bist, Gratulation. Ich habe mich oft gefragt, wie es Dir in den Jahren nach Martins Tod ergangen ist. Nun rückt mein eigener immer näher. Komm mich in Spanien besuchen – aber warte nicht zu lange, denn mir bleibt nicht mehr viel Zeit. Ich möchte mit Dir reden.
Alles Liebe, Marianne

Brigitte stockte kurz und hob den Kopf, weil sie meinte, draußen einen Schrei gehört zu haben. Sie überflog das Geschriebene wieder und wieder, so, als ließe sich, wenn sie nur genau hinsah und darauf beharrte, zwischen den enggefügten Wörtern vielleicht doch ein Durchlass finden, ein Ausweg heraus aus der beklemmenden Enge und Dunkelheit der Worte.

»… denn mir bleibt nicht mehr viel Zeit.« Dieser Satz traf sie wie der unerwartete Stich einer Injektionsnadel, deren Inhalt blitzartig in ihrem Innern seine lähmende Wirkung entfaltete. Noch nie seit Martins Tod war sie derart schutzlos auf ihre damaligen Empfindungen zurückgeworfen worden. Ihre Hände zitterten, und ihr Atem und ihr Puls beschleunigten sich.

Brigitte ließ sich in den vor dem Bücherregal stehenden Lounge Chair fallen und drückte den Brief gegen ihren Mund. Sie versuchte ruhig und gleichmäßig zu atmen. Plötzlich sah sie alles wieder mit schmerzhafter Überdeutlichkeit vor sich: die im raschen Wechsel von Hell und Dunkel vergehenden Tage, in denen sie damals vergeblich auf ein Zeichen von Martin gewartet hatte, einen Anruf, ein Telegramm, irgendetwas, das ihr signalisierte, dass es ihm gutging und er in Sicherheit war. Und dann der Sturz kopfüber in die große betäubende Leere, als die Nachricht seines Todes kam.

Anschließend hatte sie wochenlang seinen eingebildeten Todesschrei im Ohr gehabt. Als eine Art Tinnitus. Aber hatte er im Moment der Explosion noch Zeit gehabt, zu schreien? Oder war da bloß ungläubiges Erstaunen auf seinen erstarrten, sonnengebräunten Zügen gewesen? Gelähmt vor Trauer, war sie zu nichts als dumpfem Starren in der Lage gewesen.

Diesen Zustand hatte sie abgeschüttelt, mühsam und mit Hilfe von Tabletten, die ihr ein befreundeter Psychiater verschrieb. Langsam, unter Aufbietung sämtlicher Kräfte und dank des Schreibens, hatte sie sich ein neues Leben, eine neue Perspektive erkämpft. Sie hatte das Dunkel durchschritten, tapfer und ohne zu fallen, und wollte auf keinen Fall dorthin zurück. Nichts und niemand würde sie dazu bringen, noch einmal eine solche Qual auf sich zu nehmen. Auch nicht der Brief einer Sterbenden.

Nein, sie wollte das alles nicht mehr sehen: keine Bilder mehr eines wie auch immer gearteten Krieges oder Kampfes. Ganz gleich, ob es sich dabei um die Bilder fanatischer arabischer

Glaubenskrieger handelte oder um die eines vom Krebs gezeichneten Menschen, dessen Tage gezählt waren.

Selbst Martin, der lange Zeit nicht genug davon bekommen konnte, kriegerische Auseinandersetzungen aus nächster Nähe zu beobachten, um den schleichenden Tod des Anstands, der gegenseitig respektierten Würde und der Wahrheit, den er dabei jedes Mal neu mitzuerleben meinte, zu beschreiben, war die Bilder, die er von da oder dort mit nach Hause brachte, am Ende kaum mehr losgeworden.

Nach seiner Rückkehr von einer Reise nach Tibet Ende der siebziger Jahre, wohin er für eine Reportage über lamaistische Mönche gefahren war, die angeblich gemeinsam mit einer kleinen Adelsschicht Leibeigene und Sklaven hielten, die von einer Mönchspolizei überwacht würden, hatte er immer öfter davon gesprochen, dass ihn nur der Buddhismus reizen könnte, falls er eines Tages auf die Idee käme, für sich einen Glauben zu wählen. Der Buddhismus sei die einzige Religion, die nie Kriege geführt oder Gewalt angewendet hätte, um ihre Lehre zu verbreiten. Außerdem anerkenne der Buddhismus nur den Gott, der in jedem selber ruhe. Das hatte ihm damals offenbar gefallen. So, als hätten ihn, den scheinbar unerschütterlichen Realisten, plötzlich Zweifel befallen, dass das, was er sah, hörte und erlebte auf seinen Fahrten durch verödete Slums in Neu-Delhi oder zerschossene libanesische Geschäftsstraßen, nicht das Leben war.

Nein, sie würde Marianne nicht in Spanien besuchen. Sie würde den Brief in angemessener Form beantworten, freundlich und anteilnehmend. Der Staub der Jahre hatte sich über die Ereignisse von damals gelegt und ihnen ihre spitzen, schneidenden Kanten genommen. Und sie sah keinen Grund, ihn wegzupusten und alles wieder mit derselben schmerzhaften Klarheit sehen zu müssen. Außerdem: Was gab es denn noch zu reden zwischen ihnen? Was sollte das sein, das sie ihr zu sagen hätte?

Brigittes Blick fiel auf Baums Roman »Liebe und Tod auf Bali«, der im Regal neben all den anderen Baum-Titeln stand. Sie hatte das Buch mit dem rot bedruckten Rücken mit angehaltenem Atem verschlungen. Sie zog die ockerfarbene Büchergilde-Ausgabe aus dem Regal, schlug sie auf und las das Motto aus der Bhagavad Gita, das die Baum damals ihrer 1937 veröffentlichten Geschichte vorangestellt hatte: »Das Ende der Geburt ist der Tod / Des Todes Ende ist Geburt / So ist's verordnet.«

Sie schob Mariannes Brief in den Umschlag zurück, legte ihn wie ein Lesezeichen in das aufgeschlagen auf ihrem Schoß liegende Buch und klappte es zu.

***

Die gehört mir, dachte er, als er sie sah. Er hob gut sichtbar für alle Fahrgäste den schweren Colt in die Höhe und steuerte auf die schwarzgekleidete junge Frau mit den platinblonden Haaren in der dritten Sitzbank links zu. Ihre Nachbarin am Fenster, die einen hellen Pulli trug und an deren rechtem Handgelenk Ringe und ein schwarzgelbes Lederband glänzten, sah ihn voller Angst an.

Er machte noch zwei Schritte in die Tiefe des Busses hinein, dann richtete er den Colt auf die Blonde und sagte: »Du da! Steh auf!«

»Wer? Ich?« Silke Bischoff deutete mit dem Finger auf sich und suchte dabei den Blick ihrer Nachbarin.

»Ja, du!«, sagte Degowski, »na los!«

Langsam erhob sich das Mädchen von seinem Platz, ohne seine Freundin aus den Augen zu lassen.

»Du bist jetzt meine persönliche Geisel«, sagte Degowski und dirigierte sie mit der linken Hand zu sich hin. Er wollte herausfinden, ob sie nach Parfüm roch, er wollte sie berühren, ihr junges Fleisch anpacken. Denn so eine Hübsche hatte er noch nie angefasst. Solche bekamen sonst immer nur die anderen. Doch die hier gehörte jetzt ihm. Die hatte ein richtiges Puppengesicht.

An der stimmte einfach alles. Die Haare, die Augen, der Mund. Und wie die guckte. Doch dann sagte er sich: Ich bin doch nicht so eine Drecksau, die einfach fremde Weiber angrabscht, und lächelte sie verlegen an.

Rösner stand draußen vor dem Bus und unterhielt sich mit einem Mann in weißem Jackett, blauem Hemd und schwarzer Hose. Auf Degowski wirkte der Typ mit seinen langen weißblonden Haaren ziemlich lässig. Er hatte eine Hand in der Tasche, während er mit der anderen seine Kamera hielt. Musste ein Fotograf sein.

Reinhold, Andrea und die Marion, die eine dunkle Sonnenbrille trug, nahmen hinten im Bus Platz und untersuchten, auf Rösners Anweisung hin, die erbeuteten Geldscheine auf Polizeiwanzen.

An der offenstehenden Ausstiegstür saß ein ausländischer Junge und hatte schützend einen Arm um die Schulter eines kleineren Mädchens gelegt, in dessen pechschwarzem Haar ein bunter Reif steckte. Niemand sprach. Alle starrten nach vorn oder nach draußen, wo Rösner sich weiter mit dem Fotografen unterhielt. Auf der gegenüberliegenden Seite, hinter parkenden Autos, brachten sich Fotografen und Reporter mit ihren Kameras in Stellung.

Keine 50 Meter davon entfernt stand Adam Jalowy. Seine Schicht war zu Ende, und jetzt beriet er mit mehreren herbeigelaufenen Kollegen, was sie tun sollten. Die beiden Verbrecher hatten den 53er Bus in ihre Gewalt gebracht und forderten einen frischen Fahrer.

Jens Kaspers, der bis vor einer halben Stunde am Steuer des 53er gesessen hatte, bat darum, nach Hause zu dürfen. Als Rösner mit seiner auf ihn gerichteten Waffe vor der verschlossenen Bustür stand, gab er Gas und fuhr an. Doch weil er nicht über die rote Ampel fahren wollte, hielt er wieder an und machte Rösner die Tür auf.

Jens Kaspers' grüngraue Augen flackerten nervös. Die bloß noch stecknadelkopfgroßen Pupillen waren kaum noch zu erkennen. Alle sahen sie, was mit ihm los war: Er hatte Angst. Genau wie sie selbst. Doch weil seine kranke Frau zu Hause auf ihn wartete, ließen sie ihn gehen. Wer sollte an seiner Stelle übernehmen und den mit fast dreißig Personen besetzten 53er ins Ungewisse steuern? Wer besaß so viel Mut? Da sagte Adam, ohne lange zu überlegen: »Ich mach das!«

Das verwitterte, vom Flugrost wie mit Pockennarben überzogene Außenthermometer neben dem Eingang der Petrus-Apotheke zeigte auch jetzt noch, zehn Minuten vor halb acht, irrwitzige 32 Grad Celsius.

Peter Ahrens, der die heftig diskutierenden Fahrer der BSAG beobachtete, dachte: Es braucht keinen Mut, um sich in Lebensgefahr zu begeben. Das Adrenalin vernebelt die Gefahr. Tatsächlich kam die Angst erst später, nachträglich, als schmerzhaftes, zeitversetztes Echo.

Der Gott der Vorsehung hatte es an diesem 17. August so gut wie noch nie mit ihm gemeint, indem er Dagmar Scharlow im entscheidenden Augenblick in einen Unfall verwickelte, der es ihr unmöglich machte, an seiner Stelle hier zu stehen: mitten im Auge dieses medialen Hurrikans, und er, der Junge aus Gröpelingen, würde die Bilder dazu liefern. Aus dem Innersten des Schreckens. Er alleine. Und berühmt werden damit. Und sich unsterblich machen. Genau wie James Nachtwey mit seinen Fotos von den irischen Unruhen im Belfast der frühen achtziger Jahre. Oder wie Jay Ullal 1976 beim Massaker von Damur. Jetzt war er dran, hatte er den Scoop, von dem die meisten seiner Kollegen ihr Leben lang vergeblich träumten. Der plötzliche Sprung heraus aus der Masse, der Moment, der alles verändert, die Sekunde, in der mit einem Mal die anderen ihre Objektive auf dich richten und du Fotogeschichte schreibst.

Ahrens musste leer schlucken, drehte sich um und spuckte aus. Dann wandte er sich wieder Rösner zu. Jenem Mann, der das Land seit nunmehr anderthalb Tagen in Atem hielt und der ihm aus irgendeinem Grund vertraute. Ihm, dem AP-Mann Peter Ahrens. Er würde ihn nicht enttäuschen.

***

Über die Szenerie hatte sich ein melancholisches Licht gebreitet, und alles mit einem friedlichen, den Ereignissen hohnsprechenden Orangeton überzogen. Der seit Stunden hitzebestrahlte Asphalt war längst butterweich gekocht und begann da und dort Blasen zu werfen.

Adam blickte in die angespannten, verschwitzten Gesichter seiner Kollegen, sah ihr zustimmendes Nicken. Eine Stille herrschte, als presse jemand beide Hände fest gegen seine Ohrmuscheln. Sämtliche Geräusche waren zu einem fernen Rauschen gedämpft.

»Ich mach das!«, hatte er gesagt. Die Worte waren ihm wie von selbst über die Lippen gekommen, als hätte sie ein anderer an seiner Stelle gesagt.

Adam musste an Martha und den Brief denken, den er ihr geschrieben hatte, und dass er doch eigentlich die Taxifahrerin anrufen wollte. Im nächsten Moment spürte er, wie ihm jemand von hinten auf die Schulter klopfte und ihn wegzog.

Vor dem 51er Bus stand immer noch Alfred Borgward. Er beschirmte mit der Hand die Augen gegen die tiefstehende Sonne und spähte herüber. Wie zum Zeichen der Ermunterung winkte er einmal kurz. Dann drehte er sich um und verschwand mit seiner Tasche vor der Brust hinter dem Bus.

Was wissen wir schon, was Gott mit uns vorhat. Vielleicht hat er genau das für uns vorgesehen, wogegen wir um seinen Beistand bitten. Adam fielen die Worte seiner Mutter Kachna ein, die sie gesagt hatte, bevor sie von ihrer tödlichen Erkrankung erfuhr. Dabei hatte sie eine Furchtlosigkeit ausgestrahlt, die ihn berührt, ihm aber auch Angst gemacht hatte.

Trotz ihrer Menopause waren immer wieder Blutungen aufgetreten. Sie deutete diese Tatsache, sie war damals 51, jedoch nicht als Warnzeichen, sondern war, wie über so vieles, einfach sorglos darüber hinweggegangen. Auch hatte sie die wiederkehrenden Unterleibsschmerzen und die Tatsache, dass ihre Röcke neuerdings am Bauch mehr spannten, einfach ignoriert. Sie schob es auf ihre zu fette Ernährung und bekämpfte den Tumor, der unbemerkt in ihrer Gebärmutter wuchs, über ein Jahr lang mit einer Diät. Sie gab weniger fette Wurst in die Bigos, verzichtete beim Frühstück auf Butter und bereitete die Soße der Gołąbki, der geschmorten Kohlrouladen, die ihr Mann so gerne aß, zu dessen Verdruss mit weniger Butter zu. Doch der Krebs nistete sich während ihrer gutgemeinten Diät tief in der Muskelwand ihrer Gebärmutter ein. Von dort aus streute er zuerst Metastasen in den Gebärmutterhals und anschließend in die Lymphknoten im Becken. Und als die Schmerzen so groß geworden waren, dass sie sie nicht länger ignorieren konnte, und zum Arzt ging, war es bereits zu spät. Denn obwohl sie Operationen und zwei Chemotherapien über sich ergehen ließ, starb sie kurz nach ihrem 52. Geburtstag, auf 46 Kilogramm abgemagert.

An einem regnerischen Freitag begruben sie sie auf dem jüdischen Friedhof Widok cmentarza, auf dem schon ihre Eltern ihre letzte Ruhestätte gefunden hatten. Adam hielt eine kleine Totenrede, die jedoch größtenteils im Tosen des Sturms, der den schweren, dicht niedergehenden Regen schräg übers Land trieb, unterging. Hinterher bewirteten sie das Dutzend Trauergäste, das sich zwischen den verwitterten und teils umgefallenen Grabsteinen trotz des schlechten Wetters eingefunden hatte, in ihrer feuchten Srodulaer Dreizimmerwohnung mit Kaffee und Kuchen und Śliwowica und Kontuszówka und blätterten, nachdem die Gäste gegangen waren, noch lange in den Fotoalben, in denen

Kachna Palizynska, wie sie von Geburt an hieß, als junges Mädchen, strahlende Braut und stolze junge Mutter zu sehen war.

Was hätte er dafür gegeben, jetzt, in diesen Minuten, wieder zu Hause, in Polen, in Sosnowitz zu sein, wo die Männer die im Spätnachmittagslicht flirrenden Felder bestellten, Kinder durch die unter der Hitze leise knackenden Wälder streiften und zur Abkühlung in Bächen wateten und nur der ins nahe Kattowitz fahrende Güterzug zu hören war, der die Stille mit seinem Rattern und Rauschen für ein paar Sekunden zerriss, ehe er am Horizont kleiner wurde und das Schweigen zurückkehrte und mit ihm das Summen der Insekten in der Windstille.

***

Sie hatten sich in der stockenden Wärme seines abgedunkelten Schlafzimmers langsam und träge geliebt. Nun lagen sie schweißgebadet nebeneinander, und Barbara blies kleine, konturscharfe Rauchkringel an die Decke. Sobald die wabernden Gebilde aber in die unsichtbaren, Kälte vortäuschenden Luftwirbel gerieten, die der surrend auf dem Nachtisch stehende Ventilator in das Halbdunkel des Zimmers blies, zerstoben sie und lösten sich auf.

Rolf Kirchner hatte seine rechte Hand wie zum Schutz über ihre goldbraun behaarte und in Form eines länglichen Keils rasierte Scham gelegt, an der sich fühlbar Spuren seines Spermas befanden, und ließ seinen Zeigefinger gedankenverloren in dem feuchten Haarnest kreisen.

Zum gekippten Fenster drang das gedämpfte Knattern eines Mopeds herein, und Kirchner, der minutenlang reglos dagelegen und sich der angenehmen Leere überlassen hatte, die ihn jedes Mal nach dem Orgasmus überfiel, stellte die Kreisbewegung seines Fingers ein, schlug die Augen auf und sagte: »Ich hab kein gutes Gefühl.«

Barbara stieß Rauch zwischen ihren spaltbreit geöffneten Lippen aus, erhob sich und drückte die Zigarette in dem neben dem

Ventilator stehenden Keramikaschenbecher aus. »Deine Kollegen in Bremen machen das schon, Rolf. Vertrau ihnen einfach, okay?«

Sie wusste natürlich, dass sie Kirchner damit nicht wirklich beruhigen und von seinen immer gleichen, sich seit Stunden im Kreis drehenden Gedanken abbringen konnte. Es setzte ihr zu, mitansehen zu müssen, wie er darunter litt, zur Tatenlosigkeit verurteilt zu sein. So scheinbar leicht es ihr eine Stunde zuvor gefallen war, ihn zum Sex anzustiften, so schwer erschien es ihr nun, ihn von seinem Gedankenkarussell herunterzuholen.

»Wir hätten gestern handeln müssen, ganz egal, was die in Recklinghausen dazu gesagt hätten!«, sagte er. Minutenlang hatte Barbara sich, ehe sie im Bett gelandet waren, ähnliche Sätze von ihm anhören müssen. Bis sie es irgendwann nicht mehr aushielt, ihn am Arm fasste und sagte: »Sie hatten es euch aber verboten, verdammt noch mal! Also hör auf damit! Du bist aus der Sache raus, Rolf, also finde dich, um Himmels willen, endlich damit ab!«

Kirchner löste sich langsam aus ihrem Griff und sah sie lange an, brüllte dann aber nicht los, wie sie es erwartete, sondern küsste sie auf die Stirn, nahm sie in den Arm und sagte: »Ich versuch's ja, aber ich schaff es nicht.«

Sie hatten vor dem Fernseher gesessen und mitangesehen, wie Rösner und Degowski den Bus kaperten. Kirchner hatte versucht, Andreas Steinwald von der Kripo Bremen zu erreichen, den er Mitte der siebziger Jahre auf einer Tagung des BKA zur Terrorismusabwehr in Wiesbaden kennengelernt hatte und den er seither schätzte.

Steinwald leitete die Bremer Sondereinheit vor Ort und war bereits in diesen Minuten ziemlich überfordert. Im Lagezentrum herrschte großes Durcheinander. Der Informationsaustausch unter den Kollegen stockte. Zwar hatte er den Busbahnhof räumen lassen, aber einen Plan zur schnellen unblutigen Beendigung des Dramas hatte Andreas Steinwald nicht.

Der pensionierte Bremer Generalstaatsanwalt Günter Wendisch, der später im Auftrag des Senats das Vorgehen der Polizei untersuchte, wird in seinem Abschlussbericht zu den Ereignissen schreiben, »dass von einer Leitung durch den Polizeiführer nichts zu spüren war«. Sämtliche Versuche Kirchners, zu Steinwald durchzudringen, waren fehlgeschlagen.

»Wir hätten die nicht aus der Bank rauslassen dürfen!«, sagte Kirchner und drehte sich zu Barbara um.

»Lass es, Rolf! Das führt zu nichts«, erwiderte sie nun weniger entschieden und steckte sich eine neue Zigarette an, nahm einen Zug und hielt sie ihm hin.

»Kann sein«, gab er klein bei wie ein Kind, das sich von einem auf dem Boden liegenden, viel zu schweren Stein, den es eben noch entschlossen hochzuheben versuchte, resigniert abwendet. Dabei ergriff er die Zigarette, schob sie sich zwischen die trockenen Lippen und inhalierte das stimulierende Gift, so tief er konnte, in seine Lungen.

Später, wenn alles vorbei ist, wird er sich an diesen Moment erinnern, wie er hier gelegen, geraucht und dabei die von einem letzten, zwischen der nicht ganz geschlossenen Jalousie hereindringenden Sonnenstrahl erzeugte goldene Linie verfolgte, die sich von Barbaras straffem, glattem Bauch, mit der an ein geschlossenes Augenlid erinnernden Blinddarmnarbe, hinüber zu ihrem sacht ansteigenden Brustkorb spannte und von dort in die steil ansteigende Silhouette ihrer Brust überging.

Er wird sich an alles erinnern, was in diesem Sommer passiert war. Nicht nur an die alptraumartigen Tage im August oder an das, was er davor und danach erlebte. Sondern vor allem an das, was er dabei gefühlt und was alle anderen Empfindungen jener Stunden und Tage überdeckt hatte: das Gefühl, im entscheidenden Moment versagt zu haben.

***

Kennengelernt hatten sie sich 1976 auf dem Kölner Weihnachtsmarkt. Martin hatte eine Amethyst-Brosche für seine Schwester Marianne bei ihr gekauft und sie bereits am nächsten Tag ungeniert auf eine Tasse Kaffee im Bahnhof eingeladen. Es dauerte nicht lange, und er zog bei ihr ein. Mit einem Koffer, zwei Lederjacken, einer großen, mit Schuhen vollgestopften H & M-Einkaufstüte, seiner cremefarbenen abgestoßenen Reiseschreibmaschine Underwood 18 und einer dunkelblauen Puma-Sporttasche voller Bücher.

Im Frühling 1977 brachen sie gemeinsam nach Galicien, nach Santiago de Compostela auf, um den Pilgerweg zum angeblichen Grab des Apostels Jakobus zurückzulegen. Martin versprach sich von der Wallfahrt eine innere Reinigung, denn schon damals wurde er immer schlechter mit dem fertig, was er auf seinen Reisen in die Krisengebiete erlebte. Als sie sich in den Pyrenäen auf den Weg machten, packten sie für jedes Problem, das sie auf ihrem Weg nach Santiago de Compostela loszuwerden hofften, feierlich einen Stein in ihre Rucksäcke. Und mit jeder Lösung eines Problems ließen sie, zelebriert mit geradezu kindlicher Freude, einen Tuffstein am Wegesrand zurück.

Zurück in Köln, bezeichnete Martin ihre Wallfahrt als eine der wichtigsten Erfahrungen seines Erwachsenenlebens. Als er nur drei Monate später von einer Recherchereise aus Somalia zurückkehrte (gegen die Interessen Äthiopiens versuchte Somalia mit Waffengewalt und ethnischen Säuberungen Kontrolle über den unabhängigen Ogaden zu erlangen, der mehrheitlich von Somalis bewohnt wurde), wirkte er bereits wieder genauso gestresst und fahrig wie vor ihrer Pilgerfahrt.

Brigitte legte das Buch mit Mariannes Brief darin auf den Schreibtisch, lief mit leicht pochenden Schläfen aus dem halbdunklen Zimmer und steuerte auf die von der Diele abgehende Gästetoilette zu. Dort nahm sie das eingetrocknete Stück Seife aus der auf dem Beckenrand liegenden handtellergroßen Schale, drehte den Wasserhahn auf, schob ihre zitternden Hände unter den angenehm kühlen Wasserstrahl und seifte, erst langsam und zögerlich, schließlich aber immer heftiger ihre Hände ein. Dabei ließ sie den dünnen, glitschigen hellblauen Keil wieder und wieder von der einen Hand in die andere gleiten, spülte die dicken, sich bildenden Schaumblasen flüchtig unter dem laufenden Wasser ab und wiederholte das Ganze so lange, bis Blut den Schaum rötlich zu färben begann und sie endlich das befriedigende Brennen spürte, das in Entlastung und Erleichterung überging. Dann schloss sie die Augen.

Irgendwann schlug sie sie wieder auf und fixierte sich in dem kleinen Wandspiegel, an dessen oberem Rand als schwacher, grünlicher Abglanz vom Fenster her die Ligusterbüsche im Garten zu erahnen waren. Dabei ließ sie das inzwischen nur noch hauchdünne Stück Seife achtlos ins Becken fallen und drehte den Hahn zu. Mit einem triumphierenden Blick auf ihre schmerzenden, aufgesprungenen, aber nicht mehr zitternden Hände wandte sie sich von ihrem Spiegelbild ab, umwickelte ihre Hände flüchtig mit Toilettenpapier und zog die Tür hinter sich zu.

Martin hatte sie einmal dabei überrascht, wie sie mitten in der Nacht vor dem Waschbecken stand und die Seife in ihren blutenden Händen hielt.

Zuerst glaubte er, sie hätte sich geschnitten oder sonst wie verletzt und reinige die Wunde unterm laufenden Wasser. Bis er begriff, was sie da machte. »Das ist keine Lösung, Brigitte. Such dir lieber professionelle Hilfe«, sagte er.

»Davon verstehst du nichts. Kümmere dich lieber um deine eigenen Angelegenheiten, okay?«, war ihre Antwort gewesen. Da hatte er sich wortlos umgedreht und war zurück ins Bett gegangen.

Daran musste sie jetzt denken. Sie stand im Garten hinter der Thuja und blickte hinüber zum Pool, wo der Fremde unter der Dusche stand. Interessiert ließ sie ihren Blick über seinen nackten, muskulösen Körper wandern, als aus der Diele Telefonläuten zu hören war. Sie riss sich vom Anblick des Mannes los und lief ins Haus.

»Entschuldige, dass ich dich noch mal störe, aber das musst du dir ansehen, Brigitte«, erklang Helgas ungewöhnlich erregte Stimme. »Auf allen Kanälen läuft das Geiseldrama.«

»Nein danke, ohne mich«, entgegnete sie kühl.

»Ja, ja, ich weiß«, sagte Helga, »aber das hier ist wirklich etwas anderes.«

Früher war bei Brigitte den ganzen Tag das Radio an gewesen, BBC oder die Deutsche Welle. Und auch nach Martins Tod konnte sie es sich lange nicht abgewöhnen, gleich nach dem Aufstehen das neben der Kaffeemaschine stehende Radio anzudrehen, obwohl sie sich nicht mehr für das interessierte, was sie zu hören bekam. Als hätte sich mit Martins Tod der für Empathie zuständige Teil ihres Gehirns abgeschaltet, um sie vor weiteren Verletzungen zu schützen.

Früher, wenn Martin in einer Krisenregion unterwegs war, drehte sie immerzu zwischen den Sendern hin und her, um das Neueste aus dem Ogaden oder aus Beirut zu erfahren. Das war lange vorbei. Was draußen in der Welt geschah, ging sie nichts mehr an.

Zuerst war Martins Tod ein ständig pochender Schmerz gewesen, der sie um den Verstand zu bringen und gegen den es kein Mittel zu geben schien. Später war das Pochen zu einem in Intervallen auftretenden Brennen geworden, das manchmal für Stunden ihren ganzen Körper befiel. Bis irgendwann nur noch ein wiederkehrendes Stechen in der Brust oder in den Schläfen an seinen Tod erinnerte.

In ihren Träumen schrieb er ihr lange, herzzerreißende Briefe, in denen er ihr – anders als zu Lebzeiten – seine wahren Gefühle offenbarte.

In der ersten Zeit versuchte sie es mit Tabletten und Alkohol.

Doch weil es ihr bald immer schwerer fiel, sich morgens an die Schreibmaschine zu setzen und einen klaren Gedanken zu fassen, leerte sie irgendwann sämtliche Weinvorräte in den Ausguss und warf die Tabletten in den Müll. Tagelang fühlte sie sich wie eine Drogenabhängige auf Entzug, lag die meiste Zeit apathisch mit dem Gefühl im Bett, einen Stummfilm anzuschauen, in dem eine Abrissbirne in ein Wohnhaus kracht. Oder sie lief im Wohnzimmer zu dröhnend lauten Klängen von Beethoven ruhelos auf und ab, bis sie erschöpft zu Boden sank und einschlief.

Jeden Morgen, den sie in der Gewissheit erwachte, dass Martin sie nie mehr ansehen, nie mehr mit ihr sprechen und sie nie mehr berühren werde, redete sie sich ein, dass es das Beste war, überhaupt keine Erwartungen mehr zu haben. Weder an sich noch an andere. Sie sagte sich: Wenn ich überleben will, muss ich aufhören zu hoffen.

Sie verlor den Kontakt zur Außenwelt. Treffen mit Freunden ging sie aus dem Weg, Einladungen wie etwa die ihres Bruders, ihn und seinen Sohn Marc in Hanau zu besuchen, schlug sie regelmäßig freundlich, aber bestimmt aus. Briefe ließ sie unbeantwortet. Und wenn einmal etwas auf einem Amt zu erledigen war, bat sie Helga, dies für sie zu tun. Das Einzige, was sie nach draußen führte, waren die Einkäufe, die sie dann und wann im nahen Supermarkt tätigte. Lediglich die regelmäßigen Telefonate mit Helga unterbrachen ihre Isolation. Bis sie eines Morgens (nachdem wieder einmal ihre Vorräte zu Ende gegangen waren) mit Blick auf die sich vor ihrer Haustür stapelnden ungelesenen Zeitungen überrascht feststellte, dass sie seit über drei Wochen nicht mehr vor der Tür gewesen war.

Wenn sie sich an die Schreibmaschine setzte und das tags zuvor Begonnene wieder aufnahm, wenn sie durch ihre Worte in Mireilles Welt überging und sich nicht länger auf der Flucht vor ihren Dämonen fühlte, dann, nur dann hatte sie das Gefühl zu leben.

»Warum sollte ich mir ansehen, wie zwei Kriminelle die Leben anderer Leute aufs Spiel setzen? Ich habe genug mit mir selbst zu tun. Außerdem verlangt Mireille meine ganze Aufmerksamkeit«, sagte sie ganz ruhig und beobachtete, wie eine Amsel in der halbgeöffneten Tür schräg ins Bild trippelte und neugierig ihren Kopf in ihre Richtung drehte.

»Weil es für deine Arbeit wichtig sein könnte, darum«, sagte Helga.

»Zwei Verbrecher, die mit Pistolen herumfuchteln, ohne dass die Polizei etwas tut? Das soll für meine Arbeit wichtig sein?« Brigitte beobachtete ihren neugierigen schwarzgefiederten Gast.

»Ja«, sagte Helga Abraham unbeeindruckt von Brigittes Einwänden und spielte sogleich auf Mireilles steten Widerstand an, der am Ende die adlige französische Gesellschaft erschütterte. »Mit ihrer Aktion fordern sie die Gesellschaft und ihre Wächter auf eine Weise heraus, die neu ist. Und dass sie damit zu Medienstars werden, gibt dem Ganzen eine zusätzliche Dimension. Die schreiben Mediengeschichte, ohne es zu ahnen.«

»Von mir aus, Helga. Sollen sie nur, meinen Segen haben sie«, sagte Brigitte und bemerkte, wie sie mit Blick auf die Amsel, die sich weiter zu ihr vorgewagt hatte, die Lust an ihrem Telefonat verlor.

»Wie du meinst«, sagte Helga mit einem leicht gekränkten Unterton in der Stimme, »dann will ich nicht länger stören«, und legte auf. Im selben Moment wippte die Amsel kurz mit der Schwanzfeder, breitete die Flügel aus und flog davon.

Brigitte legte den Hörer auf die Gabel, zog den Stecker aus der Buchse und ging nach draußen. Der Fremde, der sein langes dunkles Haar zu einer Art Dutt zusammengebunden und sich das Handtuch wie eine Schürze um die Hüften fixiert hatte, lief barfuß um den Pool herum und steuerte auf das Haus zu.

Sie stellte sich dem Fremden, als er keine zwei Meter mehr

von ihr entfernt war, entschlossen in den Weg und sagte: »Haben Sie Hunger? Ich könnte uns ein paar Spiegeleier braten.«

Im Kölner Osten betrat eine junge, mit einem hellblauen Sommerkleid und dazu passenden hellblauen Pumps bekleidete Frau namens Sirvan Petrossian das Kinderkrankenhaus in der Amsterdamer Straße. Sirvan war im armenischen Gjumri in der Provinz Schirak geboren und trug den Namen ihres Vaters, obwohl der sie bereits ein Jahr nach ihrer Geburt und nur wenige Wochen nach der Heirat mit ihrer Mutter Anouche verlassen hatte. Sie nahm die Sonnenbrille ab, ließ sich vom Pförtner die Zimmernummer der Patientin Amina Wilkins sagen und lief, die Henkel ihrer Tasche lässig über die Schulter gelegt, in die ihr genannte Richtung.

Amina hatte sie angerufen und ihr erzählt, dass sie Mutter eines Frühchens geworden war. Kennengelernt und angefreundet hatten sich Amina und Sirvan während des gemeinsamen Studiums. Doch dann hatte Amina ihr Studium geschmissen und in einem Reisebüro angefangen.

Sirvan, die sich mit ihrer Freundin Saba, einer Sportstudentin aus Eritrea, eine Zweizimmerwohnung in Junkersdorf, nahe der Universität, teilte, hatte, seit sie die Märchen und Liebesgeschichten des Achoug, des in ihrer Heimat von Haus zu Haus ziehenden Geschichtenerzählers, gehört hatte, ein Faible für Liebesromane. Und weil sie glaubte, Amina könnte nach all den Strapazen ein wenig Ablenkung vertragen, hatte sie ihr am Hauptbahnhof einen Strauß roter Tulpen, eine Flasche Hohes C und in der Buchhandlung den ersten Roman von Marie Collier gekauft. Sirvan liebte Marie Colliers Mireille-Romane, seit sie ein anscheinend ungelesenes, achtlos im Speisewagen des Zuges nach Osnabrück liegengelassenes Exemplar von »Mireille – Vagabundin der Liebe« gefunden hatte. Noch im Zug, sie war unterwegs zu ihrer Mutter, begann sie zu lesen, und bis zu ihrem

Eintreffen in Osnabrück konnte sie nicht mehr aufhören. Noch am Bahnhof in Osnabrück war sie in die dortige Buchhandlung gegangen und hatte die Fortsetzungen »Vanilleträume« und »Sie wollte zu viel« gekauft.

Als sie die Zimmertür aufstieß und Thomas Bertram, der neben Amina auf der Bettkante saß, sie überrascht ansah, dachte sie: Ich hätte nicht kommen sollen.

Sirvan war eine Zeitlang heftig in Bertram verliebt gewesen, nachdem sie ihm ein paarmal an der Seite von Amina begegnet und spontan von seiner Art, die Welt zu betrachten, angetan war, hatte sich aber zurückgezogen und ihre Gefühle vor sich selbst zu verbergen versucht, als Amina ihr eines Tages offenbarte, sie und Bertram seien nun ein Paar. Eines Abends, sie war auf dem Weg zur U-Bahn gewesen, waren sie sich zufällig über den Weg gelaufen, und Thomas hatte sie auf einen Drink in einen Club im Belgischen Viertel eingeladen. Am Ende waren sie in seinem Bett gelandet, und seither trafen sie sich ein-, manchmal zweimal die Woche und schliefen miteinander.

Bertram erhob sich, legte ihr freundschaftlich und mit den Worten »Hallo Sirvan, wie geht es dir?« die Hand auf die Schulter und lief zu ihrer Verwunderung, ohne ihre Antwort abzuwarten, aus dem Zimmer. Er lief zur Toilette, wo er den Wasserhahn aufdrehte, die Brille abnahm, auf den Beckenrand legte und sich das kalte Wasser mit den zu einer Kuhle geformten Händen wieder und wieder ins Gesicht schaufelte. Nach ein paar Minuten fühlte er sich besser, die Haut im Gesicht spannte nicht mehr, und die Erregung war sekundenlang einer nüchternen Klarheit gewichen. Er drehte den Wasserhahn wieder zu, riss ein Papiertuch aus dem an der Wand angebrachten Spender und trocknete sich flüchtig das Gesicht. Anschließend polierte er die Gläser seiner Brille und setzte sie wieder auf. Zuletzt warf er die zerdrückte Papierkugel in den Abfallkorb, fixierte sich im Spiegel und zog die Tür auf.

»Ach, hier bist du«, sagte sie und sah ihn überrascht an, als er die Tür aufstieß und sich ihr in den Weg stellte. Er roch den Vanilleduft, der von ihr ausging. Süß und verlockend drang er an seine Nase.

»Ich bin auf der Suche nach einer Vase«, sagte sie mit Blick auf den Tulpenstrauß in ihrer Hand.

»Die hier brauchen schleunigst Wa…« Er fasste sie am Arm und stieß mit dem rechten Knie die Toilettentür auf.

»Thomas! Nein! Nicht hier.«

»Komm«, flüsterte er, zog sie mit sich durch den Spalt und drückte ihr, als er hörte, wie hinter ihm die Tür zufiel, ungestüm einen Kuss auf die halbgeöffneten Lippen. Noch immer hielt sie die Tulpen umklammert. Sie erwiderte seinen Kuss und ließ den Strauß los, der mit einem Klatschen zu Boden fiel.

»Thomas, ich bin, ich …«

»Sirvan … Sirvan«, hauchte er, küsste sie erneut und tastete nach ihrer Schulter und schob den Träger ihres Kleides herunter.

»Nein, Thomas, nicht …« Zärtlich schlang sie beide Arme um seinen Hals und sah ihm tief in die Augen. »Ich muss dir etwas sagen!«

»Nicht jetzt!«, unterbrach er sie, schob den anderen Träger herunter, so dass ihr Kleid raschelnd zu Boden glitt.

Als sie im Abstand von ein paar Minuten in Aminas Zimmer zurückkehrten (um keinen Verdacht zu erregen, hatte sie auf die Schnelle tatsächlich eine Vase besorgt), spürte Bertram noch immer den sanften, gleichwohl fordernden Druck von Sirvans Zunge an seinen Schneidezähnen. Wie eine Schlange, die sich geschickt zwischen Steinen dahinschlängelt, hatte sie sich in seinem Mund bewegt.

Sirvan setzte sich neben Amina auf die Bettkante und sagte: »Also gestern habe ich was erlebt, das muss ich euch erzählen.« Dabei legte sie ihr freundschaftlich den rechten Arm um die Schulter und erzählte, dass sie im Agnesviertel, wo sie mit ihrer

Mutter in einem Café verabredet gewesen sei, Zeuge geworden sei, wie ein Mann im siebten Stock des AXA-Hochhauses offenbar aufs Balkongeländer geklettert sei, um sich das Leben zu nehmen. Rasch habe sich vor dem Haus eine Zuschauermenge gebildet, und nur wenig später sei bereits die Feuerwehr eingetroffen. Doch alle Versuche der Feuerwehrmänner, den Mann dort oben herunterzuholen oder von seinem Vorhaben abzubringen, seien gescheitert.

»Zuerst waren es nur ein paar, aber dann hat die ganze Menge gerufen: Spring doch! Spring doch! Immer lauter und alle gleichzeitig im Chor. Daraufhin ist der Mann plötzlich vom Balkongeländer gestiegen und im Innern der Wohnung verschwunden.«

»Das ist ja verrückt«, sagte Bertram und ging zu dem hinter einem Paravent verborgenen Waschbecken, um sich die Hände zu seifen, die noch immer nach Sirvan rochen.

»Das war echt verrückt, wie die Feuerwehrmänner versucht haben, den Typ da oben runterzuholen. Am verrücktesten aber war«, fuhr sie fort, »dass ich mitgebrüllt habe, spring doch, spring doch, einfach so, ohne nachzudenken, bloß weil es alle gemacht haben. Erst als alles vorbei war und die Leute sich langsam zerstreuten, habe ich begriffen, was ich getan hatte, und mich geschämt.«

***

Schon als Zwölfjähriger hatte Adam sich praktisch vor nichts und niemandem mehr gefürchtet. Nicht vor den Rüpeln und streitsüchtigen Raufbolden aus dem Sosnowitzer Arbeiterviertel Nikiszowiec, die ihn und seine Freunde immer wieder mit Zaunlatten schlugen, um ihnen ihre Sachen abzunehmen, bis Adam sie eines Tages mit dem uralten Unterhebelrepetierer seines Großvaters in die Flucht schlug. Und auch nicht vor seinem fünf Jahre älteren, geistesgestörten Cousin Kamil, der später in einem Irrenhaus in Katowice verschwand, nachdem man ihn dabei erwischte, wie er eine Gans mit den Flügeln ans Scheunentor genagelt, das schreiende Tier anschließend mit Benzin übergossen und angesteckt hatte. Und auch nicht vor den Rockern aus, die auf ihren frisierten Maschinen nachts im Schritttempo durch Srodula fuhren, antijüdische Parolen an die Häuserwände schmierten und mit brennenden, in mit Benzin getränkten Tüchern eingewickelten Pflastersteinen die Fensterscheiben einwarfen. Als sein Bruder Karoly und er Wochen nach einem nächtlichen Angriff, bei dem sämtliche Scheiben ihres Wohnzimmers zu Bruch gegangen waren und die Vorhänge gelodert hatten, zufällig Zeugen wurden, wie sich einer der Rocker bei einem Unfall mit einem LKW schwer verletzte, da hatten sie triumphierend die Fäuste in Richtung des neben seiner Maschine auf dem Boden Liegenden geballt und gerufen: »Verrecke, du Schwein!«

Der einzige Mensch, vor dem er sich bis zu dessen Tod ängstigte, war sein Vater gewesen, eine sehnige, einen Meter achtzig große Gestalt, die übermenschliche Kräfte zu haben schien. Einmal hatten sein Bruder und er mit angesehen, wie der Vater auf einem Rummelplatz einen Amboss hochstemmte. Ein andermal sahen sie zunächst staunend und schließlich betroffen mit an, wie er in einem Gasthaus in eine Schlägerei geriet und seine Gegner, betrunkene Arbeiter aus Nikiszowiec, mit irritierender Brutalität bewusstlos schlug.

Als Adam sich einmal schutzsuchend vor seinen Verfolgern in das kleine Büro, das sich der Vater im Hinterhaus eingerichtet hatte, flüchtete, blickte der ihn scharf an und jagte ihn mit den Worten »Geh raus, und wehr dich!« zurück in den Hof.

Daran musste Adam plötzlich denken, während der Bärtige mit der geladenen Pistole in der Hand keinen Meter von ihm entfernt in der offenen Einstiegstür stand und sich mit einem Mann unterhielt, der eine Kamera in der Hand hielt.

Wenn er nicht in seinem Büro saß und über seinen Konstruktionsplänen für irgendwelche Treppengeländer oder Hinterhofüberdachungen brütete, die er für Leute aus dem Viertel für Kleingeld entwarf und anfertigte, nachdem er als Mitarbeiter der polnische, Eisenbahn Polskie Koleje Państwowe S. A. ausgeschieden war, verbrachte der Vater die meiste Zeit mit seinen Kollegen von der PKP. Viele von ihnen waren alte und ungeschlachte Männer, deren müde Gesichter für einen Moment aufleuchteten, wenn sie über ihre Kindheit, ihre schönen Jahre bei der Bahn und später – bereits betrunken – sentimental wurden und von der Liebe redeten.

Adam dachte daran, wie der Vater mit ihnen, als sie noch Kinder waren, an den Wochenenden an der Rawa Aale fing und wie ruhig und geschickt er die Tiere an den Leitnetzen entlang zur innersten Reuse lenkte, aus der es kein Entkommen mehr für sie gab. Und wie er ihn begleiten durfte auf seinen Streckennetzinspektionen, die ihn durchs ganze Land führten. Er saß neben ihm im Auto und, später in den Mittagspausen, zwischen den Arbeitskollegen in kleinen dunklen Gasthäusern. Den Geruch von Schweiß, Tabak und Dieselöl und ihre Stimmen und ihr Lachen vergaß er nie mehr. Wie sie sich beim Sprechen ansahen, eine Zigarette anzündeten und noch einen letzten Witz erzählten, bis es Zeit wurde, weiterzufahren. Und nun, viele Jahre später, saß er in einem fast vollbesetzten gekaperten Bus und steuerte auf eine ungewisse Zukunft zu. Ohne seinen Vater.

***

Nachdem Sirvan gegangen und Amina in einer Art Embryonalstellung eingeschlafen war, war Bertram leise aus dem Zimmer geschlichen. Er suchte einen Kaffeeautomaten.

Beim Blick durch die verglaste Eingangstür auf die Amsterdamer Straße, wo die Scheinwerferlichter der durch den warmen Abend fahrenden Autos vorbeiwischten, dachte er: Maibach wird denken, ich bin verrückt geworden. Ich hätte wenigstens

Sylvia anrufen sollen. Fetzen von Musik wehten kurz zur offenstehenden Pforte herein, kamen näher, zogen vorbei und verklangen. Er warf einen Blick auf seine Citizen, sie zeigte 19 Uhr 41.

Von dem jungen Mann, der nun statt des grauhaarigen Alten, der ihn am frühen Abend begrüßt hatte, in einem flammend roten T-Shirt in der Glaskabine saß, ließ er sich den Weg zum Kaffeeautomaten sagen und folgte dem langen Gang, an dessen mit Raufasertapete beklebten Wänden gerahmte Motive aus der »Sendung mit der Maus« hingen.

Er warf achtzig Pfennig in den Automaten und drückte »Kaffee, schwarz«. Beim Anblick der öligen Flüssigkeit musste er an die verkohlte Leiche denken, die er kürzlich für RTL Extra gefilmt hatte. Kaum eine Minute hatte er die Kamera auf den vollkommen unkenntlich gewordenen Menschenrest gehalten, den die Feuerwehrleute auf einer Metallbahre aus dem noch immer qualmenden Obergeschoss eines Hauses in Köln-Weiden trugen. Der Anblick hatte ihm eine derartige Übelkeit verursacht, dass er sich keine zwei Minuten später, abseits an einen Baum gelehnt, mehrere Male übergab.

Als er am Abend seine Bilder im Fernsehen sah, überkam ihn ein Gefühl der Scham und Wut. Scham, weil er seine Skrupel einfach ignoriert und im entscheidenden Moment mit seiner Kamera draufgehalten hatte. Und Wut auf Maibach, der ihn dazu gebracht hatte, mit ihm gemeinsame Sache zu machen, indem er ihm nicht widersprach und sich nicht auf dem Absatz umdrehte und verschwand, um sich nach einer anständigen Tätigkeit umzusehen. Hatte er nicht sogar mal einen Preis dafür erhalten, dass er sich als Journalist an die Gesetze der Fairness, des gegenseitigen Respekts und des Anstands hielt? Was war aus ihm geworden?

Maibach lobte ihn am nächsten Tag in der kleinen Konferenz mit dem für ihn typischen falschen Überschwang für seine Bilder und sein unerschrockenes Vorgehen. Dabei waren die Sequenzen der zur Unkenntlichkeit entstellten Lehrerin, die mit einer brennenden Zigarette im Bett eingeschlafen war, gerade mal zwölf Sekunden lang zu sehen gewesen.

In solchen Momenten gefiel sich Thomas Bertram darin, sich ausgiebig zu hassen. Er hasste sich dafür, mit seinem Tun die niederen Instinkte eines nach immer extremeren Bildern gierenden Millionenpublikums über die eigenen moralischen Werte zu stellen und sich damit zum Handlanger einer Medienmaschinerie zu machen, die immer neue Leichen, immer hässlichere Gräueltaten und noch mehr bluttriefende Eskalationen brauchte, um den über dem ganzen Bilderirrsinn immer fühlloser werdenden Nerv der großen Masse überhaupt noch zu treffen. Wie pflegte Maibach zu vorgerückter Stunde und mit der nötigen Menge Cocktails intus zu predigen: »Die visuell verabreichten Schocks müssen immer heftiger sein, immer gemeiner und immer perfider, damit sich da draußen bei den in ihren Sesseln sitzenden Gaffern überhaupt noch was regt und sie nicht – gelangweilt oder längst bis auf die Knochen abgestumpft durch so viel monotones, alltäglich gewordenes Grauen – in Scharen ins ZDF zu ›Lou Grant‹ oder ins Erste zu Heinz Sielmann abwandern und damit unsere Quote in den Keller drücken.«

Doch was zum Teufel ging ihn die Quote an? Hatte er nicht weiß Gott andere Probleme? Irgendwo da oben kämpfte sein Sohn ums Überleben. Wie lächerlich war das eigentlich, sich zum Opfer eines Systems zu stilisieren, das er noch vor gar nicht allzu langer Zeit Amina gegenüber vollmundig als die Chance angepriesen hatte, seiner vermaledeiten Hirschhorner Jugend, die ihn noch manchmal in seinen Träumen heimsuchte, endlich und ein für alle Mal in Form einer großartigen TV-Journalistenkarriere zu entfliehen. Was war verdammt noch mal los mit ihm?

Er trank den letzten Schluck des kalt gewordenen Kaffees, zerdrückte grimmig den Plastikbecher und beförderte ihn an der Pforte mit einem gezielten Wurf in den dort stehenden

Abfalleimer. Und mit Blick auf das vom schwachen Schein der eingeschalteten Schreibtischlampe spärlich erhellte Gesicht des versunken in einem Automagazin blätternden jungen Mannes in seiner Glaskabine, der auf ihn wirkte wie ein einsam durch die unendlichen Weiten der Nacht steuernder, vom Schein der Armaturen beleuchteter Brummifahrer, fasste er einen Entschluss.

***

Sie setzte den Blinker, zog den Wagen rechts an den Bordstein und schaltete die Hungerleuchte, wie manche Kollegen das Leuchtschild auf dem Wagendach verächtlich nannten, aus. Dann stieg sie aus und strebte dem erleuchteten Kiosk zu, an dem sie oft Marshmellows kaufte.

Chris liebte die aus Eischnee, Geliermittel, Zucker sowie Aroma- und Farbstoffen hergestellten, streichholzschachtelgroßen Schaumblöcke, seit sie denken konnte. Das Weiche daran, wenn sie mit der Zungenspitze dagegen drückte. Und die pudrige Süße, die ihr jedes Mal neu sekundenlang die Sinne betäubte, wenn sie daran roch.

Ihr Vater hatte ihr die ersten Marshmellows geschenkt, als sie in den Kindergarten kam. Vor dem Fernseher sitzend, konnte sie das Zeug tütenweise und ohne schlechtes Gewissen in sich hineinstopfen. Anschließend machte sie eine Woche lang einen Bogen um den Kiosk an der Martinistraße, vor dem sie gerade stand. Bis sie wieder diese unstillbare Lust auf die weißen, rosafarbenen oder blauen Eischneegebilde verspürte und, von irgendwoher kommend, vor dem kleinen Laden hielt und sich eine Monstertüte kaufte.

Sie bezahlte und verließ den Laden, riss die Tüte auf, schob sich ein Marshmellow in den Mund und stieg in ihren Wagen.

Sie fühlte sich trotz der Sorge um ihren Vater überraschend gut, ja sogar beinahe glücklich. Nach über vier Monaten hatte sie die Dämonen erfolgreich besiegt, und nach den ersten Fuhren war ihr, als sei sie nie weg gewesen. Wenn Doktor Brunner mich jetzt sehen könnte, dachte sie und legte die Tüte auf den Beifahrersitz und ließ den Motor an.

Mit den Worten »Und wo stehen Sie heute auf der Skala zwischen 0 und 9 bei der Lösung Ihres Problems?« begann die Psychotherapeutin regelmäßig ihre 50 Minuten dauernde, einmal pro Woche stattfindende Sitzung. Wochenlang hing Chris bei der 4 fest und konnte sich nicht vorstellen, auf ihre Einstiegsfrage jemals »Bei der 9« zu antworten, was der Lösung ihres Problems gleichkam. Doch dann war ihr nach einer wochenlangen Phase der Selbstzweifel und Stagnation, in der sie das Bild des Unbekannten, der ihr sein Messer an die Kehle und von hinten die Hand auf die Brust gelegt hatte, einfach nicht losgeworden war, der Durchbruch geglückt. Sie begriff, dass es für sie nur dann eine Zukunft geben konnte, wenn sie bereit war, das Ereignis, so traumatisierend es auch für sie gewesen sein mochte, als festen unauslöschlichen Bestandteil dieser Zukunft zu akzeptieren, als Teil ihres weiteren Lebens. Erst dann würde es ihr möglich sein, es zu vergessen. Sie wehrte sich nicht länger gegen die in ihr aufsteigenden Erinnerungen, und eines Morgens stellte sie überrascht fest, dass es ihr besserging.

Dem süßen Geschmack der Marshmellows auf ihrer Zunge folgend, hing sie ihren Gedanken nach. Doch die Stimme aus der Funkzentrale riss sie jäh heraus.

»Zentrale an Zwodoppelvier.«

»Zwodoppelvier an Zentrale, was gibt's?«

»Wo sind Sie?«

»Martinistraße, Ecke Balgebrückstraße«, antwortete sie und angelte ein weiteres Marshmellow aus der aufgerissenen Tüte.

»Kundschaft in der Charlottenstraße 12, klingeln bei Schwarze, zweites OG.«

»Verstanden, Zentrale. Und Ende, Zwodoppelvier«, antwortete sie und schaltete sich ab. Sie legte den ersten Gang ein, bog in die Balgebrückstraße ein und fuhr in Richtung Östliche Vorstadt. Von ihrem Standort aus war die Charlottenstraße keine fünf Fahrminuten entfernt. So, dachte sie, kann es weitergehen. Und das Verlangen, auch in der nächsten Stunde, am nächsten Tag und in der nächsten Woche glücklich zu sein, ergriff sie plötzlich wie die unstillbare Sehnsucht nach einer imaginären Heimat.

Wirklich glücklich, dachte sie, würde sie endlich etwas aus ihrem Leben machen: Sie würde die richtigen Entscheidungen treffen, an gute Freunde Briefe voller Leidenschaft und Wärme schreiben, in ihrer Küche Kaffee trinken und bei der Arbeit pfeifen. Doch das Beste von allem wäre, dass sie nicht mehr zittern würde, wenn ein Unbekannter zu ihr in den Wagen stieg, sie an einer nächtlichen Bushaltestelle ansprach und um Feuer bat oder sie im Kaufhaus im Gewühl der Menschen zufällig mit dem Arm an der Brust streifte. Sie würde nie, nie wieder zittern.

Jahrelang versuchte sie erfolglos, sich auf irgendeine Weise mit der Realität ihres nicht zuletzt von den wiederkehrenden Streitigkeiten der Eltern geprägten Lebens zu arrangieren. Sie hätte nicht sagen können, wann der Kampf um einen eigenen Standpunkt begonnen hatte, diese Suche nach einem erträglichen Gleichklang. Manchmal träumte sie davon, die Welt, die sie lange bloß als chaotisch und feindselig empfunden hatte, würde sich unter ihrem Blick zu einem Ganzen ordnen und endlich einen Sinn ergeben.

Im Alter von 14, als ihre Scham sich bereits mit goldbraunen Haaren bedeckte und ihre Brüste sich zu straffen mandaringroßen Gebilden rundeten, war quasi über Nacht, begleitet von periodischen Stimmungsschwankungen, ein derartiges Maß an Chaos in ihr Leben getreten, dass sie glaubte, nie mehr den Überblick zurückgewinnen zu können. Das Chaos der Kindheit hatte dem des Erwachsenenlebens Platz gemacht.

Daran musste Chris denken, während sie in die Charlottenstraße einbog und vor dem Haus mit der Nummer 12, einem dreigeschossigen, rostroten Klinkerbau, anhielt, der hinter einer mannshohen Ligusterhecke verborgen lag. Sie stieß das grüne Metallhoftor auf, nahm die fünf Treppenstufen und drückte dreimal kurz hintereinander auf den Klingelknopf neben dem Namensschildchen, auf das jemand mit Kugelschreiber in Druckbuchstaben M. SCHWARZE geschrieben hatte. Dann ging sie zurück zu ihrem Wagen, stieg ein und drehte das Radio an. Es liefen die »American Top 40« mit Casey Kasem. Und in der feuchtwarmen Treibhausluft des Wagens keimte eine Idee in ihrem Hirn.

9

Kölner Stadt-Anzeiger

Vor aller Augen. Täter kamen mit Waffen und Kokain.

Selten hat ein kriminelles Ereignis die Menschen in der Bundesrepublik so erregt wie das Geiseldrama, das in Gladbeck begann. Zum Vergleich bietet sich vielleicht nur das Blutbad während der Olympischen Spiele 1972 in München an. Ein Millionenpublikum schaut zu.

Seine Mutter, die ihn (das Gefühl hatte er jedenfalls bis zuletzt gehabt) insgeheim immer für einen Aufschneider gehalten hatte und ihn spürbar weniger liebte als seine drei Jahre jüngere Schwester, hatte ihn, nachdem Ricarda im Alter von zwölf Jahren nach kurzer schwerer Erkrankung an Diphtherie gestorben war, angefleht, sie nicht auch noch zu verlassen, indem er unüberlegt Drogen nahm und womöglich daran starb, zu schnell mit seinem Moped, einer metallicblauen Zündapp C 50 Super-441, Baujahr 1976, fuhr und gegen einen Baum knallte. Oder im Alkoholrausch sein junges Leben sonst wie aufs Spiel setzte.

Die Mutter saß ihm damals mit beschwörendem Blick am Küchentisch ihrer Gröpelinger Wohnung gegenüber und hielt seine Hände. Er musste ihr versprechen, sämtliche Risiken, die sein Leben gefährden konnten, tunlichst zu meiden und stets bei allem, was er tat, zu bedenken, dass sie einen zweiten Verlust nicht überleben würde.

Ahrens, der von jeher ein besseres Verhältnis zu seinem Vater gehabt hatte, schwor ihr damals, sie nicht zu enttäuschen, und dachte sich zunächst nichts mehr dabei. Doch wann immer ihn später Freunde dazu anhielten, mit ihnen zu rauchen, zu trinken oder mit ihnen zu kiffen, meldete sich augenblicklich in seinem Hinterkopf die mahnende Stimme seiner Mutter, und er schlug die Einladungen so lange erbittert aus, bis er eines Tages betrübt feststellen musste, dass ihn die Rücksichtnahme auf seine Mutter zu einem Außenseiter gemacht hatte.

Doch dann entdeckte er zum Glück das Laufen. Die ungezählten Stunden, die er auf der verwitterten, welligen Tartanbahn hinter dem alten Schulgebäude, in dem er seine mittlere Reife erlangte, zubrachte und das Vierhundertmeteroval umkreiste, entschädigten ihn für alle ausgeschlagenen Joints, Lord Extras und Jim Beam Colas. Denn dort lernte er, wenn er in der Dämmerung einsam seine Runden gegen die Stoppuhr lief, das Glück und die Räusche der Einsamkeit kennen, das Gefühl, irgendwann, wenn er nur lange genug aushielt, leicht zu werden und davonfliegen zu können wie ein flügge gewordener Adler.

Daran musste Peter Ahrens denken, als er seinen Blick zum wiederholten Mal ganz langsam und so, als müsse er sich jedes einzelne Detail genau einprägen, um es nie mehr zu vergessen, über die Züge des keinen Meter von ihm entfernt dastehenden Mannes gleiten ließ.

Er dachte an Ricarda, die er bis an sein Lebensende als die Zwölfjährige in Erinnerung behalten würde, die ihn, als er damals an ihrem Bett saß, wenige Stunden vor ihrem Tod plötzlich mit letzter Kraft an sich gezogen hatte, ihren Mund auf sein linkes Ohr presste und ihm etwas zuflüsterte. Er verstand sie nicht und wollte nachfragen. Als er sich aus ihrer Umarmung gelöst hatte und sie fragend ansah, war sie bereits von ihnen gegangen in jene Räume, aus denen es für sie keine Rückkehr mehr geben sollte und in die sie ihr Geheimnis für immer mitgenommen hatte.

Und er dachte an seinen fünf Jahre zuvor völlig überraschend vor dem laufenden Fernseher verstorbenen Vater, der, wenn er ihn hier und jetzt sehen könnte, sicher stolz auf ihn gewesen wäre: einen Mann, der seinen Namen trug und sich, auf die Suche nach der Wahrheit, furchtlos mit seiner Kamera im Anschlag ins Auge des Orkans vorwagte.

»Biste von der Presse?«, fragte Rösner und sah ihn an.

»Ja«, sagte Ahrens und blinzelte. »AP. Associated Press. Hab dich eben fotografiert. Von da drüben.« Er wandte sich kurz um und zeigte auf die andere Straßenseite, wo sich seine Kollegen hinter parkenden Autos verschanzten. Genau wie die Polizisten in Zivil.

»Könntest ja auch ein Bullenfotograf sein«, sagte Rösner, der auf der untersten Stufe des vorderen Buseinstiegs stand. Ahrens sah, wie müde er war. »Bin aber keiner.«

»Wir sind total sauer auf die Bullen«, sagte Rösner. »Erst lassen se über Radio mitteilen, dass se die Verfolgung aufgegeben haben und so 'n Scheiß, und dann sin überall Bullen, wo wir auftauchen. Sieh dir dat doch mal an. Da drüben hocken se, die verdammten Schweine, und ham Schiss inne Hose.«

Er zog Ahrens, indem er ihm geradezu freundschaftlich die vom Nikotin vergilbte Hand auf die Schulter legte, in den Bus. »Wir mussten wat unternehmen, dat verstehste doch, also ham wer den Bus gekapert.«

»Aus Rache?«

»Ja, aus Rache. Damit se sehen, dass wer's ernst meinen.«

»Und was wollt ihr jetzt machen?«, erwiderte Ahrens und ließ seinen Blick auf der Waffe ruhen, die Rösner so irritierend selbstverständlich in der Hand hielt, dass keinerlei Gefahr von ihr auszugehen schien.

»Wir brauchen ein neues Fluchtauto und nicht so 'ne Scheißkarre wie die.« Rösner deutete mit der Waffe auf den zerschossenen BMW, der mitten auf der Straße stand. »Und es muss ein großes sein, für fünf Leute, verstehste?«

Ahrens, der sich mit Wagentypen auskannte, sagte: »Einen 7er zum Beispiel?«

»Jau, so 'ne richtig fette Karre«, sagte Rösner.

Ahrens sah den Busfahrer, der am Steuer saß und ihrem Gespräch reglos lauschte.

»Der da is deiner, was?«, sagte Rösner und deutete auf den Mercedes.

»Ja, nichts Besonderes«, antwortete Ahrens. »Alter Benz halt. Ist aber okay.«

»Ist doch Klasse, dat Ding«, sagte Rösner anerkennend und grinste. Dann machte er plötzlich eine knappe, unkontrollierte

Bewegung mit dem linken Arm, und Ahrens konnte die Tätowierung sehen: eine Frau, die auf einem erigierten Penis ritt und ihn dabei umarmte. Knapp darunter war mit blauer Farbe ein Dollarzeichen in die Haut geritzt.

»Hör mal«, sagte Rösner. »Wir wollen eine Geisel aus dem Bus mitnehmen, mit Handschellen, und einen Bullen zum Austausch, Hände auf'm Rücken und so, auch mit Handschellen, wa?«

Und Ahrens, der sofort verstand, sagte: »Soll ich denen das jetzt sagen?«

Rösner nickte. »Ja, geh rüber zu den Bullen, aber mach hin.«

Ahrens sprang aus dem Bus und ging so langsam, als müsse er jeden Schritt einzeln auskosten, hinüber zu den hinter den parkenden Fahrzeugen verschanzten Polizisten. Bei jedem Schritt schlug die Kamera gegen seine Brust.

***

Mechanisch tauchte Marc seinen Teelöffel in die offene Villeroy & Boch-Zuckerdose, grub ihn kurz in die weiße, körnige Masse und häufte ihn, durch eine kurze Hebelbewegung, voll. Dann zog er ihn vorsichtig wieder heraus und balancierte ihn über das wie jeden Abend auf dem Tisch zwischen ihm und dem Vater ausgebreitete (und nahezu immer gleiche) Arrangement aus Brotkorb, Teekanne (in der sich eisgekühlter Hagebuttentee befand), Margarinedose, Gurkenglas, Wurst- und Käseteller, Senf-und Mayonnaisetube und kippte die weiße Ladung zielgenau in seinen Tee. Versunken verquirlte er den Zucker so lange in der weinroten Flüssigkeit, bis er die Stimme seines Vaters vernahm, der sagte: »In Berlin hat sich mal jemand totgerührt. Was ist denn los mit dir?«

Marc dachte an den »Sieben-Punkte-Plan zur Erhaltung des Gedächtnisses«, den er einige Monate zuvor nach Rücksprache mit dem Apotheker am Kanaltorplatz in bester Absicht mit Tesafilm an die Kühlschranktür im Apartment des Großvaters geklebt hatte:

Durchorganisiert sein
Emotionale Assoziationen
Notizen machen
Denkübungen
Richtige Ernährung
Anstrengungen nicht meiden
Nickerchen machen

Bis auf das Nickerchen, das er regelmäßig nach dem Mittagessen auf seiner Couch machte, und die richtigen Nahrung, die er, so man dem angeblich auf die jeweiligen Bedürfnisse der einzelnen Patienten zugeschnittenen Wochenspeiseplan glauben durfte, Tag für Tag in dem kleinen, hellen und zur lichteren Mainseite weisenden Speisesaal zu sich nahm, zielten alle anderen Gedächtniserhaltungspunkte weit an der geistigen Konstitution des Alten und seinen Möglichkeiten vorbei.

Notizen machte er schon lange keine mehr, und an eine wie auch immer geartete eigenständige Organisation seines Alltags war nicht zu denken. Von sogenannten emotionalen Assoziationen ganz zu schweigen. Nein, der Großvater irrlichterte längst uneinholbar entrückt durch die fremden, unermesslichen Weiten seiner Welt- und Selbstvergessenheit, um die Marc ihn manchmal beneidete, wenn er ihm eine einfache Frage stellte und der Alte, begleitet von einem kaum merklichen Schütteln des Kopfes, lächelte wie Klekih-petra in »Winnetou 1« im Moment seines Todes, als er sich in den Schuss von Rattler wirft, der Winnetou töten soll, wodurch dem Häuptling der Apachen das Leben rettet. Als Junge hatte Marc die Winnetou-Verfilmungen mit Pierre Brice geliebt und bitterlich geweint, als der edle Apachenhäuptling im dritten Teil starb, weil er sich in die Schussbahn der

Kugel warf, die der Bandit Rollins für Old Shatterhand bestimmt hatte.

Hanau ächzte unter der anhaltenden Hitze. Die Betreiber der beiden konkurrierenden Eisdielen am Freiheitsplatz verbuchten Rekordumsätze, und überall vor den Geschäften stellten deren Besitzer mit Wasser gefüllte Schalen für streunende Hunde auf. Das atlantische Hoch, das, von der Sahara herkommend, seit Tagen gesundheitsgefährdende Temperaturen an der Schwelle zur 40-Grad-Marke nach Europa führte, schien über der in den Abendnachrichten gezeigten Deutschland-Wetterkarte regelrecht festgenagelt zu sein. Von Wetterveränderung fürs Erste keine Spur.

Zum offenen Küchenfenster drang das trockene Knacken der knorrigen Stämme und Äste der beiden Kastanien herein, die dem Haus mit der Nummer 10 tagsüber kühlenden Schatten spendeten, nachts jedoch die in den langen Sonnenstunden gespeicherte Hitze wie durch unsichtbare Schläuche in die weiten Korridore der Wohnung pumpten.

Am Morgen war Marc schweißgebadet und vollkommen zerschlagen aus wirren Träumen erwacht. Nun, zwölf Stunden später, saß er seinem Vater gegenüber, der, mit seinen grauen Shorts und einem weißen Feinrippunterhemd bekleidet, am Küchentisch saß und eine Senfgurke in kleine Scheiben schnitt, um sie auf seinem mit Bierschinken belegten Schwarzbrot zu drapieren.

Noch immer hatte Marc nicht die leiseste Ahnung, wie er seinem Vater, trotz der polizeilich registrierten Verlustanzeige, die in seinem Zimmer auf dem Tisch lag, das Verschwinden der KTM erklären sollte.

Der Vater hatte die Maschine aus dem wenigen Ersparten finanziert, das am Monatsende übrigblieb. Das mochten gerade mal ein-, allerhöchstens zweihundert Mark sein. Monatelang musste er etwas zur Finanzierung des Mopeds zur Seite gelegt haben. Eine Investition, die seine Möglichkeiten bei weitem überstieg und sich alleine damit erklären ließ, dass die Liebe zu seinem Sohn offenbar größer war als die Angst, eines Tages der laufenden Kosten nicht mehr Herr zu werden. Und so verbannte Marc die Ausrede, die er sich zurechtgelegt hatte, um die wahren und weitaus dramatischeren Umstände ihres Verschwindens zu verschleiern, wie die Erinnerung an einen Alptraum in die hinterste Region seines Schädels und trank einen Schluck Tee.

»Wenn doch endlich Regen käme«, sagte der Vater, blickte kurz missmutig von seinem Teller auf und schob sich ein Stück seines in kleine, nahezu gleich große Rechtecke zerteilten Wurstbrots in den Mund. Auf Höhe der Brust war sein Unterhemd bereits durchgeschwitzt. »Den Bauern geht das ganze Obst kaputt.«

»Ja«, murmelte Marc, »Regen wäre gut.« Er musste an Ceylan denken und daran, wie sie das erste Mal durch das eingedrückte Fenster in den dunklen Schlosskeller eingestiegen waren und sich dort, zwischen alten Umzugskartons, Regalen und Autoreifen auf der staubigen Matratze in den Armen gelegen und einander lange im Schein der Kerzen, die sie mitgebracht hatte, streichelten und schließlich küssten.

Ceylan lag die ganze Zeit über mit geschlossenen Augen da und gab sich zitternd seinen Berührungen hin, manchmal stöhnte sie. Später tranken sie von dem Wein, den er bei Tengelmann besorgt hatte, und hörten Musik. Er hatte sein kleines Sony-Transistorradio mitgebracht und war sich vorgekommen wie im »Tunnel of Love«, von dem Mark Knopfler sang. Ceylans kaum verhüllter Körper hatte ihn immer stärker erregt, bis er sein hartes pochendes Glied irgendwann ungestüm gegen ihre Hüfte gedrückt und sich zuckend dagegen ergossen hatte.

Als Ceylan ihm offenbarte, die Tochter von Abdülkadir Coskun, Hanaus berüchtigtstem Hehler, Dealer und vielfach vorbestraften Autoschieber, zu sein, hatte Marc kurz geschluckt. Doch das Spiel mit der Gefahr übte einen unwiderstehlichen

Reiz auf ihn aus, und er war wochenlang wie berauscht davon. Ceylan begann irgendwann, persönliche Gegenstände in ihr gemeinsames Liebesnest mitzubringen. Zwei bestickte Kissen und eine helle Leinendecke, die sie über die Matratze breiteten. Räucherstäbchen, eine Hängeleuchte, die sie mit einem Nagel an einem Holzbalken befestigten, und noch mehr Kerzen, die sie rund um ihr Lager aufstellte.

Marc gefiel die Hingabe, mit der Ceylan ihre Liebe zelebrierte. Bis ihn eines Tages Ceylans ältere Brüder Erkan und Malik vor der Schule abfingen und drohten, ihm Schwierigkeiten zu machen, falls er nicht die Finger von ihrer Schwester ließe.

Sie hatten einander auf dem Lamboyfest kennengelernt. Marc war mit Klassenkameraden dort gewesen und in einem der Festzelte zufällig an jenen Tisch geraten, an dem Ceylan mit ihren Freundinnen saß. Marc verwickelte sie in ein Gespräch, das so lange dauerte, bis sie irgendwann alleine am Tisch saßen und ihre Hände sich wie kleine Käfer aufeinander zubewegten. Wenn sie lachte und den Kopf dabei leicht schräg legte, schaukelten an ihren Ohren die dem türkischen Halbmond nachempfundenen Silberhänger.

Seine Freunde warnten ihn. Vor allem Lenny. »Du musst verrückt sein, dich mit der Tochter von Abdülkadir Coskun einzulassen!« Marc reagierte weder auf Lennys Warnungen noch auf die Drohungen von Ceylans Brüdern und traf sie weiter. Anfangs in der Stadt, in der Eisdiele oder im Schlossgarten hinter der Stadthalle, wo sie händchenhaltend auf der Bank saßen. Bis er auf die Idee kam, ein Versteck für sie zu suchen und durch Zufall den Keller in einem Seitentrakt des Schlosses Philippsruhe, in welchem sich die Behindertenschule befand, entdeckte.

Dann begegnete er eines Tages auf einer Party überraschend Rachael wieder und ließ immer häufiger Verabredungen mit Ceylan platzen. Bis sie ihn schließlich zur Rede stellte und er ihr von Rachael erzählte. Zwei Tage später stand seine KTM in Flammen.

»Ich hab eine Dummheit gemacht«, sagte Marc halblaut zu seinem Vater.

»Eine Dummheit?« Sein Vater hielt in seiner Kaubewegung inne und sah ihn an.

»Ja«, sagte Marc. »Und zwar eine ziemlich große.«

***

Der Schnee auf dem Kilimandscharo schmolz. Die Polkappen ebenfalls. Die Durchschnittstemperatur in Europa war in den letzten zwanzig Jahren um zwei Grad gestiegen. Weshalb also nicht auch Temperaturen wie in der West-Sahara in der Kölner Südstadt? Und warum nicht gleich Unwetter, Tsunamis und verheerende Tornados? Die meteorologische Welt stand kopf. Doch Brigitte, verschanzt hinter dem kühlenden Mauerwerk ihres vom Efeu überwucherten Hauses, fühlte sich gerüstet.

Sie tupfte sich mit einem Kleenex-Tuch den Schweiß aus dem Nacken und von der Stirn. Und eigentlich wollte sie in diesen Minuten an der Überarbeitung der zuletzt geschriebenen Seiten sitzen. Doch das Schicksal hatte andere Pläne mit ihr. Es verteilte die Karten neu, und der Joker, den sie gezogen hatte, saß ihr in Martins verschossenem nachtblauem Seidenpyjama keine zwei Meter entfernt gegenüber, hörte auf den Namen Boris und schob sich heißhungrig eine übervolle Gabel Rührei in den Mund. In der anderen Hand hielt er ein knochentrockenes Stück Schwarzbrot, das er, als sei er nichts anderes gewöhnt, wie selbstverständlich einmal kurz und hart gegen die Tischkante schlug, worauf es in mehrere ungleiche Stücke zerfiel. Die Freude, etwas Warmes in den Bauch zu bekommen, war dem Mann anzusehen.

Brigitte, die sich nicht erinnern konnte, wann sie das letzte Mal jemand zu Besuch gehabt hatte, steckte sich eine John Player an und blies mit Blick auf ihr kauendes Gegenüber fahlgraue Wölkchen in die Luft. Wie ein Kommissar, der dem Angeklagten seine Bedenkzeit gewährt, bevor er ihn mit seinen Beschuldigungen konfrontiert, wartete sie darauf, dass Boris endlich die Gabel auf den leeren Teller legte. Doch der dachte gar nicht daran, sondern wischte den fettglänzenden Teller so lange und in aller Seelenruhe mit den aufgeweichten Brotbrocken aus, bis sie sein Getue nicht ertrug, die halbgerauchte John Player in den Ascher drückte und sagte: »Seit wann hausen Sie schon in meiner Garage?«

Unwillig legte er die Gabel am Rand des Tellers ab, fuhr sich gemächlich mit dem Rücken der linken Hand über die glänzenden Lippen und angelte mit den Worten »Darf ich?« nach der zwischen ihnen auf dem Tisch liegenden Zigarettenschachtel.

»Von mir aus.« Brigitte schob ihm das Feuerzeug hin. Nachdem er sich eine Zigarette angesteckt und zwei, drei hastige Züge genommen hatte, lehnte er sich zurück, blies eine kleine Rauchfahne über den Tisch und sagte: »Seit ein paar Wochen, oder so.« Und dann machte er etwas völlig Überraschendes. Er legte den Kopf in den Nacken, zog demonstrativ ein paarmal an der Zigarette und entließ seinem geöffneten Mund eine Serie konturscharfer, an die Decke segelnder Rauchringe, richtete sich wieder auf und sagte mit Blick auf die sich bereits auflösenden Gebilde: »Gut, was?«

»Ich erwarte, dass Sie die Garage bis morgen Abend geräumt haben«, antwortete Brigitte unbeeindruckt. »Anderenfalls sehe ich mich gezwungen, die Polizei zu holen.«

»Aber wieso denn? Ich stör Sie doch gar nicht! Sie sind doch ganz alleine in dem großen Haus. Wieso eigentlich? Haben Sie denn keinen Mann, oder so?«

»Morgen Abend ist die Garage geräumt«, sagte Brigitte.

»Ach kommen Sie, nur noch ein paar Tage. Bitte! Bis ich was anderes gefunden habe.«

Sie blickte ihn an. »Okay. Montag ist mein letztes Angebot. Dann sind Sie verschwunden. Bis dahin bleiben Ihnen sechs volle Tage. Mehr als genug. In sieben wurde die Welt erschaffen. Da sollte es Ihnen doch wohl möglich sein, Ihre spärliche Habe zusammenzuklauben und zu verschwinden. Anderenfalls wird die Staatsmacht dafür sorgen, dass Sie Ihre Siebensachen packen.«

»Mann, Sie sind vielleicht hart!«, rief er und zog die buschigen Augenbrauen hoch. Auf der Wurzel seiner Hakennase, die ihr besonders gut gefiel, hatte sich Schweiß gesammelt, der im Halbdunkel der Küche geheimnisvoll glänzte. Überhaupt wirkte er in dieser Beleuchtung wie ein römischer Gladiator, angefangen bei seinen breiten Schultern, die unter dem umhangähnlichen Pyjama eindrucksvoll hervorstachen, und den komischen offenen Sandalen, in denen seine riesigen Füße steckten. Und nicht zuletzt wegen seiner dunklen krausen Haare, die er zu einem Zopf zusammengebunden hatte und die ihm etwas Edles verliehen. Fehlt bloß noch, dass er ein Schwert unter seinem Umhang hervorzieht, dachte Brigitte. »Tja, so bin ich eben«, sagte sie.

***

»Jetzt sieh dir das an, verdammt!«, sagte Kirchner und blickte ärgerlich an sich herunter. Auf Brusthöhe seines meerblauen Venti-Fit-Halbarm-Hemdes zeigten sich zwei ineinanderlaufende, jeweils handtellergroße Schweißflecke, die ihn spontan an die wolkigen Gebilde auf den Rohrschachtest-Karten erinnerten, die er im Zuge seines psychologischen Eignungstests als junger Kommissarsanwärter interpretieren sollte.

Missmutig legte er die Gabel am Rand seines Tellers ab, auf dem in einer teefarbenen Öllache, zwischen angeschmorten Knoblauchschnipseln und winzigen Frühlingszwiebelhalbmonden, rostbraun gebratene Tintenfischstücke lagen, und suchte Barbaras Blick.

Nachdem sie geduscht hatten, waren sie in die Münsterstraße gefahren, wo sich das Bella Napoli, Kirchners Lieblingsitaliener, befand. Am Mittag hatte er telefonisch einen Tisch für sie auf der kleinen, von rotschäumenden Oleanderbüschen gesäumten

Terrasse reserviert. Doch nun, durchgeschwitzt und müde, wäre er am liebsten auf der Stelle wieder aus dem Lokal gelaufen. Der Vernaccia di San Gimignano, von dem er an heißen Tagen wie diesen für gewöhnlich nicht genug bekommen konnte, erschien ihm heute seifig und fad. Und der Tintenfisch, den er – kräftig in Knoblauch angebraten – regelmäßig als Vorspeise aß, ehe er sich mit einer Scaloppina Valdostana verwöhnte, war zäh wie Gummi. Kirchner warf die Stoffserviette neben dem Teller auf den Tisch.

»Was ist denn mit dir?«, sagte Barbara, zog die Stirn kraus und tupfte mit ihrer Serviette imaginäre Thunfischcremespuren des köstlichen Vitello tonnato, das sie soeben verzehrt hatte, aus den Mundwinkeln. »Na komm, sag schon.«

Sie angelte nach seiner Hand, umschloss sie zärtlich und legte den Kopf schräg. Doch Kirchner, der in diesen Sekunden den Charme und die erotische Ausstrahlung eines Fahrkartenkontrolleurs verströmte, bestellte die schweißtreibende Pasta wieder ab und rührte, nachdem er auch auf das ansonsten so geliebte Tartufo con Amaretto verzichtete, versunken in seinem flüchtig mit einem halben Löffel Zucker gesüßten Espresso.

»Lass uns zahlen, Baby«, brummte er plötzlich und angelte nach der Brieftasche, die in der Innentasche seines über der Stuhllehne hängenden Sakkos steckte.

»Jetzt schon?«, erwiderte sie unwillig. »Aber ich hab ja noch nicht mal meine Zabaione aufgegessen. Und eigentlich möchte ich auch noch einen Espresso.«

Kirchner ließ das Kinn sinken und nippte an seinem warm gewordenen Wein. Er hasste Zabaione. Wurde die nicht mit rohen Eiern zubereitet?

»Deine Unruhe ist wirklich kaum auszuhalten«, sagte Barbara.

»Ich muss noch mal versuchen, Steinwald in Bremen zu erreichen, ich muss wissen, was da los ist. Dieses Nichtstun macht mich noch ganz verrückt«, sagte er, erhob sich und ließ achtlos einen Fünfzigmarkschein auf den Tisch fallen.

Im Polizeihaus am Wall in Bremen brach in diesen Minuten die Technik zusammen. Die Elektronik gab den Geist auf, es herrschten chaotische Zustände. Die Mithöranlage für Telefongespräche funktionierte nicht mehr, und direkt nach draußen telefonieren konnten die Führungsbeamten, unter ihnen Steinwald, ebenfalls nicht mehr. Jedes Gespräch musste über die Vermittlung angemeldet werden.

Als der gekaperte Bus später die Raststätte Grundbergsee anfährt, kommen die Funksprüche meist nur noch verstümmelt oder gar nicht mehr an. Befehle und Anfragen sind kaum noch voneinander zu unterscheiden. Ein folgenschwerer Umstand, wie die späteren Ereignisse vor Ort zeigen sollten.

»Rolf, bitte«, sagte Barbara und ließ ihren Löffel in die Zabaione sinken. Kirchner konnte sehen, wie es hinter ihrer Stirn arbeitete. Dann zog sie ruppig ihre Serviette hervor, tupfte sich den Mund ab und warf sie neben ihren Teller. »Ach, verdammt.«

Im Hinausgehen kam ihnen Beppe, der Pächter des Restaurants, entgegen, stellte sich Kirchner in den Weg und sah ihn mit gespielter Empörung an: »Dottore? Sie gehen schon? Hat es Ihnen etwa nicht geschmeckt?« Dabei suchte er, an Kirchner vorbei, Barbaras Blick, als stünde in ihren Augen die Antwort auf seine Frage.

»Alles bestens«, wiegelte Kirchner ab, verpasste dem kleinen Mann einen jovialen Klaps auf die Schulter und drängte an ihm vorbei nach draußen.

Als sie im Wagen saßen und Barbara den ersten Gang einlegte, sah er sie entschuldigend an und sagte: »Ich krieg's einfach nicht aus dem Kopf.« Und plötzlich, in der Enge des Wagens, fühlte er sich sekundenlang wieder wie damals, wenn er als kleiner Junge in der Hombrucher Wohnung seiner Großmutter zwischen Wasserkästen und Vorratsgestell in der Speisekammer saß, in »Rolfis Gefängnis« saß und darauf wartete, dass ihn jemand aus seinem selbstgewählten Kerker und von seiner Angst befreite.

»Schon gut«, antwortete sie und rangierte den Wagen aus der Parklücke. »Aber meine Zabaione hättest du mich schon noch zu Ende essen lassen können.«

»Ja, stimmt«, erwiderte er kleinlaut und schob den rechten Arm aus dem geöffneten Fenster. Und dann fuhren sie durch die warme Nacht, hinein in die blendenden Lichter der entgegenkommenden Fahrzeuge, ohne dass sie ein Wort sprachen. Aus den Boxen im Fond erklang »Seven Wonders« von Fleetwood Mac, Barbaras momentaner Lieblingssong, dessen Bassrhythmus sie mit dem Daumen auf dem Lenkrad mittrommelte.

Einmal glaubte er, als sie an einer roten Ampel zum Stehen kamen, den wegen der Dauerhitze erhöhten Puls der Stadt spüren zu können. Bis er begriff, dass das dumpfe, niederfrequente Wummern aus dem Wagen neben ihnen kam, einem aufgemotzten dunklen Golf GTI, in dem zwei junge Männer saßen, die trotz der Dunkelheit verspiegelte Sonnenbrillen trugen.

Früher, als er noch Streife fuhr, hätte er die beiden aus ihrem Fahrzeug geholt und ihnen eine seiner berüchtigten Lektionen in Sachen Straßenverkehrssicherheit erteilt. Früher. Er musste Steinwald erreichen.

***

Trotz des vom operierenden Arzt hinterher als zufriedenstellend bezeichneten Eingriffs (»Es war, als hätte man Zuckerwatte vernäht«) war Pauls Temperatur plötzlich dramatisch angestiegen. Fiebersenkende Maßnahmen waren zwar umgehend ergriffen worden, doch der sowohl durch den operativen Eingriff als auch die Antibiotikatherapie geschwächte Gesamtorganismus sprach nur unzureichend auf die eingeleiteten Maßnahmen an. Ein plötzlicher Herzstillstand war nun nicht mehr auszuschließen. Pauls Zustand wurde als akut lebensbedrohlich eingestuft.

***

Der Minutenzeiger der Uhr am Eingang des Kinderkrankenhauses Amsterdamer Straße rückte auf 26 Minuten nach acht vor, und Thomas Bertram, der den ganzen Tag außer Kaffee nichts zu sich genommen hatte, spürte, wie das Getränk seine toxische Wirkung zu entfalten begann.

Seine Arme und Beine kribbelten, als signalisiere der Ausfall erster Nervenzellareale infolge einer idiopathischen Polyneuropathie den finalen, alles entscheidenden Schlag gegen sein angeknackstes peripheres Nervensystem. Zudem schwappte ihm in intervallartigen Schüben Magensäure in die Speiseröhre, was ein fieses Brennen zur Folge hatte. Gleichzeitig meinte er alles mit einer geradezu schmerzhaften Überschärfe wahrzunehmen. Seine Augen brannten, und am ganzen Körper registrierte er ein nicht nachlassendes Jucken. Bertrams Akku war leer und kurz davor, den Geist aufzugeben.

Seit nunmehr 40 Stunden bangten sie um das Leben ihres Sohnes. Amina war inzwischen in eine Art katatonische Starre verfallen. Sie lag wie festgeschnallt auf ihrem Bett und hatte das Abendessen, zwei mit Käse und Bierschinken belegte Scheiben Sauerteigbrot, eine Tasse Hagebuttentee sowie einen Danone-Diätjoghurt Aprikose, bisher nicht angerührt. Ausgelaugt wie zwei Boxer, die in zwölf mörderischen Runden an die Schmerzgrenze und darüber hinausgegangen waren, kauerten sie in ihren Ecken: Amina auf ihrem Bett und Bertram auf dem Besucherstuhl. Apathisch starrte er auf die Monde seiner Fingernägel und malte sich aus, wie wohl eine gemeinsame Zukunft für sie alle aussähe, sofern sie die fürchterliche Prüfung, die ihnen auferlegt worden war, bestanden. Dabei lag die alles entscheidende zwölfte und über Sein oder Nichtsein entscheidende Runde ja noch vor ihnen.

Die Begegnung mit Sirvan in der Herrentoilette erschien ihm plötzlich seltsam unwirklich, wie geträumt.

Neben dem Stuhl, auf dem Boden, lag die Bildzeitung. Zum

x-ten Mal las er die fettgedruckten Worte »Drama« und »Geiselgangster«, als die Tür aufging und die diensthabende Schwester das Zimmer betrat, eine in den Hüften auffallend kräftige Person.

Anfangs waren sie bei jedem Geräusch, das auf dem Flur laut wurde (näher kommende Schritte, die vor ihrem Zimmer verhielten, oder Stimmen, die bedrohlich klangen und plötzlich verstummten) zusammengezuckt, gelähmt von der Angst, draußen stehe der Überbringer der alles entscheidenden Nachricht. Doch als nun die Schwester im Zimmer vor ihnen stand und sie abwechselnd ernst ansah, blickten sie bloß noch auf wie zwei Dösende in einem spätnachmittäglichen Zugabteil.

Die Hände der Frau ballten sich zu Fäusten, dann trat sie an Aminas Bett, räusperte sich und sagte: »Da sich die Situation Ihres Sohnes leider dramatisch verschlechtert hat, haben wir die hauseigene Seelsorgerin, Frau Gadient, gebeten, sich für eine Nottaufe Ihres Kindes bereitzuhalten.« Sie ließ ihren Blick nun abwechselnd zwischen ihnen hin- und hergehen. »Oder haben Sie Einwände dagegen? Ich meine, Sie möchten doch sicher, dass Ihr Kind, sollte es sterben, was wir natürlich alle nicht hoffen, anschließend ordentlich beerdigt werden kann?«

Nun, da sie gesagt hatte, was zu sagen gewesen war, öffneten sich ihre Fäuste, und sie faltete die Hände vor dem Bauch. Aminas Hände, die auf der Bettdecke lagen, zitterten.

Am liebsten wäre Bertram aufgesprungen und aus dem Zimmer gelaufen, irgendwohin, wo er allein war und seinen Schmerz, die Wut und die Trauer, die in seinem Innern wüteten, aus sich herausschreien konnte. Doch er starrte nur wie hypnotisiert auf die Hände der Krankenschwester. So, als müssten sie jeden Moment auf ihn zuschweben und sich ihm, gegeneinandergeschoben, darbieten wie ein mit Chloroform getränktes Kissen, in das er sein Gesicht pressen konnte, um sich zu betäuben.

Er hatte sich manchmal, in Momenten grenzenloser Selbstüberschätzung, gewünscht, das Schicksal möge ihn in den Mittelpunkt eines Dramas rücken, eines Unfalls, einer Krankheit oder eines sonst wie gearteten Unglücks, das ihn zum Adressaten menschlicher Anteilnahme und nicht nachlassenden Trostes machte. Nun fand er sich mittendrin in einem solchen Drama. Doch von Anteilnahme oder Trost keine Spur.

Amina hob die linke Hand vors Gesicht und begann sich, wie von Stromstößen durchzuckt, zu schütteln. Tränen rannen ihr übers Gesicht, und mit Blick auf die vor ihr stehende Krankenschwester rief sie: »Ich will zu meinem Kind!«

***

»Die Täter lernen nicht aus den Fehlern, die andere vor ihnen gemacht haben«, sagte der frühere LKA-Chef Dr. Gerald Sikorski selbstgefällig und blinzelte, von den Studioscheinwerfern geblendet, in die auf ihn gerichtete Kamera 1. »Die haben offenbar nicht mitbekommen, dass sämtliche Geiselnahmen bisher schiefgegangen sind. Alle Geiselnahmen haben mit der Festnahme der Täter geendet. Die Aufklärungsquote liegt bei neunzig Prozent.«

Sikorski war der Einladung ins »Nordschau«-Studio nur widerwillig gefolgt. Jahrelang widmete er sich dem Kampf gegen die organisierte Kriminalität, und am Ende, als man ihn nach 36 Dienstjahren in den Ruhestand entließ, konnte er auf eine durchaus erfolgreiche Amtszeit als LKA-Chef zurückblicken. Dass man ausgerechnet ihn aus einer Sitzung des vor Jahren von ihm ins Leben gerufenen Ausschusses für eine radfahrerfreundlichere Stadt herausholte, nur um das ohnehin zum Scheitern verurteilte Vorgehen zweier minderbemittelter Geiselgangster zu kommentieren, statt einen in die aktuellen Geschehnisse involvierten Kollegen ins Fernsehstudio zu bitten, behagte ihm überhaupt nicht. Trotzdem ließ er es sich nicht nehmen, noch anzufügen: »Es ist sicherlich neu, dass man als Fluchtfahrzeug einen Bus kapert.«

Am Studiotisch ihm gegenüber saß Bremens Senatspräsident

Eberhard Wilke, griff sich in die zuvor von irgendeiner Maskenbildnerin flüchtig mit Spray fixierten Haare (die sich nun anfühlten wie Stahlwolle) und verfolgte mit leicht zusammengekniffenen Lidern seine Ausführungen. Zwischen ihnen saß Ellen Pander, die an diesem Abend die »Nordschau« moderierte.

Ellen Pander war eine ehemalige Miss Niedersachsen und für Sikorskis Geschmack sichtlich in die Jahre gekommen. Sikorski, dem lange der Ruf eines Womanizers vorausgeeilt war, hatte ihr in früheren Jahren ein paarmal an gleicher Stelle in seiner Funktion als LKA-Chef gegenübergesessen. Nun starrte er irritiert auf die Fältchen um ihren Mund und ihre Augen, in denen das zimtbraune Make-up-Puder klebte wie lieblos an eine rissige Hauswand geschleuderter Speis.

Am äußersten Tischrand zu seiner Linken saß Panders Mitarbeiter Jens Fröhling vor einem steingrauen Telefon und studierte seine Unterlagen, als sich plötzlich Kamera 2 wie ein gelangweiltes riesiges Insekt ihm zuwandte, das Rotlicht ansprang und der Mann mit dem braunen, nackenlangen Haupthaar seinen Kopf hob und sagte: »Inzwischen sind fünf Geiseln in der Hand der Geiselnehmer. Sie wollen einen schnellen Fluchtwagen haben, in dem für alle Platz ist.«

4 Kilometer Luftlinie von der kleinen Nordschau-Experten-Runde in der Diepenau 10, unweit der Weserpromenade, entfernt stand Hans-Jürgen Rösner auf der untersten Stufe des vorderen Buseinstiegs und sah hinüber zu den hinter parkenden Fahrzeugen und Mauervorsprüngen verschanzten Polizisten. Verdammte Feiglinge, dachte er und blickte zum Himmel, der sich wie eine hellgraue Plane über das Viertel gebreitet hatte.

Plötzlich trat ein Betrunkener vor den Bus und rief: »Du Arsch, was machst 'n du hier? Haste was zu rauchen?« Rösner hielt ihm eine halbvolle Schachtel West hin, und der Alte zog ab.

Mechanisch zog Rösner an seiner Zigarette und stieß den

Rauch zwischen den Zähnen hindurch. Dabei ließ er seinen Colt langsam nach vorn kippen. Vor wenigen Minuten hatte er einen Schwerbehinderten, der ihm zitternd seinen Ausweis hinhielt, und eine alte Frau freigelassen. Als ihn immer mehr Leute bedrängten und um ihre Freilassung bettelten, riss er den Colt hoch und brüllte in die Tiefe des Busses: »Jetzt kommt keiner mehr raus!«

Drüben stand dieser Peter Ahrens in seinem leuchtend weißen Leinensakko, umringt von Fernsehleuten, die ihre Kameras auf ihn gerichtet hielten, und verkündete, was er ihm wenige Minuten zuvor aufgetragen hatte:

»Die fordern jetzt ein Fahrzeug, und zwar eins, das nicht mit Wanzen bestückt ist, sondern eins hier, das von den Pressekollegen zur Verfügung gestellt werden kann.« Dabei deutete er auf eines der rechts am Straßenrand abgestellten Autos. »Dann fordern sie, dass ein Polizist, ohne Waffe, mit Händen auf dem Rücken gefesselt, für eine weitere Geisel zur Verfügung gestellt wird. Im Austausch der ganzen Geiseln, die jetzt im Bus sind.«

»Und dann wollen sie die Leute im Bus freilassen?« erwiderte der »Nordschau«-Reporter.

»Ja, dann wollen sie die Leute freilassen. Und dann ist auch Ruhe«, antwortete Peter Ahrens und strahlte übers ganze Gesicht. »So, jetzt muss ich noch einen von der Kripo finden. Ist gar nicht so einfach hier.« Dann machte er sich von den Fernsehkollegen los und strebte auf die Polizisten zu, die sein Interview aus sicherer Distanz verfolgten.

Alles war ganz einfach gewesen, so, als hätte er nie etwas anderes gemacht. Rösner hatte ihn zu seinem Mittelsmann gemacht, und, ja, er genoss seine Rolle. Die Scharlow wird sich totärgern, dachte er und atmete einmal tief durch.

***

»Haben Sie die etwa alle gelesen?«, sagte er, trat vor eines der im Halbdunkel des Zimmers buntschimmernden Bücherregale und zog einen Band heraus. Vicki Baums »Liebe und Tod auf Bali«.

»Lassen Sie das«, sagte Brigitte energisch, schob sich zwischen ihn und das Regal. Dabei kam sie ihm so nah, dass sie durch den Geruch von Seife und Schweiß hindurch den Alkohol riechen konnte, den seine Haut ausdünstete.

»Okay, okay«, erwiderte er, schob das Buch zurück in die entstandene Lücke und fuhr wie ein Gitarrist, der seine Finger einmal andeutungsweise über alle sechs Saiten gleiten lässt, ohne sie wirklich anzuschlagen, an ihr vorbei über die verschiedenfarbigen Buchrücken und schob nun seinerseits sein Gesicht so nah an ihres heran, dass sie nicht anders konnte, als einen Schritt zur Seite zu machen, um ihm auszuweichen.

»Raus hier! Sofort!«, rief sie und wies mit dem ausgestreckten Arm auf den Flur. Doch der Mann, der sich Boris nannte, dachte gar nicht daran, ihrer Aufforderung Folge zu leisten, sondern griff stattdessen nach dem hellen und wie ein Foto im Regal lehnenden quadratischen, streichholzschachtelgroßen Stück Karton, das Brigitte vor Jahren aus einem Verlagsprospekt ausgeschnitten hatte, und begann laut zu lesen: »Ich muss mir eine innere Welt erschreiben, wenn mir die äußere zu gefährlich wird. Vicki Baum.«

Er verzog sein Gesicht zu einem verächtlichen Grinsen und stellte das Stück Karton wieder an seinen Platz zurück: »Ziemliche Spinnerin, diese Vicki Baum, was? Ich muss mir eine innere Welt erschreiben, wenn mir die äußere zu gefährlich wird. So ein Blödsinn!«

»Raus, habe ich gesagt!«, rief Brigitte und zog ihn an der Schulter in Richtung Flur.

»Raus, habe ich gesagt«, äffte er sie nach und entwand sich ihrer Berührung. »Das klingt aber gar nicht nett.«

Er sah sich im Raum um und betrachtete länger das Poster,

das schwarz gerahmt über dem hüfthohen Regal hing, in welchem Brigittes Baum-Erstausgaben standen. Darauf war ein mit einem rostbraunen Anzug bekleideter Hotelpage zu sehen, der vor einer gläsernen Drehtür stand, eine Tasche unter den Arm geklemmt hielt und einen Koffer und einen Vogelkäfig trug. Auf dem Boden stand eine weitere Tasche, daneben eine braune Hutschachtel. An der weißen Wand neben ihm war in blauen, historisch anmutenden Lettern zu lesen: »Vicki Baum«, und darunter: »Menschen im Hotel«.

Brigitte hatte das gemalte, dem 1932 erstmals gezeigten Film nachempfundene Kinoplakat vor Jahren auf einem Flohmarkt auf dem Universitätsgelände in der Nähe des Albertus-Magnus-Platzes ergattert und es rahmen lassen. Seither hing es am selben Platz. Wenn sie in ihrem Lounge Chair saß und etwas las oder nachdachte, wanderte ihr Blick regelmäßig früher oder später dorthinauf.

»Wer ist denn diese Baum? Eine Filmtussi oder so?«

»Eine Schriftstellerin«, antwortete Brigitte genervt. »Und wenn Sie jetzt nicht auf der Stelle dieses Zimmer verlassen, rufe ich die Polizei, damit die sie noch heute aus der Garage schafft!«

»Bin ja schon weg«, sagte er und wischte, ohne dass sie es bemerkte, im Hinausgehen den mit dem Baum-Zitat bedruckten kleinen Karton aus dem Regal, der daraufhin wie ein im Flug abgeschossener Vogel trudelnd zu Boden fiel.

Er musste das Foto von Martin, das gerahmt auf ihrem Schreibtisch stand, gesehen haben. Denn als sie wieder in der Küche standen, sagte er: »Der Typ auf dem Foto da im Arbeitszimmer? Ist das Ihr Mann?«

»Und wenn schon«, erwiderte Brigitte schroff. Sie überlegte fieberhaft, wie sie ihren aufdringlichen Gast möglichst schnell wieder loswerden konnte. Sie dachte: Was habe ich dumme Kuh mir bloß dabei gedacht, so einen überhaupt in mein Haus zu holen? Doch in ihre Überlegungen hinein sagte der Mann: »Was macht Ihr Mann denn so?«, und nahm wieder am Tisch Platz. »Beruflich, meine ich.«

»Journalist«, antwortete Brigitte rasch, aber widerwillig, um Zeit zum Nachdenken zu gewinnen.

»Aha, na toll«, sagte er abfällig und wischte mit großer Geste die Brosamen, die neben seinem Teller lagen, vom Tisch. »Bestimmt einer von diesen Sensationstypen, die andere in die Scheiße schreiben.«

»Ich verbiete Ihnen, hier so zu reden«, rief sie. »Was fällt Ihnen ein? Verschwinden Sie auf der Stelle aus meinem Haus!«

»Ist ja gut«, sagte er breit grinsend und machte eine abwehrende Geste, blieb aber beharrlich sitzen.

»Gehen Sie jetzt bitte«, sagte sie. Doch so, als hätte er ihre Aufforderung überhaupt nicht gehört, sagte er: »Über was schreibt Ihr Journalist denn so?«

»Martin war, ich meine, er ist Kriegsberichterstatter, wenn Sie es genau wissen wollen. Und jetzt verlassen Sie bitte mein Haus.« Seine beharrliche Weigerung, ihrem Wunsch Folge zu leisten und zu verschwinden, machte sie langsam nervös. »Hören Sie, ich habe noch zu tun, also wenn Sie jetzt bitte gehen könnten, ja? Das wäre wirklich sehr nett.«

Er schien ihre wachsende Ratlosigkeit zu spüren. »Kriegsberichterstatter, aha«, sagte er und fuhr sich gravitätisch übers behaarte Kinn. »Über welche Kriege schreibt er denn so?«

»Libanon, Gaza, Äthiopien. Frage beantwortet?« erwiderte sie, riss die Kühlschranktür auf, nahm eine Wasserflasche heraus und warf die Tür krachend wieder zu.

»Das sind doch alles beschissene Lügner«, ereiferte sich Boris und kratzte sich zwischen den Beinen. »Von wegen journalistische Wahrheit. Was die da gerade über die beiden Geiseltypen in Bremen schreiben. Drehen Sie mal das Radio an. Für die sind die doch bloß Abschaum. Die sind doch alle korrupt. Von der Stasi oder vom Verfassungsschutz oder der CIA bezahlt, um den Laden hier mal ’n bisschen aufzumischen und die richtigen Feindbilder am Laufen zu halten! Alles eine Frage von, na, Sie wissen schon, Kohle!« Er rieb Daumen und Zeigefinger demonstrativ gegeneinander.

Brigitte spürte, wie vor Wut ihre Oberlippe zu flattern begann. Sie knallte die beschlagene Wasserflasche auf den Küchentisch und rief: »Jetzt hören Sie mir mal genau zu, Sie verdammter Klugscheißer! Ohne Leute wie meinen Mann würden Sie gar nicht wissen, was da unten im Libanon überhaupt los ist. Oder dass in Äthiopien Hunderttausende in einem sinnlosen Krieg sterben. Oder meinen Sie vielleicht, Reporter wie mein Mann fahren da zum Spaß runter? Um sich ein paar Wochen lang die Sonne auf den Bauch scheinen zu lassen? Oder um ein bisschen Krieg mitzuerleben, weil sie grad nichts Besseres zu tun haben? Oder weil sie lebensmüde sind? Ganz bestimmt nicht. Also reden Sie, verdammt noch mal, nicht so über Leute, die ihr Leben für die Wahrheit aufs Spiel setzen! Die es sich zur Aufgabe gemacht haben, über das zu berichten, was andere verschweigen oder vertuschen. Und die für Glaubwürdigkeit kämpfen und sich der Realität stellen. Sie dagegen hocken wochenlang in meiner Garage, saufen billigen Fusel und halten hier große Reden! Fahren Sie doch mal runter nach Beirut. Oder nach Somalia, wenn Sie den Mut dazu haben. Na los! Nur zu, Sie Großmaul!«

An dieser Stelle ging ihr die Puste aus. Erschöpft drehte sie die Flasche auf und trank von der eiskalten Flüssigkeit. Doch da holte er auch schon zum Gegenschlag aus.

»Das müssen Sie grade sagen. Wochenlang setzen Sie keinen Fuß vor die Tür, dabei tobt der Krieg, von dem Sie da so großspurig reden, direkt vor Ihrer Haustür. Da draußen. Tag für Tag. Doch Sie, Sie sitzen hinter runtergelassenen Rollläden zwischen Ihren bunten Büchern und tun so, als ginge Sie das alles nichts an. Aber Sie sind ja ’ne Künstlerin oder so was und halten sich schon für eine Wohltäterin, bloß weil Sie einen wie mich mal unter

Ihre Gartendusche lassen und ihm Rührei machen. Vor Ihrer Tür könnte einer tot umfallen, und Sie würden's nicht mal merken! Und was da in Bremen läuft, davon haben Sie natürlich auch keinen Schimmer. Und Ihr sogenannter Kriegsreporter sicher auch nicht, weil er ja gerade wieder in Somalia rumschnüffeln muss. O Mann, Sie kotzen mich vielleicht an!«

Er machte mit der Hand eine wegwerfende Geste und lehnte sich zurück. Da packte sie die Flasche am Hals und riss sie drohend in die Höhe, so dass Wasser herausspritzte und auf den Boden lief. »Raus jetzt! Raus! Aber sofort! Und morgen früh sind Sie verschwunden! Andernfalls hole ich die Polizei!«

Ein paar Sekunden lang sah er sie verächtlich an. Dann erhob er sich provozierend langsam, stieß den Stuhl bewusst so kräftig nach hinten, dass er polternd umfiel, und sagte: »Wie Sie wollen«, drehte sich um und ging.

Nachdem er verschwunden war, saß Brigitte noch lange in ihrer Küche, trank nachdenklich von dem geöffneten Rioja und rauchte. Vor ihr lag der kleine helle Karton mit dem Baum-Zitat, das aus irgendeinem Grund im Arbeitszimmer auf dem Boden gelegen hatte.

Als aus der Garage Geräusche ertönten, ein Brummen, als ob jemand den Putz der Außenwand abschliff, durchsetzt von Radiostimmen. Dieser Kerl wollte sie offenbar ärgern und hatte sein Kofferradio, das ihr beim Betreten der Garage aufgefallen war, so laut aufgedreht, dass sie fast jedes Wort verstand. Sie nahm sich zwei Zigaretten aus der Player-Packung, knickte die Filter ab und schob sie sich wie die Stöpsel ihres Sony-Walkman in die Ohren. »Nicht mit mir, du Mistkerl!«

10

dpa – Basisdienst, Hamburg

Flucht zwei und Schluß (Gladbeck) –
Heller Audi als Fluchtwagen

Der Fluchtwagen, ein heller Audi 100 mit dem Kennzeichen SHG-PE 42, entschwand in langsamer Fahrt in der Dunkelheit. Die Polizei hatte die zahlreichen Journalisten eindringlich gebeten, den Fluchtwagen nicht zu verfolgen, um die Geiseln nicht in Gefahr zu bringen.

Auf den Abbildungen der zerfledderten Volksausgabe des Lexikons der antiken Mythen seines Vaters aus dem Jahr 1964, die neben »Gullivers Reisen« im Wohnzimmerregal stand, war Charon unter anderem mit einem dunklen Schifferkittel bekleidet gewesen und hatte auf Adam beim ehrfürchtigen Betrachten einen ziemlich finsteren Eindruck gemacht.

Der alte Fährmann, der die Seelen der Toten über den Styx in den Hades schifft, verfolgte ihn als Jungen bis in seine Träume. Trotzdem musste er sich die drei Abbildungen immer wieder zwanghaft anschauen. Die erste zeigte einen Ausschnitt aus dem »Jüngsten Gericht« von Michelangelo. Die zweite war eine Darstellung aus Dantes »Göttlicher Komödie« und die dritte ein Fresko von Luca Giordano, das den Titel »Die Barke des Charon« trug. Auf allen dreien war Charon als muskulöser Riese dargestellt. Mit stechendem, furchteinflößendem Blick, wehendem Haar und riesigen spitzen Ohren.

Als er über sein Lenkrad gebeugt hörte, wie der eine Geiselnehmer mit dem vor ihm stehenden Mann mit dem Fotoapparat sprach, in der einen Hand den riesigen schwarzen Colt, in der anderen eine Zigarette, sah er auf einmal wieder Michelangelos Fährmann vor sich. Jetzt bin ich selbst ein Charon, dachte Adam, mit einem Bus voller armer Seelen auf ihrer Reise ins Ungewisse. In die Hölle?

Der Mythologie zufolge legte man den Toten eine Münze unter die Zunge, mit der sie Charon für seinen Dienst bezahlten. Wer keine Münze hatte, war dazu verurteilt, eine Ewigkeit lang an den Ufern des Styx umherzuirren. Was würden die beiden Typen, die den Bus seit einer halben Stunde in ihrer Gewalt hatten, ihnen statt der Münze unter die Zungen legen, bevor sie sie ins Jenseits beförderten? Ihre entwerteten Fahrscheine der Bremer Straßenbahn AG vielleicht? Oder die nach Öl riechenden Läufe ihrer Colts?

»Wir werden heil aus allem herauskommen«, rief seine Mutter Kachna jedes Mal beschwörend aus, wenn zu Hause in Srodula einer von ihnen mal wieder in der Klemme steckte. Als ihrem Mann eines Nachts ein Betrunkener vor den Wagen gelaufen war und man ihn wegen Körperverletzung anklagte und vor Gericht zerrte. Und auch, als sie eines Tages aus ihrer alten Wohnung an der lauten, aber geliebten Generale Stefana Grota Roweckiego vertrieben wurden, weil das Gebäude ohne ihr Wissen den Besitzer wechselte und der neue Eigner ihnen ohne Vorankündigung fristlos den Mietvertrag kündigte. »Wir werden heil aus allem herauskommen.« Ungezählte Male hatte Adam diese sechs Wörter aus dem Mund seiner Mutter gehört. Doch wie oft hatte sie am Ende damit recht behalten?

Er sah in den Rückspiegel. Ganz hinten, aneinandergekauert, saßen ein Junge und ein Mädchen. Der zweite Gangster stand mit dem Rücken zu ihm und hielt ebenfalls einen schweren schwarzen Colt in der Hand.

Das alles erschien ihm seltsam unwirklich, als müsste er nur die Augen aufreißen, und der Spuk wäre vorbei. Er spürte, wie die nicht nachlassende Hitze seine Glieder zu lähmen begann. Und plötzlich klammerte sich etwas in ihm an dieses von der Mutter so oft beschworene »Wir werden heil aus allem herauskommen«.

Er versuchte an etwas anderes zu denken und stellte sich den Geruch von Marthas nacktem Körper vor. Ein Duft, so wie Erde riecht, wenn langer Regen plötzlich endet. Ob sie seinen Brief wohl schon gelesen hatte? Und wie es der Taxifahrerin wohl ging, deren leuchtende graublaue, nicht sehr große Augen ihn seit ihrer Begegnung im Dom verfolgten. Er sah ihr blasses, von schulterlangen dunklen Haaren umrahmtes Gesicht vor sich. Ob beide wohl inzwischen mitbekommen hatten, was hier los war?

Adam sah nach draußen, wo die Fotografen sich in sicherer Entfernung aufbauten und ihre Kameras auf den Bus richteten. Ängstlich hinter einer Mülltonne verschanzt stand Alfred Borgward. Doch wo war die Polizei? Wieso taten die nichts? Das Krächzen eines Funkgeräts drang schwach zu ihnen herein. Keine 50 Meter von ihnen entfernt leitete ein Polizist den Verkehr mit einer Kelle um.

Der blonde Mann mit der Kamera und dem Ohrstecker, der sich eben noch mit dem Geiselnehmer unterhalten hatte, war zu seinen Kollegen gelaufen und wies nun mit ausgestrecktem Arm zu ihnen herüber.

Plötzlich sprang der Gangster aus dem Bus, riss den Colt hoch und brüllte: »Ihr verdammten Schweine!« Dann feuerte er ein paarmal auf eines der oberen Fenster des schräg gegenüberliegenden Wohnhauses und rief: »Scheißbulle! Komm raus da!« Anschließend richtete er die Waffe kurz auf die Journalisten, die das Ganze im Schutz der parkenden Autos beobachteten, drehte sich fluchend um und kam wieder in den Bus.

Adam konnte den Schweiß des Mannes riechen, der vor ihm auf der obersten Trittstufe stand und hinüber zu den Journalisten spähte. Jede seiner Bewegungen wirkte so, als koste es ihn inzwischen große Anstrengung, den Colt zu halten und den Überblick nicht zu verlieren. Zugleich machte er auf Adam den Eindruck eines Menschen, der trotz seiner Müdigkeit die Dinge zu Ende brachte, die er begonnen hatte. Er steckte sich eine Zigarette an der Zigarette an und inhalierte hastig. Dabei konnte Adam die verschlungenen Tätowierungen an seinen Händen und am Arm sehen, die seine Haut musterten wie bei einer exotischen Schlange.

Im Bus herrschte eine Atmosphäre aus lautloser Anspannung und Ungeduld. Genau wie damals bei der Beerdigung seiner

Mutter. Schweigend hatten sie in der kleinen, zugigen Friedhofskapelle des Widok cmentarza auf den kalten, unbequemen Holzbänken gesessen und eine halbe Ewigkeit darauf gewartet, dass sich die Tür der angrenzenden Sakristei öffnete und der Priester endlich mit der Totenfeier begann. Die Kleider der wenigen anwesenden Trauergäste hatten den schweren, betäubenden Geruch des Regens, der seit Stunden auf das offene Grab fiel, in dem man in Kürze den Sarg seiner Mutter versenken würde, mit hereingebracht und den nachlässig verputzten Raum damit erfüllt.

Die Zeremonie war zur Überraschung aller bereits nach einer Viertelstunde vorüber gewesen, und als sie hinterher dem Priester, einem kleinen, linkisch wirkenden Mann, der sie über die Ränder seiner verbogenen Schildpattbrille hinweg teilnahmslos angesehen hatte, die Hand gaben, um sich zu bedanken, hatte Adam dessen schweren, alkoholisierten Atem gerochen. Als sie dann noch in ihrer Srodulaer Wohnung beieinandersaßen und bei ein paar Gläsern anekdotenreich der Toten gedachten, hatte er, der die Totenfeier noch mit spürbarer Teilnahmslosigkeit abgehalten hatte, sich plötzlich, nachdem er ein halbvolles Wasserglas Śliwowica hinuntergestürzt hatte, als so redselig erwiesen, dass Adam ihm am liebsten auf der Stelle eigenhändig das Maul gestopft hätte.

Seit er von zu Hause fort war, wo er bis zuletzt unter Karolys Schutz stand, entwickelte Adam vollkommen neue Instinkte. So glaubte er inzwischen, tatsächlich riechen zu können, wenn ihm jemand Böses wollte oder wenn Gefahr drohte. Seine Fluchtinstinkte hatten sich verfeinert. Er schlief nachts weniger tief, war sensibler für Geräusche. Wo er früher rasch und ohne zu überlegen Freundschaften schloss, hielt er sich heute zurück. Zu seinem wichtigsten Gesprächspartner war seine innere Stimme geworden. Und die sagte ihm: »Vorsicht, Adam! Die Typen sind eiskalt.«

Mit Blick auf den Jungen im hinteren Busteil, der schützend

seinen Arm um das dunkelhaarige Mädchen gelegt hatte, hätte er am liebsten zu dem Gangster gesagt: »Ihr wollt doch nicht das Leben der beiden Kinder da hinten aufs Spiel setzen, oder?« Doch als könnte er seine Gedanken lesen, sah der ihn kalt an. Und Adam begriff, dass sie genau das vorhatten.

»Ich hab die Forderungen überbracht«, erklang die Stimme des Mannes mit dem Ohrstecker, der vermutlich auch zu den Fotografen gehörte, draußen vor dem Bus. Geradezu kindlich lächelte er den Gangster an. »Kann ich jetzt ein paar Fotos von euch im Bus machen?«

Der Gangster zog an seiner Zigarette, stieß den Rauch zwischen den Zähnen hindurch und sagte: »Klar, warum nicht.«

***

»Keep your feet on the ground and keep reaching for the stars.« Die letzten Worte von Casey Kasem, mit welchen er seit Jahrzehnten die »American Top 40« regelmäßig beschloss, gingen in den ersten Takten der Bee-Gees-Nummer »Shape of Things to Come« unter, und Chris Mahler setzte den Blinker. Beschwingt steuerte sie den Wagen in Richtung Busbahnhof Huckelriede.

Wie sehr sie diesen Satz von Kasem liebte. Und wie oft sie ihn wohl in ihrem Leben gehört hatte? Keep your feet on the ground and keep reaching for the stars. Sicher tausendmal, seit sie mit vierzehn ihr haselnussbraunes Grundig-Kofferradio bekommen hatte. Ein Geburtstagsgeschenk ihres Vaters, gekauft in der Elektronikabteilung bei Hertie. Damals hörte sie die warme, sympathische Stimme des Amerikaners das erste Mal. Ja, sie stand wieder fest auf dem Boden. Und, ja, sie hatte große Lust, nach den Sternen zu greifen!

»Schalten Sie doch bitte mal RB 1 ein«, erklang vom Rücksitz die Stimme ihres Fahrgastes. Kurz zuvor hatte sie den hageren, schätzungsweise 35-jährigen Mann in der Charlottenstraße eingeladen. Typ Versicherungsvertreter: dunkles Sportsakko, Brille, kantiges Kinn, Oberlippenbärtchen, verkniffener Blick, billiges Rasierwasser.

»Muss das sein?« Widerwillig suchte sie die schwach erleuchtete UKW-Frequenzskala so lange ab, bis aus dem Durcheinander der Stimm- und Tonfetzen der brummige Bass des RB-1-»Rundschau«-Moderators Rainer Gausepohl erklang.

»Die beiden Geiselnehmer haben den Bus der Linie 53 am Busbahnhof Huckelriede seit nunmehr 36 Minuten in ihrer Gewalt. An Bord befinden sich unbestätigten Angaben zufolge 27 Personen, darunter zwei Kinder. Über die genauen Forderungen der Männer herrscht im Moment noch Unklarheit. Und die Polizei lehnt Verhandlungen mit ihnen zum jetzigen Zeitpunkt ab. Wir schalten jetzt raus zu unserem Reporter Christian Siegel in Huckelriede. Christian, was kannst du zur momentanen Lage vor Ort sagen? Wie reagiert die Polizei?« Die aufgeregte Stimme des Reporters erklang.

»Sie wollen doch wohl nicht etwa da hin?«, sagte Chris, und suchte den Blick ihres Gastes im Rückspiegel.

»Doch«, antwortete der knapp und drehte die Scheibe herunter, so dass ihr augenblicklich die trockene, heiße Nachtluft um die Schultern wirbelte.

Im schnellen Wechsel flogen draußen die Leuchtreklamen der Bars und Geschäfte vorbei. Chris hatte das Gefühl, als lenke sie den Wagen durch die nächtliche Sahara, vorbei an grell beleuchteten Oasen. In der Ferne zerschnitten die Landstrahler einer Passagiermaschine, die sich im Anflug auf den City Airport befand, das tintenblaue Firmament.

»Also ich weiß nicht«, sagte sie mehr zu sich als zu ihrem Fahrgast und drosselte unwillkürlich das Gas.

»… hat vor wenigen Minuten Schüsse auf ein Wohnhaus abgefeuert«, sagte der Mann im Radio. Von einer Sekunde zur anderen hatte sie das Gefühl, aus der Hitze der Sahara in ein subpolares Tief geraten zu sein.

»Und da wollen Sie wirklich hin? Was wollen Sie denn da?«, sagte sie, sah kurz in den Seitenspiegel und zog den Wagen in den von der Friedrich-Ebert-Straße links abzweigenden Buntentorsteinweg.

»Ich bin Journalist«, kam es trocken von der Rückbank. »DPA, wenn Sie wissen, was das ist.«

Für wie blöd halten Sie mich eigentlich?, hätte sie beinahe gesagt, sagte es natürlich nicht und fixierte stattdessen das reglose Gesicht des Mannes im Rückspiegel. Er sah stur geradeaus und demonstrierte eine aufreizende Gelassenheit, als sei die Tatsache, dass da draußen ein Bus voller Geiseln stand, das Normalste von der Welt.

»Und was haben Sie vor? Etwa die Gangster interviewen?«, sagte sie, folgte dem Buntensteintorweg und bog nach 50 Metern rechts in den Kirchweg ab.

»Warum nicht? Wenn die Gelegenheit dazu besteht, gerne!«

Es hatte so gut für sie begonnen. Erst die Begegnung mit diesem Adam im Dom. Im Anschluss die Ferntour in die Heide, die auf einen Schlag zwei Hunderter in ihre Kasse spülte. Dann aber kam die Nachricht vom Sturz ihres Vaters, und von da an ging es mit dem Tag stetig bergab. Und jetzt diese blöde Fuhre nach Huckelriede, wo Schwerverbrecher wild in der Gegend herumballerten. Sobald sie den Typ los war, würde sie Wanda anrufen und sich nach ihrem Vater erkundigen.

Höchstwahrscheinlich hatte die dumme Kuh den Notruf beim Arzt bereits mit dem Auflegen des Hörers vergessen und kroch stattdessen auf dem Kellerboden herum und forschte nach Macadamianüssen unter den Schränken.

Chris hatte mit dem Gedanken gespielt, kurz bei Karstadt anzuhalten und sich Faxen machend in der Schnellfotokabine fotografieren zu lassen, um den Fotostreifen Klaus kommentarlos an den Briefkasten zu kleben. Stattdessen lenkte sie den Wagen über die Kornstraße in Richtung Busbahnhof Huckelriede.

Die erleuchtete Senderskala ließ sie an die Abende vor dem Radio denken. Damals. Zu Hause in Oldenburg. Tee, mit Margarine bestrichenes Schwarzbrot und Gurken aus dem Glas. Der Vater, auf der Couch ausgestreckt, die Mutter im Sessel mit einem Kreuzworträtsel auf dem Schoß. Alles lebt in dir weiter.

***

Sie sah Paul in einer kleinen offenen Kiste aus Kirschbaumholz liegen, die man in Kürze in der Erde versenken würde. Das Gesicht ziegelsteinrot, die Finger lang und schwimmhäutig, der winzige Leib zusammengeschrumpft, als sei er bereits im Begriff, sich in Nichts aufzulösen. Sie sah sich mit einer Haarlocke von Paul in der zur Faust geschlossenen Hand an seinem offenen Grab stehen. Den Kopf gesenkt, das Kreuz vom Schmerz gekrümmt. Zuletzt flog in ihrer Phantasie ein großer schwarzer Schmetterling an ihr vorbei, vollführte zwei Schleifen über dem offenen Grab und verschwand.

Amina fühlte sich wie ein Steinchen, das in einem eben noch ruhigen Flussbett aufgewühlt und an den vorstellbar finstersten Ort gespült worden war. Da spürte sie Bertrams Hand und kehrte in die Wirklichkeit ihres Zimmers zurück.

»Warum nur?«, sagte sie und dachte: Ich weiß, du bist hier, trotzdem bin ich allein.

Bis zu diesem Tag hatte sie ein Leben voller geglückter Übergänge geführt. Trotz verhasster Ballettstunden, die sie bald gegen Tennistrainerstunden eintauschte, war sie unbeschadet durch die Meerengen ihrer Heidelberger Kindheit in die Pubertät hinübergeschwommen, hatte erfolgreich deren Strudeln ebenso getrotzt wie den damit verbundenen Hormonstürmen und verwandelte sich zur Freude ihrer erfolgreich mit Heidelberger Zement handelnden Eltern in eine junge, willensstarke und mit der Kunst der Verdrängung gesegneten Frau, die eine Art Glücksabonnement zu besitzen schien. Tod und Verlust waren in ihrem Lebensplan offenbar nicht vorgesehen. Und wenn es doch einmal jemand in ihrem näheren Umfeld traf, dann buchte sie das unter der Rubrik »Shit happens« ab.

Was hatte sie mit dem jähen Unfalltod ihres spielsüchtigen Onkels René zu tun, den es nach einem Casinobesuch in Baden-Baden eines Nachts mit seinem eisblauen Porsche Carrera bei 240 km/h aus der Kurve trug? Oder mit der in Umbrien lebenden Cousine ihrer Mutter, die, geschlagen mit einer fatalen Neigung zu Hochprozentigem und anderen Drogen, eines Tages mit dem Gesicht nach unten auf dem von Sonnenspiegelungen zerschnittenen Wasser ihres Swimmingpools trieb?

Amina Wilkins, von ihren Eltern oft sich selbst überlassen, lernte früh, nur sich selbst zu vertrauen, und vermochte es bis zu diesem Tag gekonnt, die Schicksalsschläge ihrer Familie ebenso ungerührt auszublenden wie die Tatsache, dass ihr Vater seine Frau seit Jahren mit wechselnden, immer jüngeren Blondinen betrog. Was, zum Teufel, ging sie das Liebesleben ihrer Eltern an, solange sich für sie daraus keine praktischen Nachteile ergaben? Sie ging die Dinge eben pragmatisch an. Jeder war seines Glückes Schmied.

Amina brachte große Teile ihrer Kindheit auf den Ascheplätzen des Heidelberger Tennisclubs 1890 zu, trainierte wie eine Irre und errang mit siebzehn den Titel der südwestdeutschen Jugendmeisterin. Sie war der Schwarm der im Tennisclub verkehrenden Anwalts- und Steuerberatersöhne gewesen. Kurz: Sie war es von Kind auf gewohnt, Trophäen zu sammeln, siegreich zu sein. Bis sie die Turniere und die immer gleichen Feten im Clubhaus mit Sangria, Dope und Flaschendrehen irgendwann satthatte und dem ganzen Tenniszirkus zum Entsetzen ihrer Eltern den Rücken kehrte. Wieso wirfst du dein Talent einfach so weg? Statt eleganter FILA-Trainingsanzüge und ultraknapper Tennisröcke trug sie fortan eine schwarze Nietenlederjacke, gebatikte schwarze Schlabbershirts und Jeans, schwarze wadenhohe Springerstiefel und aus Kronkorken gefertigte Ohrhänger. Zudem hatte sie ihr Schneewittchengesicht blass geschminkt und auf die katzenhaft himmelwärts gebogenen Wimpern ihrer strahlend schönen Augen schwarze Tuscheberge geladen. Und als sie Heidelberg schließlich mit Umweg Bonn in Richtung Köln verließ, wo sie Thomas Bertram eines Tages in der Uni-Mensa wiedertraf, war das in ihren Augen ein Triumph gewesen. Ein Sieg des freien Geistes über das Diktat des Heidelberger Kapitals.

Doch nun sah sie sich einer Aufgabe gegenüber, die ihre Möglichkeiten weit überstieg. Sie würde ihr Kind verlieren und konnte nichts dagegen tun. Da halfen kein Verdrängen und auch kein rasch herbeigeholtes Heidelberger Kapital. Nicht einmal Beten half.

Amina starrte in die ruhig und vertrauensvoll auf sie gerichteten Augen der Seelsorgerin, einer schätzungsweise 45-jährigen Frau mit kurzen, goldbraun gelockten Haaren und offenen, freundlichen Gesichtszügen. Die auffallend gepflegte Frau wirkte überhaupt nicht wie eine Pfarrerin, sondern eher wie die Managerin einer Beauty-Farm, die gestressten Karrieristen mit ihren schmalen Händen die pulsierenden, zuvor mit einer kühlenden, nach Astern duftenden Lotion besprühten Schläfen massierte.

Bertram, der von jeher ein Faible für Frauenhände hatte, fielen sofort die sonnengebräunten Hände der Frau auf. Sie bewegten sich mit Grazie. Passend dazu trug die Frau eine schöne, aus mattiertem Platin gefertigte Uhr mit perlmuttfarbenem Zifferblatt, schwarzen römischen Zahlen und haselnussbraunem, geriffeltem Krokolederband.

Beim Anblick ihrer Hände dachte Bertram: Wieso wird eine Frau mit solchen Händen Seelsorgerin in einem Kinderkrankenhaus, wo sie Nottaufen abhalten, verstorbene Kinder segnen muss und verzweifelten Eltern Trost spenden soll, statt in der TV-Werbung als Handmodel Geld zu verdienen?

»Ich taufe übrigens nicht aus Not, ich taufe in die Liebe«, begann die Frau, die sich ihnen als Hanna Gadient vorstellte, und lächelte sie abwechselnd aufmunternd an. Amina, die noch immer Bertrams Hand auf ihrer Schulter spürte, sagte mit heiserer Stimme: »Ich will nicht, dass er stirbt.«

»Niemand will das, Frau Wilkins«, antwortete die Seelsorgerin beschwichtigend, ergriff Aminas Hände und drückte sie sanft. »Und dass wir Ihr Kind taufen, bedeutet keineswegs, dass es sterben wird. Was geschieht, weiß nur Gott allein.«

»Er darf nicht sterben«, wiederholte Amina wütend und kämpfte mit ihren Tränen.

Eine Viertelstunde später standen sie gemeinsam auf der Intensivstation vor dem Inkubator, Amina saß zur Sicherheit im Rollstuhl.

»Haben Sie vielleicht einen Bibelspruch oder sonst einen tröstlichen Gedanken, den Sie Ihrem Kind mitgeben möchten?«, fragte die Seelsorgerin.

Bertram fixierte den kleinen, wie ein Laboräffchen an mehreren Stellen verdrahteten Körper, der in seiner gläsernen Todeskapsel lag und doch unerreichbar schien, sah die geschlossenen, an Eidechsenaugen erinnernden dünnhäutigen Lider, hinter denen die Augäpfel ruhelos auf und ab tanzten, sah das Auf und Ab des Oberkörpers, sah die eisblaue, pulsierende Schläfe. Sein Sohn sah aus wie ein urzeitliches, aus dem ewigen Eis geborgenes Wesen, das nun vor ihnen in seiner Glasglocke lag und doch seine Fremdheit bewahrte, die winzigen Hände zu dürren Klauen verkrallt, die von der Windel sacht gespreizten Beine wie mit einer dünnen Porzellanhaut überzogen, die jeden Moment reißen konnte.

»Denken Sie mal darüber nach«, sagte die Seelsorgerin. »Ich hole derweil die Taufschale und was ich sonst noch für die Zeremonie brauche, und lasse Sie jetzt ein paar Minuten mit Schwester Christina allein, einverstanden?«

»Ja, ist gut«, antwortete Bertram, sah die Stationsschwester an, die auf einem Stuhl neben der Tür saß, und sagte: »Ich würde ihn gerne berühren. Darf ich?«

»Ja, natürlich. Aber vorher müssen Sie bitte Ihre Hände desinfizieren.« Sie wies auf den Flüssigkeitsspender, der neben dem Waschbecken angebracht war. Nachdem beide ihre Hände gesäubert und mit einer sich rasch verflüchtigenden Flüssigkeit besprüht hatten, öffnete die Schwester auf beiden Seiten die Bullaugen des Brutkastens, und sie konnten den kleinen, im Schlaf gefangenen Körper berühren.

Später würde Bertram die Sekunden, in welchen seine Finger das erste Mal seinen Sohn berührten, als die aufwühlendsten, schönsten und zugleich traurigsten seines Lebens beschreiben.

Als er zu Amina hinüberblickte, um zu sehen, ob sie ebenso fühlte wie er, sah er, dass ihr eine Träne über die Wange lief. Im selben Moment ging die Tür auf, und die Seelsorgerin betrat das Zimmer. Vorsichtig zog er seine Hand aus dem Inkubator.

Die Frau hielt die Taufschale und eine regenbogenfarbene Kerze in der Hand. Mit Blick auf die Kerze sagte sie: »Selbst dann ist Gott da. Selbst bei Sturm und Gewitter. Deswegen der Regenbogen.« Dann machte sie sich am Waschbecken zu schaffen, und sie konnten hören, wie sie Wasser in die silberne Taufschale einlaufen ließ. Nachdem sie die auf einem Rolltischchen neben dem Inkubator stehende Kerze angezündet und Paul einen ebenfalls regenbogenfarbenen Greifling in die kleine Hand gelegt hatte, sah sie sie kurz abwechselnd an und sagte: »So, Paul, jetzt wollen deine Mama und dein Papa dich taufen.« Dabei strich sie ihm zärtlich über den linken Arm, langsam und sacht, die immer gleiche Bewegung, vor und zurück. Und weil sie unfähig gewesen waren, sich auf die Schnelle einen Spruch auszudenken, sagte die Seelsorgerin: »Du bist meines Fußes Leuchte und ein Licht auf meinem Weg. Im Namen des Vaters, des Sohnes und des Heiligen Geistes taufe ich dich auf den Namen Paul Wilkins.« Anschließend tauchte sie zwei Finger in die Taufschale und strich dem Jungen sacht über die gerötete Stirn. Und nachdem sie das Vaterunser gesprochen und sie beide ebenfalls gesegnet hatte, stellte sie die Taufschale auf den Tisch und begann zu singen, nicht sehr laut, mit geschlossenen Augen: »Ich möchte, dass einer mit mir geht, der's Leben versteht / der mich zu allen Zeiten kann geleiten / Ich möchte, dass einer mit mir geht.«

Mit vom Weinen geröteten Augen und bis zum Hals hinauf schlagendem Herzen lauschte Amina dem Sprechgesang der Frau. Seiner besonderen Kadenz, so wie man einem tragischen Musikstück lauschte. Ihrem raschen, heiseren Einatmen, dann dem langen stoßweisen Ausatmen. Sie hielt Bertrams Hand und versuchte sich einzureden, dass noch alles gut werden konnte, gut werden musste. Dass sie nicht aufgeben durften zu hoffen.

Nachdem die Seelsorgerin gegangen war und auch die Krankenschwester das Zimmer für einen Moment verließ, schloss Bertram Amina in seine Arme. Und mit Blick auf ihr Kind, das den regenbogenfarbenen Greifling mit seinen winzigen, an von einer Flamme versengte Spinnenbeine erinnernden Fingern umfasst hielt, wiegten sie einander im heruntergedimmten Neonlicht wie zwei unter Schock stehende Unfallopfer.

***

Marc hörte seit ein paar Minuten Ashra, »New Age of Earth« von Manuel Göttsching, starrte in den schwachen, von den quadratischen, gelblich beleuchteten VU-Meter-Anzeigen des AIWA-Verstärkers erzeugten Lichtnebel, der im Zimmer herrschte, und dachte an die in Flammen aufgegangene KTM und an Lenny, der ihm geholfen hatte, die verkohlte Maschine verschwinden zu lassen. Er dachte an den uniformierten Beamten auf der Polizeistation, der ihn einmal kurz fixiert hatte, als hätte er seinen Schwindel durchschaut. Und dann dachte er an Ceylans Küsse im Schlosskeller und wie sie ihn angesehen hatte, als er ihr von seinen wiedererwachten Gefühlen für Rachael erzählte. Marc drehte sich auf den Rücken und schloss die Augen. Da pochte es an den vor dem offenen Fenster geschlossenen Fensterladen.

Er fuhr hoch, drehte am Lautstärkenknopf und lauschte in die Stille. Es klopfte wieder und dann, nach einer kurzen Pause, noch zweimal.

Rachael?, dachte er sofort, das muss Rachael sein, und fühlte, wie alle Haare seines Körpers sich aufrichteten, als hätte er einen elektrischen Schlag bekommen.

Als sie noch ein Paar gewesen waren, klopfte sie, wenn sie spät nachts noch zu ihm kam, auf die gleiche Weise an den Laden. Zweimal, kurze Pause und dann noch zweimal. Das Morsezeichen ihrer Liebe. Das war lange her.

Marc stand auf, balancierte im Halbdunkel um den kleinen, in der Mitte des dunklen Raums stehenden Tisch und die beiden dazu passenden Sessel und trat ans Fenster. Sofort roch er den ihm vertrauten Patschuliduft ihres Parfüms, roch ihr Opium, das sie sich jedes Mal aus dem Flakon mit der roten Verschlusskappe auf die Handgelenke und hinters Ohr getupft hatte, wenn sie zu einer Party gegangen waren.

Noch lange nachdem sie sich getrennt hatten, versetzte es ihm jedes Mal einen Schlag, wenn ihm plötzlich im Supermarkt, im Bus, auf der Straße oder im Kino dieser Geruch in die Nase stach und er sich in alle Richtungen nach Rachael umsah, weil er meinte, sie müsse ganz in der Nähe sein. Er stieß den rechten Ladenflügel auf.

»Du?«, sagte er und beugte sich vor.

»Kann ich reinkommen?«, fragte sie und trat einen Schritt näher.

»Ja … klar … komm«, stotterte er und zog den Laden wieder zu. Leise öffnete er die Tür seines Zimmers, trat barfuß auf den kühlen Treppenhaussteinboden und ließ sie herein. Er machte mit dem linken Bein die Tür hinter sich zu, schlang ihr beide Arme um den Hals und drückte wortlos sein Gesicht in ihr Haar.

Nebeneinander lagen sie auf seiner Matratze neben der Stereoanlage. Der Tonabnehmer drehte sich lange schon in der Auslaufrille der LP und erzeugte ein wiederkehrendes, trockenes Hub-Hub-Hub. Ihre Finger spielten so selbstverständlich miteinander, als hätte es die vergangen vier Jahre nicht gegeben. Marc wollte so vieles erzählen, doch jedes Mal, wenn er ansetzte, flüsterte sie: »Küss mich«, und presste ihre warmen weichen Lippen auf seinen Mund.

Nach ihrer Trennung waren sie sich fast zwei Jahre lang konsequent aus dem Weg gegangen. Wenn sie sich doch einmal zufällig über den Weg liefen, auf einem der Flure im Schulgebäude, in der Pause auf dem Hof oder in der mit Wellblech überdachten Fahrradhalle, brachte er meist nicht mehr als ein knappes »Hallo« heraus. Bis sie zufällig beide in der Journalismus-AG landeten, die ein ehemaliger Ressortleiter der Frankfurter Rundschau leitete, und sie nach über zwei Jahren das erste Mal wieder mehr als zwei Worte miteinander sprachen. Die dicke Glasscheibe, die sie voneinander trennte, war verschwunden, und Marc stellte mit schmerzhafter Klarheit fest, dass sie noch schöner, noch begehrenswerter geworden war.

Schon damals hatte Rachael ein besonderes Interesse an politischen Themen gehabt. Sie war bei Ostermärschen mitgelaufen und bei Demos gegen die Nachrüstung und die Stationierung von Pershing-II-Raketen auf deutschem Boden. Sie setzte sich als jüngste Oberstufensprecherin in der Geschichte der Otto-Hahn-Schule erfolgreich für die Errichtung einer Schreib-AG ein und für ein von ihr und einer Handvoll Mitstreitern betriebenes Schülercafé, in dem sie stundenweise zum Selbstkostenpreis Tee, Kaffee, Säfte, Gebäck und selbstgedrehte Zigaretten verkauften.

Rachael spielte damals mit dem Gedanken, sich nach dem Abitur an einer Journalistenschule zu bewerben, und kurz bevor sie sich trennten, erzählte sie ihm, dass sie angefangen hätte, für die Offenbach-Post mit dem Kürzel RS gezeichnete Artikel zu schreiben. Für 40 Pfennig pro Zeile. Daraufhin hatte Marc ein paarmal die Offenbach-Post gekauft und die Seiten nach Artikeln von ihr durchsucht und einmal, im Lokalteil, einen längeren Bericht von ihr über eine romanische, an der Verbindungsstraße zwischen Obertshausen und Heusenstamm, hinter engstehenden Tannen versteckte Barockkirche gefunden.

Er knipste die kleine Wandleuchte an, hob den Tonarm an und schob ihn in die Arretierung zurück. Dann legte er Thai Phong auf und schlüpfte wieder zu Rachael unter die dünne Decke. Die ersten Sequenzen von »Sister Jane« erklangen, und sie erinnerten sich an den zugigen Zeltplatz in Zandvoort aan Zee, auf dem sie es trotz Dauerregens im Sommer 85 zwei Wochen lang in ihrem klammen Zweimannzelt ausgehalten hatten, mit dem Fernglas Raubmöwen, Eissturmvögel und die clownesken Alkenvögel beobachteten und später mit Brotkrumen fütterten. Im Café Neuf spielten sie abends Billard und tranken, eng umschlungen am Kaminfeuer sitzend, Bessen Genever. Zweimal waren sie mit dem Zug nach Amsterdam gefahren, wo sie sich durch die verregneten Grachten treiben ließen.

Zu Beginn ihrer Beziehung hatten sie stundenlang Thai Phong, Kitaro und Pink Floyd, »Wish You Were Here«, gehört und sich im Halbdunkel seines Zimmers gegenseitig gestreichelt und geküsst. Doch nun klang Khanh Mais Eunuchenstimme in Marcs Ohren plötzlich kitschig und nichtssagend, und er wollte etwas anderes auflegen.

Rachael, die seine Ungeduld spürte, hielt ihn am Arm fest und sagte: »Nein, lass bitte«, und drückte ihr Gesicht in die Kuhle zwischen Schulter und Hals. Nach einer Weile sagte sie: »Ich muss immerzu an die Geiseln in Bremen denken.«

»Du auch?«, sagte er und küsste zärtlich ihren Hinterkopf. »Wahnsinn, was da abläuft. Ich versteh das nicht.« Und dann erzählte er ihr von Jürgen Wandrey.

»Albert Camus?«, sagte sie, als ihr Blick auf das neben dem

Bett auf dem Boden liegende Taschenbuch fiel. »Du liest Camus?«

»Ja. Warum denn nicht?«

»Wir müssen etwas tun«, sagte sie nach einer Pause.

»Tun? Was denn tun?«

»Keine Ahnung«, erwiderte Rachael, »irgendwas. Man kann doch nicht einfach nur zugucken.«

»Es wird uns aber nichts anderes übrigbleiben«, sagte er und sank neben ihr zurück aufs Kissen. Sollte er ihr von Ceylan und dem Anschlag ihrer Brüder auf sein Moped erzählen? Stattdessen sagte er: »Weshalb bist du gekommen, Rachael?«

***

In einem Buch hatte er gelesen, jeder Mensch trage eine eigene, unverwechselbare Melodie in sich, die sich, den Stimmungen entsprechend, mal lauter, mal leiser vernehmen lasse und einen im Bestfall wie ein Kompass durchs Leben führe und begleite. Doch im Moment konnte Rolf Kirchner seine Melodie nicht hören. Als hätte jemand sie mit einem schweren, sämtliche Geräusche erstickenden Tuch zum Verstummen gebracht. Er rieb sich die Augen, hinter denen sich ein leichter Druck zu einem Kopfschmerz zu verdichten begann.

Sie lagen seit etwa einer Viertelstunde nebeneinander im Bett, und Kirchner starrte in die Schwärze des Zimmers. Plötzlich spürte er, wie Barbara ihre Hand auf seinen von einem hauchdünnen Schweißfilm überzogenen Oberschenkel legte.

»Vielleicht solltest du einfach noch mal kalt duschen«, sagte sie. »Oder was lesen, damit du auf andere Gedanken kommst.«

»Mir geht's gut«, widersprach er trotzig. Und um ihr zu beweisen, dass kein Grund zur Sorge bestand, legte er seine Hand auf ihre. »Nein, wirklich.« Dabei sah er sich im Geiste seit Minuten, wie auf einer sich immerzu sinnlos wiederholenden Filmsequenz, vor dem Bankgebäude in Gladbeck stehen. Bis unter den Scheitel voll mit Adrenalin, zugriffbereit, ein Mann auf Höhe der Situation. Und wie man ihn Stunden später unverrichteter Dinge wegschickte.

Vielleicht sollte er einen Schluck kalte Milch trinken, um das leichte Sodbrennen zu bekämpfen, das ihn quälte. Er brachte die Energie nicht auf, sich zu erheben. Stattdessen starrte er weiter in die Schwärze, als laufe dort ein Video. Inzwischen hatte sich der Druck hinter den Augen in einen handfesten Schmerz verwandelt.

»Ich brauche eine Aspirin«, sagte er und tappte im Dunkeln ins Bad. Dort knipste er die Beleuchtung des Alibertschranks an und nahm die grünweiße Schachtel heraus. Ungeschickt presste er ein Dragee aus dem Blister. Er hielt die erbsengroße Tablette in der zur Kuhle geformten Hand und blickte in den Spiegel. Was er sah, machte ihn wütend: Ein Mann mit gerötetem Gesicht, verschwitzten Haaren und flackerndem Blick starrte ihn an.

Kirchner ließ die Tablette ins Waschbecken fallen, wo sie klimpernd im Abfluss verschwand, lief zurück ins Schlafzimmer und griff entschlossen nach seinen auf dem Sessel liegenden Kleidern. An Barbara vorbei, die eingeschlafen war und ruhig und gleichmäßig atmete, schlich er in den Flur, stieg in seine Schuhe, nahm den Autoschlüssel von der Kommode und zog die Wohnungstür hinter sich zu.

Schon im Aufzug, der sekundenlang scheinbar ungebremst in die Tiefe fiel, steigerte sich seine Entschlossenheit in regelrechte Gier. Er würde die Tür des Besprechungsraums in der Polizeiwache aufstoßen und eine Strategie für ein Rückkehrszenario der Geiselgangster entwerfen. Sie würden zurückkommen, dessen war er sich sicher. Weshalb? Weil seine Intuition ihm das sagte. Seine Erfahrung. Sein Urin.

Kirchner drehte die Scheiben herunter, ließ den Motor seines Diplomat V8 an und steuerte das ausladende Gefährt aus der Tiefgarage. Nach nicht einmal zehn Minuten traf er in der

Markgrafenstraße ein. Er stellte den Wagen im Innenhof der Polizeiwache ab, strich über die warme Kühlerhaube wie über die Flanke eines Hengstes, der ihn sicher über gähnende Abgründe hinweggetragen hatte.

Im Besprechungsraum im 4. Stock schaltete er die Deckenstrahler an, warf achtlos die Autoschlüssel auf den Tisch und trat vor den mitten im Raum stehenden Flipchart-Ständer.

Er atmete zweimal tief durch, dann griff er sich den schwarzen und den roten Marker und begann damit wechselweise wie im Rausch Pfeile und Kreise, die Angriffs- und Einkreisbewegungen seiner Beamten sowie Karos, die betreffenden Fahrzeuge und Gebäude, aufs Papier zu werfen, bis der erste Papierbogen innerhalb weniger Minuten vollends mit spinnennetzartigen Zeichnungen bedeckt war, in deren Mitte sich immer die wichtigsten Personen befanden: Rösner und Degowski.

Kirchner riss den Bogen ab, ließ ihn achtlos zu Boden gleiten und begann das nächste Blatt mit seinen Symbolen zu füllen. Und dann das nächste.

Später wird sich der Dienststellenleiter Jens Kordon, der gegen halb drei auf seiner Heimfahrt von einer Geburtstagsfeier an der Polizeiwache Mitte in der Markgrafenstraße vorbeifuhr, daran erinnern, in jener Nacht Licht im Besprechungsraum im 4. Stockwerke des ansonsten dunklen Gebäudes gesehen zu haben.

***

Die kleine englische Standuhr in der Diele schlug halb zehn. Zwei Schläge wie zu jeder halben Stunde, und Brigitte saß, nachdem ihr unverschämter Gast endlich verschwunden war, im Wohnzimmer auf dem Fußboden und hielt Mariannes Brief in der Hand. Neben sich ein halbvolles Glas Rotwein und auf den Knien die Agfa-Schachteln, in denen sie die Aufnahmen von Martin aufbewahrte. Hunderte Schwarzweißfotos von seinen

Reisen. Bilder, die ihn in den unterschiedlichsten Phasen seines Reporterlebens zeigten, viele davon aufgenommen von Jay, dem Mann mit den sieben Leben.

Die Fotos, überwiegend aus den Siebzigern, zeigten einen langhaarigen, breit grinsenden Draufgänger, in dessen Augen jene Entschlossenheit auszumachen war, die ihn länger und verbissener an einer Sache dranbleiben und um sie kämpfen ließ als andere. Andere zeigten den stillen, in sich gekehrten Zweifler, auf dessen Stirn sich Furchen zeigten, die nicht von den Rändern der Basecap herrührten, die er mit Vorliebe auf seinen Reisen trug. Zu ihrer Überraschung fand sich dazwischen eine Aufnahme von Martin gemeinsam mit seinem Vater Christian, der für Martin bis zuletzt, auch wenn er das nie zugegeben hätte (nicht einmal betrunken), sein heimliches Vorbild geblieben war.

Selbst jetzt, sechs Jahre nachdem sie einander das letzte Mal begegnet waren, bei Martins Begräbnis im September 1982 auf dem Melatenfriedhof in Lindenthal, flößte ihr das Gesicht des Mannes Respekt ein. Wie er in die Kamera schaute, mit dieser unverhohlenen Verachtung für den, der es mit seinem Objektiv auf ihn abgesehen und schließlich gewagt hatte, auf den Auslöser zu drücken.

Weshalb sein Vater immer so abweisend, ja geradezu angeekelt auf Bildern dreinschaue, hatte sie Martin einmal gefragt. »Weil er es hasst, fotografiert zu werden, keine Ahnung, weshalb«, hatte er geantwortet. »Solange ich denken kann, meidet er Kameras wie die Pest. Als ich ihn als Junge fotografieren wollte, sah er mich ruhig an und sagte freundlich, aber bestimmt: ›Tu das nicht.‹«

Sie durchsuchte die Schachteln in der Hoffnung, noch weitere Aufnahmen von Christian Andernach zu finden, denn vom ersten Augenblick an hatte der Mann eine irritierende Wirkung auf sie gehabt.

Was hatte Christian Andernach von der Arbeit seines Sohnes

gehalten? Glaubte Martin wirklich, seinem unberührbaren Vater mit seiner Arbeit imponieren zu können? Mit seinem in ihren Augen manchmal geradezu kindischen Mut und der Tatsache, dass er unter Einsatz seines Lebens auf seine Weise dafür kämpfte, dass die wie auch immer geartete Wahrheit ans Licht kam?

Brigitte hielt erschrocken inne und spürte, wie ihr Herz schneller zu schlagen begann, als sie auf das Foto von Martin stieß, auf dem er lächelnd, aber in unverkennbarer Anspielung auf die Bilder des von der R.A.F. entführten Hanns Martin Schleyer vor einer weißen Wand saß und ebenfalls ein großes, mit Filzstift beschriebenes Schild vor der Brust hielt, auf dem, der TV-Botschaft des Arbeitgeberpräsidenten: »Seit zwanzig Tagen Gefangener der R.A.F.«, nachempfunden, in schwarzen Lettern geschrieben stand: »Seit drei Jahren ein glücklicher Gefangener deiner Liebe!«

Das Foto hatte er ihr 1979 zum dritten Jahrestag ihres Kennenlernens geschenkt, doch sie hatten damals sofort Streit deswegen bekommen. Martin hatte von jeher etwas Sarkastisches an sich gehabt und konnte manchmal regelrecht zynisch sein. Sie hatte ihn als gemein und gefühllos beschimpft und nicht verstehen können, wie er seine Gefühle für sie mit etwas so Schrecklichem gleichsetzen konnte, das knapp zwei Jahre zuvor passiert war.

Sie legte das Bild verkehrt herum in die Schachtel zurück und griff nach einem Foto, das Martin, zwei Jahre später, ebenfalls von Jay aufgenommen, mit einem braunweiß gefleckten Windhundwelpen zeigte, den er liebevoll im Arm hielt. Martin hatte immer von einem eigenen Hund geträumt, sich aber aus Verantwortung dem Tier gegenüber, wie er sich damals ausdrückte, dagegen entschieden. »Wer soll sich um ihn kümmern, wenn mir mal was zustößt? Du etwa?«, antwortete er, als sie ihm von ihrer Idee erzählte, ihm einen Hund zu schenken. »Das kann ich nicht von dir verlangen. Und das will ich dir auch nicht zumuten.«

Brigitte blickte in seine Augen auf dem Foto, sein kindliches Lächeln, das sie so an ihm geliebt hatte. Und fing an zu weinen. Endlich.

Sie wischte sich die Tränen aus dem Gesicht und lief hinüber in ihr dunkles Arbeitszimmer, knipste die Schreibtischlampe an und nahm die Staubschutzhülle von der Maschine. Dann legte sie ihre Hände auf die Tasten wie eine Pianistin, die wartet, bis im Saal völlige Ruhe eingekehrt ist, um ihr Spiel ungestört zu beginnen, und schrieb: Tränen, die fließen, dachte Mireille, sind bitter. Bitterer aber sind die Tränen, die nicht fließen.

»Es ist nichts Schlimmes geschehen«, sagte sie laut, als spräche sie zu jemandem hin. »Es ist bloß, dass ich aufgewacht bin.«

***

Er konnte noch immer nicht fassen, wie kinderleicht alles abgelaufen war. Mit einer unerklärlichen Selbstverständlichkeit. Als hätte er nie etwas anderes getan, als den Boten für schwerbewaffnete Geiselgangster zu spielen. Er war zur Stelle gewesen, als die Situation es verlangte. Zum richtigen Zeitpunkt am rechten Ort. Ein Hans im Glück unter lauter angstgelähmten Losern. Er hatte die Szenerie betreten wie eine ihm vertraute Bühne, auf der man ihn bereits erwartete. Um seinen Part zu spielen. Den des strohblonden Hermes. Als sei er vor langer Zeit dafür ausgewählt worden. Ein vom Schicksal Vorbestimmter. Ein neuzeitlicher Herold, der statt seines Stabs eine Kamera vor sich hertrug.

Als Sechzehnjähriger hatte Peter Ahrens eine Zeitlang unter plötzlich auftretenden Visionen gelitten. Das, was er damals verharmlosend Tagträume nannte, waren sich anfallartig vor sein inneres Auge schiebende Visionen, die dem immer gleichen Schema folgten. Er sah die Szene, die er gerade erlebte, plötzlich ins Katastrophale verzerrt. Die junge Frau, die vor ihm an der Kasse stand und ihn eben noch freundlich anlächelte, lag im nächsten Moment mit zwei Einschusslöchern im Bauch blutüberströmt auf dem Boden. Oder der Alte, der in seinem Rollstuhl vor einem Zebrastreifen geduldig darauf wartete, dass die Fußgängerampel von Rot auf Grün umschaltete, kollidierte mit einem wie aus dem Nichts herannahenden Wagen und wirbelte schreiend durch die Luft.

Das dauerte meist nur wenige Sekunden, versetzte Ahrens aber jedes Mal in eine plötzliche, von kalten Händen und galoppierendem Puls begleitete Starre. Als hätte jemand in seinen Wahrnehmungsfilm kurze, schockartige Bildschnipsel hineinkopiert, um ihn damit langsam, aber sicher um den Verstand zu bringen.

Ahrens erzählte damals aus Angst, man könne ihn für verrückt halten, keiner Menschenseele von seinen Einbildungen und horrorfilmähnlichen Phantasien. Bis er sich auf einer Klassenfahrt seiner Deutschlehrerin offenbarte und der Spuk damit vorbei war. Von einem Tag auf den anderen.

Die Frau reagierte ruhig und gelassen. Sie sprach mit ihm über das Wesen des Bösen und über seine geheimen Mächte. Und darüber, dass kein Mensch davor sicher sein könne. Selbst der Gutmütigste, Aufrichtigste nicht.

Daran musste Peter Ahrens denken, als er sich im Bus ungläubig umsah, die schussbereite Kamera in der Hand. Er drängte sich an dem zweiten Kidnapper vorbei, der ihn mit seinem Colt in den hinteren Teil des Busses dirigierte. Ahrens fing den hilfesuchenden Blick eines schwarzhaarigen Jungen auf, der seinen Arm von hinten um ein ebenfalls schwarzhaariges Mädchen legte. In ihrem streng zurückgekämmten Haar steckte ein bunter Reif. Ihre Augen wirkten müde, und ihr Blick seltsam verschwommen.

Er lächelte sie kurz an wie der Zahnarzt, bevor er den Bohrer in den kariösen Zahnschmelz des wehrlosen Patienten senkt, hob die Canon vors Gesicht, stellte auf Dauerbetrieb, legte den Finger auf den Auslöser und drückte ab. Der Power-Winder surrte.

***

Wenn Menschen eine lange Reise unternehmen, dann erzählen sie hinterher davon, zeigen Fotos herum, geben Tipps und genießen die neidvollen Blicke ihrer Zuhörer. Von der langen Reise, die der ehemalige Sonderschüler und Kleinkriminelle Hans-Jürgen Rösner einst in Gladbeck antrat, um 31 Jahre später am Busbahnhof in Bremen-Huckelriede anzukommen, gab es solche Bilder nicht. Keine Briefe, keine alten Tickets, keine Tagebuchaufzeichnungen, nichts. Allenfalls ein paar vergilbte Postkarten aus wechselnden Vollzugsanstalten. Und die eigene Erinnerung. Darüber gesprochen hatte er nur mit seiner Schwester, in deren winziger Gladbecker Wohnung er sich die letzten zwei Jahre versteckt hielt. Aber sonst?

Nun, ein halbes Leben später, entstand innerhalb weniger Minuten eine derart große Menge von Bildern von ihm, dass ihm bei der Vorstellung schwindelig wurde, sie allesamt in irgendwelche Alben oder an die Wände einer Gefängniszelle kleben zu müssen. So eine lange Scheißreise konnte einer alleine gar nicht unternommen haben.

Noch zwei Tage vorher war er ein Niemand gewesen, den man eingesperrt, bespuckt, beschimpft, geschlagen und verachtet hatte. Und jetzt rissen sich wildfremde Menschen darum, ihn anzuschauen, mit ihm reden und ihn fotografieren zu dürfen. Waren freundlich, gaben ihm Feuer, wenn er seine Zigaretten hervorholte, zeigten Respekt. Warum erst jetzt?

Eins war mal klar: Lebend würden die ihn nicht kriegen. Dieser Weg führte in die Freiheit oder ins Grab. Lieber tot als wie ohne Geld! Was hatte er denn zu verlieren? Nichts!

Nichts sprach aus Rösners Sicht dagegen, endlich mit einem Satz auf die sonnige Seite des Lebens überzuwechseln: schwerbewaffnet und mit 27 Geiseln als One-Way-Ticket dorthin.

Er sah auf die Uhr. Von der Polizei war noch immer niemand in Sicht. Stattdessen versammelte sich ein Pulk von Journalisten vor dem Bus.

Rösner drehte sich um und sah, dass Degowski, der nur noch Augen für den blonden Engel hatte, einer Geisel eine Zigarette anbot und grinste.

»Ihr könnt mich ruhig fotografieren«, sagte er zu Ahrens und den anderen mit ihren Kameras, »auch ohne Maske, die wissen sowieso meinen Namen. Hab kein' Schimmer, woher eigentlich.«

Nur Marion ließ sich nicht fotografieren. »Die kennen mich nicht, kein Foto, klar!«

Rösner spürte die Müdigkeit und das Stechen im rechten Bein. Vielleicht sollte er noch eine Vesparax einwerfen? Er verlagerte kurz das Gewicht auf die andere Seite, dann sprang er mit einem Satz aus dem Bus.

Von links, das sah er im Augenwinkel, ohne die langsam vor ihm zurückweichenden Fotografen aus dem Blickfeld zu verlieren, unter denen sich ein Polizist mit einer Waffe befinden konnte, näherte sich ein mit einem hellroten T-Shirt bekleideter Junge auf einem Fahrrad. »Was ist denn hier los?«, rief der Junge neugierig, als er einen Meter vor ihm anhielt.

»Das ist los«, antwortete Rösner und richtete den Colt auf den Jungen. Der zog sein Rad reflexartig einen Meter zurück, machte aber keine Anstalten, zu verschwinden, sondern guckte interessiert auf die reglos hinter den Busscheiben sitzenden Männer und Frauen.

»Hau ab, Mann!«, rief Rösner und fuchtelte mit dem Colt herum. Der Junge wandte sich ihm wieder zu, legte blinzelnd den Kopf mit den dunklen Stoppelhaaren schräg und sagte: »Die ist doch gar nicht echt, stimmt's?«

»Du sollst abhauen!«, rief Rösner nun lauter und machte mit der vorgehaltenen Waffe eine Art Ausfallschritt auf den Jungen zu, um ihn zu erschrecken. Doch auch das schien den nicht zu beeindrucken.

»Schieß doch, Angeber!«, sagte er grinsend, zog in aller Seelenruhe sein Rad herum und fuhr, untermalt vom Zischeln und Klicken der auf Dauerfeuer gestellten Kameramotoren, in Schlangenlinien davon.

Knapp einhundert Meter davon entfernt brachte Chris Mahler ihr Taxi zum Stehen. Ihr Fahrgast rutschte auf seinem Sitz nach vorn. »Da! Da vorn, das ist der Bus!«

Er deutete an ihr vorbei auf den Bus. »Nummer 53! Was kostet es, wenn ich Sie für den Rest des Abends chartere?«

»Keine Chance«, antwortet Chris.

»Wären fünfhundert in Ordnung?« Chris sagte nichts.

»Sechshundert!«

Um sechshundert Mark im Portemonnaie zu haben, musste sie drei oder vier Tage fahren.

»Siebenhundert! Mein letztes Angebot. Also, was ist?«

Chris drehte sich zu ihrem Fahrgast um. »Wilde Verfolgungsjagden können Sie vergessen, so was mach ich nicht. Nur dass das klar ist!«

11

dpa – Basisdienst, Hamburg

(Gladbeck) – Fluchtziel noch unbekannt

In Telefongesprächen mit mehreren Presseorganen sowie der Polizei hatten die beiden Gangster mehrfach damit gedroht, ihre Geiseln »anzuschießen«, wenn die Polizei nicht auf ihre Forderungen einginge. So verlangten sie neben 300 000 Mark in bar auch noch den Schlüssel für den Tresor, in dem sie weitere 120 000 Mark fanden, sowie den Schlüssel für den Nachttresor, den sie ebenfalls leerten. Wie viel Geld ihnen dort in die Hände fiel, war am Abend noch unklar.

Um ihren Forderungen Nachdruck zu verleihen, hatten sie insgesamt neun Schüsse – vermutlich aus einer Maschinenpistole – abgegeben, die jedoch niemanden verletzten.

Trotz des Durcheinanders, in das er geraten und dessen Ausgang völlig offen war, ging ihm diese Chris nicht aus dem Sinn. Der Gedanke an sie flatterte in seinem Kopf herum wie ein Vogel, der das Fenster nicht findet, durch das er ins Haus gekommen war.

Er suchte den Blick des bärtigen Gangsters, der ihn bislang kaum beachtet hatte, doch der schien im Moment nur Augen für die Journalisten zu haben, die sich um ihn scharten wie Fliegen um einen Haufen Scheiße.

Der Brief an Martha kam ihm in den Sinn. Ob sie ihn inzwischen gelesen hatte? Kein ganzer Mann. So hatte sie das gesagt: Du bist kein ganzer Mann, Adam. Und darum verlasse ich dich.

Er beugte sich übers Lenkrad und schrieb in Gedanken einen Brief an die Taxifahrerin:

Ich sitze im Gangsterbus und muss an Sie denken.

Es ist schlimm, was hier geschieht. Ich kann jetzt nicht mit Ihnen sprechen, darum schreibe ich Ihnen. Sprechen wäre viel schöner. Ich habe Angst. Nicht sehr viel. Aber ein bisschen schon.

Meine Mutter würde sagen: »Sei stark, Adam! Vertrau auf den Herrgott!«

Ich weiß nicht, wo Sie gerade sind und was Sie gerade tun. Aber ich hoffe, Sie sind weit weg.

»He, du!« Rösner stieß ihm unsanft den Lauf seines Colts gegen die Schulter.

Einmal, vor Jahren, war ihm ein alter, offenbar orientierungsloser Mann vor den Bus gelaufen, den er beinahe überfahren hätte. Adam hatte im letzten Moment scharf bremsen und den vollbeladenen Bus einen halben Meter von ihm entfernt glücklich zum Stehen bringen können. Daraufhin hatte der Alte ihn durch die regennasse Scheibe angesehen, als fixiere er ihn durch die dünne Eisschicht eines zugefrorenen Sees, auf dessen Grund er lag.

Da hatte Adam ein paarmal kurz hintereinander, so fest er konnte, auf die Hupe geschlagen, um den Alten aus seiner Paralyse zu reißen. Doch der hatte weiterhin keine Miene verzogen, sondern sich nur irgendwann ganz langsam in Bewegung gesetzt und war, schlurfend und ohne sich noch einmal umzudrehen, auf der gegenüberliegenden Straßenseite zwischen zwei Bäumen verschwunden.

Ein anderes Mal war ihm ein Hund vor den Bus gelaufen, ein Schäferhund, der, wie aus dem Nichts kommend, plötzlich wenige Meter von ihm aufgetaucht war. Das Tier war mit einem kurzen, trockenen Schlag gegen die Front gekracht. Dann hatte der Bus es auch schon überrollt, und Sekunden später war es im Außenspiegel wieder aufgetaucht.

Adam hatte den Omnibus irgendwann zum Stehen gebracht und war sofort ausgestiegen und zurück zu dem verletzten Tier geeilt. Die unnatürlich weggestreckten Beine des Hundes zuckten und vibrierten, als wiederhole sich in ihnen in Sekundenabständen noch einmal der Moment der Kollision, der Aufprall, der Sturz heraus aus dem Leben.

Beim Anblick des zerfetzten Körpers hatte Adam sich seitlich in den Rinnstein erbrochen und anschließend per Funk um Ablösung gebeten. Und nun lag das Leben von 27 Menschen mit in seinen Händen. Daran musste er plötzlich denken, wie er so in die dunkle Mündung des auf ihn gerichteten Colts sah. Und an die betretenen Gesichter der Kollegen, als auf einmal die Frage im Raum stand, wer sich anstelle von Jens Kaspers, der zu seiner Frau wollte, ans Steuer des gekaperten Busses setzen sollte.

»Wie heißt 'n du?«

»Adam. Adam Jalowy.«

»Bist ’n Polacke, wie?«

»Ja, und?«

»Ich mein ja bloß«, sagte Rösner.

»Und was passiert jetzt?«, sagte Adam und blickte auf die Tätowierungen, die einmal bunt gewesen sein mussten und sich nun wie alte, verwitterte Plakate an einer Litfaßsäule um die blassen Arme des Mannes schlängelten.

»Jetzt sind die Bullen anne Reihe«, sagte Rösner und sah rüber auf die andere Straßenseite, wo er die Polizei vermutete. »Und wenn die nicht bald hinne machen, sind die da alle tot.« Dabei wies er mit dem Colt rüber zu den Geiseln.

***

Er beobachtete die beiden Kollegen, die nach ihm in den Bus gekommen waren und nun ihre Bilder machten, zwischen den stumm blickenden Fahrgästen hin und her gingen, an ihren Objektiven drehten, entschuldigend lächelten und abdrückten.

Peter Ahrens spürte ihre Erregung, glaubte ihre unterdrückten Jubelschreie zu hören. Eine große Befriedigung durchrieselte ihn, ein Gefühl, wie es Kunstdiebe beschleichen muss, wenn sie, nachdem sie erfolgreich Museumsmauern überwunden, Sicherheitstüren geöffnet und Lichtschranken außer Kraft gesetzt hatten, glücklich vor den Objekten ihrer Begierde standen.

Alles um ihn herum schien sich zu verlangsamen, ineinanderzufließen wie die Wasserfarben auf den Zeichenblättern seiner Tochter Jasmin, die sie tags zuvor zum Trocknen hinaus auf die sonnige Terrasse getragen und dabei unbemerkt so schräg gehalten hatte, dass sich die Linien auf dem Papier plötzlich in Bewegung setzten, sich vermischten und in kleine, wie in Zeitlupe rinnende bunte Bäche verwandelten. Peter Ahrens hatte das Gefühl, auf einer Welle des Unglaubens und des Glücks davongetragen zu werden.

Einmal hatte er einen Bild-Kollegen, der kurz zuvor einen erstochenen Barbesitzer fotografiert hatte, sagen hören: »Wäre es nicht cool, wenn man vom Auge des Toten die oberste Schicht abziehen und sie wie ein Foto entwickeln könnte, um zu erfahren, wen oder was er als Letztes gesehen hat?« Das klang im ersten Moment interessant. Doch als Ahrens sich vorstellte, wie man dem Toten mit einem Skalpell die Kornea von der Linse abschälte, drehte ihm dieser Gedanke fast den Magen um.

Das hier war etwas völlig anderes: Hier ging es um die professionelle Dokumentation eines Dramas von innen. Um objektive Berichterstattung, fotojournalistische Geschichtsschreibung. Mit einem triumphierenden Glucksen in der Stimme sagte einer der Kollegen: »Jetzt sind wir die Einzigen, die was anbieten können. Klasse, was?«

Als die beiden Kollegen ihre Bilder gemacht hatten und den Bus wieder verließen, wandte Ahrens sich an Rösner und sagte mit einem Grinsen: »Ich geh dann mal rüber zur Polizei und frage, wie es aussieht.«

***

»Ich müsste dringend mal telefonieren«, sagte Chris, als sie Ecke Bahnhofstraße/Hochstraße eine Telefonzelle entdeckte. Ihr Gast steckte sich eine Zigarette an, und blies ihr von hinten den Rauch um die Ohren.

»Ich muss telefonieren! Und zwar dringend!«, wiederholte sie. Mit Sicherheit saß Wanda mit ihrem Sony-Walkman in der Küche ihres Vaters, trank Coca-Cola und hörte, was sie immer hörte: Bob Marley oder Peter Tosh. Und natürlich hatte sie vergessen, einen Arzt anzurufen.

»Telefonieren? Jetzt? Die können sich jede Minute in Bewegung setzen, und Sie wollen telefonieren?«

»Wenn es Ihnen nicht passt, können Sie ja aussteigen. Ich bin gleich wieder da.« Entschlossen nahm sie ihr Portemonnaie aus der Mittelkonsole, zog den Zündschlüssel ab und stieß die Tür auf. Vorbei an den Schaulustigen, die sich in sicherer Entfernung zu dem Bus versammelten, betrat sie die Telefonzelle. Der Gestank und die darin gestaute Hitze raubten ihr den Atem. Mit zitternden Fingern warf sie einen Fünfziger in den engen Metallschlitz, wählte die Nummer ihres Vaters in Oldenburg und presste den Hörer ans Ohr. Neben das kleine Sichtfenster, in dem sich ihr Fünfziger befand, hatte jemand mit einem spitzen Gegenstand »Wo bist du, Anna?« in kantigen Lettern in die graugrüne Metalloberfläche des verschrammten Telefonautomaten geritzt. Und etwas weiter unten stand: »Komm zu mir zurück. Noch ist es nicht zu spät.«

Chris stemmte das linke Bein gegen die Tür, um den Mechanismus, der sie zum Schließen brachte, zu unterbrechen, und lauschte schwer atmend in die Stille. Nach zehnmaligem Durchläuten verschwand ihr Fünfziger mit einem Rasseln aus dem Sichtfenster, fiel in den Schacht, und am anderen Ende hörte sie Wanda auf ihre leicht schläfrige Art sagen: »Jaaaa? Haaaallоооо?«

»Wanda, wie geht es meinem Vater? Hast du einen Arzt gerufen?«

»Nein«, kam es von der anderen Seite mit empörender Gleichgültigkeit.

»Warum nicht? Ich hab dir doch …«

»Er hat verboten.«

»Was hat er dir verboten? Dass du einen Arzt holst? Das hat er dir verboten?«

»Ja«, antwortete Wanda. »Soll in Ruhe lassen! Habe ich getan. Alles wegen Nusse. Waren uberall. Unter Schrank. Unter Tennisplatte.«

»Verschon mich mit deinen verdammten Nüssen, Wanda«, sagte Chris. »Wo ist mein Vater jetzt?«

»Liegt in Sessel. Kann sich nicht bewegen.«

»Wanda! Hör mir zu, verdammt! Du rufst jetzt auf der Stelle einen Arzt, hast du mich verstanden? Wahrscheinlich hat er sich was gebrochen. Oder sogar innere Verletzungen. Ich lege jetzt auf, und wenn ich in fünf Minuten wieder anrufe, hast du einen Arzt gerufen, ist das klar? Wanda!«

Es klickte in der Leitung, und Chris starrte auf das leere Sichtfenster. »Wanda?«, rief sie. »Hallo? Wanda? Bist du noch dran? He, hallo?« Doch als Antwort erhielt sie nur das Besetztzeichen. Wanda hatte aufgelegt.

Chris überlegte kurz, griff sich wieder den Hörer, nahm einen weiteren Fünfziger aus ihrem Portemonnaie und warf ihn in den Schlitz. Erneut wählte sie die Nummer ihres Vaters und presste den Hörer wieder ans Ohr. Dabei trommelte sie ungeduldig mit den Fingern auf den Telefonautomaten. Auch nach dem fünfzehnten Klingeln nahm Wanda nicht ab.

Wütend hängte Chris den Hörer auf die Gabel, und wischte sich mit dem Handrücken den Schweiß von der Stirn. Dann angelte sie den Fünfziger aus dem Geldschacht, warf ihn in ihr Portemonnaie zurück, verließ die Telefonzelle und lief zu ihrem Wagen.

»Na, endlich! Wurde aber auch Zeit!« Ihr Fahrgast war aus dem Taxi ausgestiegen und sah sie vorwurfsvoll an. Wortlos stieg sie in den Wagen, legte ihr Portemonnaie in die Mittelkonsole, holte die volle, unbenutzte Wasserflasche unter ihrem Sitz hervor und trank einen Schluck von der lauwarmen Flüssigkeit.

Sie stellte sich ihren Vater vor, wie er reglos im Keller in seinem Sessel lag, von Schmerzen betäubt, während Wanda, diese Idiotin, in ihrem Ordnungswahn nichts Besseres zu tun hatte, als keuchend und auf allen vieren um ihn herumzukriechen, auf der Suche nach Nüssen, statt einen Arzt zu rufen.

Nachdem Leo Mahler irgendwann beschlossen hatte, seinen lediglich von einer altersschwachen Stehlampe illuminierten Lebensmittelpunkt unter die Erde zu verlegen, und im Halbdunkel zwischen Tischtennisplatte, Ledersessel, Postkartenalben und Anglerheftchen eine Art Kokon um sich gesponnen hatte, in dessen Inneres die Außenwelt nicht mehr hineinreichte, begann er eines Tages heimlich damit, seine Erinnerungen auf Tonband aufzunehmen. Er borgte sich kurzerhand das kleine Grundig-Tapedeck seiner Tochter aus, mit dem sie sonntags regelmäßig die neusten Top-40-Hits mitschnitt, und sprach in seiner langsamen, brüchigen Stimme Erlebnisse aus seinem Leben in das Mikrophon.

Als Chris ihr Tapedeck Tage später nach langem Suchen im Keller fand, dachte sie überrascht: Wie kommt das Ding denn hierher? Das Gerät und das Mikrophon standen auf der Tischtennisplatte, daneben lag die Brille ihres Vaters, die Gläser wie üblich verschmiert. Sie sah, dass eine Kassette eingelegt war. Es war keine ihrer üblichen BASF-Kassetten mit immer wieder überschriebenen Schildchen, sondern eine nagelneue Maxell. Sie drückte erwartungsvoll die Wiedergabetaste und hörte eine Stimme, so fern und gedämpft, als dringe sie aus einem Erdloch an ihr Ohr. Die Stimme ihres Vaters.

Und dann erfuhr sie, das Ohr nah an dem kleinen Lautsprecher, erstmals von einem Zwillingsbruder ihres Vaters namens Lutz, einem um sechs Minuten älteren Unbekannten, der bei der Luftschlacht um England, im Rahmen eines »Unternehmens Seelöwe«, dem eine Invasion der Insel folgen sollte, mit seiner Messerschmitt Bf 109 E abgeschossen worden war und seither als verschollen galt.

Sie hörte, dass auch ihr Vater ein begeisterter Flieger und vier Jahre zuvor, 1936, Mitglied der sogenannten Flugzeugführerschule auf dem Fliegerhorst Oldenburg gewesen war. Stolz war aus der Stimme Leo Mahlers herauszuhören. Er war Teil des Oldenburger Geschwaders gewesen und hatte die Angriffe der US-Force und die Zerstörung des Horsts 1944 miterlebt, ebenso das Eintreffen der kanadischen Truppen, die am 3. Mai Oldenburg erreichten und den Krieg für beendet erklärten.

So hatte Chris ihren Vater noch nie reden gehört. Atemlos und verzweifelt. Gebannt lauschte sie seinen Ausführungen, der Nennung und Beschreibung komplizierter Flugzeugtypen, Flugeinsatzzahlen und Geschwadernummern. Sie musste sich konzentrieren, um alles halbwegs klar und deutlich zu verstehen. Bis sie ihren Vater zuletzt wieder und wieder den Namen seines Bruders sagen und ihn dabei weinen hörte wie ein Kind. Da erst drückte sie die Stopptaste.

***

Wie zwei Boxer, die beide nicht mehr an einen Sieg glaubten, saßen sie in dem kleinen, schummrigen Raum der Intensivstation, dessen Deckenlicht auf ein fahles gelbes Leuchten heruntergedimmt worden war. Die Begegnung mit der Seelsorgerin und das sich daran anschließende Taufritual hatte Bertram die letzten Energien und jeden Restglauben an eine wie auch immer geartete Zukunft für seinen Sohn geraubt.

Er blickte hinauf zur Decke, als hocke dort oben in einer Ecke ein kleiner, ihnen wohlgesinnter Gott, der das große Minuszeichen, das seit Stunden wie ein Damoklesschwert über ihnen schwebte, im Handumdrehen in ein Pluszeichen verwandeln könnte. Und da sah er sie in ihrer ganzen, spinnenartigen Schönheit: eine kinderhandgroße Schnake, Tipulidae, ein Exemplar der Diptera, die sich mit ihren langen, fadendünnen Beinen an die Zimmerwand klammerte wie ein Alpinist an eine spiegelglatte, senkrecht in die Tiefe abfallende Gletscherwand. Auf geheimen, nur ihr bekannten Wegen war es ihr gelungen, in dieses Zimmer zu fliegen, trotz all der Schleusen und geschlossenen Fenster. Wie der als Todesbote gefürchtete Kauz, der dem Volksmund nach so lange gegen ein Fenster klopft, bis der Tod eingetreten ist, hing die Schnake da oben an der Wand. Klein, doch für Unkundige auf den ersten Blick bedrohlich. Bertram fragte sich, wer wohl irgendwann einmal das sich seitdem hartnäckig haltende Gerücht verbreitet hatte, Schnaken könnten stechen? Und dabei dachte er mit Blick auf das Insekt: Wie sieht das, was du von da oben aus mit deinen Facettenaugen beobachtest, wohl aus deiner Perspektive aus?

Doch plötzlich befielen ihn Zweifel. Konnten Schnaken tatsächlich nicht stechen? Weshalb war er sich da eigentlich so sicher? Das Letzte, was sie jetzt gebrauchen konnten, war eine Schnake, die ihrem mit dem Tod ringenden Kind mit einem Stich den Rest gab!

Bertram verengte entschlossen die Augen und dachte mit Blick auf das reglos an der Wand sitzende Insekt: Na warte, Freundchen!, ließ seinen Blick einmal im Raum kreisen auf der Suche nach einem Gegenstand, packte den Stuhl, auf dem er eben noch gedöst hatte, schob ihn an die Wand und stieg darauf.

»Was machst du denn da?«, fragte Amina und spähte irritiert zu ihm herauf.

Er streckte sich, fuhr den rechten Arm aus, so weit er konnte, und trat hektisch von einem Bein auf das andere. Doch es fehlten ihm etwa zehn Zentimeter. »Scheißvieh, verdammtes«, zischte er. Und dann schnaubte er im Befehlston: »Gib mir mal die Schere da!« Dabei ließ er den rechten Arm in Erwartung der Schere sinken, ohne die Schnake auch nur eine Sekunde aus den Augen zu lassen. Nun hatte Amina die Schnake entdeckt. »Ist doch bloß 'ne Schnake«, sagte sie beschwichtigend. »Komm da bitte runter!«

»Nicht, ehe das Vieh erledigt ist«, schnaubte er. »Oder meinst du vielleicht, ich sehe tatenlos zu, wie das Biest unser Kind sticht?«

»Eine Schnake? Mach dich nicht lächerlich, Thomas. Hör auf zu spinnen, und komm da runter.«

Bertram wandte sich ihr in einer leichten, unüberlegten Rechtsdrehung eine Spur zu ruckartig zu. Und dabei verlor er plötzlich den Halt – und fiel.

Schlagartig kam der Schmerz. Am Hinterkopf. Im Rücken. Und in den Ellbogen. Dann wurde ihm schwarz vor Augen, und es war wie eine Erlösung.

***

Ich bin erfolgreich und inzwischen auch ziemlich wohlhabend, dachte Brigitte wie zum Trost und streckte sich der Länge nach auf der mit einem nachtblauen Satinlaken bezogenen, auf dem Boden liegenden Matratze aus. Wohlweislich hatte sie das Ding gleich zu Beginn der Hitzewelle hinunter ins Souterrain geschafft, um nachts wenigstens ein paar Stunden Ruhe vor der Hitze zu finden. Dort unten war es gut 15 Grad kühler.

Bis auf einen hautfarbenen Schlüpfer und das Panther-Collier von Cartier, das sie sich von einem Teil des Geldes, das ihr die Verfilmungsrechte ihres zweiten Mireille-Romans eintrugen, gegönnt hatte, war sie nackt. Wie ein Talisman schmiegte sich der diamantbesetzte, zeigefingerlange Goldanhänger zwischen ihren Brüsten an die warme Haut. Vor dem Badezimmerspiegel stehend, hatte sie ihn sich wie für einen wartenden Liebhaber angelegt und sich nicht sattsehen können an seiner funkelnden Schönheit. Mit dem Anhänger in der Hand, den ihre Finger wie den Schlüssel zu der auf sie wartenden Traumwelt umschlossen, schlief sie ein.

Nur eine halbe Stunde später aber schreckte sie aus unruhigem Schlaf wieder hoch, schnappte nach Luft und fuhr sich hektisch mit der Hand über Mund und Augen, um die schweren, nassen Magnolienblütenblätter und die vom Regen durchweichten Fotos wegzuwischen, die im Traum auf ihr Gesicht niedergegangen waren.

Aus einem sich stahlblau über ihr krümmenden Frühlingshimmel waren die Fotos und herb duftenden Blütenblätter mit großer Geschwindigkeit auf sie herabgestürzt, riesigen Nachtfaltern gleich, hatten sich in ihren Haaren verfangen und sich im Gras liegend plötzlich in grell blinkende Glasscherben verwandelt, in denen sie ihre eigenen, angstverzerrten Gesichtszüge gespiegelt sah. Reflexartig hielt sie schützend die Hände vors Gesicht und schrie so lange, bis sie davon wach geworden war.

Sie richtete sich auf, machte Licht und schielte erschöpft auf ihre neben der Matratze liegende Armbanduhr. Sie zeigte noch nicht einmal zehn. Sie löschte das Licht und sank zurück in ihre Kissen. Sie fragte sich, was ihr Unterbewusstsein ihr durch diesen Traum sagen wollte. Dass sie aufhören sollte, in ihren Erinnerungen an Martin zu schwelgen? Dass sie endlich wieder unter Leute gehen sollte? Freunde treffen und sich nach einem Mann umsehen sollte, statt sich weiter wie eine Pennerin in ihren abgedunkelten vier Wänden zu verschanzen, steinhartes Brot zu kauen und stoisch eigentlich nicht mehr genießbare Joghurts zu löffeln.

Und die Magnolienblüten? Aus einem sogenannten Blumenorakel wusste sie, dass die Magnolie als ein Symbol weiblicher, reiner Schönheit galt, als Brücke zwischen Himmel und Erde. In ihrem Traum aber waren die Blütenblätter wie verfaulte Bananenschalen auf sie heruntergesaust, glitschig und eklig.

Reglos starrte sie in die Schwärze und vermied es, die Augen zu schließen, um nicht sofort wieder die grellen Scherben sehen zu müssen. Sie versuchte, an etwas anderes zu denken, und augenblicklich fiel ihr Mariannes Brief ein. Auch jetzt, Stunden später, empfand sie Mariannes Bitte, sie in Spanien zu besuchen, als geschmacklos und anmaßend. Wie kam diese Frau, nach allem, was zuletzt zwischen ihnen vorgefallen war, dazu, sich mit solch einem Ersuchen an sie zu wenden? Noch dazu nach so langer Zeit? Was erwartete sie denn? Dass sie ihr, bevor sie starb, die Absolution erteilte und ihr großzügig vergab? Dass sie als ihre Sterbebegleiterin fungierte? Als Führerin in die ewige Nacht? Bloß weil sie Martins Schwester war?

Brigitte versuchte sich Mariannes schönes, offenes Gesicht

in Erinnerung zu rufen, den vollen Mund und die tiefliegenden geheimnisvollen Augen, und wie es nun, nach all der vergangenen Zeit und den Schlägen der offenbar todbringenden Krankheit, wohl aussah. Marianne war eine attraktive Frau gewesen, damals, anziehend und überaus feminin, die ihre Wirkung auf Männer sehr wohl kannte. Eine Schönheit. Doch hinter ihrer blendenden Erscheinung hatte Brigitte immer auch noch etwas anderes gesehen, das ihr etwas Obskures, Fragwürdiges verlieh: Verbissenheit, begleitet von einem falschen Überschwang, was ihre Gesichtszüge manchmal verkrampft und in bestimmten Momenten eisig erscheinen ließ.

Brigitte bemerkte, wie ihre Gedanken zu dem zurückdrifteten, was Helga am Telefon über die beiden Geiselgangster und das Medienspektakel und das Katz-und-Maus-Spiel, das sie mit der Polizei spielten, gesagt hatte.

Wieso dachte sie an diese Männer? Was hatte sie mit solchen Verbrechern zu tun? Sie dachte: Wo ist da der Mehrwert für mich als Schriftstellerin, Helga? Und worin, bitte schön, besteht die Verbindung zu meiner Arbeit? Nichts, aber auch gar nichts weist auf einen wie auch immer gearteten Zusammenhang hin.

Trotzdem ließen sie Helgas Worte aus irgendeinem Grund nicht mehr los. Doch aus welchem? In geringer Höhe dröhnte eine Düsenmaschine heran und ließ die Wände kurz erzittern, zog eine weitausholende Schleife über dem Viertel und drehte wieder in Richtung Flughafen Köln-Bonn ab. Immer wieder flogen diese verdammten Piloten mitten in der Nacht mit ihren Maschinen solche Warteschleifen und rissen mit ihrem Höllenlärm das gesamte Viertel aus dem Schlaf.

Martin hatte im Zusammenhang mit seiner Arbeit viele Male mit solchen Leuten wie diesen Geiselgangstern zu tun gehabt, die nur auf ihren Vorteil, auf die Durchsetzung ihrer fragwürdigen, wie auch immer gearteten Ziele aus waren. Undurchsichtigen Typen, die für ein paar Dollar jeden verrieten, Schieber, Waffenhändler, Mörder, selbsternannte Revolutionäre, paranoide religiöse Eiferer, die für ihren Glauben, ohne mit der Wimper zu zucken, sich und andere in die Luft sprengten.

Ihr selbst war diese Welt samt ihren Protagonisten trotz seiner Erzählungen und der vielen Reportagen, die Martin für das Magazin in Hamburg schrieb, immer fremd geblieben. Sie empfand sie als durch und durch abstoßend und verstand nicht, was ihn immer neu dazu trieb, im Dreck und im vergossenen Blut nach der Wahrheit zu suchen. Weshalb eigentlich? War es die verzweifelte Hoffnung, dass am Ende alles Bösen, Kriegerischen und Gewalttätigen ein Mensch wartete, der es wert war, geschätzt, geliebt und geachtet zu werden, die Martin bis zuletzt angezogen hatte? Und zu der er sich durchkämpfen, durchschreiben musste?

Brigitte machte das Licht wieder an, erhob sich und tappte langsam hinauf in die dunkle Küche. Sie zog die Kühlschranktür auf und setzte die offene Milchtüte an die Lippen. In einer eisigen Welle rann ihr die Flüssigkeit die Kehle hinab.

Sie stellte die Tüte zurück und wischte sich mit dem Handrücken über den Mund, schob die Kühlschranktür wieder zu, und der fahlgelbe Keil, den die Innenbeleuchtung des Eisschranks an die Wand projizierte, erlosch.

Wieso nur habe ich das Gefühl, dass sich gerade mein Leben ändert?, dachte sie irritiert und schlich wieder hinunter, sank auf die Matratze und starrte an die Decke. Lange verharrte sie so, reglos, die Arme entspannt neben sich, die Beine zu einem V geöffnet.

Irgendwann griff sie nach dem Anhänger auf ihrer Brust, umschloss ihn ganz fest und versuchte, sich auf nichts anderes als darauf zu konzentrieren und wieder einzuschlafen. Doch auch nach einer halben Stunde, in der sie sich ruhelos hin und her drehte, gelang ihr dieses an anderen Tagen kinderleichte Kunststück nicht. Sie stand wieder auf, ging hinüber in den angrenzenden Vorratsraum und kramte aus den Kisten, in denen Martins

Nachlass verstaut lag, seine Notizbücher hervor, schwarze Kladden aus stabilem Karton.

Gleich nach Erhalt der Nachricht seines Todes hatte sie die Kladden samt seinen anderen persönlichen Sachen in Kisten verpackt und sie außer Sichtweite gebracht. Später, hatte sie sich gesagt, werde ich die Hefte herausholen und lesen. Wenn einmal Gras über die Sache gewachsen ist.

Ja, Martin hatte es gehasst, solche Formulierungen aus ihrem Mund zu hören. Und es war nie Gras darüber gewachsen. Sie hielt kurz inne, weil sie plötzlich fühlte, dass sie unterschätzt hatte, wie viel Kraft es sie kosten würde, hinüberzugehen und sie herauszunehmen.

Mit den beiden Kladden unter dem Arm, deren Eintragungen in den späten siebziger Jahren einsetzten, ging sie zurück in ihr provisorisches Schlafzimmer, schob sich ihre Kissen in den Rücken und schlug im schwachen Schein der kleinen Leuchte das erste Heft auf. Unter dem Datum »16. Mai 78« hieß es:

»Jedes Wort, das ich vor nicht allzu langer Zeit mit journalistischem Ernst und dem Furor der Unbestechlichkeit in meine alte Underwood gehackt habe, erscheint mir inzwischen verlogen und falsch. Wie selbstverständlich werte ich die vor Ort erlebte Wirklichkeit bloß noch um in gut konsumierbare Sätze. Ich verstehe es inzwischen blendend, den Schmerz und das Grauen in eine reibungslos funktionierende Kunstsprache zu übersetzen. Das alles kotzt mich an.«

Brigitte blätterte weiter, überflog längere Passagen und las:

2. *August 79*
~~*Wenn du einen Tod dokumentierst, wirst du ihn nie wieder vergessen.*~~

Mit Bleistift, vermutlich zu einem späteren Zeitpunkt, hatte Martin den Satz durchgestrichen.

5. August 79
Der Tod und das Handwerk des Tötens liefern mir meine Geschichten. Was ist aus mir geworden?

An anderer Stelle, etwas später, hieß es:

19. August 79
Ich habe das Gefühl, nur noch zu existieren, wenn ich gedruckt werde. Ich reiße mich um Einsätze in Beirut oder Damur, wenn mal wieder, wie es Brockmann gerne formuliert, »Blut und Asche« gefragt sind und die Chancen gut stehen, mit vier Doppelseiten ins Blatt zu kommen.

Bewaffnete Kinder, die jubelnd vor Jays Kameras posieren und ihre Gewehre, die sie kaum halten können, stolz in die Höhe reißen, Massengräber, in denen halbverweste Leichen liegen, das alles spottet jeder Beschreibung.

Tagtäglich erleben wir Ausschreitungen, Gewalt und Erniedrigung. Doch das Schlimmste ist, nach Hause zu kommen und zu erleben, dass das hier niemanden interessiert. Ein Kollege von der englischen BBC sagte mir beim Abschied lachend: »Vergessen Sie's, Martin, das tun alle anderen doch auch.«

Zu Beginn der zweiten, nicht einmal bis zur Hälfte mit Notizen gefüllten Kladde bekannte er in einer kurz vor seiner Ermordung im September 1982 festgehaltenen Eintragung aus dem Libanon:

Habe seit einer Woche Blut im Stuhl, dazu Schmerzen in den Leisten und im Oberbauch. Schiebe es auf das scharfe Essen. Und auf den Arrak. Oder auf irgendeine dumme Infektion. Außerdem leichtes Fieber. Jay klagt über ständiges Sodbrennen und nicht nachlassende Kopfschmerzen. Daran ist wohl auch der Arrak schuld. Ich kann das Zeug inzwischen nicht mehr riechen.

Nachts hallen Schüsse durch die Straßen, und am Tag duftet es nach Thymian, und die Sonne taucht alles in ein unwirkliches, traumhaftes Leuchten.

Gemayels Leute scheinen endlich gesprächsbereit.

Brigitte fehlt mir.

Brigitte ließ die Kladde sinken und starrte ins Leere.

***

Aus dem angrenzenden Wohnzimmer drang die Stimme des Nachrichtensprechers gedämpft herüber, und Marc, der davon wach geworden war, zog vorsichtig seinen Arm unter Rachaels Kopf hervor. Er erhob sich, zog die Tür leise hinter sich zu und nahm neben seinem Vater, der in seinem Sessel saß und reglos auf den Bildschirm starrte, auf der Couch Platz.

Auf der Mattscheibe liefen Bilder aus Bremen vom frühen Abend. Es baute sich gerade das Bild eines türkischen Gemüseladens im Stadtteil Vegesack auf, vor dem Leute standen. Auf der gegenüberliegenden Straßenseite, in einer Entfernung von vielleicht fünfzig Metern und hinter parkenden Autos als solche gut zu erkennen, postierten sich zahllose Journalisten, die ihre Kameras auf den Eingang des Gemüseladens gerichtet hielten. Von der Polizei war niemand zu sehen. Wahrscheinlich verbargen sich die Zivilbeamten hinter parkenden Autos.

In der Hoffnung, endlich einen der Geiselnehmer zu Gesicht zu bekommen, blickte Marc gespannt auf den Bildschirm. Und tatsächlich trat im nächsten Moment Hans-Jürgen Rösner, bekleidet mit einer offenen leichten Jacke, einem weißen T-Shirt und einer dunklen Hose, ins Bild. Mit einer Pistole in der Hand. Neben ihm die beiden Geiseln und seine Freundin. Vor ihm parkte ein dunkler BMW. Rösner gestikulierte mit der Pistole in der Hand, schien aufgebracht, riss die Waffe hoch und schoss zweimal krachend in die Luft.

Die folgende Einstellung zeigte den gekaperten Bus am Busbahnhof in Vegesack. Rösner stand, umzingelt von einem Pulk Journalisten, vor dem Bus und gab Interviews.

Ein ARD-Reporter fasste aus dem Off die Ereignisse des frühen Abends zusammen, dann wurde ins Nachrichtenstudio zurückgeschaltet, und der Sprecher erklärte, man werde in Kürze live nach Bremen schalten.

»Rachael ist gekommen«, sagte Marc und sah seinen Vater an.

»Rachael?«, erwiderte der überrascht. »Wann?«

»Vor einer halben Stunde oder so«, log Marc und lächelte unsicher.

»Was will sie von dir?«, sagte der Vater, ohne eine Miene zu verziehen, und wandte sich wieder dem Fernseher zu.

»Ich weiß nicht«, sagte Marc.

»Überleg dir genau, was du tust«, sagte der Vater.

»Ja, ja, keine Sorge«, wiegelte Marc ab.

Auf den Bildschirm war Hans-Jürgen Rösner live und in Großaufnahme zu sehen. Der Kopf, das bärtige Gesicht, die fettigen langen Haare. Gebannt studierte Marc wie 13 Millionen Fernsehzuschauer mit ihm, die ebenfalls vor ihren Geräten saßen, die Züge des Mannes. Seinen müden, überreizten Blick. Seine über und über tätowierte Hand, mit der er sich einmal kurz und schwerfällig ans Kinn fasste.

Dann kam die Frage des Tagesschau-Reporters Günter Ollendorf, der in einem Kameraschwenk kurz zu sehen war: »Wie lange wollen Sie die Geschichte denn noch fortsetzen?«

Rösner (ruhig und sachlich): »Ja, wir werden einige Forderungen stellen, und werden die nicht erfüllt, dann knallt's. Und vor allem, mein Kumpel ist brandgefährlich, nä, und zuletzt ist dann diesen hier!« (Rösner hebt die Waffe hoch und schiebt sich den Lauf in den Mund.) »Ja, ich hab elf Jahre Knast weg, ich hab dreizehn gehabt, ich war von Anfang an in Erziehungsheimen und so 'ne Scheiße und allet, nä, ja, ich scheiß auf mein Leben. Und das mein ich ganz im Ernst.«

Ollendorf: »Und die anderen Unschuldigen?«

Rösner (wendet sich kurz betreten ab): »Kann ich nix für.«

Kurz darauf lief Rösner zu einem dunklen Mercedes, vor dem ein Journalist stand und ihm mit den Worten: »Hans-Henning Schmidt, würden Sie mit ihm sprechen?«, den Hörer des Mobiltelefons hinstreckte. Rösner nickte, schob sich seine brennende Zigarette in den Mund, öffnete die Wagentür und nahm auf dem Fahrersitz Platz.

Im selben Moment läutete das Telefon in der Diele. Marc sah seinen Vater fragend an, dann sprang er auf und lief hinüber. »Hallo?«, sagte er mit ans Ohr gepresstem Hörer in das Halbdunkel der Diele. Er hatte auf der kleinen Kommode Platz genommen, in deren Schubladen Schals, Handschuhe, das örtliche Telefonbuch und, in ein dunkles Tuch eingeschlagen, die alte geladene Militärpistole seines Vaters lagen.

Marc drückte den Hörer fester ans Ohr. Zunächst war nur das Rauschen der Leitung zu hören, fern und monoton. Dann atmete plötzlich jemand tief ein und wieder aus, ein und aus.

»Hallo? Wer ist denn da?«, sagte Marc. »So sagen Sie doch was.«

Ein kurzes trockenes Husten erklang, gefolgt von einem Schnarren, wie wenn ein Ventilator anspringt. Dann sagte eine Stimme: »Verräter!« Nur dieses eine Wort. Und die Verbindung wurde unterbrochen.

Marc legte den Hörer zurück auf die Gabel und ging zurück ins Wohnzimmer.

»Wer war das?«

Sein Vater hatte inzwischen auf Hessen 3 umgeschaltet. Ein Reporter von Radio Bremen berichtete aus Huckelriede. Über der Szenerie war die Nacht hereingebrochen, und rund um den gekaperten Bus flammten immer wieder Blitzlichter auf.

»Keine Ahnung«, sagte Marc, »jemand hat seni ezerim oder so was gesagt, was immer das heißt, und dann aufgelegt. Wahrscheinlich einer von Ceylans Brüdern. Die wollen mir bloß Angst machen.«

»Die sollen nur kommen«, sagte der Vater und steckte sich eine Reval an.

Vorsichtig öffnete Marc die Tür zu seinem Zimmer. Schwach angestrahlt von den matt leuchtenden VU-Metern seines Technics-Receivers lag Rachael auf der Seite und schlief, eine Gesichtshälfte vom Kissen verdeckt, das Haar in Wellen darüber gebreitet.

Das Telefon klingelte erneut. Sekunden später hörte er seinen Vater in der Diele brüllen: »Lassen Sie meinen Sohn in Ruhe!« Es folgte eine kurze Pause, dann sagte Valentin Steiner in veränderter Tonlage: »Oh, bitte entschuldigen Sie, aber ich hatte ein anderes Telefonat erwartet.« Dann wurde die Dielentür leise geschlossen, und Marc konnte nicht mehr verstehen, was sein Vater am Telefon sprach.

Auf Zehenspitzen schlich er sich an die Tür und lauschte.

»Ja, ist gut. Ja, ich habe verstanden, in einer Viertelstunde bin ich da.« Dann beendete der Vater das Gespräch, öffnete die Tür, blickte Marc mit erstarrter Miene an und sagte: »Dein Großvater hatte vor einer halben Stunde einen Schlaganfall.«

***

Die Antibiotikatherapie schien zur Überraschung aller plötzlich zaghaft zu greifen. Das Fieber war leicht zurückgegangen und hatte sich bei konstant 38,9 eingependelt. Trotz der starken Schwächung durch die Operation schien Pauls Zustand im Moment stabil. Doch das Wort »Entwarnung« nahm natürlich niemand in den Mund. Schon in der nächsten Sekunde konnte die Quecksilbersäule wieder auf lebensbedrohliche 40 Grad ansteigen.

III

Donnerstag, 18. August 1988

12

dpa – Basisdienst, Hamburg

Geiseln noch immer in der Hand der Bankräuber – Fluchtwagen gewechselt?

Gladbeck (dpa) – Die Gladbecker Geiselgangster, die der Polizei am Dienstagabend 14 Stunden nach einem mißglückten Banküberfall mit zwei Bankangestellten als Geiseln in ihrer Gewalt und mindestens 420 000 Mark freies Geleit abgepresst hatten, haben gegen Mitternacht versucht, in einem Motel an der Bundesstraße 224 (Gladbeck-Dorsten) den Fluchtwagen zu wechseln. Einer der beiden Geiselnehmer gab in dem Lokal einen Schuß ab, um seiner Forderung Nachdruck zu verleihen. Ob es ihnen gelungen ist, einen anderen Wagen zu erpressen, war zunächst unklar. Die Polizei behauptete zumindest, sie habe die Spur der Flüchtigen verloren.

Adam musste an die Rocker denken, die nachts grölend mit ihren aufgemotzten Junaks durch Srodula gefahren waren und ihre brennenden Fackeln in die dunklen Fenster der Bürgerhäuser geschleudert hatten; nationalistische und genau wie dieser Rösner bis zur Halskrause tätowierte Dummköpfe, die genietete schwarze Lederjacken trugen, auf denen hinten die rot-weiße polnische Flagge aufgenäht war.

Adam hatte schon als Junge einen Bogen um diese Typen gemacht, wenn Zagłębie spielte und er mit Karoly ins kleine Ludowy-Stadion ging. Die Typen standen mit ihren Maschinen vor den Eingängen, ließen angeberisch die Motoren aufjaulen und provozierten Stadionbesucher so lange mit abfälligen Bemerkungen und Beschimpfungen, bis es zu blutigen Keilereien mit den Zagłębie-Anhängern kam.

Rund um den Bus flammten immer wieder die Blitzlichter der Fotografen auf, die wie sich um ihren langerwarteten Erlöser scharende Gläubige an Rösners Lippen hingen.

Adam blickte über die im Halbdunkel des Busses wie von einer vorzeitigen Leichenstarre erfassten Gesichter der schweigend auf ihren Sitzen verharrenden Geiseln.

Er sah in die Augen einer alten Frau, deren graues, stumpfes und von einem dünnen, engmaschigen Netz gehaltenes und am Hinterkopf zu einem apfelgroßen Knoten gebundenes Haar ihr kleines Vogelgesicht wie ein Helm umschloss. An wen oder was sie wohl in diesen Sekunden dachte? Und was mochte das Mädchen mit den traurigen dunklen Augen und den schwarzen, schulterlangen Haaren (in denen ein bunter Reif steckte) fühlen, um dessen schmale, runde Schultern der größere, hinter ihr stehende und mit einem weißen T-Shirt bekleidete Junge seinen Arm gelegt hatte?

Adam bewunderte die stille Würde, die auf den Gesichtern der Geiseln lag. Ihre Ruhe und ihre große Beherrschtheit, mit der sie die Abläufe im Bus verfolgten und die fortgesetzten Demütigungen ertrugen: das aufgeblasene Getue des zweiten Gangsters mit seinem schwarzen Colt. Die Fotografen, die schamlos aus nächster Nähe ihre Kameras auf sie gerichtet, ihre Hilflosigkeit ignoriert und einfach abgedrückt hatten. Vor allem aber die Ungewissheit, welchen Ausgang das Ganze nehmen würde.

Rund um den nächtlichen Busbahnhof waren Laternen und die Lichter in den vereinzelten Geschäften angegangen, wodurch sich ein silberfarbener Grauton unter die Schwärze mischte. Die Szenerie hatte etwas von einem Filmset. Diesen Eindruck verstärkten die zahlreichen Schaulustigen. Es fehlte nur noch der Regisseur, der mit einem Megaphon in der Hand gravitätisch zwischen den Hauptakteuren und all den Statisten herumlief und »Action« rief. Doch einen solchen Regisseur gab es nicht. Die Journalisten bestimmten das Geschehen, und die Polizei, wo immer sie sich in diesen Sekunden auch verbarg, sah zu.

Ich könnte versuchen, den einen zu überwältigen, spukte es Adam im Kopf herum. Doch dann ist da immer noch der andere. Trotzdem werden sie hinterher vielleicht sagen, ich sei feige gewesen. Doch das bin ich gar nicht.

In sicherer Entfernung parkte ein Taxi mit eingeschaltetem Abblendlicht. Wegen der großen Distanz und der von den herabstrahlenden Laternen hell verspiegelten Windschutzscheibe konnte er nicht erkennen, wer in dem Wagen saß. Er stellte sich vor, die Frau aus dem Dom säße dort hinter dem Steuer und beobachtete ihn. Die Vorstellung, ihr jetzt, in dieser verrückten Situation, ganz nah zu sein, gefiel ihm. Es wäre wie in einem amerikanischen Liebesfilm. »Der Busfahrer und die Taxifahrerin« müsste der Film heißen und würde die Geschichte ihrer beginnenden Liebe in Zeiten des Wahnsinns erzählen.

50 Meter entfernt drehte sich Peter Ahrens, von zwei Beamten kurz vorher informiert, um und lief, von einem Kamerateam begleitet, auf den von Journalisten umringten Bus zu, um Hans-Jürgen Rösner die Entscheidung der Polizei zu überbringen. Er stieg in den Bus und sagte zu Rösner: »Die machen das mit der Polizeigeisel nicht.«

Rösner, der glaubte, jeden Moment werde der Bus von der Polizei gestürmt, lief wutentbrannt in den hinteren Teil des Busses, packte die achtjährige Tatiana und zerrte sie mit Hilfe von Marion und Peter Ahrens nach draußen. Dort hielt er die Pistole in die Höhe und schrie: »Ihr verfluchten Schweine! Alle weg da!« Er drohte, das Mädchen zu erschießen, wenn ihm auch nur einer zu nah käme.

Die Journalisten stoben auseinander und suchten hinter den parkenden Fahrzeugen Schutz. Rösner, der befürchtete, die Polizei könnte Scharfschützen auf den Dächern der umliegenden Häuser postiert haben, benutzte das Kind als Schutzschild, ging in die Knie und drückte ihm, geblendet von einer wahren Blitzlichtorgie der Fotografen, seine Pistole an den Kopf.

Die Haare des Mädchens rochen wie die Kastanien, die er als Junge im Herbst im Nordpark gesammelt und anschließend mit seiner selbstgebauten Schleuder aus seinem Fenster auf die unten ahnungslos vorbeifahrenden Fahrradfahrer abgeschossen hatte.

Peter Ahrens unternahm einen letzten, allerdings abermals erfolglosen Versuch, die Polizei über sein Autotelefon mit Rösner ins Gespräch zu bringen. »Scheiße, warum geht da keiner ran?«, rief er. (In der Hektik hatte der Beamte ihm eine falsche Anschlussnummer genannt.)

Dann ging alles ganz schnell: Rösner zerrte das Mädchen gewaltsam wieder in den Bus, brüllte: »Tür zu, losfahren«, und richtete die Pistole auf Adam, der wortlos nickte. »Nach Holland, na los!«, rief Rösner und stieß die kleine Tatiana brutal zu Boden.

Seit drei Stunden befanden sich die Geiseln nun in der Gewalt von Rösner und Degowski. Adam Jalowy gab Gas. Verfolgt von einem ganzen Konvoi von Journalistenfahrzeugen, steuerte er den hell erleuchteten Linienbus Nummer 53 der Bremer Straßenbahn AG ins Ungewisse.

***

»Hinterher!«, sagte ihr Fahrgast und stieß ihr, wie um sie damit zum sofortigen Losfahren zu bewegen, von hinten leicht die Hand gegen die rechte Schulter.

Chris Mahler startete den Motor, schaltete die Scheinwerfer an, machte den Taxameter und die Hungerleuchte aus und klemmte sich hinter die zahlreichen Journalistenfahrzeuge, die dem Bus quer durch die Stadt folgten. Bis sie den Zubringer zur A1 in Fahrtrichtung Osnabrück erreicht hatten und immer wieder Fahrzeuge plötzlich ausscherten und auf gleicher Höhe mit dem Bus fuhren, so dass die Journalisten bei heruntergedrehten Scheiben fotografieren oder filmen konnten. Immer wieder zuckten grelle Blitzlichter auf, erzeugten helle Wirbel in der Schwärze, bis sie im Lichterstrom der Gegenfahrbahn wieder verloschen.

Chris angelte nach den auf dem Beifahrersitz liegenden Marshmellows, schob zwei Finger in die aufgerissene Tüte und bekam eines der pudrig-weichen Dinger zu fassen. Mechanisch schob sie es sich in den Mund, drückte das süße Etwas mit der Zunge gegen den Gaumen und schickte ein kurzes Stoßgebet hinauf zum Allmächtigen, er möge sie bitte vom Schlimmsten verschonen.

Sie war wütend auf Gott und die Welt, auf die Geiselgangster und auf den Kerl hinter ihr auf der Rückbank. Auf ihren Vater, der sich wegen einer XXL-Schachtel Macadamianüsse fast zu

Tode gestürzt hatte und sie nötigte, sich Sorgen um ihn zu machen. Auf Klaus, weil er ihr viel zu lange vorgegaukelt hatte, sie zu verstehen, sie in Wahrheit aber nur kontrollieren wollte. Auf das Wetter, weil es viel zu warm war, und auf sich selbst, weil sie nicht auf ihre innere Stimme gehört hatte, als der Typ, der hinter ihr saß und sie herumkommandierte, eingestiegen war und sie ihn nicht gleich wieder rausgeschmissen hatte.

Außerdem war da wieder dieser langsam anschwellende Druck im Oberbauch, begleitet vom schlagartigen Kaltwerden ihrer Hände. Gleichzeitig meinte sie das sich steigernde Pochen ihres Herzens hören zu können (zwar noch fern und gedämpft wie das sachte, fragende Klopfen einer Hand an ein nächtlich beleuchtetes Fenster, aber gleichzeitig so unabweislich wie das heranrollende Grollen eines aufziehenden Unwetters), lauter werdend, spürbar anschwellend. Sie sagte sich ein paarmal im Stillen Dr. Brunners Worte auf: »Das ist alles nur in meinem Kopf. Ich habe keine Angst. Ich bin ganz ruhig und habe nichts zu befürchten. Alles ist gut. Das ist alles nur in meinem Kopf. Ich habe keine Angst. Ich bin ganz ruhig und habe nichts zu befürchten. Alles ist gut.«

Während sie das Lenkrad mit dem rechten Knie fixierte, um den Wagen in der Spur zu halten, riss sie mit Blick auf die vorausfahrenden Autos die Lade des Handschuhfachs auf, angelte zwischen Tempotaschentüchern, Strohhalmen und alten, von ihr beschrifteten Audiokassetten nach dem silberfarben glänzenden Blister, bekam ihn zu fassen und drückte fünf Baldriandragees in die linke, zur Kuhle geformte Hand, beförderte die erbsengroßen Pillen in ihren Mund und spülte sie mit einem Schluck Wasser hinunter.

»Alles in Ordnung mit Ihnen?«, fragte der Fahrgast von hinten.

»Ja, ja«, erwiderte Chris, drehte die zwischen ihren Beinen eingeklemmte, wie ein riesiges Glied aufragende Wasserflasche und ließ sie auf den Boden rutschen. Sie überlegte, wann in ihrem Leben sie sich ähnlich beklommen gefühlt hatte. Natürlich in all den Nächten, in denen sie als Kind, daheim in Oldenburg, in ihrem Bett wach gelegen, die wiederkehrenden lautstarken Auseinandersetzungen ihrer Eltern im Nebenzimmer mitangehört und mit Herzklopfen gebetet hatte, der liebe Gott möge die beiden endlich zur Vernunft bringen, damit sie aufhörten und um ihretwillen zusammenblieben.

Dann, später, während der Abschlussfahrt der 10. Klasse nach Paris, als sie, gemeinsam mit ihrer damaligen besten Freundin Sabine, spätnachts auf dem Rückweg von St. Germain ins Hotel, das sich in der Nähe der Comédie-Française befand, im 1. Arrondissement in einer unbeleuchteten, kopfsteingepflasterten Nebenstraße unweit des Palais Royal, zwei betrunkenen farbigen Männern in die Arme gelaufen waren. Die beiden Männer hatten sie plötzlich gepackt, in einen dunklen Hausflur gezerrt und gegen die Wand gedrückt.

Sabine hatte um Hilfe geschrien, als der eine im Halbdunkel ihre Bluse zerriss und seine großen Hände auf ihre Brüste drückte. Im selben Moment war zur Überraschung aller das Flurlicht angegangen, und ein älterer, mit Schlappen und einem gestreiften Bademantel bekleideter Mann stand schreiend und mit erhobenem Schürhaken vor ihnen und ging auf die beiden Schwarzen los, so dass diese abrupt von ihnen abließen und mit hallenden Schritten in der Pariser Nacht verschwanden. Erst da hatte Chris gesehen, dass es sich bei den Männern in Wahrheit um Jugendliche gehandelt hatte, Halbstarke, nicht älter als achtzehn oder neunzehn.

Am nächsten Tag zündete sie in der kleinen Barockkirche St. Roch, die sich unweit ihrer Pension, in der weitläufigen Rue St. Honoré, befand, eine Kerze für den Mann mit dem Schürhaken an, dankte ihm in Gedanken und wünschte ihm ein langes Leben. Sie bekreuzigt sich, setzte sich in eine der wenigen Reihen und lauschte mit geschlossenen Augen dem Kommen und Gehen der Besucher. In einer neben dem Eingang der Kirche ausliegenden Broschüre, die sie im Hinausgehen in den sonnigen Pariser Morgen einsteckte, las sie später, dass der berühmte Marquis de Sade 1763 seine Ehe dort geschlossen hatte und der Dichter, Philosoph und Organisator der Encylopédie, Denis Diderot, im nahen kleinen Kirchgarten begraben lag.

Sie fuhren durch die Nacht mit ihrer sekundenlang undurchdringlichen Schwärze, folgten stur dem Bus und den zahlreichen vorausfahrenden Journalistenfahrzeugen. Chris sagte sich: Ich muss daran arbeiten, die Dinge endlich wieder positiver zu sehen. Ich will lebendig sein und wieder so glücklich wie damals, als 14-Jährige, als das Glück noch etwas Federleichtes war und schon eine am blauen Himmel träge vorübersegelnde Schäfchenwolke genügte, um mich froh zu stimmen.

Dabei hatte es so viele verdorbene Früchte am Lebensbaum der Mahlers und Perlmanns (wie ihre Mutter mit Mädchennamen hieß) gegeben. Der Großvater mütterlicherseits, Arnold Perlmann, war Uhrmacher und eingefleischter Sozialist und zudem jüdischer Abstammung dritten Grades gewesen. Nach Hitlers gescheitertem Putschversuch und der Rede im Münchner Zirkus Krone am 30. Oktober 1923, in welcher der Mann aus Braunau offen zum Sturz der Reichsregierung unter Stresemann aufrief, erhängte sich Arnold Perlmann im Wohnzimmer seiner Bremer Wohnung.

Hans Perlmann, der jüngere Bruder ihrer Mutter, tat sich bei der Waffen-SS im Oberabschnitt »Nordwest« in Hamburg so lange als skrupelloser Judenhasser hervor, bis ihn seine Waffen- und Gesinnungsbrüder eines Morgens, von Unbekannten erstochen, in einem Meer von Flaschen in seiner Altonaer Wohnung fanden. Und Lutz Mahler, der Zwillingsbruder ihres Vaters, galt seit der Luftschlacht um England als verschollen.

Mit Eintritt in die Pubertät kam sich Chris wie eine Astronautin zwischen ihren ewig streitenden Eltern vor, dazu verurteilt, bis ans Ende aller Tage zwischen zwei Planeten hin und her zu schweben, in deren von Kratern übersäte Oberflächenkruste Schilder gerammt waren, auf denen in riesigen, weithin sichtbaren Lettern die Worte BESETZT und VERSEUCHT geschrieben standen.

All das spukte ihr durch den Kopf, während sie den Wagen mit 90 km/h durch die Nacht steuerte. Fehlte bloß noch, dass mannshoch lodernde, mitten auf der Fahrbahn entzündete Feuer die Nacht erhellten. Genau wie damals auf ihrer Fahrt durch die stockdunklen Straßen von Kalkutta zum International Airport, deren Schwärze plötzlich von riesigen Feuern zerrissen worden war.

Chris war damals 15 und in einen Vietnamesen namens Minh verliebt gewesen, und die über den Asphalt kullernden Feuerbälle hatten der Szenerie etwas von einer Straßenschlacht verliehen. À la Belfast oder Pariser Banlieue. (Als sie damals in Oldenburg in das regennasse Taxi gestiegen waren, das sie zum Flughafen nach Bremen brachte, hatte Minh mit dem Finger »Ich vermisse dich« auf die beschlagene Fensterscheibe geschrieben.)

Ihre Mutter hatte sie gegen den ausdrücklichen Willen ihres Mannes auf eine zehntägige Indienreise mitgenommen. Sie hatten eine alte Freundin in Kalkutta besucht, die kurz nach dem Abitur nach Indien ausgewandert war.

Chris hatte schon am zweiten Tag hohes Fieber bekommen und war von einer rätselhaften Infektion geschwächt. Sie hatte am Mittag einen Burger aus Wasserbüffelfleisch und hinterher widerlich süße Bananenpfannkuchen gegessen. Kurz darauf war ihr Bauch angeschwollen, und sie hatte sich mehrmals übergeben. Der Mann der Freundin ihrer Mutter hatte sie ins Krankenhaus gebracht, wo sie tagelang hinter heruntergelassenen Jalousien gelegen und von irgendwelchen Medikamenten betäubt von einem wirren Fiebertraum in den nächsten geglitten war. Bis sie zwei Tage vor ihrer Rückreise nach Deutschland das Hospital geschwächt und vollkommen ausgezehrt wieder verlassen konnte. Die letzten ihr verbleibenden Stunden in Kalkutta war sie an der Seite der Freunde ihrer Mutter durch die slumartigen Viertel gelaufen, irritiert von der Armut und angewidert von dem Müll, den verwahrlosten Menschen und der unverhohlen zur Schau gestellten Religiosität. Immer wieder schoben sich zwischen baufälligen Hütten überraschend schöne, europäisch anmutende und geradezu herrschaftliche Gebäude ins Bild. Dazu all die Rucksacktouristen, die grölend und vom Ganja bekifft in den Cafés saßen.

Einmal hatte Chris sich von der kleinen Gruppe gelöst und war in einen Hinterhof gelaufen, aus dem klagendes Bellen herüber auf die Straße drang. Zwischen Abfällen, aufgetürmten alten Autoreifen und einem angeketteten schwarzen und stark abgemagerten Hund hatte ein regloser, nur mit einem hellen, völlig verdreckten Tuch bedeckter Mann an die Außenwand einer Hütte gelehnt dagelegen, dessen linke, gelblich verfärbte Gesichtshälfte fast völlig von schwarzen Wundbrandlöchern durchsetzt war. Als Chris den ersten Schock überwunden hatte und genauer hinschaute, bemerkte sie die zahllosen Fliegen auf den Wunden des Mannes, der die Augen halb geschlossen hielt. In Panik hatte sie sich von dessen Anblick losgemacht und war zurück zu den anderen auf die Straße gelaufen, ohne ihnen etwas davon zu erzählen. Auch später hatte sie ihr Erlebnis für sich behalten. Wieder in Deutschland, hatte sie ein paarmal von dem Mann geträumt. Erst da hatte sie begriffen, was sie in dem Hinterhof in Kalkutta nicht hatte sehen wollen: dass der Mann bereits tot gewesen war. Nach nur drei Stunden in den von Lärm erfüllten und im Gestank des Kots der freilaufenden heiligen Kühe erstickenden Straßen Kalkuttas hatte Chris nur noch den einen Wunsch gehabt: so schnell wie möglich nach Deutschland zurückzukehren.

Als der Tross der vor ihr fahrenden Wagen plötzlich rechts ausscherte und dem Hinweisschild der Raststätte Grundbergsee folgte, setzte sie den Blinker, zog den Wagen mit sanftem Schwung auf die äußerste rechte Spur und fuhr ebenfalls von der Autobahn ab.

***

Er schlug die Augen auf, blinzelte und sah Aminas Gesicht, das in einer Entfernung von etwa 40 Zentimetern über ihm schwebte wie eine erloschene Sonne in der von tausend Sternen erhellten Atmosphäre: dunkel und beinahe kreisrund. Aus dem Dunkel traten ihre Nase, ihr Mund und ihre Augen hervor, und eine Stimme, die nicht die ihre war, sagte: »Er kommt wieder zu sich.«

»Was ist? Wo bin ich?«, murmelte Bertram und versuchte aufzustehen, ließ es aber aufgrund des Schmerzes, der jäh durch seinen Hinterkopf rollte, augenblicklich bleiben.

Die Dunkelheit war hinter ihm zugeklappt wie eine schwere Tür und gab ihn endgültig der Helligkeit des Zimmers preis. Dabei hätte er nichts dagegen gehabt, noch eine Weile weg zu sein. Denn anders als der Schlaf hatte die Finsternis, die ihn soeben wieder ausspuckte, etwas von einer wohltuenden Narkose gehabt, in der er es gut und gern noch eine Zeitlang ausgehalten hätte.

»Thomas?« Amina klang, als spreche sie aus einer Muschel zu ihm. Wie eine Meerjungfrau, die ihn in die geheimnisvollen Weiten ihres unterseeischen Reiches hinabzulocken versuchte. »Kannst du mich hören?«

Er verstand ihre Frage nicht. Natürlich konnte er sie hören. Aber etwas in ihm weigerte sich, ihr zu antworten. »Wie spät ist es?«, sagte er stattdessen.

Er sah die Schwester an, die ebenfalls neben ihm kniete und ihn so interessiert studierte, als blicke sie durch das Okular eines

Elektronenmikroskops, in der Hoffnung, medizinisches Neuland darin zu erblicken.

»Was? Wieso?« Trotz des ausdrücklichen Verbots der sie behandelnden Ärztin, körperliche Anstrengung strikt zu meiden, hatte Amina sich neben ihn auf den Boden gekniet und hielt seine Hand. »Kurz nach zehn. Aber wieso? Was spielt denn das jetzt für eine Rolle?«, sagte sie mit Blick auf Bertrams Citizen.

»Weil ich …« Er beendete den Satz nicht, denn nun verspürte er neben dem Schmerz im Hinterkopf auch noch ein fieses Stechen in der Wirbelsäule. »Ich muss gehen«, murmelte er, richtete sich stöhnend auf und starrte ungläubig auf seine Uhr.

»Was? Wohin? Aber wieso denn, Thomas? Nein!«, protestierte Amina und ließ seine Hand los. »Du warst bewusstlos und hast wahrscheinlich eine Gehirnerschütterung.«

Trotz ihrer Bedenken rappelte er sich vollends auf, fuhr sich mit der Hand ein paarmal über den Hinterkopf, an dem er einen Riss und eine nicht unerhebliche Beule ertasten konnte, und sah kurz die zu ihm aufschauende, aber noch immer wie eine Schwimmerin auf einem Startblock kauernde Schwester an. Dann drückte er Amina, die sich mit Hilfe der Schwester ebenfalls erhoben und wieder in ihrem Rollstuhl Platz genommen hatte, einen flüchtigen Kuss auf die Stirn und rief im Hinauseilen: »Ich bin bald wieder da.«

Am Eingang bat er den in seiner Glaskabine sitzenden Pförtner, ihm ein Taxi zu rufen. Und keine zehn Minuten später fuhren sie über den Kaiser-Wilhelm-Ring mit seinen Kinos, Sexshops und Bars. Zum offenen Fenster wirbelten die typischen Sommergerüche herein, Benzin, Parfüm, Pommes frites und Asphalt und das saure Aroma der Bierströme, die in den Kneipen flossen.

Der leichte Dunst, der über der nächtlichen Stadt lag und in den Lichtkegeln der Laternen zu flimmern schien wie eine Armada von Fruchtfliegen, dieses Gemisch aus Abgasen und den durch die Luft wirbelnden Pollen von Walnuss, Löwenzahn und

Ambrosia nahm den Lichtern ihre Schärfe und verlieh ihnen etwas Weiches.

Er ließ das Taxi anhalten, zahlte und sprang, ohne die Rückgabe des Wechselgeldes abzuwarten, aus dem Wagen. Bertram tastete nach der Schwellung und dem feuchten Riss an seinem Hinterkopf und betrachtete interessiert das Blut, das an seinen Fingern klebte. Er sah auf seine Citizen, sie zeigte 22 Uhr 33.

Er war froh, nicht länger, zur Tatenlosigkeit verurteilt, vor dem Inkubator sitzen zu müssen. Dieses angestrengte Lauschen auf jeden Atemzug des Kleinen und das damit verbundene Hoffen und Bangen hatten ihn ganz benommen gemacht. Und vollkommen ausgelaugt. Er hatte fürchterliche Angst davor gehabt, seinen Sohn sterben zu sehen. Die Vorstellung des leergeräumten Inkubators, aus dem man seinen toten Sohn entfernt hatte (um ihn irgendwo kühl zu lagern), hatte ihn plötzlich nicht mehr losgelassen und aus dem Krankenhaus fortgetrieben.

Bertram lief auf direktem Weg ins »Number One« am Friesenplatz, wo er sich ein paar Gläser genehmigen würde, um lockerer zu werden und alles ein wenig entspannter zu sehen, ehe es wieder zurückging zu Paul und Amina, die sicher an seinem Verstand und seinen Gefühlen zweifelte, nachdem er derart kopflos aus dem Krankenhaus gelaufen war.

Er würde sich an den Tresen setzen und dem Barkeeper dabei zusehen, wie der die frisch gespülten Gläser unter den Zapfhahn hielt und die braune Lauge hineinschoss, darin aufschäumte und stieg. Und er würde sich an dieses Bild klammern und es aufsaugen wie eine Fliege einen Tropfen Wasser, denn plötzlich war seine Sehnsucht nach Normalität riesengroß. Die Sehnsucht nach Bildern, die Sicherheit versprachen und an deren Banalität er sich festhalten konnte wie an einem Geländer.

An seinen journalistischen Auftrag, die Entwicklung des Geiseldramas RTL-mäßig für die morgige Frühausgabe von RTL Aktuell im Auge zu behalten, mochte er nicht mehr denken. Wahrscheinlich hatten sie ihn ohnehin bereits abgeschrieben, und Maibach wartete inzwischen nur noch darauf, dass er wieder auftauchte, um ihn höchstpersönlich RTL-mäßig vor die Tür zu setzen. Dann konnte er sehen, wo er ARD-mäßig wieder unterkam, als ehemaliger RTL-Fuzzi. Aber vielleicht war das gar nicht mal das Schlechteste. (Was er nicht wusste, war, dass Sylvia ihn bei Maibach entschuldigt, an seiner Stelle die wichtigsten Fakten für ihn zusammengetragen und ihm diesbezüglich eine Nachricht auf seinem Anrufbeantworter hinterlassen hatte.)

Später, wenn er seine Wohnung angetrunken gegen halb vier betreten und den AB abhören würde, würde er halbwegs zufrieden in einen viel zu kurzen Schlaf sinken. Denn Maibach, so Sylvia abschließend in ihrer Nachricht, bestand auf seiner Teilnahme an der aus aktuellem Anlass bereits für halb 9 Uhr angesetzten Konferenz.

***

Valentin Steiner wählte die Telefonnummer seiner Stiefschwester Brigitte in Köln und ließ lange, sehr lange durchläuten. Ohne Erfolg. Brigitte war, nachdem sie von einem mysteriösen Anrufer zum dritten Mal geweckt worden war, der hartnäckig immer neu einen gewissen Born zu sprechen verlangt hatte, hinauf in die Diele gelaufen und hatte nach dem fünfzehnten Läuten wutschnaubend das Telefonkabel aus der Buchse gezogen. Anschließend war sie ins Bad gegangen, hatte, um ganz sicherzugehen, eine Donormyl genommen und sich in Erwartung der einsetzenden Betäubung wieder hingelegt.

Valentin Steiner dagegen hatte in diesen Minuten alles andere als Schlaf im Sinn. Er war voller Sorge um seinen Vater und stand in der Küche seiner Altbauwohnung in Hanau-Kesselstadt. Mit den Autoschlüsseln in der Hand wartete er ungeduldig darauf, dass Marc endlich aus seinem Zimmer kam und sie ins Krankenhaus fahren konnten.

Während der Fahrt sprachen sie kein Wort, Valentin Steiner konzentrierte sich auf den nicht mehr sehr dichten Verkehr, Marc blickte hinaus in die Nacht und verfolgte auf Höhe der Kinzigbrücke ein paar Sekunden lang einen Frachter, der stromabwärts fuhr. Erst als sie aus dem Wagen stiegen und über den Parkplatz zur erleuchteten Pforte des Vinzenz-Krankenhauses liefen, in das man Gustav Steiner gebracht hatte, schienen sie ihre Sprache wiedergefunden zu haben, und Marc sagte: »Meinst du, es ist schlimm?«

»Ich weiß es nicht«, gab der Vater ihm beinahe tonlos zur Antwort, nannte dem Pförtner den Namen seines Vaters und wurde in den 4. Stock, in die Neurologie, geschickt.

Oben angekommen, sprach der Vater eine Schwester an, die in der hellerleuchteten Stationsküche aus einer Fülle von Packungen Tabletten auf unterschiedliche Sachets verteilte. »Guten Abend, in welchem Zimmer liegt Gustav Steiner?«

»Zimmer 402«, antwortete die Frau, lächelte kurz und wandte sich wieder ihren Tabletten zu.

Valentin Steiner klopfte kurz an und öffnete die Tür des Zimmers 402. Sein Vater, vom blassgelben Licht einer winzigen Wandlampe beleuchtet, sah aus wie ein aufgebahrter Leichnam in seinem Totenbett. Erst als er zögerlich näher herantrat und sah, dass sich der Bauch seines Vaters, der über mehrere Schläuche mit leise surrenden Maschinen und einem Infusionsständer verbunden war, gleichmäßig hob und senkte, drückte Valentin Steiner, nachdem Marc lautlos an ihm vorbei ins Zimmer geschlüpft war, erleichtert die Tür zu.

»Hallo Großvater«, sagte Marc gedämpft, schob einen Stuhl und nahm neben dem Bett Platz. Als keine Regung auf dem Gesicht des Alten, der die Augen geschlossen hielt, zu erkennen war, sagte er an seinen Vater gerichtet: »Er scheint zu schlafen.«

»Ich bin gleich wieder da«, erwiderte der, ohne auf Marcs Frage einzugehen, und lief aus dem Zimmer.

Abgesehen von der seltsamen Erschlaffung seiner linken Gesichtshälfte wirkte der Alte, genau betrachtet, wie immer, wenn er in seinem Zimmer im Stift auf seiner Couch lag, die Augen geschlossen hielt und seine fleischigen, manchmal kurz zuckenden und wie Krallen leicht in sich gebogenen Hände auf seinem Bauch lagen.

Marc versuchte sich vorzustellen, was der Großvater in diesen Sekunden empfinden mochte. Empfand er überhaupt etwas? Für einen kurzen irrationalen Moment hoffte er, der Großvater würde ihm gleich mit einem verschwörerischen Augenzwinkern, einem kurzen beschwichtigenden Abwinken mit der Hand zu verstehen geben: Alles halb so wild, mein Junge, mach dir keine Sorgen.

»Doch, ich mache mir Sorgen«, sagte er leise.

Die Tür öffnete sich, und Valentin Steiner trat ins Zimmer, begleitet von einem jungen Arzt. »Das ist mein Sohn Marc«, sagte er und ließ den Arzt an sich vorbei.

»Ihr Vater«, sagte der junge Mann und sah dabei Valentin Steiner an, »muss schon eine ganze Weile unbeachtet in seinem Zimmer gelegen haben. Wir müssen davon ausgehen, dass es zu Schädigungen im Gehirn gekommen ist. Bei einem Schlaganfall kommt es darauf an, dass schnell behandelt wird, um größere Schädigungen zu vermeiden. Genaueres werden die Tests zeigen, die wir morgen früh machen.«

»Was heißt das?«, mischte Marc sich ein.

»Dass es höchstwahrscheinlich zu Lähmungs- bzw. Ausfallerscheinungen kommt, in welchem Umfang, das lässt sich im Moment noch nicht sagen. Unter Umständen, aber das ist eine sehr vorläufige Einschätzung, ist das Sprachzentrum betroffen. Aber bitte: Nageln Sie mich zum jetzigen Zeitpunkt nicht darauf fest. Wir haben ihn erst mal sediert, damit das Gehirn sich wieder beruhigt, und ihm Sauerstoff und kreislaufstabilisierende Mittel verabreicht. Seine Blutdruck- und Blutzuckerwerte haben wir ebenfalls medikamentös korrigiert. Auf dem CT konnten wir einen verschleppten Embolus lokalisieren, welcher der Auslöser für den Apoplex gewesen sein dürfte. Das weitere Vorgehen hängt nun von den erwähnten Tests ab.«

»Was ist das, ein Embolus?«, fragte Marc.

»Ein Blutgerinnsel«, antwortete der Arzt sachlich.

»Das klingt alles nicht gut«, sagte Valentin Steiner und sah betreten auf seinen weiterhin reglos in seinem Bett liegenden Vater.

»Nein, leider nicht«, erwiderte der Arzt. »Morgen früh wissen wir mehr. So lange müssen Sie sich leider noch gedulden.« Dann verabschiedete er sich, nickte und verließ das Zimmer.

Vor dem geöffneten Fenster tanzte im schwachen Schein der Zimmerleuchte eine Armada von Fruchtfliegen auf und ab. Marc starrte wie hypnotisiert in das ruhelose Gewimmel. Ein paarmal hörte er seinen Vater von fern mit tränenerstickter Stimme »Vater, hörst du mich? Vater!« sagen. Als sie eine halbe Stunde später wieder in der Ankergasse ankamen, war Rachael verschwunden. Auf dem Bett, gegen das Kopfkissen gelehnt, lag das Cover der Pink-Floyd-LP »Wish You were Here«.

***

Langsam kam er zu sich, kniff aber, geblendet von der Helligkeit, die Augen sofort wieder zu. Ihm war, als strahlten mehrere Sonnen gleichzeitig auf ihn herab. Hatte er eben von Sonnen geträumt?

Kirchner blinzelte ein paarmal und starrte schließlich furchtlos in die Helligkeit. Und da begriff er, dass es sich nicht um Gestirne handelte, sondern um die sternförmig an der Decke angebrachten Halogenlampen des Besprechungsraums im Präsidium, auf dessen Boden er die letzten zwei Stunden zwischen all den von ihm bekritzelten Blättern gelegen und geschlafen hatte.

Er setzte sich auf, strich sich übers Haar und sah sich im Raum um. Seine Uhr zeigte zwanzig Minuten vor elf. Zwei Stunden war er hier und hoffte, dass niemand ihn gesehen hatte, auf dem Boden liegend wie ein verrückt gewordener Forscher, umgeben von seinen wilden, rätselhaften Kritzeleien.

In Windeseile sammelte er die Blätter ein, schob den Flipchart zurück an seinen Platz, löschte das Licht und ging, mit dem Packen unter dem Arm, zum Aufzug.

Als er den Diplomat vom Hof lenkte, musste Kirchner plötzlich an Robert denken, dem er kein guter Vater war, und fragte sich, was der später über ihn sagen würde, wenn er einmal erwachsen war und auf seine Kindheit zurückblickte.

Er hatte einmal gehofft, sich aus den Bausteinen, die ihm das Leben zuspielte, eine Existenz aufbauen zu können, die den Stürmen, die das Ganze früher oder später unweigerlich mit sich brachte, erfolgreich zu trotzen vermochte. Er traf Claudia, sie heirateten und bezogen eine gemeinsame Wohnung in Dortmunds Osten, die sie liebevoll einrichtete. Und mit Roberts Geburt sah es tatsächlich eine Zeitlang so aus, als bildeten sie gemeinsam einen magischen unzerstörbaren Kreis. Claudia kehrte nach einem Jahr wieder in den Schuldienst zurück, und Kirchner trieb seine Karriere bei der Polizei weiter engagiert voran.

Er dachte an den ersten Hollandurlaub mit Claudia und dem Jungen zurück, in Katwijk aan Zee. Robert war damals zwei Jahre alt, ein kleiner wackliger Strandläufer im roten Anorak und dazu passenden roten Gummistiefeln, der im dicht fallenden Regen am Strand den Möwen nachlief und mit seiner grünen Plastikschaufel nimmermüde den Sand umgrub.

Damals war er auf dem Sprung in die erste Sondereinheit der Kripo Dortmund, die RAF machte das Land unsicher, und Leute wie Kirchner, die hart, aber besonnen vorgingen, gewannen schnell an Profil. Bald eilte ihm der Ruf eines wendigen Geistes voraus, der strategisch denken konnte und Gefahrensituationen blitzschnell erfasste. Doch je schneller er in der Hierarchie der auf Terrorismusabwehr spezialisierten Sondereinheit aufstieg, womit seine Verantwortung und seine Einsatzzeiten deutlich zunahmen, desto häufiger kam es vor, dass Claudia und Robert abends vergeblich auf seine Heimkehr warteten. Bis Claudia und er sich mehr und mehr voneinander entfernten, es immer häufiger zu Spannungen und bald zu heftigen Streits zwischen ihnen kam und sie ihm schließlich eines Abends bei einem Glas Weißwein offenbarte, sich in einen Kollegen verliebt zu haben.

Eine halbe Stunde später streckte er sich neben Barbara aus, die ins Laken eingedreht lag. Das Dunkel war erfüllt von ihren Atemgeräuschen. Doch weil er auch nach mehrmaligem Versuch, im Gleichklang mit ihren tiefen und stimulierend gleichmäßigen Atemzügen einzuschlafen, keine Ruhe fand, stand er wieder auf, lief in die Küche und nahm eine Flasche Bier aus dem Eisschrank. Er öffnete die Flasche und schaltete das Radio ein. Es lief das ARD-Nachtprogramm, es kam in dieser Nacht vom NDR. Albert Hammond sang seinen Hit »It Never Rains in Southern California« aus dem Jahr 1972.

Damals, Anfang der siebziger Jahre, hatte Kirchner von einer Karriere als Schwimmer geträumt und winters wie sommers die meiste Zeit im Schwimmbad zugebracht. In seinem Zimmer hing ein Poster von Mark »The Shark« Spitz an der Wand, der 1972 bei den Olympischen Spielen in München sieben Goldmedaillen gewonnen und noch dazu diverse Weltrekorde aufgestellt hatte. Spitz trug auf dem Poster eine Stars & Stripes-Badehose, und Kirchner war erfolglos durch sämtliche Dortmunder Sportgeschäfte gezogen, um eine ebensolche Badehose zu finden. Dann hatte der Amerikaner seine Karriere überraschend mit nur 22 Jahren beendet, doch an seiner Wirkung auf Kirchner änderte das nichts. Er ließ sich wie sein Vorbild einen Schnauzer stehen und jagte im Volksbad weiter unverdrossen persönlichen Bestzeiten hinterher. Nun, 15 Jahre später, dachte er, wenn er auf seine Zeit als Spitz-Fan und Schwimmer zurückblickte, wehmütig:

Jäger waren wir beide damals. Auch wenn er Bestzeiten und ich durchgeknallte, bombenlegende Fanatiker gejagt habe.

Er lief in die Diele, schloss die dunkle Nussbaumkommode auf, in welcher er seine Dienstwaffe, eine 16-schüssige Walther, unter Verschluss hielt, und ging damit zurück in die Küche. Dort öffnete er den abgewetzten Lederholster, zog die Pistole heraus und drehte und wendete sie nachdenklich im Licht. Als er sein Spiegelbild in der nachtschwarzen Fensterscheibe sah, hob er die Walther an, richtete sie mit ausgestrecktem Arm auf seine unscharfe Silhouette und murmelte: »Na wartet, ihr Schweine.« Kirchner bekam eine Gänsehaut an beiden Armen und spürte ein stimulierendes Kribbeln im Nacken. Er ließ die Pistole sinken, legte sie auf die Arbeitsplatte und trank einen Schluck Bier.

Der Hammond-Song war zu Ende, und der Moderator sagte: »Wie unser Reporter berichtet, ist der gekaperte Geiselbus, der, wie es hieß, in Richtung Holland losgefahren war, soeben überraschend auf die Raststätte Grundbergsee abgebogen. In Kürze schalten wir live dorthin, von wo sich mein Kollege Sven Brauer mit den neusten Informationen melden wird. Bis dahin aber noch ein paar Takte von Foreigner und ihrem Hit aus dem Jahr 1977, ›Cold as Ice‹.«

Kirchner starrte einige Takte lang ins Nichts. Dann wurde die lästige Musik endlich ausgeblendet, und der Moderator sagte: »Wir schalten nun hinüber zur Raststätte Grundbergsee bei Bremen, wo der Geiselbus vor wenigen Minuten überraschend haltgemacht hat. Sven, was können Sie zu der Lage vor Ort sagen?«

»Die Lage ist gerade ziemlich unübersichtlich, um nicht zu sagen chaotisch«, begann der Reporter. »Der hell erleuchtete Bus ist umringt von Journalisten, immer wieder flammen Blitzlichter auf. Von der Polizei ist nichts zu sehen. Es heißt, der Bus habe angehalten, weil Rösners Freundin eine Toilette aufsuchen musste. Doch eine offizielle Bestätigung dafür habe ich im Moment noch nicht.«

»So eine Scheiße«, murmelte Kirchner. Er konnte das alles nicht mehr hören, von der Polizei ist nichts zu sehen. Was hatten die Leute denn für Vorstellungen? Dass eine Armada von grün-weißen Einsatzfahrzeugen mit quietschenden Reifen, Blaulicht und Martinshorn auf dem Rastplatz vorfuhr, uniformierte Beamte aus den Fahrzeugen sprangen und wild in der Gegend herumballerten? War es das, was sie wollten? Herabschwebende Grenzschutz-Helikopter mit rotierenden Suchscheinwerfern, aus denen vermummte Beamte mit ratternden MPs den Geiselbus beschossen?

Verdrossen schaltete er das Radio aus, löschte das Licht, ging ins Schlafzimmer zurück und streckte sich wieder neben Barbara aus.

***

»Fahr bei der nächsten Raststätte raus! Meine Freundin muss aufs Klo«, sagte Rösner im Befehlston und gab Adam Jalowy mit dem Colt ein Zeichen.

Auf den Gesichtern der Geiseln machte sich inzwischen Resignation breit. Da, wo noch eine Stunde zuvor in den Blicken und Gesten der Männer und Frauen eine zuversichtliche Anspannung zu erkennen gewesen war, spiegelten sich nun, da die Polizei noch immer keinerlei Anstalten machte, sie aus ihrer Lage zu befreien, bloß noch Entsetzen und Starre.

Rösner war seit ihrer fluchtartigen Abfahrt aus Huckelriede wie verwandelt. Einmal schrie er eine alte Frau an, weil sie es gewagt hatte, sich nach ihrer Handtasche zu bücken, die auf den Boden gefallen war. Wenig später stieß er dem Busfahrer wütend den Lauf seines Colts gegen die Schulter, weil der fragte, wo die Fahrt hingehen sollte. Dass die Polizei seiner Forderung nach einer Polizeigeisel und einem neuen Fluchtwagen nicht entsprochen hatte und ihm beharrlich jede Form der Kontaktaufnahme verweigerte, setzte eine jähe Wut in Rösner frei. Er schien vollkommen unberechenbar. Eben noch gab er freimütig Interviews, verteilte Zigaretten und scherzte mit den beiden zugestiegenen Fotografen. Doch nun zeigte sich das Gesicht eines entschlossenen, erkennbar von Panik befallenen Einzelkämpfers, der seine Felle davonschwimmen sah. Der wachsende Druck, der auf ihm lastete, strömte aus jeder Pore seines verschwitzten, abgespannten Gesichts. Und die schnellen, fragenden Blicke, die er nun immer häufiger mit seinem Komplizen wechselte, verrieten seine Unsicherheit.

Peter Ahrens, der dem Bus folgte, setzte den Blinker und zog den Wagen auf die äußere rechte Spur. Er dachte: Was Jasmin wohl denken wird, wenn sie später einmal die Fernsehbilder sieht?, und starrte in die Nacht, wo das von Scheinwerferlicht angestrahlte Raststättengebäude 100 Meter vor ihm leuchtete und flirrte wie ein zwischen den Bäumen gelandetes UFO.

Bislang glaubte sie, ihr Vater fotografiere Sonnenuntergänge, schöne Häuser, Hunde und Wattlandschaften. Er dachte an die gewaltige Kugel, die sie mit ihrem Körper aus Anettes Bauch geformt hatte, kurz vor ihrer Geburt, und wie er glücklich seine Hände auf die riesige, nackte Wölbung gelegt und leise zu ihr hineingesprochen hatte. »Bald lernen wir uns kennen, meine Kleine«, hatte er gesagt. »Bald bist du da. Ich freue mich auf dich.«

Was würde Anette sagen, wenn sie den Fernseher einschaltete und ihn so sah? Im Gespräch mit einem schwerbewaffneten Gangster. Ihn, ihren Mann. Er stellte sich ihre eben noch entspannten, jäh in eine Maske überwechselnden Gesichtszüge vor. Und wie sich die Pupillen ihrer schönen grünbraunen Augen schreckhaft verengten. Zweifellos machte sie sich große Sorgen um ihn.

Sie liebte ihn, natürlich, und war eine wundervolle Partnerin. Ob sie aber verstand, was er fühlte und was in ihm vorging, wenn er mit seiner Kamera unterwegs war, das bezweifelte er inzwischen. Denn als er ihr damals stolz seine Bilder von der Startbahn West in Frankfurt zeigte, da sah sie ihn irritiert an und sagte: »Was, bitte schön, ist toll daran, wenn man zeigt, wie Polizisten auf wehrlose Demonstranten einknüppeln?«

»Das verstehst du nicht«, hatte er ihr geantwortet und die Kontaktabzüge zur Seite gelegt, weil ihn ihre Reaktion ärgerte, hinterher aber betrübt gedacht: Sie versteht es anscheinend wirklich nicht.

Er hatte gehandelt und abgedrückt, damals auf der Startbahn, und auch jetzt. Ohne zu überlegen. Dann entstanden die besten Bilder. Davon war er überzeugt.

Jetzt nicht denken, sagte er sich, als Rösner ihn, vor dem Bus stehend, zu sich winkte. Dann war alles ganz schnell gegangen. Da war keine Zeit zum Überlegen gewesen. Er spürte, dass er nicht nachdenken, sich nicht vorstellen durfte, wohin das alles unter Umständen führen konnte. Er erledigte seinen Job. Sie brauchten einen Vermittler, und er hatte es gemacht.

»Hört auf mit dem Scheiß! Nehmt mich als Geisel, und wir fahren mit meinem Wagen«, bot er Rösner an. Er wollte unter allen Umständen verhindern, dass der Bus mit den Geiseln davonfuhr. Rösner ging auf seinen Vorschlag nicht ein. Und auch das von ihm initiierte Gespräch mit der Polizei kam nicht zustande. Weder über Walkie-Talkie noch über sein Autotelefon, weil sie Rösner die falsche Nummer gegeben hatten.

»Warum geht denn keiner ran?«, schrie Ahrens verzweifelt, »das gibt's doch nicht! Warum geht denn keiner ran?« Wütend ballte er die Hände zu Fäusten. Immerhin hatte er seine Bilder. Damit würde er ein kleines Vermögen machen. Und Fotogeschichte schreiben. Dessen war sich Peter Ahrens in diesen Minuten ganz sicher. Er spürte, wie seine Hände schwitzten.

»Dann machen wir eben 'ne kleine Rundfahrt«, sagte Rösner halb scherzhaft, als Ahrens ihm die Antwort der Polizei überbrachte, keinen neuen Wagen und auch keine gefesselte Polizeigeisel im Austausch gegen die 27 Leute im Bus zur Verfügung zu stellen.

»Mit allen Geiseln?«, hatte Ahrens ungläubig gefragt. Da hatte Rösner die Pistole hochgenommen und gesagt: »Klar, wenn die Bullen zu feige sind.« Und dann hatten sich die Bustüren geschlossen, und sie waren losgefahren. Rösner bot ihm an, im Bus mitzufahren. Doch Ahrens hatte abgelehnt.

Er lenkte den Wagen in eine Haltebucht, schaltete den Motor aus und löschte das Scheinwerferlicht. Noch immer hallte die Wut in ihm nach, die Wut auf die Polizisten, diese Versager. Und die Wut auf sich selbst, weil er in Huckelriede nicht mehr hatte ausrichten könnten. Als der Bus anfuhr, riss er die Kamera hoch und fotografierte den hinter der Scheibe grinsenden Degowski, der ihm Silke Bischoff wie eine Trophäe stolz präsentierte.

Ahrens dachte kurz daran, Anette anzurufen, entschied sich aber dagegen, nahm seine Kameras, stieg aus dem Wagen und lief hinüber zu dem Bus, der auf Höhe eines Kiosks stand. Degowski hatte sich mit dem blonden Mädchen neben der vorderen Bustür vor einer Wand postiert und hielt ihr den Colt an die Kehle. Sämtliche Kameras waren auf ihn gerichtet. Alle redeten durcheinander. Blitzlichter flammten auf. Reporter streckten Degowski ihre Mikros entgegen. Im Scheinwerferlicht verwandelte sich die Szene in etwas vollkommen Unwirkliches. Ein Mann, der einer jungen Frau seine Waffe gegen die Halsschlagader drückte und ein Fernsehinterview gab.

Reporter: »Sind Sie wirklich bereit, Leute umzubringen?«
Degowski: »Ja.«
Reporter (fragt Silke Bischoff): »Wie geht es Ihnen mit der Pistole am Hals?«
Bischoff: »Ja, eigentlich ziemlich gut dafür, dass ich … mir ist das alles noch gar nicht so bewusst …«
Degowski: »Zu jung.«

Reporter: »Können Sie sich vorstellen, dass er wirklich abdrückt?«

Bischoff: »Nee.«

Reporter: »Eigentlich nicht.«

Bischoff: »Nö.«

Reporter (an Degowski gerichtet): »Ich hoffe sehr, Sie behalten recht. Und ich hoffe sehr, Sie tun's wirklich nicht.«

13

(M) die tageszeitung

Geiselnehmer schlief – Polizei auch

Polizeieinsatz in Gladbeck wirft Fragen auf / Warum durften die Gangster die Bank verlassen? / Wohin geht die Fahrt? Gangster gehen shoppen.

Kaum noch nachzuvollziehen ist jene Stunde am Mittwochmorgen in Bremen, als der Haupttäter Rösner mit seiner Komplizin L. in drei bis vier Geschäften einkaufen ging, während der Täter Degowski als Dritter im Bunde allein im Fluchtfahrzeug auf den Sitzen der Rückfront zwischen den beiden Geiseln saß. Die Geiseln selbst dachten an Flucht, doch ihre Furcht war zu groß. Wo war in diesen Minuten die Bremer Polizei?

Nicht schlecht für eine 33-Jährige, dachte Chris und studierte im Rückspiegel ihre Gesichtszüge. Und es gibt nichts, was ich nicht schaffe, fügte sie in Gedanken trotzig hinzu.

Sie hatte schon früher gelegentlich sogenannte »Sieger« gefahren, Touren, bei denen die Uhr ausblieb und man den ganzen Fahrpreis alleine einstrich. Der hier aber war mit Abstand der unsympathischste. Schon als er zu ihr in den Wagen stieg, spürte sie, dass sie ihn nicht mochte. Jede seiner Anweisungen klang in ihren Ohren arrogant und oberlehrerhaft, und selbst sein gelegentliches Räuspern ging ihr inzwischen bloß noch auf die Nerven. Sie tröstete sich damit, am Ende des Tages 700 Mark mehr in der Kasse zu haben.

Sie hatte schon vor einer Weile den Funkkanal ausgeschaltet, weil sie das plötzliche Knacken jedes Mal erschreckte, ebenso die Dachleuchte und den Taxameter, dessen zwei schwarze Nullen auf weißem Grund sie nun anstarrten wie zwei tote Augen.

Sie standen etwas abseits, schätzungsweise 80 Meter entfernt, und verfolgten bei heruntergedrehten Scheiben das Spektakel rund um den Bus. Immer wieder flammten Blitzlichter auf. Genau wie bei den Filmfestspielen in Berlin, wenn die Stars über den roten Teppich laufen, dachte Chris. Noch ein, zwei Stunden, dann ist das hier alles vorbei, und ich liege mit über 700 Mäusen zu Hause entspannt in der Wanne.

Sie waren bereits eine Weile unterwegs gewesen, da zog ihr Fahrgast zu ihrer Überraschung ein Walkie-Talkie aus seiner Aktentasche und hielt seine wechselnden Gesprächspartner oder Auftraggeber mit übertriebenen Schilderungen auf dem Laufenden. Auch jetzt redete er wieder, laut und dramatisch, und beschrieb wichtigtuerisch, was er sah. Dabei schmückte er seine Sätze mit Worten wie »unglaublich« oder »noch nie da gewesen« aus, wobei sich seine Stimme ein paarmal regelrecht überschlug.

Chris schob sich genervt einen Marshmallow in den Mund. Die Augen brannten, ihr Rücken tat ihr weh, und im Unterleib verspürte sie ein Ziehen, offenbar bekam sie ihre Tage.

Wieder stellte sie sich vor, wie ihr Vater reglos im Keller in seinem Sessel lag, schwerverletzt und womöglich bereits ohnmächtig. Früher, als kleines Mädchen hatte sie sich manchmal, wenn er sich nach dem Essen zum Mittagsschlaf hinlegte, mit zugekniffenen Augen an seinen starken Rücken geschmiegt. Dabei lauschte sie so lange auf seine schweren, tiefen Atemzüge, bis ihr eigener Atem in seinen Rhythmus überging und sie eins wurden. Sie mochte dieses sekundenlange Verschmelzen, als sei sie zu einem Teil ihres Vaters geworden, und stellte sich mit geschlossenen Augen vor, wie sie gemeinsam durch das weite Universum des Schlafs tauchten und die Traumbilder wie kleine, bunte und von hell strahlenden Fabelwesen bewohnte Planeten an ihnen vorbeizogen auf ihrer Odyssee ans Ende des Schlafs, an dem jedes Mal eine kleine Süßigkeit auf sie wartete. Mit dem Einsetzen der Pubertät war ihr Verhältnis deutlich abgekühlt.

Einmal blieb der Vater, sie war damals fünfzehn oder sechzehn, tagelang verschwunden, und ihre Mutter hatte mit dem Gedanken gespielt, ihn bei der Polizei als vermisst zu melden. Später, nachdem er von Gleisarbeitern gefunden worden war, stellte sich heraus, dass er mit dem Jaguar seines Chefs in angetrunkenem Zustand einen Unfall verursacht hatte. Spätnachts hatte er mit dem rechten Kotflügel einen Baum gestreift und war davongefahren. Das demolierte Fahrzeug hatte er in den Auen der Hute abgestellt und sich verängstigt und verwirrt in einem auf einem Rangiergleis abgestellten Zug versteckt.

Diese Aktion kostete ihn die Anstellung beim Grafen. Zudem entzog man ihm wegen Fahrerflucht für ein Jahr den Führerschein. Daraufhin sah er sich, der gelernte Chauffeur, so lange erfolglos nach einer neuen Anstellung um, die seinen Fähigkeiten entsprach, bis er schließlich bei der GVG Industrie-Betonbau GmbH als Pförtner unterkam, wo er bis zu seiner Pension blieb. Da hatte Chris ihn bereits aus den Augen verloren. Und als er sein Leben irgendwann unter die Erde verlegte, die Tage entweder dösend in seinem Ohrensessel zubrachte oder über die Oldenburger Flohmärkte streifte und anfing, manisch Artikel aus der Nordwest-Zeitung auszuschneiden und, mit handschriftlichen und zumeist beißenden Kommentaren versehen, an Gott und die Welt zu schicken, da schämte sie sich nur noch für ihren Vater. Gleichgültig aber wurde er ihr nie, selbst wenn die gelegentlichen Besuche, die sie ihm abstattete, meist im Streit endeten und sie traurig wieder nach Bremen zurückfuhr und sich im Speisewagen mit Sekt betrank.

Und dann ohrfeigte er auf einer Wahlveranstaltung der SPD den amtierenden Oldenburger Oberbürgermeister Hans Fleischer, weil der ankündigte, das Areal, auf dem sich der Fliegerhorst befand, in einen sogenannten »Emser« Freizeit- und Erlebnispark zu verwandeln, um den Freizeitwert der Stadt und der gesamten Region zu erhöhen. Niemand verstand damals seine Tat. Fleischer erstattete Anzeige wegen Körperverletzung, und Leo Mahler geriet ins Visier der Boulevardreporter. Zunächst klingelte es unentwegt an der Haustür, doch ihr Vater weigerte sich, mit jemandem über seine Tat zu reden. Dann läutete stundenlang das Telefon. Bis er den Hörer danebenlegte. Daraufhin belagerten die Reporter ihre Haustür, kletterten auf die Vorgartenmauer, fotografierten die Fenster, riefen durch den Briefschlitz und hinterließen handschriftliche Nachrichten auf der Fußmatte.

Es war wie ein Naturgesetz: Ein Kind wurde entführt – und die Journalisten umzingelten das Haus der Eltern. Ein Mörder kam vor Gericht – und die Journalisten stürmten das Gerichtsgebäude. Und nun war ein Bus voller Menschen gekapert worden – und die Journalisten interviewten die Kidnapper. Damals entwickelte Chris einen regelrechten Hass auf die Männer mit ihren Kameras und ertappte sich noch Tage später, nachdem die Reporter längst abgezogen waren, dabei, wie sie sich ängstlich, auf der Türschwelle stehend, umsah, ehe sie das Haus verließ.

Doch rückblickend bekam die damals unbegreifliche Tat ihres Vaters einen Sinn. Fleischers Ankündigung, das, was nach dem Krieg vom Fliegerhorst erhalten geblieben war, abreißen zu lassen, empfand Leo Mahler offenbar als persönliche Bedrohung. Die Vorstellung, dass mit dem Verschwinden des »Kumpels«, so hatten sie damals als junge Flieger ihren Horst genannt, auch seine Erinnerungen an seine damalige Zeit ausgelöscht werden sollten, musste unerträglich für ihn gewesen sein. Dass es dann nie zu dem von Hans Fleischer geplanten Abriss des Horsts kam, musste Leo Mahler als große Genugtuung empfunden und seiner Ohrfeige zugeschrieben haben. An der damals jäh entfachten Antipathie seiner Tochter gegen Journalisten allerdings änderte das nichts mehr. Seither verachtete Chris diese Typen, die in ihrer Sensationsgier schamlos in die Briefschlitze anderer Leute spähten und tagelang deren Vorgärten belagerten.

Sie hoffte, dass Wanda, das Aas, inzwischen einen Arzt gerufen hatte. Denn plötzlich setzte sich der schreckliche Gedanke in ihr fest, ihr Vater liege nun tatsächlich reglos in seinem Sessel. Unbeachtet von Wanda, die nur ihren Reggae-Kram, ihre Illustrierten und die verdammten Nüsse im Kopf hatte.

»Mein Vater ist heute Mittag die Treppe runtergefallen«, sagte Chris und angelte nach den Marshmallows.

»Das tut mir leid«, erwiderte ihr Fahrgast von hinten. »Hoffentlich nichts Ernstes!«

»Er will nicht, dass man einen Arzt holt«, sagte sie und bekam die weiche Süßigkeit zu fassen.

»Ich muss näher ran«, sagte der Mann.

»Bitte?«

»Ich muss näher ran!«, wiederholte er. »Können wir näher ran?«

»Also ich weiß nicht«, antwortete Chris. »Um ehrlich zu sein, ich ...« Da packte er sein Walkie-Talkie und stieß die Tür auf. In schnellen Schritten lief er hinüber zu all den anderen Journalisten, die um den Bus herumstanden.

Chris sah ihm entgeistert hinterher. Erst die Begegnung mit dem Mann im Dom. Anschließend die Sache mit ihrem Vater. Nicht zu vergessen die Ferntour mit dem Typ, der über eine schwere Eisenkette mit einem superflachen Köfferchen verbunden gewesen war und ihr seine Vollenweider-Kassette gab. Die Fahrt zum Flugplatz Rotenburg Wümme brachte ihr 200 Mark ein. Und diese hier weitere 700. Ihre Tageskasse war geradezu phänomenal! Und nun das hier.

Sie hoffte, dass die Polizei dem Geiselspuk bald ein rasches Ende machte, und sie sich in der Zentrale abmelden und nach Hause fahren konnte.

***

Marc liebte es, in der hereinbrechenden Dunkelheit an das Grab seiner Mutter zu gehen, wenn kaum noch Besucher zu sehen waren, der Wind heulend um die Grabsteine zog und in den Blättern der Bäume rauschte und die Friedhofsarbeiter die kleinen, an den Gräbern stehenden roten Windlichter entzündet hatten. Wenn er nur lange ausharrte und sie in seinen Gedanken anrief, hatte er irgendwann das sichere Gefühl, ihr ganz nah zu sein.

In der ersten Zeit nach ihrem jähen und für Marc unbegreiflichen Unfalltod fürchtete er sich regelrecht davor, an das Grab seiner Mutter zu treten, mit ihrem Grabstein zu reden und dabei mit den Tränen kämpfen zu müssen. Und so dauerte es fast ein Jahr, ehe er sich das erste Mal auf den Weg machte.

Ein angetrunkener LKW-Fahrer hatte auf der Kesselstädter Straße zwischen Hanau und Dörnigheim auf Höhe des Wasserturms die Kontrolle über seinen 7,5-Tonner verloren und war frontal in ihren VW Käfer 1303 gerast. Angelika Steiner, die sich auf dem Rückweg von einem Klassentreffen in Frankfurt befand, sei, so die spätere Erklärung des zuständigen Gerichtsmediziners, auf der Stelle tot gewesen. Die von den Strahlern in ein grelles, unwirkliches Licht getauchte und von Glasscherben übersäte nächtliche Straße, in deren Mitte die beiden ineinander verkeilten Fahrzeuge standen wie zwei unterschiedlich große Insekten, denen man beim Blick durch das Okular eines Mikroskops dabei zusah, wie sie sich paarten, würde er nie mehr vergessen. Ebenso wenig die asynchron im Rhythmus zweier heftig schlagender Herzen pulsierenden Blaulichter der beiden Polizeifahrzeuge. Vor allem aber nicht den von einer silberfarbenen Plane bedeckten Leichnam seiner Mutter.

Marc hatte damals gegen die Bitte seines Vaters darauf bestanden, mit zum Unfallort zu kommen, und es nie bereut. Er hatte das zerstörte Auto sehen müssen, denn nur so glaubte er begreifen zu können, was geschehen war.

Aus dem bis dahin guten Schüler wurde binnen kurzem ein gerade noch mittelmäßiger und aus dem lebenslustigen Jungen ein ernster und zumeist nachdenklicher Grübler, der abnahm, sich die meiste Zeit in seinem Zimmer verkroch, Musik hörte und an die Decke starrte.

Sieben Jahre lag das Ganze inzwischen zurück. Sieben Jahre ohne sie. An Geburtstagen, an Werktagen, an Weihnachten, in den Ferien. 2500 Tage. Eine Ewigkeit.

Er ließ seinen Gefühlen damals freien Lauf und schrie und schluchzte so lange, bis ihn die Kräfte verließen. Ganz im Gegensatz zu seinem Vater, der noch Stunden später wie chloroformiert wirkte. Er saß reglos in der Küche, vor sich auf dem Tisch eine Flasche Schnaps und ein Wasserglas, das er so oft füllte und leerte, bis Marc ihn am nächsten Tag auf dem Fußboden liegend fand und er endlich losheulte. Damals, genau in diesem Moment, begriff Marc, dass ein Teil seines Lebens plötzlich unwiederbringlich enden konnte, während andere Teile wie selbstverständlich weiterliefen. Als er tags darauf am späten Vormittag erwachte und aus dem Fenster sah, schien trotz der nächtlichen Katastrophe alles wie immer: Die Sonne strahlte vom Himmel, Frauen im Haus gegenüber putzten ihre Fenster, Kinder kamen aus der Schule, Autos fuhren vorbei. An der Bewegung der Wolken sah er, dass die Erde sich weiterdrehte. Doch sie tat es ohne Angelika Steiner.

Er lag auf seinem Bett und wartete ungeduldig auf Neuigkeiten zum Geiseldrama. Auf HR 3 sang Kylie Minogue »I should be so lucky«, und Marc dachte: Sollte ich das? Als der Minogue-Song ausgeblendet wurde und ein Moderator sich meldete, hörte er, wie ein Ladenflügel geöffnet wurde und Rachael ins Zimmer hineinrief: »Mach auf, Marc!«

Er ließ sie herein, doch ehe er fragen konnte, wo sie gewesen war, schlang sie beide Arme um seinen Hals und sagte: »Los, komm! Wir müssen handeln!«

Als sie zehn Minuten später auf ihren Rädern über die verlassene, nur da und dort von den Laternen schwach beleuchtete Philippsruher Allee in Richtung Innenstadt fuhren, weihte Rachael ihn in ihren Plan ein und klopfte mit der freien Hand ein paarmal triumphierend gegen den Matchbeutel auf ihrem Rücken, in dem die Spraydosen klapperten.

***

Degowski wusste nun genau, wer ihm die Kraft verliehen hatte, so etwas wie das hier zu machen. Interviews zu geben und so was. Und hart zu sein. Stark. Nicht der liebe Gott oder so, nee. Sein Vater hatte ihn so stark gemacht. Der hatte ihn herausgefordert. Hatte ihn abgehärtet mit seinen Schlägen und ihm gezeigt, worauf es ankam. Es war nicht immer leicht gewesen, die Schläge auszuhalten. Aber sie hatten ihn stark gemacht. Stark und unempfindlich. Das spürte er jetzt.

Natürlich gab es immer wieder Momente der Schwäche und der Verzweiflung. Und mehr als einmal dachte er, wenn die Schläge auf ihn niederprasselten: Wenn ich groß bin, bring ich dich um, du Schwein! Dann wieder redete er sich ein, dass sein Papa ihn liebte. Und dass der es ihm eben nur so, nur auf diese Weise zeigen konnte. Auch wenn die Schulpsychologen und die Frau vom Sozialamt was anderes behaupteten. Sein Papa liebte ihn. Und auch den Charlie. Nur gehörte er eben zu jener Sorte Mensch, die ihre Liebe durch Schläge ausdrückte. Ein Mann, der seine Botschaft lieber mit Fäusten oder dem Gürtel mitteilte als mit Worten. Ein Mann, der seine Söhne mit Härte auf die Wirklichkeit vorbereitete, in der man gezwungen war, stark zu sein. In der man Schläge aushalten musste, um nicht unterzugehen.

Schläge konnte man ertragen. Er hatte nie verstanden, welche Lektion sein Vater ihm damit beigebracht hatte. Doch jetzt verstand er es. Jetzt begriff er, was es war. Und er fühlte sich seinem Vater näher denn je. Diesem Schwein. Ein bitteres Lächeln zog über sein verschwitztes Gesicht.

Wieder im Bus, klappte er, während er mit der anderen Hand den Colt hielt, die Marlboro-Schachtel auf, drückte sie gegen die Lippen und zog mit den Zähnen eine Zigarette heraus. Anschließend schob er die Klappe durch Druck gegen den Oberschenkel wieder zu, ließ die Schachtel in seiner Gesäßtasche verschwinden, holte das Feuerzeug heraus und steckte die Zigarette an. Er inhalierte, so tief er konnte. Er brauchte diese kleinen Kicks jetzt immer häufiger. Gleichzeitig zog in einer scharfen Welle der Schmerz durch seinen Kopf, so dass er kurz auf die Zähne biss, um ihn auszuhalten. Der Schmerz wirbelte durch seine Hirnlappen und erzeugte ein kleines Beben in seiner linken Kopfhälfte. Degowski biss fester zu. So wie damals, wenn er sich unter den

Schlägen so lange ganz klein und fühllos machte, bis er tatsächlich nichts mehr zu fühlen schien.

Für den Moment war im Bus wieder alles ruhig. Die ausgelassene Stimmung, die eben noch geherrscht hatte, die verteilten Brötchen und kalten Getränke, die sie sich und den Geiseln aus der Raststätte hatten kommen lassen, war jäh umgeschlagen. Alle warteten darauf, dass die Marion gemeinsam mit der Ines und den drei anderen Frauen von der Toilette zurückkam und sie weiterfahren konnten.

Degowski warf einen Blick auf die Uhr. Inzwischen war die seit acht Minuten da draußen. Der Schmerz in seinem Kopf sackte als alarmierender Druck hinunter in seinen Magen, und er wirbelte herum und rief zu Rösner, der neben dem Fahrer stand: »Da is was faul, Hanusch! Wieso kommt die Marion nich zurück?« Im selben Moment hörte Rösner einen der draußen vor dem Bus stehenden Reporter sagen: »Die haben die Rösner-Freundin geschnappt.«

»Wat is, wat sachste da?«, rief Rösner und richtete den Colt auf den Mann. Der blieb stehen, sah Rösner an und rief: »Wer? Ich?«

Peter Ahrens trat an den Bus heran und sagte, weil er spürte, dass Rösner kurz davor war, die Nerven zu verlieren: »Unsinn! Die Marion ist jeden Moment wieder da. Ganz sicher!«

Rösner schien ihn überhaupt nicht wahrzunehmen, sondern rief: »Das hätten die verfluchten Schweine nicht machen sollen, diese dreckigen!« Er machte Degowski, der neben Silke Bischoff stand, ein Zeichen, indem er kurz nickte. Daraufhin packte der die kleine Tatiana und riss sie aus den Armen ihres Bruders von ihrem Sitz.

Die Unruhe im Bus war bis nach draußen zu spüren und übertrug sich auf die Journalisten. Alle redeten durcheinander. Rösner schrie und lief zwischen den auf ihren Sitzen kauernden Geiseln ruhelos hin und her.

Peter Ahrens, der in den Bus gestiegen war, ging auf Degowski zu und versuchte, ihn zu beruhigen. Redete langsam und freundlich auf ihn ein. Doch Degowski streckte ihm seine Armbanduhr hin und rief: »Wenn die Marion nicht in zwei Minuten wieder da ist, wird jemand erschossen!«

»Okay, ich rede mit denen.« Ahrens verließ den Bus und steuerte zwischen all den Journalisten auf einen der Zivilbeamten zu, um ihn zu bewegen, die Festgenommene schnell wieder freizulassen.

»Wenn die nicht in zwei Minuten wieder im Bus ist, erschießen die das Mädchen!«, sagte er. Über die Schulter des Beamten hinweg konnte er sehen, wie in dem hellerleuchteten Toilettengang SEK-Leute in Zivil standen, die Walkie-Talkies in den Händen hielten und aufgeregt miteinander sprachen. Er lief zurück zum Bus und rief Rösner zu: »Die lassen die wieder frei! Die ist auf dem Weg. Die ist jeden Moment wieder da!«

Degowski drückte der kleinen Italienerin den Colt an die Schläfe. Da sprang ihr Bruder von seinem Sitz auf und zerrte an seiner Schwester, um sie aus Degowskis Umklammerung zu befreien. Alle Blicke waren nun auf das Mädchen und seinen Bruder gerichtet.

Und dann passierte es, dann löste sich der Schuss, laut und unwirklich, und das Mädchen spürte, wie die Arme seines Bruders schlagartig erschlafften, wie sie sie losließen und an ihr abglitten und wie sein Körper wie in Zeitlupe an ihr herabsank. Wie sie ihn verlor.

Peter Ahrens, der das Ganze aus einer Entfernung von nicht einmal einem Meter beobachtete, presste die zitternde Oberlippe auf die untere, er spürte, wie sein eben noch offenstehender Mund sich schloss und horchte auf die Stille nach dem Schuss, aus der sich das anklagende Röcheln des sterbenden Emanuele erhob.

Er legte seine Hand über die Augen. Sie brannten, und er

drückte die Finger dagegen. In der Schwärze flimmerten Farben und blinkten Lichter. Er wollte darin versinken, der Wirklichkeit entfliehen, sich für immer hinter seinen Augenlidern verschanzen. Er spürte einen schmerzhaften Stoß gegen seine Wange und riss die Augen auf. Degowski drückte seinen Colt dagegen und drohte mit weit aufgerissenen Augen: »Und du bist als Nächster dran!«

Die Kugel war in den Kopf des Jungen eingedrungen, ohne dass man es sah. Blitzschnell. Dann, leicht verzögert, schrie eine Frau auf, und ein Mann murmelte hinter vorgehaltener Hand: »O mein Gott, o mein Gott.«

Peter Ahrens musste an die Bilder denken, die er von Emanuele gemacht hatte, am frühen Abend. Auf ihnen würde der Junge für immer auf seinem Platz sitzen und ihn linkisch anlächeln, den Arm schützend um seine Schwester gelegt. Stumm, ohne zu altern. Mit einem Blick voller Leben.

Sofort kamen ihm seine Fotos von Jasmin in den Sinn. Ihr erstes Lachen. Ihre ersten Schritte. Der erste Kindergartentag, die ersten Geburtstage. Und auf einmal spürte er nur noch eine große Leere.

Degowski, in dessen Ohren sich das Röcheln des Jungen zu einem Kreischen steigerte, schrie: »Raus mit ihm! Schafft ihn raus hier! Schnell! Na los!« Adam Jalowy öffnete die vordere Einstiegstür, und Peter Ahrens legte seine Kameras auf einen freien Sitz und packte den reglosen Jungen an den Schultern. Gemeinsam mit einem Kollegen trug er ihn hinaus, wobei sein Kopf gegen die Stufen schlug, und legte ihn auf die Erde. Um den Kopf des Jungen bildete sich sofort eine Blutlache.

»Wir sollen nicht helfen, wir sollen berichten«, hatte Ahrens einmal die Französin Catherine Leroy, die 1966 als 21-Jährige für AP in Vietnam fotografiert und dabei Fallschirmjäger der 173. US-Luftlandebrigade bei der gefährlichen Operation Junction City begleitet hatte, in der Talkshow 3 nach 9 im Fernsehen sagen hören. Das entsprach damals seiner festen Überzeugung. Nun aber, Jahre später und mit Blick auf den schwerverletzt am Boden liegenden Jungen, verstand er diesen Satz plötzlich nicht mehr. Alles war durcheinandergeraten, aus seiner Balance gestürzt. Ganz plötzlich und wie aus dem Nichts. Seine Gefühle. Seine Gedanken. Alles, was bis eben unverrückbar und gesichert schien. Und damit so selbstverständlich abrufbar war wie eine tausendmal ohne zu überlegen ausgeführte Handbewegung. Das ging nun nicht mehr.

Er bastelte, seit er fotografierte, an der Wahrheit herum mit seinen Fotos, machte sie und polierte sie anschließend im Labor. Nun dachte er: Was war eigentlich die Wahrheit? Hier? Jetzt, in diesen Minuten? Dass zwei durchgedrehte Verbrecher einem Jungen in den Kopf schossen, weil sie mit ihren Nerven am Ende waren? Dass die Polizei sie mit ihrem Fehlverhalten dazu trieb? Dass Emanuele sterben würde, wenn nicht bald Hilfe kam? Oder war da vielleicht nicht noch etwas anderes, viel Wichtigeres, das die Bilder nicht zeigen würden? Und was sie alle, auch er, übersahen? Und nie begriffen hatten? Nie begreifen würden?

Für Ahrens aber war im Moment alles bloß noch Lüge. Inszeniert und falsch. Er dachte: Es ist wie in den Tierfilmen, die Jasmin so gern schaut, über das komplexe Leben im Dschungel oder in der Wüste oder der Savanne. Leben und Sterben. Fressen und Gefressenwerden. Darum ging es. Wie brutal das Leben ist und wie faszinierend und schön. Immer in dieser Anspannung, nicht zu wissen, wer überlebt und wer dran glauben muss. Das Drama des Überlebenskampfes. Das wollen die Leute sehen. Das fesselt sie.

Er spähte wie benommen in den Nebel der ruhelos aufzuckenden Blitzlichter und der blendenden Scheinwerfer, verfiel in eine Starre, die zugleich tröstlich und furchtbar war. Alle redeten weiter aufgeregt durcheinander und bildeten einen offenen Kreis um Emanuele. In das Zischeln der Kameras und das Surren der

Power-Winder hinein hörte er einen Kollegen rufen: »Dreht ihn um, dreht ihn auf die Seite, damit wir ihn besser drauf kriegen.« Und ein anderer rief: »Wie gut, dass ich das extreme Weitwinkel drauf habe.« Und dann sah er, wie ein Kollege den Kopf des Jungen anhob und ins Licht der Scheinwerfer drehte, damit man ihn besser fotografieren konnte. Im selben Moment kam Marion auf den Bus zu und stieg ein.

Ahrens hatte auf einmal das Gefühl, das Geschehen wie durch das Auge einer hoch über der Szenerie angebrachten Kamera zu sehen, wie abgeschnitten davon zu sein, und dabei dachte er: Wir verändern uns gerade für immer. Wir alle. Und nicht zum Guten, nein, sicher nicht. Jetzt, in diesen Sekunden. Das ganze Land. Wir, die wir bei diesem Wahnsinn mitmachen. Und alle anderen, die uns am Fernseher dabei zusehen.

Im selben Moment, die Uhren zeigten 23 Uhr 09, schlossen sich zur Überraschung aller klappernd die Türen, und der Bus fuhr los. Reglos starrte Peter Ahrens ihm hinterher. Dann griff er sich reflexartig an die Brust. Im Bus lagen seine Kameras!

***

Ffffffffttttt. Rachael hielt den Knopf der Sprühdüse gedrückt, und aus dem feinen schwarzen Nebel, welcher der Dose entwich, formte sich ihren Bewegungen entsprechend an der weiß getünchten Grundstücksmauer das Wort GEISELN.

Sie trat einen Schritt zurück und las: FREIHEIT FÜR DIE BREMER GEISELN. Sie schüttelte die Dose ein paarmal, so dass das spitze Klickern der kleinen Kugel, die sich in ihrem Innern befand, erklang, und vollendete ihre Botschaft mit einem von einem dicken Ausrufezeichen gekrönten JETZT! Dann grinste sie Marc an, als wollte sie sagen: Siehst du. Wir können was tun!

Marc sah sie bewundernd an. Sie zogen weiter Richtung Innenstadt. Geeignete Stellen für ihre Botschaften waren nicht schwer zu finden. Fassaden von Banken, Schaufensterflächen, öffentliche Gebäude, alles, was aus Stein und Glas und gut sichtbar war.

Anfangs blickten sie sich immer wieder ängstlich um, denn obgleich um diese Uhrzeit kaum noch jemand in den Seitenstraßen unterwegs war, konnte doch jeden Moment eine Polizeistreife um die Ecke biegen. Bald aber waren ihr Glücksgefühl und der Spaß, den sie bei jeder weiteren Botschaft, die sie hinterließen, hatten, stärker und größer als ihre Angst, und Marc steigerte sich in einen regelrechten Sprührausch, hinter dem alles andere zurückblieb: die Sorge um den Großvater, seine moralischen Skrupel und auch die Ungewissheit darüber, was Rachaels plötzliche Rückkehr zu bedeuten hatte. Alles.

Sie hinterließen ihre Parolen am Hauptpostamt, an den Scheiben der »Hamburgerstation« in der Krämerstraße und am Busbahnhof am Freiheitsplatz, zierten die dunkle Außenmauer des Palette-Kinos mit dem in Blau gesprayten Satz »Die Polizei ist gefährlicher, als du denkst!« und adelten die karminrote Steinfassade des Rathauses mit dem Spruch »Don't support blah blah blah!«. Und je länger sie sprayten, desto mehr verloren sie ihre eigentliche Absicht aus den Augen und ließen ihrer Phantasie freien Lauf. Schrieben Losungen wie »Keine Macht für Niemand«, »Follow Your Dreams«, den Einstein-Satz »Das Schönste, was wir erleben können, ist das Mysteriöse« oder »Streetart is not for sale« an die Wände. An der Dresdner Bank am Marktplatz sprayte Rachael »Kapitalismus ist heilbar!« an die schwere metallene Eingangstür. Sie kamen sich vor wie losgelassene Rächer, die Vergeltung forderten und sich berauschten an ihrem phantasievollen Tun. Ohne Angst und ganz aufeinander bezogen.

Zuletzt stellten sie ihre Räder in der Hammerstraße vor dem Verlagshaus des Hanauer Anzeigers ab und schrieben in riesigen roten Lettern »Freiheit für Silke Bischoff und die anderen! Weg mit der Schweinepresse und ihren skrupellosen Machern!« an die große Glasfront, hinter der die Seiten der letzten Ausgabe aushingen. Einmal bog ein Wagen um die Ecke, aus dem wummernde Bässe dröhnten, wenig später fuhr eine Gruppe grölender Mofafahrer vorbei, die jedoch keinerlei Notiz von ihnen nahmen.

Sie arbeiteten jeweils mit zwei Dosen von rechts nach links aufeinander zu. Als sie sich zwischen dem Ausrufezeichen hinter »anderen« und dem »W« von »Weg« trafen, klatschten sie sich jubelnd ab wie zwei Basketballer, deren freche Kombination zu dem alles entscheidenden Korb geführt hatte. Dann packten sie eilig ihre Sachen zusammen und radelten am Hertie vorbei in Richtung Krämerstraße. Immer noch flirrte die Hitze in den verlassenen Straßen. Hanau glich einer Geisterstadt.

Während sie über die langgestreckte, schlecht beleuchtete Philippsruher Allee nach Kesselstadt zurückfuhren, wechselten sie immer wieder verliebte Blicke. Marc malte sich aus, was angesichts ihrer Botschaften in Kürze in der Stadt los sein würde und was der Hanauer Anzeiger wohl zu der Attacke gegen das Verlagshaus in der Hammerstraße schriebe. Bei der Vorstellung, dass Jürgen Wandrey, der sich leicht ausrechnen konnte, wer dahintersteckte, ihre Parolen las, durchrieselte ihn ein Glücksgefühl.

Als sie eine Viertelstunde später in seinem dunklen Zimmer engumschlungen beieinanderlagen, »I Want You« von den Beatles lief, und sie sich küssten und streichelten, dachte Marc, dass seine Wut und seine Empörung über das, was er stundenlang im Fernsehen tatenlos hatte mitansehen müssen, plötzlich durch sie, durch Rachael, eine Richtung und einen Sinn erhalten hatte. Dafür liebte er sie. Vielleicht stärker denn je. Seine Hände tasteten sich voran, er spürte den Schweiß auf ihrem Rücken, im Dunkel glitten seine Finger über ihre Brüste. Sie griff nach seinem Kopf und presste ihre Lippen auf seine. Dann nahm sie ihn in sich auf.

Marc erwachte vom stürmischen Läuten der Türklingel. Kurz darauf hörte er die vom Schlaf schweren Schritte des Vaters in der Diele, und er kam zu sich. Er erhob sich und sah sich kurz nach der Schlafenden um. Leise schob er die Tür auf und glitt hinaus. Nach ein paar Schritten hielt er inne und lauschte auf die Stimme seines Vaters, der in der Diele unwirsch gegen das nicht nachlassende Türklingeln rief: »Ja, ja, ist ja gut, ich komme ja schon!«

Der Vater erreichte die Tür, und im nächsten Moment hörte Marc, wie das kleine Hoftor zufiel und der Vater im Treppenhaus rief: »Na wartet, ihr Schweine! Na, wartet bloß!«

***

Eines Abends in Polen hatte Karoly ihm, nachdem er von einer Kundgebung der Polska Lewica, der Polnischen Linken, nach Hause gekommen war, mit flackerndem Blick erzählt, dass er hinterher mitangesehen habe, wie sie am Bahnhof einen Ultra-Nationalisten zusammengeschlagen und kurz darauf mit einer alten Militärpistole auf ihn geschossen hätten.

Adam glaubte seinem Bruder zunächst nicht und hielt dessen Gerede für Angeberei. Als Polskie Radio Katowice am nächsten Tag über die Verhaftung eines 22-jährigen Mannes aus Warschau berichtete, der einen anderen mit einer Schusswaffe lebensgefährlich verletzt hatte, bestürmte Adam Karoly so lange mit seinen Fragen, bis der ihm den Ablauf des Vorfalls, so gut er konnte, beschrieb. Anschließend träumte Adam über Tage hinweg von dem Niedergeschossenen. Und ein paarmal, wenn er nachts vom Geknatter der mit ihren Junaks durch die Straßen fahrenden Rocker erwachte, hatte er das Gefühl, selbst abgedrückt zu haben. Einmal machte er sogar das Licht an, weil er glaubte, Blut an den Händen zu haben. Mörderblut.

Adam Jalowy steuerte den Bus in Richtung Holland durch die Nacht, müde, verwirrt und voller Adrenalin, im Außenspiegel die blendenden Scheinwerfer der dicht nachfolgenden Journalistenkarawane. Ob der Junge noch lebte? In Gedanken betete er für ihn. Denn weit und breit war kein Notarztwagen zu sehen gewesen. Immerzu ging ihm diese Frage im Kopf herum. Dazu das schreckliche Geräusch, das ertönt war, als der Kopf des Jungen beim Raustragen auf das Trittbrett des Busses schlug. Ein kurzer, trockener Schlag. Adam würde das Geräusch sein Leben lang nicht mehr vergessen.

Anfangs war er fest davon ausgegangen, heil aus der Sache herauszukommen. Entweder mit Hilfe der Polizei, die das Ganze früher oder später beenden würde. Oder aber sobald die Gangster ihre Hauptforderungen erfüllt sahen und man ihnen freien Abzug gewährte. Doch nach allem, was passiert war, war er sich jetzt nicht mehr sicher. Den beiden Typen war alles zuzutrauen. Sogar, dass sie weitere Geiseln erschossen. Und warum nicht auch ihn? Noch waren sie auf ihn als Fahrer angewiesen. Doch sobald sie die Möglichkeit sahen, auf einen Wagen umzusteigen, schützte ihn nichts mehr. Ein falsches Wort konnte den Tod bedeuten. Für jeden von ihnen.

Er war nur der Busfahrer. Ein Polacke, der von nichts eine Ahnung hatte, wie viele glaubten, die zwar noch nie einen Polacken getroffen hatten, aber trotzdem so über ihn und seine Landsleute redeten. Aber er war auch ein Mensch mit festen Grundsätzen. Und was hier passierte, verstieß gegen diese Grundsätze. Hier geschah ein unglaubliches Verbrechen, und alle Welt schaute zu. Die Polizei, die Journalisten, die nicht genug davon bekommen konnten, und wahrscheinlich Millionen an ihren Fernsehgeräten. Mit der kalten Bierflasche in der Hand, dem surrenden Ventilator vor sich auf dem Tisch und den von der Hitze geschwollenen Füßen in der mit Eiswürfeln gefüllten Plastikwanne.

Er versuchte, im Rückspiegel zu verfolgen, was im hinteren Teil des Busses geschah. Gleichzeitig musste er höllisch aufpassen, dass er nicht mit einem der immer wieder plötzlich aus dem Windschatten herausschießenden und zum Überholen ansetzenden Journalistenautos kollidierte. Das fehlte gerade noch: ein Unfall, bei dem er womöglich die Kontrolle über den Bus verlor und sie alle im Graben landeten. Zum offenen Seitenfenster drang brausend die warme Nachtluft herein und wirbelte gegen seine linke Gesichtshälfte, als hielte jemand einen surrenden Fön auf ihn gerichtet. Seine Lippen waren ausgetrocknet, seine Augen brannten. Außerdem spürte er seit ein paar Minuten einen wachsenden Druck auf seiner Blase. Er würde weiterfahren, auch wenn er sich dabei irgendwann in die Hose pisste.

Er fragte sich, was Karoly an seiner Stelle tun würde und wie der Abend verlaufen wäre, wenn er sich nicht bereiterklärt hätte, für den erschöpften, ängstlichen Kollegen einzuspringen. Wahrscheinlich wäre er bei »Dana« vorbeigegangen, hätte das eine oder andere Bier getrunken und versucht, in den Gesprächen mit seinen Landsleuten den ganzen Wirbel um Martha und die Frau aus dem Dom, diese Chris, eine Zeitlang zu vergessen. Irgendwann hätte er dann Karolys Berliner Nummer gewählt und sich Trost bei ihm geholt. Wie so oft. Denn Karoly konnte das. Menschen trösten und ihnen Mut zusprechen. Sie aufrichten, wenn sie am Boden lagen. Ihnen das Gefühl geben, dass es am Ende immer einen Ausweg aus allem für sie gab, wenn sie nur lange genug danach suchten. Er war eben von jeher der Stärkere, Durchsetzungsfähigere von ihnen gewesen. Ganz so wie ihr Vater.

Als Karoly vom Selbstmord des Vaters hörte, schlug er einmal kurz und mit großer Wucht gegen den Wohnzimmerschrank und schrie auf. Dann war er mit gesenktem Kopf wortlos aus dem Zimmer gegangen. Als er nach einer halben Stunde, die er ziellos durch die Gegend gefahren sein musste, wieder nach Hause kam, wirkte er vollkommen gefasst, schloss erst seine Mutter und dann Adam in die Arme und sagte den Satz, den sie alle so oft aus Kachnas Mund gehört hatten: »Wir schaffen das.«

Und so war es. Die Mutter baute sich trotz aller Anfangsschwierigkeiten ein Leben ohne ihren Mann auf und fand ihr schönes, mit dessen Tod verlorengegangenes helles Lachen wieder. Karoly perfektionierte sein technisches Wissen mehr und mehr und erarbeitete sich über die Grenzen von Sosnowitz hinaus den Ruf eines wahren »Autoheilers«, der selbst die älteste Mühle wieder zum Laufen brachte. Immer häufiger rollten irgendwelche altersschwachen Karren auf den Srodulaer Hof der kleinen, von seinen ersten Einnahmen gemieteten Werkstatt. Erfüllt von Stolz und Bewunderung, folgte Adam seinem Bruder vertrauensvoll und lernbegierig wie ein Welpe, der sich in den ersten Monaten keinen Meter aus dem Windschatten seines Herrn herauswagt. Anfangs assistierte er ihm und lernte schnell. Genau wie Jakub Schmid, den Karoly als zweiten Assistenten, wie er das damals wichtigtuerisch nannte, anstellte und dessen polnische Mutter einen Deutschen heiratete und ihm aus Hamburg Postkarten schrieb.

In den Pausen, wenn sie in ihren ölverschmierten blauen Overalls auf dem Hof standen und die mit Taubenschiss gestreckten Black-Devil-Schokos rauchten oder die vollkommen geschmacklosen Route 66 rot, dann erzählte Jakub ihnen die neuesten Polenwitze aus Deutschland, die er von seiner Mutter hatte. Einer ging so: »Woran merkt man, dass die Polen auch schon im Weltall waren? – Am Großen Wagen fehlen die Räder.« Ein anderer so: »Kennt jemand einen Satz, in dem drei Lügen vorkommen? – Ehrlicher Pole mit eigenem PKW sucht Arbeit.«

Daran musste Adam mit Blick auf die an rotglimmende Leuchtkäfer erinnernden Rücklichter der vor ihm fahrenden Autos denken, als Rösner ihm überraschend auf die Schulter schlug und zischte: »Dass du mir ja nicht einpennst, verdammter Polacke! Klar!«

»Keine Angst«, erwiderte Adam und dachte: Verdammte Mörder! Der Teufel soll euch holen!

***

Sie hielt sich dicht hinter dem Bus. Ihr Fahrgast wies sie an, den Abstand zum Bus so klein zu halten, dass es anderen nicht möglich war, sich dazwischenzuklemmen.

Sie kam sich vor wie ein Groupie, das den Tourbus einer berühmten Rockband verfolgte. Ihre Freundin Petra war tatsächlich mal eine Ferienwoche lang hinter dem Tourbus der kanadischen Rockband Saga, die damals auf Deutschland-Tournee gewesen war, hergefahren, weil sie unsterblich in deren Frontmann Michael Sadler verknallt war. Und tatsächlich war es ihr gelungen, Sadler im Anschluss an ein Konzert in Hannover am Künstlerausgang aufzulauern und in ein Gespräch zu verwickeln. Als er ihr zum Abschied einen Kuss auf die Wange gab, wäre sie fast ohnmächtig geworden. Anschließend wandelte sie tagelang wie auf Wolken.

Ihre Klassenkameradinnen schwärmten für David Cassidy, Mickey Finn von T. Rex oder Ian Gillan von Deep Purple, klebten Bildchen von den langhaarigen Typen in ihre Mäppchen und flippten regelmäßig aus, wenn auf Klassenpartys »Child in Time« oder »Hot Love« lief. Chris fand Cat Stevens toll und bekam bei Stücken wie »Morning Has Broken« oder »Rubylove« regelmäßig einen verklärten Blick, weil sie dabei jedes Mal an Christian, ihren ersten Freund, denken musste. Den ersten Jungen, mit dem sie geschlafen hatte. Die Trennung von ihm hatte sie damals in einen monatelang anhaltenden Betäubungszustand versetzt, so dass sowohl ihre Eltern als auch ihre Lehrer anfingen, sich Sorgen um sie zu machen. Und dann hatte man Christian eines Morgens tot in seinem Bett gefunden. Er war, wie sie später erfuhr, an den Folgen eines Pseudokrupps erstickt. Im Schlaf, unbemerkt von seinem jüngeren Bruder Sven, der im Zimmer nebenan schlief. Ein vollkommen absurder Tod. Denn die Chance, als Jugendlicher oder Erwachsener an Pseudokrupp zu sterben, stand, das schlug sie im Lexikon nach, bei eins zu fünfhunderttausend. Doch was besagten schon solche Zahlen? Was?

Die Nachricht hatte ihr buchstäblich den Boden unter den Füßen weggezogen. Sie war ohnmächtig geworden und, mit dem Telefonhörer in der Hand, in der Küche stehend zusammengebrochen. Ihre Mutter hatte einen Arzt kommen lassen, der ihr eine Beruhigungsspritze gab. Anschließend war sie in eine Fühllosigkeit abgedriftet, die alles gleich machte. Doch der Umstand, dass er nun nie mehr eine andere lieben würde, spendete ihr Trost und brachte sie wieder zu sich selbst zurück. Eine Zeitlang hatte sie sich wie seine rechtmäßige Witwe gefühlt. Christian würde ihr für immer alleine gehören, und die viereinhalb Jahre, die sie zusammen gewesen waren, konnte keine andere mehr übertrumpfen.

Wortlos saß der Journalist hinten im Wagen und starrte vor sich hin. Bis sie sein Schweigen nicht länger aushielt und sagte: »Was ist denn da los gewesen? Einmal hat es kurz geknallt. Wurde etwa geschossen?«

Der Mann schwieg weiter, doch sie konnte im Rückspiegel sehen, wie er sich mit der Hand ein paarmal vielsagend übers Gesicht fuhr.

»Wurde geschossen?«, wiederholte sie. »So sagen mir doch, was los ist!«

»Ein Junge … Sie haben einen Jungen erschossen … Einfach so.«

»Mein Gott. Aber wieso denn?«

»Er war eine Geisel«, sagte er. »Ein Fünfzehnjähriger, der seine kleine Schwester beschützen wollte.« In stockenden Sätzen berichtete er ihr von der vorschnellen Verhaftung der Rösner-Freundin durch das SEK, von Rösners Wut darüber und dem tödlichen Schuss auf den italienischen Jungen. »Die Typen drehen langsam durch«, sagte der Mann, »kein Wunder! Die denken doch, sie sind die Größten. Dabei haben die keine Chance. Nicht die geringste.«

Chris fuhr sich mit der rechten, schwach zitternden Hand ein paarmal über das von einem hauchdünnen Schweißfilm bedeckte Gesicht. Dann presste sie, während sie mit dem rechten Knie das Lenkrad kontrollierte, sekundenlang beide Daumen so stark gegen die Augäpfel, dass sich aus der Schwärze bunte, psychedelische Muster herausbildeten, Kreise, Sterne und Rauten, die im Rhythmus ihres eigenen Pulsschlags herumgewirbelt wurden.

Als sie die Augen wieder öffnete, waren die Würfel und Rechtecke verschwunden, stattdessen tanzten schwarze Flecken von links nach rechts durch ihr Sichtfeld. Sie dachte: Wo habe ich bloß die verdammten Baldriantabletten hingelegt? Das ist alles zu viel für mich. Ich muss Dr. Brunner anrufen. Gleich morgen rufe ich sie an. Und dann stiegen die Worte in ihrer Kehle auf wie Unverdauliches, das der Magen wieder auszustoßen versucht. »Ich will das alles nicht!«, rief sie. »Bitte, behalten Sie Ihr Geld und lassen Sie mich gehen! Ich pack das nicht!«

Tränen rannen ihr über die Wangen, und sie spürte, wie sich das Zittern über die Arme in beide Hände fortpflanzte. Um es zu unterdrücken, stemmte sie beide Hände gegen das Lenkrad. Sie atmete tief ein und wieder aus, so ruhig und gleichmäßig wie möglich. So, wie sie es bei Dr. Brunner gelernt hatte. »Wenn eine Panikattacke im Anzug ist, müssen Sie ruhig und lange ausatmen. Achten Sie darauf, dass Sie nicht zu viel Sauerstoff einatmen, sonst hyperventilieren Sie … ruhig und lange ausatmen … nicht zu viel Sauerstoff einatmen …«

Der Kerl starrte reglos hinaus in die Nacht.

»Hören Sie, was ich sage?«, rief sie nun lauter. »Ich will nicht mehr!« Ihre Hände wurden kalt. Ihr Puls schnellte in die Höhe, und der Mund wurde trocken. Die Dämonen waren im Anmarsch. Und plötzlich begriff sie, was sie tun musste und dass das die einzige Möglichkeit war, um das alles auf der Stelle zu beenden. Sie nahm allen Mut zusammen, holte tief Luft und sah in den rechten Außenspiegel. Da passierte es.

***

Beim Baseball nannte man es Strikeout, wenn der Schlagmann ausschied, weil der Pitcher dreimal hintereinander einen Ball geworfen hatte. Und beim Cricket Dismissal, wenn er relegiert wurde, weil er zum Beispiel mit dem Ball von der Feldmannschaft getroffen wurde. Gleiches galt in diesen Minuten für Peter Ahrens: Auch er war raus aus dem Spiel, stand ernüchtert und abgeschlagen am Spielfeldrand einer Partie, die ohne ihn in die alles entscheidende Schlussphase ging. Der Bus mit seinen Kameras war weg, doch er verspürte nicht die geringste Lust, hinterherzufahren, obwohl man nicht nur beim Stern ungeduldig darauf wartete, dass er seine Bilder übermittelte.

Er hatte sämtliche Hindernisse, die sich ihm im Laufe der vergangenen Stunden in den Weg gestellt hatten, scheinbar mühelos überwunden. Er war als Vermittler in Aktion gewesen, hatte geredet, telefoniert, verhandelt, beschwichtigt und am Ende Degowskis Colt an seinem Kopf gespürt. Im Rückblick erschien ihm das alles seltsam unwirklich. Wie eben geträumt oder wie Szenen aus einem Katastrophenfilm, mit ihm als miserablem Laiendarsteller. Womöglich würde er auch jetzt noch hinter dem Bus herjagen, wäre da nicht dieser Schuss gewesen, der auch etwas in ihm getroffen und ihn damit augenblicklich lahmgelegt hatte. Schlagartig, wie auf Knopfdruck. Da war das Bild des reglos auf dem Boden liegenden Jungen, das er einfach nicht mehr aus dem Kopf bekam. Wohin er auch sah. Selbst wenn er die Augen schloss, war es da. Würde für den Rest seines Lebens da sein.

Peter Ahrens war müde und fühlte sich ausgebrannt. Sein linkes Augenlid zuckte unkontrollierbar in unregelmäßigen Intervallen, und jedes Mal, wenn er Luft holte, verspürte er einen schmerzhaften Druck oberhalb der Bronchien. Das Adrenalin, das noch vor einer Stunde sämtliche Ängste unterdrückt hatte, war an irgendeiner lecken Stelle seines ermatteten Körpers abgeflossen wie schmutziges Waschwasser im Rinnstein.

Kraftlos ließ er den Kopf nach hinten gegen die Kopfstütze sinken, schloss die Augen und sog die zum offenen Fenster hereinströmende Nachtluft tief in seine schmerzenden Lungen ein. Dabei fragte er sich, wie alles verlaufen wäre, wenn die Scharlow keinen Unfall gehabt und wie geplant an seiner Stelle den Job übernommen hätte. Vielleicht würde der kleine Emanuele dann noch leben, weil alles einer anderen Logik gefolgt wäre.

Manchmal wünscht man sich, das Leben zurückspulen zu können, um es im alles entscheidenden Moment in eine andere Richtung zu lenken. Und wenn man dann zurückgeht, denkt man: Wenn ich hier etwas anderes getan oder gesagt hätte, dann ... Doch welcher wäre der richtige Moment gewesen, um das Schicksal in eine andere Bahn zu lenken?, fragte sich Peter Ahrens. Die erste Begegnung mit Rösner am Bus vielleicht, als er ihm den Colt hätte entreißen können? Oder der Moment, in dem Rösner mit der Pistole auf dem Schoß im Wagen des Journalisten saß und telefonierte? Hätte er da handeln und ihn entwaffnen müssen? Vielleicht. Doch was wäre dann gewesen? Hätten die SEK-Leute genau in jener Sekunde bereitgestanden, um die Sache zu übernehmen? Und wie hätte Degowski reagiert? Hätte er allein weitergemacht? Wäre er ausgeflippt und hätte weitere Geiseln getötet? Oder hätte er aufgegeben?

Ahrens beugte sich vor, öffnete das Handschuhfach, nahm eine Kassette heraus, schob den Schlüssel ins Zündschloss und vollführte eine Vierteldrehung. Anschließend drückte er die Kassette in den Recorder. Er hatte eine alte Lynyrd-Skynyrd-Aufnahme erwischt, Ronnie Van Zants ungeschliffener Sprechgesang ertönte. Den meisten fiel bei Lynyrd Skynyrd bloß »Sweet Home Alabama« ein. Doch »Free Bird« oder »Simple Man« waren in seinen Augen keinen Deut schlechter.

Er lehnte sich zurück, erfüllt von einer so noch nie erlebten schmerzhaften Klarheit, und sah hinüber zu dem erleuchteten Toilettengang, wo mit Marions sinnloser Verhaftung die Ereignisse zu eskalieren begannen. Er dachte an die Geiseln, dachte an ihre für immer beschädigten Leben, die, wenn alles vorbei wäre, trotzdem irgendwie weitergehen mussten. Nur wie?

Nachdem irgendwann ein Krankenwagen eingetroffen war und man Emanuele endlich weggebracht hatte, höchstwahrscheinlich zu spät, sperrte die Polizei das Areal weiträumig ab. Selbst die letzten Gaffer hatten sich inzwischen verzogen. Nur das im Nachtwind leise surrende Absperrband und der Blutfleck auf dem Bordstein erinnerten an das, was sich eine knappe Stunde zuvor hier abgespielt hatte.

Die Uhr in seinem Armaturenbrett zeigte 0 Uhr 10. Es war Donnerstag, der 18. August, und aus den Lautsprechern erklang Lynyrd Skynyrds »Tuesday's Gone«. »And Wednesday too«, murmelte er, ließ den Motor an und legte den Rückwärtsgang ein. Er wollte nur noch eines: nach Hause zu seiner Familie, die Augen zumachen und schlafen. Und alles vergessen.

14

dpa – Basisdienst, Hamburg

Geiselnehmer – Gladbeck – Seit anderthalb Tagen in der Gewalt der Gangster

Gladbeck (dpa) – Manfred Becker von der Gladbecker Polizeisonderkommission am Mittwochmorgen: »Wir kennen zur Zeit das Schicksal der Geiseln nicht, wir hoffen aber, daß die Geiselnehmer sich endlich entschließen, ihre Geiseln freizulassen.«

Als er das Number One verließ und den menschenleeren Friesenplatz überquerte, drangen aus den offenen Fenstern des Steakhauses und der kleinen spanischen Bodega an der Ecke Musik und Gelächter. Er war müde, sein Akku leer. Seine Kleider stanken nach Rauch. Beim Gehen stieß ihm das Bier sauer auf. Trotzdem blieb er vor dem Elektroladen, in dem er manchmal Batterien für sein Diktiergerät kaufte, stehen, weil hinter dessen vergitterter Schaufensterscheibe zwischen Kofferradios, Toastern und Bügeleisen ein paar übereinandergestapelte Fernseher liefen, über deren Mattscheiben Bilder aus Bremen flimmerten. Gebannt starrte er auf die grobkörnigen Schwarzweißbilder.

Zu sehen war einer der Geiselgangster, der, vor einer Mauer stehend, einer jungen, hellblonden Frau seinen Revolver an den Hals drückte und dabei in ein ihm hingestrecktes Reportermikrophon redete. Die nur von einer Kameraleuchte illuminierte Szenerie vermittelte eine bedrückende Unmittelbarkeit, so, als müsste er nur den Arm ausstrecken, um die junge Frau aus ihrer lebensbedrohlichen Lage zu befreien, herauslösen wie eine ungefährliche Rose aus einem Strauß vergifteter Blumen.

Voller Bewunderung sah Bertram in das weiche, offene Gesicht der jungen Frau, die trotz der Lage, in der sie sich befand, tapfer Fragen des Reporters beantwortete. Und dabei dachte er: Wie viele Stunden habe ich, genau wie der Typ da mit seinem Mikro, darauf verschwendet, Opfern, Dummköpfen, Tätern oder Wahnsinnigen mein Mikro hinzuhalten, um ihnen für ein Millionenpublikum ihre Meinung zu entlocken?

Bertram realisierte, was alles an ihm vorbeigegangen war, was er verpasst hatte, während er für ein paar Stunden in sein Privatleben untergetaucht war. So, als sei er, ähnlich wie der Held seines absoluten Lieblingsbuches »Metro 2034«, durch ein unterirdisches Reich geirrt, während oben ein blutiger Krieg ausgebrochen war.

Die Hitze hielt die Stadt weiter fest im Griff, und die Obdachlosen, die im Winter besoffen in den Eingängen des Kleiderkaufhauses Weingarten unter klammen Decken lagen, die mit ihrer bescheidenen Habe vollgestopften HL-Einkaufswagen als Sichtschutz davorgestellt, hatten es sich nun rund um die Sitzbänke gemütlich gemacht, lachten, palaverten, ließen leere Bierflaschen über den holprigen Bordstein kollern.

Als er die Haustür aufschloss und das Treppenhauslicht anging, sprang ihm eine struppige schwarze Katze entgegen, stellte ihren Schwanz auf und strich ihm ein paarmal miauend um die Beine. Er sah sie kurz an, stieg dann aber an ihr vorbei die Treppe hinauf.

Vor Jahren hatte er den Gefängnisroman eines Amerikaners über Sing-Sing gelesen, in dem davon die Rede war, dass in der Anstalt auf 2000 Gefangene 4000 Katzen kämen. Der Autor hatte sie als unberechenbare Bestien beschrieben, vor denen niemand sicher war und die sich in ihrem unstillbaren Hunger manchmal gegenseitig auffraßen. Bertram hatte sich damals vorzustellen versucht, wie es wohl sein müsste, im Schlaf von einer Horde räudiger Katzen überfallen und angenagt zu werden.

Oben angekommen, beugte er sich übers Treppengeländer und spähte hinunter. Von der Katze war nichts mehr zu sehen. Er öffnete die Wohnungstür, ging in die Küche und zog die Kühlschranktür auf. Trocken-kalte Luft schlug ihm entgegen. Er schloss kurz die Augen und stellte sich vor, eine hübsche Eskimofrau hauche ihn an. Dann griff er nach der Vittel-Flasche und trank gierig daraus. Zuletzt ließ er sich das eiskalte Wasser über den Kopf, in den Nacken und über die pulsierenden Handgelenke rinnen. Als er in seinem Arbeitszimmer das Fenster öffnete, fiel die noch immer offenstehende Wohnungstür mit einem Knall ins Schloss.

Nachdem er seinen Anrufbeantworter abgehört und Sylvias Nachricht (die Kleine war einfach klasse!) erhalten hatte, was um halb acht Aufstehen bedeutete, sofern er nicht direkt aus dem Krankenhaus in die Redaktion fuhr, ging er unter die Dusche und aalte sich in den eiskalt herausschießenden Wasserstrahlen wie ein auf dem Rücken liegender Rüde, der sich in den im Gras zurückgelassenen Duftspuren einer läufigen Hündin wälzt. Anschließend sank er aufs Bett und trank in kleinen Schlucken den letzten Rest Wasser.

Zum offenen Hinterhoffenster kam ein kleiner Nachtfalter ins Zimmer geflogen, eine Gamma-Eule, Autographa gamma. Hundekopfmotte hatte er als Junge die Eule wegen der beiden kleinen silbernen Dreiecke auf den Vorderflügeln für sich genannt. Denn genau betrachtet, erinnerte der Falter dadurch an einen Hundekopf mit zwei winzigen, eishellen Augen.

Seit er denken konnte, liebte er Schmetterlinge. Als Sechsjähriger war er gemeinsam mit seiner besten Freundin, der Tochter eines Bäckers, durch die Hirschhorner Wiesen gestreift, um mit seinem Netz die dort häufig anzutreffenden Schachbrettfalter zu fangen, die er so mochte.

Später, während einer Reise ins Tessin, war er auf einem Autobahnrastplatz kurzerhand in den Wagen eines englischen Ehepaars eingedrungen, einen sandfarbenen Morris, weil er gesehen hatte, dass sich ein Erdbeerbaumfalter, Charaxes jasius, in dessen aufgeheizten Innenraum verirrt hatte und hinter der gewölbten Heckscheibe ruhelos auf und ab irrte. An dem verdutzen Paar vorbei, das bei geöffneten Wagentüren gymnastische Dehnübungen machte, um die vom langen Fahren steif gewordenen Glieder zu bewegen, war er in dessen Wagen gestürzt und hatte den Falter mit seinem Netz gefangen. Als er ihnen anschließend den ungewöhnlichen Fang präsentierte, erhellten sich ihre finsteren Mienen, und sie lachten erleichtert. Ein andermal hatte er in Andorra einen Schwarzen Apollofalter, Parnassius mnemosyne, über Stock und Stein gejagt, war ihm zwischen Büschen hindurch und über felsige Vorsprünge hinweg nachgefolgt. Bis er plötzlich am Rand eines Abhangs stand und hinabspähte, wo in der Tiefe geräuschvoll ein Gebirgsbachs vorüberfloß. Zunächst hatte er hilflos und mit pochenden Schläfen mitansehen müssen, wie das Objekt seiner Begierde mit geradezu aufreizender Lässigkeit zur Überquerung der Schlucht ansetzte. Doch da schob sich rechterhand, vielleicht zehn Meter entfernt, ein entwurzelter, von Felskante zu Felskante reichender Baum ins Bild, den er kurzentschlossen erklomm. Mit pochenden Schläfen balancierte er über die schmale Traverse, vor sich den im Sonnenlicht funkelnden Falter und den in seiner Vorstellung immer schmaler werden Stamm, unter sich das reißende, blauweiß leuchtende Gewässer. Nur ein Fehltritt hätte genügt, und er wäre zwanzig Meter in die Tiefe gestürzt. Als er wenig später das andere Ufer erreicht und den Apollo im Netz hatte, durchrieselte ihn ein unbeschreibliches Hochgefühl.

Im schwachen Schein der Nachttischleuchte schwirrte die Eule durchs Zimmer. Ihr Schatten tanzte in wildem Zickzack über die gegenüberliegende Wand. Ein paarmal stieß sie gegen die Glühbirne und fiel auf die Nachttischplatte, wobei Flügelstaub aufwirbelte, rappelte sich aber wieder hoch und entschwand schließlich in einer weit ausholenden Neunzig-Grad-Kurve in die von tausend Sternen erfüllte Augustnacht.

Er schloss die Augen und streckte die Beine aus. Was für eine Wohltat, mein Gott! Er war restlos erledigt. Vielleicht, dachte er, sollte ich morgen einfach blaumachen. In Romanen gingen Geschichten wie die, die er gerade erlebte, in der Regel gut für den Protagonisten aus. Doch das hier war kein Roman. Später, wenn alles vorbei wäre und Paul es geschafft hätte, würden sie einander lächelnd ansehen und sich sagen, dass sie verdammtes Glück gehabt und dem Schicksal ein Schnippchen geschlagen hätten. Sie würden die Fakten noch ein bisschen überhöhen, hier etwas weglassen und sich dort etwas zurechtbiegen, würden sich ihre durchlittenen Ängste und Sorgen wachrufen und anderen gegenüber von der größten seelischen Herausforderung ihres bisherigen Lebens reden. Und sich eine Zeitlang wie Sieger fühlen, die dem Damoklesschwert entronnen waren. Bis aus dem ganzen Wahnsinn, in dem sie nun seit über dreißig Stunden festsaßen, die Heldengeschichte dreier Menschen geworden wäre, die das Schicksal für immer zusammengeschweißt hätte. Sie würden eine Zeitlang die besten Vorsätze haben, würden einander nicht aus den Augen lassen und um das Wohl des anderen besorgt sein. Bis der Alltag sie langsam wieder einholen und in jene Menschen zurückverwandeln würde, die sie gewesen waren, bevor alles begann: ihn in den Mann, der seine Frau mit einer ihrer besten Freundinnen betrog, und sie in die Frau, die beim erstbesten Streit mit ihm ins ferne Heidelberg zurückfliehen würde, um im verständnisvollen Blick ihrer Mutter wieder einmal zu erkennen, welchen Fehler sie, trotz des zweifellos wunderbaren Enkelkindes, das natürlich ihr wie aus dem Gesicht geschnitten war, mit der Beziehung zu ihm begangen hatte. Ja. So würde es kommen. Genau so.

Dann fielen Thomas Bertram die Augen zu. Er sagte sich: Ich will nicht schlafen. Bloß ein paar Minuten dösen, mich kurz ausruhen, auftanken. Einmal glaubte er, unten im Hof Stimmen zu hören. Doch nach und nach verstummten alle Geräusche, und er verlor das Bewusstsein.

***

Als er in die Küche kam, saß sein Vater am Küchentisch und rauchte eine Zigarette. Nur seine Nase und sein Kinn ruhten im Lichtkegel der Deckenlampe, so dass das Gesicht des Vaters sekundenlang auf Marc wirkte wie die von den weiten Krempen ihrer Cowboyhüte halbverdeckten Visagen der Typen in den

Django-Western. Der Zigarettenrauch stieg in dem Lichtkegel hoch, wand sich darin in engen grauen Schleifen und löste sich auf.

»Was ist denn los?«, sagte Marc.

»Sie haben dir eine tote Taube vor die Tür gelegt.« Er stand auf, nahm zwei Gläser aus dem Hängeschrank und stellte sie auf den Tisch. Anschließend ging er zum Kühlschrank und holte zwei Flaschen Bier heraus. Mit dem Feuerzeug knackte er den Kronkorken der einen Flasche auf, füllte ein Glas bis zur Hälfte und schob es Marc wortlos hin.

»Eine tote Taube?« Marc verstand nicht. »Was soll das?«

»Sie drohen dir!«

Aus Tonys Pizzeria gegenüber drang wie üblich laute Musik herüber. In der Jukebox lief sicher zum zwanzigsten Mal »Ella elle L'a« von France Gall. Irgendein Typ da drüben schmiss seit Tagen pausenlos seine Fünfziger in die Jukebox, um wieder und wieder dieses Lied zu hören. Wahrscheinlich, dachte Marc, ist er unglücklich verliebt. Oder eine, die so heißt, hat ihm kürzlich den Laufpass gegeben.

»Aber die sollen nur kommen«, sagte der Vater, öffnete die zweite Flasche und goss sein eigenes Glas ebenfalls halbvoll. In dem Moment kam Rachael, bekleidet mit Jeans und T-Shirt, in die Küche und blinzelte fragend in die Runde.

Der Vater sah kurz auf, dann trank er einen Schluck Bier, wischte sich mit dem linken Handrücken den Mund ab und sagte: »Das ist eine Kampfansage.«

Die Musik drüben in Tonys Pizzeria verstummte kurz, Gelächter war zu hören. Doch dann erklangen schon von neuem die ersten Takte des Gall-Songs. Manchmal gingen Marc und Lenny dorthin, um im Hinterzimmer Billard zu spielen. Dann tranken sie Asbach Cola, und Marc drückte immer wieder »Maggie May« von Rod Stewart oder »Heart of Gold« von Neil Young an der Jukebox.

»Was?«, mischte Rachael sich nun ein und nahm ebenfalls am Tisch Platz. »Was ist eine Kampfansage?«

»Ach, nichts«, wiegelte Marc ab. »Ich hab da so ’ne Sache mit ein paar Typen laufen, und jetzt fangen die an, verrücktzuspielen.«

»Was sind das für Typen?« Rachael ließ nicht locker, griff nach Marcs Glas und trank einen Schluck.

»Kriminelle«, antwortete sein Vater an Marcs Stelle und blickte ihn vielsagend an. »Feige Hunde. Sie haben ihm eine tote Taube vor die Tür gelegt, um ihm Angst zu machen. Aber die sollen nur kommen.«

In seinen Augen glitzerte eine wilde Entschlossenheit. Ganz anders als noch ein paar Stunden zuvor, nachdem sie aus dem Krankenhaus zurückgekehrt waren und der Vater vollkommen niedergeschlagen wirkte, so, als sei sein Vater bereits tot. Marc musste an die geladene Militärpistole in der Kommode in der Diele denken. Er würde sie bei nächster Gelegenheit an sich nehmen und draußen im Schuppen verstecken, damit sein Vater nicht auf dumme Gedanken kam.

Marc suchte Rachaels Blick, denn ihm gefiel ihre Anteilnahme, so, als beträfe alles, was mit ihm zu tun hatte, wie selbstverständlich auch sie selbst. Wie nah wir uns wieder sind, nach so langer Zeit, dachte er. Und was hat sie nur dazu bewogen, zu mir zurückzukommen? Alles lief zwischen ihnen so ab, als seien sie nie getrennt gewesen. Eine tote Taube, na und!, dachte er leichthin und ließ sich von dem Glücksgefühl, das ihn bei Rachaels Anblick überkam, davontreiben.

Auf dem Schulhof hatten sie sich das erste Mal gegenübergestanden: ein Teenager, schlaksig, mit blondem, schulterlangem Haar, und ein Mädchen in einer verwaschenen Jeansjacke mit kastanienbrauen Locken, über deren schön geschwungener Oberlippe ein kakaobrauner, pfenniggroßer Leberfleck in der grellen Frühlingssonne leuchtete. Tagelang waren sie während der großen Hofpausen umeinanderher geschlichen. Bis es für sie irgendwann kein Entkommen mehr voreinander gab und sie ihn endlich ansprach. Danach war alles sehr schnell gegangen: eine Party, der erste Blues und schließlich auch der erste Kuss.

Der Großvater mochte Rachael, nannte sie »meine Kleine«. Ein paarmal hatte sie den Alten allein besucht und ihm aus seinem Lieblingsbuch, dem »Schimmelreiter«, vorgelesen. Dann machte es sich der Alte auf seiner Couch bequem, verschränkte die Arme hinter dem Kopf und lauschte so lange mit geschlossenen Augen ihrer warmen Stimme, bis sich seine schweren, rasselnden Atemzüge in ein trockenes Schnarchen verwandelten und Rachael das zerlesene Buch zur Seite legte und leise hinaus auf den Flur entschwand, um eine Zigarette zu rauchen.

Jetzt lag der Großvater in seinem Krankenhausbett, von leise surrenden Maschinen umstellt und von Medikamenten betäubt, die sein erregtes Hirn beruhigen sollten.

Am Ende stürzte sich der Deichgraf Hauke Haien, der Schimmelreiter, samt Pferd ins Meer, nachdem zuvor seine Frau und auch seine Tochter für immer von den Wellen verschluckt worden waren. Unzählige Male hatte der Großvater ihm dessen letzte Worte rezitiert und dabei nachdenklich ins Leere gestarrt: »Herr, Gott, nimm mich, verschon die anderen.« In Abwandlung dieses Satzes dachte er nun: Herr, Gott, verschon den Großvater, und nimm die anderen.

Marc starrte in sein Bierglas, an dessen Rändern sich der Schaum in Form kleiner, heller Schlieren absetzte. Früher saß der Großvater, mit der schwarz-grau gestreiften Strickjacke bekleidet, die er noch viel später auf unzähligen Fotos trug, gut gelaunt im Wohnzimmer im Sessel, hatte das eine Bein über das andere geschlagen und erzählte die Geschichte seiner gestromten Greyhoundhündin Alma.

Von den ersten Fliegerangriffen auf Hanau an, die im Dezember 1942 begannen, hatte er die Hündin gegen das geltende Verbot, Tiere mitzuführen, immer wieder mit in den Luftschutzkeller genommen, indem er sie in einem alten Segeltuchkoffer hineinschmuggelte. Tagelang hatte er mit dem Tier das lautlose Ausharren in dem durch kleine Löcher belüfteten Koffer geübt, um es auf den Ernstfall vorzubereiten. Denn lieber wäre Gustav Steiner gemeinsam mit seiner Hündin gestorben, als sie allein in seiner Wohnung zurückzulassen. Immer wieder hatte er das Tier ermahnt: »Wenn du auch nur einmal bellst oder knurrst, kostet es dich das Leben!« Und Alma verstand. Bis zur letzten Angriffswelle harrte sie aus und überlebte so in ihrem Segeltuchversteck sämtliche Angriff auf Hanau, das im Bombenhagel der Alliierten nahezu vollkommen zerstört wurde.

Später zeigte der Großvater Marc alte, an den hellen Rändern gezackte Schwarzweißfotos von Alma nach dem Krieg. Darauf zu sehen war ein spindeldürres Wesen mit langen Beinen, kräftigem Brustkorb und einem keilförmigen, auffallend kleinen Kopf, an dessen Seiten zwei dunkle Knopfaugen freundlich leuchteten. Immer wieder hatte der Großvater Almas Geschichte so oder in ähnlich dramatischer Form bei Gesellschaften oder Familientreffen zum Besten gegeben. Und selbst als die Krankheit in seinem Gehirn bereits ein irreparables Durcheinander angerichtet hatte, wurde er es nicht müde, einen mit geradezu kindlicher Neugier anzusehen und zu fragen: »Hab ich dir eigentlich schon mal erzählt, wie meine Alma den Krieg überlebt hat?«

»Wie geht es Opa Steiner denn nun?«, fragte Rachael und holte Marc mit ihrer Frage jäh aus der Zeitschleife zurück.

»Er ringt mit dem Tod«, hörte er seinen Vater antworten und dachte wieder: Herr, Gott, verschon ihn, und nimm die anderen.

***

Anettes Polo stand vor dem Haus, in ihrem Zimmer brannte Licht. Peter Ahrens manövrierte den Wagen im Schritttempo in die Garage, schloss das Tor und spähte hinauf. Dort oben war alles, was er liebte und was er zum Leben brauchte: seine Frau und sein Kind.

Er öffnete die Haustür, zog seine Schuhe aus und legte sie unter der Garderobe in die von Anette extra dafür angeschaffte Schuhwanne, eine blaue Plastikwanne, die sie regelmäßig draußen im Garten von den Schmutzresten, die von den Schuhen abfielen, reinigte.

»Na endlich, Peter«, rief sie aus dem Schlafzimmer.

»Ja«, erwiderte er. Ja, er war wieder zu Hause.

Anette kam die Treppe herunter, bekleidet mit einem hellen Slip und einem rosafarbenen Fruit of the Loom-T-Shirt, und küsste ihn auf die Wange, wieder und wieder. Aus ihren feuchten Haaren stieg ihm der Geruch des Duschgels in die Nase. Und so von ihr gehalten und gestützt, hatte er das Gefühl, wieder in der richtigen Zeit, in der richtigen Welt angekommen zu sein.

Auf der Schwelle zur Küche lag eines von Jasmins flauschigen Stofftieren; ein blau-weißer Delphin, der ihn mit seinen starren Knopfaugen ansah. Weiter hinten, unter dem Tisch, waren Puzzleteile verstreut. Er würde Jasmin morgen nicht in die Schule schicken, sondern sie, wenn Anette gegangen wäre, irgendwann wecken, gemeinsam mit ihr den grünen Schildkrötenrucksack packen, und dann würden sie raus in die Wümmewiesen gehen und den ganzen Tag dort verbringen. Sie würden es sich schön machen da draußen, sich unter einem Baum auf eine Decke legen. Und dann würden sie aus dem Röhricht aufsteigende Vögel beobachten, eine Wasserralle vielleicht oder eine Rohrdommel. Und er würde ihr aus Hauffs Märchen vorlesen. Bis sie sagen würde, ich hab Hunger, Papa, und Durst, und sie ihr Mitgebrachtes essen und trinken würden.

Früher hatten Anette und er manchmal draußen im Ufergras miteinander geschlafen, ihr Rücken im Gras. Hinterher hatte er jedes Mal Grashalme in seiner Unterhose gefunden.

Gleich würde er hinauf in ihr Zimmer gehen und Jasmin beim

Schlafen zusehen. Denn immerzu musste er an den schwerverletzten Emanuele denken und wie er seine Beine gehalten hatte und wie der Kopf auf die Stufe geknallt war.

Hier, aus der großen Entfernung, war das Ganze nicht mehr wirklich und auch nicht mehr gefährlich. War der bodenlose Schrecken nicht mehr fühlbar. Der Bus würde irgendwann über die Grenze rollen, und dann würden die holländischen Behörden ein Problem haben. Daran wollte er nicht mehr denken, sondern sich ein Bier aus dem Kühlschrank holen, mit Anette auf der Couch sitzen, ihr die Füße massieren und sich auf unbestimmte, vor ihm liegende Ereignisse freuen.

»Ich hab mir fürchterliche Sorgen gemacht«, sagte sie und küsste ihn wieder auf die Wange. Ahrens glaubte förmlich spüren zu können, wie aus ihren warmen Lippen die Spannung der letzten Stunden wich, wie sie weicher wurden und ihre erstarrten Glieder schrittweise in die alte Lockerheit zurückfanden.

»Ich weiß«, sagte er, »aber nun ist es ja vorbei.«

»Ist es das wirklich, Peter?«

»Keine Ahnung, wie lange der Irrsinn da draußen noch weitergeht. Sie werden hier anrufen und ihre Bilder haben wollen.«

Die Opfer dieser Nacht würden, sofern die Polizei nicht endlich zur Besinnung kam, in Bewegung bleiben und sich weiter fürchten, bis ans Ende ihrer Kräfte und schließlich darüber hinaus. Er würde sich ab jetzt rausziehen aus allem, aus diesem Wahnsinn.

Als er in Jasmins Zimmer stand und sein Blick auf den kleinen, vom hereindringenden Ganglicht beschienenen und im Schlaf gefangenen Körper fiel, das Kissen unter sich und das Nachthemd so verdreht, dass ihr Bauch hervorschaute, empfand er eine große Zärtlichkeit für sein Kind. Und sekundenlang erschien ihm ihr Bett, über dem ein Mobile an der Decke hing, wie der letzte unberührte Flecken Erde, den er kannte.

Er hatte die Katastrophen, die der Alltag für ihn bereithielt, hier und da von blauen Flecken gezeichnet, am Ende noch immer in den Griff bekommen: sein Scheitern als Läufer, den Tod des Vaters, den seiner Schwester. Diesmal war es etwas anderes: Diesmal trug er, darüber bestand wohl kein Zweifel, eine Mitschuld. Und am Ende würden sie ihn dafür verantwortlich machen.

***

Sie hatte sich fest vorgenommen, dass es nicht passieren würde. Dann war sie nach einem tapferen Versuch, sich bis zu Thomas' Rückkehr mit Lesen (Sirvan hatte ihr einen Roman von Marie Collier mitgebracht) wachzuhalten, aber doch eingenickt. Dabei fing »Vagabundin der Liebe« gar nicht schlecht an. Doch sie war einfach zu müde.

Der Titel des Romans war total kitschig. Aber die ersten Seiten erzeugten sofort Bilder in ihrer Phantasie: »Die wenigen Menschen warfen lange Schatten auf der ebenen Straße und eilten hinüber zum Postamt. Noch vom Sonnenlicht beschienen, fielen große runde Tropfen auf die heißen Blechschuppen und hinterließen Flecken auf den weiß getünchten Fassaden der Ladenreihe. Dann ging schwerer, dichter Regen nieder, und nachdem alle Schutz gesucht hatten, blieb Mireille nass wie die kleinen Vögel auf der Straße stehen und bot ihr vom Laufen erhitztes Gesicht dem Regen dar.«

Amina blinzelte in den Schein der Nachttischleuchte, die sie angelassen hatte, dann richtete sie sich ein Stück in ihrem Bett auf. Ihr Blick fiel auf den kleinen Wecker, sie hatte nicht einmal eine halbe Stunde geschlafen. Ihr Mund war vollkommen ausgetrocknet.

Sie nahm das Glas von der Ablage neben dem Bett und trank einen Schluck Wasser. Ja, sie trank zu wenig. Hatte die Schwester am Abend, als sie das Essen abräumte, sie nicht mahnend angesehen und gesagt: Sie müssen trinken, trinken, trinken, Frau Wilkins! Das, worauf sie jetzt Lust hatte, oder wie ihre Mutter gesagt hätte, einen Heißhunger, gab es hier sowieso nicht: einen hauchdünnen, mit Schokosplittern bestreuten Pfannkuchen und dazu ein Glas Prosecco. Also riss sie sich zusammen und trank, trank, trank von dem eklig nach Chlor schmeckenden Kölner Leitungswasser.

Sogleich musste sie wieder an Paul denken, der seit der Nottaufe zu etwas schmerzhaft Entrücktem geworden war, so als sehe sie ihn bereits durch ein umgedrehtes Fernglas, in unerreichbarer Ferne, ein immer kleiner werdender Fisch, der mutterseelenallein aufs unendliche Meer hinaustrieb. Hatten sie ihn mit der Prozedur nicht indirekt aufgegeben? Ja, das hatten sie. Sie glaubten nicht mehr an ein Wunder und überließen ihn damit seinem Schicksal. Sahen ihm zu wie einem Artisten in der Manege, der in die Tiefe sprang, zu seinem waghalsigen Kunststück ansetzte. In der Hoffnung, alles möge gut ausgehen. Sie spürte wieder die ganze Wucht ihrer Hilflosigkeit.

Einen Moment lang lauschte sie auf die Flurgeräusche und griff nach dem Buch. »Kurz darauf donnerte es, und jemand rief: ›Mireille! Gehen Sie aus dem Regen.‹ Sie flüchtete sich in einen dunklen Hauseingang und zitterte, so durchnässt, wie sie war. Und plötzlich fühlte sie ihre ganze schreckliche Verlassenheit.«

Sie fühlte eine wachsende Unruhe in sich aufsteigen und wäre so gern aus dem Zimmer nach vorn gelaufen, um ihre Mutter oder sonst wen anzurufen, der in ruhigen, warmen Worten zu ihr sprach und ihr den Glauben zurückgab, dass doch noch alles gut werden würde. Ja, sie war eine tapfere kleine Kriegerin, die es mit einem übermächtigen Gegner zu tun hatte. Schon als Kind hatte sie sich so gefühlt, wenn sie, ganz auf sich gestellt, ihren Eltern gegenüberstand, die sie verständnislos ansahen, und trotzig gedacht: Ich oder ihr!

Sie legte das Buch zur Seite, trank noch einen Schluck Wasser und träumte sich in folgendes Bild hinein: Ein junges Paar liegt unbeschwert im durchsonnten Stadtpark auf einer leuchtend blauen Picknickdecke im hellgrünen Gras und sieht seinem nur mit einer Windel und einem dünnen Leibchen bekleideten Baby beglückt dabei zu, wie es quiekend mal hier-, mal dorthin krabbelt. Das hellhäutige Gesicht des Babys ist von einer weißen, unter dem Kinn von einer Schleife gehaltenen Baumwollmütze beschattet.

Dieses Paar waren sie und Thomas. Und der kleine Paul.

***

»Was macht der denn da?«, rief ihr Fahrgast von hinten und streckte reflexartig beide Arme aus, als könnte er so den jeden Moment zu erwartenden Aufprall des Wagens mit dem Bus abfedern.

Chris Mahler, die eben noch ausscheren, auf den Seitenstreifen fahren, anhalten und den Zündschlüssel abziehen und davonlaufen wollte, überlegte einen Moment zu lang. Denn tatsächlich verlangsamte der Bus seine Geschwindigkeit so drastisch, dass der Abstand zwischen ihnen rapide schmolz.

»Verdammt«, fluchte sie und schlug auf das Lenkrad. Sie trat kräftig auf die Bremse und spürte, wie die dadurch freigesetzten Fliehkräfte sie nach vorn drückten. Reflexartig blickte sie in Rück- und Außenspiegel, weil sie fürchtete, die nachfolgenden Wagen könnten ihr Bremsmanöver nicht bemerken und auffahren. Sie legte einen Finger auf den Knopf für die Warnblinkanlage, sah dann aber, dass die Wagen hinter ihr Abstand hielten.

Wahrscheinlich hat sich vor dem Bus ein Stau gebildet, dachte sie, als sie nur noch im Schritttempo dahinrollten, die Tachonadel auf 20 km/h fiel und der Bus endlich zum Stehen kam. Doch kein Stau. Sie wunderte sich, dass die Bremsleuchten des Busses ausgingen, und starrte erwartungsvoll nach vorn. Und dann passierte es: Ein Mann sprang aus dem Bus, kam mit auf den Wagen gerichteter Waffe auf sie zu und eröffnete das Feuer. Mit einem ohrenbetäubenden Knall durchschlug die Kugel die Windschutzscheibe. Chris Mahler duckte sich nach unten und glaubte den Lufthauch der Kugel zu spüren, die knapp oberhalb ihres Kopfes in die Sitzlehne einschlug. Dann knallte es wieder und anschließend noch dreimal. Glasscherben der zerborstenen Frontscheibe prasselten auf sie herunter.

»Sind Sie verletzt?«, flüsterte ihr Fahrgast in die Stille.

»Nein, ich glaube nicht!« Doch eigentlich war sie sich da gar nicht so sicher. War ihr nach der dritten oder vierten Detonation nicht ein stechender Schmerz in den Rücken gefahren? Sie wollte schreien, wollte weinen. Doch selbst dazu fehlten ihr in diesen Sekunden die Kraft und der Mut. Sie hatte Angst. Angst, der Schütze könnte sein Werk vollenden. Dass Degowski sein Magazin leer geschossen hatte und bereits in den Bus zurückgelaufen war, das wusste sie nicht.

Später, in der Erinnerung, wird das Ganze zu ihrer eigenen Überraschung eine schroffe, schwindelerregende Schönheit annehmen: die lauten, blitzartigen Einschläge und auch die zerschossene Windschutzscheibe, die beim schnellen, angstvollen Hinsehen aussah wie ein weitverzweigtes, in eine zugefrorene Seeoberfläche hineingeritztes Spinnennetz, in dessen zittrigen Linien das dunkle Wasser aufschimmerte.

Eine Dreiviertelstunde später saß sie in einem kleinen, spärlich möblierten Untersuchungsraum der Autobahnpolizei. Man wollte ihr eine Decke umlegen, doch sie lehnte ab. Der herbeigerufene Arzt, ein übergewichtiger, etwa 60 Jahre alter Mann in einem grauen Freizeitanzug, der sein schütteres Haar kunstvoll über der Glatze drapiert hatte, sah sie besorgt an.

»Was haben Sie im Moment der Schüsse gefühlt?«, fragte er.

Chris Mahler kratzte so lange an einem Mückenstich an ihrem linken Arm, bis sich der erste Blutstropfen bildete. »Ich hatte Angst. Angst, zu sterben. Das Blut hat in meinen Ohren gepocht.

Und dann habe ich die Augen zugemacht, und es war schwarz wie in einem Tunnel.«

Sie hörte sich reden. Doch die dazu passenden Gefühle stellten sich nicht ein. Noch nicht. Die würden später kommen. Zu Hause. Wo sie alleine und wehrlos sein würde und ihr niemand beistand, um die schlimme Wucht abzufedern.

Ein junger Journalist hatte sie zur nächsten Polizeistation gefahren, nachdem ihr Fahrgast sich ans Steuer ihres Wagen gesetzt hatte und dem Geiselbus weiter gefolgt war. Betäubt vom Lärm der vorbeifahrenden Autos und erschöpft von der Überdosis Adrenalin, das die Angst immer neu in ihr freigesetzt hatte, hatte sie auf der Mittelleitplanke gesessen und nichts anderes tun können, als immer wieder die warme, abgashaltige Nachtluft einzuatmen.

Ein Flugzeug im Landeanflug auf den Bremer Flughafen war dröhnend und mit eingeschalteten Landestrahlern näher gekommen, rasch gesunken und hinter einer baumbestandenen Anhöhe verschwunden. Wie benommen hatte Chris hinaufgestarrt in den Sternenhimmel. Es war der schönste, wunderbarste Nachthimmel, den sie je gesehen hatte. Doch sie konnte ihn mit ihrem Blick nicht halten, er schien zu fallen, und es wurde enger um sie, er kam näher und näher, schloss sich um sie wie eine Hand – und plötzlich war da tatsächlich eine Hand gewesen, die ihre Schulter berührte.

Ein junger, vielleicht 25 Jahre alter Mann hatte sie ihr auf die Schulter gelegt. »Es ist alles gut. Sie brauchen keine Angst mehr zu haben.« Ohne zu antworten, hatte sie in das offene Gesicht des Mannes geblickt und wortlos genickt.

Dass ihr Fahrgast sie aus dem Wagen gezogen hatte und wortlos davongefahren war, daran konnte sie sich nur noch verschwommen erinnern. Den Anblick der zerborstenen Frontscheibe mit den Einschusslöchern würde sie nicht vergessen. Und auch nicht das Geräusch, als die erste Kugel einschlug.

»Ich habe alles genau mitangesehen«, sagte der junge Mann, als er sie zu seinem auf dem Randstreifen stehenden Wagen führte. »Sie hatten unwahrscheinliches Glück. Sie müssen einen Schutzengel haben.«

Sie bat den Polizisten, der neben dem Arzt stand und auf sie herabsah, um eine Zigarette. Sie war müde, so müde wie noch nie zuvor in ihrem Leben. Und sie begriff, dass sich hinter ihr die Türen zu einer Welt geschlossen hatten, in die sie nicht mehr zurückkehren konnte.

***

Am liebsten hätte Adam Jalowy den Bus mit durchgedrücktem Gaspedal und einem jähen Rechtsruck des Lenkrads über die Standspur hinweg in den Graben gesteuert, um dem Wahnsinn ein Ende zu bereiten. Denn spätestens seit den Schüssen auf das Taxi war den Typen alles zuzutrauen. Im Rückspiegel hatte er gesehen, wie die Kugeln die Windschutzscheibe des Wagens durchschlugen.

Offenbar spürte Rösner seine Wut. »Ein falschet Ding, und et knallt!«, rief er und zielte mit dem Colt auf ihn.

Im Bus herrschte eine unerträgliche Stille, die alles bedeuten konnte: dass einer, vom zermürbenden, stundenlangen Stillsitzen verrückt geworden, die Nerven verlor und aufsprang, um sich blindlings auf einen der Gangster zu stürzen. Oder dass die Typen endgültig durchdrehten und anfingen, weitere Geiseln zu erschießen. Gleichzeitig ließen die Journalistenautos nicht locker. Stoßstange an Stoßstange folgten sie dem Bus, doch seit den Schüssen auf das Taxi mit größerem Abstand. Wie kleine bösartige Augen glühten ihre Scheinwerfer im Außenspiegel.

Angst, das hatte Adam von seinem Vater gelernt, vernebelte den Blick, machte einen blind und kopflos. Und was er in diesen Minuten am nötigsten brauchte, war ein klarer Kopf. Darum versuchte er, sie nicht an sich heranzulassen, die Angst, trotz allem, was in Huckelriede passiert war. Er zog sich zurück in seine Festung.

Als Junge hatte er sie in sich erbaut. Festung nannte er diesen Ort, weil außer ihm niemand dorthin Zugang hatte. Dort konnte ihm niemand etwas anhaben. Seinen Verstand, seine Seele und seine Gefühle – alles konnte er dort in Sicherheit bringen. Das hatte schon als Kind funktioniert, und es funktionierte auch jetzt. Dort gab es keine Zweifel und keine Angst. Nichts dergleichen drang bis dorthin vor. Dort gab es nur klare, reine Gedanken, die auf nichts und niemanden Rücksicht nahmen. Gedanken, die sich wie eine schusssichere Weste um ihn legten.

Er hatte plötzlich Lust auf eine dieser mentholhaltigen Newport-Zigaretten, die Martha manchmal von einem amerikanischen Kollegen bekam. Jeder Zug ein Messerstich in die Lunge, ein eisig schöner Kuss des Todes.

Nachdem sie die Grenze bei Glanerbrug überquert hatten, steuerte er den Bus weiter Richtung Enschede. Bis Rösner auf einer wenig befahrenen und nur da und dort von Laternen erhellten Umgehungsstraße seinen Colt auf ihn richtete, »Anhalten! Sofort!« sagte und ihm das Walkie-Talkie hinhielt.

»Ruf die Holländer an und sach denen, dass wir einen neuen, PS-starken Fluchtwagen fordern. BMW oder Mercedes. Egal! Und dass wir bis auf zwei Geiseln alle freilassen, wenn sie unsere Forderungen erfüllen.«

Rösner drehte sich um und rief: »Bis auf zwei Geiseln werden alle freigelassen, wenn die Holländer unsere Forderungen erfüllen!« Er krächzte die Worte mehr, als dass er sie aussprach, heiser und müde, und jeder konnte sehen, welche Kraft ihn sein Weg von Gladbeck bis in dieses dunkle holländische Waldstück gekostet hatte. Statt Jubel erntete er nur ungläubiges Schweigen.

Jetzt, dachte Adam mit dem Walkie-Talkie in der Hand, das Rösner einem Polizisten in Huckelriede entwendet hatte, kann es höchstens noch eine Stunde dauern, bis die Irrfahrt zu Ende ist. Eine Stunde, das war nicht viel.

Er hatte noch nie zuvor so ein Ding in der Hand gehabt, ein Funkgerät der Marke Bosch. FuG 10. Trotzdem fiel es ihm nicht schwer, damit umzugehen, denn er liebte technische Geräte, alte Radios, die man auseinandernehmen und wieder zusammenbauen konnte, defekte Staubsauger, verstopfte Einspritzpumpen. Einmal brachte er sogar mit Blick durch eine Lupe eine kaputte Armbanduhr wieder zum Laufen. Doch vor allem liebte er Motoren, in deren Gekröse aus Drähten, Leitungen, Spulen, Pleuelstange und Kurbelwellen er mit seinem Werkzeug stundenlang ebenso lustvoll herumfuhrwerken konnte wie ein Chirurg mit seinem Skalpell in einem aufgeschnittenen Bauchraum.

Adam hantierte so lange an dem drehscheibenartigen Frequenzwählschalter des schwarzen Geräts, bis er die Frequenz der holländischen Polizei gefunden hatte. Anschließend drückte er erwartungsvoll die Empfangstaste und hörte eine männliche Stimme mehrmals »Hallo? Hallo?« sagen.

»Ich bin der Fahrer des gekidnappten Autobusses von Bremen«, antwortete Adam und hielt die Sprechtaste gedrückt. »Sie fordern einen Fluchtwagen, einen BMW oder Mercedes. Die Geiseln werden freikommen, wenn der Wagen da ist.« Er ließ die Sprechtaste los und horchte auf das Knistern und Rauschen.

Im Bus roch es nach Nikotin und den Salamibrötchen, die Rösner in dem Kiosk in Huckelriede besorgt hatte, nach Bier und Angst. Als Marion in den Bus zurückgekehrt war, stießen die Gangster mit den Geiseln an und stellten ihnen ihre baldige Freilassung in Aussicht. Adam hatte sich weggedreht, als Rösner ihm eine Bierdose hinhielt und sagte: »Hier! Trink!«

Er versuchte sich vorzustellen, wie alles ablaufen würde, sofern die niederländische Polizei auf Rösners Forderungen einging und das Fluchtauto bereitstellte: das Verschwinden der Geiselgangster in der Nacht. Die kraftlose Freude derer, die mit dem

Leben davonkamen. Aber auch die Angst in den Augen jener beiden Pechvögel, die mit in den Fluchtwagen mussten. Doch wen würde es treffen? Für welche der Geiseln ginge das Drama weiter? Wahrscheinlich für die hübsche Blondine in dem schwarzen Rollkragenpullover, die Degowski schon die ganze Zeit im Blick hatte. Aber für wen noch? Für ihre Freundin? Oder für das kleine italienische Mädchen, dessen Bruder in Huckelriede, von Degowski angeschossen, schwerverletzt zurückgeblieben war? Würde das den Druck auf die Polizei erhöhen?

»Verstanden! Wir wissen, wo Sie sind! Ende!«, sagte der Mann in kantigem Hochdeutsch. Es knackte, und seine Stimme war weg. »Gib her«, rief Rösner, der das Gespräch verfolgte, und entriss Adam das Funkgerät.

Adam blickte in das müde Gesicht des vielleicht 60 Jahre alten Mannes, der die ganze Zeit in sich zusammengesunken auf seinem Einzelsitz hinter der von einem Ledervorhang verhüllten Trennscheibe saß, wie jemand, der sich unter der ihm bevorstehenden Strafe ganz klein zu machen versucht.

Keine Viertelstunde später kamen sie. Mit zuckenden Blaulichtern rollten die ersten Polizeifahrzeuge an. Laternen warfen Schatten, Autofensterscheiben reflektierten gleißende Scheinwerferlichter, Stimmen und Geräusche wurden laut.

Adam sah abwechselnd in Rück- und Außenspiegel, pendelte ruhelos zwischen innen und außen hin und her wie jemand, der zwei Monitore gleichzeitig im Auge zu behalten versucht. Die weißen Police-Wagen, deren Türen blaue und rote Streifen zierten, waren gut zu erkennen. Die pulsierenden Lichtkegel ihrer Blaulichter verwandelten die Bäume in starre Skelette. Beamte sprangen heraus und bezogen Stellung.

Schweigend starrten alle nach draußen. Verschwitzte Gesichter, die trotz der gekippten Oberfenster gezeichnet waren von der im Bus herrschenden schlechten Luft und der Hitze. Männer und Frauen mit verklebten Haaren und durchgeschwitzten

Hemden, deren Arme schlaff herabhingen und deren Blicke Bände sprachen.

In wenigen Minuten würden Rösner und Degowski mit den ausgewählten Geiseln den Bus verlassen und in den Wagen umsteigen, der soeben draußen vorfuhr, ein dunkler großer BMW.

Rösner, der seinen Colt in der rechten und das Funkgerät in der linken Hand hielt, griff mit rechts nach einer mit Cola-Flaschen gefüllten Plastiktüte, die Marion ihm lässig hinstreckte. Mit einer ungeschickten Bewegung seines Zeigefingers berührte er den Abzug, und ein Schuss löste sich aus seiner Waffe.

Marion wurde am Bein getroffen und durch den Feuerstoß ruckartig nach hinten weggeschleudert. Schreiend fiel sie zu Boden. Im gleichen Moment eröffnete die Polizei das Feuer. Sekundenlang bebte der Bus wie ein Schiff auf hoher See. Nacheinander zerbarsten mehrere Fensterscheiben, und auf die wimmernden Männer und Frauen regnete es Glasscherben.

Dann, von einer Sekunde zur anderen, wurde nicht mehr geschossen, und bis auf ein paar Stimmen draußen war es wieder vollkommen still. Als hätte jemand einen Lautstärkeregler betätigt. Adam sagte sich: Wahrscheinlich werden die jeden Augenblick den Bus erstürmen und mit ihren Pistolen für klare Verhältnisse hier drin sorgen. Doch auch nach drei oder vier Minuten, die sie alle reglos auf dem Boden verharrten und in die von durcheinandergehenden Stimmen zerrissene Stille horchten, geschah nichts. Rösner erhob sich ganz langsam und spähte durch die zerschossene Seitenscheibe hinaus in die von rhythmisch zuckenden Blaulichtern illuminierte Nacht, blickte sich im Bus um und nickte Degowski zu. Nach einem kurzen Räuspern rief er: »Wir kommen jetzt mit zwei Geiseln raus! Wenn ihr wat versucht, knallt et! Und die beiden sind tot!«

Degowski packte die blonde junge Frau in dem dunklen Pulli an der Schulter und zog sie zu sich hoch, ihre Freundin stand von selbst auf. Marion, die gegenüber der hinteren Ausstiegstür auf dem Boden saß, verfolgte das Ganze mit schmerzverzerrtem Gesicht. Mit ihrer linken Hand drückte sie ein blutrotes Taschentuch auf ihren verletzten Oberschenkel. Ihren Colt hatte sie neben sich auf den Boden gelegt.

Und nun spürte auch Adam den Schmerz. Vorsichtig drehte er seine heftig pochende linke Hand hin und her. Und mit Blick auf die aus dem aufgerissenen Fleisch sickernde kirschrote Flüssigkeit dachte er ungläubig: Ich blute!

Draußen, neben dem Bus, setzte sich der von Rösner gesteuerte BMW unter den Augen der Polizei in Bewegung, wendete und verschwand mit den beiden Geiseln und der Verletzten zurück in Richtung Grenze.

Die Nachtluft schmeckte leicht süßlich, nach Nuss oder Mandel oder so etwas. Wahrscheinlich, dachte er, blüht da draußen in der Finsternis irgendwas. Adam ging ein paar Schritte, unter seinen Schuhsohlen knackten und knirschten die überall auf dem Asphalt verstreuten, bläulich glitzernden Glassplitter. Dann blieb er stehen und legte den Kopf in den Nacken, schloss die Augen und sog die Düfte der Nacht tief in seine Lungen ein.

Die Freigelassenen fielen einander weinend in die Arme. Drückten, kosten und küssten sich wie viele Jahre voneinander Getrennte oder in einer Grube Eingeschlossene, die endlich ihre Familien wiedersahen. Es war vorbei.

15

Frankfurter Allgemeine Zeitung

Todesschüsse an der Raststätte Grundbergsee /
Mord an dem fünfzehn Jahre alten Italiener /
Rösner: »Ich knall das Mädchen ab.«

Blutige Eskalation der Ereignisse auf der Raststätte nahe Bremen. Ein Schuss fällt im Bus, kurz darauf tragen zwei Journalisten, die sich als Geiseln angeboten hatten, den schwer verletzten, blutüberströmten Jungen aus dem Bus und bringen ihn in Sicherheit. Und die Polizei schaut zu.

***

BILD Bremen

Erschossen, weil er seine Schwester retten wollte.
Emanuele (15) saß in dem gekaperten Bus.

Bremen – Er war ein schmächtiger Junge. Doch der schwarzhaarige Emanuele G. hatte einen Bärenmut. Als Geiselgangster Dieter Degowski seiner kleinen Schwester (8) die Pistole an die Stirn drückte, warf sich der 15jährige schützend vor das Mädchen. Sekunden später traf ihn die tödliche Kugel. Emanuele G. opferte sein Leben, um seine Schwester zu retten.

***

die tageszeitung

Polizei vergaß Notarzt. Geisel verblutete. Hätte in Bremen der 15jährige Italiener überleben können?

Hätte in Bremen der 15jährige Italiener überleben können? Eine der Geiseln: »Wildwest-Strategie der Polizei.« Behörden schweigen / Und die Eltern des Jungen trauern.
Degowski hatte geschossen, doch ein Rettungswagen fand sich nicht in dem Troß der Polizei- und Journalistenfahrzeuge, die dem Bremer Geiselbus folgten – angeblich weil der Einsatzleitung kein Rettungswagen zur Verfügung stand.

Sie schreckte aus einem dünnen Schlaf hoch, als die Tür aufgemacht wurde und das Licht anging.

»Ja, was ist?«, sagte sie und richtete sich auf. Vor ihr stand ein Mann in einem grünen Kittel, um dessen Hals ein Mundschutz hing.

»Guten Morgen, Frau Wilkins, ich bin Tom Pannero, ich leite das Pflegeteam der Station.«

Er ist tot, er ist gestorben!, schrie eine Stimme in ihrem Kopf, und sie sah den Mann, der sie überraschend freundlich anblickte, ängstlich an. »Ja, was ist? Ist er, ist mein Sohn …?«

»Nein, nein, keine Angst!«, antwortete der Mann und trat einen Schritt näher. »Es sieht jetzt ganz gut aus. Ihr Sohn ist im Moment fieberfrei und hatte das erste Mal Stuhlgang. Außerdem haben sich seine Blutwerte stabilisiert und die Beatmungsparameter sind wieder im Normbereich. Es besteht derzeit auch kein erhöhter Sauerstoffbedarf mehr. Wir haben die Zugabe verringert. Wie es aussieht, ist Paul auf einem guten Weg. Das war es, was ich Ihnen sagen wollte.«

»Oh, mein Gott, wie schön!«, rief sie und fing an zu weinen.

»Ja«, erwiderte er und lächelte sie aufmunternd an. »Ihr Sohn ist wirklich ein kleiner Kämpfer!«

»Und wie geht es jetzt weiter, ich meine …?« Sie wischte sich mit dem Handrücken die Tränen weg und schob die Hand sofort wieder unter die Bettdecke.

»Wir werden ihm Tee über eine Magensonde geben und das Schlafmittel reduzieren. Sobald er wacher wird und selbst zu atmen beginnt, werden wir Paul extubieren. Dann bekommt er eine Sauerstoffvorlage über eine Ü-2-Brille. Und sollte sich sein

Zustand weiter so stabilisieren, spricht aus meiner Sicht nichts dagegen, ihn auf die Normalstation zu verlegen. Dann können Sie rund um die Uhr bei ihm sein.«

»Wirklich?«, rief sie ungläubig.

»Ja!«, sagte der Mann und lachte. »Dann auf Wiedersehen.«

Nachdem der Pfleger gegangen war, löste sie ihre Hände unter der Decke, wo sie sie die ganze Zeit wie zum Gebet gefaltet hatte, ließ sich zurück aufs Kissen sinken und schloss, begleitet von einem tiefen Seufzer, die Augen.

***

Es war der 18. August im Jahr des Drachen, welches sich dem chinesischen Horoskop zufolge seit Jahrtausenden alle zwölf Jahre wiederholt. Zwei Jahre zuvor, im Jahr der Ratte, hatte Deutschland bei der Fußballweltmeisterschaft in Mexico das Finale gegen Argentinien mit 2:3 verloren, und die Jazzlegende Benny Goodman war 77-jährig in New York verstorben.

Thomas Bertram hatte zu Hause in Hirschhorn, im Wohnzimmer seiner Eltern, vor dem Fernseher gesessen und ungläubig auf dessen Mattscheibe gestarrt. Denn zu sehen gewesen waren die ersten Bilder aus dem russischen Tschernobyl, wo sich Stunden zuvor in Block 4 des gleichnamigen Kernkraftwerks der größte anzunehmende Atomunfall ereignet hatte. Der Super-GAU.

Von einem Hubschrauber aus hatte der Werksfotograf Anatoli Rasskasow die ersten Aufnahmen von der radioaktiven Wolke und dem zerstörten Reaktorblock gemacht. Schreckliche, bedrohliche, furchteinflößende Bilder, die um die Welt gehen sollten und sich in diesen Sekunden wie Säuretropfen in Bertrams Netzhäute eingebrannt hatten. Bilder, die ihn in seinem journalistischen Selbstverständnis bestätigten, gegen Vertuschung und für die Wahrheit zu kämpfen, so gefährlich das auch sein mochte.

Thomas Bertrams Geburtstag war der 24. März 1960. Er

war den Chinesen zufolge ein im Zeichen der Ratte Geborener und damit von Natur aus leider nicht mit jenem exquisiten Gen der Drachen gesegnet, das der Legende zufolge Sieger und vom Glück Beschenkte aus ihnen machte.

Im Tierkreiszeichen der Ratte geborene Menschen galten zwar als witzig, einfallsreich und unberechenbar. Doch über die Willensstärke und die Entschlossenheit, die man zum Beispiel im Zeichen des Büffels Geborenen nachsagte, verfügten sie nicht. Und auch nicht über die Strahlkraft und den Mut der im Zeichen des Tigers auf die Welt Gekommenen, denen angeblich kein Risiko zu hoch war. Nein, Thomas Bertram hatte nichts von alledem. Er war 28 Jahre alt, eine Ratte und hatte damals Angst gehabt. Angst um sich, um seine Familie und um seine Zukunft.

Auch jetzt, zwei Jahre später, in den frühen Morgenstunden des 18. August, hatte er trotz des Alkohols, der noch immer in seinem Blut zirkulierte und seinen Gedanken wenigstens eine Zeitlang ihre schmerzhafte Klarheit genommen hatte, genau wie damals Angst. Sie kam in Wellen und kroch den Rücken hinauf wie ein hinterhältiges, vielbeiniges Insekt.

Nein, das Jahr 88 war bislang, weiß Gott, kein gutes. Seine Position innerhalb der Redaktion war wegen mehrerer Versäumnisse, die ihm aus Unachtsamkeit und Selbstüberschätzung unterlaufen waren, inzwischen stark gefährdet; ein Gerichtsverfahren wegen Fahrerflucht, das er sich eingebrockt hatte, weil er mit seinem Fahrradlenker einen parkenden Wagen geschrammt hatte, weggefahren und dummerweise dabei beobachtet worden war, verfolgte ihn seit inzwischen über drei Monaten. Obendrein war sein bester Freund, der mit zwei Krimis um einen belgischen Ermittler erste Erfolge als Schriftsteller feierte, vollkommen überraschend an Krebs erkrankt und kämpfte seit Mai verzweifelt um sein Leben. Haarlos und ohne Fingernägel, die er im Zuge der Chemotherapie eingebüßt hatte. Abgemagert auf

52 Kilo. Und nicht zu vergessen sein vollkommen ungeklärtes Verhältnis zu Sirvan.

Als Amina ihm mitteilte, schwanger zu sein, hatte er an die große Wende geglaubt und sich ein Leben in rosigen Farben ausgemalt. Denn wenn er erst einmal Vater sein würde und für das Leben seines Kindes zu sorgen hätte, würde vieles, was bis dato groß und bedrückend erschien, plötzlich nichtig und klein. So hatte er sich das jedenfalls damals mit Blick auf Aminas runden Bauch vorgestellt. Doch es war alles anders gekommen. Mit Pauls Geburt hielt nach kurzer Freude schlagartig die Angst Einzug in seinem Leben. Er war seither angespannt und nervös, übermüdet und ständig auf dem Sprung. Und seine Liebe zu Amina hatte sich in ein permanentes Taktieren und Herumlavieren verwandelt.

Was sich aktuell in seinem Leben abspielte, war vollkommener Irrsinn. Thomas Bertram ging ins Schlafzimmer und öffnete den Kleiderschrank. Wahllos zog er frische Sachen heraus, schlüpfte hinein und schob die Schranktür wieder zu. Dann rief er ein Taxi, löschte das Licht und verließ die Wohnung. Als er unten im Treppenhaus stand und auf das Taxi wartete, strich ihm plötzlich wieder die Katze um die Beine.

Bertram mochte Katzen nicht. Doch die Art, wie das struppige und offenbar herrenlose Wesen ihn mit seinen großen Augen ansah, rührte ihn. Zaghaft wie ein Roboter fuhr er seine Hand aus, um sie zu streicheln – da machte sie sich krumm und fauchte ihn an.

Bertram riss die Hand zurück. »Verdammtes Biest«, rief er erschrocken und trat nach der Katze, verfehlte sie jedoch und glitt dabei nach hinten aus, so dass er fast zu Boden gegangen wäre, fing sich aber an der Wand ab.

Draußen fuhr das Taxi vor. Die Ventile eines alten Dieselmotors klapperten. Die Fahrt durch die frühmorgendliche Stadt in Richtung Amsterdamer Straße hatte für Bertram etwas vom sachten Schaukeln eines Kahns, der durch nächtliche Kanäle schippert. Er legte den Kopf zurück gegen die Nackenstütze und überließ sich ganz der Bewegung, als würde er gewiegt werden. Die Stadt schlief, vorn spielte leise das Radio, und er musste wieder an Sirvan denken, die plötzlich im Krankenhaus aufgetaucht war.

Anfangs hatte er das Ganze als einmaligen Ausrutscher vor sich selbst herunterzuspielen versucht. Doch dann war er nicht mehr von Sirvan losgekommen. Inzwischen empfand er eine tiefe Scham. Dabei war es ihm nie in den Sinn gekommen, Amina für Sirvan zu verlassen. Ohne sie fühlte er sich lustlos und unzulänglich, doch lag er neben ihr, schweiften seine Gedanken früher oder später zu Sirvan ab. Er war eingeklemmt zwischen zwei Menschen wie ein Stück Metall in einem Schraubstock.

Lange Zeit war Bertram sein Leben vorgekommen wie eine große Aufgabe, die er geplant, aber nie wirklich in Angriff genommen hatte. Dann hatte er sich auf das, was er für seine Bestimmung hielt, eingelassen und steckte nun, Jahre später, darin fest wie ein Gummistiefel im Matsch.

Wenn alles vorbei war, Paul gerettet und sein Liebesleben geklärt wäre, würde er sich an diese Minuten hier im Taxi erinnern und sich sagen, dass dies der Moment gewesen war, in dem der Keim des Gelingens auf fruchtbaren Boden fiel.

Die in Abstanden vorbeiziehenden Laternen der langgestreckten Amsterdamer Straße erzeugten ein milchiges Gewitterlicht, so als müsse jeden Moment ein Platzregen über die Stadt losbrechen. Gleichzeitig zeigten sich am Horizont erste Lichtstreifen. Es dämmerte. Dann bog der Wagen nach links ab, und Bertram spürte, wie sich sein Puls abrupt beschleunigte, als sie vor dem Eingang des Kinderkrankenhauses anhielten.

Er bezahlte, stieg aus und schlug die Autotür fester als nötig hinter sich zu. Kurz wandte er seinen Blick der schwach beleuchteten Pförtnerkabine zu und atmete auf die gleiche Weise ein paarmal tief ein und wieder aus, wie er das schon als Schüler getan hatte, wenn er an die Tafel gebeten wurde, um eine komplizierte mathematische Gleichung zu lösen, und er keinen blassen Schimmer hatte.

Was würde ihn da drin erwarten? Wahrscheinlich eine weitere Hiobsbotschaft.

Er ging den von der Nachtbeleuchtung schwach erhellten Flur hinunter und ließ seinen Blick wieder über die ihm bereits vertrauten, an der Wand hängenden Motive aus der Sendung mit der Maus gleiten. Die Bilder zeigten den blauen Elefanten, den auf einem aufgeworfenen Erdhaufen sitzenden, spitzbübisch dreinschauenden Maulwurf und natürlich die Maus. Vor Aminas Zimmer blieb er stehen, lauschte und drückte vorsichtig die Türklinke herunter.

Sie lag schlafend auf dem Bett, das eine Bein angewinkelt, das andere der Länge nach ausgestreckt. Den rechten Arm hielt sie hinter dem Kopf verschränkt, der linke hing lässig über den Rand des Bettes. Die kleine, über dem Kopfende des Bettes angebrachte Leselampe erzeugte ein nicht sehr helles Licht. Amina atmete ruhig und gleichmäßig und schien heftig zu träumen. Denn als er näher an ihr Bett trat, sah er, dass ihre Lider leicht flatterten.

Er küsste sie sanft auf die Stirn, worauf sie sich schwerfällig, jedoch ohne die Augen zu öffnen, mit dem Handrücken über die Stelle strich. Dann glitt ihr Arm wie von unsichtbaren Fäden gezogen in seine Ausgangsposition zurück und verharrte reglos. Er küsste sie noch einmal. Wieder hob sie den Arm, schlug aber nun die Augen auf.

Zunächst sah sie ihn reglos an. So, wie man ein Bild ansah, starrend, ohne jede Pupillentätigkeit. Oder wie man durch eine Glasscheibe blickt, hinter der etwas Interessantes vor sich geht. Dann machte sie die Augen ganz langsam wieder zu und lächelte. »Thomas! Schön, dass du wieder da bist!«

Bertram nahm neben ihr auf der Bettkante Platz und griff nach ihrer Hand. Im selben Moment schlug sie die Augen wieder auf, als sei sie erst jetzt vollends erwacht, und schlang ihm beide Arme um den Hals: »Sie haben die Hoffnung, dass er es schaffen kann. Der Leiter des Betreuerteams war da und sagt, dass es gut aussieht. Seine Werte haben sich stabilisiert, und er hatte sogar das erste Mal Stuhlgang. Ist das nicht toll?«

»Wirklich?«, rief Bertram und stellte sich vor, wie das Leben mit jedem Atemzug, den er tat, in den kleinen Körper seines Sohnes zurückkehrte. »Können wir zu ihm?«

»Sobald er sich weiter stabilisiert hat. Dann verlegen sie ihn auf die Normalstation, und wir können zu ihm, wann wir wollen«, sagte sie und hielt seinen Arm fest. »Ich habe so auf dich gewartet. Wo warst du die ganze Zeit?«

»Zu Hause. Ich musste was erledigen.«

»Du und deine Geheimnisse«, sagte sie und lächelte. Da presste er seinen Mund auf ihr Ohr, legte eine Hand auf ihre Brust und flüsterte: »Wenn ich jetzt dürfte, dann …«

»… darfst du aber nicht«, unterbrach sie ihn kichernd und zog ihn ganz fest an sich.

***

Ruhelos kämpfte er sich durch ein Dickicht aus wirren, widerstreitenden Traumbildern. Bis er japsend daraus hochschreckte und in die von Barbaras gleichmäßigen Atemzügen erfüllte Schwärze des Zimmers starrte. Missmutig tappte er im Dunkeln ins Bad, spritzte sich, übers Becken gebeugt, kaltes Wasser ins Gesicht, nahm die kleine Lesebrille von der Ablage und ging in die Küche. Mit seinem Kalender, einem Glas eiskalter Coca-Cola und dem Telefon in der Hand setzte er sich auf den kleinen Balkon.

Rolf Kirchner fühlte sich zerschlagen wie nach einer zu alkoholreichen Feier. Er nippte an der Cola, spähte in die sich am

Horizont langsam wie Kaffee, in den man einen Schuss Milch gibt, aufhellende Finsternis und blätterte im Schein der kleinen Außenwandlampe im Telefonregister seines Kalenders. Er musste Steinwald erreichen.

Hektisch überflog er die kleinen Zahlenkolonnen, bis er endlich Steinwalds Privatnummer in dem Durcheinander von unter- und nebeneinander geschriebenen, von überklebten, durchgestrichenen und korrigierten Telefonnummern entdeckte. Alle Versuche, Steinwald am Vorabend über die ihm bekannten Dienstnummern zu erwischen, waren erfolglos geblieben.

Nach dem sechsten Läuten sagte eine hörbar verschlafen klingende Frauenstimme: »Ja, hallo?«

»Rolf hier ...!«

»Rolf ...?«

»Rolf Kirchner. Aus Dortmund.«

»Ach, du bist es, Rolf. Ja ...?«

»Entschuldige, Ingrid, dass ich so früh anrufe. Aber ich muss unbedingt mit Andreas reden. Ist er da?«

»Nein«, sagte sie, »er war kurz da, hat geduscht und ist wieder weg. Tut mir leid. Soll ich ihm was ausrichten?«

»Nein, schon gut, danke«, erwiderte Kirchner enttäuscht, fügte aber kurz, um nicht unhöflich zu erscheinen, hinzu: »Geht es euch gut?«

»Ach, Andreas geht die Geiselsache an die Nieren. Seit der Junge verstorben ist.«

»Der Junge ist tot?«

»Ja. Stell dir vor, sie haben in dem Durcheinander tatsächlich vergessen, einen Krankenwagen anzufordern.«

»Ist nicht wahr?«

»Doch. Andreas macht sich große Vorwürfe, auch wenn man ihn persönlich nicht dafür verantwortlich machen kann. Er sagt, Heidkamp hatte die operative Leitung.«

»Andreas soll sich nicht verrückt machen, Ingrid.«

»Du kennst ihn ja«, sagte sie. »Er nimmt sich das alles immer so zu Herzen. Der Junge war gerade mal zwölf oder dreizehn.«

»Fünfzehn«, sagte Kirchner besserwisserisch und schämte sich sogleich dafür.

»So, aha, also fünfzehn, aber trotzdem viel zu jung. Er wollte nur seine kleine Schwester schützen, sagt Andreas. Die Kleine ist immer noch im Bus. Was die Eltern durchmachen müssen, ist unvorstellbar. Es ist einfach schrecklich.«

»Ja«, sagte Kirchner, »ja, das ist es.«

Sie schwiegen einen Moment betreten, dann legten sie nach kurzer Verabschiedung auf. Von Osten her zeigten sich erste rötliche Schlieren am Horizont und kündigten den neuen Tag an. Er erhob sich schwerfällig, nippte noch einmal an der Cola und war auf dem Weg ins Schlafzimmer, als draußen auf dem Balkon das Telefon läutete.

Er ging zurück, drückte den Hörer ans Ohr und sagte: »Ja?«

»Hast du etwa nicht geschlafen?«, sagte Jens Andresen, nicht ohne eine Spur Ironie in der Stimme.

Kirchner sah, wie im Haus gegenüber, auf gleicher Höhe, ein Mann mit nacktem Oberkörper ans Fenster trat, sich auf der Fensterbank lässig abstützte und eine gräuliche Rauchfahne hinausblies.

»Halt dich fest!«, sagte Andresen. »Die Typen sind auf der A31 in Richtung Oberhausen unterwegs. Wir sind wieder im Geschäft. Heuer vom MEK hat mich gerade angerufen.«

»Die müssen verrückt sein«, antwortete Kirchner und bildete sich ein, spüren zu können, wie sich in seinen Nebennieren das Adrenalin zu regen und seine Herzfrequenz dadurch spürbar anzusteigen begann. »Ruf die Jungs zusammen, ich bin in zwanzig Minuten da!«

Er legte auf und atmete einmal tief ein und wieder aus. Ich hab's gewusst, dachte er.

Da war sie, die zweite Chance, auf die er gehofft hatte. Und diesmal würde er sie nutzen und zu Ende bringen, was zu Ende gebracht werden musste.

***

Wohin soll das alles führen?

Mit dieser Frage war sie aus den Tiefen des Schlafs aufgetaucht, und wie ein ihr zugelaufener herrenloser Hund wich sie ihr nicht mehr von der Seite.

Wohin sollte dieses Leben, das sie praktizierte, eigentlich noch führen? Diese sinnlose Einsiedelei? Sie schrieb zwei, und wenn es gut lief, manchmal drei Seiten pro Tag, fiel mit vom Wein schwerem Kopf spätnachts ins Bett, schlief schlecht, rappelte sich am nächsten Morgen wieder auf und kehrte nach einer lustlos eingenommenen Mahlzeit an den Schreibtisch zurück. Ihr Haar wurde grauer, ihre Haut faltiger und ihr Blick stumpfer, ihre Zellen langsamer. Und ihr Verstand mürber. Dann und wann erschien ein neues Buch von ihr, und dass ihre Leser ihr dafür nicht nur die Treue hielten, sondern vielmehr immer neue hinzukamen, das sah sie an den halbjährlichen Honorarabrechnungen, die der Verlag ihr schickte. Das war schön. Nur: Wofür das alles? Und vor allem: Was gab es darüber hinaus? Was? Einsame Stunden mit Rotwein, Bach, Berlioz oder Wagner und dann und wann einen Joint oder eine Flasche Mumm.

Ihr Tagesablauf glich dem einer Gefangenen, die, wenn Helga sich meldete oder kurz vorbeikam, das Gefühl hatte, Besuch von einer letztverbliebenen Angehörigen zu erhalten. Dabei brauchte sie bloß zum Telefonhörer zu greifen und die Nummer ihres Bruders in Hanau oder die ihrer Internistin, die sie hin und wieder mit Stimmungsaufhellern versorgte, zu wählen, um ihrer selbstgewählten Isolation zu entfliehen. Doch was konnte sie mit ihrem Bruder schon bereden? Da war nichts mehr außer ein paar alten Erinnerungen an die Menschen, die sie einmal gewesen waren. Und auf ein Gespräch darüber hatte sie weiß Gott keine Lust. Dann verlor sie sich lieber zum x-ten Mal in Vicki Baums »Menschen im Hotel«. In Fitzgeralds »Großem Gatsby« oder in Greenes »Der stille Amerikaner«.

Brigitte knipste das Licht an und spähte auf ihre auf dem Boden liegende Armbanduhr. Sie hatte gerade mal zweieinhalb Stunden geschlafen und fühlte ein leichtes Vibrieren in den Schläfen. Woher kam diese innere Unruhe?

Blöde Frage, Brigitte!, antwortete ihr eine innere Stimme. Daran ist der Einbruch dieses ungewaschenen, verlausten Banausen in deine Welt schuld – was sonst!

Ach, Unsinn!, schnaubte sie. Das wäre ja noch schöner!

Sie begann zu schwitzen. Auf der Stirn, im Nacken und am Rücken und unter den Armen. Wahrscheinlich, sagte sie sich, kommt es von Martins Bildern und Briefen, die mich aus dem Gleichgewicht gebracht haben. Und dem Brief von Marianne. Ja, das musste es sein.

Natürlich hatte das Ganze mit Martins Tod zu tun. Damals ließ sie sich treiben, willenlos und voller Trauer. Bis sie in einem dieser Anfälle von Verzweiflung, in denen sie sich nur noch betäuben und verkriechen wollte, beschloss, alle Brücken hinter sich abzubrechen.

Wochen und Monate verstrichen in ereignisloser Gleichförmigkeit. Sie kam den ganzen Tag nicht aus dem Bett, neben dem schon morgens halbvolle Weingläser standen. Bis sie sich selbst nicht mehr ausstehen konnte in ihrem von Selbstmitleid bestimmten Nichtstun und sich sagte: Tu das, was du immer am liebsten getan hast: Schreiben!

Also fing sie wieder an, langsam und so unsicher wie jemand, der nach dreißig Jahren das erste Mal wieder auf Rollschuhen steht. Sie ließ sich nicht abschrecken. Das Schreiben zwang sie zu Genauigkeit und Konzentration, was ihr guttat. Es folgten Anfälle von Euphorie, und sie trank wieder. Schnell steckte sie in einem gefährlichen Kreislauf, lief wie in einer Drehtür. Bis sie den

Fremden in ihrer Garage entdeckte und das Schneckenhaus, das sie die ganze Zeit mit sich herumschleppte, Risse bekam.

Draußen dämmerte es. Es war der frühe Morgen des 18. August, und Brigitte Fischer verspürte Lust auf eine Tasse belebenden grünen Tee.

Sie hatten dem Kugelhagel der niederländischen Polizei standgehalten! Rösner war siegessicherer und entschlossener denn je. Alle im Wagen waren froh, wieder unterwegs zu sein. Nun fuhren sie in die Freiheit.

Marion band sich ein Taschentuch um das verletzte Bein. Interessiert sah sie hinaus in die von einem orangefarbenen Glanz überzogene Landschaft. Einmal saß ein großer Raubvogel auf einem Verkehrsschild und breitete wie zum Gruß majestätisch die Schwingen aus.

Rösner drehte das Radio an, um zu hören, was über sie berichtet wurde. In Rück- und Außenspiegel des BMW leuchtete die hinter ihnen aufgehende Sonne, ein riesiger orangeroter Ball, der wie ein von unsichtbaren Schnüren hochgezogener Vorhang langsam über den Ebenen am tiefblauen Horizont aufging. Die Bühne für den letzten Akt in diesem Drama wurde bereitet.

Er lenkte den Wagen in Richtung Oberhausen, die Nadel seines inneren Kompasses schlug einfach immer in Richtung Westen aus. Da kam er her, da gehörte er hin. Er war eben ein Kind aus'm Pott. Er hatte sich nie vorstellen können, woanders als da zu leben. Klar, mal mit dem Flieger nach Malle, Party machen im Ballermann und so. Aber für länger? Nee.

Wie es aussah, hatten sie ihre Verfolger fürs Erste abgeschüttelt. Auch von den Journalistenfahrzeugen war nichts mehr zu sehen.

Degowski hing wie ein angezählter Boxer auf seinem Sitz und kämpfte blinzelnd dagegen an, einzuschlafen. Sein linker Arm lag auf Silke Bischoffs Schultern. Ines sah stur geradeaus.

Der Zähler auf dem Tacho fraß Kilometer um Kilometer. Zuerst mal wollten sie einfach nur weg. Raus aus dem verdammten Scheißholland und wieder rüber auf deutsches Gebiet.

»Wo willst'n hin?«, hatte Degowski von hinten gerufen, als sie über die Grenze waren. Da überlegte er kurz und antwortete so, als sehe sein geheimer Plan dies so vor: »Nach Köln!«

Als Junge hatte er mal eine Postkarte aus Köln bekommen. Darauf war der Dom abgebildet. Seitdem verband Rösner eine heimliche Liebe mit der Domstadt. Irgendwann einmal, das schwor er sich damals als 12-Jähriger, mit der Karte in der Hand, würde er den Dom sehen, ganz aus der Nähe. Seine machtvolle Größe fühlen und seine Türme bewundern, die, wenn man nicht genau hinsah, am Himmel zu kratzen schienen. Genau wie die Wolkenkratzer in Amerika.

Vor ihnen breiteten sich weiter die Ebenen aus, flaches und von in voller Reife stehenden Feldern überzogenes Land, das mal von einem silbrig in der frühen Morgensonne schimmernden Fluss zerschnitten, mal von einem unscharf vorbeiwischenden Ortsflecken unterbrochen wurde.

Hans-Jürgen Rösner dachte an seine Schwester, die sicher alles am Fernseher mitverfolgte. Nachdenklich blies er den Rauch seiner Zigarette zum spaltbreit geöffneten Fenster hinaus. In immer kürzeren Abständen griff er nach den Koffeintabletten, um wach zu bleiben.

Im Radio lief »Money, Money, Money« von ABBA, und Rösner suchte Degowskis Blick im Rückspiegel. Damit hatte alles angefangen, auf der Rentforter Straße, und mit ihrem blöden Sturz, dessen Folgen er bei jeder Bewegung jetzt noch spürte. Der Dieter hatte den Colt in die Höhe gerissen und grinsend »Money, Money, Money« gebrüllt.

Marion stöhnte mit schmerzverzerrtem Gesicht. Bei der nächstbesten Gelegenheit würde er rausfahren und ihr in einer Apotheke was gegen die Schmerzen besorgen. Bis Köln waren es höchstens noch hundert Kilometer, mit so 'ner Karre 'n Katzensprung. Sie waren ja schon auf der Höhe von Borken. Danach kamen Raesfeld und Hünxe, Gladbeck und Bottrop. Hier kannte er sich aus wie in seiner Westentasche. Aber was erwartete sie in Köln? Polizisten? Scharfschützen? Journalisten? Scheißegal! Die sollen nur kommen!

Viel lieber dachte er an das viele Geld und was sie alles damit anstellen konnten. In seinen Gedanken sah er sich schon auf Mallorca am Ballermann, der Dieter mit dicker Sonnenbrille und die Marion im Bikini und knusperbraun. Bald, sagte er sich, ist es so weit. Bald. Nur noch Köln, und dann ab durch die Mitte. Mit einem zufriedenen Grinsen erhöhte er die Geschwindigkeit.

***

Auf einmal fiel es ihr wieder ein.

»Wie konnte ich das nur vergessen?«, dachte sie und blickte nach vorn, wo ein von blinkenden Lichtern umrahmtes, weithin sichtbares Hinweisschild die Verengung von zwei auf einen Fahrstreifen anzeigte. Bremslichter gingen an, der Verkehr geriet ins Stocken.

Sie fragten sie immer wieder dasselbe, wie es ihr gehe, ob sie verletzt sei und ob sie ärztliche Hilfe brauche. Zuerst der Journalist. Später der Polizist. Und zuletzt der Arzt. Der wollte sie nach kurzer Befragung zur Beobachtung in ein Bremer Krankenhaus bringen, doch sie winkte ab.

»Ich will telefonieren und dann nach Hause«, sagte sie und dachte: In Oldenburg anrufen, um zu hören, wie es dem Vater geht. Ob Wanda ihn inzwischen ins Krankenhaus gebracht hat?

Doch wie komme ich bloß an Wandas Nummer?, überlegte sie angestrengt und sah wieder nach draußen, wo rechter Hand die Lichter einer Raststätte auftauchten und vorbeizogen. Sie hatte darauf bestanden, hinten zu sitzen, als der junge Mann, der die ganze Zeit geduldig gewartet hatte, ihr anbot, sie mit nach Bremen zurückzunehmen. »Nein, nicht vorn!«, hatte sie mit fester Stimme gesagt, die hintere Tür des Wagens aufgerissen und sich auf den Rücksitz fallen lassen.

Sie hatten ihr psychologische Betreuung angeboten, doch sie hatte bloß noch nach Hause gewollt. Nichts wie weg. Die ganze Fahrt über schwiegen sie. Irgendwann drehte er vorn das Radio an. Erst als sie nach Bremen reinfuhren, sagte der junge Mann: »Alles okay?«

»Ja, ja«, antwortete Chris und dachte: Lass mich einfach in Ruhe. Chris Mahler war mit ihren Kräften am Ende.

Ihr fiel der Wagen ein. Der Journalist war einfach damit abgehauen. Sie musste Gabriele anrufen. Nur wie? Ihre Geldbörse mit den Einnahmen und ihre Handtasche mit ihren Hausschlüsseln waren noch im Wagen. Sie hatte ja nicht mal Münzen, um in Oldenburg anzurufen. Es war zum Verrücktwerden! Aber vielleicht hatte das mit dem Wagen Zeit bis morgen. Außerdem würde der Typ ihn früher oder später zurückbringen.

Mit einem Griff nach dem Gummi löste sie ihr Haar. Der Fahrtwind, der brausend zum halbgeöffneten Fenster hereindrang, warf es ihr ins Gesicht. Sie schloss die Augen. Sekundenschnell gewöhnte sie sich an das Rauschen und den leichten Druck, den die Luft auf Augen, Nase und Mund erzeugte. Kurz dachte sie: Davon könnte man glatt high werden. Immerzu so dasitzen und sich anpusten lassen.

»Möchten Sie vielleicht irgendwo was essen? Ich jedenfalls könnte nach allem, was passiert ist, was vertragen«, sagte der Fahrer.

»Hab keinen Hunger«, antwortete sie kurzangebunden und dachte: Vielleicht kann ich ja zu Ulrike? Ja, ich gehe zu Ulrike. »Können Sie mich in der Nähe der Böttcherstraße rauslassen? Ginge das?«

»Wie Sie wollen«, antwortete der junge Mann, und Chris

meinte einen beleidigten Unterton in seiner Stimme auszumachen. Doch das war ihr egal. Was ging sie dieser Typ an. Sie hatte weiß Gott andere Probleme.

Sie folgten der Oldenburger Straße, überquerten die Stephanibrücke und bogen wenig später nach rechts auf das Doventor ab. In der Böttcherstraße hielt der junge Mann abrupt an und sagte, ohne sich nach ihr umzudrehen: »Da wären wir!«

Als sei sie aus einem Traum erwacht, schaute Chris Mahler ungläubig nach draußen. »Vielen Dank«, sagte sie und hielt einen Moment in Erwartung irgendeiner Antwort inne, die aber nicht kam. Dann stieß sie die Tür auf und stieg aus. Als sie auf der Straße stand, gab der junge Mann Vollgas und fuhr mit quietschenden Reifen davon.

»Idiot«, rief sie und blickte ihm so lange hinterher, bis er abgebogen war. Dann lief sie los. Ulrike würde Augen machen. Sie wollte nur noch zwei Dinge: Wanda anrufen und dann ins Bett.

Während sie durch die menschenleeren, schwach beleuchteten Straßen lief, musste sie wieder an den Busfahrer denken, an diesen Adam. Wo der wohl gerade war? Ihre Wege hatten sich gekreuzt. Und vielleicht würden sie es ja wieder tun. Vielleicht schon morgen? Im Dom?

Ja, morgen, dachte sie. Morgen ist ein neuer Tag.

***

Wortlos stiegen sie in den von der niederländischen Polizei bereitgestellten Reisebus, der sie nach Bremen zurückbringen würde. 23 Männer und Frauen, von denen sich einige beim Einsteigen wie Kinder an den Händen hielten. Und das achtjährige italienische Mädchen, das wenige Stunden zuvor seinen Bruder verloren hatte. An seinen nackten Beinen klebte noch dessen getrocknetes Blut.

Der Bus, in dem er noch vor kurzem am Steuer saß, senkte sich wegen der zerschossenen Reifen nach hinten ab und machte den Eindruck, als würde er jeden Moment umkippen. Männer der niederländischen Straßenreinigung hatten bereits damit begonnen, die Scherben zusammenzufegen, um die Straße wieder passierbar zu machen. Den Bus würde man verschrotten. Gut so, dachte Adam. Mit dem will sowieso keiner mehr fahren.

Ohne sich noch einmal umzudrehen, stieg er ein. Er wählte einen Platz im hinteren Teil des Busses und konnte es kaum erwarten, dass die Türen sich schlossen, das Licht im Innenraum erlosch und sie losfuhren. Er presste seine Hand auf die Schulter und besah sich das Blut an seiner Hand. Doch da war kein Schmerz, nicht mal ein schwaches Ziehen. Halb so schlimm, sagte er sich und verrieb das Blut an seiner Hose.

Es hieß, man werde sie zur Untersuchung und psychologischen Betreuung in ein Bremer Krankenhaus bringen. Dort erwarte sie ein auf Geiselnahmen spezialisiertes Psychologenteam. Anschließend gehe es in ein Hotel. Doch ohne ihn.

Als sie nach knapp zweieinhalbstündiger Fahrt wohlbehalten in Bremen in der St.-Jürgen-Straße vor dem Klinikum-Mitte hielten und das Motorengeräusch abrupt verstummte, erwachte Adam aus einem tiefen, überraschend erholsamen Schlaf. Er verließ als Letzter den Bus.

Am Rande des Traums war kurz das Bild seines Vaters aufgetaucht. Wie auf einer Gegenlichtaufnahme lag er im Halbdunkel eines zu Ende gehenden Julitages quer über den blitzenden Schienensträngen und wartete geduldig auf das Herannahen des Schnellzuges aus Katowice, der seinem Leben ein schnelles Ende bereiten sollte. Dann war das Bild zerfallen wie ein Puzzle, das zu Boden glitt, und er wurde wach.

Adam blickte hinauf zum Himmel, wo bereits erste lichte Stellen auszumachen waren. Von links schob sich eine strahlend hell aus der Schwärze herabsinkende Passagiermaschine ins Bild. Dicke Stromkabel spannten sich von Haus zu Haus und zerschnitten die Lichtkegel der Landestrahler in helle Quadrate. Noch regierte die Nacht, doch schon bald würde die aufgehende Augustsonne alles Dunkle im Handumdrehen wegwischen.

Adam ahnte, dass trotz allem gar nichts zu Ende war, sondern dass die Bilder in seinem Kopf wiederkommen würden. Wie diese Tropenkrankheit, Malaria, die einen tagsüber in Ruhe ließ, um einen nachts heimtückisch zu überfallen.

Ohne auf die Rufe der Betreuer zu reagieren, lief er hinüber zum Taxistand, stieg in einen der bereitstehenden Wagen und nannte dem Fahrer, der ihn verschlafen ansah, sein Ziel: Sandkamp 12, in Blumenthal.

Adam spürte, wie seine rechte Hand zitterte, und versuchte, das Zittern mit der anderen zu unterdrücken. Außerdem zuckte seit ein paar Minuten sein linkes Augenlid. Seinem Gefühl nach fuhren sie viel zu schnell.

»Entschuldigen, Sie«, sagte er, »aber könnten Sie vielleicht langsamer fahren? Das wäre sehr freundlich von Ihnen.« Im Rückspiegel sah er den finsteren Blick des Fahrers.

»Fahren Sie oder ich?«, antwortete der schroff.

»Schon gut, ich meine ja nur«, erwiderte Adam und spürte, wie das Zittern in seiner Hand stärker wurde.

»So, Sie meinen bloß«, giftete der Fahrer. »Ich mache meinen Job seit über dreißig Jahren.« Mit Tempo 75 passierten sie im selben Moment eine von Gelb auf Rot umschaltende Ampel. Adam starrte über die rechte Schulter des Fahrers ungläubig auf den Tachometer.

»Sind Sie verrückt geworden?«, rief er nun und überlegte fieberhaft, wie er den Fahrer dazu bringen konnte, das Tempo zu drosseln. »Sie werden uns umbringen.«

»Hast wohl Angst, wie?«, duzte der ihn plötzlich einfach und lachte schallend, ohne das Tempo zu verringern.

»Anhalten, sofort«, schrie Adam und schlug mit voller Kraft gegen die Kopfstütze des Fahrers. Darauf zog dieser den Wagen mit einem gewagten Rechtsruck an die Bordsteinkante, trat jäh auf die Bremse, so dass der Wagen nach wenigen Metern zum Stehen kam, und brüllte: »Raus aus meinem Wagen! Aber schnell!«

Adam stieß die Tür auf, sprang hinaus und hieb, so fest er konnte, auf das Dach des anfahrenden Wagens. »Arschloch!«, hörte er den Fahrer rufen.

Wütend starrte Adam auf seine zitternde schmerzende Hand. Er war den Tränen nahe. Bis eben war es ihm gelungen, dieses Gefühl erfolgreich beiseitezuschieben, es hinter einer schweren Tür in seinem Innern zu verbergen. Nun öffnete sich diese Tür, ohne dass er etwas dagegen tun konnte.

Er tat einen Schritt rückwärts, stützte sich mit der Hand an einer Hauswand ab, schluckte ein paarmal und wischte sich die Tränen aus den Augen.

Als er die Tür zu seiner kleinen Blumenthaler Wohnung aufschloss, lief er schnurstracks ins Bad, wo er sich die stinkenden Kleider vom Leib riss und sich unter die Dusche stellte. Nun sah er die Risswunde an der Schulter, wahrscheinlich hatte ihn ein umherfliegendes Geschoss gestreift. Er würde die Stelle desinfizieren und ein Pflaster draufkleben. Und mit Blick auf seine Kleider dachte er:

Verbrennen werde ich die Sachen. Gleich morgen unten im Hof.

Er duschte so lange, bis nur noch lauwarmes Wasser kam und er ein Rufen aus der Nachbarwohnung zu hören glaubte. Erst als er den Wasserhahn zudrehte, registrierte er die Spuren seiner Fingernägel an seinem Oberarm und auf der Brust, rote, rissige Striemen, die, sobald die Kühlung nachließ, sofort anfingen zu brennen.

Nachdem er sich ausgiebig abgetrocknet, die Wunde versorgt und die Zähne geputzt und sich etwas übergezogen hatte, stopfte er seine verschmutzten Kleider in eine Plastiktüte, die er mit einem Strick zuband, und trug sie hinaus auf den Balkon. Anschließend griff er zum Telefonhörer und wählte Karolys Berliner Nummer.

»Ich habe das Schlimmste befürchtet, in meiner Phantasie warst du tot«, sagte Karoly.

»Ich bin nicht tot, ich lebe!«, sagte Adam. Er spürte, dass das Reden über seine Kräfte ging. Er versuchte, das Gespräch zu beenden, versprach, in Kürze wieder anzurufen, wurde aber von seinem Bruder gezwungen, zu erzählen, was genau passiert war. Da versagte ihm die Stimme, der Hörer glitt ihm aus der schweißnassen Hand und baumelte an der Leitung über dem Fußboden. Als er ihn wieder aufhob, war die Verbindung unterbrochen.

***

»Chrisi? Bist du das?«, rief Ulrike in die hallende Tiefe des wegen der seit Tagen defekten Deckenbeleuchtung dunklen Treppenhauses und zog flüchtig ihren luftigen Pyjama um die ausladenden Hüften.

»Ja«, erwiderte Chris und nahm die ersten Treppenstufen. Als sie keuchend im dritten Stockwerk ankam, schloss Ulrike, deren Silhouette scherenschnittartig im hellen Türrahmen stand, sie mit den Worten: »Ich hab's im Radio gehört«, in die Arme und drückte sie an sich. Sekundenlang verharrten beide in stummer Umarmung, dann machte Chris sich los und sagte: »Ich muss telefonieren!«

»Jetzt komm doch erst mal rein«, sagte Ulrike, zog Chris in den Flur und schob die Tür mit dem Bein hinter sich zu. »Hast du Hunger, willst du was trinken?«, sagte sie und ging in die kleine, aus einer Zeile mit Spüle, Kühl- und Hängeschrank, Herd und Waschmaschine sowie einem an der Wand gegenüber angebrachten Klapptisch für zwei Personen bestehenden, sonnengelb angestrichenen Küche. Sie zog die Kühlschranktür auf und nahm eine Wasserflasche heraus. Draußen, das sah sie durch das kleine Fenster, vor dem ein bunter Glasschmetterling von der Decke hing, brach der Morgen an.

»Ich muss in Oldenburg anrufen, um zu hören, wie es meinem Vater geht. Er ist gestürzt«, sagte Chris und folgte der sich vom Flur in engen Schleifen hinüber in Ulrikes Schlafzimmer windenden Telefonschnur. Neben dem zerwühlten, nach Schlaf und Kölnisch Wasser riechenden Bett brannte eine Nachttischlampe, in deren fahlgelbem Lichtkreis ein rosarot funkelnder Vibrator und ein auberginefarbener Seidenslip lagen.

Chris setzte sich aufs Bett und zog das Telefon unter einem dicken Plumeau hervor. Sie tippte die Nummer ihres Vaters ein und presste den Hörer ans Ohr. Dabei ließ sie ihren Blick auf dem an der Wand hängenden Druck von Dalí ruhen, auf dem zwei bunte Falter vor einer im nachmittäglichen Sonnenlicht feuerrot leuchtenden Felskante im Flug verharrten.

Nach langem Läuten unterbrach sie unwillig die Verbindung. Dass nicht abgenommen wurde, konnte zweierlei bedeuten: Entweder hatte Wanda, wie von ihr verlangt, ärztliche Hilfe geholt, so dass man ihren Vater ins Krankenhaus gebracht hatte. Oder aber ihr Vater lag inzwischen mutterseelenallein im Keller in seinem Sessel, unfähig, das oben in der Diele klingelnde Telefon zu erreichen. Was konnte sie tun? Sie musste versuchen, Wandas Nummer ausfindig zu machen. Nur wie? Sie hatte nicht die leiseste Ahnung, wie diese karibische Pute mit Nachnamen hieß.

»Willst du duschen? Soll ich dir ein Bad einlassen? Ich hab zwei Piccolos im Eisschrank, die könnte ich aufmachen. Na, wie wärs«, bot Ulrike an und trat ans Bett. »Na, komm, ich lass dir 'ne Wanne ein«, sagte sie, drehte sich um und ging entschlossen aus dem Zimmer.

Chris ließ sich nach hinten kippen und hörte mit geschlossenen Augen, wie im Bad das Wasser in die Wanne prasselte. Zehn Minuten später lag sie ausgestreckt in der lauwarmen, nach Rosen duftenden Lauge, umgeben von knisternden Schaumbergen.

Ulrike saß auf dem Wannenrand und hielt ein langstieliges Sektglas in der Hand. Das andere Glas stand auf einem gelben Klappstuhl.

»Ich muss versuchen, die Putze meines Vaters zu erreichen, damit ich weiß, was los ist«, sagte Chris, wechselte die Stellung ihrer Beine und angelte mit ihrem mit schneeweißen Schaumfetzen verzierten Arm nach ihrem Glas.

»Ich höre von dir immer nur: ich muss, ich muss«, sagte Ulrike streng. »Dich ausruhen musst du, und sonst gar nichts, hörst du! Morgen ist nämlich auch noch ein Tag. Du schläfst jetzt erst mal, und dann sehen wir weiter, okay?«

»Aber ich …«

»Nix aber!« Ulrike leerte ihr Glas und erhob sich schwungvoll vom Wannenrand. Wenig später lagen sie nebeneinander in Ulrikes Bett, aneinandergeschmiegt wie zwei ungleiche Schwestern fern der Heimat, welche die Sehnsucht nach ihrem Zuhause einander in die Arme trieb.

16

dpa – Basisdienst, Hamburg

Lebenszeichen von den Geiseln – keine neue Geldforderung

Gladbeck (dpa) – Die beiden Geiseln, die nach wie vor die beiden Gladbecker Bankräuber auf deren Flucht im Auto begleiten müssen, haben am Mittwochmittag ein Lebenszeichen gegeben. Nach Auskunft eines Polizeisprechers durften sie von einem unbekannten Ort aus ihre Angehörigen anrufen.

Von den Geiselnehmern richteten sie nach Polizeiangaben aus, daß »kein zusätzliches Lösegeld gefordert wurde und wird«. Demnach dürfte es sich bei der bekanntgewordenen Forderung nach weiteren 200 000 Mark um die Aktion eines unbekannten »Trittbrettfahrers« gehandelt haben.

»Polizei, guten Morgen«, sagte draußen an der Tür eine Männerstimme. »Brenner ist mein Name.«

»Ja, bitte?« erwiderte Valentin Steiner hörbar überrascht, und Marc spürte, wie etwas Heißes in ihm aufstieg.

»Scheiße, Polizei«, flüsterte er in die Stille des Zimmers und tastete nach Rachaels Arm. Zwischen den geschlossenen Läden drangen vereinzelte Sonnenstrahlen herein, in denen Staubpartikel tanzten.

»Was ist?«, hauchte sie schläfrig und gähnte.

»Polizei«, wiederholte er. »Da draußen ist ein Polizist und redet mit meinem Vater.«

»Und was jetzt?« Rachael richtete sich auf.

»Keine Ahnung«, sagte Marc. Auf dem kleinen Wecker war es 7 Uhr 32.

»Worum geht es denn?«, hörte er seinen Vater fragen.

»Um Ihren Sohn, Herr Steiner. Marc. Ist er da?«

»Er schläft. Hat er etwas angestellt?«

»Könnten wir das Ganze vielleicht drin besprechen?«, fragte der Beamte.

»Ja, natürlich«, antwortete sein Vater und bat den Mann herein.

»Ob Sie Ihren Sohn wohl bitte holen könnten?«

»Ach so, ja natürlich«, erwiderte der Vater. Als er die Tür zum Zimmer seines Sohnes öffnete, saß Rachael auf dem Bett, und Marc stand angekleidet im Raum.

»Polizei, ich hab's gehört«, sagte Marc, ehe sein Vater den Mund öffnete.

»Was hast du angestellt?« Valentin Steiner sah seinen Sohn fragend an.

»Ich wollte dir nachher sowieso alles erzählen«, antwortete Marc kleinlaut und ging an seinem Vater vorbei in die Küche. Als sie zu dritt am Tisch saßen, sah der Beamte Marc an und sagte:

»Man hat euch dabei beobachtet, wie ihr dein Moped im Wald versteckt habt, und euch wegen Verdachts eines möglichen Umweltdelikts angezeigt. Zudem liegt der Tatbestand des Vortäuschens einer Straftat vor, weil ihr besagtes Moped anschließend auf der Polizeidirektion Hanau I in der Marienstraße als gestohlen gemeldet habt.«

»Marc, ich verstehe das nicht! Was geht hier vor?« Valentin Steiner blickte seinen Sohn ungläubig an. Und dann erzählte Marc ihnen die ganze Geschichte.

»Ich hatte Angst, dass du etwas Unüberlegtes tust und dich damit womöglich in Gefahr bringst, schließlich ist Ceylan die Tochter von Abdülkadir Coskun.«

»Wer ist das? Von wem redest du?«

»Abdülkadir Coskun ist seit Jahren eine feste Größe in der hiesigen Verbrecherszene. Eine Art Pate, wenn Sie so wollen«, sagte Brenner. »Drogengeschäfte, Einbruch, Diebstahl, Hehlerei, das ganze Programm. Er und seine Leute kontrollieren den lokalen Markt. Wir sind immer wieder an ihm dran, doch der Mann hat exzellente Anwälte.«

»Und mit solchen Leute lässt du dich ein?« Valentin Steiner wartete eine Antwort nicht ab, sondern sah Brenner an und sagte: »Und was passiert jetzt mit Marc?«

»Das wird der Staatsanwalt entscheiden. Doch weil Marc mit siebzehn noch nicht vollständig strafmündig ist, wird es nach meiner Einschätzung wohl auf das Ableisten eines sozialen Dienstes rauslaufen.« Im selben Moment betrat Rachael wortlos die Küche und strich sich das Haar aus der Stirn.

Brenner nickte kurz. »Wir müssen deine Aussage im Präsidium aufnehmen. Deswegen muss ich dich bitten, jetzt mitzukommen, das Ganze dürfte höchstens eine halbe Stunde dauern.«

»Ich komme mit«, sagte Rachael. Zu dritt verließen sie die Wohnung in der Ankergasse. Unter dem dichten Blätterdach der Kastanie hervor ertönte der stoßweise Ruf einer Taube.

Als Marc in Brenners Dienstfahrzeug einstieg, sah er, dass die Leute im Haus gegenüber an den Fenstern standen und gafften. Während sie auf die langgestreckte Philippsruher Allee abbogen, kämpften sich rechter Hand zwei Tankschiffe im leichten Dunst in Richtung Steinheimer Brücke voran. Der von der Morgensonne mit einer silberglänzenden Aureole umgebene Main lag still da. Vereinzelt flogen Möwen im leichten Wind und ließen sich lässig in Richtung Hafen abtreiben.

Rachael saß neben Marc und hielt seine Hand. Auf Höhe des Postamts drückte sie sie einmal ganz unauffällig, und Marc verstand sofort. Am schmutzigen Gelb der Außenwand neben dem Haupteingang prangte in riesigen Lettern der Spruch, den sie wenige Stunden zuvor dorthin gesprüht hatten: »Ich denke, also bin ich hier falsch!« Sie sahen einander an und mussten grinsen.

Die Stadt war noch nicht erwacht, die Geschäfte waren noch geschlossen. Nur auf dem Marktplatz herrschte bereits Betrieb. Die blau-weiß gestreiften Sonnenschirme, unter denen die Bauern ihre Verkaufsstände errichtet hatten, verstellten größtenteils die Sicht auf das Rathaustor. Trotzdem waren Teile des Slogans, den sie in der Nacht darauf hinterlassen hatten, gut zu erkennen: »Don't support blah blah blah.«

Als sie das Palette-Kino passierten, an dessen karminrote Seitenmauer weithin sichtbar »Die Polizei ist gefährlicher, als du denkst« geschrieben stand, sagte Brenner mit Blick in den Rückspiegel: »Wer das gemacht hat, der kommt nicht mit ein paar Sozialdienststunden davon.«

Kurz darauf erreichten sie die Polizeidirektion 1 in der Marienstraße. Am Eingang kam ihnen ein Polizist in schwarzer Lederjacke mit weißem POLIZEI-Aufdruck entgegen, blieb vor Brenner stehen und sagte: »Hast du die Sauerei gesehen? Am Rathaus, an der Post, an den Banken und beim HA! Überall! Die Leute reden über nichts anderes als über das Geschmiere!«

»Ja, hab ich«, antwortete Brenner und klopfte dem Mann, so, als sei dieser persönlich betroffen, aufmunternd auf die Schulter.

Ein junger Kollege von Brenner nahm Marcs Aussage auf. Als sie eine halbe Stunde später wieder vor dem Polizeigebäude auf der Straße standen, ballte Rachael triumphierend die Faust.

»Unsere Aktion hat gesessen!«, sagte sie. »Hast du die Reaktionen von dem und seinem Bullen-Kollegen gesehen? Wir haben etwas erreicht, Marc. Das ist doch schon mal was. Offenbar gibt es in Hanau eine Menge Leute, die sich davon angesprochen fühlen. So oder so. Unsere Aktion wird Kreise ziehen. Nachahmer in Offenbach, Darmstadt und Frankfurt auf den Plan rufen. Leute, die genauso denken wie wir. Es ist ein Anfang.«

»Den Geiseln in Bremen ist damit aber nicht geholfen«, sagte Marc.

»Vergiss die Geiseln!«, sagte Rachael und zog ihn mit sich fort.

»Aber darum ging es doch …«, wand Marc ein, aber Rachael hörte ihm nicht zu.

»Wir haben die Stadt aus ihrem Dämmerschlaf gerissen«, sagte sie unbeirrt. »Jetzt müssen wir weiterkämpfen. Wenn nötig mit Aktionen. Zeigen, dass man nicht wehrlos ist. Dass man etwas tun kann gegen Unterdrückung, Ungerechtigkeit und Willkür. Gegen Überwachung, Korruption und staatliche Kontrolle!« Sie blieb stehen, fasste ihn an beiden Oberarmen. »Willst du immer im Trott der Herde mitlaufen oder dich für eine Sache engagieren, die dir am Herzen liegt?«

Bei der Vorstellung, Seite an Seite mit Rachael für eine bessere Welt zu kämpfen, bekam Marc eine Gänsehaut an den Armen.

»Wir können noch viel mehr tun«, sagte Rachael, als sie in der Milchbar am Freiheitsplatz vor ihren Weißdorn-Shakes saßen.

»Und was wäre das?«, fragte Marc und sah sie erwartungsvoll an.

Rachael strich ihm mit dem Finger zärtlich über die Hand. »Es gibt Leute, die bereit sind, noch viel weiter zu gehen. Leute mit klaren Vorstellungen und ohne Angst.«

»Was für Leute?«

»Leute, die mir sehr wichtig sind. Die was verändern wollen. Mutige Leute. Wenn du willst, stelle ich sie dir vor.« Sie nippte an ihrem Shake. Dann fischte sie mit dem Strohhalm einen Schaumklecks von der welligen, grünlichen Oberfläche und balancierte ihn vorsichtig in ihren Mund.

Marc musste kurz an seinen Großvater denken, der keine 500 Meter entfernt, an Maschinen angeschlossen, in seinem Krankenhausbett lag. Sicher war sein Vater schon wieder bei ihm. Später würde er ihn besuchen. Voller Bewunderung sah er Rachael an und dachte: Sie wusste schon immer, was sie will, aber sie hat sich verändert. Sie ist noch zielstrebiger geworden, noch entschlossener. Eine richtige Kämpferin.

Die Tür ging auf, und Jürgen Wandrey kam mit einer Frankfurter Rundschau unter dem Arm herein, in der anderen Hand hielt er eine Schachtel Zigaretten. Er sah sich kurz in der Bar um und trat an ihren Tisch. Wandrey wirkte müde, mit leicht hängenden Schultern und ausdruckslosem Blick. »Darf ich?«, sagte er und nahm, ohne ihre Antwort abzuwarten, auf dem freien Stuhl ihnen gegenüber Platz. Dann legte er die Zeitung auf den Tisch und steckte sich eine Zigarette an. Er ließ sich einen Espresso kommen und überflog die Schlagzeilen. Schließlich sagte er zu Rachael: »Du bist also seine Freundin?« Dabei wippte seine in den Mundwinkel geklemmte Zigarette.

Rachael schob den Strohhalm ganz langsam in ihr halbvolles Glas zurück, nahm einen kräftigen Zug und erwiderte schnippisch: »Ja, was dagegen?«

»Ganz im Gegenteil. Du gefällst mir«, erwiderte Wandrey.

»So, tue ich das?«, sagte Rachael und wirbelte dabei ihren Strohhalm so ungeschickt herum, dass ein feiner Milchregen über dem Tisch niederging und Wandreys Zeitung mit dunklen Pünktchen sprenkelte.

»Die hat übrigens der Jürgen gemacht«, sagte Marc, um von Rachaels Missgeschick abzulenken. Er deutete mit ausgestrecktem Arm auf die großformatigen Schwarzweißfotografien an der Wand. »Ich darf dich doch duzen, oder? Außerdem ist Jürgens Vater gerade gestorben, Rachael. Er war genau wie mein Großvater im Martin Luther. Daher kennen wir uns nämlich.«

»Er ist vor einen LKW gelaufen, der alte Idiot«, sagte Wandrey ungerührt und leerte lässig seinen Espresso.

»Der Tod Ihres Vaters scheint Ihnen ja nicht gerade sehr nahzugehen!«, sagte Rachael und legte demonstrativ ihren Arm auf Marcs Schulter. Wandrey machte der Bedienung ein Zeichen für einen weiteren Espresso, drückte seine Zigarette aus und sagte, statt auf ihre Bemerkung einzugehen: »Habt ihr die Parolen am Anzeigerhaus und am Rathaus gesehen? Nicht schlecht. Fast wie an der Berliner Mauer.« Er steckte sich eine neue Zigarette an.

»Ja, haben wir«, sagte Rachael.

»Besonders gut ist der Spruch über die Bullen«, sagte Wandrey. »Habt ihr den gesehen? An der Außenmauer der Palette? Könnte glatt von mir sein.«

»Ist er aber nicht!«, sagte Rachael und griff wieder nach dem Strohhalm in ihrem Glas.

»Aber von dir, was?«

»Ja, ganz genau!«

Wandrey grinste, sagte: »Ha, ha«, und griff nach seiner Tasse.

Marc, dem das zunehmend aggressiver werdende Geplänkel der beiden unangenehm wurde, mischte sich ein: »Jetzt hört auf damit.«

»Aber wieso denn?«, protestierte Wandrey. »Gerade fängt die Sache an, mir Spaß zu machen.«

Marc beugte sich nach vorn. »Sie hat recht, Jürgen. Die Graffiti sind von uns. Wir dachten, wir müssen was tun. Und dann sind wir heute Nacht losgezogen.«

Wandrey nippte an seinem Espresso. Dann setzte er die Tasse ganz langsam wieder auf dem kleinen Unterteller ab und sagte: »Respekt, Kinder. Ganz ehrlich.«

»Bullshit!«, rief Rachael und sprang auf, machte zwei heftige Schritte in den Raum hinein, blieb genauso abrupt stehen, überlegte einen kurzen Moment und ging zu den Fotos, auf denen langhaarige Studenten in Parkas zu sehen waren, die untergehakt durch Berliner Straßen liefen.

Wandrey, der sich lässig zurücklehnte, suchte Marcs Blick und zog mit einer Was-hat-sie-denn-Geste die Schultern hoch. Rachael kam zurück an den Tisch und sagte zu Marcs Überraschung: »Die Fotos da sind wirklich gut, echt!«

»Ist lange her«, erwiderte Wandrey. »Damals lebten wir rund um die Uhr in dem Gefühl, dass was passiert. Die Stimmung war ständig am Kippen. Ich hab versucht, die Spannung festzuhalten. Als sie den Ohnesorg erschossen haben, war ich zufällig mit meiner Kamera in der Nähe und hab auf den Auslöser gedrückt.«

»Die haben alle unter einer Decke gesteckt. Handlanger faschistisch-imperialistischer Politik. Dagegen muss man was tun, Aktionen starten, Widerstand leisten!«, sagte Rachael und stocherte wieder mit dem Strohhalm in ihrem verschmierten Glas herum. Marc sah sie bewundernd an. So hatte er sie noch nie reden hören. Er war stolz auf sie.

»Wortgeklingel!«, sagte Wandrey. »Sinnlos und traurig. Denn worauf das hinausläuft, ist Krieg. Krieg zwischen ein paar Narren und dem Staat. Und wer am Ende gewinnt, das brauch ich euch ja wohl nicht erzählen.«

»Unsinn!«, protestierte Rachael. »Reaktionäres Gequatsche. Wenn alle so denken würden, hätte es 68 und deine Fotos nie gegeben. Zum Glück gibt es auch heute noch Leute, die bereit sind, zu kämpfen.«

»Kämpfen! Sieh an!«, sagte Wandrey. »Wogegen kämpft ihr denn?«

Rachael ballte die Hand zur Faust und schlug damit im Rhythmus der Worte auf die Tischplatte. »Gegen Faschismus und Imperialismus. Wie es Marx in seiner elften Feuerbachthese formuliert hat: Die Philosophen haben die Welt nur verschieden interpretiert; es kommt darauf an, sie zu verändern. Und genau das werden wir tun.«

Wandrey grinste breit, hustete, verschluckte sich dabei, hustete heftiger, bis ihm Tränen in die Augen traten. »Und wer ist das: ›Wir‹?«

»Leute, die es sich zum Ziel gesetzt haben, die verordneten Zwangsverhältnisse zu zerschlagen.«

Wandrey beugte sich nun ebenfalls vor. »Die Zwangsverhältnisse, das hört sich für mich ziemlich wischiwaschi an. Ging es nicht früher, soweit ich mich erinnere, ums Proletariat?«

Rachael langte über den Tisch und nahm sich eine von Wandreys Zigaretten aus der Packung. Kommentarlos gab der ihr Feuer. »Das Proletariat hat seine historische Chance schändlich vertan«, sagte sie kalt. »Das Proletariat ist nicht mehr Subjekt der Geschichte. Nur noch ihr willenloses Opfer.«

»Hört, hört!«, sagte Wandrey, und Marc fragte sich, ob das ehrlich oder ironisch gemeint war. Wandrey hob die Zeitung hoch und zeigte auf die Schlagzeile. »Also gut, reden wir über Opfer. Zum Beispiel hier die Geiseln. Haben die auch ihre Chance schändlich vertan, Subjekt einer Geschichte zu sein, und sind nur noch willenlose Opfer?«

»Das sind keine Opfer!«, sagte Rachael. »Das sind angepasste Kleinbürger. Spießer, die sich abends vor den Fernseher setzen und ›Wetten dass ...?‹ glotzen. Die davon träumen, viermal im Jahr in Urlaub zu fahren, und auf ein Reihenhäuschen sparen, das sie nie bekommen werden. In den Zentren des Konsumismus gibt es keine Opfer mehr. Nur noch parasitäre Elemente, die nicht wissen wollen, woher der Reichtum ihrer Herren kommt, denen sie aus der Hand fressen. Die nichts wissen wollen von der Ausbeutung der Dritten Welt, vom persischen Öl, von Boliviens Bananen, Südafrikas Gold – wovon sie nichts abkriegen. Die wahren Opfer dieser Geschichte sind die beiden Knackis.«

Wandrey saß zurückgelehnt auf seinem Stuhl, rauchte und hörte zu. Lange sah er Rachael und Marc mit müden Augen ausdruckslos an. Dann beugte er sich vor, drückte seine Kippe im Ascher aus, erhob sich, klemmte sich seine Zeitung unter den Arm und sagte: »Die leninistisch-marxistische Revolution geht in die nächste Runde. Aha. Und die RAF lässt grüßen.«

»Es hat keinen Zweck, den falschen Leuten das Richtige erklären zu wollen. Das haben wir lange genug gemacht«, erwiderte Rachael trotzig und holte ihr Portemonnaie hervor, um zu bezahlen.

»Grüß deinen Großvater von mir«, sagte Wandrey. »Auch wenn er wahrscheinlich nicht mehr weiß, wer ich bin.«

»Der hatte gestern Abend einen Schlaganfall und liegt im Vinzenz«, sagte Marc.

»Das tut mir leid«, antwortete Wandrey. »Ich mochte den Alten.«

»Noch ist er ja nicht tot«, sagte Rachael und erhob sich ebenfalls.

»Na hoffentlich«, sagte Wandrey, drehte sich um, legte der Bedienung drei Markstücke auf den Tresen und ging hinaus.

»Du hast mich echt beeindruckt«, sagte Marc, als Wandrey verschwunden war. »Was du gesagt hast, deine entschiedene Haltung, einfach alles.«

»Der lebt doch gar nicht mehr«, sagte Rachael, »der und sein Zynismus. Wie ich solche Typen verachte.«

»Aber wieso sind die Gangster die Opfer und nicht die Geiseln?«, fragte Marc. »Tut mir leid, aber das verstehe ich nicht.«

»Weil sie zu denen gehören, die für die Ausbeutung, die sie erleiden, keine Entschädigung bekommen durch Lebensstandard, Konsum, Bausparvertrag, Kleinkredite, Mittelklassewagen. Die sich den ganzen Kram nie leisten konnten und nie werden leisten können. Weil sie die Versprechungen ihrer Eltern und Lehrer, Fürsorger, Vorarbeiter und Meister, Gewerkschaftsfunktionäre, Sozialarbeiter, Bewährungshelfer und Gefängnisdirektoren als Lügen entlarvt haben. Weil sie und nicht kleinbürgerliche Intellektuelle der Welt sagen, dass jetzt Schluss ist, dass es jetzt losgeht!«

Sie sah ihn an, rückte ein wenig näher und senkte die Stimme. »Ich bin jemandem begegnet, der mir die Augen geöffnet hat. Der mir gezeigt hat, was man lesen muss. Welche Filme man sich ansehen muss. Und was getan werden muss. Er hat mich zu geheimen Treffen mitgenommen. Da wurde nächtelang diskutiert, und es wurden Pläne gemacht. Es war wie ein Rausch. Eines Nachts lagen Waffen auf dem Tisch. Besondere Zwecke heiligen besondere Mittel. Es machte mich stolz, Teil einer größeren Sache zu sein.«

Sie machte eine Pause und sah mit leicht zusammengekniffenen Lidern hinaus auf den riesigen Parkplatz, auf dem die Autos in der Sonne funkelten. »Inzwischen macht es mir auch Angst. Mal sage ich mir, es ist richtig und notwendig, was wir tun, dann denke ich: Aber was ist, wenn dabei jemand für meine Überzeugungen sterben muss? Meine Seele ist im Moment ein Geisterhaus.«

Wieder machte sie eine Pause. »Du fragst dich, warum ich nach so langer Zeit einfach so wieder vor deiner Tür stehe.«

Marc war froh, dass die Frage, die ihm auf der Seele lastete, nun von ihr gestellt wurde. »Ja. Warum?«, sagte er.

»Weil ich mit jemandem reden muss. Über das alles. Weil ich dich wiedersehen wollte. Du weißt nicht mehr viel von mir. Das ist auch gut so. Aber wenn du bereit bist, das jetzt erst mal so zu akzeptieren, dann sehen wir uns wieder.«

Sie sah ihn lange an und zog dabei die Stirn kraus. »Was meinst du? Kannst du das?«

»Ja«, antwortete er, ohne zu überlegen, und nickte. »Ja, ich glaube schon.« Im selben Augenblick gab sie ihm einen Kuss auf die Wange und ließ ihn wortlos stehen.

***

Ahrens schlug die Augen auf und blinzelte ins Halbdunkel des Zimmers. Die viel zu kurze Nacht steckte ihm in den Knochen, er fühlte sich, als sei eine leichte Sommergrippe im Anzug. Außerdem war da so ein merkwürdiges Ziehen in der Leistengegend. Genau wie damals, wenn er einfach losgelaufen war, ohne sich vorher warm zu machen.

Anette lag reglos auf der Seite, ihr vom Kopfkissen leicht zerknautschtes Gesicht hatte sie ihm zugewandt. Ihre rechte Hand hatte sie unter das Kissen geschoben. Die Lider ihrer Augen schimmerten im Zwielicht perlmuttfarben wie die Innenseite einer Muschel.

Unwillkürlich hob er die Hand und berührte mit den Fingerspitzen seine Stirn. Im Traum hatte er versucht, Rösner gewaltsam zu entwaffnen, worauf sich aus dessen Colt eine Kugel gelöst und mit unbeschreiblicher Wucht seine Stirnplatte durchschlagen hatte. Dann war ihm schlagartig schwarz vor Augen geworden, und Ahrens war jäh aus dem Schlaf herausgekippt und hochgeschreckt. Doch da war nichts. Kein Blut und auch kein Einschussloch. Erschöpft atmete er auf.

Nach einem Blick auf den Wecker versuchte er, wieder einzuschlafen, und glitt hinab in die Schwärze. Und sofort kamen die Bilder wie beim Druck auf die Rewind-Taste eines Videorekorders zurück. Wieder versuchte er, Rösner zu überwältigen, und wieder traf ihn am Ende ein tödlicher Schuss. Im selben Moment läutete unten im Flur das Telefon, und er wurde wieder wach.

Er sprang auf, lief hinaus auf den kleinen Etagenflur, zog die Schlafzimmertür zu und verharrte so lange reglos, bis das Läuten verstummte. Dann lief er hinüber in Jasmins Zimmer. Die Tür stand offen. Durch die nicht ganz geschlossenen Lamellen der lindgrünen, mit lustigen Tigerenten-Motiven bedruckten Pappjalousie fielen grünlich gefilterte Sonnenstrahlen herein und malten leuchtend helle Streifen auf den kleinen, im Schlaf gefangenen Körper. Das von der Decke hängende Mobile warf, von den Sonnenstrahlen umspielt, bizarre Schatten an die Wand. Ahrens ließ sich vor dem Bett seiner Tochter auf den Boden sinken, sah sie ruhig an, legte den Kopf schräg und blinzelte. Dann berührte er ihren kleinen Kopf und begann sie zu streicheln.

Aus dem Schlafzimmer drangen trotz der angelehnten Tür Anettes schwere Atemzüge herüber. Sobald Jasmin ebenfalls wach wäre, würde er mit ihr in die Wümmewiesen aufbrechen, mit ihr Frisbee spielen, Vögel und Käfer und Libellen beobachten und ihr aus Hauffs Märchen vorlesen. Vorher würde er ihnen ein paar Sandwiches machen und etwas zu trinken einpacken. In seiner Phantasie sah er die feuerrote Plastikscheibe vor einem stahlblauen Himmel aufsteigen, untermalt vom Jauchzen seiner mit ausgestreckten Armen im hohen Gras stehenden Tochter, auf deren kleinem Kopf eine zitronengelbe Fujifilm-Kappe leuchtete.

Begleitet von einem schlechten Gewissen, dachte er an seine unten im Büro stehende schwere Bildübertragungsmaschine, die ein Vermögen gekostete hatte, und an das Material, das er schleunigst damit nach Frankfurt übermitteln musste. Der Stern hatte das, was er hatte retten können, noch in der Nacht erhalten. Zum Glück hatte er die dritte Kamera im Wagen gelassen.

Freiwald allerdings wartete bislang vergebens auf seine Lieferung, wahrscheinlich war er der Anrufer gewesen, um von ganz oben aus höchstpersönlich Druck zu machen. Wenn er sich ranhielt, konnte er noch vor dem Frühstück damit fertig sein.

Ahrens riss sich vom Anblick seiner schlafenden Tochter los

und ging hinüber ins Bad. Er schaltete das Licht ein, stützte sich mit leicht zugekniffenen Lidern am Waschbeckenrand ab und schob sein müdes Gesicht ganz langsam und bis auf wenige Zentimeter vor den Wandspiegel. So nah, dass der von seinem Atem beschlug. Es entstand eine gräuliche Ebene, mit diffus erkennbaren Erhebungen und Vertiefungen, verwaschen wie das Luftbild einer x-beliebigen Nebellandschaft.

Er hatte seinem Gesicht noch nie größere Beachtung geschenkt, es war, wie es war. Doch nun zeichnete sich eine tiefe Ermüdung darin ab, von der Art, gegen die auch langer Schlaf nicht half. Unter seinen Augen lagen violette, wie Halbmonde geformte Schatten. Die Haut war stumpf und teigig. Das Haar an den Schläfen und an den Seiten veränderte auf bedenkliche Weise seine Farbe, spielte zwischen Ergrauen und Vergilben. Doch das alles kam viel zu früh, er war doch noch jung.

Er drehte sein Gesicht prüfend mal hierhin, mal dorthin, doch der Eindruck blieb der gleiche, nämlich das Gefühl, über Nacht einen Altersschub erfahren zu haben. Er stemmte das linke, schlaff herabhängende Lid nach oben, so dass sein von weinroten Äderchen durchsetztes Auge etwas Glotzendes bekam, und ließ es wieder los.

Über seinem Kopf meinte er das Knacken des trockenen Dachgebälks zu hören, das stete Arbeiten der manchmal schwach unter der Last der aufgeheizten Dachziegel ächzenden Balken. Als hätte das Dach plötzlich eine Stimme, die unverständliches Zeug murmelte.

»Hallo Papa«, sagte eine Stimme, und Ahrens fuhr herum. Er spürte ein jähes Zittern in beiden Unterarmen und in den Oberschenkeln und hatte das Gefühl, sich jeden Moment zu übergeben.

»Jasmin, verdammt«, schnaubte er. »Du kannst dich doch nicht einfach so von hinten anschleichen, also wirklich.«

Das Kind verharrte unbeeindruckt an seinem Platz und sagte: »Carla sagt, du warst im Fernsehen.«

»Ja«, antwortete Ahrens sichtlich irritiert von der Frage seiner Tochter, denn damit hatte er nun wirklich nicht gerechnet.

»Ja, ich … ich … musste ein paar Leuten helfen, denen böse Männer weh tun wollten.« Er beugte sich zu dem Kind hinunter und sagte: »Aber ich war ganz vorsichtig. Denn du weißt ja, dass man nicht mit bösen Männern spricht. Und schon gar nicht mit ihnen mitgeht. So etwas macht man nicht, hörst du, Schatz! Niemals.«

»Aber wieso bist du dann zu den bösen Männern in den Bus gestiegen?«, sagte sie und legte ihren kleinen Kopf in Erwartung einer befriedigenden Antwort schief. »Und Carla sagt, dass du nett zu den bösen Männern warst. Stimmt das, Papa?«

Ahrens schnappte nach Luft, dann erhob er sich abrupt und tastete hinter sich nach dem Beckenrand, um sich daran festzuhalten. Das Kind sah ihn in Erwartung einer überzeugenden Antwort mit großen Augen an.

»Hör jetzt sofort auf damit, Jasmin! Ich möchte nichts mehr davon hören, hast du verstanden?«, rief er und machte dabei einen so unbeholfenen Ausfallschritt, dass er die weiße, muschelförmige Seifenschale, die Anette so mochte, vom Wannenrand wischte. Mit einem dumpfen Knall fiel sie auf die hellen Steinfliesen und zersprang.

***

Ich muss versuchen zu arbeiten, sagte sie sich mahnend, richtig zu arbeiten, erhob sich und lief mit der Tasse in der Hand hinüber ins Arbeitszimmer. Arbeit, das wusste sie, brachte früher oder später Klarheit in ihre in Unordnung geratenen Gedanken und Gefühle. Zudem war sie fest entschlossen, sich ihre Abwehrmechanismen und widerstreitenden Empfindungen (die sie vehement beschlichen, seit sie den Entschluss gefasst hatte, sich nach so langer Zeit wieder aus sich herauszuwagen) ungeschönt und genau zu betrachten. Sie wollte mehr über sich erfahren. Sie war schließlich Schriftstellerin. Worauf gründeten sich ihre Sätze, wenn nicht auf der schonungslosen Untersuchung von Gefühlen und Gedanken? Auch auf die Gefahr hin, dafür größere oder kleinere Schmerzen in Kauf nehmen zu müssen. Schreiben hieß, sich zu sammeln, hieß, nicht auszuweichen, bedeutete Konfrontation und Kampf. Mit der Wirklichkeit, mit dem Leben, mit sich selbst.

Sie stellte die Tasse auf ihrem Schreibtisch ab, schaltete die Tischlampe an und griff im teefarbenen Schein der 60-Watt-Birne nach dem Manuskript. Stehend überflog sie die bereits vorgenommenen Änderungen. Rote Pfeile, Kringel und kurze, mit Ausrufe- oder Fragezeichen versehene Kommentare zierten die Seitenränder der Blätter. Dann nahm sie auf dem Stuhl Platz, nippte an ihrem Tee und vertiefte sich mit einem Gefühl wachsender Verunsicherung in das Geschriebene. All das, was da über Mireille geschrieben stand, trat plötzlich auf fast schmerzhafte Weise hinter ihre eigenen Gefühle zurück, verblasste verglichen damit, erschien ihr welk und fad, geradezu banal. War sie denn nicht bei sich gewesen, als sie all das zu Papier gebracht hatte? Schrieb sie unkonzentriert und uninspiriert vor sich hin, ohne zu bemerken, dass sie gar nicht bei der Sache war?

Auch früher hatte sich regelmäßig Zweifel an ihrer Arbeit eingestellt, produktiver Zweifel allerdings, wenn sie nach Fertigstellung eines Kapitels oder einer längeren Passage das Geschriebene kritisch überflog und auf einmal das Gefühl hatte, ungenau gearbeitet zu haben. Er gehörte dazu, dieser Widerstand des Textes gegen sie, der so lange anhielt, bis die Worte sich ihr irgendwann, wenn sie nur geduldig blieb, zu fügen begannen und, von ihr gelenkt, in eine gemeinsame Vorwärtsbewegung gerieten.

Das hier, diese Zweifel aber, das spürte sie, waren etwas völlig anderes. Sie wandte sich ab, ließ das Manuskript offen auf dem Tisch liegen und ging ins Bad. Sie sagte sich: Das muss diese verdammte Hitze sein, die mir so zusetzt und meine Gedanken durcheinanderbringt. Ich werde ein Aspirin dagegen nehmen, das hat immer geholfen. Oder besser gleich zwei. Den Ballen ihrer linken Hand auf den Waschbeckenrand gestützt, sah sie zu, wie sich die Brausetabletten im Glas auflösten.

Sie führte das Glas an die Lippen, um die saure Lauge hinunterzustürzen, setzte es aber sogleich wieder auf dem Beckenrand ab, weil sie plötzlich das Gefühl hatte, jeden Moment umzukippen. Zitternd hielt sie sich am Becken fest.

In der Diele klingelte das Telefon. Das musste Helga sein! Sie rappelte sich auf und wankte hinaus, nahm den Hörer ab, presste ihn ans Ohr und sagte schwer atmend: »Ja? Helga, ja? Hallo?«

Im selben Moment wurde die Verbindung unterbrochen, und das Besetztzeichen erklang. Ungläubig nahm sie den Hörer vom Ohr. Dann legte sie auf und war auf dem Weg zurück ins Bad, als das Telefon erneut läutete. Sie stürzte zurück, nahm ab und hörte eine Männerstimme sagen. »Lisa? Was machst du?«

»Hören Sie«, sagte sie, »Sie haben die falsche Nummer. Rufen Sie bitte nicht noch mal an.«

»Aber ich muss Lisa sprechen!«, sagte die Männerstimme.

»Hier ist keine Lisa«, sagte Brigitte energisch, legte auf und wartete, bis es wieder klingelte. Dann nahm sie ab, legte aber sofort wieder auf. Sie ließ Zeit verstreichen, eine Minute, zwei. Doch das Telefon blieb stumm.

Sie nahm den Hörer von der Gabel und wählte Helga Abrahams Nummer. Und als sie deren verschlafen klingende Stimme am anderen Ende vernahm, sagte sie: »Du musst sofort kommen, hörst du?«

»Ja«, antwortete ihre Freundin schwer und schleppend, »ja, ich höre.« Nach einer kurzen Pause fragte sie: »Wie spät ist es denn?«

»Keine Ahnung«, erwiderte Brigitte und blickte sich forschend um, obwohl sie wusste, dass in der Diele keine Uhr hing, »früh jedenfalls. Aber du kommst, ja, Helga?«

»Ja«, antwortete Helga Abraham. »Ja. Aber was ist denn?« Als Brigitte nichts erwiderte, sagte sie: »Also schön, ich komme. In einer halben Stunde bin ich bei dir.«

»Danke«, sagte Brigitte erleichtert und legte auf. Sie lauschte kurz in Richtung Garage, doch es war alles ruhig. Dann ging sie zurück ins Bad, um sich das Gesicht unter dem laufenden Wasser zu kühlen. Auf dem Beckenrand stand immer noch das halbvolle Glas.

Plötzlich fiel ihr Blick auf das neben der Waage auf dem Boden liegende Handtuch, mit dem sich der Typ aus ihrer Garage am Abend abgetrocknet hatte. Es sah aus wie ein räudiges Tier, dessen Glieder in sich verdreht waren. Angewidert wandte sie sich ab, griff nach dem Glas und kippte den sauren Inhalt auf einen Zug hinunter.

***

Marc drückte die Klinke herunter und schob behutsam die Zimmertür auf. Doch zu seiner Überraschung war das Bett, in dem sein Großvater noch am Vorabend gelegen hatte, leer. Sogar das Laken war bereits von der Federkernmatratze abgezogen worden. Darauf lag ein in Plastikfolie eingeschlagenes frisches Kissen. Irritiert ging er hinaus auf den Flur.

»Wieso ist Herr Steiner nicht in seinem Zimmer?«, fragte Marc aufgeregt, als er der Stationsschwester gegenüberstand, einer schlanken, mit einem weißen Kittel bekleideten Person, die die abgeschabte silberfarbene Warmhaltekannen auf einen Servierwagen stellte.

»Darf ich fragen, wer Sie sind, junger Mann?«, erwiderte sie und belud weiter den Wagen. Dann hielt sie kurz inne und fixierte ihn aus hellwachen Augen. Sie mochte 35 Jahre alt sein, und sah ihn nun auf eine Weise an, die Marc beunruhigte.

»Ich bin der Enkel von Gustav Steiner und wollte sehen, wie es meinem Großvater heute geht.«

»Es hat leider Komplikationen gegeben, heute Nacht«, antwortete sie. »Man hat ihn auf die Intensivstation verlegt, Station B 4.«

»Aber wieso denn?«, sagte Marc.

»Er liegt im vierten Stock. Neben der Treppe ist der Aufzug«, antwortete die Schwester mit ausgestrecktem Arm. Jetzt sah sie ihn betrübt an.

Der Fahrstuhl glitt nach oben. Doch als er vor der Milchglastür der Intensivstation stand und sich dabei zusah, wie sein Zeigefinger den abgewetzten Klingelknopf drückte, bekam er auf einmal Angst.

Nach dem vierten Klingeln wurde ihm geöffnet, und ein Mann im grünen Kittel und mit Gesundheitsschuhen führte ihn an das Bett seines Großvaters. Bei jedem seiner Schritte baumelte ein Mundschutz vor seiner Brust.

Marc schrak zurück, denn der Mann, der da im Halbdunkel des Zimmers auf einem Bett lag, erinnerte nur noch entfernt an den Mann, der er einmal gewesen war. Der Kopf mit dem feucht schimmernden Haar war unnatürlich nach hinten gebogen. Außerdem wirkte der Alte wegen der Schwellungen im Gesicht vollkommen entstellt. Das Kopfteil des Bettes war erhöht, so dass der mächtige vorgewölbte Brustkorb, der sich, von der Herz-Lungen-Maschine angetrieben, hob und senkte, wie ein Panzer wirkte. Im aufgerissenen und wie zu einem lautlosen Schrei geformten Mund verschwanden zwei verschiedenfarbige Schläuche. Die Augen waren geschlossen. Blaue, gelbe und rote Schlangenlinien wanderten über die Monitore.

Marc sah sich in dem kleinen in Grün und Grau gehaltenen Raum um, in dem zum Fenster hin, vor dem die Jalousie heruntergelassen war, hinter zwei Paravents wohl zwei weitere Betten mit gewiss ebenso reglosen Körpern standen.

Mit zwei Fingern strich er über den fühlbar gespannten Handrücken des Alten, dessen plötzlich prankenähnlich wirkende

Hände wie drapiert rechts und links des Körpers auf der Bettdecke lagen. Er bildete sich ein, ein schwaches Zucken zu fühlen.

»Sein Körper ist wegen der Mittel, die wir ihm geben mussten, aufgeschwemmt«, sagte der Mann im grünen Kittel. »Doch das gibt sich mit der Zeit wieder.«

»Was ist denn passiert heute Nacht?«, fragte Marc.

»Es ist zu einem weiteren schweren Hirninfarkt gekommen, außerdem sind seine Blutdruckwerte sehr hoch. Wir haben ihn erst mal sediert, um für allgemeine Entspannung im Körper zu sorgen.«

»Was meinen Sie mit Hirninfarkt?«, sagte Marc. »Was ist das?«

»In seiner linken Herzkammer hatte sich ein Blutgerinnsel, ein sogenannter Thrombus, gebildet, und der hat sich heute Nacht, wie es aussieht, gelöst und ist im Hirn und anscheinend auch im Bauchraum eingeschlagen. So weit wir im Moment sehen, weisen stark erhöhte Werte auf eine größere Entzündung in dem Bereich hin«, antwortete der Pfleger.

»Wird er sterben?«, fragte Marc, ohne seinen Blick von dem reglosen Körper zu lösen. Er griff nach der Hand des Alten und umschloss sie zärtlich.

»Das kann zum jetzigen Zeitpunkt niemand sagen«, antwortete der Pfleger mit Blick auf die Monitore. »Darüber werden die nächsten Stunden entscheiden. Mit großer Wahrscheinlichkeit aber wurde sein Gehirn geschädigt. Und was im Bauchraum los ist, müssen die weiteren Untersuchungen klären. Es tut mir leid, aber was anderes kann ich Ihnen leider im Moment nicht sagen.«

»Er wird uns verlassen«, hatte der Vater kürzlich gesagt, als sie über den Großvater sprachen, und damit seinen Geisteszustand gemeint. Doch nun legte es sein Körper darauf an, dem Geist zuvorzukommen.

»Ihr Vater war übrigens auch schon da«, sagte der Pfleger und lächelte verhalten.

»Ach ja?«, sagte Marc überrascht und ließ die Hand des Großvaters los, die auf die Bettdecke sank.

Sie hatten gewusst, dass dieser Tag irgendwann kommen würde, dass der nächste Schritt des Alten hinaus aus seinem Leben ins Nichts führen würde. Nun war er da.

Als er in der Nacht, mit Rachaels Kopf an seiner Schulter, wach gelegen und gegrübelt hatte, hatte Marc das vom nahen Westbahnhof herüberdringende an- und abschwellende Rauschen eines durch die Nacht jagenden Schnellzugs gehört und gedacht, dass dieses Rauschen den Verlauf eines Menschenlebens ganz gut beschrieb: das langsame Anschwellen bis zum Höhepunkt, gefolgt vom einsetzenden Verklingen.

Kurzentschlossen riss er sich vom Anblick des Großvaters los und lief auf den Flur, stieß die Milchglastür auf und flog atemlos die Treppenstufen hinunter. Als er unten auf der Straße vor dem Kiosk ankam, an dem Patienten standen, die Bierflaschen in der Hand hielten, rauchten und sich unterhielten, fiel sein Blick auf die riesige Schlagzeile der Bildzeitung: »WIE GEHT ES IHNEN MIT DER PISTOLE AM HALS?« Darunter war Silke Bischoff abgebildet, sichtbar erschöpft und mit Degowskis schwarzem Colt am Hals. Das Foto füllte fast die ganze Seite aus.

In seinem Kopf wirbelte alles durcheinander. Da waren so viele Gefühle gleichzeitig, die einfach nicht zusammenpassten. Er zwängte sich an den lädierten Biertrinkern vorbei auf die Straße.

Der Zustand des Großvaters war allem Anschein nach so kritisch, dass man mit dem Schlimmsten rechnen musste. Die Begegnung mit Wandrey in der Milchbar war eine Enttäuschung gewesen. Rachael war wahrscheinlich schon wieder in ihrer politischen Mission unterwegs, und der Vater stand, mit seinem grauen Kittel bekleidet, an seiner Werkbank, über irgendeinen defekten Gegenstand gebeugt. Und dann war da dieses Foto von Silke Bischoff. Ihr verzweifelter Blick.

Sie hatten ihre Parolen an Hanaus Wände gesprüht, sich stark und gut dabei gefühlt. Doch das Einzige, was sie in damit erreicht hatten, war, dass sich die Leute eine Zeitlang das Maul darüber zerrissen. Was hatten sie denn gedacht? Dass sie mit ihren Sprüchen den Lauf der Geschichte aufhalten würden? Wie naiv waren sie eigentlich?

Was blieb, war eine Kinderei, mehr nicht. Eine Geschichte, die sie später vor Gleichgesinnten zum Besten geben konnten. Doch wahrscheinlich würden schon in Kürze nicht einmal mehr Spuren davon zu sehen sein, von irgendwelchen schlechtbezahlten Reinigungskräften in stundenlanger Plackerei beseitigt. Ganz im Gegensatz zu dem Foto auf der Titelseite der Bild, das jeder, der es sah, nicht mehr vergessen würde.

Marc beschleunigte seinen Schritt in Richtung Westbahnhof und nahm sich vor, Lenny aus seinem Freundeskreis zu streichen. Nur Lenny hatte von der Sache mit der KTM gewusst, und nur er konnte ihn bei der Polizei verpfiffen haben. Zu Hause würde er sich mit einem kalten Getränk und einer Tüte Chips ins Bett legen, Camus lesen und Musik hören, Pink Floyd, Ashra und Supertramp, bis es wieder Nacht wurde und Rachael endlich an seinen Laden klopfte.

17

Weser Kurier

Um Leben oder Tod

Zum Teil grotesk anmutende Pannen der Polizei und Versäumnisse der Sicherheitsbehörden in Bremen werden noch viele ernste Fragen an die Verantwortlichen nach sich ziehen, von der planvollen Nicht-Beobachtung des Verbrecher-Pärchens bis zum klemmenden Schlüssel an der Handfessel der Rösner-Freundin. Dazu der Mord an dem jungen Italiener. Alles falsch, wie wir nun wissen.

Er jagte seinen 2,6-Liter-Diplomat mit heruntergedrehten Scheiben in Richtung Stadtmitte über freie Kreuzungen hinweg, während im Radio »The Winner Takes It All« von ABBA lief, steuerte den gierigen Spritfresser durch eine im Erwachen begriffene Stadt, an deren östlichen Rändern sich bereits ein erstes Gelb und Weiß aus dem Graublau heraufkämpften.

Kirchner hatte immer große Wagen gefahren, ausladende Karossen, die schiffsgleich auf dem Asphalt segelten. Und immer von Opel. Zuletzt einen schneeweißen Admiral B, Baujahr 76, mit weinroten Ledersitzen. Davor einen haselnussbraunen Kapitän A, Baujahr 68, den er höchstpersönlich auf dem Autofriedhof in der Steinhammerstraße abgeliefert hatte, nachdem die Zylinderkopfdichtung den Geist aufgab. Die Quecksilbersäule war bereits wieder auf satte 28 Grad geklettert.

Bevor Kirchner die Wohnung verlassen hatte, war er zurück ins Schlafzimmer gegangen, kurz zu Barbara unter die leichte Decke getaucht, hatte ihr einen Kuss auf die Schulter gedrückt (sie besaß dort eine kleine herzförmige Vertiefung, die er besonders liebte) und einen handgeschriebenen Zettel aufs Kopfkissen gelegt. ICH BIN WIEDER IM SPIEL stand darauf. Anschließend war er mit dem Gefühl, aus einer über 24 Stunden währenden Narkose erwacht zu sein, im anbrechenden Dortmunder Morgen in seinen Wagen gestiegen.

Eine knappe halbe Stunde später stand er in dem hell erleuchteten Besprechungsraum im Präsidium in der Markgrafenstraße, in dem er nur wenige Stunden zuvor schlafend auf dem Boden gelegen hatte, und richtete eindringliche Worte an sein vollzählig versammeltes, aus 14 Beamten bestehendes Team: Ehemänner und junge Väter, die Plastikbecher mit heißem Kaffee in den Händen hielten und leicht geblendet in die hereindringenden Sonnenstrahlen blinzelten.

Kirchner war jetzt ganz in seinem Element, von Müdigkeit keine Spur. Er war wildentschlossen, seine Männer auf einen möglichen finalen Zugriff einzuschwören. Den schwarzen Edding-Stift in der Hand, füllte er den Flipchart mit Pfeilen, Kreisen und Karos, die – mit den Augen eines Laien betrachtet – an planlose geometrische Kritzeleien eines Viertklässlers erinnerten. Für die Männer vor ihm aber war es ein ausgeklügeltes, graphisch umgesetztes Zugriffsschema eines polizeilichen Sondereinsatzkommandos. Ergänzt durch die Überschriften: Zugriffsmöglichkeiten, Gefahrenpotential, Sicherungsvorkehrungen, Ziel- und Personenortung.

Noch war von einem Einstieg seiner Leute in den laufenden Einsatz nicht die Rede, noch war das MEK am Zug. Männer, die gut bewaffnet in ihren Zivilfahrzeugen saßen und die Augen offenhielten, in der Hoffnung, die Flüchtigen dem SEK in die Arme zu treiben.

Minutenlang redete Kirchner ohne Punkt und Komma, berauscht von der Vorstellung, das SEK Dortmund mit ihm an der Spitze siegreich in die letzte, alles entscheidende Schlacht gegen das Böse zu führen. Dabei blickte er in interessierte, gleichzeitig aber müde wirkende Gesichter. »Kurze Pause«, rief er widerwillig in die schläfrige Runde, legte den Edding auf dem Rand des Flipcharts ab und ging aus dem Raum.

Er warf drei Groschen in den am Ende des dämmrigen Flurs stehenden Kaffeeautomaten und drückte die Kaffee/schwarz-Taste. Ungeduldig beobachtete er, wie sich der hellbraune Becher mit der röchelnd herausrinnenden dunkelbraunen Flüssigkeit füllte. Mit dem heißen Becher in der Hand ging er zurück in den Besprechungsraum, ließ sich auf einem Stuhl nieder und blies kleine Wellen auf die Oberfläche der aromatisch duftenden Flüssigkeit.

Dabei packte ihn wieder diese tiefe Unruhe, die zuletzt so quälend in seiner Schädelbasis herumgefuhrwerkt und jeder seiner Aktionen etwas Fahriges verliehen hatte.

Ohne eine plausible Erklärung dafür zu haben, musste Kirchner an Albert von Moers denken. Das kleine, faltige Gesicht des Mannes, der ihm eine Zeitlang eine Art Großvater gewesen war, als seine damals bereits über siebzigjährige Großmutter sich in einem Anflug von altersbedingtem Leichtsinn noch mal einen Mann ins Haus geholt hatte, stand ihm plötzlich bildhaft vor Augen. So, als müsste er nur seine Hand ausstrecken, um ihn zu berühren.

Albert von Moers lag seit über zwanzig Jahren auf dem Südwestfriedhof an der Großen Heimstraße begraben, und Kirchner hätte nicht mit Bestimmtheit sagen können, wann er das letzte Mal an den Liebhaber kleiner, fies stinkender Zigarillos gedacht hatte. Noch Wochen, nachdem man seinen Leichnam aus der großmütterlichen Wohnung geschafft hatte, stank es dort nach seinen billigen La Paz Mini Wilde Sumatra, die er rund um die Uhr gepafft hatte.

Albert von Moers hatte bis zu seiner Pensionierung bei der Kripo Duisburg im Rang eines Hauptkommissars gearbeitet. Bei einem Besuch seiner in Dortmund lebenden Schwester Aline war er Kirchners Großmutter auf einer Seniorenveranstaltung der Katholischen Gemeinde St. Bonifatius über den Weg gelaufen, und wenig später, zum Entsetzen ihrer Tochter, mit Sack und Pack bei ihr eingezogen.

Bis zuletzt hatte Albert nicht aufgehört, vom Fall der 16-jährigen Linda Wolfgeist zu erzählen. Das Mädchen war nach einer Klassenparty in Duisburg-Wedau nicht nach Hause zurückgekehrt. Später war ihr Moped gefunden worden, doch das Mädchen blieb spurlos verschwunden. Albert, der damals die Ermittlungen geleitet und den Eltern des Mädchens versprochen hatte, den Täter zu finden, hatte sein Versprechen nie einlösen können, obwohl im Lauf der folgenden Jahre Hunderte von Hinweisen eingegangen waren, zahlreiche Verdächtige überprüft und sogar eine Belohnung zur Ergreifung des Täters ausgesetzt worden war. Denn schon bald war die Kripo von einem Gewaltverbrechen ausgegangen. Der Fall hatte den alten von Moers nie mehr losgelassen und war am Ende zu seinem persönlichen Trauma geworden.

»Wir haben alles versucht, verstehst du, Rolf? Alles«, hatte der Alte immer wieder gesagt, wenn er auf das Thema zu sprechen kam. »Doch das Mädchen war wie vom Erdboden verschluckt. Es war wie verhext!«

Viel später, da war Albert von Moers schon lange tot, hatte Kirchner manchmal gedacht, dass ihn die Bekanntschaft mit dem verbitterten Kriminaler womöglich – wenn auch unbewusst – in seinem Entschluss bestärkt hatte, zur Polizei zu gehen, als müsse er sich beweisen, es besser zu können. Und dass der Alte sich gerade jetzt in ihm meldete, konnte ja wohl kein Zufall sein. Als wollte der ihn aus dem Grab heraus ermahnen, gefälligst zu Ende zu bringen, was er in Gladbeck begonnen hatte. Es war, als könnte er Albert sagen hören: Andernfalls winkt dir ein ähnliches Schicksal wie mir!

Nachdenklich starrte Kirchner auf die schwarzen Pfeile und Karos, die er schwungvoll auf die Flipchart-Blätter gemalt hatte. Dann atmete er kurz durch, zerdrückte den leeren Plastikbecher geräuschvoll in seiner Hand und rief in die Runde: »Es geht weiter!«

***

Bertram sah auf seine Citizen, sie zeigte 7 Uhr 21. Wenn er sich ranhielt, konnte er in einer halben Stunde in der Redaktion sein und sich sogar noch einen Kaffee besorgen, ehe ihr außerplanmäßiges Meeting begann.

Im Geist ging er noch einmal durch, was der vor ihm liegende

Tag bringen sollte: zunächst die Besprechung im kleinen Kreis, anschließend Tickermeldungen lesen und, sofern Maibach ihn nicht bereits abgehakt hatte, mit einem Tontechniker rausfahren, wohin auch immer. Um irgendeinen Scheiß zu drehen, dachte er.

Er wandte sich Amina zu, die im Schlaf aussah wie eine kleine Prinzessin. Er musste daran denken, wie sie sich im Karneval im Jahr zuvor als Schneewittchen zurechtgemacht hatte. Sie hatte einfach umwerfend ausgesehen mit dem langen paillettenbesetzten Rüschenkleid, ihrem pechschwarz gefärbten Haar, der schneeweißen Haut und den blutroten Lippen. Sie hatten sich mit Freunden im Alcazar in der Bismarckstraße im Belgischen Viertel getroffen und ausgiebig gefeiert. Irgendwann waren sie, betrunken und hungrig aufeinander, gemeinsam in der Herrentoilette verschwunden, hatten sich in der Kabine eingeschlossen und sich, gegen die Kabinentür gelehnt, im Stehen geliebt.

Behutsam legte er seine Hand auf ihre Schulter. Er mochte es, wenn ihre vom Schlaf entspannten Züge das Mädchen erahnen ließen, das sie einmal gewesen war. Dann bekam sie in seinen Augen etwas Zerbrechliches, Kükenhaftes. Wahrscheinlich sprangen aber einfach nur seine Beschützerinstinkte an, die ihn sie dann so sehen ließen.

Sein nächster Gedanke galt seinem Sohn, diesem tapferen kleinen Kämpfer. Am liebsten wäre er auf der Stelle hinauf zu ihm gelaufen. Doch die Vorstellung, Maibach mit seinem Zuspätkommen das letzte, alles entscheidende Argument für seinen sofortigen Rausschmiss zu liefern, hielt ihn davon ab.

Bertram erhob sich, fuhr sich mit der Hand übers Haar und warf noch einmal einen Blick auf die Schlafende. Dann verließ er ihr Zimmer.

Im Flur stand plötzlich ein Clown vor ihm, eine Frau, wie er bei genauerem Hinsehen begriff. Aus schwarz und orangerot geschminkten Augen lächelte sie ihn freundlich an. Sie trug eine feuerrote Perücke und einen wallenden weißen, mit knallroten Tupfen übersäten Umhang, dazu eine seidig glänzende blaue Hose und riesige rote Schuhe. Auf ihrer Nasenspitze saß eine tischtennisballgroße, ebenfalls knallrote Kugel.

»Guten Morgen«, sagte Bertram irritiert.

»Guten Morgen«, erwiderte sie grinsend und deutete einen Knicks an. In der rechten, weiß behandschuhten Hand hielt sie eine riesige Rassel, mit der sie einmal kurz hin und her wedelte, was ein schnarrendes Geräusch verursachte. Auf dem Rücken trug sie einen knallgrünen Rucksack.

»Ich bin der Hausclown, Emma Bodin. Ich komme dreimal die Woche, um die Größeren ein bisschen zu erfreuen.« Sie streckte ihm die freie Hand hin.

»Das ist schön«, sagte Bertram, weil ihm nichts Besseres einfiel, und ergriff die Hand. »Mein Sohn liegt oben auf der Intensivstation«, sagte er und lächelte schief. »Ein Frühchen. Vier Monate zu früh.«

»Ihr Sohn ist hier gut aufgehoben«, antwortete die Frau und wedelte wieder mit der Rassel. »Hier arbeiten wunderbare Leute.«

»Ja«, sagte Bertram und starrte auf die rote Kugel auf ihrer Nasenspitze, »ja, das glaube ich auch.«

»Ich muss jetzt weiter«, sagte die Frau, verbeugte sich noch einmal und drückte ihm einen Smiley in die Hand. »Schönen Tag!«

»Ja, Ihnen auch«, stammelte Bertram und machte einen Diener, wie er das als Junge immer gemacht hatte, wenn seine Eltern Besuch bekamen und sie ihn ihren Gästen vorstellten. »Auf Wiedersehen!«, rief er noch und starrte auf die gelbe Blechscheibe in seiner Hand. Als er zehn Minuten später in der Straßenbahn in Richtung Aachener Straße saß, schob sich bereits Sylvias Gesicht vor das der geschminkten Frau.

Vom ersten Moment an hatte es zwischen ihnen geknistert.

Doch keiner von ihnen hatte im Laufe der folgenden zahllosen Begegnungen versucht, das Ganze in eine eindeutige Richtung zu lenken. Und so spielten sie seither mit dem Unausgesprochenen wie zwei Kinder, die hinter ihrem Rücken etwas versteckten, obwohl der andere genau wusste, worum es sich dabei handelte. Bertram hatte sich mit der Situation arrangiert. Außerdem gab es inzwischen Sirvan.

Bertram sah sehnsüchtig hinaus in die gleißenden morgendlichen Stadtschluchten, die wie eine schnelle Folge überbelichteter Postkarten an ihm vorbeizogen. Mehrere Kontrolleure stiegen zu. Er suchte in seiner Tasche nach dem Fahrschein und ertastete dabei den Smiley. Er fragte sich, wie die Frau im Clownskostüm ungeschminkt und ohne ihre Verkleidung aussah.

Er sah auf die Uhr. Ihm blieben noch 15 Minuten. Doch sobald er sich Maibachs Büro vorstellte, in welchem die Besprechung stattfinden würde, drehte sich ihm der Magen um. »Eigentlich ist es höchste Zeit, dass ich mir was suche, das meinem journalistischen Anspruch entspricht«, dachte er. Doch Pauls überstürzte Geburt hatte seine Planungen jäh über den Haufen geworfen. Sie waren ab sofort und mehr denn je auf das, was er bei RTL-Aktuell verdiente, angewiesen, und die Zeit, die er sich bis zum errechneten Geburtstermin geben wollte, um sich nach etwas anderem umzusehen, hatte er nun nicht mehr. Er war Maibach und seinen Launen fürs Erste weiter ausgeliefert – ob er wollte oder nicht.

Als er mit einem Becher Kaffee in der Hand das verglaste Büro betrat, sah Maibach ihn kurz prüfend an und sagte jovial: »Da ist er ja endlich, der frischgebackene junge Vater! Gratuliere, mein Lieber!«

Wieso bloß konnte Sylvia nicht ihren verdammten Mund halten, dachte Bertram, zwang sich zu einem Lächeln und erwiderte wie jemand, dem eine Beförderung an eine Stelle zuteilgeworden war, auf die er liebend gern verzichtet hätte: »Danke, danke.

Sehr freundlich, wirklich.« Dann nahm er widerwillig neben Maibach Platz.

»Also, Leute«, begann Maibach in so rasch wechselndem Tonfall, als hätte es seine ohrenschmeichlerische Begrüßung Sekunden zuvor nie gegeben. »Die Nachrichtenlage hat sich in den letzten vierundzwanzig Stunden dramatisch zu unseren Gunsten verändert. Rösner und Degowski sind im Anflug auf Köln, womit wirklich niemand rechnen konnte. Das heißt: Wir sind wieder dick im Geschäft.«

Maibachs Telefon klingelte, und sofort sprang seine Sekretärin auf und hob den Hörer ab.

»Apparat Maibach. Jürgens!«, sang sie, blieb dann fur wenige Minuten wie erstarrt mit dem Hörer am Ohr neben Maibachs Schreibtisch stehen und grimassierte mit den Lippen stumm einen Namen, was Maibach dazu veranlasste, ebenfalls aufzustehen und den Hörer an sein Ohr zu drücken. Mit der anderen Hand wedelte er die im Raum Versammelten hinaus.

»Maibach«, sagte er, nun in einem gänzlich anderen Tonfall, als er ihn zuvor mit seinen Mitarbeitern anschlug.

»Sie wissen, wer hier spricht?« sagte die sonore Stimme am anderen Ende der Leitung.

»Ja, das weiß ich«, sagte Maibach und setzte sich wie in Zeitlupe langsam zurück in seinen Knoll executive.

»Gut«, sagte die Stimme langsam, leise und bedächtig, mit jener distinguierten Zurückhaltung, wie sie Mächtigen eigen ist, die wissen, dass man ihnen zuhören muss.

»Ich habe soeben mit unserem Partner in Luxemburg gesprochen. Dort registriert man, wie soll ich sagen, etwas indigniert unsere Berichterstattung in Sachen Geiseldrama.«

Maibach fühlte, wie ihm das Herz am Halse schlug. Er räusperte sich und sagte: »Wir sind vor Ort und berichten.«

Er räusperte sich noch einmal. Am anderen Ende der Leitung blieb es still.

»Wir arbeiten genau wie die anderen!«

»Und das ist es, was uns Sorgen macht, Herr Maibach.«

Er hörte, wie sein Gesprächspartner eine Zigarette anzündete. Am satten Klicken des Feuerzeugs erkannte er, dass es sich um ein Dunhill handelte. Mit hochwertigen Feuerzeugen kannte Maibach sich aus.

»Wir erwarten etwas mehr Initiative von Ihnen, Herr Maibach. So eine Gelegenheit bekommen wir so schnell nicht wieder, uns bei den Zuschauern als Marke einzuprägen. Wenn ich in einer halben Stunde den Fernseher einschalte, will ich vor den Gesichtern dieser Verbrecher nur noch das RTL-Logo auf Mikrophonen und Kameras sehen.«

»Aber die Geiseln?«, sagte Maibach, beendete aber den Satz nicht.

»Bitte, Herr Maibach, kommen Sie mir jetzt nicht mit moralischen Bauchschmerzen. Die Geiseln, das ist Sache der Polizei. Wir sind Journalisten. Wir informieren den Zuschauer, und das geht am besten mit Emotionen. Drama, das ist es, was die Leute sehen wollen, Herr Maibach. Initiative. Kreativität. Das ist es, was wir von Ihnen erwarten. Wir haben Sie damals Ihrem Konkurrenten vorgezogen, weil wir von Ihrem neuen Konzept überzeugt waren. ›Wirkung vor Wahrheit!‹ Hieß es nicht so? Also, ich verlasse mich auf Sie! Auf Wiederhören!«

Es klackte in der Leitung. Das hohe Tier, die große Nummer, the Big Boss in Gütersloh hatte aufgelegt. Maibach atmete mehrmals tief durch. Schweiß stand ihm auf der Stirn. Er drückte auf einen Knopf und sagte: »Bertram soll reinkommen!«, legte den Hörer auf die Gabel und lehnte sich in seinem teuren Chefsessel zurück, wippte leicht, um sich zu entspannen. Bertram betrat das Büro.

»Setz dich«, sagte Maibach.

Bertram zog sich einen der noch von der Versammlung herumstehenden Stühle vor den Schreibtisch.

»Pass auf, Bertram.« Maibach lehnte sich vor und legte beide Unterarme auf den Tisch, faltete die Hände wie zum Gebet.

»Sobald die Facts da draußen klar sind, wirst du losfahren und für die Mittagssendung stark RTL-mäßig angereichertes Material reinholen. Und zwar hautnah am Geschehen. Ich will die Bartstoppeln, die fettigen Haare und das Weiße in den Augen dieser Verbrecher sehen. Ich will hören, wie vor Angst das Herz dieser Blondine, wie heißt sie noch mal ...

»Silke, Silke Bischoff.«

»... Silke Bischoff schlägt. Du wirst dich ohne Rücksicht auf Verluste bis an den Wagen ranmachen. Besser noch, du steigst zu ihnen in die Kiste. Biete ihnen an, was sie wollen. Kaffee, Zigaretten, Geld. Jede Summe, die sie für ein Interview haben wollen. Und wenn sie losfahren, fährst du mit. Wir befinden uns im Krieg um die besten Bilder da draußen, und wir werden diesen Krieg gewinnen. Hast du das verstanden?«

»Ja!«, sagte Bertram. »Ja, ich habe verstanden.«

»Dann los!«, sagte Maibach und wedelte ihn mit der Hand hinaus.

Bertram spürte Maibachs Blick auf sich, tat aber so, als bemerke er ihn nicht und sah weiter stur geradeaus. Wenig später eilten alle wie auf Kommando aus dem Zimmer.

Er hatte gerade an seinem Schreibtisch Platz genommen, da stand Sylvia vor ihm und legte ihm ein Dossier mit aktuellen Agenturmeldungen auf den Tisch. Dabei sah sie ihn herausfordernd an und sagte wie eine Mutter, die ihrem Sohn einen Baseballschläger in die Hand drückt, damit er sich endlich gegen die Rüpel, die ihn seit Wochen auf dem Schulhof herumschubsen, zur Wehr setzt: »Hier, und jetzt zeig dem Typ endlich mal, was du kannst!«

Da griff Bertram in seine Hosentasche, zog den Smiley heraus und hielt ihn Sylvia grinsend hin.

***

»Wo bin ich?«, sagte sie und starrte ins Halbdunkel des Zimmers.

»Schon gut, schlaf weiter«, erwiderte eine Frauenstimme.

»Aber ich muss doch …«

»Schlaf weiter«, wiederholte die Stimme entschieden. »Es ist noch früh.«

»Ich muss aber jetzt sofort …«, rief Chris und zerrte und strampelte sich das dünne Laken von ihrem verschwitzten Körper.

»Ach komm, Chrisi«, schlug die Stimme nun einen suggestiveren Ton an. »Ruh dich noch ein bisschen aus, und dann sehen wir weiter, okay?«

Chris richtete sich auf, schwang beide Beine aus dem Bett und lief hinaus in den helleren Flur. Nach ein paar Metern blieb sie stehen, sah sich nach allen Seiten um und dachte wieder: Wo bin ich hier? Sie hatte keine Ahnung, wann und wie sie in diese fremde Wohnung gekommen war. Ihr Blick fiel auf ein an der Wand hängendes Foto, auf dem zwei Wange an Wange lächelnd in die Kamera schauende Frauen zu sehen waren. Eine ältere und eine jüngere.

Mit Blick auf das Gesicht der jüngeren begriff sie endlich: »Ich bin bei Uli«, murmelte sie, »in Ulis Wohnung. Na klar.«

»Komm wieder ins Bett«, hörte sie Ulrike aus dem Schlafzimmer rufen.

»Nein, ich muss zu meinem Vater!«, sagte Chris, ging zurück ins Halbdunkel des Schlafzimmers, griff ihre Kleider vom Stuhl und ging, ohne Ulrike anzusehen, ins Bad am Ende des Flurs. Und nachdem sie sich kurz das Gesicht abgewaschen und sich rasch angezogen hatte, stand sie wieder vor Ulrikes Bett und sagte: »Ich muss los!«

»Jetzt wart doch mal«, sagte Ulrike und erhob sich schwerfällig.

»Worauf denn?« Chris blickte auf Ulrike herab, die sich ein Haargummi von dem kleinen, aus einer umgedrehten Obstkiste improvisierten Nachttisch griff. Sie steckte das Gummi zwischen ihre zupackenden Zähne, formte das schulterlange Haar mit beiden Händen zu einem Zopf und fixierte ihn mit dem Gummi.

»Ich mach uns erst mal 'n Kaffee, okay?«, sagte Ulrike.

»Von mir aus«, sagte Chris. Sie setzten sich in der kleinen Küche an den halbmondförmigen safrangelben Klapptisch und tranken stumm aus weißen Keramikhumpen schwarzen Filterkaffee. Ulrike griff nach ihrer auf dem Tisch liegenden Lord-Extra-Packung und steckte sich eine an. Zwischen den nicht ganz zugezogenen zitronengelben Vorhängen brach das Sonnenlicht herein und tauchte die ebenfalls zitronengelb angestrichene Küche in ein grelles Leuchten. Die vor dem Fenster hängenden Glasschmetterlinge schienen zu glühen.

Minutenlang schob Ulrike ihr giftgrünes Bic-Feuerzeug und die Zigarettenschachtel unschlüssig wie Figuren auf einem imaginären Schachbrett hin und her. Bis sie spürte, dass es zwecklos war, Chris länger von ihrem Vorhaben, zu ihrem Vater nach Oldenburg zu fahren, abbringen zu wollen. Sie schnippte die Packung weg und sagte: »Okay, ich ruf am Bahnhof an und lass mir sagen, wann der nächste Zug nach Oldenburg abfährt. Aber ich komme mit.«

Eine Dreiviertelstunde später hielt der Linienbus Nummer 24 in der Bahnhofsstraße, und sie stiegen aus. Chris hatte darauf bestanden, den Bus zu nehmen, und strebte in raumgreifenden Schritten auf die Gleishalle zu, an deren kaminroter Front in der Mitte oberhalb des in Stein gehauenen Reichsadlers und der vier geschwungenen Fenster das weiße, kreisrunde Zifferblatt der Uhr im Sonnenlicht glänzte und flirrte wie das starrende Auge eines Zyklopen.

Vor ihnen lag eine gerade mal etwas mehr als halbstündige Fahrt, doch auf Ulrike machte Chris einen seltsam gehetzten Eindruck, wirkte nervös und angespannt. So, als müsse sie sich noch Tage gedulden, ehe sie endlich ihr Ziel erreichte. Immer wieder sah sie hinauf zu der über dem Bahnsteig hängenden Uhr. Nachdem Ulrike die Fahrkarten gekauft hatte, blieb ihnen bis zur Abfahrt des Zuges noch eine knappe Viertelstunde, doch sämtliche Versuche, Chris dazu zu bewegen, noch rasch einen Kaffee zu trinken, wehrte sie unwirsch ab. Stattdessen pendelte sie unablässig an der Bahnsteigkante hin und her wie eine Ameise, die den Rand eines Blattes erreichte und diesen nun in ihrer Ratlosigkeit immerzu abirrt.

»Du machst mich noch ganz verrückt mit deinem Gezappel«, sagte Ulrike, als sie im Abteil saßen, der Zug losfuhr und Chris fortwährend mit den Beinen wippte.

»Hättest ja nicht mitkommen müssen«, erwiderte Chris und sah hinaus in die in leuchtenden, rasch wechselnden Braun- und Grüntönen vorbeiziehende Landschaft. Nun hatte Ulrike genug und sagte: »Komm, lass uns jetzt endlich reden.«

»Reden, worüber denn? Übers Wetters?«, wiegelte Chris ab und starrte weiter demonstrativ aus dem Fenster. Ihr Gedächtnis hatte in der Nacht dichtgemacht wie ein Computer, der sich nicht mehr hochfahren ließ. Was sie spürte, war eine große Leere. Das Ungeheuer, das sie in der Nacht gepackt hatte, um sie mit auf den Grund des pechschwarzen Sees hinabzuziehen, hatte sie in letzter Sekunde losgelassen, ihre Gefühle aber waren mit hinabgetaucht in die Schwärze. Nun musste sie davor auf der Hut sein, dass das Ungeheuer nicht plötzlich wieder auftauchte und nach ihr griff. Schon eine Sekunde der Unachtsamkeit konnte genügen, um ihr Schicksal zu besiegeln.

»Über das, was gestern passiert ist, natürlich. Ich seh doch, dass es dir nicht gutgeht. Na komm schon«, sagte Ulrike.

Chris blieb stumm. Kurz vor ihrem Eintreffen in Oldenburg meinte Ulrike den Schimmer von etwas Glänzendem unter Chris' linkem Auge zu sehen. Sie schaute sie so lange konzentriert an, bis Chris, die gerade wieder aus dem Fenster sah, den Kopf zu ihr herumriss und sagte: »Wieso starrst du mich so an?«

»Weil ich dachte, du ... Ach nichts.«

»Was? Was dachtest du?«

»Dass du weinst«, sagte Ulrike.

Ohne ihren Blick von der vorüberziehenden Landschaft zu lösen, antwortete Chris: »Das wäre ja noch schöner, nein, zum Teufel! Lass mich einfach in Ruhe, okay!«

Für Ulrike bestand kein Zweifel mehr: Chris schien in den letzten zwölf Stunden eine tiefgreifende emotionale Veränderung durchgemacht zu haben. Denn während sie sprach, war nicht die Spur einer Gefühlsregung in ihrem Gesicht zu erkennen. Sie wirkte nüchtern und kalt wie jemand, der sich geschworen hatte, nichts und niemanden mehr an sich heranzulassen.

Und dann standen sie vor der Haustür ihres Vaters in Oldenburg, doch auch nach dem neunten Läuten wurde nicht geöffnet.

»Und was machen wir jetzt?«, sagte Ulrike, lehnte sich gegen die Hauswand und steckte sich eine Zigarette an.

Zwei Typen in einem schwarzen Käfer-Cabrio fuhren vorbei und winkten ihnen im Rhythmus der stampfenden Beats von Michael Jacksons »Billy Jean« zu. Doch Chris schien keinerlei Notiz von ihnen zu nehmen, sondern starrte auf den Boden, als liege dort die Antwort auf Ulrikes Frage. Irgendwann hob sie trotzig das Kinn und sagte: »Die Krankenhäuser abklappern. Da vorne ist eine Telefonzelle.«

Nachdem sie wusste, dass ihr Vater weder im Pius-Hospital noch im Evangelischen Krankenhaus lag, blieb nur noch das Klinikum in der Rahel-Straus-Straße. Noch einmal warf sie zwei Groschen in den Automatenschlitz, und diesmal hatten sie Glück: Leo Mahler war mit gebrochener Schulter und Verdacht auf Milzriss am Vorabend dort eingeliefert worden.

»Ihr Vater liegt auf der Inneren, Zimmer 23, dritter Stock«, sagte die Männerstimme.

»Vielen Dank«, sagte Chris.

Das Wort Vater schien die in ihrem Hirn bestehende Kontaktsperre zur Außenwelt schlagartig aufgehoben zu haben. Denn bevor sie den Hörer auf die Gabel zurücklegte, wiederholte sie es noch zweimal: Vater. Vater. Dabei zog ein breites Lächeln über ihr müdes Gesicht. Die imaginäre Plastikfolie, die es seit dem Morgen zu überspannen schien, war gerissen.

***

Er war noch einmal eingenickt, kam aber gleich wieder zu sich, als Anette sich erhob.

»Wie spät ist es?«, murmelte er ins Halbdunkel und sah ihr hinterher, wie sie ins Bad lief. Im Gegenlicht des Flurs zeichnete sich durch ihr weites T-Shirt die Silhouette ihrer rechten Brust ab.

Sie hatten schon länger keinen Sex mehr gehabt. Wenn sie wollte, war er meist zu müde gewesen. Und als ihm dann danach war, hatte sie ihre Periode gehabt. Ahrens drehte sich unter dem dünnen Laken einmal schwerfällig wie eine verrostete alte Schiffsschraube, die nur mühsam in Gang kam, um die eigene Achse. Trotz der Musik, die aus dem Bad herüberschallte, hörte er unten im Flur das Telefon läuten.

Nein, er wollte niemanden sprechen. Nach dem fünften Klingeln sprang der Anrufbeantworter an, und eine blechern klingende Frauenstimme sagte: »Hier spricht Dagmar Scharlow. Wenn du Lust und Zeit hast, ruf doch mal zurück.« Anschließend hinterließ sie ihre Nummer und legte auf. Das Gerät spulte surrend zurück und brachte sich mit einem mechanischen Klicken in Startposition.

»Was will die denn?«, dachte er laut und stand auf, um hinunter in die Küche zu gehen und Kaffee aufzusetzen. Doch dann blieb er auf dem Treppenabsatz stehen. Jasmin saß in ihrem Zimmer auf dem Boden und hielt einen Gegenstand in der Hand, ein Lineal, das sie auf ihren vor ihr sitzenden Teddybären Paulchen gerichtet hielt, und sagte: »Hände hoch! Ich bin ein böser Bandit. Du musst machen, was ich sage. Sonst schieße ich dich tot!«

Fassungslos sah er hinüber, als er aus dem Bad Anette rufen hörte: »Peter, kommst du bitte mal?«

»Ja, ja, ich … ich komme«, antwortete er und tappte hinüber.

Anette stand vor dem Spiegel und fixierte ihre Haare mit einem Reif.

»Warst du das?«, sagte sie.

»Was?«

»Die Seifenschale!«, sagte sie mit geschlossenen Augen und wirbelte mit einem feinen Pinsel über ihr Gesicht. »An der hab ich unheimlich gehangen.«

»Ja, sorry«, sagte er und starrte auf die auf den Kacheln liegenden Scherben.

Anette öffnete die Augen, hielt in ihrer Bewegung inne und sagte: »Ist was? Du wirkst so komisch?«

»Nein, schon gut«, sagte er und verließ das Bad. Die Tür zum Kinderzimmer war auf einmal verschlossen. Er trat bis auf wenige Zentimeter heran und lauschte auf mögliche Geräusche. Es war ein Flüstern zu vernehmen, hell, aber unverständlich. Offenbar stieß Jasmin noch immer Drohungen gegen Paulchen aus.

Ein Gefühl der Schwäche überkam ihn. Er ging ins Schlafzimmer zurück. Im Halbdunkel ließ er sich aufs Bett fallen und schloss die Augen. Im nächsten Moment fing er fürchterlich an zu schwitzen. Sein Gehirn schien seinen Körper fluten zu wollen. Im Nu war sein ganzer Körper klatschnass.

»O Mann«, hauchte er schwer atmend und fuhr sich mit der Hand übers Gesicht und betrachtete die feucht glänzende Innenseite.

Wahrscheinlich war Dagmar Scharlow aus dem Krankenhaus entlassen worden, lag zu Hause im Bett, langweilte sich und rief wahllos Leute an. Ebenso wahrscheinlich war, dass sie ihn im Fernsehen gesehen hatte. Doch wer hatte das eigentlich nicht? Wo auch immer er in den nächsten Wochen auftauchte, würde man ihn darauf ansprechen. Beim Fleischer, auf der Bank, im

Supermarkt und in der Schule, wenn er Jasmin abholte. Überall. Alle hatten ihn gesehen. Alle. Die ganze Nation. Wäre ich verdammt noch mal bloß wie geplant ins Emsland gefahren!, dachte er. Ich hätte mich wie alle anderen vor den Fernseher setzen und mich mit einem kühlen Bier in der Hand über die Kollegen aufregen können. Doch ich musste ja unbedingt mitmischen, den Vermittler spielen. Und wofür? Für eine Lawine aus Vorwürfen und Kollegenschelte und ein paar hundert Mark für Fotos, die gut und gern ein anderer hätte machen können.

Das Radio im Bad verstummte, und Ahrens hörte, wie seine Frau die Treppe hinunterlief. Dann erklang das Klappern von Geschirr. Anette goss Milch in den Kaffee und füllte ihn anschließend, so, wie sie das jedes Mal machte, wenn sie spät dran war, in ihren verschließbaren gelben Plastikbecher. Die Honigschnitte, die sie normalerweise morgens aß, fiel heute aus. Und tatsächlich hörte er sie keine drei Minuten später »Tschüüüssss!« rufen – und die Tür fiel hinter ihr ins Schloss.

Ich könnte mein Archiv ordnen, sagte er sich. Die Vorstellung aber, tatsächlich im Souterrain, wo dicke Staubmäuse in den Ecken lagen und es säuerlich nach feucht gewordener Raufasertapete und verschüttetem Hefeweizenbier roch, lange Stunden damit zuzubringen, Hunderte von Dias und Kontaktabzügen zu beschriften und zu katalogisieren, die sich sowieso kein Schwein jemals wieder ansehen würde, ließ ihn augenblicklich davor zurückschrecken. Für eine derart titanische Aufgabe fehlte ihm im Moment einfach die Kraft.

Er spürte eine drückende Leere in seinem Magen, ein gastrointestinaltraktisches Vakuum, das danach schrie, ausgefüllt zu werden, ganz gleich, womit. Noch immer hafteten die Ereignisse des Vortages an ihm wie eine schleimige Schnecke an einer Glaswand.

Ahrens wuchtete sich hoch, verließ das Schlafzimmer und ging hinunter in die Küche. Unten im Flur blieb er kurz stehen und warf einen Blick auf den blinkenden AB. Dann spähte er hinüber ins Wohnzimmer.

Er ging zu der Eichenholzkommode, die Anette mit in die Ehe eingebracht hatte und in welcher sie die diversen Alkoholica vor Jasmin in Sicherheit gebracht hatten. Er schloss die Tür auf und entschied sich für die Wodkaflasche. Mit der Flasche in der Hand lief er entschlossen in die Küche, nahm ein Schnapsglas aus dem Schrank und füllte es bis knapp unter den Rand. Prüfend hielt er das Glas gegen das zum Fenster hereinflirrende Sonnenlicht. Dann kippte er den farblosen Inhalt auf einen Zug hinunter, umklammerte das leere Glas und wartete auf den Schock in seinem Magen.

Der ließ nicht lange auf sich warten und fetzte wie eine Hitzewelle durch seinen Körper hinauf in seinen Kopf. Tränen traten ihm in die Augen, doch sofort fühlte er sich besser. Viel besser. Er schenkte sich noch einmal nach und fackelte auch diesmal nicht lange. Das Feuer in seinem Magen war nicht mehr das gleiche, dafür registrierte er nun ein anschwellendes Kribbeln in den Unterarmen.

Er stellte das Glas auf der Arbeitsplatte ab, ging hinaus in die Diele und griff zum Telefonhörer. Das Freizeichen summte – jetzt war er bereit für Dagmar Scharlow. Bereits nach dem zweiten Läuten nahm sie ab.

»Schön, dass du zurückrufst«, sagte sie mit ihrer hellen warmen Stimme. »Ich wollte hören, wie es dir nach alldem geht!« Von ihrem Unfall hatte sie eine sieben Zentimeter lange Risswunde an der Stirn davongetragen, die sich, mit fünf Stichen vernäht, hinter einem weiträumig verklebten weißen Mullkissen verbarg.

»Großartig! Mir geht es großartig!«, antwortete Ahrens eine Spur zu laut. »Mir ist es noch nie besser gegangen, ehrlich«, posaunte er. Unglücklicherweise musste er im selben Moment aufstoßen: das gastrointestinaltraktische Vakuum hatte sich offenbar geschlossen, und es funkte aus der Tiefe seines Leibes: »Alles Roger.«

»Hast du getrunken?«, hörte er die Scharlow daraufhin mit einem sorgenvollen Ton in der Stimme fragen.

»Und wenn schon. Ist doch nicht verboten, oder?«

»Nein, nein, natürlich nicht. Nur ist es gerade mal … ach, egal.« Es entstand eine kurze Pause, und Ahrens konnte hören, wie auf der anderen Seite ein Feuerzeug mechanisch auf- und zuklickte und sie den Rauch ihrer Zigarette schnarrend an der Muschel vorbeiblies. Dann sagte sie: »Ich möchte dich jedenfalls zu deinem mutigen Verhalten beglückwünschen.«

»Danke«, erwiderte er schlapp. Mit raumgreifenden Schritten tappte er hinüber ins Wohnzimmer, wobei er sich beinahe in der Telefonschnur verhedderte, und glitt mit dem Hörer am Ohr rückwärts wie eine mit einem einzigen Axtschlag gefällte Nordmanntanne der Länge nach aufs Sofa. »War alles halb so wild, ehrlich«, sagte er und rieb seine nackten Füße aneinander.

»Ich hätte das nie gekonnt, mit diesen Verbrechern reden und so … vor all den Kollegen.«

Er wollte etwas Lässiges antworten, spürte aber, dass in seinem Magen keineswegs alles Roger war. Ganz im Gegenteil. Er ließ den Hörer achtlos zu Boden fallen und lief in die Gästetoilette. Die Schüssel umklammernd, erbrach er sich in schmerzenden Schüben.

***

In Adams auf 28 Grad Celsius aufgeheizter 54-Quadratmeter-Dachwohnung läutete das Telefon. Quälend und so beharrlich, dass er nicht anders konnte, als dem bösartigen Drängen schließlich nachzugeben.

Noch schläfrig wankte er in die kleine, schlauchähnliche Diele, wo das zirpende Biest zwischen seinen Schuhen und seiner Jacke, die er in der Nacht einfach achtlos dorthin geschleudert hatte, auf dem Boden lag und weiter schamlos tat, was es auf Geheiß des Anrufers tun sollte: Läuten, läuten, läuten!

»Karoly?«, sagte er und fuhr sich über sein fühlloses, verschwitztes Gesicht.

»Nein, ich bin's, Adam, Martha«, sagte die Stimme aufgeregt und überschlug sich fast dabei. »Ich hab's im Fernsehen gesehen. O mein Gott, Adam, mein Schatz!«

Aha, sie erinnert sich also wieder an mich, dachte er. An den Polacken, der ihr keine Kinder machen kann. Da war so wenig. Selbst die Tatsache, dass sie ihn gerade mal vor ein paar Tagen mit der für einen Mann schmachvollsten aller Begründungen verlassen hatte, berührte ihn nicht mehr, sondern erschien ihm inzwischen bloß noch wie eine Szene aus einem Film, den er einmal als Kind gesehen und von dem ihm nur wenige Sequenzen unscharf in Erinnerung geblieben waren. Das alles musste in einer anderen Zeit stattgefunden haben. In der Zeit vor Enschede. Vor den Schüssen. Und dahin führte kein Weg zurück.

»Was willst du?«, sagte er. Jetzt hat sie Schuldgefühle, dachte er. Nur darum ruft sie an.

»Was ich will?«, rief sie mit der gleichen Auflehnung in der Stimme, die er in ihren Augen gesehen hatte, als er sie anbettelte, nicht zu gehen, ihn nicht zu verlassen. Nicht alles kaputtzumachen. »Was ich will, fragst du?«, wiederholte sie. »Dass wir zusammenbleiben.«

Er musste an ihre erste Begegnung bei Wackernagel denken und wie sie ihn, über ihre Schreibmaschine gebeugt, jedes Mal angesehen hatte, wenn er das Büro betrat.

»Nein«, sagte er. »Es ist vorbei. Aus.«

»Aber wieso denn, Adam?«, rief sie. »Ich liebe dich doch, Adam, bitte!«

Er verspürte plötzlich das starke Verlangen, sich zu bewegen, und begann, in der Diele auf und ab zu laufen. Er setzte einen Fuß vor den anderen, bis er an der Tür angelangt war, kehrtmachte und wieder loslief. Er musste sich bewegen, um nicht verrückt zu werden.

Noch vor ein paar Stunden hätte er alles für ihre Liebe gegeben. Hätte darum gebettelt, gefleht. Doch jetzt nicht mehr. Jetzt wollte er nur noch, dass sie ihn in Ruhe ließ, dass sie schwieg und aus seinem Leben hinausging wie ein Arzt aus einem Krankenzimmer, in dem er nicht mehr gebraucht wurde.

»Adam«, rief sie. »Bitte!«

»Lass mich!«, wiederholte er. »Lass mich einfach, ja!?« Dann unterbrach er die Verbindung.

***

Bertram schob den Smiley wieder in seine Hosentasche, nachdem Sylvia grinsend an ihren Schreibtisch zurückgekehrt war, und nahm sich die Kladde mit den Meldungen zum Geiseldrama vor. Er würde Maibach zeigen, was in ihm steckte!

Er schlug die Mappe auf und überflog die Artikel kurz. Dann nahm er sich den obersten und begann zu lesen. Die Meldung war erst vor einer Viertelstunde über den Ticker gegangen: Die Gangster waren auf dem Weg nach Köln. Das Telefon klingelte. Ohne seinen Blick von dem Artikel zu lösen, griff er nach dem Hörer, hielt ihn ans Ohr und sagte: »Bertram, RTL Aktuell?«

»Ich bin's«, sagte die Stimme.

Bertram begriff sofort, wer dran war. »Hey, hallo«, sagte er.

»Ich muss mit dir reden. Um zehn im Campi?«

»Unmöglich!«, erwiderte Bertram. »Ich muss gleich mit einem Tonmann raus. Die Geiselgangster kommen nach Köln.«

»Wovon redest du?«, sagte Sirvan und klang hörbar gereizt.

»Liest du keine Zeitung? Oder wie wär's mal zur Abwechslung mit Radio oder Fernsehen? RTL Aktuell zum Beispiel«, sagte er. »Ganz Deutschland redet im Moment von nichts anderem als von diesen beiden Irren.«

»Ach das, ja«, sagte sie. »Thomas, bitte, es ist wichtig!«

»Hat das nicht Zeit bis morgen? Ich weiß im Moment wirklich nicht, wo mir der Kopf steht!«

»Nein, Thomas, das hat es nicht«, fauchte sie so energisch, dass er den Hörer reflexartig ein paar Zentimeter vom Ohr wegnahm. »Also ich ruf dich an, okay? Sagen wir, heute am frühen Abend?«

»Ich erwarte deinen Anruf um halb acht«, erwiderte sie im Befehlston und verschwand aus der Leitung. Kopfschüttelnd legte Bertram den Hörer zurück auf die Gabel und kehrte zu den Meldungen zurück.

Er machte Sylvia ein Zeichen in Richtung Kantine und sagte: »Ich hol mir 'n Kaffee und 'n Brötchen, sonst fall ich um! Willst du auch was?«

»Ein Mars wäre toll«, antwortete sie lächelnd und leckte sich mit rollenden Augen die Lippen.

»Wird gemacht«, sagte er, ging los und dachte: O Mann! Im Moment war wirklich der Teufel los. Vermutlich fuhren deswegen seine Hormone Karussell. Paul schien auf dem Weg der Besserung, und Maibach schien auch noch an ihn zu glauben, setzte ihn sogar auf die Topgeschichte an.

Er lief den Gang hinunter, vorbei an den schweren dunklen Eichenholzbürotüren, hinter denen rund um die Uhr an einem RTL-mäßigen Blick auf die Welt gestrickt wurde.

Wahrscheinlich hat sie gerade mal wieder ihre Tage und ist deshalb so mies drauf, erklärte er sich Sirvans irritierendes Gerede und betrat die kleine Kantine, einen lichten, von einer weitläufigen Glasfront dominierten Korridor, in dem da und dort Leute an Tischen saßen und sich unterhielten.

Mit seinem Kaffee, dem Mars-Riegel und einem in Cellophan eingewickelten Schinkenbrötchen ging er zur Kasse.

Er würde Amina einen Ring besorgen und ihr so etwas Altmodisches wie eine Verlobung anbieten. Etwas Besseres, womit er ihr dokumentieren konnte, wie sehr er an ihre Beziehung glaubte, fiel ihm im Moment nicht ein. Ja, einen Ring, sagte er sich. Einen goldenen. Aber dann waren da trotzdem immer noch Sirvan und

Sylvia. Und was war mit der blonden Bedienung im Museumscafé, die er so anziehend fand? Und was mit der brünetten Plattenverkäuferin bei Montanus, die ihn jedes Mal so ansah, als warte sie nur auf ein Zeichen von ihm?

Er hatte sich mit anderen Frauen eingelassen und würde es wieder tun, mit oder ohne Verlobung. Er würde Frauen finden, junge Dinger, die sich unter einem Fernsehjournalisten etwas ganz Tolles vorstellten und darauf spekulierten, dass er ihnen die Tür in den Großen Medienzirkus öffnete. Die Frage war doch, worum es in seinem Leben ging. Denn an den ganzen Mist von wegen »ein guter Mensch sein, andere gut behandeln und ein liebevoller Vater und Ehemann sein« konnte er inzwischen immer weniger glauben. Ein falscher oder unüberlegter Schritt, und man lag querschnittsgelähmt in einem Krankenhausbett. Ein falsches oder zu lautes Wort zur falschen Zeit gegenüber der eigenen Frau oder ein zu tiefer Blick in das Dekolleté einer anderen, und man fand sich vor dem Scheidungsrichter wieder. Nein, es gab keine kosmischen Standards, die einem ein erfülltes, sinnvolles Leben garantierten. Kinder zu haben galt als die Erfüllung, bedeutete aber genau genommen zwanzig Jahre Sorgen, Stress und eine Menge Kosten. Ganz zu schweigen vom Verzicht auf eigene Wünsche. Wer dennoch auf dieser Ansicht bestand, belog sich entweder selbst, um sich nicht eingestehen zu müssen, dass es inzwischen zu spät war für einen Kurswechsel hin zu einem Leben als Partylöwe mit Kurztrips auf die Seychellen oder nach Ibiza. Oder aber er war bereits impotent und sein Leben damit ohnehin verloren. Und Geld, für sich genommen, versprach auch kein anhaltend sorgenfreies Leben. Also blieb nur der Sex übrig.

Bertram überschlug im Kopf, wie viele Jahre ihm grob gerechnet dafür noch blieben. Bevor sich sein Leben in etwas auflöste, über das er lieber nicht nachdenken wollte. Als er mit dem festen Vorsatz in die Redaktionsräume zurückkehrte, sein mit Sylvia irgendwann nonverbal verabredetes Stillhalteabkommen in

Sachen Sex einseitig aufzukündigen, herrschte helle Aufregung: Die Gangster waren mitsamt ihren Geiseln kurz vor Köln.

***

Seine Jungs waren startklar. Und er würde alles aus ihnen rausholen. Für diese Sache, die seine Sache war.

»Kommt nur her, ihr Wichser!«, brüllte es in seinem Kopf. Die Kollegen vom MEK, die Rösners Wagen seit ein paar Stunden observierten, hielten ihm das Staffelholz vor die Nase, und er würde zugreifen und sich in einem Schlussspurt die verdammten Trophäen holen. Ihre Skalps.

Nach weiteren erfolglosen Versuchen erreichte er Andreas Steinwald schließlich doch noch. Dem Kollegen waren die Müdigkeit und die Niedergeschlagenheit über den Tod des italienischen Jungen deutlich anzuhören, er sprach schleppend wie jemand, der aus einer schweren Narkose erwacht.

»Du packst das«, sagte Steinwald zum Schluss. »Wenn die einer packt, dann du, Rolf. Schneid ihnen die Eier ab, diesen verdammten Verbrechern!« Das hatte ihm gefallen.

Ja, er würde es tun, er würde ihnen die Eier abschneiden. Langsam und genüsslich. Und er würde es für Robert tun, damit der hinterher sagen konnte: Wisst ihr, wer diesen beiden Wichsern die Eier abgeschnitten und das Leben der beiden Geiseln gerettet hat? Das war mein Vater! Diese Vorstellung gefiel Kirchner. Dass sein Sohn mit ihm angeben würde, dass er stolz auf ihn war.

Sie standen auf dem Hof in der Markgrafenstraße 102, neun Mann, und reckten ohne Kommando wortlos die Daumen hoch wie Taucher, die einander das Zeichen zum Abtauchen gaben, bevor sie rücklings über den Bootsrand in die Tiefe kippten. Dann stiegen sie in die Fahrzeuge. Drei rußgraue Opel Omega, Typ A. Kirchner bildete ein Team mit den Kollegen Andresen und Landau. Berischa würde Team 2 leiten, Kasperski Team 3.

Alles war bis ins Kleinste besprochen und mit der Einsatzleitung in Recklinghausen abgestimmt. Bis hin zum Zugriff. Und sie waren auf alles vorbereitet, gestählt von diversen Zugriffen. Kirchner hatte zudem vier Scharfschützen angefordert, Männer, auf deren ruhige Hand es am Ende womöglich ankam.

»Also! Schnappen wir uns die Wichser!«, rief Kirchner. Daraufhin ballte Andresen neben ihm die Faust. Dann startete er den Motor, und sie rollten vom Hof.

Diesmal würden sie das Ding auf seine Weise durchziehen. Das Gefühl, die Typen für immer unschädlich zu machen, war unvergleichlich. Es war wie einen Schmerz abstellen, der viel zu lange unter der Haut gewütet und gepocht hatte. Zuschlagen. Hart und echt. Wie Tiere. Nichts Verlogenes dabei. Der Stärkere erledigt den Schwächeren. So einfach war das!

Zwanzig Minuten später passierten sie den Ruhrschnellweg und wechselten an der Anschlussstelle Bochum auf die A 43 in Richtung Köln. Andresen, gewöhnlich ein beherrschter Kollege, wirkte fahrig und nervös. Griff immer wieder nach seinen Zigaretten. Verschaltete sich ein paarmal.

Rösner, das hatten die Kollegen vom SEK Köln zwei Minuten zuvor gefunkt, steuerte den BMW soeben über die Anschlussstelle Köln-Ost auf die B 55 A in Richtung Köln-Zentrum. Kurze Zeit später kam der Funkspruch des Kollegen aus Köln: »Wir haben Sie verloren.«

»Verdammter Mist«, sagte Kirchner und bat Andresen: »Gib mir auch eine!« In kurzen, hektischen Intervallen blies er den Rauch seiner Zigarette zum halbgeöffneten Fenster hinaus. »Diese Kölner Flaschen«, fluchte er. »Genauso ein Scheißverein wie der FC!«

Hans-Jürgen Rösner starrte ungläubig hinauf zum Dom.

»Dat is 'n Ding, wah? Mensch, leck mich!«, rief er anerkennend und suchte Degowskis Blick im Rückspiegel. Er folgte den Hinweisschildern in Richtung Zentrum. Weshalb er ausgerechnet nach Köln wollte? Weil er immer davon geträumt hatte, mal den Dom zu sehen, diesen steinernen Riesen. Und das hier war doch eine gute Gelegenheit, sich diesen Traum endlich zu erfüllen.

Sie hatten seit zwei Tagen nicht geschlafen. Und trotz der Coffein-Tabletten, die er schluckte, war er müde. Er kratzte sich an der Wunde, die er sich in Rentfort geholt hatte, als er sich mit der Honda aufs Ei gelegt hatte. Er sah zu Marion, die neben ihm saß, und sagte: »Allet klar, Schatz?«

Sie hatte sich ein Tuch um ihr verletztes Bein gebunden und die Tabletten, die er ihr gegen die Schmerzen besorgt hatte, geschluckt. Trotzdem wirkte sie erledigt.

»Ja, alles klar«, sagte sie.

Nachdem sie aus Holland wieder raus waren, hatte er Gas gegeben und war auf die Autobahn gefahren. Alle mussten denken, er hätte einen Plan. Doch er hatte keinen. Er wollte nur eins: dass die ihn endlich in Ruhe ließen. Also musste er sie abhängen. Und dann war das Hinweisschild Köln aufgetaucht, und da hatte er spontan gedacht: der Dom!

Im Radio redeten sie nur über ihn. Dass die Bullen ihn mit allem Drum und Dran in Köln erwarteten, war keine Überraschung. Na und, sollen se doch, dachte er, während er Meter um Meter tiefer ins Kölner Zentrum vorstieß. Die ham mich in Bremen nich gekriecht, und die kriegen mich auch in Köln nich! Solln se's nur ruhig versuchen!

Er war auf alles gefasst. Auf Gaffer, Reporter, Kameras, Mikrophone und Scharfschützen. Nicht aber auf jenen zu allem entschlossenen Mann, der mit seinen beiden Kollegen in diesen Minuten in Richtung Köln fuhr, um sich seinen Kopf zu holen. Ein Mann, der es hasste, zu verlieren.

18

BILD-Köln

Gangster und Geiseln zum Kaffeetrinken in Raststätte!

Gladbeck. Tankwart Hermann Witte an der Autobahnraststätte Melle (A30) wunderte sich: So viele junge sportliche Männer – und alle hatten es am Mittwochmorgen sehr eilig. »Wir fahren eine Rallye!« hatte einer von ihnen gesagt. Witte: »Das waren fast 20 Autos aus ganz Westdeutschland.« Was Witte nicht wusste: Die jungen Männer waren Spezialisten der Kriminalpolizei. Auf der Verfolgung der Geiselgangster von Gladbeck. Kurz zuvor waren die beiden Gangster ebenfalls an der Raststätte gewesen, hatten getankt und waren dann mit beiden Geiseln in die Raststätte gegangen, bestellten Kaffee. Witte: »Das ist 'n Ding!«

»Na endlich«, rief sie und eilte zur Haustür wie ein Hund, der sehnsüchtig die Heimkehr seines Herrchens erwartet. Das Klingeln hatte sie aus ihrem angespannten Brüten gerissen. In ihrem Arbeitszimmer über ihr Manuskript gebeugt, hatte sie die Sätze zuletzt bloß noch angestarrt, statt sie zu lesen.

Sie machte die Tür auf und sah Helga fragend an: »Wieso hat das denn so lange gedauert? Ich hab schon gedacht, dir wär was passiert.«

»Ludwig hat sich aus irgendeinem Grund in der Gästetoilette eingeschlossen, und als er dann wieder rauswollte, ist ihm der Schlüssel abgebrochen. Wir mussten den Schlüsseldienst rufen, und die kamen einfach nicht bei. Entschuldige.«

Helga trug einen ockerfarbenen Blouson von Benetton, ein weißes T-Shirt, weiße Jeans und ebenfalls weiße Turnschuhe von Lacoste. Auf der Nase saß eine Ray Ban. Sie hielt die Autoschlüssel in der Hand.

»Gut siehst du aus«, sagte Brigitte und umarmte Helga flüchtig.

»Du auch«, log ihre Freundin.

Brigitte wusste, dass sie fürchterlich aussah. Seit Tagen hatte sie ihre Haare nicht gewaschen. In Strähnen umrahmten sie ihr fahles Gesicht. Ihre blauen Leggins waren fleckig und das graue T-Shirt nicht gebügelt.

»Alte Lügnerin«, sagte sie und machte die Tür zu. »Was ist denn los?«, sagte Helga und schob ihre Ray Ban hinauf in ihr dichtes, volles Haar. »Hast du Probleme mit dem Text?«

»Komm!«, sagte Brigitte, ohne zu antworten, drehte sich um und lief in die Küche. »Ich hab Kaffee gemacht.«

»Ja, es läuft nicht«, sagte Brigitte, als sie einander im Halbdunkel am Tisch gegenübersaßen. Auf dem Tisch standen ihre Teetasse und ein randvoller Aschenbecher. »Das ist es aber nicht. Ich bin ganz allgemein in einer Krise. Ich weiß auch nicht. Ich schlafe schlecht und muss wieder dauernd an Martin denken. Jedenfalls hab ich beschlossen, wieder mehr rauszugehen. Unter Leute, verstehst du? Vorhin hab ich im Radio gehört, dass die Gangster in Köln sind. Da musste ich an das denken, was du gesagt hast. Dass ich mir das ansehen soll, dass das mit meiner Arbeit zu tun hätte. Also bitte, lass uns hingehen!«

»Ich hab's auch gerade im Autoradio gehört«, antwortete Helga und trank einen Schluck Kaffee. »Ich verstehe nicht, was die hier wollen.«

Sie hielt ihre Tasse mit beiden Händen umfasst, als wärmte sie sich daran, und sah Brigitte lange an.

»Deine Hände, Brigitte! Was ist denn mit denen passiert?«, sagte sie, stellte ihre Tasse ab und griff nach Brigittes Händen. Sie drehte sie prüfend hin und her. Die Innenflächen waren übersät von kleinen, rötlich unterlaufenen Rissen und aufgebrochenen Stellen. »Mein Gott, das sieht ja schlimm aus!«

»Ich hab versucht, den Duschvorhang mit Chlor zu reinigen«, log Brigitte, »und, na ja, da hab ich eben nicht aufgepasst.«

In Wahrheit war sie, nachdem sie bereits mehr als eine Stunde auf ihre Freundin gewartet hatte und es nicht mehr langer aushielt, ins Bad gelaufen und hatte sich, wie immer, wenn eine Anspannung unerträglich wurde, so lange die Hände unter dem laufenden Wasser geseift, bis es sich endlich rot färbte.

Der Druck in ihren Schläfen war allmählich dem erlösenden Schmerz in den Händen gewichen, und ihre Gedanken hatten aufgehört, immerzu um sich selbst zu kreisen. Denn darum ging es: das Gehirn auszuschalten, damit die Erinnerungen aufhörten, diese unheilvollen Schmerzerzeuger. Ihr Gehirn, das hatte sie bereits viele Male schmerzlich erleben müssen, war ein unerbittlicher Jäger. Ein nachtragendes Etwas, das es, so gut es eben ging, im Zaum zu halten galt, ein böser Geist, den man nicht aus der Flasche lassen durfte. Denn hatte er sich erst einmal zur vollen Größe aufgerichtet, war es praktisch unmöglich, den Dschinn wieder kleinzukriegen.

»Du musst sofort Heilsalbe drauftun, hörst du«, sagte Helga in beschwörendem Befehlston. »Du hast doch so was im Haus? Oder? Wenn nicht, hole ich dir schnell welche in der Apotheke.«

»Nein, schon gut, ich schau mal im Bad nach«, antwortete Brigitte und lief aus der Küche. Im Bad öffnete sie den Alibert-Schrank, nahm die blaue Nivea-Creme-Dose heraus und rieb sich die Hände mit der fettigen Paste ein. Sie hasste es, klebrige Finger zu haben. Doch um keine weiteren Fragen zu provozieren, rieb sie ihre Hände so lange gegeneinander, bis sie mit einem matt schimmernden Film überzogen waren, der sehr gut auch von einer Heilsalbe stammen konnte.

Zurück in der Küche, steckte sie sich eine Player an, schenkte Helga Kaffee nach und redete eine Zeitlang über ihre Schwierigkeiten mit dem neuen Manuskript.

»Ich habe lange und hart an den ersten Kapiteln des Buchs gearbeitet, doch offenbar nicht lange und hart genug. Denn wenn ich mir die Sätze jetzt ansehe, habe ich das Gefühl, in einen blinden Spiegel zu blicken. Ich kann mich nicht mehr darin erkennen. Ich weiß nicht mehr, was Schreiben bedeutet. Ich bin erschöpft und habe es satt, zu kämpfen.«

Brigitte sprang vom Tisch auf und lief erneut aus der Küche. »Brigitte? Hey! Was ist denn? Wo gehst du hin?«, rief Helga und sah ihr überrascht hinterher.

»Gleich!«

Brigitte kam mit einer Flasche Amarone in der Hand zurück, nahm zwei Gläser aus dem Schrank und den Öffner aus einer Schublade und machte die Flasche auf. »Ich brauch jetzt einfach ein Glas. Willst du auch?«, sagte sie und füllte die Gläser mit der granatroten Flüssigkeit.

Helga sah auf ihre Uhr. »Es ist zwar noch nicht mal zwölf, aber, ach, warum eigentlich nicht?«, erwiderte Helga und griff nach einem Glas. »Und Amarone sowieso immer!«

»Ich will und kann so nicht weitermachen, Helga«, sagte Brigitte und trank einen Schluck.

»Willst du wissen, wann ich das letzte Mal Sex hatte? Das muss Jahre her sein. Mir ist, als ob ich eine Plastikfolie über dem Gesicht hätte, und jedes Mal, wenn ich ausatme, beschlägt die, und ich sehe nichts mehr. Ich will da wieder raus, will wieder was sehen und erleben. Und deswegen fahren wir jetzt in die Stadt und sehen uns die Verbrecher an.«

»Okay«, sagte Helga und trank einen Schluck, »wenn's dir hilft, von mir aus. Schließlich hab ich dich ja auf die Typen hingewiesen.« Sie leerte ihr Glas, griff nach ihrer Handtasche und zog einen grauen Umschlag hervor.

»Hier«, sagte sie und schob Brigitte den Umschlag über den Tisch. »Die Informationen zu Martins Vater, um die du gebeten hast. Das ist alles, was Dirk im Spiegel-Archiv über ihn finden konnte. Nicht gerade viel. Aber interessant. Ich hoffe, es hilft dir weiter.«

»Du bist wirklich ein Schatz, Helga. Und sag deinem Bruder, dass ich ihn anrufe, um mich persönlich bei ihm zu bedanken«, sagte Brigitte und öffnete den Umschlag. Zum Vorschein kam etwa ein halbes Dutzend fotokopierter und am Rand datierter Zeitungsausschnitte, die sie kurz überflog. Zwei davon zeigten unscharfe Schwarzweißfotos von Christian Andernach, der in der Bildunterschrift als »der unbekannte Bruder« bezeichnet wurde.

»Was soll das heißen, der unbekannte Bruder?« Brigitte sah Helga fragend an. »Das verstehe ich nicht. Bruder von wem?«

Helga sah wieder auf die Uhr. »Nun lies schon weiter, dann

siehst du es.« Brigitte überflog den ersten Artikel. Bei dem Namen Hermann Göring hielt sie abrupt inne und sah Helga fassungslos an. »Was? Christian Andernach ist ein Halbbruder von Hermann Göring, dem Oberbefehlshaber der Deutschen Luftwaffe im Zweiten Weltkrieg?«

»Ich hab's zuerst auch nicht glauben wollen«, sagte Helga. »Aber es ist so. Christian Andernach hatte wohl nie viel mit Göring zu tun, aber sie hatten dieselbe Mutter. Als Dirk mich anrief und sagte, was er herausgefunden hat, fragte ich ihn, ob er Witze macht. Da hat er mir den Artikel, den du in der Hand hältst, in den Verlag gefaxt.«

»Mein Gott«, flüsterte Brigitte. »Göring hat die Ermordung der Juden angeleiert. Oder?«

»Im Juli 41 beauftragte er Heydrich mit der Organisation der sogenannten Endlösung der Judenfrage. Ich hab's nachgelesen, als ich Dirks Brief bekam.«

»Mein Gott.« Aus Brigittes Gesicht wich sekundenschnell alle Farbe. »Dann war Martin mit diesem Monster verwandt, ohne es zu wissen.«

»Vielleicht hat er es gewusst und dir verschwiegen«, sagte Helga. »Um nicht darüber reden zu müssen. Oder er hat es verdrängt. Kann doch sein.«

»Das glaube ich nicht«, rief Brigitte. »Das hätte er nie getan! Niemals!« Sie legte die Kopien vorsichtig auf den Tisch. »Ich muss hier raus, sonst werd ich noch verrückt«, sagte sie leise und stand auf. Sie verließ die Küche und war keine fünf Minuten später wieder da. Sie trug Jeans, Turnschuhe und Martins abgewetzte, khakifarbene Tamrac-Fotoweste und auf dem Kopf sein altes New-York-Mets-Basecap, unter das sie ihr Haar gestopft hatte. Mit kämpferisch in die Hüften gestemmten Fäusten sah sie Helga an und sagte: »Los, lass uns gehen!«

***

Bertram saß auf der Kante seines Stuhls, wippte nervös mit den Beinen und hatte die Ellbogen auf die Tischplatte gestützt. Über das von Sylvia zusammengestellte Dossier gebeugt, versuchte er, sich möglichst rasch ein Bild über die aktuelle Lage zu verschaffen. Denn genau genommen war er, was die Geiselgeschichte betraf, trotz der paar Zwischenmeldungen, die er aufgeschnappt hatte, bei null. Er überflog die Tickermeldungen, behielt dabei aber ständig die an der Wand hängenden TV-Bildschirme im Auge, über welche bei ARD und ZDF die Teletexte flimmerten, und telefonierte ein bisschen herum.

Er wunderte sich kurz, weshalb Maibach ausgerechnet ihn mit dem »Aufmacher« für die Mittagssendung betraut hatte, denn tatsächlich schlichen genügend Alphatiere in der Redaktion herum, die nur darauf warteten, diesen arroganten Schnöseln von ARD und ZDF zu zeigen, wo der Hammer hing.

Maibach wollte eine junge, frische Perspektive auf die Geschichte haben, und die würde er ihm liefern. Wahrscheinlich erinnerte sich Maibach an seinen Beitrag über das Eifersuchtsdrama in Sülz, das tödlich geendet hatte, den er nach seiner Ausstrahlung in der Sendekritik überschwänglich als ein Beispiel für engagierten Neo-Journalismus gelobt hatte.

Maibach hatte in Bezug auf seinen Vierminüter tatsächlich von Neo-Journalismus gesprochen. So, als hätte er mit seinem Stückchen den TV-Journalismus neu erfunden. Das war lächerlich. Und alle im Raum wussten das. Sie hatten sich damals kurz fragend angesehen und gedacht: Wie Neo? Denn da war doch mal was? Filme von Visconti, Rossellini und De Sica.

Maibach hatte seine Position damals zwar für den Moment gestärkt, doch auch Bertram hatte das Gefasel mit Befremden zur Kenntnis genommen.

Bertram rief die Auskunft an und ließ sich zwei Nummern geben. Kurz darauf klingelte irgendwo in Gladbeck ein Telefon. Nach dem siebten Läuten wurde sein Anklopfen erhört, es wurde abgenommen, und eine Stimme sagte: »Das Einwohnermeldeamt der Stadt Gladbeck, Sie sprechen mit Simone Seifert, was kann ich für Sie tun?«

Sein Puls schnellte in die Höhe. Allein schon der Klang des Wortes »Gladbeck« zauberte ihm eine Gänsehaut auf die Oberarme. Jetzt war er dran! Hatte Witterung aufgenommen.

Mit Hilfe von Fräulein Seifert konnte er Hans-Jürgen Rösners Herkommen auf die Schnelle so weit ausleuchten, dass nach einer weiteren Stunde und einem guten Dutzend heuchlerisch geführter Telefonate mit Gladbecker Polizeidienststellen, der Justizvollzugsanstalt Werl sowie Pressekollegen in Essen, die Festnetznummer von Rösners Schwester auf seinem Notizblock stand. Und die, dessen war sich Bertram plötzlich zu einhundert Prozent sicher, war der Schlüssel zu einer mit erstklassigen Hintergrundinformationen gespickten Geschichte, die Maibach vom Hocker hauen würde.

Er registrierte das gleiche erregende Bizzeln im Anus, das ihn durchrieselte, wenn er kurz davor war, in eine Frau einzudringen. Er glühte, fühlte sich regelrecht beschickert von der eigenen Größe und Bedeutung. Ja, er wusste, wie man die Stecknadel im Heuhaufen fand. Er war eben ein echter Spürhund. Und mit der Story, die er da gerade an Land zog, würde er sich dauerhaft einen Platz in Maibachs Mannschaft sichern. Der Geschichte eines von Anfang an ungeliebten Kindes, das zum Opfer seiner Umstände wird – und fortan auf nichts als Rache aus ist.

Sein Hemd war am Rücken klatschnass, und unter seinen Achseln zeichneten sich dunkle sichelförmige Schweißflecken ab. Er hatte um jedes Fitzelchen Information gekämpft wie ein Löwe und sich eine Schneise durch die zunächst unpassierbar erscheinende Dornenhecke aus Unwissenheit, zähflüssiger polizeilicher Informationspolitik und bürokratischer Trägheit geschlagen.

»Und? Wie läuft's?«, brach plötzlich Sylvias Stimme in seine kleine, innerlich abgehaltene Feierstunde ein.

»Phantastisch, echt! Ich hab die Nummer von Rösners Schwester in Gladbeck. Und wenn die auspackt, dann aber hallo!«, frohlockte er und gestattete sich einen verstohlenen Blick auf ihre vollkommenen Brüste. Mit der Tatsache, dass er obendrein eine Verbindung zur ehemaligen Leiterin des Kindergartens in der Tunnelstraße in Gladbeck, in den Rösner einst gegangen war, hergestellt hatte, würde er sie später überraschen.

Dabei hätte er ebenso gut über Fliegenklatschen oder Klappsitze in Regionalzügen reden können. Denn abgesehen von Sylvia, die, als könnte sie seine Gedanken lesen, wie absichtslos den obersten Knopf ihres Stretchkleides öffnete, interessierte sich in diesen Minuten und in diesen Räumen keine Menschenseele für das, was er innerhalb der letzten Stunde in mühevoller journalistischer Kleinarbeit herausgefunden hatte. Bertram hatte angestrengt nach dem Mond Ausschau gehalten und an Wegen dorthin gearbeitet, während der Rest der Redaktion bereits, und ohne ihm ein Sterbenswörtchen davon zu sagen, in Richtung Mars unterwegs war.

Im Hochgefühl seiner spitzenmäßig angelaufenen, also total RTL-mäßigen Recherche griff Bertram nach Sylvias Hand und sagte: »Wie wär's mit einem Essen heute Abend? Nur wir zwei? In einem schicken Lokal deiner Wahl?«

Sekundenlang tat sich überhaupt nichts in ihrem wie versteinert wirkenden Antlitz. Und kurz glaubte Bertram, der immer noch ihre Hand hielt, die wie eine Kugel Eis in seiner zu schmelzen schien, sie fange jeden Moment an zu lachen. Doch dann kam plötzlich wieder Bewegung in die wundervolle Architektur ihres Gesichts, und sie antwortete süffisant: »Wenn deine Frau dich lässt, um halb neun im Carlo am Brüsseler Platz!« Dabei machte sie den Knopf an ihrem Kleid mit geradezu feierlicher Langsamkeit wieder zu und ging grinsend zurück an ihren Schreibtisch.

Offenbar hatte sie die ganze Zeit über nur auf ein Zeichen von ihm gewartet. Und wahrscheinlich wäre Bertrams Glück in diesen Sekunden vollkommen gewesen, wären da nicht Amina und Paul und Sirvan gewesen, und die Tatsache, dass er Sirvan für den Abend ein längeres Telefonat zugesagt hatte. Wie es aussah, war er im Begriff, die Frau, mit welcher er seit Wochen seine zukünftige Frau und Mutter seines Kindes betrog, zu betrügen.

Bertram schob sich den Zeigefinger ins rechte Ohr, ließ ihn ein paar Sekunden lang nachdenklich darin kreiseln und wirbelte winzige Hautpartikel hervor, die wie Blütenpollen auf den Rand der silbergrauen Kunststoffunterlage seines Schreibtisches herabrieselten. Er zog den Finger aus seinem Gehörgang, sah ihn kurz prüfend an und fixierte die bräunlichen Hautplättchen, die auch die vor ihm ausgebreiteten Tickermeldungen wie Fliegenschiss gesprenkelt hatten. Dann griff er zum Telefonhörer und wählte die Nummer des Kinderkrankenhauses.

»Bertram, guten Morgen. Ich wollte fragen, wie es meinem Sohn geht. Verbinden Sie mich bitte mit der Frühchenstation«, sagte er und faltete in Gedanken die Hände zum Gebet.

»Moment«, sagte die Dame in der Telefonzentrale. Dann wurde er in die Warteschleife geschickt. Schließlich wurde er durchgestellt, und eine Frauenstimme sagte: »Katja Andraes, E 2?«

***

Sie bogen nach rechts auf die Trankgasse ab, folgten den Schildern Richtung Dom und wechselten schließlich auf die Komödienstraße.

Die Kölner Kollegen hatten es tatsächlich fertiggebracht, das Fluchtfahrzeug aus den Augen zu verlieren. Kirchner drehte die Scheibe ganz herunter und spuckte vor Wut über diese Schlamperei einen hellen Klumpen aus dem Fenster aufs graue Pflaster. Nach ein paar Minuten zog Andresen den Wagen nach links in Richtung Albertusstraße, und sie stießen nach 200 Metern auf die Ehrenstraße.

Vor ihnen schob sich eine buntscheckige Welle von Passanten

im grellen Sonnenlicht über die Einkaufsmeile. Grün-weiß gestreifte Markisen warfen Schatten auf die glühenden Gehsteige. Da und dort standen Wasserschalen für die unter der Hitze leidenden Vierbeiner vor den Geschäften. Wohin man blickte, sah man verschwitzte Gesichter, alte Männer, die Pepitahüte trugen, Frauen, die ihre pochenden Handgelenke in die umlagerten Brünnchen tauchten. Über einem Bratwurststand stieg eine zittrige graue Rauchfahne in den stahlblauen Kölner Mittagshimmel auf, aus den Boutiquen lärmte Musik.

Immer wieder mussten sie anhalten, weil Leute ihnen einfach vor die Kühlerhaube liefen. Plötzlich rief Kirchner mit ausgestrecktem Arm und Blick auf den olivgrünen BMW direkt vor ihnen: »Das gibt's doch nicht, das sind sie! Hier, der da! Direkt vor uns!«

Andresen checkte das Kennzeichen, ein gelbes niederländisches, HR 20 TN, und sagte: »O Mann, tatsächlich!« Er informierte die nachfolgenden Kollegen. Justitia hatte kurz ihre Augenbinde abgenommen und ausnahmsweise mal für die Guten Partei ergriffen: Sie präsentierte ihnen das Objekt ihrer Begierde auf dem Servierteller.

»Wir haben das Zielfahrzeug soeben Ehrenstraße, Ecke Breite Straße geortet und bleiben dran«, gab Andresen per Funkspruch an die Kölner Kollegen durch. »Bitten um Verstärkung.«

»Wir haben wirklich mehr Glück als Verstand!«, sagte Kirchner und fühlte, wie sich seine Energien in der Mitte seines Brustkorbs zu sammeln begannen. Seine Hände wurden kalt und hart, in den Fingerspitzen fühlte er seinen Puls, und die Sehnen in seinem Nacken spannten sich an. Beim Sprechen rollte er den Kopf mit halbgeschlossenen Augen wie ein Boxer, der sich für einen Kampf locker macht. Er war Käpt'n Ahab auf der Jagd nach dem Weißen Wal.

Im Schritttempo rollten sie durch die Breite Straße weiter in Richtung Dom. Mit Blick auf das Stadtanzeiger-Gebäude kamen sie kurz zum Stehen. Sofort drängte sich etwa einhundert Meter weiter vorn ein Pulk von Presseleuten und Schaulustigen um den BMW und brachte ihn damit endgültig zum Stehen. Zahllose Richtmikrophone pendelten über dem Pulk hin und her. Vor den Cafés stiegen die Besucher auf die Stühle, um eine bessere Sicht auf den Geiselwagen zu haben. Aus den oberen Fenstern der umliegenden Häuser gafften Leute herunter.

Kirchner spähte hinüber, und kurz war ihm, als schüttele sich die Menschentraube, die sich um den BMW gebildet hatte, wie ein riesiger, dreckiger, am Boden liegender Hund. Dazwischen konnte er Fernsehkameras ausmachen, die auf und ab ruckten. Aufzuckende Blitzlichter.

Er wies Andresen an, nach einer Haltemöglichkeit Ausschau zu halten. Genau in dem Moment kam ein Funkspruch der Einsatzzentrale in Recklinghausen. Rainer Fritsche, der die operative Leitung hatte, meldete sich höchstpersönlich zu Wort. Kirchner verachtete den Mann seit ihrer ersten Begegnung in der Markgrafenstraße. Und diese Verachtung beruhte auf Gegenseitigkeit.

Der hagere, blasshäutige Brillenträger Fritsche hatte an der Universität Bern Kriminologie studiert und ließ keine Gelegenheit aus, seinen dort erworbenen Titel »Master of Advanced Studies in Criminology« zu erwähnen. Während des Gesprächs warf er mit Begriffspaaren wie »Labeling Approach« und »ubiquitärer Kriminalität« um sich und zitierte ständig ein Buch mit dem Titel »Verderbnis und Entartung« eines gewissen Peter Becker, »eine grandiose Geschichte der Kriminologie des 19. Jahrhunderts als Diskurs und Praxis«, die ihm, so Fritsche damals übertrieben, endgültig alle Illusionen über das Wesen des Menschen geraubt hätte.

Kirchner hatte nur einmal in das teigige, blasse und von zwei kleinen, immerzu unruhig hinter den Brillengläsern hin und her springenden Fischaugen dominierte Gesicht des Mannes blicken müssen, um zu wissen, dass ihn nicht das Geringste mit diesem

Aktenfresser verband. Er war ein Mann der Praxis, und Leute wie Fritsche konnten ihm gestohlen bleiben. Doch die Tatsache, dass er ihn in Gladbeck vor aller Augen gedemütigt hatte, indem er ihm befahl, sich seine Dienstuniform überzuziehen, um für die Journalisten freien Zugang zur Bank zu schaffen, war seinen Gefühlen noch immer beigemischt wie ein Bitterstoff, der ihm permanent auf der Zunge lag und alles vergiftete.

Hinterher, wieder in seinem Büro, hatte er sich vor seinen Leuten aufgebaut, hatte sich von Andresen dessen Brille geben lassen, sie aufgesetzt und Fritsche mit verstellter Stimme so treffend nachgeahmt, dass alle in schallendes Gelächter ausgebrochen waren. Auf dem Höhepunkt seiner schauspielerischen Darbietung war plötzlich die Tür aufgegangen, und Fritsche hatte im Raum gestanden. In Sekundenschnelle hatte er die Situation erfasst.

»An alle Kollegen vor Ort«, fiepte Fritsches fadendünne Stimme aus dem Lautsprecher. »Abstand halten zu den Zielpersonen! Und kein Zugriff, ich wiederhole: kein Zugriff!«

Andresen blickte Kirchner fragend an. »Hä? Was soll das denn jetzt?« Dann drehte er sich zu Landau um, doch der zuckte nur wortlos mit den Schultern. Kurz darauf klingelte das Funktelefon. Kirchner nahm ab und hörte Fritsche sagen: »Das gilt vor allem für Sie, Kirchner. Jedes eigenmächtige Handeln hat für Sie weitreichende Konsequenzen, dass das klar ist! Ich wiederhole: keine Alleingänge, kein Django-Scheiß! Und vor allem kein Mitführen von Schusswaffen! Verstanden? Anderenfalls mache ich Sie fertig!«

»Gaaaannnzz wie Sie meinen, Herr Oberrat!« antwortete Kirchner in spöttischem Ton und wiederholte für die Kollegen im Wagen wie ein Kind, das noch einmal aufsagen soll, was der Vater ihm an Benimmregeln für den Aufenthalt im Ferienlager mit auf den Weg gegeben hat: »Abstandhalten, keine Alleingänge, kein Django-Scheiß und auch kein Mitführen von Schusswaffen!« Dann unterbrach er einfach die Verbindung und rief: »Ach, leck mich doch, du Arsch!«

Landau rief von hinten: »Hey, hat der Typ sie eigentlich noch alle? Kein Mitführen von Schusswaffen? Der spinnt doch wohl. Sollen wir den Rösner vielleicht mit bloßen Händen fangen?«

»Nein«, antwortete Kirchner höhnisch grinsend und strich sich über sein unrasiertes Gesicht. »Du besorgst dir bei Karstadt in der Spielwarenabteilung ein Lasso und fängst ihn damit ein!« Alle lachten trotz der angespannten Situation.

Sie stellten den Wagen in der Krebsgasse, etwa hundert Meter Luftlinie vom BMW entfernt, ab, riefen die Kollegen aus den anderen beiden Fahrzeugen dazu und besprachen kurz das Vorgehen.

»Selbstverständlich bleiben alle Kollegen bewaffnet«, sagte Kirchner. »Ich mische mich unter die Journalisten und versuche seitlich an den Rösner ranzukommen. Andresen nähert sich ihm von hinten. Ich will ständig Sichtkontakt zwischen uns beiden, okay, Jens?« Andresen nickte.

»Roland, du sicherst uns nach vorne ab. Team 2 bezieht Stellung links vom Fahrzeug, Team 3 rechts. Alles wie besprochen! Alles klar, Männer? Dann los!«

Berischa und Kasperski nickten ebenfalls kurz in die entschlossene Runde, dann schwärmten ihre Teams aus.

***

Endlich am Bett ihres verletzten Vaters zu stehen war für sie wie das Ende einer Schlacht.

Sie hatte eine versuchte Vergewaltigung überstanden und deren Folgen halbwegs verarbeitet, hatte das Ende einer zum Schluss bloß noch fragwürdigen Liebe hingenommen und wenige Stunden zuvor sogar auf ihren Wagen abgefeuerte Pistolenschüsse überlebt. Und das alles innerhalb weniger Wochen, Tage. Sie war eine Überlebende, eine Kämpferin, ein weiblicher Ninja, der erfolgreich sämtlichen Angriffen getrotzt hatte. Unkraut, das nicht verging.

Jetzt aber, da sie am Ziel war, fühlte sie sich wie eine Marathonläuferin, die nach dem Überqueren der Ziellinie entkräftet zusammenbricht. Als hätte sie drei Noctamid auf einmal genommen, wirkte plötzlich alles vollkommen verschwommen. Wie beim Blick durch eine Milchglasscheibe.

»Ich warte draußen«, sagte Ulrike und blieb am Eingang zurück.

Chris sah ihren Vater, der die Augen geschlossen hielt, an, ließ ihren Blick über sein von einem dünnen, matt schimmernden Schweißfilm überzogenes Gesicht wandern, das sie kräftiger, voller in Erinnerung hatte. Anschließend weiter zu der hellbraunen Ledermanschette, die seine verletzte rechte Schulter umgab. Und schließlich hinab zu seiner rechten Hand, die reglos auf der dünnen weißen Bettdecke lag und kleine Abschürfungen aufwies. Dabei schob sie ihr Gesicht näher an seines heran und sagte: »Hallo Papa!«

Einige Sekunden verstrichen, ohne dass sich etwas im Gesicht des Vaters regte. Dann zog er die faltigen, wächsernen Augenlider hoch und sagte mit einem angedeuteten Lächeln: »Hallo.«

Sein ohnehin scharfgeschnittenes Kinn wirkte noch spitzer als früher. Und seine nicht sehr großen Augen schienen mit einem Mal weiter auseinanderzustehen. Alles in allem erinnerte ihr Vater sie plötzlich an einen in die Jahre gekommenen Windhund.

»Jetzt wird alles gut«, sagte sie, griff nach seiner Hand und drückte sie. Dabei fühlte sie, wie eine Welle der Liebe für den Daliegenden in ihr anrollte und sie zu überschwemmen begann. »O Papa«, sagte sie, »Papa, Papa, Papa«, und fing an zu weinen.

Dieses Wort auszusprechen, das ihr so oft auf der Zunge gelegen hatte wie ein zähes, unzerkaubares Stück Fleisch, fiel ihr plötzlich leicht und erschien ihr zugleich vollkommen selbstverständlich. Dabei hatte sie es so oft gemieden, abgestoßen von der Kälte dessen, den es bezeichnete. Nun aber, da sie an seinem Bett stand wie eine Mutter am Lager ihres verunglückten Kindes, zählte das alles nicht mehr. Sie war hier, und sie spürte, dass es gut war. Dass sie in diesen Minuten an keinem anderen Ort der Welt sein wollte.

Wie um sie zu beruhigen, erwiderte Leo Mahler ihren Druck. »Ist ja gut«, murmelte er halblaut, »ist ja gut, meine Kleine!« So hatte er sie das letzte Mal vor einer halben Ewigkeit genannt, sie war damals sieben oder acht gewesen. Meine Kleine.

Sofort fächerten sich vor ihrem inneren Auge zahllose Erinnerungsbilder auf: sie als Fünfjährige im überfüllten, von lautem Kindergeschrei erfüllten Nichtschwimmerbecken des Freibades Flötenteich mit leuchtend roten Schwimmflügeln an den dünnen Ärmchen, während der wohlwollende Blick des Vaters auf ihr ruht. Leo Mahler in seinem Nutzgarten an der Bullwisch, wo er im durchgeschwitzten Feinripp-Unterhemd, auf einen in die kaffeebraune Erde gerammten Spaten gestützt, über die hochaufgeschossenen Tomatenpflanzen hinweg in die tiefstehende Abendsonne blinzelt, während sie in ihr mitgebrachtes Zuckerbrot beißt. Sie und der Vater im Casablanca-Kino, wo sie sich den Fantasyfilm »Tschitti Tschitti Bäng Bäng« über das gleichnamige Wunderauto anschauen und sie das erste Mal im Leben beseelt Popcorn mampft.

Doch wo ist die Mutter? Weshalb ist sie in keiner ihrer Erinnerungen mit im Bild? Hat sie sie herausgeschnitten? Aus ihrer Erinnerung getilgt? Aus Rache? Für all die hinterhältigen Demütigungen, die sie ihre ganze Jugend hindurch von ihr hinnehmen musste?

Gleichmäßig durch die Nase atmend, stieß Leo Mahler rasselnd die Luft aus. Dabei glitt sein Blick so langsam auf und ab wie eine Boje auf einem vom Wind bewegten Meer. Chris meinte, unter seinem Brustbein sein Herz schlagen zu hören, tsch-tsch, tsch-tsch, tsch-tsch.

Sie richtete sich auf und ließ die Hand ihres Vaters los, um sich die Tränen aus den Augen zu wischen. Dabei sah sie durchs Fenster auf den Vorplatz, wo Ulrike in der prallen Sonne auf einem der schweren, dunkel glänzenden Begrenzungssteine saß, welche die reservierten Personalparkplätze gegen die öffentlichen abgrenzten, und rauchte. Auf dem schmalen Rasenstück weiter links grub ein weißer, spindeldürrer Hund mit seinen Vorderpfoten ein Loch in den Boden und wirbelte Erdbrocken auf. Noch weiter links saß ein Mann auf einer Bank und las in der Bildzeitung.

Chris hasste Krankenhäuser, seit sie denken konnte. Denn verschlug es einen erst einmal dorthin, kam man unbeschadet nicht wieder heraus.

»Wanda, die Gute, hat den Arzt gerufen«, sagte Leo Mahler mit schmerzverzerrtem Gesicht. »Ohne sie würde ich wahrscheinlich immer noch da unten liegen. Zwischen all den Nüssen. Sie hat mich gerettet. Zum Glück«

Chris musste alle Kraft zusammennehmen, um ihrem Vater seine Sicht der Dinge nicht auf der Stelle wie ein Stück Papier, auf dem bloß Lügen geschrieben standen, aus der Hand zu reißen, um es zu zerknüllen oder in Flammen aufgehen zu lassen. Und es gelang ihr nur unter größter Beherrschung, nicht augenblicklich loszuschreien und eine Salve wüstester Beschimpfungen in Richtung der Abwesenden abzufeuern. Stattdessen atmete sie zwei-, dreimal tief durch und sagte schließlich mit zusammengebissenen Zähnen: »Ja, zum Glück!«

Vor allem war da diese Idee. Sie war ihr auf der Zugfahrt gekommen, zunächst nicht mehr als eine vage Vorstellung. Doch je länger sie darüber nachdachte, desto logischer erschien ihr der Gedanke. Nun, am Bett ihres Vaters, der sie ansah wie ein aus dem Nest gefallener Vogel, sprach aus ihrer Sicht alles dafür, sie auszusprechen und in die Tat umzusetzen. Denn genau betrachtet, war sie fertig mit Bremen. Einer Stadt, die ihr kein Glück brachte. Weder in der Liebe noch beruflich. Und so sagte sie entschlossen: »Was hältst du davon, wenn ich eine Weile bei dir wohne? Natürlich nur so lange, bis du wieder auf dem Damm bist? Ich kann mich um dich kümmern und für dich kochen. Was meinst du?«

Sie sah ihren Vater an und suchte nach irgendeiner spontanen Regung in seinem Gesicht, die ihr sagte, dass der von ihr ausgestreute Samen auf fruchtbaren Boden gefallen war. Doch statt auf ihr Angebot einzugehen, sagte er:

»Ich hab gehört, dass diese verdammten Gangster heute Nacht auf der Autobahn auf ein Taxi geschossen haben. Da musste ich sofort an dich denken.«

Leo Mahler riss plötzlich die Augen unnatürlich weit auf wie ein Blinder, der gegen alle Logik ein Fetzchen Helligkeit in der Finsternis ausgemacht zu haben glaubt. »Aber Gott sei Dank war es nicht dein Taxi!«

»Nein«, sagte Chris mit zitternder Stimme und kämpfte wieder mit den Tränen. »Gott sei Dank!«

»Hier«, sagte der Vater plötzlich. Und dann sah sie durch den wässrigen Schleier vor ihren Augen, wie er ganz langsam die linke, eben noch zur Faust geschlossen Hand anhob und ihr hinstreckte. Dabei öffnete sie sich wie eine Blüte im Zeitraffer. Zum Vorschein kam eine breiig gewordene, als solche kaum noch erkennbare Macadamianuss. »Die ist für dich«, sagte er.

Sie griff danach und blickte irritiert auf das matschige Gebilde in ihrer Hand. Drehte und wendete es im schräg einfallenden Licht. Dann sah sie auf die Hand ihres Vaters, an der Reste der bräunlichen Masse klebten. Und lächelte.

Sie war nicht mehr da draußen, wo ihr altes Leben innerhalb von Sekunden genauso in sich zusammengefallen war wie die zerschossene Windschutzscheibe. Sie war nicht länger Teil dieses ganzen Irrsinns. Sie war nach Hause gekommen. War in Sicherheit. Endlich.

***

Der Typ mit der Fernsehkamera kam immer näher, am Ende war er kaum mehr als eine Armlänge von ihm entfernt. Ein Typ mit langen, strähnigen Haaren. Die Kamera saß auf seiner Schulter wie ein Granatwerfer.

»Nimm dat verdammte Scheißding aus meinem Gesicht, sonst knallt et«, sagte Rösner und richtete seinen schweren schwarzen Colt auf den Journalisten. Sofort wich der zurück, hatte aber schon im nächsten Moment seine Kamera wieder im Anschlag.

»Aasgeier«, rief Rösner stolz. Es mochten inzwischen dreißig oder vierzig Journalisten sein, die sich um den Wagen drängten. Dazu all die Gaffer. Sie sahen aus wie Leute, die bei einer Armenspeisung anstanden. Mit hungrigen, aufgerissenen Mäulern. Und mit Augen, in denen die Gier loderte.

»Als ob et wat umsonst gäb«, erwiderte Degowski und angelte mit der freien Hand nach seinen Zigaretten, die in der Brusttasche seines durchgeschwitzten Hemdes steckten. Mit der anderen drückte er Silke Bischoff den Colt an den Hals.

Einer schrie seinen Namen: »Hey, Rösner! Hierher!« Ein anderer streckte ihm eine Schachtel Zigaretten hin: »Hier, nimm!«, bloß damit er sie ansah und sie ihre Fotos schießen konnten. Die Menge aus Journalisten, Reportern und Fernsehleuten umringte sie immer enger. Um die Wagentüren hatte sich eine Mauer aus Leibern gebildet. Eine Hand berührte ihn, als sei er der Messias, Leute schrien, riefen immer wieder aufgeregt: »Hey, hier, Rösner! Hier!«

Arme und Ellbogen stießen gegeneinander, schoben ihm Mikrophone hin. Diese Blicke in ihre Gesichter. Im nächsten Moment tauchte eine weitere Fernsehkamera im Fensterausschnitt auf, und eine Stimme rief: »Wie lange wollt ihr das noch weitermachen?« Dann hörte er ein Geräusch, bamm, und die Kamera fiel zu Boden. »Scheiße noch mal!«, brüllte dieselbe Stimme.

Rösner sah an Marion vorbei, rüber auf die andere Seite. Dort bot sich ihm das gleiche Bild. Kämpfende, schwitzende Leiber, die sich gegeneinanderdrängten. Rauchschwaden. Blitzlichter, Mikrophone, das nervöse Zischeln von Power-Windern. Er sah, wie sie ihre Lippen bewegten, wie ausgehungerte Fische hinter einer Glasscheibe. Doch er verstand nichts, weil alle wild durcheinanderredeten, gestikulierten wie Taubstumme.

»Hey, Rösner, warum habt ihr den Jungen erschossen?«, rief einer, und ein anderer: »Glauben Sie, dass Sie durchkommen werden?« Jedes Mal, wenn er hinsah, stach ihm ein Blitzlicht ins Auge, und es wurde kurz stockfinster. »Wie war das in Bremen, Herr Rösner? Wann kommen die Geiseln frei? Fordern Sie noch mehr Lösegeld? Haben Sie Angst, zu sterben?«

Diese Maden nannten ihn Herr Rösner. »Haste dat gehört, Marion?«, rief er, »Herr Rösner. Ich lach mich tot.« Ja, sie waren wie Maden und Fliegen, die ein totes Tier gefunden hatten, auf dem sie herumkrochen und in dem sie herumwühlten. Sie saßen ihm direkt auf der Haut. Absolut irre! Und dann drang aus dem Gewühl eine klar vernehmbare Stimme an sein Ohr, die rief: »Tagesschau. Können Sie mal schildern, was gestern in Bremen passiert ist?« Gleichzeitig wurde ihm durchs offene Fenster ein blaues Mikrophon hingestreckt, auf dem in weißen Buchstaben »NDR« stand. Daneben ein Kameramann, der nickte und lächelte. Dann richtete er seine Kamera auf ihn.

Er hatte die Frage klar und deutlich verstanden und sagte schließlich: »Da war dieser ganze Auflauf da, Leute, Neugierige und die ganze Polizei. Und dann hab ich gewartet, dass endlich einer kommt, mit dem man verhandeln kann. Der Journalist hat gesagt, er will vermitteln, und ist rübergegangen, aber sie haben gesagt, nein, es kommt kein Polizist«

Reporter: »Wie geht es Ihnen jetzt?«

Rösner: »Wir drei haben abgeschlossen, und ob ich kaputt bin oder nicht, das ist uninteressant. Ich würde sagen, es geht um die beiden Mädchen. Die sollen nichts unternehmen, sonst sind die tot.«

Reporter an Dieter Degowski: »Gibt es zusätzliche Geldforderungen?«

Degowski: »Nein! Das wollen wir aus dem ganz einfachen Grund nicht haben, sonst werden die noch bestusster. Dann werden die immer heißer hinter uns. Obwohl ich schon einen umgelegt hab.«

Reporter an Marion L.: »Wie fühlen Sie sich?«

Marion L.: »Bis auf mein Bein, gut.«

Reporter: »Ist die Kugel draußen?«

Marion L.: »Draußen.«

Reporter: »Sie rechnen sich aber auch noch Chancen aus?«

Marion L. (zuckt mit den Schultern): »Man muss es abwarten.«

Reporter an Silke Bischoff: »Wie geht's Ihnen?«

Bischoff (mit Degowskis Colt am Hals): »Im Moment gut.«

Reporter an Rösner: »Können wir irgendetwas für Sie tun?«

Rösner: »Ja, ich möchte, dass die Polizei informiert wird, weil ich hab auch keine Lust mehr, mich mit denen am Telefon auseinanderzusetzen, die wollen einen nur hinhalten … ich möchte auf keinen Fall, dass die was versuchen, das hab ich nämlich im Radio gehört, in Recklinghausen sind se am Beratschlagen, wie se uns fertigmachen, ne? Und dann sind die Mädchen tot, das ist so sicher wie das Amen in der Kirche. Und dann sind wir auch tot. Die Marion hat gesagt, ich soll se dann erschießen, und ich steck mir det Ding in den Mund.«

Er hob den Colt an und schob sich dessen Lauf in den Mund. Dann grinste er in die auf ihn gerichteten Kameras und die aufzuckenden Blitzlichter, präsentierte ihnen das stolze Lächeln eines großen Jungen auf seiner eigenen Geburtstagsfeier. Er war in so einer komischen Hochstimmung wie nach 'nem Trip, müde und berauscht, und konnte sehen, wie happy alle waren, wie abnormal scheißhappy, ihn leibhaftig vor sich zu haben. Sie widerten ihn an. Ihre hündischen Blicke, ihr Gesabber. Die konnten ihr Glück kaum fassen, diese Aasgeier.

Immer wieder sah er hinauf zu den Dächern, so gut es von seiner Position aus eben ging, über die Köpfe der Journalisten hinweg, um nach Scharfschützen Ausschau zu halten. Er konnte sie nicht sehen, doch er spürte, dass sie da waren.

»Lebend kriegen die mich nicht«, hörte er hinten den Dieter zu den Journalisten sagen, die auch ihm ihre Mikrophone hingestreckt hatten.

Ein Reporter: »Mit dem Leben haben Sie abgeschlossen?«

Degowski (nickend): »Total abgeschlossen. Anders geht's nicht, und auf die Kiste hab ich kein Bock drauf.«

Plötzlich schob ein Typ in einer Jeansjacke seinen Arm durchs Fenster, legte ihn um seine Schulter und sagte: »Jetzt seid ihr die Größten, stimmt's? Ihr habt's allen gezeigt!«

Sekundenlang dachte Rösner, der Typ werde zudrücken, ihn in den Schwitzkasten nehmen. Oder versuchen, ihn irgendwie durchs Fenster rauszuziehen. Doch nach einem Blick nach hinten ließ der ihn plötzlich wieder los und verschwand.

»Arsch« fauchte er, packte den zerdrückten Eisbecher, der voller Kippen auf dem Belüftungsschlitz an der Frontscheibe lag, und schleuderte ihn aus dem Fenster. Ihm wurde das plötzlich alles zu viel. Die vielen Gesichter, das ganze Gerede, der ganze Rummel, einfach alles.

Sie hatten sich Eis und Kaffee bringen lassen, sich bedienen lassen wie Könige. »Wollt ihr auch Eis?«, hatte er nach hinten gerufen, und einer der Lakaien da draußen antwortete sofort: »Ich hol euch Eis! Was wollt ihr noch? Cola, Bier, Kaffee?«

Einem Journalisten hing eine weiße Schnur aus dem Ohr. Wahrscheinlich 'n Ohrenstöpsel, dachte Rösner. Bei deren Anblick musste er – er hätte nicht sagen können, weshalb ausgerechnet jetzt – an die zahnlose Gela denken. Als Sechzehnjährige hatten sie mitangesehen, wie zwei Männer sie auf den Stufen des Wittringer Ehrendenkmals festgehalten und ausgezogen, betatscht und an der blauen Schnur gezogen hatten, die zwischen ihren Beinen raushing. Als sie im Halbdunkel der Laterne sahen, was es war, schleuderte ihr einer der beiden den blutgetränkten Tampon ins Gesicht und drückte ihr zur Strafe seine Kippe auf ihrem Bauch aus.

Gelas Schreie waren so laut gewesen, dass in den umliegenden Häusern die Lichter angegangen waren. Da machten sie, dass sie wegkamen.

Er konnte hören, wie der Dieter hinten seinen Colt pausenlos sicherte, entsicherte. Sicherte, entsicherte. Und dabei dachte er: Wenn dat Ding ma bloß nich losgeht. Dann kriegt die Marion noch eins rein. Doch dann war da plötzlich dieser Typ mit Brille und blauem Sakko, der seinen Kopf zum Fenster hereinstreckte und sagte: »Wenn ihr wollt, bring ich euch hier raus.«

19

BILD

ZDF klaute ARD das Gangster-Interview!

Mittwoch, 21.45: Ulrich Kienzle, Chefredakteur von Radio Bremen, schaut sich das »heute journal« an. Das ZDF zeigt Szenen eines Interviews, das er kennt. Es ist das Gespräch mit Geisel-Gangster Hans-Jürgen Rösner, das ARD-Reporter Günter Ollendorf erst vor zwei Stunden für die »Tagesthemen« geführt hat. Noch ehe die ARD das spektakuläre Interview ausstrahlen konnte, hatte es das ZDF aus einer gemeinsamen Leitung kopiert und als »eigenen Beitrag« dem Zuschauer angekündigt. Kienzle: »Eine doppelte Lüge!«

Er schlug krachend die Heckklappe zu und stieg in den taubengrauen Kadett Caravan, ließ den Motor an und rangierte den Wagen mit Blick in den Rückspiegel vom Hof.

Er hatte sich etwas Besonderes einfallen lassen, um der Kollegenmeute, auf die er in der Breiten Straße treffen würde, buchstäblich überlegen zu sein: eine Alu-Stufen-Stehleiter! Denn so hatte er einen ungehinderten Blick auf die komplette Szenerie und damit Bilder wie kein anderer, Shots quasi aus der Vogelperspektive. Gott gleich. Als würde der Allmächtige höchstpersönlich da oben auf den Auslöser drücken.

Bertram hatte auf die Schnelle seine gute Beziehung zum Hausmeister spielen lassen, hatte ihm einen Zehner in die Hand gedrückt und versprochen, das gute Stück bald wieder zurückzubringen.

Neben ihm saß der neue Praktikant, Tony Bässker, und starrte missmutig nach vorn. Bertram hatte um einen erfahrenen Tonmann gebeten, doch Maibach hatte sofort abgewinkt und mit Blick auf den wortkargen jungen Mann gesagt: »Das ist Ihre Chance, Herr Bässker. Jetzt können Sie zeigen, was in Ihnen steckt. Also ran an den Feind! Herr Bertram wird Sie in die Kunst des Außendrehs einführen!«

»Bässker?«, hatte Bertram ungläubig ausgerufen und gespürt, wie in seinem Gesicht etwas ins Rutschen gekommen war. »Aber wieso denn?«

»Warum denn nicht?«, hatte Maibach erwidert. »Nur so lernt Kollege Bässker, aus sich herauszugehen. Denn in Wahrheit besitzt unser junger, etwas scheuer Freund eine ganze Reihe verborgener Talente. Sie werden sehen.«

Bertram war sprachlos gewesen. Denn tatsächlich repräsentierte Tony Bässker den Prototyp des schwerfälligen Pyknikers: Er war mittelgroß, hatte einen gedrungenen Körperbau mit Neigung zum Fettansatz. Sein Brustkorb war unten breiter als oben, und sein Hals und sein Gesicht teigig und schlaff. Anders ausgedrückt: ein Langweiler in Person – und somit das genaue Gegenteil dessen, was er sich als Partner wünschte. Und nun saß dieses lahmarschige Dickerchen neben ihm. Sylvia hatte ihm einen mitleidigen Blick zugeworfen, als sie die Redaktion verließen. Und bereits der erste, im Wagen stockend in Gang gebrachte Dialog …

Bertram: »Also, das sind richtig harte Jungs, der Rösner und der Degowski, das weißt du! Oder?«

Bässker: »Ja, leider. Könnte nicht vielleicht jemand anderes, also, ich meine ja nur …«

… bescherte ihm die niederschmetternde Gewissheit, dass in dem jungen Mann obendrein ein Waschlappen steckte, dem schon jetzt vor Angst die Knie schlotterten. Bässker hatte ihn aus Augen angesehen, die wirkten wie zwei flackernde 30-Watt-Birnen, die jeden Moment den Geist aufgaben, implodierten.

Na super, dachte Bertram. Er steuerte den Kadett mit Tempo neunzig über die Aachener Straße in Richtung City. Um diese Tageszeit pumpte die Hauptschlagader im zentralen Nervensystem des Kölner Straßenverkehrs unter Normalbetrieb. Und beflügelt von einer grünen Welle und angetrieben von seiner Wut auf Maibach, schaffte er es vom RTL-Gebäude bis runter ins Zentrum in neun Minuten.

Bässker, der Bertrams riskante Fahrweise wortlos hinnahm, wirkte nun aber so, als hätte er etwas Schlechtes gegessen. Seine Gesichtsfarbe war von einem zarten Lachsrosa in ein alarmierendes Aschgrau umgeschlagen, und in den Augenbrauen über den Rändern seiner Brille glitzerten winzige Schweißperlen.

Auf der Inneren Kanalstraße hätte Bertram beinahe einen Mofafahrer, der plötzlich mit seiner offenkundig frisierten Hercules aus dem toten Winkel neben ihm aufgetaucht war, bei einem versehentlichen Linksruck am Steuer von der Platte geputzt. Kurz darauf nahm er einem olivgrünen Mini Cooper auf dem Kaiser-Wilhelm-Ring einfach die Vorfahrt und rasierte dem anderen dabei fast den linken Kotflügel weg.

»Haste schon mal Tonaufnahmen gemacht?«, fragte Bertram knurrig und bekam plötzlich Mitleid mit dem schwitzenden Anfänger.

»Ja, schon …«, fiepte Bässker, nahm die Brille ab und wischte sich umständlich den Schweiß aus den Augenhöhlen. Dann schob er sich die Brille wieder auf die Nase und sagte: »Bei ffn in Hannover, da habe ich nämlich angefangen. Und später beim HR in der Kultur, im Hörfunk. Es gab da so 'ne Nachmittagssendung, Das Radioscop, für die hab ich …«

Bertram ließ ihn gar nicht weiter ausreden: »Das heißt, du kennst dich mit Rycode und Mischpult aus?«

Nach kurzem Zögern sagte Bässker kleinlaut: »Ja, irgendwie schon …«, was in Bertrams Ohren nichts anderes bedeutete als: Hab keine Ahnung, nicht die Bohne!

»Aha«, erwiderte Bertram und war bedient.

Maibach, der Networker, hatte die Bewerbung des Abkömmlings einer der ältesten Kölner Bierbrauerdynastien mit Bedacht aus dem dicken Stapel von Praktikums-Bewerbungen rausgefischt, triumphierend damit herumgewedelt und so, als springe für ihn im Gegenzug eine Wagenladung Doppel-Magnum-Flaschen der Marke Conte Loredan Gasparini dabei heraus, breit grinsend getönt: »Bässker! Dem Kölsch eine Chance!« Dabei offenbarte Bässker schon nach wenigen Tagen seine ganze praktische Unfähigkeit, indem er das Kunststück fertigbrachte, durch bloßes Abreißen der Tickermeldungen den Fernschreiber aus seiner Tischverankerung zu zerren, so dass der mit einem markerschütternden Knall zu Boden ging.

Sie stellten den Wagen in der Schwalbengasse ab, Bertram nahm die Sony-Schulterkamera, eine nagelneue BVW 300, aus dem Kofferraum und hängte sie sich um. Dann drückte er Bässker das Rycode und das Mischpult samt Kopfhörer in die Hand: »Häng dir das Ding um!« Zuletzt klemmte er sich die Leiter unter den Arm, schlug die Heckklappe zu und verpasste Bässker einen aufmunternden Klaps auf die Schulter: »Na, dann los!«

Eigentlich hatte Bertram allen Grund, fröhlich zu sein, denn das Telefonat mit der Schwester der E 2 war denkbar erfreulich verlaufen: Paul machte stündlich Fortschritte, seine Werte verbesserten sich deutlich, und von Lebensgefahr war keine Rede mehr.

Sie liefen die Schwalbengasse hinunter, in Richtung Auf dem Berlich, und bogen nach 200 Metern in die Breite Straße ein. Sofort sahen sie den Pulk, der den Wagen umringte, all die Gaffer und Schaulustigen, das hysterische Gewedel und Herumgefuchtel der Kollegen mit ihren Mikros. Sie sahen die Wolke aus Zigarettenrauch, die über dem glänzenden Wagendach aufstieg, und Bertram spürte, wie er eine Gänsehaut an den Armen bekam.

Jetzt war er mittendrin, blickte in das Auge des Hurrikans.

Es herrschte eine Stimmung wie auf einem Rummelplatz. Als hätte Scotty den Vulkanier T'gai Spock von der Enterprise in die Breite Straße runtergebeamt. Oder als wäre die Monroe von den Toten auferstanden, um zu Füßen des Doms hofzuhalten. Bertram kämpfte sich zwischen den Schaulustigen hindurch und stieß dabei immer wieder mit seiner Leiter gegen ebenfalls rücksichtslos herandrängende Leiber. Gleichzeitig versuchte er, Bässker im Auge zu behalten. Rasch hatten sie sich dem Wagen, an dem die Meute klebte, bis auf wenige Meter genähert.

»Geh, so nah du kannst, ran an den Wagen und halt dem Rösner die Tüte hin!«, rief er Bässker zu. Der nickte und drehte sich weg. Bertram stellte die Leiter auf, stieg hinauf, setzte den

Kopfhörer auf und brachte die Sony in Anschlag. Er schaltete die Kamera ein und blickte durch den Sucher. In leichten Kreisbewegungen schwenkte er die Kamera über die Menge.

Von seiner Position aus erkannte er sofort die üblichen Verdächtigen: Dirk Renner vom Express stand mit einer Zigarette in der Hand am Wagen, nicht weit davon entfernt Rainer Braun vom Anzeiger, Willy Breitschuh von der Kölnischen Rundschau und Frank Gerber von Bild Köln. Dazu ungezählte Funk- und TV-Kollegen, der halbe WDR, Prenzberg, Simonsen, Helders. Alle wollten ihr Stück vom Kuchen abhaben. Man würde ihn so lange teilen, teilen und noch mal teilen, bis nur noch Krümel übrig waren, auf die sich die Ratten der unbedeutenden Blätter stürzen würden.

Bertram zoomte den Wagen heran und fing die gierigen Blicke der Kollegen ein. Bässker war es unterdessen gelungen, an den BMW ranzukommen, und er hörte Rösners Stimme auf dem Kopfhörer. Bertram schwenkte auf das hintere Wagenfenster, in dem Silke Bischoff zu sehen war, mit Degowskis Colt am Hals. Sie sprach in ein Mikrophon, lächelte gequält, nickte, wirkte müde, erschöpft. Er ließ die Kamera auf ihrem Gesicht stehen, und je länger er ihr durch den Sucher dabei zusah, wie sie sprach, nervös blinzelte und sich das strähnig gewordene blonde Haar aus der Stirn strich, desto trauriger wurde er.

Da saß eine junge unschuldige Frau mit einer entsicherten Waffe am Hals im Wagen, und nicht einer da unten kam auf die Idee, sie aus ihrer schrecklichen Lage zu befreien. Warum nicht? Warum taten alle so, als sei es das Normalste auf der Welt, mit Mördern zu reden? Sie zu interviewen und ihnen Feuer für ihre Zigaretten zu geben?

Jetzt nicht denken, flüsterte eine Stimme in seinem Kopf. Und dann, durch einen ungewollten Schwenk mit der Kamera nach rechts, fing er sie ein: Sirvan. Sirvan Petrossian. Seine Sirvan! Sie stand, eingeklemmt zwischen zwei Männern, am Heck des

Wagens und unterhielt sich mit einer Frau, die ein Basecap mit New-York-Mets-Aufdruck tief in die Stirn gezogen hatte und eine khakifarbene Fotoweste trug.

Was zum Teufel hatte Sirvan hier zu suchen? In der unmittelbaren Nähe zweier schwerbewaffneter skrupelloser, unberechenbarer Verbrecher, die jeden Moment losballern konnten? Arbeitete sie denn nicht um diese Zeit? Oder hatte sie einfach, statt bei McDonald's hastig einen Cheeseburger hinunterzuschlingen, ihre Mittagspause dazu genutzt, um sich das Spektakel aus nächster Nähe anzusehen, über das alle sprachen? Wollte sie da sein, um hinterher sagen zu können: Ich bin dabei gewesen in der Breiten Straße. Ich hab in Silke Bischoffs Augen gesehen. So, wie sie dem Mann, der vorgehabt hatte, vom AXA-Hochhaus zu springen, zugesehen und »Spring doch, spring doch« gegrölt hatte?

Bertram schaltete die schwer auf seine Schulter drückende Sony aus, nahm sie herunter und wischte den Schweiß aus der rechten Augenhöhle. Die Sonne schickte ihre Strahlen mit sich steigernder Intensität herunter, gleißende Lichtbündel, die sich in den Schaufenstern der Geschäfte brachen und als stechende Blitze von dort auf die Menschenmenge zurückgeworfen wurden. Das Auto badete in einer Lache aus Licht, schien regelrecht darin zu schwimmen, umringt von Ertrinkenden, die sich daran festklammerten wie an einen riesigen Rettungsring.

Bertram hatte nur noch Augen für Sirvan, die durch das Gestoße und Geschiebe immer weiter von dem Geiselfahrzeug weggedrängt wurde. Er hob die Kamera wieder vors Auge, doch Sirvan war verschwunden. Sein Puls schnellte in die Höhe, und er stieg von der Leiter. Doch hier unten, das hatte er nicht bedacht, war es unmöglich, sie zu finden. Also stieg er wieder hinauf und scannte die Szenerie. Er sah die Frau mit dem Basecap, und keine drei Meter davon entfernt Bässker, der tapfer sein Rycode in Rösners Richtung hielt. Sirvan war nicht mehr zu sehen.

Bertram stieg wieder hinab und kämpfte sich in nördlicher Richtung durch die Menge auf die Frau zu. Er drängelte und boxte, schob und drückte und verspürte das schreckliche Verlangen, die Klinge seines Wenger-Taschenmessers, das er stets in seiner Hosentasche bei sich trug, in die schwitzenden Leiber zu stoßen. Wieder und wieder. Damit es endlich aufhörte, dieses geile Gieren. Diese monströse, dumpfe Geilheit. In seiner Vorstellung sah er sich zwischen Leichenbergen umhergehen. Vernichteten Feinden. Und der Ekel auf die Meute wurde so groß, dass ihm ein metallischer Geschmack über die Zunge lief.

Nun war er nur noch eine Armlänge von der Frau mit der Basecap entfernt, hieb ungestüm mit der Hand gegen ihre Schulter und rief: »Hey, hallo, Sie da!«

Die Frau reagierte sofort auf den Schlag. Irritiert ruckte sie mit dem Kopf in seine Richtung: »Autsch, verdammt!«

»Ja«, rief Bertram, »ja, Sie«, und stieß den letzten Körper, der ihm jetzt noch im Weg war, einfach brutal zur Seite, es war wie ein Sog. Er drückte seine Finger in ein Gesicht, aus dem Schreie aufstiegen, drückte fester zu, in Augen, Mund und Nase. Verkrallte sich darin, als ginge es um sein Leben. Und dann waren die Schreie mit einem erstickenden Glucksen verstummt. Doch es war nur die Ruhe vor dem neuerlichen Lärm.

»Was haben Sie getan?«, rief jemand aufgebracht und rüttelte an seiner Schulter. Und ein anderer: »Sind Sie verrückt geworden! Sie verdammtes Schwein!«

Er betrachtete den am Boden liegenden Körper. Ein lebloser Sack. Zusammengestaucht zwischen Beinen, die kaum Licht durchließen, wie im Pflaster verwurzelt schienen. Bertram machte sich los und schnappte nach Luft.

»Hey, du Arsch, wie heißt 'n du?«, rief einer und versuchte, ihn zu packen. »Sag mir jetzt sofort deinen Namen!« Doch da zog ihn jemand weg, riss an seiner Schulter. Bässker.

»Ich hab alles drauf!«, rief er aufgeregt. »Alles! Hören Sie!«

»Ja, ja, das ist gut, sehr gut«, keuchte Bertram erschöpft und sah, wie der gestürzte Mann sich ungelenk aufzurappeln begann. Er sah sein blutverschmiertes Gesicht, sah es heller werden, aufleuchten, sah die Beine, die eben noch wie gebrochen schienen, sich strecken.

Er blickte Bässker nach, der ängstlich nach außen wegdrängte, und dachte: Wenn nur dieses Licht nicht wäre. Der schöne, leuchtend blaue Himmel, die Häuser funkelnd in der Mittagssonne. Denn dieses schöne Licht beruhigte ihn jetzt nicht, dieses betäubende, irrsinnige Blau beruhigte ihn gerade deshalb nicht, weil es so zerbrechlich schien, weil darunter jeden Moment alles Mögliche geschehen konnte.

Als er die Frau mit der Basecap erreichte, packte er grob ihren Arm und rief: »Los, kommen Sie! Schnell!«

»Aber wieso denn, nein, bitte! Lassen Sie mich los ... Helga! Helga, komm schnell, Hilfe!«

Bertram zog die Frau durchs Gewühl mit sich, und mit drei vier Schritten hatten sie sich von der Meute abgesetzt. Nach etwa zwanzig Metern blieb er atemlos stehen, ließ ihre Hand los und sagte: »Sind Sie eine Kollegin von Sirvan?«

»Sind Sie verrückt geworden? Was wollen Sie von mir?«

»Ob Sie eine Kollegin von Sirvan sind, will ich wissen«, fragte Bertram. Lauter diesmal. Ungehalten.

»Eine Kollegin? Von wem? Wovon reden Sie?«, stotterte die Frau und sah ihn irritiert an. Eine Frau in einer weißen Hose und einem ockerfarbenen Blouson kam herbeigelaufen und rief: »Lassen Sie die Frau los! Sofort!«

»Ich rede von der jungen, leicht dunkelhäutigen Frau, mit der Sie vorhin am Wagen geredet haben? Die Dunkelhaarige, Herrgott! Die in dem hellen Trägerkleid!«, sagte Bertram, ohne auf die andere Frau zu achten.

»Ich weiß nicht. Sie hat etwas gesagt. Etwas Belangloses. Was fällt Ihnen ein, mich so anzugehen?«

»Und weiter?«, sagte Bertram ungerührt. Nun stand die Frau in dem ockerfarbenen Blouson neben ihnen und rief: »Was ist denn hier los?«

»Schon gut, Helga«, sagte die Frau mit der Baseballkappe und wandte sich wieder Bertram zu: »Sind Sie von der Polizei? Hat die Frau etwas mit der Geiselnahme zu tun?«

»Nein, sie …« Bertram stockte. Ein Mann in einer Jeansjacke löste sich aus der Menge, rief etwas Unverständliches in ein Walkie-Talkie und stürmte in schnellen, raumgreifenden Schritten direkt auf sie zu und im letzten Moment an ihnen vorbei.

»Was ist denn los? Was ist passiert?«, rief ihm die Frau, die von der anderen Helga genannt wurde, hinterher. Doch der Mann antwortete nicht, blieb stehen, schrie auf und schleuderte das Funkgerät mit voller Wucht auf den Boden.

Und dann sahen sie es: Die Menschenmenge teilte sich, und der Wagen setzte sich wie ein Luxusliner, der zu seiner Jungfernfahrt vom Stapel gelassen wird, mit majestätischer Langsamkeit, in ein gleißendes Blitzlichtgewitter getaucht, stockend zwar, aber ungehindert in Bewegung.

***

Er drückte die Sprechtaste und rief: »Rückzug!, ich wiederhole: Rückzug!« Dann holte er aus und schleuderte das Walkie-Talkie mit voller Wucht auf den Boden. Und brüllte. Schrie seine ganze Wut und seinen Schmerz heraus wie ein tödlich getroffenes Tier. Trat gegen eine Hauswand. Fuhr sich wieder und wieder mit der Hand durchs schweißnasse Haar. Dann riss er sich den Stöpsel aus dem Ohr und das Mikro vom Jackenaufschlag und feuerte beides hinterher.

Ein Nicken hätte genügt, und Andresen, der auf dem Kofferraum des BMW saß und nur auf sein Go wartete, hätte Degowski per Kopfschuss ausgeschaltet. Gleichzeitig hätte er Rösner, den er locker im Schwitzkasten hatte, aus dem Fenster ziehen können, und die Sache wäre im Handumdrehen erledigt gewesen. In weniger als einer Minute.

Fritsche hatte sie im allerletzten Moment zurückgepfiffen. Keine zwei Meter vor Überschreiten der Ziellinie. Doch diesmal war der Mann zu weit gegangen. Diesmal hatte er den Bogen überspannt. Mit seinen Drohungen und seiner Arroganz. Bis zu dem dämlichen Rückzugsbefehl waren sein Auftritt und der seiner Kollegen der a b s o l u t e Hit gewesen. Große SEK-Kunst, gegen die alles, was dieser Aktenarsch in seinem kleinen Paragraphen-Scheißleben zustande gebracht hatte, Hühnerkacke war, Rattendreck!

Er selbst hätte jede Pore in Rösners müdem Gesicht einzeln mit dem Blei seiner 16-schüssigen Walther vollpumpen können, so nah war er an ihm dran gewesen. Ein Handgriff, und der Typ läge jetzt mit einem ordentlichen Genickschaden im Krankenhaus, statt weiter putzmunter seine verdammte Ihr-könnt-mich-mal-Nummer abzuziehen.

Ahab, zur Tatenlosigkeit verurteilt, musste mitansehen, wie der weiße Wal vor seinen Augen wieder abtauchte. Dabei hätte nur ein Harpunenstoß genügt, um die Bestie für alle Zeiten hinunter auf den Grund des Meeres zu schicken, wo sie die heißhungrigen Bewohner der Schwärze mit ihren messerscharfen Zähnen zu Hackfleisch verarbeitet hätten.

Er hätte bloß nicken müssen, und die Guillotine hätte Degowski in Person von Andresen den Schädel abgerissen. Stattdessen machten sie einen Kopfsprung in die Scheiße. Standen da wie die letzten Deppen, ausgebremst von einem 95 Kilometer entfernten Besserwisser-Schlappschwanz, der sich hinter seinen Akten verschanzte.

»Abbruch. Ich wiederhole: unverzüglicher Abbruch!«, hatte er unwirsch in sein Mikro gezischt, als der gleichlautende Befehl aus Recklinghausen gekommen war, und sich auf der Stelle aus der Menschenmenge rausgekämpft. Damit war das MEK Wuppertal wieder am Zug. Und sie raus aus dem Spiel. Schon wieder. Und diesmal endgültig.

Kirchner starrte auf das in mehrere Teile zersprungene Walkie-Talkie, den sichtbaren Ausdruck seiner bislang größten Niederlage als Polizist. Kurz spielte er mit dem Gedanken, seinen sofortigen Rücktritt als Gruppenleiter einzureichen. Doch schon in der nächsten Sekunde verwarf er diese Idee wieder, denn Fritsche wartete doch nur darauf, dass er endgültig vor ihm und seinen Methoden in die Knie ging. Sich geschlagen gab. Kapitulierte. Abdankte. Diesen Gefallen würde er ihm nicht tun. Niemals. Eher würde er sich ins Knie schießen, als sich mit einem Rückzug zum Verlierer zu erklären.

Kirchner musste an seinen Sohn denken. Und was er auf dessen Fragen antworten würde, weshalb er die Dreckskerle hatte laufen lassen. Er würde sagen, wie es gewesen war, auch wenn das wie eine faule Ausrede in den Ohren des Jungen klingen musste. Als fehlte ihm der Mut dazu, kurzen Prozess mit den Gangstern zu machen. Doch so war es gewesen. Seine Existenz stand auf dem Spiel. Zugriff und die damit verbundene Suspendierung oder Kleinbeigeben hatte die Wahl gelautet. Er hatte kurz überlegt, schließlich zerknirscht abgedreht und den Rückzug angetreten. Mit einem Scheißgefühl im Bauch. Dem Gefühl, gekniffen, klein beigegeben zu haben.

Wie er diesen Fritsche hasste. Der Typ hatte ihn innerhalb von nicht einmal anderthalb Tagen zum zweiten Mal lächerlich gemacht. Hatte ihn ausgeknipst wie einen Lichtschalter. Hatte ihn aus dem Rennen genommen. Einfach so. Wie einen Staffelschlussschwimmer, dem man den Endspurt nicht zutraut.

Vor Robert würde er dastehen wie ein Versager. Dabei war er im Gegenteil fest davon ausgegangen, ihm als strahlender Triumphator gegenübertreten zu können: als unbezwingbarer Kapitän, der dem Schiffsjungen Pip stolz Moby Dicks Schneidezähne präsentierte.

Er versetzte dem Walkie-Talkie mit der Fußspitze einen heftigen Stoß, dass es in hohem Bogen durch die Luft segelte, mit einem Knall aufkam und scheppernd übers Pflaster schlitterte. Dann lief er zurück zum Wagen, wo Andresen und Landau ihn bereits erwarteten.

»So 'ne Scheiße«, fluchte Andresen und stieß den Rauch seiner Zigarette aus. »Wir warn so nah dran!« Mit zitterndem Daumen und Zeigefinger deutete er eine Spanne von wenigen Millimetern an. »Soooo nah! Und dann pfeift dieser Arsch uns zurück. Ich kapier's nicht! Warum macht der das? Wir hatten doch alles super im Griff! Die Eier sollte man dem Typ abschneiden!«

»Machst du es? Oder soll ich?«, rief Berischa, der unterdessen eingetroffen war, mit seinem albanischen Akzent.

Kirchner genoss die spontane Solidaritätsbekundung des erfahrenen Kollegen und grinste dankbar. »Ich«, ging er trotzig dazwischen. »In der Luft zerreißen könnte ich diese Assel!«

Die Wut schoss in ihm hoch wie ein Geysir und legte sich über ihn wie eine schwere Decke, unter der man keine Luft bekommt. Er spürte, wie sein Blutdruck stieg, spürte, wie seine Nackenhaare sich aufstellten. Dieser Fritsche wollte ihn offensichtlich weichkochen, vor den Kollegen demütigen, indem er ihn seine Macht spüren ließ und ihn vor sich auf dem Brett hin und her schob wie eine Schachfigur. Das war die Rache für seine kleine parodistische Einlage, deren Zeuge er geworden war. Doch deswegen den Schwanz einziehen, aufgeben? Eine Kapitulation kam nicht in Frage. Nur weil ihm dieser Armleuchter in die Suppe gespuckt hatte? Niemals. Er war schließlich immer noch Rolf Kirchner, Gruppenleiter des Sondereinsatzkommandos Dortmund. Erfahren, geachtet, rundum geschätzt. Ein Frontkämpfer, der nicht aufgab. Ein Wüstenfuchs, der Hitze und Staub kannte. Ein Herrscher der Meere. Käpt'n Ahab.

Er fühlte sein Herz in beängstigend schweren, heftigen Stößen gegen seinen Brustkorb schlagen und fragte sich, wie lange es diese Frequenz durchhalten würde. Wann es erschöpft war, schwächer wurde, stillstand. Er musste sich am Wagen abstützen, um nicht umzukippen.

»Alles okay, Rolf?«, rief Berischa, der Kirchners Zustand bemerkte.

»Ja, geht gleich wieder«, antwortete Kirchner mit einem Stöhnen und versuchte genau wie beim letzten Mal ruhig und gleichmäßig zu atmen. »Ist sicher bloß die verdammte Hitze.« Doch sein Herz arbeitete weiter auf Hochtouren, schlug immer schneller, stieß von innen so schmerzhaft gegen die Rippen, dass Kirchner sich krümmte. Sein Mund war wie ausgetrocknet, er schwitzte, kalt und bedrohlich.

»Scheiße, was ist denn das?«, rief er und fasste sich an die Brust. In den Fingerkuppen spürte er plötzlich das ferne Echo seines Herzens, es schien sich zu verdoppeln, zu verdreifachen, vervierfachen ... Er starb, wie er gelebt hatte und so weiter.

Warum musste er plötzlich diesen Satz denken? Es machte doch gar keinen Sinn, hier in dieser Fußgängerzone zu sterben, jetzt, mit nicht mal 45, zwischen all den Menschen, die wirkten wie Schlachtenbummler nach einem Fußballspiel. Fehlte bloß noch, dass sie Fahnen schwenkten mit den Konterfeis von Rösner und Degowski.

Unter seinem Brustbein raste sein Herz weiter, trommelte mit immer höherer Frequenz. Ein Gefühl, als flattere ein Schwarm eingesperrter Schmetterlinge aufgeregt darin herum. Doch jeder noch so sanfte Stoß ihrer Flügel gegen die Rippenbögen hatte etwas von einem elektrischen Schlag.

»Ich kriege keine Luft«, rief er gepresst, »oooaaaahh.« Seine Hand glitt vom Kotflügel des Wagens ab, und Rolf Kirchner hörte von fern seinen Namen. Dann verlor er das Bewusstsein.

Brigitte Fischer und Helga Abraham überquerten in diesen Minuten die von zahllosen Touristen bevölkerte Domplatte, nahmen die Treppenstufen hinunter zum Rheinufer und steuerten auf das erstbeste Touristencafé zu. Den ganzen Weg dorthin sprachen sie kein Wort.

Sie setzten sich unter einen der blau-weiß leuchtenden Sonnenschirme, Brigitte steckte sich eine John Players an und legte die verschwitzte Basecap vor sich auf den Tisch. Sie bestellte bei der Bedienung ein Glas Jack Daniels, dazu Wasser, Helga Mineralwasser mit Eis. Die Getränke wurden gebracht. Brigitte nahm einen Schluck und sagte: »Ich frage mich die ganze Zeit, was Martin zu diesem Irrsinn gesagt hätte.«

In der Fotoweste schwitzte sie wie verrückt. Badete im Schweiß. Ihr von der Kappe platt gedrücktes, ungewaschenes Haar hatte etwas von einer verfilzten alten Perücke. Doch ihre Augen blitzten hell und wachsam aus dem geröteten Gesicht wie die eines Kindes nach einem langen Hitzemarsch.

»Er hätte geschrieben, wie es war: unwirklich, zynisch und einfach unglaublich.« Helga Abraham drückte das kalte, in der Sommerhitze schwitzende Wasserglas gegen ihre Wange. »Und wahrscheinlich wäre er verrückt geworden vor Wut über das Verhalten seiner Kollegen. Und über die Tatenlosigkeit der Polizei! Wo war die überhaupt?«

»Mir geht das blonde Mädchen nicht aus dem Kopf«, sagte Brigitte, legte den Kopf in den Nacken und blies Rauch hinauf unter das Stoffdach. »Ihr demütiger Blick, und wie unendlich tapfer sie den ganzen Rummel über sich ergehen lässt. Was für eine Persönlichkeit. Immerzu die Pistole von diesem Kerl am Hals. Nicht zu fassen.«

»Ich verstehe nicht, weshalb die Polizei so etwas zulässt. Weshalb unternimmt sie nichts?« Helga Abraham schob die Players-Schachtel auf der verschrammten Tischplatte hin und her. »Eine Schande. Eine Schande ist das. Die arme Mutter des Mädchens, die das alles im Fernsehen mitansehen muss. Ich würde glatt den Verstand verlieren. Unfassbar!«

Rolf Kirchner schlug die Augen auf und blickte in die erschreckten, ungläubigen Gesichter seiner Kollegen.

»Er kommt zu sich«, hörte er eine Stimme sagen. Und Darko Berischa rief: »Rolf! Gott sei Dank!«

Sie zogen ihn vorsichtig hoch, stellten ihn auf die Beine wie einen der Pappkameraden, auf die sie beim wöchentlichen Schusstraining im Keller in der Markgrafenstraße ihre 50 Schuss Übungsmunition abfeuerten. Landau klopfte ihm aufmunternd auf die Schulter. »Alter, du hast uns vielleicht 'n Schrecken eingejagt, also ehrlich! Wir dachten, du gibst den Löffel ab, hast 'n Infarkt oder so was, so wie du dir an die Brust gefasst hast.«

Kirchner zwang sich zu einem gequälten Grinsen, wischte sich den kalten Schweiß von der Stirn, hob den Kopf und sog die Luft ein wie ein Hund, der wochenlang eingesperrt war und seine Schnauze glücklich halb geöffnet in den Wind hält.

»Bloß 'n kleiner Blackout, wahrscheinlich weil ich noch nichts gegessen habe. Da macht man schon mal schlapp. Dazu die verdammte Hitze und der ganze Ärger. War wohl alles für den Moment einfach 'n bisschen viel. Alles halb so schlimm! Kein Grund, sich aufzuregen.«

Die Gesichter der Männer um ihn herum hellten sich auf. Ihn selbst aber regte das Ganze sehr wohl auf. Denn innerhalb von ein paar Tagen war er das zweite Mal nach kurzem, heftigem Herzrasen plötzlich ohnmächtig geworden. Er gab sich Mühe, locker zu wirken. In Wahrheit aber hatte er Angst.

Nach Brigittes zweitem Jack Daniels und Helgas großem gemischtem Salat bezahlten sie und machten sich auf den Rückweg.

Brigitte war müde und fühlte sich schmutzig. Außerdem spürte sie die Wirkung des Whiskys. Während der Fahrt sprachen sie kein Wort. Helga konzentrierte sich auf den Verkehr, und Brigitte sah stumm aus dem Fenster. Helga hielt direkt vor ihrem Haus, und als Brigitte Anstalten machte, auszusteigen, fasste sie sie am Arm und sagte: »Wahnsinn, das Ganze? Oder?«

»Ja, Wahnsinn«, antwortete Brigitte, drückte ihr einen Kuss auf die Wange und stieg aus. Sie drehte sich noch einmal um und winkte dem davonfahrenden Wagen nach. Dann schloss sie die Haustür auf – und schrak zurück.

***

Nach dem Aufwachen ging er in die Diele, schob das Telefonkabel wieder in die Buchse und versuchte, Karoly in Berlin zu erreichen. Nach dem dritten Läuten schaltete sich der Anrufbeantworter ein, und weil er nicht mit einer Maschine reden wollte, legte er gleich wieder auf. Enttäuscht ging er ins Schlafzimmer zurück, legte sich wieder hin und starrte an die Decke.

Vor die Dachluke hatte er ein gelbes Bettlaken gespannt, um die Hitze abzuwehren. Nun leuchtete das Quadrat wie eine riesige Deckenlampe und tauchte das Zimmer in ein warmes Orange. Im Flur surrte eine riesige schwarze Fliege ruhelos hin und her. In der Küche lagen bereits mehrere ihrer Artgenossen tot auf dem Boden. Der mörderische Sommer machte alle verrückt. Oder er brachte einen um.

Aus der Wohnung unter ihm erklang wieder laute Musik. Der Student, ein schlaksiger Brillenträger, hörte seit Tagen die LP »Meddle« von Pink Floyd und schwärmte ihm, als sie sich kürzlich zufällig im Treppenhaus über den Weg gelaufen waren, davon vor. Adam mochte die Platte inzwischen selbst, denn es gab darauf ein Stück, auf dem Schlachtgesänge von englischen Fußballfans zu hören waren. Liverpool-Fans, angeblich. Das erinnerte ihn jedes Mal an die Spiele von Zagłębie, die er damals mit Karoly gesehen hatte. Bei Wind und Regen hatten sie auf der kleinen, baufälligen Tribüne des Ludowy-Stadions gestanden und die Rot-Grün-Weißen angefeuert.

Wenn er später an den schrecklichen Sommer von 1988 zurückdenken würde, käme ihm neben den Erinnerungen an die Erlebnisse in Huckelriede und Enschede wohl unweigerlich auch »Meddle« und »One of these Days« in den Sinn. Dieser schreckliche schöne Soundtrack seines Scheiterns.

In einer Winternacht 1985 hatten sie Polen im alten Wagen ihres Vaters verlassen. Erwartungsvoll und abenteuerhungrig. Und nun, nur drei Jahre später, war sein deutsches Abenteuer schon wieder vorbei. War gescheitert.

Er wollte nur noch weg, wieder nach Hause. Mit oder ohne Karoly. Und es als Mechaniker versuchen. In Srodula. Oder direkt in Katowice. In einem der großen Autohäuser. Denn mit Autos kannte er sich aus.

Er würde sich anziehen, in die Stadt fahren und seine fristlose Kündigung einreichen. Wahrscheinlich würden sie versuchen, ihn zum Bleiben zu überreden. Doch sein Entschluss stand fest. Denn hier würde er für immer der Fahrer des Geiselbusses von Huckelriede bleiben.

Seine Mutter hatte ihn manchmal liebevoll »mein kleiner Kämpfer« genannt, wenn er als Kind hinfiel und gleich wieder aufstand. Daran musste er jetzt denken. Er war bereit, zu kämpfen. Wenn er wieder bei Kräften war und Staub über allem lag. Für sie. Für ein anderes, besseres Leben. Er würde Prosimir Zielinski, seinen alten Klassenkameraden in Sosnowitz anrufen und ihn fragen, ob er so lange bei ihm unterkommen konnte, bis er eine eigene Wohnung hätte.

Wenn er an Srodula dachte, fielen ihm komischerweise immer als Erstes die acht- oder neungeschossigen, kasernenartig anmutenden Reihenhäuser am Stadtrand ein, die, vom Zentrum her beleuchtet, an Winterabenden unter einem schwefelgelben Himmel radioaktiv leuchteten. Und an die Jungen, die genau wie er damals auf den weitgestreckten schneebedeckten Plätzen davor Fußball spielten, auf dass aus ihnen einmal ein Kazimierz Deyna werde.

Vorfreude auf die Heimat durchrieselte ihn. Sofort wirbelten weitere Erinnerungsbilder in ihm auf: der weitläufige Garten des Jagdschlosses Sielecki, in dem sie als 14-Jährige heimlich ihre ersten Zigaretten rauchten. Der überdachte Hof hinterm Haus, in dem die Hasenställe vom alten Rudzinski, einem ehemaligen Mitglied der Wojsko Polskie, der polnischen Streitkräfte, gestanden hatten und wo es alle Tage nach Heu roch. Und natürlich das Grab seiner Mutter Kachna auf dem Widok cmentarza, auf das er einen riesigen Strauß ihrer Lieblingsblumen legen würde: lilafarbene Astern.

In Deutschland hielt ihn nichts mehr. Weder Beruf noch Liebe. Nach allem, was er zuletzt erlebt hatte, war ein Bleiben unmöglich geworden. Er nahm den Koffer vom Schrank, öffnete ihn und begann, wahllos Kleider hineinzulegen. Wenn er sich ranhielt, konnte er in zwei Stunden am Bahnhof sein und einen Fahrschein kaufen: Einmal Sosnowitz, einfach. Vor allem aber musste er Karoly vorher erreichen, um ihm seinen Entschluss mitzuteilen. Später würde er es noch einmal versuchen. Anschließend würde er in den Dom gehen. In der Hoffnung, diese Chris zu treffen. Er zog die Schublade des Nachttischschränkchens auf und nahm die Karte heraus, die sie ihm zum Abschied in die Hand gedrückt hatte. Nachdenklich betrachtete er die flüchtig hingeworfene Zahlenreihe, studierte die Form jeder einzelnen Ziffer. Als müsste er sie nur lange genug ansehen, damit sie ihm etwas erzählten: am liebsten die Geschichte der Schlafenden im Dom.

Eine Viertelstunde später stand Adam angezogen in der Küche, trank eine angerührte Tasse Maxwell-Kaffee und kickte mit der rechten Schuhspitze nach den toten Fliegen auf dem Linoleumboden.

Das Kärtchen in der Hand, erfasste ihn plötzlich eine große Unruhe, als dürfe er keine Zeit verlieren. Er war aus dem Bett gesprungen, hatte sich die Kleider übergestreift und sich im Bad flüchtig das Gesicht gewaschen. Etwas in ihm drängte vorwärts, drängte nach draußen. Gleichzeitig schrie sein Körper nach Erholung. Sobald er sich bewegte, glaubte er jeden Muskel zu spüren, jede Faser. Bei jeder zweiten Bewegung knackte seine rechte Kniescheibe, und wenn er den Kopf hängen ließ, schoss ein kurzer, heftiger Schmerz durch seine Wirbelsäule.

Doch der Drang, hinauszulaufen, zu verschwinden, war größer als der Schmerz. Wenn er länger in der Wohnung blieb, wo ihn alles an Martha erinnerte und ihn sofort wieder die Bilder der vergangenen Nacht überfielen, würde er nie zur Ruhe kommen, sondern früher oder später verrückt werden.

Er stellte die leere Tasse auf dem Tisch ab, nahm im Flur seine Brieftasche von der kleinen Kommode, griff nach seinem Koffer und verließ die Wohnung. Als er ein Stockwerk tiefer vor der Tür des Studenten stand, legte er den Kopf seitlich dagegen und lauschte. Es erklangen die ersten Töne von »Echoes«, dem Auftaktstück von »Meddle«, die sich anhörten wie das Echolot eines U-Boots, das sein Signal in die Weiten des Ozeans schickt.

Adam nahm die letzten Treppenstufen, blieb vor den Briefkästen stehen, zog den kleinen Schlüsselbund, ihre Zweitschlüssel, aus der Tasche und schob ihn in den Schlitz des Kastens, auf dem »Martha Straußfeld« stand. Darunter war mit Tesafilm ein weißes, deutlich kleineres Schildchen befestigt, auf dem in Druckbuchstaben sein Name geschrieben stand. Sie oben, ich unten, dachte er. Sie die Große, ich der Kleine. So war es immer. Er riss den Tesa-Streifen ab, zerdrückte das Schildchen und ließ es auf den Boden fallen. Dann zog er die schwere Haustür auf.

Sie saß auf der obersten Stufe des zur Straße hin abfallenden Aufgangs, und ihre Konturen verschwammen im Gleißen der Straße. Ihre Haare schienen in Flammen zu stehen. »Seit wann sitzt du hier?«, fragte Adam und blickte auf sie hinunter.

»Seit Stunden, ich weiß nicht.« Sie strich sich mit der flachen Hand übers Gesicht. Sie klang resigniert.

»Was willst du noch?«, sagte er.

»Mit dir reden. Über uns«, sagte sie.

»Das hättest du dir früher überlegen müssen«, antwortete er und drängte sich an ihr vorbei.

»Adam! Wo willst du hin?«, rief sie, erhob sich und lief ihm nach.

»Lass mich bitte!«, antwortete er und lief, ohne sich umzudrehen, weiter. Da packte sie ihn an der Schulter, riss ihn zu sich herum und presste ihm einen Kuss auf den Mund. Nur mit Mühe gelang es ihm, sie wieder abzuschütteln. »Das hättest du nicht machen sollen«, sagte er. Ein Fahrradfahrer fuhr vorbei und guckte interessiert.

»Glotz nich so, Blödmann!«, rief Martha dem Mann hinterher.

»Lass ihn«, sagte Adam und wischte sich über den Mund. Dann sagte er: »Ich hab mich verändert, Martha. Ich weiß selbst nicht, wie und weshalb. Aber es ist so. Als wir uns trafen, war ich jemand anders. Ich kam aus Polen, voller Ideen und Träume. Doch das ist drei Jahre her, verstehst du das? Zuerst habe ich gehofft, dass alles wieder gut wird mit uns. Dass du zurückkommst zu mir. Doch jetzt nicht mehr, jetzt ist es anders. Es ist zu viel passiert. Ich kann nicht mehr.«

»Aber wieso denn?«, rief sie und strich sich die Haare aus der Stirn. »Ich hab mich einfach nur geirrt! Adam! Das weiß ich jetzt! Adam, hörst du?«

»Zu spät«, sagte er und sah sie mitleidig an.

»Nein, ist es nicht!«

»Doch, Martha.«

»Nein, das stimmt nicht«, protestierte sie und versuchte, ihn wieder an sich zu ziehen. »Ich liebe dich, ich weiß es! Und ich spüre es hier drin.« Dabei schlug sie sich mit der einen Hand gegen die Brust, während sie ihn mit der anderen festhielt.

»Hör auf! Das ist peinlich«, sagte er und schob sie weg. »Es hat keinen Sinn mehr.«

Widerwillig ließ sie von ihm ab. Funkelte ihn aus kalten blauen Augen böse an.

»Schau mich nicht so an«, sagte er. »Wenn du ehrlich bist, weißt du, dass ich recht habe.«

»Hast du nicht«, erwiderte sie trotzig wie ein Kind.»Wie du meinst«, sagte er. »Aber lass mich jetzt bitte gehen.«

»Ich habe die ganze Nacht wach gelegen«, begann sie, als hätte sie seine Bitte überhaupt nicht gehört, »weil ich nicht aufhören konnte, mir vorzustellen, in was für einer Gefahr du die ganze Zeit warst. Ich hatte plötzlich solche Angst. Alles war so deutlich, so wirklich. Und nachdem du gestern einfach aufgelegt hast, konnte ich nicht anders als herkommen. Ich musste sehen, dass es dir gutgeht. Dass alles in Ordnung ist mit dir.«

Eine Handvoll auffliegender Löwenzahnsamen schwebte in Adams Blickfeld und erregte seine Aufmerksamkeit, segelte heran in der sengend heißen Vormittagsluft und erzeugte einen kurzen, betörenden Wirbel. »Was? Was hast du gesagt?«

»Dass ich Angst um dich hatte, fürchterliche Angst!«, sagte sie.

»Das tut mir leid«, antwortete er und wandte sich ab. Wieder packte sie seinen Arm und schrie: »Du darfst nicht gehen, Adam, bitte! Verlass mich nicht, Adaaaam!«

»Martha«, sagte er und versuchte, sich aus ihrem Griff zu befreien, »lass mich los!« Doch sie zerrte immer fester, packte sein Hemd und riss daran. Da versetzte er ihr einen so heftigen Stoß, dass sie das Gleichgewicht verlor, taumelte und rückwärts zu Boden fiel.

Adam lief los, rannte mit dem Koffer, der schwer an seinem Arm zog, die baumbeschattete Allee hinunter, hastete mit raumgreifenden Schritten davon, ohne sich noch einmal umzudrehen oder auf ihre sich rasch entfernenden Rufe zu achten.

20

BILD Köln

Geiselgangster Rösner: »Wir verhandeln jetzt nur noch mit dem Papst ...« Fast zwei Stunden stand der Flucht-BMW in der Fußgängerzone.

10 Uhr: Der silber-metallic-farbene BMW der Gladbecker Geiselgangster fährt von der Autobahn ab und Richtung Kölner City. Hinten im Fond zwei Frauen, die um ihr Leben zittern. Faustpfand der beiden Mörder, die zu allem entschlossen sind. Während der BMW durch die Stadt irrt, werden sämtliche Sonderkräfte der Polizei zum Präsidium beordert, Freizeiten und Pausen gestrichen. Großalarm. Der BMW fährt mittlerweile sehr langsam in Richtung WDR. Dann in die Fußgängerzone an der Breiten Straße. Das Herz von Köln. Rösner stellt den Motor ab.

***

EXPRESS

Eine Stadt hält den Atem an

Gestern Morgen um 10.45 Uhr in Köln: Eine ganze Stadt hält den Atem an. Mitten in der City, in der Fußgängerzone an der Breiten Straße, gegenüber dem EXPRESS-Verlagsgebäude, steht der silberfarbene BMW der Gladbecker Geiselgangster. Riesige Menschenmassen umringen das Fahrzeug. Die Polizei darf sich nur verdeckt zeigen, weil die Gangster drohen, sofort zu schießen. Die Bürger fragen sich, wie das möglich sein kann, dass zwei lebensgefährliche Verbrecher in der Fußgängerzone stehen und sich Kaffee holen können wie beim Picknick. Doch ein Blick auf die zitternden Geiseln im Fond erspart die Antwort.

***

WDR 2

Fast zwei Stunden stand der Flucht-BMW in der Fußgängerzone. Geiselgangster bestellte sich in Metzgerei vier Kaffee.

»Vier Kaffee, zweimal schwarz!« Volksfeststimmung in der Breiten Straße. Und was macht die Polizei?

***

EXPRESS

Im Wagen: Express-Redakteur musste Gangster aus der Stadt lotsen … »Silke winkte mir noch zu …« Von Udo Röbel / Was empfindet ein Verbrecher, der das Leben eines 15jährigen Jungen auf dem Gewissen hat? »Nichts«, sagt Geiselgangster Hans-Jürgen Rösner (31). »Absolut nichts. Ich bin selbst schon gestorben. In mir ist nur Leere und Kälte.«

***

Frankfurter Allgemeine Zeitung

Die Gaffer drängen sich um die Geiselnehmer.
Ein bisschen Gruseln in der Mittagspause.

»Ich dachte, der Papst fährt vorbei«, sagt ein Augenzeuge des fast zweistündigen Live-Krimis in der Kölner Innenstadt. Etwa acht Fernsehteams seien dem Wagen des Geiselgangsters anschließend auf seinem Weg zur Autobahn gefolgt, die Kameramänner wie Panzerfahrer aus den offenen Schiebedächern herausschauend. »Geisel-Tourismus« sei das gewesen, was sich am Morgen in der Breiten Straße abgespielt habe. »Richtig happy« seien die Leute gewesen.

Hatte das alles eben wirklich stattgefunden? Dieser ganze aberwitzige Spuk? Oder war er ein Opfer seiner überspannten Phantasie geworden, begleitet von diesem Gefühl, das fast alle Soldaten, die zu lange in zu großer Hitze herumgeirrt und irgendwelchen Gespenstern nachgejagt waren, früher oder später beschlich? Dem Gefühl, nicht länger zwischen Wahn und Wirklichkeit unterscheiden zu können. Verrückt geworden zu sein?

Bertram saß in sich zusammengesunken vor einem Eiscafé namens Venezia, neben sich auf dem Boden die Kamera. Und die Leiter. Im Innern des Cafés wurde lautstark über den Auftritt der Geiselgangster diskutiert, und er wartete auf seinen Cappuccino.

Er hatte Bässker mit den O-Tönen zum Schneiden in die Redaktion geschickt und versprochen, in Kürze nachzukommen. »Ich trinke nur noch schnell einen Kaffee!«, hatte er gesagt.

Er saß im Halbschatten einer Linde, noch immer gefangen von dem, was er erlebt hatte. Als junger Journalist hatte er in einem Heft eine Liste angelegt, die er damals pathetisch »Die zehn Gebote des Journalismus« überschrieben hatte. Dazu hatten unter anderem Begriffe wie »Neugier«, »Streitlust« und »Rückgrat« gezählt. Auch später hatte er sich bei seiner Arbeit daran orientiert wie der Pilot an seinen Bordinstrumenten. Bis heute. Bis zu diesem Tag. Dem 18. August 1988. An dem schlagartig alles anders geworden war. Hier und heute hatte er erleben müssen, wie alles, was er bisher über seriösen Journalismus gedacht hatte, auf den Kopf gestellt worden war. Seine zehn Gebote des Journalismus waren praktisch im Handumdrehen zu Staub zerfallen.

Es hatte eine große Bewegung gegeben, einen kollektiven Ruck, der durch alle hindurchgegangen war, die das Auto umringten. Als er auf die Leiter gestiegen war und anfing zu »arbeiten«, »Bilder machte« und darüber nachdachte, wie er die Geschichte »erzählen« würde, schien alles zunächst ganz leicht. Normal. Genau wie immer. Er konnte sich hinter das Objektiv zurückziehen wie hinter ein Gebüsch, das ihm Schutz bot. Und der Motor der Kamera surrte.

Dann war Sirvan, seine Sirvan, im Sucher der Kamera aufgetaucht, und die Dinge gerieten ins Wanken. Und er verlor den Faden, verlor den Grund seines Hierseins aus den Augen.

Lachend und lebensfroh wie jemand, der einem Jongleur dabei zusieht, wie er zur Belustigung des Publikums eine Handvoll Keulen in die Luft wirft, hatte Sirvan das Geschehen verfolgt. Tatsächlich aber war drei Meter von ihr entfernt keine Varieté-Nummer abgelaufen, sondern ein fürchterliches Drama: Menschen konnten jeden Moment vor ihren Augen durch Pistolenkugeln sterben. Und Sirvan hatte gelacht, gestikuliert, sich unterhalten, hatte vergnügt mit den Augen gerollt. Fand das alles scheinbar ganz normal. Genau wie all die anderen.

Er hatte zuerst nicht wahrhaben können – oder wollen? –, was sich vor seinen Augen abspielte, und sich wie selbstverständlich davon ausgenommen. Doch dann hatte er in ihrem naiven, unbekümmerten Lachen plötzlich mit schmerzhafter Unabweisbarkeit das gespiegelt gesehen, wovor er sich immer gefürchtet hatte.

Sein Heft, das er noch in einer Schublade aufbewahrte und dessen Inhalt ihn jahrelang erfolgreich vor dieser Bewegung, vor diesem unüberlegten, unmerklichen Ruck ins Unseriöse, ins Unzulässige bewahrt hatte, konnte er nun verbrennen.

Maibach erwartete ihn sicher längst ungeduldig in der Redaktion. Bertram sah auf die Uhr. Doch er blieb sitzen und starrte auf den zuckerverkrusteten, bräunlich verfärbten Boden seiner Tasse, als eine Männerstimme sagte: »Diese Journalisten sind ja wohl total übergeschnappt!«

In der Stimme lag etwas Fragendes, als erwarte sie eine Antwort von ihm. Statt aber aufzusehen und zu antworten, schob und bugsierte er die neben sich auf dem Boden liegende Kamera so lange unmerklich mit dem Fuß unter den Tisch, bis sie darunter verschwunden war. Dann hob er den Kopf, vollführte eine Vierteldrehung, sah den Mann ganz ruhig an und sagte: »Ja, total.«

***

Er ließ das Buch nachdenklich neben sich aufs Bett sinken und rieb sich die Augen über der Nasenwurzel. Der letzte Satz ging ihm nach. »Es sehe so aus, als stehe er mit leeren Händen da …«

Marc glaubte, sich selbst in diesem Satz zu sehen. Wie in einem Spiegel. Dabei hatte Meursaults Geschichte nicht das Geringste mit ihm zu tun. Okay, auch er hatte seine Mutter verloren. Und Meursaults Verhältnis zu Marie war genau genommen ebenso ungeklärt wie seines zu Rachael. Doch stand er deswegen mit leeren Händen da?

Vieles war in den letzten Tagen aus der Spur geraten. Trotzdem wollte er mehr über sich und das Leben erfahren. Er begriff, dass es nichts Zufälliges gab. Die Dinge waren in Bewegung gekommen. Und völlig offen war, in welche Richtung sie laufen würden. Der Großvater kämpfte mit dem Tod, Rachael ließ offen, wie es mit ihnen weiterging, und hatte nicht wirklich verraten, weshalb sie nach so langer Zeit wieder vor seiner Tür stand. Zudem war seine KTM futsch. Er hatte Wandrey kennengelernt und dadurch eine Seite von Rachael zu sehen bekommen, die ihn in allergrößte Verwirrung brachte. Was war mit den Geiseln in Bremen? Oder waren sie womöglich schon sonst wo? Er überlegte kurz, den Fernseher anzumachen. Ließ es aber sein. Es spielte keine Rolle mehr.

In einem halben Jahr standen die Abiturprüfungen an, und dann war all das hier sowieso Geschichte. Der Großvater wäre dann wieder in seinem Zimmer Auf der Aue – oder in Hanauer Friedhofserde begraben. Seinen Sozialdienst, den das Gericht ihm aufbrummen würde, hätte er abgeleistet. Die Bremer Anwaltsgehilfin Silke Bischoff würde wieder arbeiten, genau wie ihre Freundin. An Hanaus abgewaschenen Häuserwänden würden wahrscheinlich nicht mal mehr Spuren an ihre Graffiti erinnern. Und wenn alles gutginge, wären Rachael und er noch zusammen und würden Pläne schmieden. Doch bis dahin war es noch lange hin. In einem halben Jahr konnte viel passieren.

Er war in keiner guten Phase. So etwas kam vor. Es würden auch wieder bessere Zeiten kommen. Ganz bestimmt. Und natürlich würde er zurückfinden in sein altes Leben, auch wenn es dann ein neues wäre. Und wahrscheinlich eines ohne den Großvater. Doch wie würde ein Leben ohne den Alten aussehen?

Er musste daran denken, wie der Großvater einmal sein geliebtes altes Schweizer Taschenmesser, das er immerzu bei sich trug, verlegte, und er, Marc, es, nachdem der Alte angeblich jeden Winkel seiner kleinen Wohnung erfolglos danach abgesucht hatte, auf dem Spülkasten im Bad fand. Die Klinge ausgeklappt, überzogen mit getrocknetem Honig. »Ich habe es im Bad auf der Klospülung gefunden«, hatte Marc gesagt und es dem Großvater hingehalten.

Daraufhin hatte der Alte die Nase gerümpft, das Messer leicht missbilligend angesehen und gesagt: »Das ist nicht mein Messer!«

Wenn es darum ging, seine eigenen Möglichkeiten zu erkennen und seine Grenzen, dann war der Großvater dazu nicht mehr in der Lage. Wandrey hatte mal, in einem Nebensatz, davon gesprochen, dass das Leben mit jedem Tag neu beginne, auch wenn ihm selbst kein wirklicher Neuanfang mehr gelungen sei, nachdem seine große Zeit in Berlin als Fotograf vorbei war. Marc gefiel die Vorstellung, dass das Leben jeden Tag neu begann. Er war bereit.

Ich sollte wieder häufiger Vögel beobachten, dachte er. Und mein Vogeltagebuch wieder aufnehmen. Er hatte stets das Bekannte geliebt und das Unbekannte gescheut. Vielleicht war das Entscheidende, auf das Unbekannte zuzugehen. Mutig zu sein.

Er hob das Buch an und las weiter. »Dem Tod so nahe hatte Mama sich gewiss wie befreit gefühlt und bereit, alles noch einmal zu erleben. [...] Und auch ich fühlte mich bereit, alles noch einmal zu erleben.« Dann klappte er das Buch zu, legte es neben dem Bett auf den Boden und machte das Licht aus.

***

Nachdem er die Spuren von Erbrochenem rund um die Kloschüssel mit hastig von der Rolle gerissenen Papierfetzen gereinigt hatte, war er zurück in die Küche gegangen, hatte Anettes Teevorräte gesichtet und sich eine Kanne Fencheltee aufgebrüht.

Nun lag er wie der Kleine Prinz auf seinem Planeten einsam und allein auf der kleinen Terrasse unter der grün-weißen Markise im Liegestuhl und hielt die Tasse in der Hand. Er hatte Jasmin unlängst aus dem Buch vorgelesen und fragte sich, wo sie eigentlich blieb. Normalerweise konnte sie es kaum erwarten, in den Garten zu laufen und in dem Sandkasten, den er ihr im Vorjahr angelegt hatte, mit ihren Förmchen und ihrer Schippe herumzufuhrwerken.

Hinter dem Zaun leuchteten sattgrün die Wümmewiesen. Am Himmel schob sich eine silbrig glänzende Passagiermaschine durch das wolkenlose Blau und hielt auf die Sonne zu. Wenig später schwebte ein orangefarbener Rettungshubschrauber durchs Bild. Auf den strahlend lilafarbenen, den Geruch von schwerem Altfrauenparfüm verströmenden Blüten des Sommerflieders rangelten bunte Schmetterlinge um die besten Plätze. Eigentlich eine Bilderbuchidylle, dachte er. Trotzdem betrachtete er das Ganze wie durch eine verschmierte Brille. Alles war eingetrübt durch Schlieren, die sich durch seine Wahrnehmung zogen.

Wo blieb Jasmin? Ahrens dachte an das Gespräch mit Dagmar Scharlow. Vielleicht würde er sie mal zu einem Glas Wein einladen. Heute und sicher auch morgen würde er keinen Schritt vor die Tür setzen. Er würde erst mal durchatmen, zwei, drei Tage pausieren, gar nichts tun, abschalten und sich dann langsam wieder ins Geschäft zurücktasten.

Ahrens stellte die halbvolle Tasse neben sich auf den Boden, erhob sich aus dem Liegestuhl und lief ins Haus. Er nahm die ersten Treppenstufen und hörte Stimmen und Geräusche. Als er die Schlafzimmertür aufstieß, saß Jasmin im Halbdunkel auf der Bettkante vor dem laufenden kleinen Fernseher, den sie kürzlich bei einer Tombola des Bremer Apothekervereins gewonnen hatten. Sie starrte gebannt auf die Mattscheibe. Er trat neben sie und sprach sie an, doch sie blieb ganz auf den Fernseher konzentriert, schien ihn überhaupt nicht wahrzunehmen, war vollkommen gefangen von dem, was sie sah: ihn, ihren Vater, im Gespräch mit Rösner, der in der offenen Tür eines Linienbusses stand und seine Pistole in der Hand hielt.

Offenbar war sie in eine Zusammenfassung der bisherigen Ereignisse geraten, einen dieser immer wieder präsentierten Neuaufgüsse, mit denen die TV-Macher das Grauen in die Haushalte spülten und am Laufen hielten. Wir melden uns in Kürze live aus ... bla, bla, bla. Die Bilder waren inzwischen mehr als 20 Stunden alt.

»Was redest du da mit dem bösen Mann?«, sagte Jasmin, ohne ihren Blick von dem Fernseher zu lösen.

»Nichts. Das verstehst du nicht«, antwortete er, unfähig, das in dieser Situation einzig Sinnvolle zu tun: das Gerät auszuschalten. Stattdessen starrte er auf die Mattscheibe, sah sich als willenlos Ausführenden einer von anderen choreographierten Pantomime. Ihm war, als löschten die Bilder ihn aus, wie Wasser Farbe auflöst.

In der Diele läutete das Telefon, und er kehrte erschreckt

und ebenso verwundert wie der Hypnotisierte, dem per Fingerschnippen das Zeichen zur Rückkehr aus der Trance in die Realität gegeben wurde, in die Gegenwart des hochsommerlichen Augusttages und des halbdunklen Zimmers zurück. Er drängte sich an seiner Tochter vorbei und machte den Fernseher aus.

»Nein, Papa, bitte«, schrie die Kleine, strampelte mit den Beinen und versuchte, den Apparat wieder einzuschalten. Da packte Ahrens seine Tochter, hielt sie fest an die Brust gedrückt und trug sie aus dem Zimmer.

Zehn Minuten später saß Ahrens, nachdem er seiner Tochter ein Eis aus der Kühltruhe geholt hatte, an dem sie, neben ihm auf dem Boden sitzend, zufrieden leckte, wieder in seinem Liegestuhl und schlug das dünne Büchlein auf, das Jasmin ihm mit einem knappen, im kindlichen Befehlston vorgetragenen »Bitte vorlesen!« hingehalten hatte: »Das kalte Herz« von Wilhelm Hauff.

Zuletzt hatte Anette ihr offenbar daraus vorgelesen, denn im hinteren Drittel des Buches, auf Seite 62, steckte ein gelber Zettel. Es handelte sich um einen alten Abholschein der Schnellreinigung in Timmersloh, wohin Anette ihre Kleider brachte, obwohl sie in Borgfeld eine eigene Reinigung besaßen. Warum eigentlich?

So weit war sie also gekommen, bis Seite 62. Ahrens nippte an seinem kalten Tee, sah Jasmin an, die ihr Capri-Eis bereits zur Hälfte aufgegessen hatte, und heftete seinen Blick auf den ersten Satz der Seite. Dann erhob er seine Stimme:

»›Und sogar meinen Ehrenwein gießest du aus an Bettelleute, und meinen Mundbecher gibst du an die Lippen der Straßenläufer? Da, nimm deinen Lohn.‹ Frau Liesbeth stürzte zu seinen Füßen und bat um Verzeihung; aber das steinerne Herz kannte kein Mitleid …« Ahrens modulierte seine Stimme theatralisch: »›Elender‹, erwiderte das Glasmännchen, an den Kohlen-Peter gerichtet, ›was würde es mir frommen, wenn ich deine sterbliche Hülle an den Galgen brächte? Nicht irdische Gerichte sind es, die du zu fürchten hast, sondern andere, strengere, denn du hast deine Seele an den Bösen verkauft.‹«

Ahrens hielt inne und ließ das Buch sinken. Denn du hast deine Seele an den Bösen verkauft.

»Weiter, Papa! Lies weiter! Bitte!«, rief Jasmin und stupste ihn mit dem Ellbogen an.

»Sei still!«, sagte er nur, »sei endlich still!«

***

Hans-Jürgen Rösner drosselte die Geschwindigkeit, sah in den Ruckspiegel, setzte den Blinker und zog den Wagen vom Mittelstreifen auf die äußerste rechte Spur in die Ausfahrt, Raststätte Siegburg-West. An den Zapfsäulen vorbei, durchfuhr er die enge Gasse zwischen zwei Fahrzeugen und hielt an. »Ich muss mal«, hatte Silke Bischoff gesagt.

Er löste den Sicherheitsgurt und hörte, wie sie hinter ihm die Tür aufstieß. »Ich geh pissen!«, sagte Rösner, sah Marion an, nahm die Pistole aus der Konsole und stieg aus.

Silke Bischoff stand neben der geöffneten Wagentür, weinte und hielt die linke Hand vors Gesicht.

»Du brauchst keine Angst haben, es passiert nichts!«, sagte Rösner, um sie zu beruhigen, und schob die Waffe in den Hosenbund. Er verstand sie ja. Doch was sollte er machen? Sie und die Ines waren nun mal ihre Lebensversicherung.

»Ich hab keine Angst!«, sagte Silke Bischoff kraftlos und wischte sich mit der flachen Hand übers Gesicht. In der Luft schwamm der strenge Benzingeruch, der von den Zapfsäulen herüberwehte. Dazu der Höllenlärm der vorbeidonnernden LKW, das hohe Singen ihrer Reifen auf dem heißen Asphalt.

»Ich würd dich ja sofort rauslassen«, sagte Rösner, »aber sobald du aus den Augen bist, hämmern die in mich rein! Ich hab kein Bock, mich wie so ’n Köter abknallen zu lassen.«

»Ja, ich versteh das schon«, sagte Silke Bischoff und sah rüber zu einem Wagen, einem roten Opel, dessen Türen offenstanden.

Auf der Fahrerseite stand ein Mann in grauen Shorts und einem hellblauen kurzärmligen Hemd, der seine kräftigen sonnengebräunten Arme schützend um die Schultern eines blonden Mädchens, wahrscheinlich seine Tochter, gelegt hatte. Das Mädchen reichte ihm bis zur Brust. Das Mädchen, das einen grasgrünen Rock, ein weißes T-Shirt und hellbraune Sandalen trug, hatte den Kopf in den Nacken gelegt und sah zu dem Mann auf. Die beiden sprachen miteinander, doch Silke Bischoff konnte sie wegen der zu großen Entfernung nicht verstehen. Dann lachte das Kind plötzlich laut auf und machte sich von dem Mann los, wirbelte herum und strebte einer Frau entgegen, die aus den Damentoiletten kam.

Was sie sah, waren Bilder aus einem Leben, das ihr plötzlich unsagbar weit entfernt schien. Unerreichbar. Am liebsten wäre sie hinübergelaufen zu dem Mann, damit er seine Arme nun um sie schlang.

Nun stieg Marion aus, sah über das Wagendach zu ihnen herüber und streckte sich wie jemand, der aus einem schönen Schlaf erwacht ist. Die beiden anderen blieben im Wagen sitzen.

»Denk dran!«, sagte Rösner mit seiner kantigen, gebrochenen Stimme und holte sie mit seinen Worten in die Gegenwart zurück. »Ich hab dir versprochen, du gehst raus!«

Silke Bischoff nickte mechanisch und lief auf die Toiletten zu, blieb aber nach ein paar Metern stehen. Sie drehte sich zu Rösner, der ihr in geringem Abstand gefolgt war, um, sah ihn fragend an und sagte: »Warum gerade ich?«

***

Sie trat einen Schritt vor, tastend und skeptisch, wie man sich jemandem nähert, der nachts im Licht der Autoscheinwerfer reglos auf dem Asphalt liegt, um zu sehen, ob er noch am Leben ist.

Gleichzeitig verspürte sie den Impuls, wegzulaufen, um sich das alles nicht ansehen zu müssen.

Überall auf dem Boden verstreut lagen Manuskriptseiten. Helle Rechtecke oder Rauten im Halbdunkel. Sie wusste sofort, dass sie nicht vergessen hatte, die Fenster im Arbeitszimmer und in der Küche zu schließen. Nein, nicht Durchzug, nicht der Wind hatte das angerichtet. Die Blätter, die zuvor einen ordentlichen Stapel auf ihrem Schreibtisch gebildet hatten, waren nicht in die Diele herübergewirbelt. Jemand hatte ihre Manuskriptseiten hier so drapiert. Jemand? Boris. Wer sonst.

Brigitte lauschte. Bis auf das vertraute schwache Wimmern des Kühlschranks und das gleichmäßige Ticken der Küchenuhr war alles ruhig.

Sie erkannte schnell, dass die Blätter etwas darstellten. Eine Linie bildeten. Eine Bahn, die vom Arbeitszimmer hinüber ins Badezimmer führte. Oder war es umgekehrt? Ihr kam in den Sinn, er könnte noch im Haus sein. Was, wenn er im Arbeitszimmer oder im Badezimmer lauerte? Wenn er nur darauf wartete, dass sie wie Gretel der ausgeworfenen Spur folgte? Angst strömte in ihre Glieder. Als ziehe sie eine unsichtbare Hand weiter, tiefer hinein ins Unglück, beugte sie sich über die Seiten und sah, dass der Kerl perfide kleine Pfeile neben die von ihr mit einem roten Korrekturstift vorgenommenen handschriftlichen Anmerkungen am Rand ihres neuen Mireille-Romans gemalt hatte. Die Pfeile wiesen Richtung Badezimmer.

Sie ging weiter, blickte durch die offene Tür ins Arbeitszimmer, auf aus den Regalen herausgerissene Bücher, die verstreut auf dem Boden lagen, ebenso Papiere, Fotos und Toilettenpapierschlangen. Ihr Eames-Chair war umgefallen und lag auf der Seite vor dem Schreibtisch. Verwüstet, dachte sie, als ihr Blick auf ihr geliebtes Vicki-Baum-Plakat an der Wand fiel. Das Gesicht der Schriftstellerin war mit schwarzem Filzstift bis zur Unkenntlichkeit verunstaltet worden.

Ihre Angst verflüchtigte sich, wich einer nervösen Anspannung. Brigitte spürte, dass ihre Wut nun groß genug war, um sich ins Badezimmer zu trauen. Sie folgte den Pfeilen auf den Manuskriptseiten. Die goldene Kappe ihres Dior-Lippenstifts lag vor ihr auf dem Boden, mit ihm hatte der Mistkerl ihr Manuskript beschmiert. Und was hatte er ihr Wichtiges zeigen wollen? Worauf deuteten die Pfeile?

Als sie es sah, war sie enttäuscht. Natürlich: primitiv und egozentrisch. Boris war ein böses Kind. Sie stand vor der offenen Toilettenschüssel, in der sein Haufen in einer teebraunen Lache lag. Darüber ein mit Reißzwecken an der Wand angebrachter Zettel, auf dem in roten Lettern stand: DAS IST KUNST!

Lächerlich, dachte sie. In einer abrupten, wütenden Bewegung hieb sie so lange auf den Spülknopf, bis auch die letzten Reste des »Kunstwerks« in den weiß schäumenden Wasserstrudeln verschwunden waren. Dann riss sie das Fenster auf und verharrte reglos. Sie sah nach draußen, ein sachter Windhauch fuhr durch die Zweige. Sie fixierte die Blätter, bis sie unscharf wurden. Tränen rannen über ihre Wangen. Sie gab keinen Laut von sich, aber das Wasser lief ihr stetig über das Gesicht. Kraftlos und erleichtert ließ sie es geschehen.

Sie verließ das Bad, ging zum Telefon und wählte Helgas Nummer. Der Hörer fiel ihr aus der Hand. Als sie ihn wieder zu fassen bekam, hörte sie Helgas Anrufbeantworter anspringen und unterbrach die Verbindung. Einem Impuls folgend, lief sie ins Schlafzimmer und riss die Tür des Kleiderschranks auf. Der Platz, an dem sie den Schmuckkasten verwahrte, zwischen den BHs und den zu kleinen Paketen geformten Socken, war leer. Dann fiel es ihr wieder ein. Sie selbst hatte die Sachen kürzlich in den Keller … O Gott, das Panther-Collier, durchfuhr es sie. Sie lief ins Souterrain, wo seit ihrem Weggang am Morgen noch immer die kleine, auf dem Boden stehende Leselampe brannte und ein freundliches orangefarbenes Licht in dem ansonsten leeren Raum verbreitete.

Wo, zum Teufel, hatte sie das Collier bloß hingelegt? Sie wusste noch, dass sie es am Morgen abgenommen hatte. Was hatte sie anschließend damit gemacht? Sie konnte sich partout nicht erinnern.

Sie riss das dünne Laken von der Matratze, wirbelte es ein paarmal herum und in die Höhe, in der Hoffnung, der Panther habe sich womöglich darin verfangen und komme zum Vorschein. Dann fiel sie auf die Knie und drehte die Matratze um. Doch auch hier nichts! Neben dem Bett lagen einzelne Manuskriptseiten, ein Parker-Kugelschreiber und Kleenex-Tücher. An der Wand stand eine leere Mineralwasserflasche.

Ein schwerer Stein saß in ihrer Brust und drückte ihre Organe schmerzhaft auseinander und gegen die Rippenbögen. Mühsam erhob sie sich und stieg die Treppe hinauf. Sie lief zur Garage und zog das Tor hoch. Boris war verschwunden. Mit ihrem Panther-Collier. Später stellte sie fest, dass er obendrein ihre gesamten Zigarettenvorräte, drei Stangen John Player sowie mehrere Flaschen Rotwein hatte mitgehen lassen.

Als sie in der Küche stand, das eingeschlagene Fenster, die Glasscherben auf dem Fußboden und Vicki Baums Roman »Liebe und Tod auf Bali« aufgeschlagen auf dem Tisch liegen sah, hatte sie schon begonnen, sich mit dem Gedanken anzufreunden, dass das Collier für immer verschwunden war. Sie trat ans Waschbecken, drehte den Kaltwasserhahn auf, griff nach dem Spülmittel und goss sich einen fetten Klecks des glibberigen grünen Gels auf die Hand. Anschließend rieb sie ihre zitternden Hände so lange unter dem Wasserstrahl gegeneinander, bis der Schaum sich endlich rot zu färben begann.

Eine halbe Stunde später rief sie bei Aventuras Reisen am Kleinen Griechenmarkt an und buchte für den frühen Abend einen Flug nach Barcelona.

***

Nachdem sie mit ihrer Chefin telefoniert und erfahren hatte, dass ihr Taxi von der Polizei an der holländischen Grenze sichergestellt und ihre persönlichen Sachen bereits in der Zentrale abgegeben worden waren, nahmen sie und Ulrike den Zug zurück nach Bremen. Ihr Vater hatte am Ende schließlich eingewilligt, dass Chris eine Zeitlang bei ihm wohnte und ihr altes Zimmer wieder bezog, »aber natürlich nur so lange, bis es dir wieder besser geht, Papa«.

»Ich packe nur das Nötigste zusammen und bin morgen wieder da«, hatte sie gesagt, ihm zum Abschied zärtlich übers unrasierte Gesicht gestrichen und ihm einen Kuss auf die Stirn gegeben. Die Vorstellung, wieder in ihrem alten Bett zu schlafen, in dem sie das erste Mal richtigen Sex mit einem Jungen, einem Spanier namens Manuel, gehabt hatte, berührte sie seltsam. Sofort stieg eine Fülle von Bildern in ihr auf, Erinnerungen an Nächte, in denen sie wach gelegen und die lautstarken Auseinandersetzungen der Eltern hatte mitanhören müssen. Momente, in denen sie sich schwor, nie so zu werden wie sie.

Sie würde also eine Zeitlang wieder das Mädchen von damals sein. Die schlanke 16-Jährige mit den schulterlangen Haaren, den hohen Wangenknochen und den Katzenaugen, über deren unruhigen Schlaf noch einmal der französische Sänger Ricky Shayne wachen würde. Damals hatte sie seinen BRAVO-Starschnitt an die Wand über ihrem Bett geklebt. Und mehr als einmal hatte sie sich vorgestellt, wie es wäre, wenn der Lockenkopf plötzlich Gestalt annehmen, von da oben zu ihr herabsteigen und sich neben sie legen und ihr Gesicht mit Küssen bedecken würde. Bei ihrem letzten Besuch hatte sie überrascht festgestellt, dass es immer noch hing.

Ihre Eltern saßen im Wohnzimmer vor dem Fernseher, damals, und guckten »Der Kommissar«, an einem warmen Freitagabend im Juni des Jahres 1974, als Manuel sie bei offenem Fenster und gedämpfter Beleuchtung, ein rotes Seidentuch hing über ihrer

Nachttischlampe und Räucherstäbchen brannten, zu den Klängen von »In-A-Gadda-Da-Vida« auf eine wunderbar unbeholfene Art entjungferte.

Chris schob ihr Gesicht langsam bis auf wenige Zentimeter an die verschmierte Abteilfensterscheibe heran und sah hinaus in die rasch vorbeiziehende Landschaft. Sie sah riesige, in der Sonne magisch leuchtende Strohräder auf den Feldern stehen, sah einen Vogelschwarm, der einen Flecken des stahlblauen Himmels sekundenlang verdunkelte, ehe er auseinanderstob und sich darin auflöste wie Farbspritzer in einem Wasserglas, sah, als der Zug in einen Tunnel raste, in der plötzlich zu einem dunklen Spiegel gewordenen Scheibe sich selbst: schreiend in ihrem Taxi sitzend, den Kopf ängstlich zwischen die Schultern gezogen, als der erste Schuss fiel. »Nein, nicht«, schrie sie und warf ruckartig den Kopf in den Nacken.

»Chris? Was ist?«, fragte Ulrike und sah von ihrer Zeitung auf, in der sie die ganze Zeit las.

»Nichts«, log Chris und biss sich kurz auf die Lippen, »gar nichts.«

»Es ist wegen heute Nacht, stimmt's?«, sagte Ulrike.

»Die Schüsse, es war schrecklich! Als würde es nie aufhören. Ich dachte, ich sterbe«, antwortete Chris, ließ sich zurück gegen die Kopfstütze gleiten und schloss die Augen. Nie mehr würde sie sich hinter das Steuer eines Taxis setzen. Nie mehr. Sie versuchte, an etwas anderes zu denken. So wie Dr. Brunner es ihr befohlen hatte: Sie müssen, wenn die Angst kommt, versuchen, sich etwas Angenehmes vorzustellen, etwas Schönes. Ein vertrautes Bild, oder etwas, das Sie gernhaben.

Sie stellte sich vor, mit einem Kreuzfahrtschiff unterwegs zu sein, das, umgeben von nichts als azurblauem Meer, seiner vorgegebenen Route folgend, das Wasser durchpflügte. Und sogleich wurde das rhythmische Rauschen des Zuges über die Schwellen zum Stampfen des Schiffsmotors, das in sanften Wellen ihren Beckenboden durchlief und die Vibrationen bis ins Innerste ihrer Knochen übertrug. Ihre Gedanken gingen auf Reisen, stießen sich aus der Gegenwart ab wie ein Schwimmer, der schwungvoll vom Startblock abhebt, um hinabzutauchen in die geräuschlose Tiefe.

Doch wie sich seitlich ins Bild schiebende Seevögel, die kreischend über dem Bug des Schiffes flogen und schlagartig die Stille brachen, stiegen Erinnerungen an ihren Vater vor ihrem inneren Auge auf, Momentaufnahmen eines Mannes, den die Einsamkeit zu einem gezähmten Raubtier gemacht hatte, zu einem zahnlosen Tiger, wie man sie in manchen Zoos sah, alt gewordene, müde hin und her schleichende Schatten ihrer selbst, lahm und träge vor Niedergeschlagenheit.

Chris hob ihre Füße auf den Sitz, zog beide Beine eng vor die Brust und umfasste sie, ohne die Augen zu öffnen, mit beiden Armen, senkte den Kopf auf die Knie und kauerte sich zu einer Art Embryonalstellung zusammen. Sie wusste natürlich, dass es ihre eigenen Arme waren, die sie da schützend umschlossen. Doch in ihrer Phantasie waren es die Arme des Polen, dieses Adam, die sie hielten und stützten, damit sie nicht hinabglitt in das dunkle Kellerloch, das sich jeden Moment vor ihr auftun konnte. Adam, der so nett zu ihr gewesen war. Adam, der Busfahrer, der Mann im Dom.

Dem Buch Genesis zufolge war es Gott, der Adam aus Lehm erschaffen und ihm seinen Lebensodem eingehaucht hatte; und weil es nicht gut sei, dass der Mensch allein ist, erschuf Gott aus seiner Rippe Eva, die er ihm zur Seite stellte. Vielleicht würde dieser Adam ihr, der gefallenen Eva, neues Leben einhauchen, nachdem ihr altes in der Nacht für immer unter Splittern der zerschossenen Windschutzscheibe begraben worden war. Sofort spürte sie, wie sie ruhiger wurde und ihre Muskeln sich entspannten. Die Vorstellung, wie eine Gliederpuppe, zerschlagen und mit gerissenen Fäden, an denen eben noch ihr Leben hing, am Boden zu liegen und von einer guten Seele aufgehoben, geflickt und zu neuem Leben erweckt zu werden, gefiel ihr ungemein.

Die Wiesen und Äcker lagen da wie brennende Schlachtfelder, aus denen da und dort Bäume wie verkohlte, mit der kochenden Erde verschmolzene Leichen aufragten, von der unnachgiebig herabfeuernden Sonne in ein spukhaftes, fiebriges Glimmen versetzt. Einmal taumelten Krähen durch die dickflüssig wirkende Luft, schienen regelrecht darin zu schwimmen, ohne wirklich von der Stelle zu kommen.

Sie warf einen Blick auf Ulrikes Uhr. In knapp zehn Minuten würden sie in Bremen eintreffen. Sie würde in die Taxizentrale gehen, um ihre Sachen zu holen, ihre Schlüssel, ihr Portemonnaie, alles. Als aber der Zug in den Bahnhof einfuhr und zum Stehen kam, stieß sie energisch die Waggontür auf und machte sich, ohne sich noch einmal nach Ulrike umzudrehen, auf den Weg zum Dom.

Bis zum Wall lief sie zu Fuß. Doch das Laufen in der Hitze machte sie schnell müde. Erschöpft blieb sie stehen und sah sich um. An einer Hauswand lehnte ein nicht abgeschlossenes Fahrrad. Ohne zu überlegen, packte sie es am Lenker, riss das Rad herum und trat kräftig in die Pedale.

Mit pochenden Schläfen nahm sie die Bischofsnadel, folgte nach rechts der Ostertorswallstraße und bog in die Sandstraße ab, an deren Ende sich weithin sichtbar die spitz zulaufenden, im grellen Sonnenlicht grünspanfarben glänzenden Zwillingstürme von St. Petri erhoben.

An der Neptun-Fontäne im Schatten des Doms, um die sich schreiend nach Abkühlung hungernde Kinder drängten, stellte sie das Rad unter einer der schattenspendenden Linden ab und kühlte ihr erhitztes Gesicht am Becken. Immer wieder ließ sie sich das kühle Wasser in den Nacken und über die Arme rinnen, obwohl es ihr Herz seltsamerweise noch schneller schlagen ließ und sie sekundenlang glaubte, ohnmächtig zu werden.

Zwischen all den Touristen auf dem Domvorplatz legte sie den Kopf in den Nacken, beschirmte die Augen mit der Hand und blinzelte ehrfürchtig hinauf. Dann lief sie zum Eingang des Doms, zog die schwere Tür auf und schlüpfte hinein in die Kühle des weitläufigen Sandsteingebäudes.

Es dauerte einen Moment, bis ihre Augen sich an das Halbdunkel im Innern der Kirche gewöhnten. Durch die Rosette schräg über ihr strömte buntgefiltertes Licht ein und erzeugte im Mittelschiff ein magisches Flirren, als drehte sich in der Höhe ein Kaleidoskop, das von dort oben wechselnde Licht- und Farbbündel auf sie herabfeuerte.

Chris eilte durch den Mittelgang und spähte hinauf zur Kanzel und zum Chorgestühl. Hinter ihr erklangen gedämpfte Stimmen und das spitze Geräusch von Schritten, gefolgt von unterdrücktem Hüsteln. Ein paarmal zuckten Blitzlichter auf.

Nach einigen Metern ließ sie sich wie beim letzten Mal in eine der Bankreihen gleiten, rutschte bis an deren äußeres Ende und legte ihren Kopf an das angenehm kühle Gemäuer. Etwas weiter vorn saß ein älteres Paar. Sie schloss die Augen und versuchte, ruhig und gleichmäßig zu atmen. Wieder dachte sie an ihren Vater, der eine halbe Zugstunde entfernt in seinem Krankenhausbett lag und darauf wartete, dass man ihn in den Operationssaal schob.

Sie wäre den Bildern gern weiter gefolgt, doch das Knarren einer Bank erregte ihre Aufmerksamkeit, und sie öffnete die Augen. Zuerst war da nur ein Rücken. Wie zum Gebet vorgebeugt, hatte er ein paar Reihen vor ihr Platz genommen. Doch dann richtete sich der Oberkörper auf, und ein Kopf tauchte zwischen den Schultern hervor wie ein Ball, den eine Hand eben noch unter Wasser gedrückt hatte.

Chris spürte, wie ihr Puls in die Höhe schnellte. Sie stieß sich von der Bank ab und ließ im Hinausgehen ihre Hand über die glatte und leicht abgeschrägte Lehne der Sitzreihe vor ihr gleiten, bis sie an deren Ende gegen ein Gebetbuch stieß und mit einem Schritt aus der Bankreihe heraustrat.

Sie ging zwei, drei Schritte, blieb stehen und fixierte die im Halbdunkel reglose Gestalt.

»Adam? Bist du das?«

»Woher wusstest du, dass ich hier bin?«, sagte er und wandte sich ihr zu.

»Ich wusste es nicht«, antwortete sie. »Ich habe es gehofft.«

Chris setzte sich neben ihn und blickte kurz auf den Altar, vor dem eine zwischen zwei Holzstützen gespannte Schnur signalisierte: Bis hierhin und nicht weiter! Sie schloss die Augen und horchte in die Dunkelheit hinein, atmete die leicht nach Weihrauch riechende Luft. Sie spürte, wie er seinen Kopf in ihren Schoß legte. Sie ließ es geschehen und strich ihm mit den Fingern durchs Haar, langsam und zärtlich, wie man ein Kind zum Schlafen bringt. Sie fühlte seinen warmen Atem auf ihren Oberschenkeln und war mit einem Mal zuversichtlich wie lange nicht mehr.

Eine Viertelstunde später traten sie aus dem Halbdunkel des Doms in die gleißende Helligkeit des Vorplatzes. Sie hielten sich beklommen an den Händen wie zwei, die man auf einer einsamen Insel ausgesetzt hat, nichts als undurchdringliche Wildnis vor Augen. Erst jetzt bemerkte Chris seinen Koffer.

»Verreist du?«, fragte sie überrascht und sah ihn fragend an.

»Ja. Ich gehe weg von hier, weg aus Deutschland. Zurück nach Polen«, antwortete er und stellte den Koffer neben sich ab.

»Aber wieso denn?«

»Weil hier Dinge passiert sind, die es mir unmöglich machen, auch nur einen einzigen Tag länger zu bleiben«, sagte er. Dann sah er sie an, packte den Kragen ihrer Bluse und rieb den dünnen Stoff nachdenklich zwischen Daumen und Zeigefinger. »Komm einfach mit.«

Chris sah ihn ungläubig an und schluckte.

»Ja«, sagte er und griff nach ihrer Hand. »Komm mit, Eva!«

»Eva? Wieso Eva?«

»Adam und Eva gehen nach Polen. Klingt doch gut. Wie der Anfang einer schönen Geschichte. Es ist der Anfang der Geschichte.« Er lachte und ließ ihre Hand wieder los.

»Ja, das stimmt«, sagte sie. »Aber ich kann nicht einfach so weggehen, hier alles stehen- und liegenlassen.« Am liebsten hätte sie sich ihm auf der Stelle vollkommen überlassen. Damit er sie führte. Hinaus aus ihrem Leben, hinein in etwas Neues, Unbekanntes.

»Warum nicht?«, sagte er. »Wenn man wirklich will, kann man alles. Du musst es nur wollen. Oder willst du nicht?«

»Doch«, sagte sie und lächelte zaghaft. »Doch. Aber mein Vater braucht mich im Moment. Er ist gestürzt und liegt im Krankenhaus. Außerdem muss ich ...«

»Schon gut«, fiel er ihr ins Wort. »Dann komm nach. Ich warte in Polen auf dich.«

»Ich komme, aber ich weiß nicht, wann.«

»Dobrze«, sagte er und lächelte. »Gut.«

»Bevor du fährst, erzählst du mir deine Geschichte! Ich weiß ja gar nicht, wer du bist.«

»Nur wenn du mir vorher deine erzählst«, sagte er und griff nach seinem Koffer.

»Einverstanden«, sagte sie und nahm seine Hand. »Dann komm!«

***

Hans-Jürgen Rösner presste die Backenzähne so lange gegeneinander, bis der Schmerz sich unter seiner Schädeldecke ausbreitete wie ein Tropfen Tinte in einem Glas Wasser. »Is dat hier vielleicht 'ne Beerdigung oder wat is?«, fragte er schroff und suchte Degowskis Blick im Rückspiegel. »Seid ihr alle aufs Maul gefallen?«

»Hab genug gequatscht, wegen all die bestussten Journalisten da!«, sagte Degowski und sah raus in die sommerliche Landschaft, Braun- und Grüntöne, die sich so rasch abwechselten, dass ihm, wenn er länger hinsah, schwindelig wurde. »Mach ma dat Radio an!«

»Kannste lang drauf warten!«, entgegnete Rösner ruppig. »Hab nämlich kein Bock mehr, mir den Scheiß, den die da die ganze Zeit im Radio erzählen, anzuhören, verstehste!«

Degowski murmelte etwas Unverständliches. Hans-Jürgen Rösner stieß Marion, die angestrengt aus dem Fenster sah, in die Seite. »Wat is, Kleines? Sach doch ma wat! Kannst einen doch sonst auch in die Hölle quasseln.«

Marion rutschte etwas zur Seite, drehte sich nach hinten und suchte Silke Bischoffs Blick. »'nen schicken Pullover haste da an«, sagte sie.

»Danke«, sagte Silke Bischoff und lächelte angestrengt.

»So einen wollte ich auch schon immer haben. Wo hast 'n den her?«

»Weiß ich gar nicht mehr.« Silke Bischoff legte die Stirn in Falten. »Karstadt, glaub ich. Vielleicht aber auch Kaufhof. Tut mir leid, ich weiß es wirklich nicht.« Sie schloss die Augen.

»Schade«, sagte Marion. »Genau so einen such ich schon seit Monaten. Am Hals rundgeschnitten, ohne Ausschnitt. Gibt's die auch in Braun oder Rot?«

»In Braun hab ich sie im Kaufhaus gesehen, glaub ich«, sagte Ines Voitle. »Genauso rund am Hals.«

Marion legte beide Arme oben auf den Sitz und das Kinn auf die Arme.

»Was is 'n das? Wolle oder Kaschmir?«, fragte sie. »Darf ich mal anfassen?« Sie streckte den rechten Arm aus und prüfte mit Daumen und Zeigefinger Silke Bischoffs Pullover am Bund. »Is Baumwolle«, sagte sie. »Hundertpro! Vom Angucken hätt' ich gedacht Kaschmir mit Wolle. Kannste mal sehen, wie man sich täuschen kann.«

»Ich glaube, die gibt's auch in Kaschmir«, sagte Ines. »Aber Kaschmir ist teuer.«

»Wie viele willst 'n davon?« Hans-Jürgen Rösner drehte den Kopf zur Seite. »Wenn wir hier raus sind, kannste dir so viele Kaschmir-Dinger kaufen, wie de Spass dran hast.« Er lachte. »Aber da, wo wir hinfahren, brauchste keinen Pullover, höchstens 'n Bikini.«

Marion starrte wieder seitlich aus dem Fenster.

»Wo wollen Sie denn hin?«, fragte Silke Bischoff. Marion blieb stumm.

Rösner überlegte einen kurzen Moment. »Portugal«, sagte er. »Die weisen nicht aus.«

»Wat für 'ne Sprache sprechen die denn da?« Marion klang besorgt.

»Portugiesisch«, sagte Ines Voitle. »In Portugal spricht man Portugiesisch.«

»Ist das wie Spanisch?«, fragte Marion und blickte wieder kurz nach hinten. »Portugal ist doch neben Spanien, oder?«

Degowski sagte nichts, sah nach vorn. Er hätte gern die Augen zugemacht.

»Du bist vielleicht bescheuert«, sagte Rösner. »Spanisch ist Spanisch, und Portugiesisch ist Portugiesisch.«

»Hätte doch sein können«, maulte Marion.

»Wat?« Rösner wurde laut. »Wat hätte sein können?«

»Na, dass sie in Portugal auch Spanisch sprechen«, entgegnete Marion heftig.

»Vielleicht spricht der ein oder andere in Portugal auch Spanisch. Wir sprechen ja auch Englisch oder Französisch. Oder auch Italienisch. Aber eigentlich spricht man in Portugal Portugiesisch.« Ines Voitle sprach, als hätte sie eine Schulklasse vor sich. »So, wie man in Italien Italienisch spricht.«

»Und in Russland Russisch und in Amerika Amerikanisch!« Rösners Wut war nicht zu überhören.

»Kannste denn überhaupt Portugiesisch?«, fragte Marion und sah Rösner von der Seite prüfend an.

»Is doch scheißegal. Kohle verstehen die nämlich in allen Sprachen«, sagte Rösner in einem Ton, der keinen Widerspruch mehr zuließ, und fügte wie ein Operettenstar hinzu: »Die Sprache des Geldes is nämlich total international, verstehste? Und jetzt halt verdammt noch mal die Klappe, Marion!« Er umfasste das Lenkrad wieder mit beiden Händen und trat aufs Gaspedal.

In Marions Fußraum lagen die leeren Bierbüchsen, die er an der Raststätte besorgt hatte und mit denen sie auf die bevorstehende Freilassung der Mädchen angestoßen hatten. Nahezu gleichzeitig hatten sie die schäumenden Dosen aufgeknackt, um umständlich miteinander anzustoßen und sich lachend zuzuprosten.

»Noch 'n paar Kilometer, und dann seid ihr zwei draußen!«, hatte Rösner gönnerhaft gesagt, die Beck's-Dose in der Hand, und zufrieden in den Rückspiegel gesehen, in dem weit und breit kein Polizeifahrzeug zu sehen war. Genüsslich hatte er sich den bitter schmeckenden Schaum von der Oberlippe geleckt.

Irgendwann sagte er: »Hoffentlich ham die da unten in dem Scheiß-Portugal 'n richtiges deutsches Bier!«

21

Frankfurter Rundschau

Abfahrt des Fluchtfahrzeugs im Blitzlichtgewitter der Fotografen

Mit Fernschreiben vom 18. August 1988 (10.22 Uhr) hat der Deutsche Presserat folgende Stellungnahme zu den laufenden Ereignissen herausgegeben: »Bonn (dpa) – Der Deutsche Presserat, das Selbstkontrollorgan der Presse in der Bundesrepublik, bittet die Redaktionen der publizistischen Medien, bei der Berichterstattung bei Gewaltandrohungen aller Art Zurückhaltung zu üben, ohne die grundsätzliche Informationspflicht zu verletzen.«

***

Kölner Stadt-Anzeiger

Letzte Rast vor dem Ende der Irrfahrt.

Um sicherzugehen, dass kein Polizist in Soutane erscheint, verlangen die Gangster Bilder der beiden Bischöfe, zu denen sie Kontakt gesucht haben. Sie werden aus einem Zeitungsarchiv geholt. Mehrfach steigt Rösner aus dem Wagen, hält seine Pistole auf die Umstehenden. Verhandlungen mit der Polizei lehnt er ab. »Wenn sich ein Polizist sehen lässt, ist die Frau dran!«, ruft er. Dann fahren sie ab. Dem tödlichen Finale entgegen.

Kirchner musste an Robert denken, während er seinen Wagen über die A3 in Richtung Olpe steuerte. Wahrscheinlich saß der Junge in diesen Minuten im Klassenraum des Helene-Lange-Gymnasiums an seinem Platz und dachte angestrengt darüber nach, was er über Max Frischs Drama »Andorra« schreiben sollte.

Robert hatte ihm unlängst von der bevorstehenden Deutscharbeit erzählt und hörbar gestöhnt, als sie das letzte Mal telefonierten. Robert machte sich nichts aus Büchern oder Theaterstücken. Genau wie er selbst. Im Theater schlief Kirchner regelmäßig ein. Was gingen ihn eine Hedda Gabler oder die Nora eines gewissen Herrn Ibsen an? Seine Exfrau Claudia hatte ihn ein paarmal überredet, mit ihr in Bochum ins Theater zu gehen, hatte es aber irgendwann ernüchtert aufgegeben und war zuletzt nur noch mit einer Freundin hingegangen. Auch Romane schreckten ihn ab, weil sie meistens dick waren und man Wochen dafür brauchte, um sie zu lesen. Nur einmal hatte er sich durch ein Buch gekämpft, das mehr als 500 Seiten hatte, Herman Melvilles »Moby Dick«, das seither sein Lieblingsbuch war. Die Figur des raubeinigen Käpt'n Ahab hatte es ihm angetan, weil er in dessen Hartnäckigkeit sich selbst zu sehen meinte, oder jedenfalls ein Stück von sich.

Was er mochte, waren Sportbücher und Erinnerungen von Politikern. In seinem Wohnzimmerschrank standen die Memoiren von Winston Churchill und Willy Brandts Buch »Friedenspolitik in Europa« neben Robert Deiningers Buch »Helmut Haller, der Mann mit den goldenen Beinen«, Harry Valériens »Olympia München 1972« aus dem Südwest Verlag und Hildegard Knefs halb gelesene Lebenserinnerungen »Der geschenkte Gaul«. Das letzte Buch, das Kirchner in der Hand gehabt hatte, trug den Titel »Von Jesse Owens bis Armin Hary« und lag seit Tagen auf seinem Nachttisch. Er hatte das gut erhaltene Buch bei Karstadt auf dem Wühltisch in der Dortmunder Innenstadt gefunden und für schlappe 2 Mark erstanden.

Über der Fahrbahn erzeugte die Hitze flimmernde Spiegelungen, so dass Kirchner meinte, seinen Wagen geradewegs in einen riesigen See hineinzusteuern. Der Himmel war plötzlich so weiß wie Milch in einem spiegelnden Messingtopf, die jeden Moment überzukochen schien, ein diffuses Gleißen, konturlos und ohne Tiefe, plan.

Er hielt sein Gesicht in den kühlenden Luftstrom der Belüftung. Das Gebläse arbeitete surrend auf der höchsten Stufe, doch wenn Kirchner seine Hand gedankenlos auf das kochend heiße Kunstlederpolster des Beifahrersitzes legte, durchfuhr ihn ein stechender Schmerz. »Verdammte Hitze«, dachte er.

Am Ende hatte er bloß noch weggewollt aus Köln. Weg von den Kollegen, deren mitleidige Blicke alles nur noch schlimmer machten. Und dann war er einfach umgekippt, runtergegangen wie eine Bahnschranke. Oder ein Amateur im Ring, der die Deckung sträflich vernachlässigte. Das zweite Mal innerhalb von wenigen Tagen. Beim ersten Mal war ihm im Keller schlecht und schwindelig geworden, als er die Wasserkästen runtergetragen hatte. Als er wieder zu sich kam, lag er auf der Kellertreppe, und seine Hand blutete.

Als »Mein Köln-Desaster« würde er später die Ereignisse in der Breiten Straße abspeichern. Er hatte Andresen und Landau – die beiden waren ebenfalls bis auf die Knochen frustriert gewesen – einfach in Köln zurückgelassen. Sie würden wahrscheinlich mit Berischa zurück nach Dortmund fahren.

Kirchner versuchte das alles für den Moment wegzuschieben, während er den Wagen mit Tempo 160 über die mittlere der drei Fahrspuren trieb. Er wollte jetzt nur noch an etwas Positives denken. Sofort sah er Barbara vor sich, seine Schöne, und wie sie sich in der Nacht gewunden und an ihm gerieben hatte, wie eine Schlange am Ast eines Baumes.

Barbara war ein Glücksfall für ihn, eine sportliche, gutaussehende und noch dazu kluge Frau, die ihm ihre Jugend schenkte. Die ihn nahm, wie er war, und nicht, wie Claudia, den Fehler beging, ihn verändern zu wollen. Wenn sie im Bett lagen oder auf der Couch vor dem Fernseher saßen und Wein tranken und sie ihm liebevoll im Nacken durchs Haar fuhr, dachte er jedes Mal: Ich Glückspilz. Doch sosehr er sich auch bemühte, die Ereignisse von Köln auszublenden, indem er Bilder von Barbara in sich wachrief: Die erlittene Schmach und die damit verbundenen Gefühle loderten hartnäckig wieder auf.

Der Tag war noch keine acht Stunden alt, doch Kirchner fühlte sich bereits entkräftet und müde. Am liebsten wäre er in einem Rutsch und ohne vorher noch mal in der Markgrafenstraße haltzumachen, um in seinen Diplomat umzusteigen, nach Hause gefahren.

Seine Blase meldete sich plötzlich mit solcher Dringlichkeit, dass ihm nichts anderes übrigblieb, als die Autobahn bei der nächsten sich bietenden Möglichkeit zu verlassen. Bei Langenfeld fuhr er die Raststätte Ohligser Heide an, lenkte den Wagen auf den Parkplatz, kurbelte beide Fensterscheiben hoch und betrat das Gebäude.

Er folgte den WC-Schildern ins Souterrain, stieß die Schwingtür auf und steuerte auf die Urinale zu, aus denen ihm ein fürchterlicher Gestank entgegenschlug. Ruckartig öffnete er den Schlitz seiner Hose und genoss die Erleichterung, die ihn durchrieselte, während die giftige Flüssigkeit aus ihm herausrann.

Am Waschbecken drehte er den Hahn auf und schob seine wegen der Hitze leicht geschwollenen Hände unter den eiskalten Wasserstrahl, rieb und knetete sie, fuhr sich erst ein paarmal übers Gesicht und dann, mit Blick in den Spiegel, durch die Haare.

Was war wohl passiert, als er ohnmächtig geworden war? Wahrscheinlich hatten sich seine grauen Zellen da oben wegen der Hitze und alles anderen kurz überhitzt, hatten Error an den Hirnstamm gefunkt und sich danach abgeschaltet. Klar, so musste es gewesen sein.

Gut, er war kein Arzt. Aber dafür Polizist, und, auch wenn es im Moment nicht so aussah, ein guter. Also musste er sich an seinen Spürsinn, an seinen Instinkt halten und die drohende Gefahr auf seine Weise entschärfen. Und sein Instinkt sagte ihm, dass er trotz allem okay war. Nur so, indem er sich nicht verrückt machen ließ, das spürte er, würde er in die Normalität zurückfinden und die Ausnahmesituation zu etwas Gewöhnlichem machen. Das war es, worum es ging: Die Dinge nicht größer zu machen, als sie waren. Es galt, sie richtig einzuordnen. Ja, so wollte er es machen.

Er war froh darüber, in diesen Sekunden allein zu sein, hoffte aber gleichzeitig darauf, dass die Tür aufging und jemand reinkam, der ihn mit seiner Anwesenheit dazu zwang, seine Gedanken in andere Bahnen zu lenken. Der Tag war noch nicht alt und eigentlich auch zu schön, um ihn mit seinen schwarzen Gedanken zu verdüstern. Außerdem durfte er nicht vergessen, wer er war: Rolf Kirchner, Gruppenleiter im SEK Dortmund, ein von allen geschätzter und geachteter Polizist, der auf eine glänzende Karriere zurückblicken konnte, ein Mann in den besten Jahren sozusagen, der einen wundervollen Sohn hatte und eine ebenso wundervolle Freundin, die zu ihm aufsah. Genug, um sich nicht von den Launen eines studierten Hanswursts in die Knie zwingen zu lassen.

Kirchner riss eine Handvoll Papiertücher aus dem Behälter, trocknete sich ausgiebig die Hände damit ab, und nach einem letzten, flüchtigen Blick in den Spiegel verließ er diesen Ort, der ihm eine unerwartete Läuterung beschert hatte, und stieg, entschlossen, sich der Welt da oben wieder mutig zu stellen, die Treppe hinauf.

Auf dem obersten Absatz angelangt, hörte er eine Frauenstimme: »Ich hab dir gesagt, dass es aus ist zwischen uns! Und dass du hier nicht mehr auftauchen sollst! Es ist aus, Schluss, Finito! Warum kapierst du das nicht endlich, verdammt noch mal?« Die Stimme der Frau hatte etwas Schneidendes.

»Weil ich dich immer noch liebe«, antwortete eine Männerstimme ruhig und entschlossen. Dann sah Kirchner die beiden. Die Frau, offensichtlich eine Angestellte des kleinen Raststätten-Restaurants, denn sie trug eine Art Kostüm, beigefarben, dazu ein ebenfalls beiges Schiffchen im Haar, stand neben dem Zigarettenautomaten und ihr gegenüber ein vielleicht 45 Jahre alter Mann mit hoher Stirn, kurzgeschnittenen grauen Haaren, kleinen schlitzartigen Augen und einem mausgrauen Kinnbart, der seinen Mund wie ein auf dem Kopf stehendes Hufeisen umschloss.

»Es ist vorbei, Hugo, versteh das doch. Und jetzt geh bitte! Ich muss nämlich weitermachen! Der Galinski guckt schon dauernd!« Die Frau sprach jetzt leise, aber nicht weniger eindringlich.

Kirchner besah sich die Frau nun genauer. Sie war hübsch, doch nicht auf eine vordergründige Weise, sondern wie ein Bild, das erst beim zweiten Betrachten seinen Reiz und seine besonderen Feinheiten offenbart. Sie trug das brünette, halblange Haar links gescheitelt, so dass es auf der anderen Seite über ihre nicht sehr hohe Stirn floss und ihr entlang dem rechten Wangenknochen in einem dichten Schwall auf die Schulter fiel. Ihre ungewöhnlich dunklen Brauen bildeten einen reizvollen Kontrast zu den dunkelblauen Augen. Hätte man Kirchner gefragt, hätte er unumwunden zugegeben: Ja, die Kleine gefällt mir. Allem voran ihr blaubeerfarben geschminkter, herzförmig geschwungener Mund hatte es ihm angetan. Kein Wunder, dass der Typ nicht ablassen wollte von ihr.

»Du kannst mich doch nicht einfach so abservieren, Claudia«, erwiderte der Mann und trat von einem Bein auf das andere. »Warum tust du mir das an?«

»Ach, lass mich einfach in Ruhe!«, sagte sie, drückte flüchtig ihre Zigarette in einem an der Wand angebrachten Ascher aus und strebte weg. Da packte der Mann sie an der Schulter und riss sie zu sich herum: »Das hättest du wohl gerne, wie? Du Miststück!«

»Ach, leck mich doch«, giftete sie zurück und machte sich los. Da holte der Mann aus und schlug ihr seitlich an den Kopf, so dass sie ins Taumeln geriet und zu fallen drohte, sich aber in letzter Sekunde schreiend mit der rechten Hand an der Wand abfing. Leute, die hereinkamen, blieben stehen und drehten sich nach ihr um.

Kirchner, der noch immer auf dem Treppenabsatz stand und die Szene beobachtete, ging auf den Mann zu, erreichte ihn mit drei raumgreifenden Schritten und packte ihn am Arm. »Schluss jetzt«, rief er und wirbelte ihn zu sich herum.

»Hey, was soll denn das?«, rief der Mann und taxierte Kirchner wie ein unerwartet in Bedrängnis geratener Boxer.

»Sie lassen sofort die Frau in Ruhe und verschwinden, haben Sie mich verstanden? Anderenfalls sehe ich mich gezwungen, Sie wegen vorsätzlicher Körperverletzung vorläufig festzunehmen«, rief Kirchner und spürte, wie das Adrenalin seinen Körper in Aufruhr versetzte. Wie die Rädchen in seinem Innern eins ins andere griffen. Wie sie in Schwung kamen. Käpt'n Ahab war zurück an Deck und hielt die Harpune im Anschlag, um sie der sich zeigenden weißen Bestie ins Fleisch zu stoßen.

»Halt dich da raus, du Angeber. Das ist ganz alleine eine Sache zwischen der Dame und mir, verstanden?«, entgegnete der Mann herablassend, stieß Kirchner von sich weg und wandte sich wieder der Frau zu, die sich die Wange hielt. Da packte Kirchner den Mann blitzartig mit der Linken an der Schulter, legte ihm gleichzeitig von hinten den rechten Arm um den Hals und riss ihn rückwärts zu Boden.

Er hätte nicht sagen können, wie oft er diesen Griff wohl im Lauf seines bisherigen Polizistenlebens trainiert und erfolgreich angewendet hatte. Doch wann immer er ihn im Einsatz praktizierte, hatte er seine Gegner damit in Verlegenheit gebracht.

Diesmal aber liefen die Dinge anders. Denn bei dem Versuch, seinen Gegner aufs Kreuz zu legen wie ein Ringer, der es auf einen Schultersieg abgesehen hat, knickte er mit dem linken Fuß unglücklich um und verlor dadurch das Gleichgewicht. Im selben Moment stieß ihm der auf ihm Liegende seinen rechten Ellbogen in den Magen, so dass ihm kurz die Luft wegblieb und er seine Umklammerung reflexartig löste. Und dann kamen die ersten Schläge, die ihr Ziel mit erstaunlicher Wucht und Präzision fanden.

Kirchner tauchte unter den auf ihn zufliegenden Fäusten weg und ging zum Gegenangriff über. Er war immer noch Käpt'n Ahab, der gegen alle Widerstände Kurs hielt.

Offenbar war er an der Braue getroffen, denn Kirchner spürte, wie ihm Blut ins Auge lief und ihm die Sicht nahm. Doch längst hatte etwas Größeres, Unbekanntes in ihm die Führung übernommen, das ihn nach vorn trieb. Sein Körper arbeitete wie von selbst, seine Fäuste trafen, zogen sich zurück, nahmen von neuem Fahrt auf und trafen wieder.

Einmal meinte er ein Gurgeln zu hören, dann ein dumpfes Knacken. Doch mit jedem Schlag fühlte er sich leichter, so, als kehre er nach einer langen, schrecklichen Odyssee endlich heim. Alles Gewicht fiel auf einmal von ihm ab. Er war wieder im Spiel. Endlich. Und diesmal würde ihn niemand zurückpfeifen.

Da war nur noch diese immer gleiche Pendelbewegung, dieses Vorwärts-Rückwärts seiner Arme, ein selbständiges Auf und Ab, Auf und Ab wie das der Kolben im Innern des auf Hochbetrieb arbeitenden Schiffsmotors der Pequod. Dann endlich drang die Stimme zu ihm durch.

»Neiiiin, aufhören! Hören Sie auf! Sie bringen ihn um«, schrie die Frau, grub ihre Fingernägel in seine Schulter und riss und rüttelte so lange an ihm, bis Kirchner, wie aus einer Trance erwacht, durch einen rötlichen Schleier hindurch ungläubig in die Richtung starrte, aus der die Stimme kam, und seine brennenden, blutverschmierten Fäuste herunternahm.

»Was haben Sie getan, o mein Gott, Hugo«, rief die Frau wieder und kniete plötzlich neben der reglosen Gestalt. »Hugo, ist alles okay?«

Kirchners Herz pochte, hämmerte wie eine Faust, die ungeduldig gegen eine Tür schlug. Die Wände um ihn färbten sich von Grau nach Blau. Irgendwo läutete ein Telefon. Schwere Schritte kamen näher, begleitet vom Krächzen eines Funkgeräts.

Kurz glaubte er, Barbara, seine Schöne, zwischen den Umstehenden auszumachen. Sie stand im Zwielicht etwa zwei Meter von ihm entfernt. Und sie schien zu ihm zu sprechen. Doch er verstand sie nicht.

Er wollte zu ihr, wollte sich erheben und mit ihr fortgehen. Hinaus ins Licht, hinaus in den Sommer, der ihr zweiter gemeinsamer Sommer werden sollte. Doch ihre Konturen verschwammen und lösten sich auf. Wie die eines Geistes, der kurz auftauchte und wieder verschwand. Kirchner konnte nichts anderes tun, als dasitzen und mitanhören, wie eine Männerstimme im Befehlston sagte: »Los! Stehen Sie auf!«

***

Die Flaneure, Geschäftsleute, Obstverkäufer und Schaufenstergucker hatten die Breite Straße zurückerobert. Nichts erinnerte mehr an das Medienspektakel, das sich hier noch vor kurzem zugetragen hatte.

Vor dem Schaufenster eines Lederwarengeschäfts saß ein junger Mann auf einem Campingstühlchen und klimperte alte Beatles-Songs auf seiner Gitarre, nach »Let it Be« und »Here Comes the Sun« nun »All You Need is Love«. Vor sich den offenen, mit heller Kunstseide ausgekleideten Instrumentenkoffer, in dem sich eine Handvoll Silbermünzen verlor. Sein von den Passanten kaum beachtetes Gesinge hallte durch den weitläufigen Korridor. Es wurde übertönt vom Lärm und Geplärre, das aus den offenen Türen der Bistros schallte. Die dichten Kronen der Linden, die kaum Licht nach unten durchließen, sorgten für angenehme Kühle.

Das Hochdruckgebiet hielt sich nun schon so lange über Deutschland, dass die Boulevardzeitungen neue Begriffe dafür erfinden mussten: Aus »Rekordhitze« und »Supersommer« waren »Hitzehölle« und »Inferno-Sommer« geworden, und immer wieder fanden sich Meldungen darüber, dass Personen aufgrund von Dehydrierung in Krankenhäuser eingeliefert worden und Hunde in geparkten Autos verendet waren.

Thomas Bertram, bereits den dritten Cappuccino intus, machte die Hitze schwer zu schaffen. Jede Sekunde, die er länger auf seinem Platz verharrte, statt in die Redaktion zu eilen, trug dazu bei, dass der längst morsch gewordene RTL-Ast, auf dem er saß, noch brüchiger wurde. Bereits zum vierten Mal wischte er sich mit dem Handrücken den Schweiß von der Stirn. Inzwischen, dessen war er sich sicher, war sein Schicksal als TV-Journalist besiegelt. Denn wahrscheinlich wartete Bässker händeringend auf seine Bilder. Und wenn schon!, dachte er. Sollen sie nur! Ihm war es mittlerweile egal. Scheißegal. Und der Clou dabei war: Er würde Maibach, der ihn mit allergrößter Wahrscheinlichkeit feuern würde, zuvorkommen mit seinem Abgang.

Er hatte die Nase endgültig voll von mit Tickermeldungen bedruckten Papierschlangen, so lang wie das Ungeheuer von Loch Ness. Vom Starren auf schlecht lesbare Teletexte, von Maibachs Launen und davon, die Welt ausschließlich durch die RTL-Brille zu sehen.

Er war Vater geworden, war im Begriff, die Frau, mit der er die Mutter seines Kindes betrog, zu betrügen, und sein Konto bei der Kölner Bank verzeichnete gerade mal ein Guthaben von 1800 Mark. Eine Summe, die wahrscheinlich ausreichte, um sich damit für ein Wochenende mit seiner zukünftigen Herzdame nach Mallorca abzusetzen und am Ballermann die Sau rauszulassen; ein verantwortungsvoller Kickstart ins neue Vaterglück jedoch ließ sich damit nicht hinlegen. Wie Thomas Bertram es auch drehte und wendete: Sein Absprung bei RTL war, überlebensstrategisch betrachtet, Selbstmord. Trotzdem war er entschlossen, diesen Weg zu gehen.

Seine Gedanken, die eben noch mit der ruckhaften, zackigen Schnelligkeit von Wasserläufern durch sein Gehirn gehuscht waren, verlangsamten sich, kamen zur Ruhe, standen still. Er sah alles ganz klar. Unmissverständlich und scharf umrissen. Wie beim Blick durch ein Elektronenmikroskop.

Im Grunde konnte er seine Kamera (Wo war eigentlich seine Leiter?) unter dem Tisch liegen lassen. Oder sie in einem Akt symbolischer Selbstbefreiung mit pathetischem Schwung von der Deutzer Brücke hinunter in den Rhein werfen. Eine Rückkehr an seinen Schreibtisch an der Aachener Straße würde es für ihn nicht mehr geben. Er würde sich etwas anderes suchen, bei einer Zeitung oder einem Szene-Magazin anheuern und flotte Texte über die neusten Platten von Oscar Peterson, Miles Davis und Larry Carlton oder die Filme von Martin Scorsese, David Lynch und John Waters verfassen und sich als moralischer Sieger fühlen. Das Karussell der Sensationen würde sich fortan ohne ihn drehen.

Viel zu lang war er Teil einer Sache gewesen, die nicht die seine war. Statt zu zeigen, hatte er zuletzt nur noch kommentiert, und statt zu informieren, suggeriert. Er hatte Meinung gemacht, statt mit Fakten zu überzeugen. Hatte geschwindelt in seinen Beiträgen, hier ein bisschen getäuscht und da ein bisschen herummanipuliert und sich die Wirklichkeit so lang zurechtgebogen, bis sie Maibachs Sichtweise entsprach.

Seine Erregung über die getroffene Entscheidung war auf einmal so groß, dass er sie auf der Stelle jemandem mitteilen musste. Nur wem? Amina würde ihn zweifellos für verrückt erklären, gerade jetzt hinzuschmeißen, wo sie auf jeden Pfennig angewiesen waren. Und Sirvan wirkte zuletzt alles andere als geduldig. Ganz im Gegenteil. Sie hatte fordernd und angespannt geklungen. Blieb nur Sylvia!

Bertram sprang auf, lief ins Innere des Cafés und fand einen Münzfernsprecher bei den Toiletten. Bereits nach dem dritten Läuten nahm sie ab.

»Ich bin's, Thomas«, rief er gegen den Lärm der Musikbox. »Wie ist die Stimmung? Alles klar?«

»Alles bestens«, antwortete Sylvia.

»Aber vermisst mich denn keiner?«

»Nee, wieso?«

Bertram verstand nicht. »Na ja, wegen …«

»Ach doch«, fiel sie ihm ins Wort. »Jetzt fällt's mir wieder ein. Frau Lindner aus der Personalabteilung hat angerufen. Du sollst dich bei ihr melden. Dein Mitarbeiterausweis muss erneuert werden. Ich hab dir ihre Nummer auf den Schreibtisch gelegt.«

Bertram schluckte. »Und sonst?

»Nichts.«

»Und Maibach?«

»Ist in der Produktion, sie schneiden den Aufmacher.«

»Welchen Aufmacher? Wovon redest du?«

»Den Frank Söllner gedreht hat. Söllner kam vor einer halben Stunde mit seinem Material rein. Muss ja echt was los gewesen sein in der Breiten Straße?«

»Aber ich … ich dachte, ich …«

»Hat Maibach dir denn nicht gesagt, dass er umdisponiert hat, dass Söllner den Aufmacher …«

»Nein, hat er nicht …«

»Oh!«

Die Pause, die sie machte, war groß. Bildete er sich das nur ein, oder hielt sie wirklich die Hand über die Sprechmuschel?

»Das tut mir leid, Thomas. Ich dachte, Maibach hätte …«

»Mir auch«, sagte er und beobachtete einen Mann, der mit seinem Hund das Café betrat. Im nächsten Moment sprang der Hund auch schon an ihm hoch. Bertram versuchte, das Tier mit der freien Hand abzuwehren.

»AUS«, rief der Mann und zog den Hund an der Leine ruckartig zurück. »Tut mir leid!« Dabei hob er entschuldigend die Hand. »Er will nur spielen. Ist 'n verspielter Bursche.«

Bertram starrte in die pechschwarzen, kreisrunden Augen des dunkelbraunen, athletischen Vierbeiners.

»Alles in Ordnung? Er hat Sie doch wohl nicht gebissen, oder?«, sagte der Mann und verzog das faltige Gesicht.

»Nein, schon gut«, antwortete Bertram und strich sich die Hundehaare von der Hose.

»Miko ist ein aufgewecktes Kerlchen«, sagte der Mann und lächelte. »Aber er tut niemandem was.«

Bertram sah runter zu dem Hund, der mit heraushängender Zunge hechelte. »Ja, das sieht man«, sagte er und dachte: Verdammte Töle!

»Was ist? Thomas?«, tönte es fragend aus der Muschel. »Hallo? Bist du noch dran?«

»Ja, ja«, antwortete er. »Es ist nur wegen, ach egal …«

»Bleibt's bei heute Abend?«

»Klar! Oder hast du inzwischen was Besseres vor?«, sagte er und blickte dem Mann und seinem Hund hinterher.

»Nein, hab ich nicht«, sagte sie. »Ich freu mich, Thomas.«

»Ich auch«, sagte er und legte auf. Er legte einen Zehnmarkschein neben seine leere Tasse. Dann hob er die auf dem Boden liegende Kamera auf und hängte sie sich um.

Söllner also! Na super! Maibach hatte nie ernsthaft daran gedacht, ihm den Aufmacher zu überlassen. Das Ganze war bloß eine Art Ablenkungsmanöver gewesen. Beschäftigungstherapie. Typisch Maibach! Der Mann war ein Schwein!

Die Leiter! Er ging zurück, und tatsächlich stand sie noch dort im Halbschatten, wo er sie stehengelassen hatte. »Scheiß auf Maibach«, murmelte er trotzig, klappte die Leiter zusammen, schulterte sie und ging.

Er konnte nun selbst bestimmen, in welche Richtung er gehen würde.

***

»Es hat nicht viel gefehlt, und Sie hätten den Mann krankenhausreif geschlagen«, sagte Oberkommissar Scholten in rheinischem Tonfall und legte seine weiße Schirmmütze neben das Walkie-Talkie und Kirchners Dienstausweis vor sich auf den Tresen. Sein helles Diensthemd mit dem Polizeiwappen des Landes NRW auf der Brust roch – offenbar war es erst kürzlich aus der Reinigung gekommen – leicht chemisch. Auf seiner hohen Stirn glänzten Schweißperlen, und die grauen, kurz getrimmten Haare oberhalb der Schläfen schimmerten ebenfalls feucht.

Jemand hatte die Autobahnpolizei angerufen, und Gardner, mit seinem Kollegen offenbar in der Nähe, war innerhalb weniger Minuten in der Raststätte eingetroffen.

Kirchner spähte unter der geschwollenen Augenbraue hervor. Seine Wange zierte ein Pflaster, und die Knöchel seiner Hände brannten. »Hätte ich zusehen sollen, wie der Kerl die Frau verprügelt?«

»Sie hätten sich als Polizist zu erkennen geben und die Angelegenheit anders lösen müssen«, sagte Scholten vorwurfsvoll und wischte sich den Schweiß von der Stirn. »Das wissen Sie doch, gerade jemand wie Sie, ein so erfahrener Polizist.«

»Das habe ich, aber der Typ hat überhaupt nicht darauf reagiert«, brachte Kirchner zu seiner Verteidigung vor.

»Was das zur Folge hat, wenn der Mann Strafanzeige gegen

Sie stellt, das brauche ich Ihnen ja wohl nicht zu erklären«, sagte Scholten. Seine ohnehin kleinen Augen verengten sich jetzt noch mehr, so dass die Pupillen auf die Größe von Stecknadelköpfen schrumpften.

Okay, er hatte es vielleicht etwas übertrieben. Doch seine Fäuste hatten wie eigenständige kleine, verbissene Krieger agiert. »Das soll er mal machen«, erwiderte Kirchner trotzig. »Die Frau wird bezeugen, dass er angefangen hat und ich zu ihrem Schutz eingeschritten bin.«

»Da würde ich mich nicht drauf verlassen«, sagte Scholten. »Und wenn schon. Das gibt Ihnen trotzdem nicht das Recht, sich wie ein wild gewordener Stier aufzuführen und den Mann derart zu verprügeln.«

Kirchner grinste schief. Er hatte schon ganz andere Schlachten geschlagen. Und sie überlebt. So, wie der Typ ihre kleine Reiberei überleben würde.

»Ich werde Meldung über den Fall machen müssen, das wissen Sie«, sagte Scholten.

»Tun Sie, was Sie nicht lassen können«, antwortete Kirchner.

»Ich verstehe nicht, wie Sie das tun konnten«, sagte Scholten und gab Kirchner seinen Dienstausweis. »Mann, Mann, Mann!«

»Das müssen Sie auch nicht«, antwortete Kirchner, nahm den Ausweis und schob ihn in die Innentasche seiner Windjacke. Erst jetzt registrierte er die Blutflecken an der Brust und den Winkelriss oberhalb der rechten Seitentasche.

Über die Mattscheibe des über der Bar angebrachten Fernsehers flimmerten rasch wechselnde Werbeclips, hektisch hin und her zuckende Bilder, die an in Aufruhr geratene tropische Fische in einem Aquarium erinnerten. Kirchner starrte kurz hinauf, dann ließ er den schwer gewordenen Kopf sinken und sagte: »Nicht mein Tag heute!«

Während er seinen Gegner mit seinen Fäusten bearbeitet hatte, hatte er sekundenlang gedacht: Wenn Robert mich jetzt sehen könnte! Doch nun kam ihm sein Handeln primitiv vor und vollkommen sinnlos. Scholten würde eine Anzeige wegen einfacher Körperverletzung schreiben und die Staatsanwaltschaft ein Disziplinarverfahren gegen ihn einleiten.

»Sieht ganz so aus«, erwiderte Scholten und machte dem Mann hinter der Theke ein Zeichen. Anschließend lockerte er seine Krawatte und sagte zu Kirchners Überraschung: »Also, ich brauch jetzt was zu trinken. Und Sie? Na, kommen Sie! Geht auf mich.«

Kirchner sah den Mann, dessen Oberlippe ein wuchtiger Schnauzer zierte, kurz prüfend an. Dann nickte er und antwortete: »Dann aber was Richtiges!«

»Gut, also zwei Pils!«, sagte Scholten zu dem Mann hinter der Bar.

»Kommt sofort«, erwiderte der Kellner unterwürfig und nahm zwei Pilstulpen aus dem Regal.

»Alkohol im Dienst? Noch dazu um die Uhrzeit?«, sagte Kirchner, verzichtete aber wegen der Schmerzen in seiner Wange darauf, zu grinsen.

»Ich hab jetzt seit genau ... Moment!« Scholten sah auf seine Armbanduhr, eine alte, silberne Junghans mit grobgliedrigem Stahlarmband: »... achtundzwanzig Minuten Feierabend.«

»Wahrscheinlich werden Sie schon ungeduldig zu Hause erwartet«, sagte Kirchner. »Bei dem Wetter. Schwimmbadwetter, sagt mein Sohn.«

»Nicht wirklich«, sagte Scholten.

»Das tut mir leid«, sagte Kirchner und verfolgte, wie der Barkeeper die goldglänzenden Biergläser vor ihnen abstellte.

»Das muss es nicht«, sagte Scholten und griff nach seinem Glas. »Prost!«

»Ja«, sagte Kirchner, hob sein Glas an und stieß es gegen das des anderen. »Prost!«

Nach drei, vier tiefen Zügen stellte er sein Glas wieder ab, wischte sich mit dem Handrücken den Schaum von der Oberlippe und fragte: »Kennen Sie das Buch ›Moby Dick‹? Tolle Geschichte! Gab auch mal ’n Film, der so hieß. Mit Gregory Peck.«

»Hab ich schon mal gehört, »Moby Dick«, sagte Scholten, und Kirchner konnte sehen, dass er log. Eine halbe Stunde später waren sie bereits beim dritten Glas, und Kirchner, wieder ganz in seinem Käpt’n-Ahab-Ding, kam in Fahrt. Der Alkohol hatte ihm die Zunge gelöst und ihn in eine angenehme Leck-mich-am-Arsch-Stimmung versetzt. Das am Morgen erlebte Fiasko erschien ihm aus den strahlenden Höhen, in die er sich inzwischen geredet hatte, kaum noch erkennbar. Klein und nicht mehr der Rede wert.

Kirchner sonnte sich in Scholtens Bewunderung, angestachelt von dessen neugierigen Fragen. Scholten, der seit Jahren auf der Autobahnwache Hilden Dienst schob und tagaus, tagein nichts anderes sah als Raser, Blechschäden und solche, bei denen weder Mensch noch Maschine zu retten waren, nickte immer wieder anerkennend. Und als Kirchner anfing, von Terrorismusabwehr, deutschem Herbst, RAF und GSG 9 zu erzählen, war Scholten wieder hellwach.

Kirchner hätte nicht sagen können, woher dieser Drang zur Prahlerei kam. Er war plötzlich da, groß und stark und unwiderstehlich. Er wollte sein Leben nicht länger als unbedeutenden Teil von etwas Größerem sehen, sondern selbst dieses Größere sein.

»Ich habe meinen Leuten den Zugriff strikt verboten, um das Leben der beiden Geiseln nicht dadurch zu gefährden«, log er und fühlte, wie gut ihm diese Sicht der Dinge tat. »Dabei hätte ich bloß nicken müssen, so nah waren wir an denen dran, und mein Kollege hätte den Degowski von hinten erledigt. Doch die Unversehrtheit der beiden jungen Frauen hatte oberste Priorität.«

Aus irgendeinem Grund musste er wieder an Robert denken und fragte: »Haben Sie Kinder?«

»Äh, ja, eine Tochter«, antwortete Scholten.

»Glückwunsch!«, sagte Kirchner und faltete die glitschige weiße Rosette, die den Fuß des Glases umschloss, zu einer Art Ziehharmonika. »Töchter sind bestimmt was Wunderbares.«

»Ja, eigentlich schon«, sagte Scholten. »Aber Hilda ist geistig behindert, Trisomie 21, Down-Syndrom.«

»Tut mir leid«, fragte Kirchner und stierte in sein Glas.

»Ja, mir auch«, erwiderte Scholten.

»Wie alt?«, sagte Kirchner und dachte: Down-Syndrom? Das sind doch diese Kinder mit den komischen Schlitzaugen und den unförmigen Gesichtern.

»Neunzehn«, sagte Scholten. »Hilda lebt bei mir, seit meine Frau mich vor zwei Jahren verlassen hat.«

Kirchner konnte sehen, wie sich auf dem Hintergrund der dunkelbraunen Augen seines Gegenübers plötzlich sekundenlang schmerzhafte Dinge abspielten.

Irgendwann stieß Scholten, von einem halben Dutzend Gläsern Pils in eine heitere Schweigsamkeit versetzt, Kirchner an und sagte mit ausgestrecktem Arm und Blick auf den Fernseher: »Da! Die Kollegen!«

Kirchner hob seinen Kopf über dem Bierglas und spähte durch einen Nebel aus Übelkeit und Ermattung auf den Fernsehschirm. Er hatte seit Stunden nichts gegessen, in seinem Magen rumorte es.

In großer Ferne konnte er eine Autobahnkuppe erkennen, auf der zahlreiche Fahrzeuge wild durcheinanderstanden, über alle drei Fahrspuren hinweg verteilt. Leute liefen aufgeregt hin und her. Zwei trugen schusssichere Westen. Dahinter, auf einer Brücke, zahllose Gaffer, Fotografen. Fernsehkameras. Und dann trat ein Reporter ins Bild und sagte: »Soeben ist circa 200 Meter von mir entfernt die Geiselnahme von Gladbeck nach 54 Stunden gewaltsam zu Ende gegangen. Auf der A3 in Richtung Frankfurt in Höhe von Bad Honnef hat ein Sondereinsatzkommando der

Polizei Köln das Drama nach Einsatz einer Blendgranate und einem heftigen Schusswechsel mit den Geiselnehmern beendet. Die Geisel Silke Bischoff starb dabei durch eine Kugel aus Rösners Waffe. Die A3 wird voraussichtlich bis 15 Uhr gesperrt bleiben.«

Rolf Kirchner ließ den Kopf sinken und schloss die Augen. Nach 10 oder 15 Sekunden machte er sie wieder auf, wandte sich um und spähte, an Scholten vorbei, durch die riesige Panoramascheibe hinaus auf den Parkplatz, wo Autos blitzend in der Sonne standen. Dann hinauf zum Himmel. Er suchte nach ersten Anzeichen von Wolken, nach irgendeinem Zeichen für eine bevorstehende Wetterveränderung. Aber der Himmel war so wolkenlos wie vor fünf oder sechs Stunden. Wie gestern, vorgestern und vor einer Woche. Und genauso leer, wie er sich in diesem Augenblick fühlte. Und sich höchstwahrscheinlich auch in den nächsten Wochen, Monaten, Jahren fühlen würde, wenn er an diesen 18. August 1988 zurückdachte. Den Tag, an dem Silke Bischoff starb. Weil er es nicht verhindert hatte. Er, Rolf Kirchner.

***

Nachdem sie den Glaser angerufen und ihre Manuskriptseiten eingesammelt, ihr Arbeitszimmer halbwegs wieder in Ordnung gebracht und das verschandelte Baum-Plakat zerknirscht von der Wand genommen und weggeworfen sowie die Sauerei im Klo beseitigt und die Scherben in der Küche aufgekehrt hatte, war Brigitte hinunter in den Keller gegangen und hatte sich erschöpft auf der Matratze ausgestreckt. Neben ihr lag Mariannes Brief.

Sie hatte ihren Entschluss spontan gefasst, ohne lange zu überlegen. Und wie sie nun so dalag und mit geschlossenen Augen auf das gelegentliche Rumoren im Haus lauschte – das Haus atmet, dachte sie, macht Geräusche wie ein schlafendes Tier, das hin und wieder seine Glieder reckt –, spürte sie, wie richtig das war, was sie vorhatte. Marianne hatte sie gebeten zu kommen, und sie war entschlossen, ihr diesen letzten Wunsch zu erfüllen.

Sie musste, das erschien ihr plötzlich vollkommen einleuchtend, noch einmal zurück in die Vergangenheit, erst dann würde es wieder eine Zukunft für sie geben. Als Schriftstellerin wie als Mensch. Vorher, dessen war sie sich nun ganz sicher, gab es hier nichts für sie zu tun. Sie würde also reisen. Gut.

Gemeinsam mit Martin war Brigitte verschiedentlich herumgereist, war zweimal in Amerika gewesen, in London und Rom und auf dem Balkan. Doch die Reise, an die sie am liebsten zurückdachte, war ein gemeinsamer zweiwöchiger Trip im Juli 1979 nach Norwegen gewesen. Sie hatte die Tage im Norden als Hochzeitsreise empfunden. Denn selten zuvor hatte sie sich Martin so nah gefühlt wie in den Tagen in Oslo und Bergen. Er war weich und offen gewesen, sie hatten Pläne gemacht, von einer Reise nach St. Petersburg gesprochen und manchmal zweimal am Tag miteinander geschlafen.

Nach einem knapp zweistündigen Flug waren sie in Oslo gelandet, hatten fünf Tage bei Ludvik, einem Freund von Martin, in dessen heimeligem, weiß-blau gestrichenem Holzhaus direkt am Oslo-Fjord gewohnt, hatten eine Schiffstour gemacht und waren nach ausgelassenen Abenden auf der Terrasse bei Rotwein und dem hervorragenden Essen von Ludviks Frau Eline, die damals zum zweiten Mal schwanger gewesen war, mit dem Überlandzug weiter nach Bergen gefahren. Nicht ohne Ludviks und Elines Tochter Vilde Post zu versprechen.

Die Bergenbahn, die Oslo mit Bergen über Hunderte von Schienenkilometern hinweg miteinander verband, war stundenlang durch eine Art Mondlandschaft gerollt, hatte schrundige, dicht mit Moosen und Gestrüpp bewachsene Hügelgruppen erklommen und sich, immer entlang wechselnder flaschengrün leuchtender Fjorde, in weitgestreckte Täler vorgekämpft, in denen sich da und dort karminrot oder blau gestrichene Holzhäuser verloren.

An einer Westernsaloon-ähnlichen Poststation hatten sie haltgemacht und in der kleinen Kaffeebrennerei köstlichen heißen Kaffee getrunken und Zimtschnecken gegessen. Vikersund, Gol, Hallingskeid, Upsete, Ama – die Namen der Bahnhöfe, an denen die Bahn jeweils für ein paar Minuten zum Stehen gekommen war, ehe sie nach sechseinhalb Stunden in Bergen einfuhr, kamen ihr hinterher wie Elemente einer Formel vor, die, wenn sie sie nur halblaut und bewusst aussprach, im Handumdrehen noch einmal den Zauber der Zeit in Norwegen heraufbeschwor.

Später erfuhr Brigitte, dass George Lucas Mitte der siebziger Jahre Teile seiner »Krieg der Sterne«-Saga in der menschenleeren Hügellandschaft zwischen Oslo und Bergen, der sogenannten Hardangervidda, gedreht hatte. In Bergen dann hatte sie, wie versprochen, eine Karte an Vilde geschrieben und ihr einen Fisch darauf gemalt, der lächelt. Doch wiedergesehen hatte sie die Kleine nicht mehr.

Brigitte war ganz vernarrt in Ludviks und Elines siebenjährige Tochter Vilde gewesen, einen blauäugigen kleinen Wildfang, der seinem Namen alle Ehre machte. In Vilde, das begriff sie später, hatte sie damals das Kind gesehen, das sie nie bekommen hatte. Martin war immer gegen Kinder gewesen. Kurz vor seinem Tod aber, so, als hätte er etwas geahnt, hatte er seine Meinung überraschend geändert und sie gebeten, nicht länger zu verhüten. Doch dann war die Nachricht seines Todes gekommen, und mit seinem Ableben war auch Brigittes Traum von einem Kind, einer eigenen Vilde, gestorben.

Brigitte hatte die Brendboes auf Anhieb gemocht und mit Eline ausgedehnte Spaziergänge und Touren auf den Holmenkollen unternommen, wenn Martin und Ludvik, der damals als Auslandsreporter mit Schwerpunkt Naher Osten für Verdens Gang arbeitete, die Köpfe zusammensteckten, auf der Veranda saßen und stundenlang miteinander redeten und tranken. Martin und Ludvik hatten sich in Beirut kennen- und schätzen gelernt, hatten häufig miteinander telefoniert und sich Faxe geschickt.

Beim Abschied in Oslo in der Mosseveien hatten sie abgemacht, dass sie alle, sobald das zweite Kind auf der Welt und transportfähig sein würde, nach Köln kämen.

Brigitte hatte Vilde den Dom zeigen und gemeinsam mit ihr hinaufsteigen wollen in dessen Türme. Doch zu diesem Besuch war es nie gekommen. Ludvik hatte später angeboten, zu Martins Beerdigung zu kommen, war dann aber bei einem nächtlichen israelischen Raketenangriff auf das Hotel Le Commodore, in welchem die ausländischen Pressevertreter untergebracht gewesen waren, so schwer verletzt worden, dass ein Flug unmöglich war. Anschließend war der Kontakt zwischen ihnen abgerissen. Keiner wollte durch den anderen an das erinnert werden, was geschehen war.

Auch Brigitte hatte regelmäßig abgewehrt, wenn Martin, um sich Luft zu machen, begann, ihr aus dem Libanon oder dem Ogaden zu erzählen. »Verschon mich mit deinen Gräuelgeschichten«, hatte sie jedes Mal gesagt, wenn er wieder davon anfing. Und meist hatte er ihren Wunsch zähneknirschend respektiert. Sie ließ ihn mit seinen Bildern allein. Schützte sich. Wollte seine Schreckensbilder vom Menschen nicht in ihr Inneres lassen. Und trotzdem waren manche davon eingesickert wie Blut in ein helles Stück Stoff, waren Fetzen davon unweigerlich in ihrem Bewusstsein hängengeblieben. So das Antlitz von Ashquar Dawud, einem Mitarbeiter des Beiruter Gouverneurs. Man hatte ihn umgebracht, seine Leiche mit Benzin übergossen und angezündet. Er war bis zur Unkenntlichkeit verbrannt, und sein Computer war zu einer Art Skulptur verschmolzen. Jay hatte das Ganze damals fotografiert, und Brigitte sah seine Fotos später im Stern. Der Mann saß an einem Metalltisch, als der Überfall erfolgte. Seine steifen Arme streckten sich zu den geborstenen Fenstern. Sein Gesicht als solches war nicht mehr zu erkennen, die Haut eingefallen und ledrig, der Mund zu einem Schrei verzerrt. Zwischen den Zähnen quoll seine geschwollene Zunge hervor. In den feuchten braunen Augen des Mannes lag ein ungläubiges Staunen, aber kein Entsetzen.

Bei der Untersuchung des Toten hatte der Polizist, der Martin und Jay für hundert Dollar in die Botschaft ließ, plötzlich ein kleines Schweizer Armeemesser hervorgeholt, mit ruhiger Hand die scharfe Seite der Klinge an den Nacken des Toten gelegt und etwas gelöst, das sich in dessen Haut eingegraben hatte: einen silberfarbenen Draht, eine Garrotte.

Obwohl Brigitte die Geschichte bereits kannte, erschütterten Jays seltsam braunstichige Bilder sie nochmals schwer, Fotos, die ihr auf grausame Art und Weise zeigten, wozu Menschen fähig waren, die aufgehört hatten, an den Wert eines Lebens zu glauben. Menschen wie der AFP-Fotograf, von dem Martin ihr erzählt hatte. Der Mann hatte den abgerissenen Kopf eines von einer Autobombe getöteten jungen Libanesen fotografiert und das Bild anschließend, grinsend und mit einer Flasche Heineken in der anderen Hand, stolz unter den im Hotel versammelten Kollegen herumgezeigt. Oder Typen wie Rösner und Degowski. Wie hatte sie glauben können, dass es diese Menschen nur am anderen Ende der Welt gäbe? Wie annehmen, dass sie in ihrem Haus vor alldem für immer sicher wäre?

Wie sehr sie Martin vermisste. Ihn und das Leben, das sie mit ihm hätte führen können. Wie sie diese andere Brigitte vermisste, eine glückliche Mutter, selbstgewiss und gelassen. Stattdessen war sie eine wunderliche und kinderlose Frau geworden, eine Frau, die nichts anderes bewegte als Mutlosigkeit und Wut, namenlose Wut, die ihre Traurigkeit nun lange genug verhindert hatte. Sie würde nach Spanien fahren, sie würde endlich Martins Witwe werden.

Brigitte schreckte aus ihren Erinnerungen hoch, weil es oben an der Haustür klingelte. Sie ging hinauf, fuhr sich kurz über die Haare und öffnete. Vor ihr stand ein junger Mann in einem meerblauen Overall, der einen Werkzeugkasten unter dem Arm trug.

Über seine Schulter hinweg konnte sie den weißen Schriftzug auf dem ebenfalls blauen Renault 4 Kombi lesen: Glaserei Rückert. Das Schönste, was Glas passieren kann.

Sie führte den Mann in die Küche und deutete auf das eingeschlagene Fenster, stellte ihm eine eiskalte Wasserflasche und ein Glas hin und ließ ihn allein. Ihre Maschine ging um 17.20. Das hieß: Sie musste erst in knapp vier Stunden am Flughafen sein. Trotzdem befiel sie eine wachsende und nur schwer zu bändigende Unruhe. Sie würde nur das Nötigste einpacken, Kleider für höchstens drei, vier Tage.

Langsam wie ein Spielzeughase, dessen Batterien jeden Moment den Geist aufgaben, setzte sie sich in Bewegung, steuerte auf das Schlafzimmer zu und blieb schließlich vor dem fast bis an die Decke reichenden Kirschbaumkleiderschrank stehen.

Martin und sie hatten bis zuletzt die gleiche Konfektionsgröße gehabt, so dass sie schon mal in eine seiner Jeans stieg, wenn ihre gerade in der Wäsche waren. Außerdem hatte sie es geliebt, in seinen Hemden herumzulaufen, mit lässig bis zu den Ellbogen aufgekrempelten Ärmeln. Manchmal hatte sie auch seine Basecaps getragen. Und seine Uhr, einen Fliegerchronographen von IWC. Die Uhr hatte ihn in den Tod begleitet.

Sie machte den Schrank auf und ließ ihren Blick über die Hemden, Kleider, Blusen und Pullis wandern. Im Fach darüber lagen noch einige wenige von Martins Sachen, von denen sie sich gegen jede Vernunft nicht hatte trennen können: abgeschabte Brieftaschen, seine Ausweise, eine defekte Omega. Daneben Basecaps, Gürtel, Fotowesten. Den Rest hatte sie in die Altkleidersammlung gegeben oder in Kisten verpackt, hinunter in den Keller geschafft. Wie sie so dastand und ihren Blick auf seinen Sachen ruhen ließ, war ihr, als stehe er hinter ihr, als müsse sie sich bloß umdrehen zu ihm. Und schon hörte sie ihn in Gedanken mit seiner tiefen, leicht brüchigen Stimme sprechen, hörte ihn sein kleines Einmaleins des Überlebens in einem Krisengebiet herunterbeten:

»Erstens: Verabrede dich mit keinem, dem du nicht absolut vertraust. Zweitens: Verlasse nie ein Gebäude, ohne dich zu vergewissern, dass keine verdächtigen Fahrzeuge herumstehen. Drittens: Gehe nicht davon aus, dass ein Ort, der gestern sicher war, es auch heute noch ist. Viertens: Trage immer eine schusssichere Weste. Hinzu kommen: Natürliche Feigheit. Mehrere Hundertdollarnoten, die in den Saum deiner Hosenbeine eingenäht sind. Und vor allem, das Wichtigste, ein gesundes Misstrauen.«

Wie oft hatte sie ihn diese Sätze in Gesprächen mit anderen sagen hören. Sie waren ihm über die Jahre in Fleisch und Blut übergangen und zu so etwas wie seinem ganz persönlichen Mantra geworden. Am Ende aber war seine Neugier größer gewesen als sein Misstrauen.

»Dummer Junge«, murmelte Brigitte wehmütig, »hast gedacht, du könntest das Böse mit deinen paar Regeln in Schach halten.« Dabei ließ sie ihre Finger zärtlich über seine Sachen gleiten und schloss kurz die Augen.

Sie nahm eine Jeans, zwei, drei leichte Blusen sowie eine Handvoll T-Shirts heraus, legte sie neben sich auf den Boden und zog die Schublade auf, in der sich ihre Unterwäsche befand.

Eine Stunde später stand ihre Piké-Tasche gepackt im Flur, und die eingeschlagene Fensterscheibe in der Küche war ausgetauscht. Das Taxi war für drei Uhr bestellt. Bis dahin blieben ihr noch knapp zwei Stunden. Genug Zeit für einen Gang zum Zigarettenautomaten. Und für zwei, drei Gläser gekühlten Rotwein, um ihre flatternden Nerven zu beruhigen.

22

Kölnische Rundschau

Schüsse peitschten im Rauch der Blendgranaten.
Geiselgangster bei Bad Honnef überwältigt –
Fluchtwagen von hinten gerammt.

Köln/Siegburg: Die Hitze steht über der A3, die Luft flirrt. Es ist totenstill. Zwei dunkle Limousinen rasen über die abgesperrte Autobahn, im Sichtschutz einer Bergkuppe, schwerbewaffnete Männer. Es sind Männer des SEK. Sie jagen die Geiselnehmer. Eine halbe Stunde später ist alles vorbei. Und das Ende blutig: Silke Bischoff liegt tödlich getroffen auf der Fahrbahn. Helfer versorgen unterdessen die schwerverletzte zweite Geisel Ines V. und die angeschossene Marion L.

***

Frankfurter Rundschau

»Und alles vor laufenden Kameras.«

Die Geiselnahme, die Polizei und die Medien – eine unerträgliche Geschichte.

Skeptiker behalten recht: Eine der beiden Geiseln, eine junge Frau aus Bremen, erliegt eine Stunde nach dem Schusswechsel ihren Verletzungen, auch die zweite ist durch einen Rückensteckschuss schwer verletzt. Und alles vor laufenden Kameras! Doch auch mit dem letzten Schuss wird diese Geschichte nicht beendet sein. Was bleibt, sind Fragen.

Die Leiter stellte er dem Hausmeister einfach vor die Tür, und die Kamera lieferte er wortlos im Technischen Büro ab. Anschließend fuhr er, ohne noch einmal einen Blick in die Redaktion zu werfen, mit der Straßenbahn zurück in die Stadt.

Nun saß Thomas Bertram verschwitzt und desillusioniert auf der obersten Treppenstufe vor seiner Haustür und sah gleichgültig den vorbeifahrenden Autos hinterher.

Eigentlich könnte ich zufrieden sein, dachte er. Das Schicksal hat mir gegen alle Prognosen am Ende doch noch einen lebensfähigen Sohn beschert. Und das Kapitel RTL ist beendet. Trotzdem wollte sich das Gefühl von Zufriedenheit einfach nicht einstellen. Warum nicht?

Er öffnete die Haustür und trat in den angenehm kühlen Flur. Als er zwei Minuten später oben in seiner Wohnung stand und die trotz der gekippten Fenster abgestanden und leicht säuerlich riechende Luft einatmete, war ihm, als sei er eine Spur zu lange fort gewesen. Als hätte im Verborgenen bereits ein rasant um sich greifender Fäulnisprozess eingesetzt, in den finsteren Ecken hinter dem Kuhlschrank und dem Herd, wo sich auf dem Boden die Staubmäuse paarten und rasant für Nachwuchs sorgten, unter der Spüle und im Dämmer unter dem Waschbecken im Bad, wo er in einer Plastiktonne seine schmutzige Wäsche sammelte. Er stellte sich heimtückische Verfallsbeschleuniger vor, Sporen und Bakterien, aggressiv und mikroskopisch klein, die nur darauf warteten, auf ihn überzugreifen und ihn so lange zu attackieren, bis er sich geschlagen gab und Risse und blutige Abszesse sichtbar wurden, unter den Armen, im Schritt und zwischen den Fingern und Fußzehen.

Bertram schob diese kranke Phantasie unwirsch beiseite und dachte, er sollte, statt rumzuspinnen, endlich seine Eltern anrufen und ihnen erzählen, was passiert ist, ihnen von Paul berichten, dass sie Großeltern eines lebensfähigen Jungen geworden sind. Doch als er an die dabei unweigerlich aufkommenden Fragen dachte, die sie ihm stellen würden, Fragen nach seiner Zukunft als Vater und Ernährer einer Kleinfamilie, verließ ihn sogleich der Mut, und er verwarf die Idee, tappte stattdessen hinüber ins Schlafzimmer und ließ sich im Halbdunkel, das die heruntergelassene Jalousie erzeugte, kraftlos aufs Bett fallen.

Er stellte sich Amina vor, wie sie trotz Wundschmerzen und der Nachwirkungen der Betäubung beseelt auf dem Rand ihres Bettes saß, die nackten Beine baumeln ließ und angetrieben von einem vor der Zeit erwachten Mutterinstinkt erste Pläne für ein zukünftiges Leben zu dritt schmiedete. Er stellte sich seinen Sohn vor, diesen kleinen Kämpfer, der nichts wusste von dem, was er in den vergangenen 48 Stunden Titanisches geleistet hatte. In was für eine Welt er sich hineinkämpfte.

Was würde folgen auf die unsicheren, von immer neuen Rückschlägen gekennzeichneten Jahre, in denen er sich, wie er nun einsehen musste, von nicht haltbaren Idealen gelenkt, in der Pose des unverstandenen Aufklärers gefallen hatte?

Aus dem Hinterhof drangen Kindergeschrei und das von einem Lederball erzeugte schmatzende Klatschen gegen die Hauswand zu ihm herauf, durchsetzt vom Krähen und nasalen Pressen einer Säuglingsstimme und von den Kunstreden monotoner TV-Dialoge. Bertram schloss die Augen.

Das Gedächtnis will nicht leiden. Es versucht, selbst in den sinnlosesten Konstellationen einen Sinn zu erkennen. Trotzdem zwang Bertram sich, diesem Impuls jetzt zu widerstehen. Und so malte er sich, mutig wie jemand, der aus großer, sicherer Entfernung auf die gefahrvolle Erde zurückgekehrt war, aus, wie sein zukünftiges Leben aussehen würde, ein Leben mit Paul und Amina. Er würde eintreten in ihren Kreis. Und endlich Verantwortung übernehmen. Ja, das werde ich, murmelte Thomas Bertram, sich selbst ermahnend, und spürte, wie seine Glieder schwer wurden. Dann schlief er ein.

Als er nach vier traumlosen Stunden erwachte, fühlte er sich zerschlagen, und sein Schädel dröhnte. Er sah auf den Wecker, der auf dem Nachttisch stand, und ließ sich zurücksinken. Das Telefonkabel hatte er aus der Wand gezogen. Sollte die Welt da draußen sich ruhig noch eine Weile ohne ihn weiterdrehen und ihre Katastrophen produzieren. Was ging ihn das alles noch an? Wahrscheinlich waren die Geiselgangster, nachdem dieser Journalist zu ihnen in den Wagen gestiegen war, längst über alle Berge. Das alles erschien ihm plötzlich ganz weit weg.

Das Leben ging weiter. So oder so. Selbst nach solchen Ereignissen wie Mogadischu oder der Ermordung von Jürgen Ponto und der Entführung und Hinrichtung von Schleyer im heißen Herbst 1977 war es, nachdem die mediale Empörung sich gelegt hatte, weitergegangen, und alle waren zur Normalität zurückgekehrt. Und genauso würde es nach den Ereignissen von Gladbeck, Bremen und Köln sein, alle würden zur Normalität zurückkehren, abdriften ins Private.

Man würde sich an das Gesicht von Silke Bischoff erinnern und an die Waffe an ihrem Hals. Und an den toten italienischen Jungen. Und vielleicht auch noch an Rösners absurde Show mit seinem Colt am Bremer Busbahnhof im Blitzlichtgewitter der Fotografen. Aber sonst?

Es war Sommer, und die Leute würden vielleicht noch ein paar Tage in Urlaub fahren, nach Mallorca oder Rimini. Oder sonst wohin. Und spätestens dann, nach ihrer Rückkehr, würde Gladbeck Geschichte sein. Denn schon standen der Beginn der neuen Bundesliga-Saison und die Olympischen Sommerspiele in Seoul vor der Tür. Mediale Großereignisse. Die Karawane zog weiter. Und vielleicht war das ja okay so. Denn auch er würde weiterziehen. Seine Aufgabe würde fortan darin bestehen, sich als Vater zu bewähren. Und als Oberhaupt einer eigenen kleinen Familie. Irgendwo hatte er einmal gelesen, dass das Politische im Privaten beginne. Der Gedanke gefiel ihm und würde fortan sein Leitspruch sein. Denn er gab ihm das Gefühl, eine im Kern sinnvolle Sache zu verfolgen.

Bertram dachte an Sylvia. Er stellte sie sich in einer enganliegenden Bluse vor. Und der Gedanke, am Ende womöglich mit ihr im Bett zu landen, stachelte ihn regelrecht an, und er griff nach seinem Glied.

Bis zu ihrem Treffen blieben ihm noch ein paar Stunden. Er würde erst einmal ausgiebig duschen, sich einen starken Kaffee kochen und dann ins Krankenhaus fahren. Vorher aber würde er Sirvan anrufen, auch wenn sie etwas anderes abgemacht hatten. Der Gedanke, extra dafür aufstehen und hinüber in die Diele laufen und den Stecker in die Telefonbuchse schieben zu müssen, behagte ihm überhaupt nicht. Dazu fühlte er sich einfach viel zu erschöpft. Nein, das konnte warten. Später, sagte er sich, drehte sich um und schloss die Augen.

***

An der Anschlussstelle Flughafen, die auf die L 84 überging und weiterführte in Richtung Köln/Bonn, stockte der Verkehr. Nach weiteren 300 Metern im Schritttempo kam er schließlich zu Brigittes Entsetzen aufgrund von Straßenbauarbeiten und einer Verengung der Fahrspuren ganz zum Erliegen.

Überall in der Stadt seien die Straßen aufgerissen, erklärte ihr der Fahrer zerknirscht. »Schlaglöcher, Kieslaster, Betonmischer, Umleitungen. In Köln Taxi zu fahren ist die Hölle, der Verkehr steht ja praktisch dauernd still, und die Kunden lassen ihre schlechte Laune an uns aus.«

Brigitte ließ das Gerede des Fahrers kommentarlos über sich ergehen und sah auf die Uhr. Hinter dem verkratzten, milchigen

Mineralglas standen die Ziffern reglos auf der von ihr eingestellten Zeit: 14 Uhr 20. Dem damaligen Zeitpunkt seines Todes. Um zwei Uhr mittags Beiruter Ortszeit, das hatte sie später erfahren, hatte Bachir Gemayel Martin und seine ausländischen Kollegen in Aschrafija empfangen, zwanzig Minuten später war die Bombe detoniert. Trotzig hatte sie sich Martins defekte Omega ums Handgelenk gebunden.

»Wie spät ist es?«, rief sie nach vorn.

»Kurz vor halb vier«, antwortete der Fahrer und fixierte sie kurz im Rückspiegel. Bis zum Einchecken am Lufthansa-Schalter blieben ihr also noch gut dreißig Minuten. Nun, da sie standen und die Abgase durch die offenen Fenster und die Lüftungsschlitze ungebremst hereindrangen, hatte sie einen Geschmack auf der Zunge, als lutschte sie an der Spitze eines Bleistifts. Am liebsten hätte sie ausgespuckt.

Sie wurde unruhig. Außerdem schwitzte sie fürchterlich. Sie dachte: Statt des Hemdes, dessen Ärmel sie bereits fast bis zu den Schultern hinaufgekrempelt hatte, hätte ich doch besser eines meiner luftigeren T-Shirts anziehen sollen. Aus dem Wagen vor ihnen ertönte das sture orgiastische Stampfen einer Rockband.

Sie fischte ein Tempo-Taschentuch aus ihrer offenen Louis-Vuitton-Handtasche, schloss die Augen und wischte sich damit übers Gesicht. Als sie es herunternahm und die Augen öffnete, sah sie die Bescherung: Sie hatte sich unabsichtlich das aufgelegte Make-up abgewischt. Ungläubig sah sie auf das mit braunen Streifen und Flecken übersäte Tuch. Ärgerlich fuhr sie sich damit so lange wieder und wieder durchs Gesicht, bis sie das Gefühl hatte, auch die letzten Reste des klebrigen Puders weggewischt zu haben. Das Tuch warf sie einfach aus dem Fenster. Sie war nicht mehr geübt in diesen Dingen. Sich schminken. Nägel lackieren. Haare toupieren. Sie hatte einfach keinen Wert mehr darauf gelegt. Warum auch? Und für wen? Für einen Toten?

Ihr Blick fiel auf die aufgesprungenen Innenseiten ihrer Hände. Langsam und bedächtig, wie man einen ungewöhnlichen, von Linien und Einschlüssen durchwirkten Stein betrachtet, studierte sie im schräg hereinfallenden Sonnenlicht die kleinen Verletzungen und rötlichen Vertiefungen darin, seufzte und sah aus dem Fenster, wo jenseits der Leitplanke die Braun- und Grüntöne ineinander verschwammen.

Inzwischen war die Hitze kaum noch zu ertragen, ihr Kopf fühlte sich an, als presse ihn ein schweres Stahlband zusammen. Vor ihnen hatten die Fahrer die Türen ihrer Autos aufgestoßen und waren ausgestiegen. Sekundenlang beschlichen Brigitte Zweifel. Die Hitze, der Gestank, das sinnlose Warten – warum tat sie sich das an?

Dann kam endlich wieder Bewegung in die Sache. Als sie die Baustelle passiert hatten und der Verkehr wieder auf zwei Fahrbahnen floss, trat der Fahrer so heftig aufs Gas, dass es sie in den Sitz drückte. Sofort drang der warme Fahrtwind durch die offenen Fenster herein, schwer und brausend. Kurz darauf schoben sich am Horizont zwischen größeren Baumgruppen hindurch die silbrigen, in der Sonne schimmernden Umrisse des Flughafens mit seinen Terminals ins Bild, der Wagen beschrieb eine 180-Grad-Kurve, und Brigitte streckte zur Abkühlung ihren rechten Arm aus dem Fenster.

Lange stemmte sie ihre Handfläche gegen die anprallenden Luftmassen. Wer ist stärker? Ich oder du?, bis der Druck zu groß wurde, sie sich geschlagen gab und den Arm sinken ließ. Im selben Moment donnerte eine Maschine im Landeanflug in geringer Höhe und mit ohrenbetäubendem Lärm über sie hinweg.

Und dann stand sie zwischen all den hin und her wuselnden Menschen mit ihren Taschen und Rollkoffern in der Abflughalle, durch deren riesige Glasscheiben das späte, orangerote Nachmittagslicht weich und besänftigend hereinfiel, und spürte, wie sie schrumpfte, wie Alice im Wunderland. Ihr Blick sprang suchend zwischen den verschiedenfarbigen Check-in-Schaltern von Cyprus Air, Aer Lingus, SAS, Air France, Iberia und Alitalia hin und her, vor denen sich lange Schlangen gebildet hatten. Sie hasste diesen ganzen Boarding-Zirkus. Doch wo war bloß dieser verdammte Lufthansa-Schalter?

Sie stellte die Tasche, deren kantige Griffe bereits rote Striemen oberhalb ihres rechten Handgelenks in die Haut gedrückt hatten, ab und strich sich eine Haarsträhne aus der Stirn. Dann nahm sie ihre Tasche wieder hoch und steuerte, statt weiter nach dem Lufthansa-Schalter Ausschau zu halten, entschlossen auf eine kleine offene Bar zu, wuchtete die Tasche auf einen der freien Barhocker und bestellte, um ihre flatternden Nerven zu beruhigen, einen Prosecco.

Gierig trank sie von der kühlen, angenehm auf der Zunge perlenden Flüssigkeit und dachte wieder, nachdem sie das halbvolle Glas vor sich auf dem kreisförmigen Tresen abgestellt hatte: Warum nur tue ich mir das an?

Der Barkeeper, ein Mann mit dunklen, streng nach hinten frisierten halblangen Haaren, starkem Bartschatten und zwei Reihen strahlend weißer Zähne, sah sie eine Weile an. »Na, wo geht's denn hin, meine Dame?«

»Spanien«, antwortete Brigitte einsilbig und griff wieder nach ihrem Glas, weil sie nicht wusste, was sie sonst mit ihrer Hand anstellen sollte.

»Schön«, sagte der Barkeeper und lächelte.

»Das sagen Sie«, erwiderte Brigitte trocken und leerte ihr Glas. Sie hatte keine Lust auf derlei belangloses Gerede, zog ihr Portemonnaie hervor und legte einen Zehnmarkschein neben ihr Glas.

»Macht fünf fünfzig«, antwortete der Mann und hielt ihr das Wechselgeld hin.

»Behalten Sie's«, sagte Brigitte, packte ihre Tasche und wandte sich, ohne den Mann noch eines Blickes zu würdigen, dem hin und her wogenden Strom der Flugreisenden zu. Rechter

Hand entdeckte sie die blau-gelb beleuchteten Lufthansa-Abfertigungsschalter und steuerte entschlossen darauf zu.

Eine halbe Stunde später saß sie, nachdem sie ihre schwere Piké-Tasche aufgegeben und ihre Bordkarte erhalten hatte, in der Wartehalle, hielt die Beine übereinandergeschlagen und wartete darauf, dass ihr Flug mit der Nummer LH 245 nach Barcelona aufgerufen wurde. In dem Buch, das sie eingesteckt hatte, Raymond Chandlers »The Long Goodbye«, hatte sie bereits die ersten vierzig Seiten gelesen, als endlich der Aufruf kam und die Reisenden sich kurz darauf um die kleine Schleuse drängten, über die sie an Bord gelangten.

Sie hatte Glück: Der Platz neben ihr blieb frei, so dass sie ihre Handtasche neben sich auf den Sitz legen konnte. Unaufgefordert legte sie sich den Sicherheitsgurt an und wartete darauf, dass es endlich losging. Dann sprangen die Motoren an.

Sie schloss die Augen, gab sich ganz dem beschleunigenden Dahinjagen der Maschine über die Rollbahn hin. Dann reckte das Flugzeug seine Schnauze ruckartig in den Wind, gefolgt von einem Kippen. Es drückte sie kurz in den Sitz, der feste Untergrund wich unter ihnen zurück, und sie hoben ab.

Ein paar Minuten später erreichten sie ihre vorgeschriebene Flughöhe von etwa 3000 Fuß, und ein heller Pling-Ton signalisierte ihr mit dem gleichzeitigen Verlöschen des roten Lämpchens, dass sie sich wieder abschnallen durfte.

Sie sah aus dem Fenster und betrachtete die wie aus schneeweißen Federn geknüpften fliegenden Teppiche der vorbeiziehenden Wolkenschwaden. Sie trieben auf dem sogenannten Jetstream dahin, um, wie der Kapitän in seiner kurzen Ansprache erklärte, bestimmte Höhenwinde zu nutzen, die eine größere Beschleunigung ermöglichten und zugleich dafür sorgten, dass sie weniger Treibstoff verbrauchten. Begleitet wurde das Ganze von einem Ruckeln und Vibrieren der Wände. Und doch war ihr beim Blick in das gleichförmige Blau, als stünden sie reglos in der Luft.

Irgendwann löste sie ihren Blick von den sich rasch verformenden und zerfasernden und wie zum Greifen nahen Gebilden und versank, mit nach hinten gegen die Stütze gelegtem Kopf, im Universum ihrer Erinnerungen. Sogleich bildeten sich Mariannes Züge vor ihrem inneren Auge heraus: die hohe Stirn, die etwas weit auseinanderstehenden hellwachen Augen und der breite, herzförmig geschwungene Mund – ein schmales, wohlproportioniertes Gesicht von makelloser Schönheit, das braunes, glatt herabhängendes und von ihr meist wenig phantasievoll arrangiertes Haar umrahmte. Dazu ihre langen, auffallend feingliedrigen Hände, die in Brigittes Augen immer etwas Spinnenartiges besessen hatten.

Wie sah Marianne, die schöne Marianne, wie Martin seine Schwester stets halb bewundernd, halb ironisch nannte, heute, nach den sechs Jahren, die seit ihrem letzten Zusammentreffen in Köln im Jahr 1982 verstrichen waren, und gezeichnet von einer offenbar todbringenden Krankheit, wohl aus? Es war ja hinlänglich bekannt, wie bösartige Erkrankungen im Gesicht eines Menschen wüten konnten.

Ganz im Gegensatz zu Martin hatte Marianne stets auf ihre Ernährung geachtet, hatte Sport getrieben, Handball gespielt und Alkohol nur in Maßen konsumiert, am liebsten spanischen Rotwein, Tempranillo. Außerdem rauchte sie nicht, abgesehen von dem einen oder anderen Joint, den sie sich, wenn es spät geworden war, in Brigittes Kölner Küche drehte. Trotzdem lag sie nun offenbar im Sterben, und Brigitte konnte es auf einmal kaum noch erwarten, bei ihr zu sein. An ihrem Bett zu sitzen und ihre Hand zu halten. So, wie sie gern an Martins Seite gewesen wäre, als er starb.

Warum hatte Marianne ihr geschrieben und sie gebeten zu kommen? Ausgerechnet jetzt, nach all den Jahren der Funkstille? Weil es zu Ende ging mit ihr und sie vorher noch reinen Tisch machen wollte, wie man so schön sagte? Gab sie sich am Ende doch noch eine Mitschuld an Martins Tod? War es das, was sie sich von ihrem Besuch versprach? Dass sie sie davon freisprach und ihr damit den Weg freimachte in die ewige Ruhe? Damit sie unbeschwert sterben und loslassen konnte? Endlich erlöst war?

Wer wollte das nicht, mit sich im Reinen sein, wenn es ans Sterben ging? Keinem Menschen, der ein halbwegs ausgeprägtes Gefühl für Anstand und Moral besaß, gefiel die Vorstellung, mit einem Packen offener Rechnungen abzutreten. Unweigerlich kam ihr der Gedanke an ihr eigenes mögliches Ende in den Sinn. Als Kind hatte sie sich den Tod als das letzte Land vorgestellt, das sie besuchen würde, nachdem sie zuvor alle anderen betreten und gesehen hatte. Ein Land, dunkel und geheimnisvoll, fernab und ganz anders als sämtliche Länder, Zeitzonen und Inseln, von denen sie bis dahin gehört haben würde.

Brigitte hatte nie Angst vorm Sterben gehabt. Immer nur vor dem der anderen, weil sie damit Menschen verlieren würde, die ihr nahestanden, die Teil ihres eigenen Lebens geworden waren, auch wenn deren Zahl durch die Jahre und Jahrzehnte hindurch höchst überschaubar geblieben war. Angefangen bei ihrem in Hanau lebenden Vater, den sie immer, wenn auch auf eine eher distanzierte, schwer erklärbare Weise, liebte, auch wenn sie ihn zuletzt kaum noch gesprochen, geschweige denn gesehen hatte. Bis hin zu ihrem ebenfalls in Hanau lebenden Bruder, mit dem sie hin und wieder telefonierte. Und dann war da natürlich noch Helga, die ihr Halt gab und an sie glaubte. Helga war über die Jahre zur wichtigsten Person ihres Lebens geworden. Alle anderen, Freunde und gemeinsame Bekannte, waren verschwunden. So, als hätte es sie nie gegeben.

Brigitte hielt es, was das Sterben anging, lange mit dem griechischen Philosophen Epikur, der einmal gesagt haben soll: »Wenn ich da bin, ist der Tod nicht da, und wenn der Tod da ist, bin ich nicht da.« Diese Vorstellung gefiel ihr, schenkte ihr ein Stück Freiheit.

Bis zu Martins jähem Tod hatte sie diesseitig gelebt, ganz im sogenannten Hier und Jetzt. Sie nahm mit, was das Leben ihr anbot, Feste, Partys, Urlaube, Reisen. Und sie fühlte sich gut dabei. Mit seinem Tod hörte all das auf. Gehörte einer vergangenen Zeitrechnung an. Jeder Gedanke in diese Richtung erschien ihr für immer vergiftet zu sein.

Sie musste wieder an das denken, was dieser Boris ihr angetan hatte. Diese Sauerei. Sie dachte: Warum hab ich blöde Kuh dieses Schwein überhaupt in mein Haus gelassen? Und natürlich hätte sie die Polizei rufen sollen, damit sie diesem Verbrecher das Handwerk legte und sie ihr geliebtes Panther-Collier zurückbekam. Doch sie hatte einfach nicht die Kraft besessen, die Polizei in ihr Haus zu lassen und ihre bohrenden Fragen zu beantworten. Sie hatte bloß noch weggewollt, raus aus der ganzen Situation. Und nun wusste kein Mensch, wo sie war. Nicht einmal Helga.

Sie sah wieder aus dem Fenster. Die Sonne überzog die spärlicher werdenden Wolken mit einem seidigen, goldfarbenen Glanz, und die Tragfläche, deren Spitze sie von ihrem Platz aus sehen konnte, wirkte wie ein glühendes Schwert, das ein eisblaues Meer durchschnitt.

Brigitte nahm wieder Chandlers »The Long Goodbye« hervor und schlug es an der Stelle auf, wo Mariannes Brief als Lesezeichen lag. Martin hatte Chandler sehr gemocht, neben Autoren wie Hammett, Jim Thompson und Ross Thomas. Er hatte ein Faible für amerikanische Krimis gehabt und immer wieder vergeblich versucht, sie von deren Reiz zu überzeugen. Auf jeder seiner Arbeitsreisen hatte er Krimis dabeigehabt, James Lee Burke, Robert Ludlum oder Tom Clancy. Auf seine letzte Reise nach Beirut, daran erinnerte sie sich wegen des sprechenden Titels noch so genau, hatte er den Roman »Journey Into Fear« von Eric Ambler mitgenommen.

Sie nahm den Briefumschlag und legte ihn demonstrativ vor

sich auf das heruntergeklappte Tablett und betrachtete nachdenklich Mariannes Handschrift. Als sie sah, dass die Stewardessen begonnen hatten, das Essen auszuteilen, schob sie ihn wieder in das Taschenbuch zurück und klappte es zu.

***

Routiniert zog er die Klinge durch die geschlossene Schaumschicht, kratzte Bahn um Bahn in dem welligen, schneeweißen und leicht nach Zitrone duftenden Schaum den Untergrund frei. Anschließend packte Bertram seine Nasenspitze, bog sie leicht zurück und setzte den Rasierer zunächst rechts, dann links unterhalb des jeweiligen Nasenlochs an und schabte die Stoppeln bis an den Rand der Oberlippe ab. Zuletzt ließ er den eisblauen Einwegrasierer mit einem Glucksen in das mit einer trübgrauen, lauwarmen Lauge halbgefüllte Waschbecken plumpsen, auf der seine Bartstoppeln trieben, wusch sich die letzten Schaumreste ab, zog den Waschbeckenstöpsel und begutachtete durch Hin-und-her-Drehen seines Gesichts das Resultat im Spiegel.

Seine wie eine zusammengerollte Raupe auf der Ablage darunter liegende Citizen zeigte 19 Uhr 22. In zehn Minuten erwartete Sirvan seinen Anruf.

Er trocknete sich das Gesicht ab und rieb es mit Cool Water ein. Er selbst hätte sich wahrscheinlich wieder Brut 33 gekauft, doch Amina hatte ihm die Flasche zum Geburtstag geschenkt und wollte, dass er wie der Cool-Water-Mann in der TV-Werbung roch. Anschließend riss er das Paket mit seinen gewaschenen und gebügelten Hemden aus der Reinigung am Rudolfplatz auf, zog ein kurzärmliges blaues Lacoste-Hemd heraus und streifte es über.

Er sah wieder auf die Uhr. Jeden Moment musste das Telefon klingeln. Da fiel ihm ein, dass er den Telefonstecker noch gar nicht wieder in die Buchse zurückgeschoben hatte. Spontan beschloss er, es auch im Moment nicht zu tun. Was Sirvan ihm angeblich so Wichtiges sagen wollte, konnte bis morgen warten. Stattdessen beschlich ihn ein schlechtes Gewissen, wenn er an Amina dachte. Er hatte ihr versprochen, nach dem Dreh am Morgen ins Krankenhaus zu kommen. Am besten, er hinterließ bei der Stationsschwester eine Nachricht für sie. Ja, so würde er es machen. Er würde Schwester Andraes bitten, ihr auszurichten, dass er noch mal in die Redaktion müsse und am nächsten Morgen rüberkomme. Er würde sie vom Carlo aus anrufen.

Aus den Boxen seiner Anlage im Schlafzimmer schallten die letzten Takte von Petersons »A Foggy Day«, und Thomas Bertram spürte, wie die Spannung in seinen Lenden langsam stieg. In knapp einer Stunde würde er Sylvia gegenübersitzen. In seiner Vorstellung hatte das Treffen mit ihr etwas vom letzten erotischen Aufbäumen eines Mannes in Freiheit, bevor er sich tags darauf willig die Fesseln der Ehe anlegen ließ.

Er machte den letzten Knopf seines Hemdes zu. Ein Mann, der eben Vater geworden war und doch mit seinen Gedanken woanders war. Er wollte, er musste es einfach noch einmal wissen. Dieses Geplänkel zwischen Sylvia und ihm ging schon viel zu lange. Anschließend würde er in den Kreis eintreten, in Pauls und Aminas Welt. Ganz sicher.

Er zog die Jalousie hoch und spähte hinaus. Die ersten Takte von »Like Someone in Love« erklangen. Über den bereits konturlosen Dächern, deren Silhouetten mit ihren Schornsteinen, Satellitenschüsseln und Antennen sich scherenschnittartig gegen den Himmel abhoben, wechselte das Rot bereits in ein intensives Violett über, durchsetzt von lachsfarbenen Streifen und Flecken, die aufleuchteten und sich schon in der nächsten Sekunde veränderten. Gleichzeitig trieb der Geruch von sonnenwarmem Stein und Benzin ins Zimmer.

Die Nacht breitete sich langsam über die Stadt, hüllte die Ebenen und Anhöhen der Eifel und die Wälder und Flüsse im Bergischen mit ihrer Schwärze ein und brachte allen ein wenig Abkühlung. Thomas Bertram war zufrieden und dachte: Eigentlich ist doch alles gut.

Die Würfel waren gefallen, und er hatte die Vorstellung, in Kürze eine Zeitkapsel zu besteigen, die abheben und ihn gemeinsam mit Sylvia durch die Nacht tragen würde. Er würde Amina eine Zeitlang verlassen, und auch Paul. Wahrscheinlich lag sie in ihrem Bett und verstand nicht, warum er nicht kam.

Zehn Minuten später stand Bertram in der Diele, drückte den Telefonstecker wieder in die Buchse und lauschte dem mechanischen Klicken und Einrasten des Anrufbeantworters, der sich wieder in Startposition brachte. Er ignorierte dessen Blinken, zog die Tür hinter sich zu, schloss ab und drückte den Schalter der Treppenhausbeleuchtung. Bis ins Carlo brauchte er keine zehn Minuten. Es blieb ihm also noch genug Zeit, um für Sylvia ein paar Blumen zu besorgen. Mit ein bisschen Glück bekam er rote Rosen.

***

Kurz bevor sie auf dem El-Prat-Airport, knapp 15 Kilometer südwestlich von Barcelona entfernt, landeten, ließ Brigitte sich von der Stewardess noch einen Whisky bringen, ihren zweiten, seit sie in Köln gestartet waren.

Sie schwenkte das Glas und versetzte die bräunliche Flüssigkeit, in der sich zwei rasch kleiner werdende Eiswürfel verloren, in ein sanftes Kreisen. Dann führte sie es an die Lippen, nippte daran, trank schließlich einen großen Schluck und hoffte, ein wenig betrunken davon zu werden. Denn seit ein paar Minuten kämpfte sie mit etwas, das sie seit Martins Tod so nicht mehr erlebt hatte: Angst. Sie hatte während des Lesens plötzlich Angst bekommen, dem, was sie in der Carrer du Pau Casals 16 in Vendrell erwartete, womöglich nicht gewachsen zu sein. Prompt fing sie an zu schwitzen und registrierte ein Brennen in den Achselhöhlen.

Sie kippte den Rest rasch hinterher, denn die Stewardess stand bereits mit ausgestrecktem Arm vor ihr, um das leere Glas entgegenzunehmen. In wenigen Minuten würde die Maschine rasch an Höhe verlieren, sinken und kurz darauf mit einem dumpfen Schlag auf hartem, spanischem Boden aufkommen. Die roten Lämpchen, die das unverzügliche Anschnallen befahlen, brannten seit ein paar Sekunden.

Zwanzig Minuten später stand Brigitte in der Gepäckausgabehalle von El Prat und hielt mit Blick auf die auf dem Förderband an ihr vorüberziehenden Gepäckstücke Ausschau nach ihrer Tasche.

Hier, das spürte sie beim ersten Schritt aus der Halle, herrschte eine andere, eine erträglichere Hitze als noch in Köln. Und sofort meinte sie den Geruch des Meeres zu riechen, zu schmecken. Aber wahrscheinlich war das nur Einbildung, ein Wunschbild. Wie so vieles andere in ihrem Leben auch. Was sie hier, zwölfhundert Kilometer von zu Hause entfernt, erwartete, das konnte sie sich an fünf Fingern abzählen: Tränen und der traurige Anblick eines sterbenden Menschen, verbunden mit noch einmal aufgewühlten, schmerzhaften Erinnerungen. Trotzdem war sie fest entschlossen, den eingeschlagenen Weg bis zum wahrscheinlich bitteren Ende zu gehen.

Sie steuerte auf eines der zahllosen, in der tiefstehenden Sonne wartenden Taxis zu und hielt dessen Fahrer, der sich eine filterlose Zigarette lässig hinters Ohr geklemmt hatte, den Umschlag mit Mariannes Adresse hin. Der Mann nickte und legte ihre schwere Tasche in den Kofferraum, hielt ihr anschließend lächelnd die hintere Wagentür auf und stieg ein.

»Wie lange fahren wir?«, fragte Brigitte von hinten.

»Eine Stunde vielleicht«, antwortete der Fahrer zu ihrer Überraschung in ausgezeichnetem Deutsch, zog die Zigarette hinter dem Ohr hervor und steckte sie an. Auf ihre Frage, weshalb er so gut Deutsch spreche, antwortete er ihr, er sei mit seinen Eltern, die bei Dunlop in Philippsburg gearbeitet hätten, in den sechziger Jahren nach Deutschland gekommen und habe dort in sieben Schuljahren die Sprache Goethes und Heines gelernt, wie er sagte.

Die Fahrt über staubige, sich in langgezogenen Schleifen durch das karge, versengte Land windenden Straßen führte über schroffe, an verbranntes Brot erinnernde Hänge, die sich mit ausgedörrtem Flachland abwechselten. Hin und wieder schoben sich versprengte Weiler ins Bild, triste, weiß getünchte Anwesen, vor denen Hühner im dürren Gras standen und mit den Köpfen ruckten. Die Monotonie der sanften Braun- und Ockertöne versetzte Brigitte mit der Zeit in ein leichtes Dösen. Ihre Arme wurden schwer, und ihr Kopf sank gegen die Lehne. Verbeulte blaue Schilder mit Ortsnamen wie Viladecan, Castelldefels, Sitges oder Vilanova i la Geltrú tauchten im Seitenfenster auf, nahmen kurz lesbar Gestalt an und blieben hinter ihnen zurück.

Sie dachte wieder an die Zeit zurück, in der sie das Haus nur noch zum raschen Einkaufen verlassen hatte. Sie hatte damals eine Welt ausgeschlossen, die sie nur noch als feindselig und zerstörerisch empfand. Dabei hatte der Feind in ihren Gehirnwindungen gehaust wie giftiges Ungeziefer, zerfraß sie von innen heraus, indem er ihr Bewusstsein so lange mit Gedanken, Bildern und Erinnerungen traktierte, bis am Ende der Anblick einer alten, angeschlagenen Kaffeetasse, aus der Martin einmal getrunken hatte, genügte, um sie in Tränen ausbrechen zu lassen.

Die Räume hatten sich mehr und mehr in avantgardistische Stillleben verwandelt, ihre alte Ordnung löste sich auf. Überall lagen aufgeschlagene Bücher und Plattencover herum, standen leere oder halbvolle Weinflaschen und Aschenbecher, türmten sich Kleiderberge, zierten zum Trocknen aufgehängte Bettlaken und Handtücher die Zimmertüren. Immer seltener drang aus dem Keller das Brummen der Waschmaschine herauf, dafür war oft spät in der Nacht das dumpfe Klirren von Flaschen zu hören, wenn sie in den Keller hinunterstieg, um die leeren gegen volle auszutauschen.

Endlich schob sich linker Hand das Meer ins Bild, und Brigitte war schlagartig hellwach, geblendet und angezogen vom irisierenden, grüngrauen Glitzern und Leuchten, das die untergehende Sonne auf den leichten Wellen entfachte, die sich in der Ferne eine in der anderen fortpflanzten und wie magisch davon angezogen auf die Horizontlinie zustrebten.

Auf der Höhe von Cubelles las sie erstmals ein Hinweisschild: El Vendrell. Der Wagen kämpfte sich kurz darauf eine langgezogene, baumbestandene Anhöhe hinauf. Brigitte spürte ihr schneller schlagendes Herz.

Die Küste war gesäumt mit im Bau befindlichen sechs- und achtgeschossigen Wohnblöcken, traurigen Ansammlungen bizarrer Steingerippe, die, von der Abendsonne angestrahlt, wirkten wie Skelette urzeitlicher Wesen, deren Seelen vor Jahrtausenden ausgeflogen waren. Nun spukten in ihnen stattdessen die kurzlebigen Geister von Asbest, Stahl und Mörtel.

Der Wagen rollte im weichen Abendlicht an orange leuchtenden Fassaden vorüber, sie bogen ein paarmal rechts und links ab und passierten eine Rambla, auf der Kinder Fußball spielten. In einem Durchlass waren kleine schwach schimmernde Geschäfte auszumachen.

Der Fahrer erzahlte von einem Casals-Museum, das sie unbedingt besuchen müsse. In der Avinguda Palfuriana, in Sant Salvador, ganz in der Nähe. Ob Sie den berühmtesten Sohn der Stadt kenne? Den größten Cellisten des vergangenen Jahrhunderts? Pablo Casals?

Brigitte antwortete, Casals sei ihr durchaus ein Begriff. So, sie kenne ihn? Casals' Vater sei Organist gewesen, erklärte der Fahrer beflissen. Er wisse das, denn er interessiere sich ein wenig für klassische Musik. Gern höre er Schostakowitsch, Brahms und Schubert. Doch am liebsten möge er seinen Landsmann Isaac Albéniz, allem voran dessen berühmten Klavierzyklus Iberia. Einfach wundervoll sei der, er könne nicht genug davon bekommen. Wenn man ihn eines Tages begrabe, solle man El Corpus Christi aus Buch 1 der Suite an seinem Grab spielen.

Sie bogen in die Carrer du Pau Casals ein. Im Haus Nummer 2, erklärte ihr der Fahrer, hätte Casals als Junge gewohnt, irgendwann Anfang des Jahrhunderts, so um 1900. Vor einem blau gestrichenen zweigeschossigen Haus mit der Nummer 16 blieben sie stehen.

Brigitte stieg aus und bat den Fahrer, zu warten, sah hinauf zu den Fenstern im ersten Stock. Das Rolltor der angrenzenden Garage war offen, darin stand ein weinroter staubverkrusteter Fiat 500. In die dreckige Heckscheibe hatte jemand das Wort El Buitre geritzt.

Sie stieß die vergitterte Hoftür auf, die in eine blaue mannshohe Mauer eingelassen war. Wegen der Hitze waren genau wie in allen anderen Häusern auch hier die Rollläden bis auf einen handbreiten Spalt heruntergelassen. Der leichte Wind trug Essensgerüche durch die Straßen. Vom Giebel des Hauses spannte sich eine tiefhängende armdicke Stromleitung zum nächsten und zerschnitt den Himmel in bläuliche Quadrate. In großer Höhe zogen Rauchschwalben ihre Kreise, geschrumpft zu schwarzen Punkten, die wie verirrte Projektile scheinbar ziellos hin und her flogen. Auf den Balkons waren Badesachen zum Trocknen aufgehängt.

Das letzte Sonnenlicht erfasste die Stirnseite des Hauses frontal, so, als hätte jemand in größerer Entfernung mehrere Halogenscheinwerfer darauf gerichtet. Ein Feigenbaum breitete seine schattenspendende Krone über den Eingang. Es roch betäubend süß nach überreifen Früchten.

Brigitte trat an die von Hand geschriebenen Klingelknöpfe und las Mariannes Namen, Marianne Andernach. Ihr Herz klopfte wie wild. Hilfesuchend sah sie sich nach dem Taxifahrer um, der neben seinem Wagen stand und rauchte und keine Notiz von ihr nahm. Sie wartete, bis ihr Puls sich ein wenig beruhigte, dann drückte sie den oberen der beiden Knöpfe, machte einen Schritt zurück, legte den Kopf in den Nacken und spähte erwartungsvoll hinauf. Es waren sicher noch an die 30 Grad. Brigitte fröstelte.

Es dauerte ein paar Sekunden. Dann wurden hinter der massiven, lackblätternden Holztür Geräusche laut, der Schlüssel drehte sich im Schloss, und die Tür wurde einen Spaltbreit geöffnet.

Vor ihr stand ein alte, mit schwarzen Flipflops und einer blauen, ihr bis knapp über die knochigen Knie reichenden Kittelschürze bekleidete grauhaarige Frau und sah sie fragend an. Ihre nicht sehr großen grauen Augen lagen in tiefen Höhlen, und durch die wellige Haut ihrer schlaffen Oberarme schimmerten dicke bläuliche Adern. In die Lücke zwischen Tür und Rahmen zwängten sich zwei rotbraun getigerte Katzen.

»Guten Tag! Mein Name ist Brigitte Fischer, und ich komme aus Deutschland. Ich …«, begann sie, doch plötzlich versagte ihr die Stimme. Sie drehte sich um und bat den Fahrer, die Frau nach Marianne Andernach zu fragen. Die beiden unterhielten sich kurz, Brigitte konnte mehrfach das Wort »hospital« heraushören. Dann schloss sich die Tür, und die Alte war mitsamt ihren Katzen verschwunden.

»Man hat sie letzte Woche nach Barcelona ins Hospital de Santa Creu i de Sant Pau in der Sant Maria Claret gebracht«, sagte der Fahrer und steckte sich eine Zigarette an. »Wenn Sie wollen, fahre ich Sie hin.«

23

Neue Ruhr Zeitung

Kugelhagel: 62 Schüsse auf den Geisel-Wagen. Neue Fakten – Peilsender am Fluchtauto installiert

Düsseldorf. Beim blutigen Finale des Geisel-Dramas am Kilometer 37,5 der Autobahn Köln–Frankfurt haben die Polizisten des Sondereinsatzkommandos 62 Schüsse abgefeuert. Nur einer traf – den Gangster Hans-Jürgen Rösner. Das Trio schoss dagegen im Verlauf der als Notzugriff eingestuften Aktion nur achtmal. Ein bisher unbekannter Fakt.

***

EXPRESS

»Das tödliche Ende des Geisel-Dramas: Sie war erst 18!
Eine Kugel traf die Geisel mitten ins Herz!«

exp. Köln – Das Geisel-Drama, das kurz vor acht in Gladbeck begonnen hatte, endete gestern nach 54 Stunden mit einer Tragödie. Um 13.45 Uhr rammte ein Spezialkommando der Polizei auf der Autobahn A3 bei Bad Honnef das Fluchtauto der Gangster. Eine Blendgranate explodierte, Schüsse fielen. Eine Kugel traf die 18jährige Geisel Silke Bischoff aus Bremen ins Herz. Sie war sofort tot! Geplante Geiselrettung als Inferno.

***

Frankfurter Neue Presse

Gladbecker Geiseldrama: »Bei Cola-Pause hätte Polizei handeln können.«

Laut Einsatzprotokoll der Polizei machten die Gangster auf ihrer Fahrt durch Niedersachsen mit ihren Geiseln A. und B. um 17.15 Uhr in Kirchweyhe eine etwa 15 Minuten lange Erfrischungspause unter den Augen der sie observierenden Polizeieinheiten aus NRW und Niedersachsen. Bei dieser Cola-Pause hätten Rösner und Degowski das Auto verlassen. Warum griff die Polizei in diesem Moment nicht zu? Rösner hatte sich mit dem Ellbogen auf das Dach des PKW gelehnt, die Handfeuerwaffe im Hosenbund.

***

Die Welt

»Waren Gladbecker Geiseln im Wagen der Gangster zeitweise ganz allein?«

Neue Kritik der Düsseldorfer CDU am Verhalten der Polizei. Denn: Tatsache ist, dass Degowski nicht nur eingeschlafen sei, sondern auch das Fluchtfahrzeug verlassen habe, sich einige Meter entfernte, um Wasser zu lassen. Und die Polizei sah zu.

***

die tageszeitung

»Geiseldrama: Polizei enttarnte sich selbst«

Ein der taz vorliegendes Protokoll aus NRW lässt den Schluss zu, dass ungeschicktes Polizeiverhalten die Geiselfreilassung verhinderte. Ein Gladbecker Einsatzleiter gestand offensichtliche Fehler, wurde aber nicht gehört, um die laufenden Ermittlungen nicht zu stören. Ein Musterbeispiel deutscher Polizeiarbeit.

***

Kölnische Rundschau

»Obduktion ergab: Geiselgangster tötete Silke
mit einem Schuss ins Herz«

Innenminister Schnoor übernimmt Verantwortung für Beamten-Einsatz – Degowski gesteht Mord an Fünfzehnjährigem. Rösner dagegen weist die Ermordung der Silke Bischoff weit von sich. »Wollten die beiden in Kürze freilassen. Warum hätte ich die erschießen sollen?«

***

BILD

»Musste Silke sterben, weil sie so schön war?«
Onkel: Gangster hatten es von Anfang an auf sie abgesehen.

Die Angehörigen von Silke Bischoff (18), die bei dem blutigen Sturm auf das Fluchtauto von Hans-Jürgen Rösner (31) mit einem Schuss ins Herz getötet wurde, haben bei der Kölner Staatsanwaltschaft Strafanzeige gegen die verantwortlichen Polizeichefs erstattet. Wegen des Verdachts, »... dass der gewaltsamen Beendigung der Geiselnahme Vorrang eingeräumt wurde vor dem Schutz des Lebens der Geiseln«.

Auf seiner Citizen war es drei Minuten vor halb neun, als er mit einem Strauß langstieliger Baccara-Rosen im Arm vor dem Carlo stand. Die tiefroten Blüten schauten aus dem Papier hervor wie Silvesterraketen, die nur darauf warteten, zur Feier des Tages zischend und funkensprühend in den warmen Kölner Nachthimmel aufzusteigen. Bis er am Ende in einem Blumenladen namens »Blütentraum« am Rudolfplatz fündig wurde, war er über eine halbe Stunde lang erfolglos den Kaiser-Wilhelm-Ring rauf- und runtergelaufen.

Inzwischen fühlte Bertram sich wie einmal durchs Wasser gezogen. Seine Nackenhaare waren triefnass, am Bauch und unter seinen Achseln hatten sich bizarre Schweißflecken gebildet, die locker mit jedem noch so krakeligen Rohrschachtest-Motiv konkurrieren konnten.

Im Grunde konnte er sich den völlig durchgeschwitzten Lumpen auf der Stelle vom Leib reißen und sich damit einmal über den Nacken und übers Gesicht fahren, ehe er ihn in den nächsten Papierkorb beförderte und sich auf dem Absatz umdrehte, um sich in einer der Boutiquen am Friesenplatz auf die Schnelle was Frisches zu besorgen. Doch dafür war nun keine Zeit mehr. Die unter einer gelb-weißen Markise vor ihren Weißweingläsern und ihren Lachs-Carpaccios sitzenden Gaffer hatten ihn bereits amüsiert ins Visier genommen. Also wischte er sich hastig den gröbsten Schweiß aus dem Gesicht, strich sich ordnend die Haare nach hinten und stopfte sein an den Seiten herausgerutschtes Hemd wieder unter den Hosenbund. Dann betrat er das Restaurant. An der Decke sternförmig angebrachte Neonröhren tauchten den Raum in einen dämmrig-bunten Schummer.

Sylvia, die sich klugerweise an einem der Tische im kühlen, hinteren Teil des langgezogenen Raums niedergelassen hatte, heftete, als sie ihn sah, ihren Blick auf ihn wie auf einen Schauspieler, der in einem dunklen Theatersaal die Bühne betritt. Zu der Musik von Alphaville wiegte sie sachte ihren Kopf und lächelte.

Bertram hielt ihr lässig den Strauß hin, drückte ihr einen flüchtigen Kuss auf ihre dezent nach Aprikose und einer Prise Zimt duftende rechte Wange und nahm ihr gegenüber Platz.

»Wow, danke!«, zirpte Sylvia, drückte den Strauß wie ein Baby an ihre Brust und schob mit geschlossenen Augen ihre Nase in die blutroten Blütenkelche. Genauso hatte es Lesley Ann Warren in dem Film »Choose Me« gemacht, als Keith Carradine ihr einen Strauß hinhielt. Bertram hatte den Film kürzlich spätabends im Fernsehen gesehen. Er liebte diese Geste der Frauen, die so verdammt viel Bereitschaft zu mehr verriet. Hinterher hatte er nackt vor dem Spiegel seines Kleiderschranks masturbiert und sich dabei Lesley Ann Warrens leicht nach außen gebogene Brüste vorgestellt.

»Moment, ich hol eine Vase«, rief Bertram und sprang sogleich wieder auf und strebte auf die hinter der hell erleuchteten Vorspeisenvitrine stehende Bedienung zu. Während die junge Frau ein Weizenglas aus dem Regal hinter sich nahm, wandte er sich zu Sylvia um und dachte: Heute bist du fällig.

Eine halbe Stunde später hatten sie ihren zweiten Prosecco intus, und Sylvia schob mit dem Messer die letzten, in einer schimmernden Öllache liegenden Reste ihres Meeresfrüchtesalats auf ihre Gabel. Bertram, der auf eine Vorspeise verzichtete, wartete auf seine Scaloppina in Weißweinsoße. Nach all den in den letzten Tagen erlebten Kurseinbrüchen hatte er mit Blick auf das hinreißende, herrlich nach frischen Aprikosen duftende Wesen gegenüber das Gefühl, endlich wieder in der Gewinnzone zu segeln. Der Prosecco hatte ihn in eine gefahrvolle Heiterkeit versetzt, in der er leicht und unbemerkt übers Ziel hinausschießen konnte. Sämtliche Skrupel, die ihn noch am Mittag gequält hatten, waren wie weggeblasen, Amina und Paul schienen sich auf einem anderen Planeten zu befinden, in einer anderen Galaxie, Lichtjahre entfernt.

Bertram scherzte, was das Zeug hielt. Er fühlte sich aufgeputscht bis überdreht, zudem angefixt durch Sylvias unbekümmertes Lächeln, er war gierig nach mehr. Er hatte nur noch den einen Wunsch: hier zu verschwinden, um Sylvia, hoch oben in seinem Zimmer und am besten zu Klängen von Serge Gainsbourgs und Jane Birkins Hit »Je t'aime ... moi non plus« ganz langsam zu entkleiden.

Ihre Hauptspeisen wurden gebracht. Er starrte auf seinen Teller, auf dem sich drei runzlige und nahezu gleich große, in einer sämigen Weißweinsoße liegende Fleischstücke gegenüber fünf kastaniengroßen Kartoffeln sowie mehreren kunstvoll zu einer Pagode aufgestellten Scheiben glasierter und mit Petersilienfetzchen bestreuter Möhren in Stellung gebracht hatten.

»Alles okay?«, sagte Sylvia, die seine Irritation bemerkte, und sah Bertram fragend an. Sie selbst hatte eine halbe, goldgelb leuchtende und mit halben Kirschtomaten dekorierte Portion Safran-Linguine auf einem Blattspinatbett an Walnussmus bestellt. Der Rand ihres tiefen Tellers war dekorativ mit Kräutern bestreut.

»Doch, doch, alles bestens«, antwortete er und griff umständlich nach seinem Besteck, ließ es aber sogleich wieder los und nippte stattdessen an dem Rotwein, den er nach dem Aperitif bestellt hatte. Immerzu wanderte sein Blick in den tiefen Ausschnitt ihres Kleides.

»Ach, komm, was ist?«, sagte Sylvia, die seinen Blick natürlich bemerkt haben musste, leckte sich die hellrot glänzenden Lippen und legte die Gabel am Rand ihres Tellers ab.

»Nichts, alles okay, wirklich. Mir ist bloß ein bisschen heiß«, antwortete Bertram, der nur noch an eines denken konnte. Er schnitt ein Stück Fleisch ab, tunkte es kurz in die Soße und schob es sich in den Mund. Er kaute zwei-, dreimal, dann schluckte er den Bissen hinunter, nahm einen Schluck Wein und rückte schließlich unumwunden damit heraus: »Lass uns von hier verschwinden.«

»Wie? Jetzt sofort?«, antwortete sie und sah ihn überrascht an. »Und was wird aus dem Essen?«

»Ist doch egal«, erwiderte Bertram und zog zwei Fünfzigmarkscheine aus der Tasche.

»Noch zwei Happen, okay?«, sagte Sylvia und stieß schwungvoll ihre Gabel in den kleinen, goldgelben Nudelberg.

»Okay«, erwiderte Bertram, »aber nur zwei«, sagte er verschwörerisch und machte der Bedienung ein Zeichen.

Eine Viertelstunde später liefen sie durch die Antwerpener Straße in Richtung Friesenplatz, und Bertram legte ungeniert seinen Arm um sie.

»Und? Wo willst du jetzt mit mir hin, du verrückter Kerl, hm?«, sagte Sylvia und sah ihn mit gespieltem Ernst an.

»Zu mir«, antwortete Bertram scheinheilig. »Ich hab einen tollen Weißwein im Kühlschrank!«

»So«, erwiderte sie, rollte mit den Augen und legte grinsend ihren Kopf gegen seine Schulter.

»Ich bin total verschwitzt, kann ich kurz duschen?«, sagte sie, als sie im kleinen Flur seiner Wohnung standen.

»Nur zu«, sagte Bertram mit ausgestrecktem Arm, »das Bad ist da links!« Er ging in die Küche, nahm die Weißweinflasche aus dem Kühlschrank und öffnete sie. Anschließend nahm er zwei Gläser aus dem Hängeschrank und goss sie halbvoll.

Und dann stand sie vor ihm, lächelnd, beide Hände über Kreuz über ihre nassen vollen Brüste gelegt. Ihr Haar hatte sie flüchtig zu einer Art Dutt hochgesteckt. Bertram musste schlucken. Er wollte sie am liebsten immer weiter anstarren, so umwerfend sah sie aus.

Von ihren sonnengebräunten Ellbogen tropfte das Wasser auf den Boden. Ihre kaffeebraunen Augen fixierten ihn mit der gleichen Selbstverliebtheit, mit der sich manche Menschen im Spiegel betrachten. In ihrem Nabel hatte sich ebenfalls Wasser gesammelt, das in Form einer dünnen glänzenden Spur hinunter in ihre feuchte, nicht sehr dichte Schambehaarung lief.

»Wo ist das Schlafzimmer?«, sagte sie, und als er mit dem Kopf die Richtung anzeigte, sagte sie: »Dann komm!«

Und dann liebten sie sich, ruppig und schön. Eine Bewegung folgte wie selbstverständlich der anderen. Immer wieder umfasste er mit beiden Händen gierig ihre Brüste, koste und streichelte sie, nahm ihre Brustwarzen in den Mund. Zuletzt schlang Sylvia ihre Beine um seine Hüften und trieb ihn durch Stöße ihrer Fersen gegen seinen Po so lange immer neu an, bis er sich stöhnend entlud und sie, nachdem sie ebenfalls gekommen war, keuchend auseinanderfielen wie die beiden Hälften einer in der Mitte zerteilten Frucht.

»Das war richtig gut«, hauchte Sylvia immer noch ein wenig atemlos. »Geil!«

»Ja, total«, erwiderte Bertram und zog das Kondom von seinem erschlafften Glied. Im letzten Moment hatte er daran gedacht und es aus der Nachttischschublade genommen. Mit den Zähnen hatte Sylvia die schwarzglänzende, quadratische Verpackung routiniert aufgerissen, die Plastikfetzen ausgespuckt und es ihm übergezogen. Was ihm, obwohl ihm die Selbstverständlichkeit, mit der sie es machte, gefiel, irgendwie auch peinlich gewesen war, weil er sich plötzlich schutzlos und vollkommen unbeholfen vorgekommen war.

Wie sie so nebeneinanderlagen, verschwitzt und zufrieden und an die Decke starrten, hatte Bertram das sichere Gefühl, mit der einzig richtigen Person in diesem Universum auf dem falschen Planeten zu sein. Doch gab es so etwas überhaupt? Oder war das bloß eine Frage der Perspektive?

Alles, was noch am Morgen wichtig gewesen war, erschien ihm plötzlich sternenweit weg. Die Geiselgangster, sein zukünftiges Leben ohne RTL und auch was mit Amina und Paul werden würde. Er war nicht länger bereit, gegen seine geheimsten Wünsche zu leben. Und dazu gehörte auch das Zusammensein mit Sylvia, auf das er nicht mehr verzichten wollte. Denn dazu war es viel zu schön. Er spürte, wie von ihr ausgehend das Leben aufwirbelte, vorwärts, in eine verheißungsvolle Zukunft.

»Ich hol uns was zu trinken«, sagte Bertram, ließ das glitschige Kondom lautlos neben dem Bett auf den Boden fallen und ging hinüber in die Küche, wo immer noch die halbvollen Weingläser auf dem Tisch standen.

Er nahm Eiswürfel aus dem Gefrierfach, ließ jeweils drei in die Gläser plumpsen und kam damit ins Schlafzimmer zurück, wo Sylvia ihn bereits wieder mit hungrigen Augen erwartete.

***

Auf der gewundenen, am Meer mit seinem ruhelosen Glitzern entlangführenden Landstraße, von der sie kurz vor Vilanova i la Geltrú auf die Autobahn in Richtung Barcelona abbogen, kamen ihnen die ersten Fahrzeuge mit eingeschalteten Abblendlichtern entgegen.

Der Tag neigte sich langsam seinem Ende zu, und Brigitte verfolgte das Brennen des Sonnenuntergangs über den Hügeln, die schwarz davor zurückwichen. Ein einzelner größerer Vogel, wahrscheinlich ein Kranich, bewegte sich am Himmel. Sie hatte irgendwo mal gelesen, dass ein Sonnenuntergang nichts weiter sei als aufgewirbelte Staubpartikel, Luftverschmutzung und Sonnenlicht, das durch die Atmosphäre gebrochen wurde. Trotzdem konnte sie ihren Blick nicht davon lösen. Sie fuhren mit offenen Fenstern. Die brausend hereindringende Luft roch nach Thymian und Oregano und dem Zigarettenrauch des Fahrers.

Am Morgen hatte sie in ihrer Wohnung gestanden und sich

vorgestellt, wie sie wenige Stunden später an Mariannes Bett sitzen, ihre Hand halten und sie über die alten Zeiten reden würde. Doch inzwischen war sie seit ihrem Einchecken am Kölner Flughafen über sechs Stunden unterwegs und hatte ihr Ziel noch immer nicht erreicht.

Kurz vor Barcelona durchfuhren sie mehrere Tunnels, deren felsig schroffe Innenwände ein paarmal so bedrohlich nah kamen, dass sie vom Fenster zurückwich. Dann erhoben sich vor ihnen im abendlichen, von Tausenden Lichtern gelblich flimmernden Dunst die riesigen Mietskasernen mit den futuristischen, weithin sichtbar erleuchteten Türmen der Sagrada Família im Zentrum. Über der Stadt hing eine Glocke aus in die Atmosphäre aufsteigenden Abgasen, und in den breiten Avenuen stadteinwärts stauten sich der Verkehr und die Hitze, Leuchtreklamen wischten vorbei. Zuletzt gerieten sie in eine Straße, in der Arbeiter bei greller Beleuchtung den Belag aufrissen und ihre Schaufeln schwingend bis zur Hüfte in den Schächten standen, so dass die tief im Erdinnern verlaufenden Leitungen sichtbar wurden wie Muskeln und Arterien in einem aufgeschnittenen Bauch.

Und dann stand sie endlich in dem nicht sehr großen dämmrigen Krankenhauszimmer, müde, durchgeschwitzt und ein bisschen traurig. Vor dem offenen Fenster bewegte der warme Abendwind den Vorhang. Brigitte blickte auf die von flimmernden Monitoren umstellte, mit einem leichten hellen Tuch bedeckte Gestalt im Bett. Marianne, mein Gott! Sofort schossen ihr unzählige Erinnerungen und Bilder durch den Kopf. Bilder einer lachenden Frau, die wusste, wie schön sie war, wie anziehend sie auf Männer wirkte.

Einen Moment lang vergaß Brigitte, dass sie nicht allein war. Doch das dezente Räuspern des jungen Arztes, der sie ins Zimmer begleitet hatte, brachte sie in die Gegenwart zurück. Sie trat an das Bett und griff nach der Hand. Die Hand eines Kindes, dachte Brigitte angesichts der erschreckenden Leichtigkeit. Eine

Hand, von der alles Gewicht abgefallen war. Federleicht geworden. Totenleicht?

Zum Fenster trieb Benzingeruch herein, und von der Straße drangen Stimmen herauf, kurz darauf das langgezogene Hupen eines Autos. Dann wurde es still, und das Zimmer füllte sich mit Mariannes schweren, rasselnden Atemzügen. Ein paarmal versuchte sie erfolglos, die Decke wegzustoßen, und verfiel in die alte Reglosigkeit. Sie hielt die Augen geschlossen, spitzte kurz, wie um etwas zu sagen, die eingefallenen Lippen, brachte aber nicht den geringsten Laut hervor.

Als Brigitte sich vorbeugte, glaubte sie spüren zu können, dass der Körper ganz leicht zitterte. Wie ein vom Unwetter überraschtes Kind, das mit blau gewordenen Lippen schlottert, dachte sie.

»Is she sleeping?«, fragte sie halblaut und suchte den Blick des Arztes.

»She's dreaming. It's a kind of delirium«, antwortete er in gut verständlichem Englisch. »It's the morphine, that we gave her to protect her from pain.«

Marianne, die immer schlank gewesen war, hatte die Statur einer Zwölfjährigen angenommen, die in die Pubertät kam. Unter der Decke wölbten sich ihre geschrumpften Brüste, ihre Armen waren dürr und sehnig. An der Schläfe schimmerte unter der feucht glänzenden, leicht gebräunten Haut der kantige Schädelknochen hindurch. Ihre Augen wirkten wie vergrößert, als betrachtete man sie durch eine Lupe.

»Will she die?«, fragte Brigitte.

»Yes«, sagte der Arzt.

»When?«

»Today, tomorrow. Nobody knows for sure. But it will be soon.«

Eine Weile schwiegen sie, und Brigitte spürte, wie etwas in ihr wegstrebte, hinaus aus der beklemmenden Enge des Zimmers. Sie biss sich auf die Lippen.

»Bist du das, Martin? Bist du da?«, erklang plötzlich Mariannes Stimme. Sie sprach wie durch einen Vorhang, weich und gedämpft. Ihre Stimme schien von weit her zu kommen, aus der Entfernung von Jahren.

Brigitte schrak kurz zurück, ließ aber die Hand, die sie die ganze Zeit hielt, nicht los. Dann beugte sie sich wieder nach vorn und strich Marianne übers Haar, wie man es bei einem Kind macht, das schlecht träumt. Langsam und gleichmäßig. Dabei fühlte sie die Hitze, die von dem geschwächten Körper ausging.

Ein paar Minuten lang wiederholte sie ihre Streichelbewegung, zart und gleichförmig. Dann nahm sie allen Mut zusammen und sagte mit ungeschickt verstellter Stimme: »Ja, ich bin's, Martin. Ich bin da. Ich bin zurückgekommen. Ich bin bei dir.«

»Gut, dann ist alles gut«, erwiderte Marianne mit einem Seufzer, mit dem scheinbar alle Luft auf einmal aus ihrem geschwächten Körper wich. Ohne die Augen zu öffnen, deutete sie eine Handbewegung an, knapp und rätselhaft. Doch ihre dünnen Finger fuhren ins Leere und sanken kraftlos zurück aufs Bett.

»Ja«, sagte Brigitte mit dem Gefühl, am Ende eines langen steinigen Weges angelangt zu sein. »Ja, das ist es.« Und so war es. Endlich.

***

Ihre Stimme drang in der Dunkelheit zunächst wie von fern an sein Ohr. »Hörst du, Thomas!«, wiederholte sie nun ein wenig fordernder und rüttelte an seiner Schulter, »ich muss gehen!«

Bertram, der, nachdem sie sich ein zweites Mal geliebt hatten, in einen tiefen Schlaf gefallen war, vernahm ein leises Ächzen des Sprungrahmens, dann gab die Matratze kurz nach, und er wurde vollends wach.

»Wie spät ist es denn?«, sagte er und tastete nach seiner auf dem Nachttisch liegenden Uhr.

»Kurz nach vier«, antwortete Sylvia und lief hinüber ins Bad. Bertram drehte sich auf die andere Seite. Aus dem Badezimmer fiel ein handbreiter Streifen Licht auf den Flurboden, Sylvias Bewegungen erzeugten einen über die Dielen tanzenden Schatten. Er starrte hinüber, doch zu mehr als einem Blinzeln war er nicht fähig.

»Bleib doch«, rief er halblaut, die linke Gesichtshälfte reglos gegen das vom Schweiß feuchte Kissen gepresst. Noch immer hing die Wärme wie eine Glocke über der nächtlichen Stadt. Die Luft schien stillzustehen.

»Das geht nicht!«, erwiderte sie.

»Warum denn nicht?«

Sie antwortete nicht. Stattdessen hörte er, wie sie sich, offenbar am Becken stehend, das Gesicht mit kaltem Wasser wusch.

»Schade«, murmelte Bertram halblaut. Kurz darauf ging das Licht im Bad aus, und sie kam angezogen zurück ins Schlafzimmer.

»Komm her«, sagte er, drehte sich auf den Rücken und streckte beide Arme nach ihr aus. »Küss mich!«

Sie beugte sich über ihn und ließ durch ein sachtes Hin-und-her-Wiegen ihres Kopfes ihr nun offenes Haar ein paarmal spielerisch über seine Brust gleiten. Dann drückte sie ihm einen zärtlichen Kuss auf die Nasenspitze und machte sich wieder von ihm los. »Ich ruf dich an«, rief sie, und keine zehn Sekunden später hörte er auch schon, wie die Wohnungstür ins Schloss fiel.

Bertram schielte zum offenen Fenster hinüber, wo sich, von einem verirrten Luftzug erfasst, das in dem Blumenkasten befestigte Windrad leise surrend drehte. Er dachte an das, was wenige Stunden zuvor zwischen ihm und Sylvia passiert war. Sie hatten einander erforscht wie rücksichtslose Entdeckungsreisende, und jede neue Entdeckung übertraf die vorhergehende. Alles war ohne jedes Missverständnis, ohne die kleinste Irritation abgelaufen.

Bertram hatte Durst. Mit einem Ruck richtete er sich auf, blieb aber noch sitzen, fuhr sich mit der Hand ein paarmal durch das feuchte Haar und horchte auf das schwache Rauschen der durch die Nacht fahrenden Autos, das vom nahen Friesenplatz herüberdrang. Schließlich erhob er sich und tappte in Richtung Küche, blieb aber vor dem blinkenden Anrufbeantworter stehen und drückte mit dem Fuß die Wiedergabe-Taste. Ein mechanisches Klacken ertönte, dann erklang Sirvans Stimme.

»Gehst du mir aus dem Weg, oder was?«, begann sie mit ungewohnter Dringlichkeit. »Ich würde jetzt so gerne mit dir reden statt mit dieser blöden Maschine. Doch jetzt bist du nicht da. Thomas! Also hör mir genau zu. Ich habe heute unser Kind abgetrieben! Ja, unser Kind.«

Dann hielt sie inne, atmete einmal tief ein und stieß die Luft laut wieder aus. »Du kannst dir wahrscheinlich nicht vorstellen, wie ich mich gefühlt habe. Und wie ich mich gerade fühle. Aber egal. Also ich ... Ich hätte dich gebraucht, heute! Na ja, auch egal! Du brauchst nicht mehr zurückrufen. Es ist alles gesagt.«

Genau an dieser Stelle setzte das Rauschen ein. Laut und mächtig erhob es sich aus der Tiefe seines Schädels wie Nebel aus einer Schlucht. Übertönte Sirvans Stimme, legte sich darüber wie eine Hand, die sich um ein eingeschaltetes Mikrophon schließt.

Bertram holte aus und trat auf die Stopp-Taste, hart und böse, als handle es sich um ein gefährliches Insekt, das es unter allen Umständen unschädlich zu machen galt, ehe es seinerseits zum Angriff überging. Er trat so lange auf den kleinen rechteckigen Schalter ein, bis der Apparat den Geist aufgab, Sirvans Stimme verstummte und sämtliche Kontrollleuchten erloschen.

Atemlos hielt er inne. Er fühlte sein Herz bis zum Hals hinauf schlagen. Spürte dessen steten Widerhall als dumpfes, schmerzhaftes Pochen ganz hinten im Mund. Er schloss zitternd die Augen, vernahm die spärlichen stumpfen Geräusche, die der Frühaufsteher in der Wohnung über ihm verursachte.

Er war geflogen, kurz und süß, und hatte alles haben wollen, umsonst und ohne Folgen. Doch die Schwerkraft der Verhältnisse hatte ihn zurückgeholt. Ein Problem war verschwunden, ein anderes aufgetaucht. Es war nichts vorbei, nichts zu Ende. Das Schicksal hatte ihm bloß eine Verschnaufpause gegönnt.

24

BILD

»Geisel Ines Voitle erzählt: Alle tranken Dosenbier!«

Ines V.: »Die Atmosphäre im Auto war ganz gut. Wir hatten keine Angst mehr, waren beruhigt. Wir haben Dosenbier getrunken. Die Freundin von Rösner, Degowski – hinten bei uns – sowie Silke und ich. Wir haben noch darauf getrunken, dass alles gut wird. Dann kam plötzlich von hinten ein Wagen angerast, den hatte keiner gesehen. Und dann fielen die ersten Schüsse.«

★★★

EXPRESS

»Silke schrie: Nein, bitte nicht!« Der erschütternde Bericht ihrer Freundin Ines: Nebel, Chaos, scharfe Schüsse. »Auf einmal hörte ich Gebrüll, so eine Art Indianergeschrei, Schüsse, und dann fuhr uns der Wagen hinten rein. Silke hat geschrien: ›Spring raus, geh raus, geh raus! Ich habe die Tür aufgemacht und bin raus. Dass ich auf Silke gehört habe, hat mir das Leben gerettet!‹

★★★

Dank

Ich danke Peter Meyer für sein Vertrauen und das Treffen in Hamburg-Harburg. Walter de L'Aigle für die vielen Stunden in der »Schlachterei«; Florian Jung für unsere Gespräche im Kölner Milchmädchen, seine Offenheit und seine »Geschichte«; Oliver Timpanaro, Stationsleitung der interdisziplinären Kinderintensivstation in der Kölner Kinderklinik Amsterdamer Straße, für sein Vertrauen, seine Erläuterungen und seine Führungen durch sein »Reich«; dem ehemaligen, inzwischen leider verstorbenen Dortmunder SEK-Beamten Rainer Kesting für unsere Begegnungen in Köln und seine offenen Schilderungen und Einschätzungen der damaligen Ereignisse; Kommissar Knapic von der Kölner Polizei; Silvio Blatter für seine kritische Lektüre; dem Archiv der Stadt Gladbeck; Nadja Kölling von Spiegel-TV, Andreas Rühl vom Deutschen Rundfunkarchiv in Frankfurt und Eveline Homb vom Zeitungsarchiv des Hessischen Rundfunks für Rat und Tat. Dem im April verstorbenen Manfred Sarrazin für seine frühe Lektüre des Manuskripts. F. W. für ihre klugen Gedanken. Des Weiteren danke ich den Stern-Reportern Jay Ullal und Harald Schmidt für unsere »Hamburger Gespräche« und die Einblicke, die sie mir in ihre Arbeit gewährten. Und nicht zuletzt meiner Familie, die mich in jeder Phase der Arbeit unterstützte.